I0663761

www.ingramcontent.com/pod-product-compliance
Lightning Source LLC
Chambersburg PA
CBHW060901250626
47159CB00008B/2822

* 9 7 8 1 9 3 7 4 1 7 8 8 8 *

דער מחבר באַדאַנקט
„בית־שלום־עליכם“ אין תּל־אָבֿיבֿ
און פּערזענלעך דעם דירעקטאָר,
ד״ר אַבֿרהם נאָוװערשטערן
פֿאַרן שטיצן אַרויסצולאָזן דאָס בוך

באָריס סאַנדלער

מיט אַ שליחות קיין מאָסקווע

ראָמאַן

ייִדיש בראַנזשע
Yiddish Branzhe
ניו־יאָרק
2022

באָריס סאַנדלער
מיט אַ שליחות קיין מאָסקווע

Boris Sandler
WITH A MISSION TO MOSCOW

Copyright @ Boris Sandler

Design and Layout by Boris Budiyanskiy
Cover illustration by Michael Gleizer
אויפֿן שער־בלאַט ווערט אויסגענוצט דאָס בילד „ווינטער"
פֿונעם קינסטלער מיכאל גלייזער

ISBN: 978-1-937417-88-8

1

ס'איז געווען אַ גרויער און אַ קאַלטער טאָג. דער שניי אויפֿן פֿעלד פֿון ביידע זײַטן לענינגראַדער־שאָסיי האָט אויסגעזען ווי קויטיק וועש, צעוואָרפֿן קופּעסווײַז – ווו אַ גרעסערע קופּע, ווו אַ קלענערע, און צומאָל האָט אַ שוואַרץ שטיק ערד פֿאַרלאַטעוועט דאָ און דאָרט דעם שטח. אויף אינעם אויטאָ האָט די פֿײַכטע קאַלטקייט דורכגענומען די ביינער. דער שאָפֿער, אַ מיטל־יאָריקער מאַנספּאַרשוין, האָט יעדעס מאָל, אָפּרײַסנדיק דעם בליק פֿון וועג, אַרײַנגעקוקט אינעם שמאָלן שפּיגעלע פֿאַר זײַנע אויגן, ווו ער האָט געקאָנט זען דעם איינציקן פּאַסאַזשיר, וואָס האָט זיך, נעבעך, אַרײַנגעקוועטשט אינעם ווינקל פֿונעם הינטערשטן זיץ, ווי געקאָנט זיך אײַנגנורען אין זיך אַליין.

– אַנטשולדיקט... – האָט דאָס וואָרט, צוזאַמען מיטן ווייכן בליק פֿונעם שפּיגעלע, געזאָלט, אַפּנים, דערוואַרעמען, כאָטש אויף אַ רגע, דעם פּאַסאַזשירס געמיט. – מײַן אַלטיטשקער „זשיגול", מײַן פּרנסה־געבער, פֿרעסט צו פֿיל בענזין... דערצו נאָך די פּרײַזן... מוז מען שפּאָרן...
– און ער איז אַרויף אויף דעם פֿערדל פֿון זײַנע טענות צו דער מלוכה און קללות אויף דער נײַער מאַכט, אין שפּיץ מיט יעלצין...

דובֿ־בער קרופּניק האָט זיך סײַ צוגעהערט צום שאָפֿערס רייד – פֿאַרט אַ שטים פֿון פֿאָלק, – סײַ שוין גערן געווען, אַז יענער זאָל כאָטש אַ ביסל אָפּכאַפּן דעם אָטעם און פֿאַרשטומט ווערן.

דער באַשלוס צו פֿאָרן קיין מאָסקווע איז געקומען נישט פֿון קרופּניקן, נאָר פֿון זײַן באָס, אַבֿרהם שטערן.

– ביסט נישט מחויבֿ עס צו טאָן, – האָט אַבֿרהם רויק, אָבער מיט אַ פּראָפֿעסאָרישער איבערצײַגטקייט דערקלערט קרופּניקן, – כ'האָב זיך

דערוווסט, אַז אינעם מאָסקווער מלוכישן אַרכיוו פֿון רוסלאַנד געפֿינען זיך די קאָנפֿיסקירטע מאַטעריאַלן פֿון די אַרעסטירטע ייִדישע שרײַבערס און אייניקע ייִדישע אינסטיטוציעס, געשלאָסן אין די סוף פֿערציקער יאָרן. וואָס איז זייער פֿאַרנעם און ווערט ווייס איך נישט, ס'וואָלט אָבער געווען גוט צו האָבן כאָטש אַן אַנונג וועגן וואָס ס'גייט דאָ די רייד... דו האָסט געוויס דערפֿאַרונג פֿון אַרבעטן מיט אַרכיוו־מאַטעריאַלן, ביסט אַ שרײַבער און ס'וועט דיר געוויס זײַן אינטערעסאַנט... לויט מײַנע ידיעות, הייסט דער טייל פֿון די דאָקומענטן „אָפּיס נומ' 1", – האָט פֿאַרענדיקט אַבֿרהם אויף רוסיש. זיך פֿאַררייטלט, האָט ער צוגעגעבן: – אפֿשר זאָגט מען עס אַרויס אַנדערש, ס'מיינט, אָפּשרײַב, די רשימה פֿון דעם וואָס סע געפֿינט זיך דאָרט...

קרופּניק האָט נישט געקאָנט אָפּזאָגן אַבֿרהמען, וואָס האָט אים גענומען אויף אַרבעט, אָבער נישט נאָר דערפֿאַר; דובֿ־בער האָט באַלד דערפֿילט נאָך דעם פֿאָרשלאָג, ווי דאָס שרײַבערישע „ווערעמל" האָט אין אים זיך אַ ריר געטאָן. אַבֿרהם האָט עס אויפֿגערייצט. שפּעטער, אַרום־טראַכטנדיק דעם פֿאָרשלאָג, האָט דאָס רוסישע קאַזיאָנע וואָרט „אָפּיס", פֿאַרבונדן מער מיט אינווענטאַר, מיט טויטע זאַכן, אָנגעהויבן אויסזען גאָר אַנדערש; די פֿאַרבליבענע רעשטלעך פֿון דער אונטערגייענדיקער ייִדישער ליטעראַטור אין סאָוועטן־פֿאַרבאַנד, די געציילטע שרײַבערס האָבן דאָרט פֿאָרט געלעבט, הגם דאָס לאַנד אַליין, וואָס די דאָזיקע שרײַבערס האָבן אים געדינט מיט לײַב־און־נפֿש, איז מער נישטאָ... זיי, די אַלטע אָנגעבידעוועטע ייִדישע פּען־מענטשן, פֿאַר וואָס קומט זיי אויסצולעבן זייערע לעצטע יאָרן אין פֿאַרגעסנקייט, ווי אָפּגעשריבענע אַלטע חפֿצים, אַן אָפּשרײַב?

ער האָט נאָך דעמאָלט נישט געטראַכט וועגן „מאַכן אַ דאָקטאָראַט", ווי ס'האָבן זיך אַ וואָרף געטאָן כמעט אַלע זײַנע פּען־פֿרײַנד פֿון ייִנגערן דור מחברים, וועלכע האָבן געדרוקט זייערע ווערק אינעם מאָסקווער ייִדישן זשורנאַל „סאָוועטיש געזעמלאַנד". די קאַריערע פֿון אַן „אוטשאָני עווריי" האָט אינעם נײַעם לאַנד געקאָנט שפּײַזן, אויסהאַלטן די משפּחה און צוטיילן אַ געוויסן כּבֿוד אויך...

דערוויסנדיק זיך, אַז דובֿ־בער פֿאָרט קיין מאָסקווע, האָט יעדער קרובֿ און פֿרײַנד געהאַלטן פֿאַר נייטיק, קודם־כּל, אָפּרעדן אים דערפֿון, און דערנאָך, ווי דאָס לעצטע רעטונגס־שטרויעלע, צוגעוואָרפֿן אַן עצה, וואָס אָן איר וועט ער דאָרט, חלילה, פֿאַרפֿאַלן ווערן. צווישן די אַלע

נוצלעבכע עצות, וואָס ס'רובֿ פֿון זיי זײַנען געווען אַ פּועל־יוצא פֿונעם לייענען די ישׂראלדיקע רוסיש־שפּראַכיקע צײַטונגען, איז פֿאַרט געווען אַ געוויסער שׂכל צו זײַן באַוואָרנט מיטן וועג פֿונעם פֿליפֿעלד צום האָטעל. די סטראַשונקעס, אַז דאָרטן זײַנען הײַנט פֿאַראַן גאַנצע באַנדעס פֿון כּלומרשטע טאַקסיסטן־„באַמבילעס", וואָס אין דער אמתן, באַרויבן זיי די פּאַסאַזשירן, וואַרפֿן זיי פֿונעם אויטאָ אַרויס אין מיטן וועג, און קאָנען, נישט דאָ געדאַכט, אויך הרגענען, – האָבן דערמאָנט די קלאַסישע רוסישע ראָמאַנען וועגן די בלוטדורשטיקע גזלנים „מיט העק אויפֿן ברייטן שליאַך". צוליב באַרויִקן דאָס ווײַב, וואָס האָט אויך נישט אויסגעמיטן צו הערן פֿון אַלע זײַטן גוטע עצות, האָט קרופּניק זיך פֿאַרבונדן מיט זײַן מאָסקווער חבֿר מישע ברײַ. יענער איז גראָד אין דעם טאָג וואָס דובֿ־בער האָט געזאָלט אָנקומען קיין מאָסקווע, געווען „פֿאַרדרייט אויף אַלע שרײַפֿלער"; פֿון דעסטוועגן, האָט ער אים צוגעזאָגט צושיקן אַ פֿאַרלאָזלעכן מענטש מיט אַן אויטאָ, יענער זאָל אים אָפּנעמען פֿון שערעמעטיעוואָ פֿליפֿעלד. „ניקיטאַ סערגעיעוויטש, הייסט ער, – האָט זיך צעלאַכט אין טרײַבל מישע, – כ'גלייב, ס'איז נישט שווער פֿאַרגעדענקען..."

נאָך נעכטן איז דובֿ־בער געזעסן אויף אַ באַנק אינעם הויף פֿונעם ירושלימער אוניווערסיטעט אין גבֿעת־רם, אונטערגעשטעלט דאָס פּנים דעם פֿריש ווינטל, אַרײַנגעבלאָזן אַהער ערגעץ פֿון די יהודה־בערג. צוויי יאָר, זינט ער מיט זײַן פֿרוי און צוויי זין, די שווער־און־שוויגער זײַנען עולה געווען קיין ישׂראל. די ערשטע חדשים פֿון זייער נײַעם לעבנס־גאַנג האָבן זיך אײַנגעשניטן אין זכּרון, ווי אַ קריעת־ריס; ממש פֿאַרן אַרויספֿאָרן האָט מען זיך דערוווסט, אַז דער שווער איז מסוכּן קראַנק. די גוטע מחלה זײַנע, אָפּגעשפּאָרט אין דער אַלטער היים, האָט ער מיטגעבראַכט מיט זיך, צוזאַמען מיטן קנאַפּן באַגאַזש. ס'וואָלט קיין גוזמה נישט געווען צו זאָגן, אַז די מלוכה, וואָס ער האָט פֿאַרלאָזט מיט וויײטיקן, האָט בײַ אים אָפּגענומען זײַן גאַנץ געזונט־און־לעבן ביזן לעצטן טראָפּן בלוט. ווי אַ מין אויסלייזונג פֿאַר די לאַנגע יאָרן אין גלות, איז געווען די שטיינערדיקע קרקע אויפֿן דור־דורותדיקן בית־עולם הר־הזיתים. דער ערשטער קבֿר פֿון זייער משפּחה אין ארץ־ישׂראל; און אויב ס'איז אמת, אַז כּדי זיך אײַנוואָרצלען אין אַ נײַ לאַנד, מוז מען אינעם לאַנד האָבן כאָטש איין קבֿר, האָט דער שווער אויסגעפֿירט דעם שליחות. דובֿ־בערס פֿאָטער איז אַזאַ כּבֿוד נישט באַשערט געווען; ער איז געשטאָרבן מיט אַ האַלב יאָר פֿריִער און מקבר געוואָרן אויפֿן

בעלצער בית־עולם. מעגלעך, אַז זײַן שליחות איז געווען צו זײַן דער לעצטער רינג פֿון דער משפּחה צו שליסן די סאָוועטישע גלות־קייט...

„אַ גיפֿטיקע קעלט...“ – האָט זיך מיט אָט די ווערטער איבערגעריסן דער דרעמל. דובֿ־בער האָט אַרויסגעקוקט דורכן פֿענצטער פֿון אויטאָ אין דרויסן אַרויס. זיי זײַנען דורכגעפֿאָרן אַ דערפֿל. דער ברייטער שאָסיי איז ווי שמעלער געוואָרן. פֿון ביידע זײַטן האָבן זיך אויסגעשטעלט ווײַבער, אײַנגעקוטעט אין גראָבע ווינטערדיקע קליידער, מיט הויכע וואַליקעס אויף די פֿיס. זיי האָבן צוגעטופּעט אויפֿן אָרט לעבן די אַרויסגעשטעלטע עמערס, קוישן און קיישלעך, זעקלעך, טעפּלעך און עמאַלירטע שיסעלעך; ס'האָט אויסגעזען, ווי עפּעס אַ ריטואַל־טאַנץ פֿון ווילדע אַבאָריגענען. דערזען דעם פֿאַרדריפּעטן „זשיגול“ מיט אַ פּאַסאַזשיר, האָבן די הענדלערקעס אָנגעהויבן אַרויסכאַפּן יעדע איר שטיקל סחורה און זיך געלאָזט אַנטקעגן. דער שאָפֿער האָט אָפּגעהאַלטן דעם גאַנג, אַרויסגעלאָזט אַ פּאָר הייזעריקע סיגנאַלן, ס'האָט אָבער נישט געהאָלפֿן. אויפֿגעעפֿנט דאָס פֿענצטער פֿון זײַן זײַט, האָט ער אַרויסגעשטופּט דעם קאָפּ און הויך געשיקט דער כאָפּטע פּויערטעס אַ כּפֿול־שמונהדיקע זידלערײַ, וואָס האָט אין אַ רגע צעשטערט און צעדראַזגעט אויף שפּליטערס קרופּניקס עפּעמריש אָפּשיידוואַנט, די מחיצה, אויפֿגעשטעלט, ווי ס'האָט זיך אים געדאַכט, זינט ער האָט פֿאַרלאָזט די צעפֿאַלענע אימפּעריע.

אינעם אויטאָ האָבן זיך אַרײַנגעריסן שטיקער אומצופֿרידענע ווײַבערישע פּילדערײַען, וואָס זײַנען גיך אויסגעגאַנגען אין דער פֿײַכט־אָנגעזעטיקטער לופֿט. די הענדלערקעס האָבן זיך אומגעקערט צו זייער סחורה, געבליבן עטלעכע ווײַלעס אויף הפֿקר אויפֿן וועגראַנד און ממשיך געווען זייער „טאַנץ“ אויפֿן אָרט, וואַרפֿנדיק אויסגעלאָשענע בליקן אויפֿן שאָסיי, צי ס'באַווײַזט זיך נישט קיין אַנדער אויטאָ.

אַ רגע, נישט מער, האָט דער שאָפֿער געשוויגן. אַ וואַרף געטאָן זײַן בליק אינעם שפּיגעלע, האָט ער זיך אָנגערופֿן:

– אָט אַזוי לעבן מיר... גאַנץ רוסלאַנד איז פֿאַרוואַנדלט געוואָרן אין אַ טאָלטשאָק*... ווער עס האַנדלט צוליב איבערקומען אַ טאָג, און ווער – אָנצושטופּן די קעשענעס מיט גאָלד און עס איבערפּעקלען אויף יענער זײַט באַרג, קיין אויסלאַנד...

---

* טאָלטשאָק (רוס.) – אַ צײַטווײַליק האַנדל־פּלעצל

„אַ גיפֿטיקע קעלט..." – האָבן די ווערטער שוין געקלונגען ממשות־דיק; די גיפֿט האָט זיך צעגאָסן אין דער לופֿטן, איבער די פּנימער פֿון מענטשן; זי האָט פֿאַרסמט זייערע נשמות מיט אַ ביטערן אומענדלעכן אומעט און שׂינאה איינער צום אַנדערן און צום גאַנצן אַרום...

שוואַרץ־ווײַסע שטייגערישע בילדער פֿון אַ לאַנד, וואָס עקזיסטירט שוין מער נישט, אָבער האָט געלאָזט אויף אירע חורבֿות סם־המוותדיקע מעטאַסטאַזן, האָבן זיך איצט אַלץ בולטער אַנטפּלעקט פֿאַר די אויגן, ווי אויף אַ פֿאָטאָ־פּאַפּיר אין אַ ביטל מיט אַ ספּעציעלן כעמישן שטאָף. דובֿ־בער האָט זיך דערמאָנט, ווי ער, נאָך אַ קינד, פֿלעגט מיט זײַן טאַטן זיך פֿאַרשפּאַרן אינעם וואַשצימער, פֿאַרהענגען דאָס פֿענצטערל מיט דער מאַמעס גראָבער טוך – אַ שטראַלעכל ליכט זאָל זיך, חלילה, נישט דורכרײַסן, – אָנצינדן דאָס לעמפּעלע אויף דער וואַנט, וואָס דער טאַטע האָט שוין פֿון פֿריִער פֿאַרביטן אויף אַ רויטס. פֿון דער מינוט אָן איז דאָס וואַשצימער געוואָרן אַ „פֿאָטאָ־לאַבאָראַטאָריע" – אַ געשלאָסענער פֿאַרמאַכטער רויטער שטח, אַן אינדזל, וווּ חס־וחלילה, אַז עמעצער זאָל אַהין אַרײַנשטעקן די נאָז...

די צוויי יאָר פֿון זײַן לעבן אין ישׂראל זײַנען פֿאַר אים אויך געוואָרן אַ מין לאַבאָראַטאָריע, וווּ ער, אַרײַנגעטאָן אין אַן אומבאַקאַנטער מענטשלעכער סבֿיבֿה האָט געזאָלט אין איר „צעשמעלצט" ווערן; אויף דער שפּראַך פֿון די אָרטיקע טשינאָווניקעס האָט עס געהייסן, צו ווערן „אַבסאָרבירט"...

„מרכּז קליטה" – אַבסאָרבציע־צענטער – אַזוי האָט טאַקע געהייסן דאָס אַדמיניסטראַטיווע שטעטל, וווּ מ'האָט געבראַכט די קרופּניק־משפּחה און די שוויגער. דעם שווער האָט מען גלײַך פֿונעם פֿליפֿעלד בן־גוריון אָפּגעפֿירט אין שפּיטאָל. אַ זשוואַווע פֿרוי, די פֿאַרוואַלטערין איבער דעם ווירטשאַפֿטלעכן טייל פֿונעם „צענטער", האָט אַרײַנגעפֿירט די נײַ־געקומענע אין זייער וווינונג און איבערגעגעבן דובֿ־בערן צוויי שליסלען אַרײַנגעסיליעט אין אַ רינג. אויף אַ סקאַליעטשעטן ייִדיש האָט זי דערקלערט, אַז איין שליסל איז פֿון דער פֿאָדערשטער טיר, און דער צווייטער – פֿון דער הינטערשטער, וואָס פֿירט פֿון קיך אין הויף אַרײַן. אַ קנאַפּע אינפֿאָרמאַציע וועגן אירע נײַע אײַנוווינער און פֿון וואַנען זיי זײַנען געקומען, האָט זי שוין, אַפּנים, געהאַט. אויסגעדרייט זיך צו דער שוויגער, וואָס איז נעבעך געשטאַנען אין אַ ווינקל, ווי באַשטראָפֿט, אַ פֿאַרלוירענע און דערשלאָגענע, האָט די פֿרוי אַ זאָג געטאָן: „זאָרגט

זיך נישט, מומע, אין ישׂראל האָבן מיר די בעסטע דאָקטוירים אין דער וועלט!..״

דער אַבסאָרבציע־צענטער האָט זיך געפֿונען אינעם יישובֿ מבֿשׂרת־ציון, ממש אַ קאַצן־שפּרונג קיין ירושלים. אין די שיינע ווילעס, איין ווילע נישט ענלעך צו אַ צווייטער, האָבן געוווינט פֿאַרמעגלעכע משפּחות, צווישן זיי הויכגעשטעלטע מלוכה־פֿונקציאָנערן, מיליטער־לײַט פֿון אַ הויכן ראַנג, רײַכע סוחרים, מיט איין וואָרט, די סמעטענע פֿון דער ישׂראל־געזעלשאַפֿט. ווי דובֿ־בער האָט געוווּסט, האָט די פֿריִערדיקע שיטה פֿון אַבסאָרבציע־צענטערס שוין כּמעט נישט עקזיסטירט. די גרויסע עליה־כוואַליע פֿון די אָנהייב 1990ער האָט געפֿאָדערט נײַע אופֿנים פֿון אויפֿנעמען און אײַנאָרדענען די הונדערטער טויזנט נײַ־געקומענע פֿונעם געקראַכטן קאָמוניסטישן לאַגער. פֿאַקטיש איז די משפּחה קרופּניק געווען דאָ די איינציקע פֿונעם געוועזענעם סאָוועטן־פֿאַרבאַנד פֿאַר די לעצטע עטלעכע יאָר.

ס׳רובֿ אײַנוווינער פֿונעם „צענטער״ זײַנען געווען פּליטים פֿון עטיאָפּיע, געבראַכט אַהער אין די מיט־1980ער, ווי אַ פּועל־יוצא פֿון די געהיימע אָפּעראַציעס „משה״ און „יהושע״. אויך בשתּיקה, דורך צווייטע לענדער, איז געקומען קיין ישׂראל אַ גרופּע ייִדן פֿון סיריע און איראַק. דער פּחד איז זיי נאָך געליגן אויפֿן פּנים. זיי האָבן אויסגעמיטן צו רעדן אויף אַ קול אַראַביש, גערעדט צווישן זיך פֿראַנצייזיש און אַלע געטראָגן שוואַרצע כּיפּהלעך. עטלעכע ייִדישע פּליטים־משפּחות, זײַנען אַנטלאָפֿן פֿון באָסניע, ווו ס׳איז אָנגעגאַנגען אַ בלוטיקע עטנישע שחיטה. צווישן די „פֿאַרזעסענע״ אײַנוווינער, עולה געווען נאָך אין די זיבעציקער יאָרן פֿונעם סאָוועטן־פֿאַרבאַנד, זײַנען דאָ געבליבן שטעקן דרײַ־פֿיר משפּחות גרים און „רוסים״, ווי מ׳האָט אין יענע יאָרן גערופֿן אַלע נײַ־געקומענע פֿון סאָוועטן־פֿאַרבאַנד. בשכנות מיט די קרופּניקס האָט געוווינט אַ פֿרום פּאָרפֿאָלק, קיין עין־הרע, מיט פֿערצן קינדער. זיי האָט מען אַרויסגעפֿירט פֿון דרום־אַפֿריקע, ווו ס׳איז געוואָרן ווײַט נישט רויִק צו לעבן אַ ווײַסן מענטש, בפֿרט אַ ייִד.

דאָס אַבסאָרבציע־שטעטל איז געוואָרן אַ מין מקום־מיקלט פֿאַר גערודפֿטע ייִדן, ווו זיי האָבן געקאָנט קומען צו זיך, אָפּפּאַסן זייער נײַעם מצבֿ, זיך אַרומקוקן און לערנען די שפּראַך פֿון זייער נײַעם לאַנד. ס׳האָט אָנגעהויבן אויסצוזען מאָדנע: שוין וויפֿל יאָר איז אָנגעגאַנגען דער קאַמף פֿאַרן אויסלייזן די סאָוועטישע ייִדן, הגם קיינער האָט זיי,

נעבעך, פֿונעם לאַנד נישט געטריבן, נישט גערודפֿט; ס'רובֿ פֿון זיי האָבן קוים געוווּסט וועגן זייערע נאַציאָנאַלע שפּראַכן און קולטור, טראַדיציעס און געשיכטע. און דאָך האָט דער גאַנצער מערבֿ זיך אָנגענומען זייער קריוודע. אין דער זעלבער צײַט, האָבן טויזנטער ייִדן איבער דער וועלט געליטן פֿון הונגער, געשמאַכט אין די פּליטים־לאַגערן, זיך אײַנגעשטעלט דאָס לעבן צוליב זייער אמונה... און וויייניק ווען פֿונעם ציוויליזירטן וועלט־ייִדנטום האָט עס געאַרט!...

דובֿ־בער האָט אויפֿגעמאַכט די אויגן. דער וועג האָט אים אײַנגע־וויגט. ס'האָבן זיך שוין אָנגעזען בנינים פֿון דער שטאָט, אָבער דער „זשיגול" האָט זיך נישט באַוועגט, געבליבן שטעקן אויפֿן פֿאַרשטאָפּטן מיט אויטאָס שאָסיי. דער שאָפֿער האָט שוין געהאַט אַ נײַע טעמע פֿאַר זײַן אומצופֿרידנקייט:

– אַז אין לאַנד איז נישטאָ קיין באַלעבאָס, איז אויף יעדן שריט און טריט אַ באַרדאַק! נישט קיין דעמאָקראַטיע – אַן אײַזערנעם פֿויסט דאַרף מען הײַנט האָבן!...

קרופּניק האָט געפֿילט, אַז יעדע מינוט, זינט ער איז אַהער אָנגע־קומען ווישט אָפּ די מחיצה צווישן זײַן הײַנט און זײַן נעכטן. ער האָט זיך גאָר נישט געקאָנט פֿאָרשטעלן, אַז דער פּראָצעס פֿון אַ „צוריק־וועגס־אַבסאָרבציע" וועט פֿאָרקומען אַזוי גיך. ס'איז אים נישט איין מאָל אויסגעקומען צו הערן פֿון זײַנע באַקאַנטע, אַז זיי בענקען נאָך דער פֿאַרלאָזטער היים, אַז דווקא דאָרט קומען איצט פֿאָר גורלדיקע ענדערונגען; דאָרטן וואָלטן זיי געקאָנט זיך אָנשליסן אינעם בויען אַ נײַע דעמאָקראַטישע געזעלשאַפֿט, און דאָ, אין ישׂראל, רעדט מען נאָר וועגן אַ גרויסער עליה, אָבער נישט וועגן די עולים גופֿא און זייערע פּראָבלעמען... נאָסטאַלגיע איז ווי אַ טשאַד, וואָס פֿאַרנעפּלט די ווירק־לעכקייט און פֿאַרוואַנדלט די פֿאַרגאַנגענהייט אין אַ שיינעם חלום...

קיין פּנים־חדשות איז קרופּניק אין ישׂראל נישט געווען. איידער ער איז אַהער געקומען זיך צו באַזעצן אויף שטענדיק, האָט ער באַזוכט די מדינה עטלעכע מאָל, צוליב פֿאַרשיידענע פּראָיעקטן פֿון זײַן טעטיקייט סײַ ווי אַ ייִדישער שרײַבער און סײַ ווי אַ ייִדישער געזעלשאַפֿטלעכער טוער. קיין פֿייגעלעך אינעם בוזעם האָט ער נישט געהאַלטן, און דער מצבֿ פֿון ייִדיש אינעם לאַנד איז אים גוט באַקאַנט געווען. בשעתן זײַן אין תּל־אָבֿיבֿ, עטלעכע חדשים פֿאַר זײַן עליה, האָט ער אָפּגערעדט זיך צו טרעפֿן מיטן רעדאַקטאָר פֿון אַ באַקאַנטער ייִדישער אויסגאַבע.

געקומען אין רעדאַקציע צו דער צײַט, האָט אים אויפֿגענומען דער שטעל־פֿאַרטרעטער פֿונעם רעדאַקטאָר. דער רעדאַקטאָר, ווי ס'האָט זיך אַרויסגעוויזן, איז קראַנק געוואָרן. אַליין אַ פּאָעט און עסייִסט, האָט דער שטעל־פֿאַרטרעטער אָפּגענומען בײַ זײַן גאַסט דעם כּתבֿ־יד און פֿאָרגעלייגט אַ גלאָז טיי. צווישן די ערשטע עטלעכע פֿראַגעס, וואָס קרופּניקן איז כּסדר אויסגעקומען צו הערן בעת זײַנע טרעפֿונגען אין ישׂראל – וועגן משפּחה, דעם מצבֿ „בײַ אײַך אין לאַנד" און „ווען האָט איר בדעה עולה צו זײַן?" – האָט אים דער פּאָעט געפֿרעגט: „מיט וואָס וואָלט איר געוואָלט זיך דאָ באַשעפֿטיקן?"

– געוויס, מיט ייִדיש...

אויפֿן פּנים פֿונעם פּאָעט האָט זיך צעגאָסן אַן אומעט „פֿון נעכטיקע טעג". שטיל, ווי מורא געהאַט אָנצושרעקן די „פּאָעטישע פּאַווע", צוגעבונדן אין פֿינצטערן ווינקל פֿון דער רעדאַקציע צו אַ גאָלדענער קייט, האָט ער אַרויסגעבראַכט אויף די ליפּן:

– צו וואָס דאַרפֿט איר עס? – און ווי עס פּאַסט שוין פֿאַר אַן עכטן וותיק, אָפּגעלעבט דאָ צענדליקער יאָרן, געשענקט דובֿ־בערן אַן עצה: – כ'האָב געהערט, איר זײַט אַ גוטער פֿידלער. שפּילט בעסער פֿידל ווײַטער...

מרדכי זשעטלמאַן, דער אינספּעקטאָר איבער די ייִדיש־לימודים בײַם בילדונג־מיניסטעריום, איז געווען גראָד דער מענטש, וואָס האָט אויסגעשטרעקט דובֿ־בערן די האַנט ממש אין דער ערשטער וואָך פֿון זײַן קומען קיין ישׂראל. אויסגעשטרעקט זי נישט נאָר, כּדי אים צו ווינטשן אַ ברוכים־הבאָים און, ווי עס פֿירט זיך, געבן אַן עצה, פֿון וואָס צו ציִען די חיונה; ער האָט אים פֿאַר דער האַנט אָנגענומען און געבראַכט צו פֿירן אין בילדונג־מיניסטעריום צו ווערן אַ ייִדיש־לערער אין צוויי ירושלימער שולן. אַזוי האָט קרופּניק באַקומען זײַן ערשטע אַרבעט אין ישׂראל.

צו זײַן אַ לערער פֿון ייִדיש אין ישׂראל האָט קרופּניקן זיך אַפֿילו נישט געחלומט. צוריק גערעדט, האָט ער דען אין זײַן מצבֿ געהאַט אַן אַנדער ברירה? דאָס אַזוי גערופֿענע „סל קליטה"־אַבסאָרבציע־קיישל, וואָס זײַן משפּחה האָט באַקומען פֿון דער מלוכה, איז טאַקע געווען אַ ממשותדיקע פֿינאַנציעלע שטיצע, אָבער גיך אויסגעליידיקט געוואָרן. דעם ערשטן שקל צו פֿאַרפֿעסטיקן דעם פֿאַמיליע־ביודזשעט האָבן בדרך־כּלל אַרײַנגעבראַכט אין שטוב די פֿרויען. נישט געקוקט אויף

זייער הויכער בילדונג און פּראָפֿעסיאָנעלן סטאַזש, באַקומען דאָרטן, האָבן זיי דאָ געמוזט פֿאַרשטעקן די פּאָלע אינעם גאַרטל, און גיין ראַמען די אַרומיקע ווילעס. זײַן פֿרוי וואָלט עס מסתּמא אויך געטאָן. ווי זײַן שוויגער האָט געזיפֿצט: „אַז מע קען נישט אַרויף, מוז מען אַראָפּ!" דובֿ־בער האָט זיך פֿאַרן „תּפֿקיד" אָנגעכאַפּט מיט ביידע הענט.

ער האָט פֿריִער געהערט וועגן דער שיטה פֿון „ממלכתּי־דתּי"־שולן, דאָס הייסט, פֿון מלוכה־רעליגיעזער דערציִונג, אָבער אַרײַנצוקומען אין אַזאַ שול ווי אַ לערער, איז געווען גאָר עפּעס אַנדערש. דעם „אינסטרוקטאַזש" און די מאָגערע פּאַפּקע מיט באַזונדערע זײַטלעך, קאָפּירט פֿון אַן אַלטמאָדישן לערנבוך „פֿאַר ייִדישע קינדער", האָט דער אינספּעקטאָר מרדכי זשעטלמאַן, אַ ייִד שוין אין די זיבעציקער, איבער־געגעבן קרופּניקן אינעם אויטאָ אויפֿן וועג אין שול אַרײַן. קרופּניק האָט שוין געוווּסט, אַז די שול איז פֿאַר מיידעלעך און לערנען וועט ער מיט תּלמידות פֿון נײַ־צען יאָר...

– זײַ מיט זיי שטרענג, – האָט דער אינספּעקטאָר אונטערגעצויגן אַ סך־הכּל צו זײַנע ביז־איצטיקע אָנווײַזונגען און רעקאָמענדאַציעס, – נאָר נישט אַזוי ווי אין די סאָוועטישע שולן האָט זיך געפֿירט. די קינדער זײַנען דאָ געוווינט זיך פֿילן פֿרײַ, צו מאָל אַפֿילו צו פֿרײַ, זיך זעצן אויפֿן קאָפּ די עלטערן... אָבער דו ביסט אַ לערער, און דײַן מידה דאַרף זײַן – שטרענג און מיט גוטן אין איין צײַט!

דובֿ־בער האָט געזיפֿצט: מיט זײַן נעבעכדיקן עבֿרית... ווי אַזוי וועט ער מיט די תּלמידות רעדן, דערקלערן זיי אַ נײַע שפּראַך? אַן אַוואַנטור, נישט אַנדערש!

– דו גייסט דאָך אין אולפּן, זעסטו אַליין ווי מע לערנט דאָ – עבֿרית בעבֿרית... נעם אויך איבער די שיטה – ייִדיש בייִדיש! דערצו ביסטו אַ מוזיקער. זינג מיט זיי ייִדישע לידעלעך. כ'וועל דיך באַוואָרענען מיט נאָטן אויך...

דער לעצטער אָנזאָג פֿונעם אינספּעקטאָר איז געווען: „יאָ, איידער דו גייסט אַרײַן אין שול, פֿאַרגעס נישט אָנטאָן אַ יאַרמלקע..."

און ס'איז אַוועק אַ גאַנג: צוויי מאָל אין דער וואָך, האָט דובֿ־בער פֿאַרלאָזט דאָס אַבסאָרבציע־שטעטל, אָנגעטאָן די יאַרמלקע און זיך געלאָזט אויף זײַן מלמד־דרך. גאָר אומדערוואַרט האָט זיך פֿאַר אים אַנטפּלעקט, אַז די ערשטע שוועריקייט, באַהאַלט זיך גאָר אויס אינעם קלאַסן־זשורנאַל. זײַן אויג האָט קוים פֿונאַנדערגעקליבן די מיזרחישע

נעמען בײַ ס'רובֿ תּלמידות, און די צונג איז פּשוט נישט מסוגל געווען זיי ריכטיק אַרויסצוברענגען אויף אַ קול.

דובֿ־בער האָט זיך אין זײַן לעבן נישט פֿאַרגעשטעלט, אַז אַ געלעבטער פֿון קינדער קען מאַכן לעבער אין קאָפּ. ער האָט זיך קוים אײַנגעהאַלטן נישט צו אַנטלויפֿן פֿונעם קלאַס. אָבער שוין צום צווייטן לימוד איז ער געפֿאַלן אויף אַ דעה: צו ענטפֿערן אויף זײַנע פֿראַגעס האָט ער אַרויסגערופֿן די מיידעלעך, וועלכע האָבן געטראָגן אַשכּנזישע נעמען. אָבער אויך דער קונץ איז נישט אָנגעגאַנגען לאַנג. בעת אַ הפסקה איז צו אים צוגעקומען אַ מיידעלע און ש'ער נישט מיט טרערן געפֿרעגט בײַ אים, הלמאַי רופֿט ער כּסדר אַרויס נאָר זי, עס זײַנען דאָך דאָ אין קלאַס, אַ חוץ איר, נאָך דרײַ און צוואַנציק תּלמידות.

קרופּניק האָט אויף זײַנע לימודים און אויף זײַן אייגענעם אופֿן אויסגעפּרוּווט די שפּראַך־שיטה „ייִדיש בייִדיש". ער האָט זיך געטראָגן איבערן קלאַס פֿון איין זאַך צו אַן אַנדערער, אויסגעשריִען ווי די זאַך רופֿט זיך אויף ייִדיש און די תּלמידות האָבן נאָך אים הויך איבערגעחזרט: „טיש", „טאָוול", „בענקל", „וואַנט", „בוך", „פֿענצטער", „טיר"...

די לערערינס אין ביידע שולן האָבן שוין געוווּסט, ווער ער איז און פֿון וואַנען ער איז געקומען. כּמעט אַלע האָבן זיי גערעדט ייִדיש, ווער בעסער, ווער ערגער. זיי האָבן זיך געחידושט: „פֿון אײַער קלאַס הערט זיך כּסדר אַ געלעכטער. וואָס דערציילט איר די תּלמידות אַזוינס, וואָס עס מאַכט זיי אַזוי פֿרייַלעך?" דערבײַ האָבן די לערערינס געקוקט אויפֿן ייִדיש־לערער, ווי מע קוקט אויף אַ חולה – מע ווינטשט אים אַ רפֿואה־שלמה, און אַליין טראַכט מען: וויפֿל וועט ער זיך נאָך אַזוי מוטשען, נעבעך?

צו דער חנוכּה־שׂימחה האָט קרופּניק צוגעגרייט מיט די תּלמידות דאָס באַקאַנטע לידעלע „חנוכּה, אוי, חנוכּה אַ יום־טובֿ אַ שיינער..." ער האָט זיך דערמאָנט, ווי אין דריטן אָדער פֿערטן קלאַס איז אים אויף אַ שול־אונטערנעמונג אויסגעקומען צו טאַנצן מיט אַ מיידעלע דעם אוקראַיִנישן טאַנץ „האָפּאַק". איצט האָט ער דעם טאַנץ צוגעפּאַסט צום „חנוכּה־לידל", און ס'האָט בײַ די תּלמידות זייער אויסגענומען. זיי האָבן אַפֿילו נאָכן לימוד אַרומגערינגלט דעם לערער און דערציילט אים, אַז זיי האָבן שוין געהאַט אַ לערער אַ „רוסי", וואָס האָט זיך פֿאַרנומען אין שול מיט ספּאָרט. ווי ס'האָט זיך אַרויסגעוויזן, האָט מען דעם לערער נישט לאַנג צוריק אָפּגעזאָגט פֿון דער אַרבעט.

– פֿאַר וואָס אַזוי? – האָט קרופּניק זיך נאָכגעגעבן דעם נײַגער.

– ווײַל ער איז געווען זייער אַ שטרענגער!

– איז עס דען שלעכט?.. ער האָט דאָך געוואָלט עס צום גוטן.

די תּלמידות האָבן זיך איבערגעקוקט: צי זאָלן זיי דערציילן ווײַטער, צי אויף דעם פֿאַרענדיקן. פֿון דעסטוועגן, האָט איינע זיך אָנגענומען מיט תּשוקה און זיך אָנגערופֿן:

– אונדז איז עס נישט געפֿעלן געוואָרן!

דובֿ־בער האָט פֿאָרט נישט נאָכגעגעבן, געהאַלטן זיך ווײַטער בײַ זײַן דעה, צי ווײַל זײַן קאָלעגע איז געווען פּונקט ווי ער אַ „רוסי", צי צוליב דער פּעדאַגאָגישער סאָלידאַריטעט.

– פֿאַרן פֿאָדערן זיך לערנען גוט, זאָגט מען נישט אָפּ פֿון דער אַרבעט.

– אַוודאי, נישט!.. אָבער איין מיידעלע, האָט אין דער היים געזאָגט איר טאַטן, אַז דער לערער האָט זיך צו איר געטשעפּעט...

דאָס לעצטע וואָרט, וואָס האָט זיך אַרויסגעריסן פֿונעם מויל בײַ אַ מיידעלע פֿון כּמעט צען יאָר און איר טאָן, ווי אַזוי זי האָט עס אַרויס־געזאָגט, האָט קרופּניקן דערשטוינט. אַהיים איז ער אין יענעם טאָג געקומען אויסגעשעפּט. זיך פֿאַרשפּאַרט אינעם שלאָף־צימער און, פֿאַר־מאַכנדיק די זשאַליוזן, איז ער געבליבן זיצן אַזוי אויפֿן געלעגער אין פֿינצטערניש, צוהערנדיק זיך צום זשום אין קאָפּ און געוואַרט ביז דער לעצטער קלאַנג וועט זײַן קאָפּ פֿאַרלאָזן...

אין איינעם אַ טאָג, אומקערנדיק זיך פֿון ירושלים, האָט דובֿ־בער נאָך פֿון דער שוועל דערהערט דער שוויגערס בשורה, אַז אין דער פֿרי, ווען ער איז נאָר אַוועקגעגאַנגען, האָט צו זיי זיך אָנגעקלאַפּט אַ באַיאָרטער מענטש. זײַן נאָמען האָט דער ייִד נישט אָנגערופֿן, בלויז געפֿרעגט, צי עס וווינט דאָ אַ ייִדישער שרײַבער.

– ער האָט גערעדט ייִדיש? – האָט דובֿ־בער געפֿרעגט.

– נו יאָ... – האָט זיך געחידושט די שוויגער, – וואָלט איך עס דען פֿאַרשטאַנען, ווען ער רעדט עבֿרית?

– און ער האָט נישט געזאָגט, וואָס ער וויל?

– ניין... – און זי האָט זיך פּלוצעם צעשמייכלט, – ער האָט נאָר געפֿרעגט, צי איך בין נישט דײַן ווײַב...

דעם שוויגערס שמייכל האָט דובֿ־בער פֿאַרטײַטשט אויף זײַן אייגענעם אופֿן: און טאַקע, צי קאָן דען אַ ייִדישער שרײַבער זײַן אין זײַן

עלטער? דער איראַנישער אײַנפֿאַל האָט געפֿונען אַ באַשטעטיקונג אין עטלעכע טעג אַרום, ווען דער אומבאַקאַנטער ייִד איז ווידער געקומען „זוכן דעם ייִדישן שרײַבער". דערזען פֿאַר זיך קרופּניקן, האָט זיך אויף זײַן קײַלעכדיק פּנים אָנגעצייכנט סײַ אַ חידוש און סײַ אַ ספֿק.

צי האָט קרופּניק געהערט דעם נאָמען אַהרון אַפּעלזאַפֿט? דער נאָמען איז אים געווען באַקאַנט, אָבער די ווערק פֿונעם באַוווּסטן העברעיִשן שרײַבער – ניין. די צענדליקער ביכער אויף רוסיש, וואָס די סוכנות־שליחים פֿלעגן אַרײַנברענגען קיין קעשענעוו און פֿאַרשפּרייטן צווישן די אַקטיוויסטן, זײַנען מערסטנס געווען וועגן ייִדישער געשיכטע, געשיכטע פֿון מדינת־ישׂראל, טראַדיציע, געוויסע ציוניסטישע פּערזענלעכקייטן און זעלטן ווען אַן איבערזעצונג פֿון אַ העברעיִשן קלאַסיקער. יעדנפֿאַלס, אַפּעלזאַפֿטס אַ בוך איז צווישן דער „געבראַכטער ליטעראַטור" נישט געווען.

דער אומגעריכטער גאַסט האָט פֿאַרבעטן קרופּניקן אויף אַ שפּאַציר איבערן ייִשובֿ. זיי האָבן גערעדט צווישן זיך ייִדיש. פֿאַרשטייט זיך, אַז צווישן די ערשטע פֿראַגעס פֿונעם שרײַבער איז געווען, פֿון וואַנען קומט צו קרופּניקן ייִדיש? אַהרון אַפּעלזאַפֿט איז געווען דער ערשטער העברעיִשער שרײַבער, מיט וועלכן קרופּניק האָט זיך געטראָפֿן פּנים־אל־פּנים; ס'האָט אין אים געקאָכט און זיך געריסן אין דרויסן די פֿראַגע, וואָס האָט אים נישט געגעבן קיין רו: מילא, דער ישׂראל־איסטאַבלישמענט, אָבער די ישׂראל־אינטעלעקטואַלן, בפֿרט די העברעיִשע פּען־ברידער, – ווי אַזוי האָבן זיי געקאָנט זען, וואָס עס קומט אין לאַנד פֿאָר מיט ייִדיש און זיך מאַכן כּלא־ידע?!

בשעת־מעשׂה, האָט אַפּעלזאַפֿט געפֿרעגט, צי קרופּניק קען נישט דעם שרײַבער יוסף בורג פֿון טשערנאָוויץ? זײַן אינטערעס דווקא צו יוסף בורגן איז קרופּניקן קלאָרער געוואָרן, ווען ער האָט זיך דערוווּסט, אַז אַפּעלזאַפֿט אַליין שטאַמט פֿון טשערנאָוויץ, ירושלים ד'בוקובֿינא. אַפּעלזאַפֿט גופֿא האָט דערציילט דובֿ־בערן זײַן אייגענע געשיכטע מיט שפּראַכן; אַז די עלטערן האָבן אין דער היים גערעדט נאָר דײַטש, די זיידע־באָבע – ייִדיש, און קיין ישׂראל, נאָכן חורבן, איז ער, אַ בחור אַ יתום, געקומען מיט אַ מישמאַש אין קאָפּ פֿון דײַטש, ייִדיש, רוסיש און אוקראַיִניש – קיין וואָרט נישט אין עבֿרית.

– ייִדיש, אַ חוץ אינעם אוניווערסיטעט, האָב איך זיך געלערנט בײַ די חסידים אין מאה־שערים און אויף די פֿאַרזאַמלונגען פֿון קאָמוניסטן.

– האָט זיך דערמאָנט אַפּעלזאַפּט, – כ׳פּלעג ספּעציעל באַזוכן זייערע אַסיפות, ווײַל דאָרט האָט מען געקאָנט הערן אַ גוטן וועלטלעכן ייִדיש.

די אָנגעווייטיקטע פֿראַגע האָט קראָפּניקן געבריט די צונג. אָבער ער האָט אָנגעהויבן פֿון דער ווײַטנס:

– וואָס מיינט עס, צו זײַן אַ ישׂראלדיקער שרײַבער?

אַ ווײַלע האָט אַפּעלזאַפּט געשוויגן. ניין, ער האָט זיך נישט פֿאַרטראַכט; אויף זײַן גלאַט־אָפּגעגאָלט בלייך פּנים האָט אַ ציטער געטאָן אַן אָדער. זײַן קול, וואָס ביז אַהער האָט זיך עס געהערט רויִק, אָן אַ מינדסטער אָנשטרענגונג, איז מיטאַמאָל האַרטער און העכער געוואָרן:

– איך בין נישט קיין ישׂראל־שרײַבער, כ׳בין אַ נאַציאָנאַלער ייִדישער שרײַבער, וואָס שרײַבט אויף עבֿרית.

אין דעם מאָמענט האָט קראָפּניק דערפֿילט, אַז נישט אַפּעלזאַפּטן דאַרף ער אַדרעסירן זײַן טענה וועגן דער באַציִונג צו ייִדיש אין ישׂראל.

זיי האָבן זיך געזעגנט בײַם אײַזערנעם הויף־טירל פֿון אַפּעלזאַפּטס ווילע, אָדער ווי מע רופֿט עס דאָ, קאָטעדזש.

– מײַן פֿרוי און איך פֿאַרבעטן אײַך מיט דער פֿרוי צו זײַן אונדזערע געסט פֿרײַטיק צו נאַכטס.

די ברייטע הויפּט־גאַס פֿון מבֿשׂרת־ציון האָט סימבאָליש אָפּגעטיילט דעם „צענטער“, מיט זײַנע טיפּישע אָפּגעריבענע הײַזלעך פֿון די מאָדערנע אָריגינעלע קאָטעדזשן און זייערע רײַכע אײַנוווינער. די עטלעכע טריט פֿון איין זײַט גאַס צו דער אַנדערער זײַט האָבן אויסגעזען ווי אַן איבערגאַנג־בריק פֿון אַ פֿאַרלווירענעם גלות צו אַן אײַנגעפֿונדעוועטן ציוניסטישן הײַנט. אין יענעם אומפֿאַרגעסלעכן אָוונט צו גאַסט בײַ די אַפּעלזאַפּטס האָט דער באַלעבאָס צוגעפֿירט קראָפּניקן צו אַ ביכער־שראַנק און שטיל, נאָר מיט שטאָלץ אַ זאָג געטאָן: „דאָס זײַנען מײַנע ביכער, וואָס זײַנען ביז אַהער דערשינען, בתוכם אויף אַנדערע שפּראַכן...“

קראָפּניקס בליק האָט געשאַרט איבער די ביכער־רוקנס, ווי אַ פֿאַרבלאָנדזשעט געשפּענסט פֿון אַן אַנדער וועלט. דווקא אין אָט די געציילטע רגעס פֿון זײַן צעמישטקייט און איבעררעשונג האָט ער זיך אַריבערגעטראָגן אין זײַן קינדשאַפֿט, ריכטיקער, אין יענעם טאָג, ווען זײַן מאַמע האָט אים, דעם זיבן־יאָריק בחורל, געבראַכט אין דער שטאָטישער קינדער־ביבליאָטעק, צו פֿאַרשרײַבן ווי אַ לייענער. דאָס ייִנגעלע איז געבליבן שטיין געפּלעפּט צווישן די הויכע פּאָליצעס־

ווענט, פֿאַרשטעלט מיט ביכער. אַזוי פֿיל ביכער האָט ער נאָך אין זײַן לעבן נישט געזען!

אין אַ מאָמענט האָט דער קליינער דובֿ־בער, וואָס אַלע בײַ זיי אין שטוב האָבן אים גערופֿן פּשוט בערעלע, אַרויסגעריסן זײַן האַנט פֿון דער מאַמעס האַנט און אַרויסגעלאָפֿן אין דרויסן. די מאַמע האָט אים אָנגעיאָגט און אַן אָנגעשראָקענע געפֿרעגט, וואָס איז פּלוצעם געשען. דאָס קינד האָט זיך צעוויינט. בערעלע האָט געכליפּעט און קוים אַרויסגעקוועטשט פֿון זיך: „מאַמע... כ'וועל דאָך קיין מאָל ניט... קיין מאָל אין לעבן די אַלע ביכער ניט איבערלייענען..."

דער באַלעבאָס מיטן גאַסט האָבן זיך אומגעקערט צוריק אין דעם געראַמען סאַלאָן, באַהאָנגען מיט קונסט־בילדער.

– צום באַדויערן, האָט מען נאָך קיין איין בוך מײַנס נישט איבער־געזעצט אויף רוסיש, – האָט אַהרון אַפּעלזאַפּט זיך ווי פֿאַרענטפֿערט.

דאָס מאָל האָט נישט די צונג אַ ברי געטאָן בײַ קרופּניקן, ס'האָט בײַ אים געברענט די נשמה: „און פֿאַר וואָס נישט אויף ייִדיש?"...

סוף־כּל־סוף, איז דער „זשיגול" מיטן ישׂראלדיקן פּאַסאַזשיר אַרײַנ־געפֿאָרן אין אַ ברייטן הויף אויף ווערנאַדסקי־גאַס. דער ליפֿט אינעם הויז האָט נישט געאַרבעט און דער שאָפֿער האָט געהאָלפֿן דובֿ־בערן אַרויפֿצוטראָגן זײַן וואַליזקע אויפֿן פֿינפֿטן גאָרן. פֿאַרסאַפּעט, זײַנען זיי ביידע געשטאַנען בײַ דער טיר ביז דער שאָפֿער האָט זי געעפֿנט.

– אַ דאַנק, ניקיטאַ סערגעיעוויטש... – האָט אָפּגעהאַלטן דעם אָטעם דובֿ־בער, – וויפֿל קומט אײַך?

– ניין... מיכאַיִל סאַמוילאָוויטש האָט מיר שטרענג געהייסן, כ'זאָל בײַ אײַך גאָרנישט נעמען...

דובֿ־בער האָט דערלאַנגט דעם שאָפֿער צען דאָלער און צוגעגעבן:

– מיר וועלן מיכאַיִל סאַמוילאָוויטשן גאָרנישט זאָגן!

מיט מישע ברײַ האָט קרופּניק זיך באַקענט מיט אַ יאָר צוועלף צוריק בשעתן לערנען זיך אין מאָסקווע אויף די העכסטע ליטעראַטור־קורסן. מישע, אַ סאַמעראָדנער מאָסקווער האָט זייער שטאָלצירט מיט זײַן טיפּיש־מאָסקווער אויסרעד. זײַן מאַמע, מומע בעטיע, פֿלעגט אים גוטמוטיק רייצן:

– רעד, ווי אַ לײַט, וועלן דיך מענטשן פֿאַרשטיין.

זי איז געווען פֿון איין שטעטל מיט קרופּניקס מאַמע, און ווען דובֿ־בער איז געפֿאָרן זיך לערנען אין מאָסקווע, האָט אים די מאַמע געגעבן

„בעטיעס אַדרעס און טעלעפֿאָן". מישע איז געווען מיט אַ פֿינף, זעקס יאָר ייִנגער פֿון דובֿ־בערן, און זיך געלערנט אין אַן אינסטיטוט מיט אַ לאַנגן נאָמען, וואָס ער אַליין האָט אָפּגעלאַכט סײַ פֿונעם נאָמען און סײַ פֿון זײַן לערנען זיך דאָרט.

– די עלטערן... זיי האָבן עס געוואָלט, בין איך אַהין אָנגעקומען, אַבי נישט גיין אין אַרמיי און זײַן לעבן זיי...

צו יענער צײַט, ווען דובֿ־בער איז געקומען קיין מאָסקווע, האָט שוין מישעס טאַטע נישט געלעבט. די מומע בעטיע אַליין האָט געאַרבעט ווי אַ בוכהאַלטערין אין אַ גרויסן גאַסטראָנאָמישן מאַגאַזין; אַזוי אַז קיין מאַנגל מיט פּראָדוקטן און אַנדערע מציאות איז בײַ זיי אין שטוב נישט געווען. מיט דובֿ־בערן האָט זי גערעדט ייִדיש, און דובֿ־בער פֿלעגט זיך צו איר אַרײַנכאַפּן סײַ צוליב געניסן פֿון איר אַ ביסל בעסאַראַבער ייִדיש און סײַ צוליב דעם „פּאַיאָק" פֿון דעפֿיציט־פּראָדוקטן, צוגעגרייט פֿון מומע בעטיען, כּדי ער זאָל עס אָפּפֿירן אַהיים קיין קעשענעוו. מאָסקווע האָט מען דאָך דעמאָלט גערופֿן אין לאַנד – די אַלפֿאַרבאַנדישע גאַסט־ראָנאָמישע קראָם.

דעם אינסטיטוט האָט מישע נישט פֿאַרענדיקט, זיך געלאָזט אין „ביזנעס" אַרײַן. דאָס וואָרט האָט אין די סוף אַכציקער אַלץ מער פֿאַרכאַפּט דעם שטח פֿון סאָוועטן־פֿאַרבאַנד, וואָס האָט זיך געטראָגן פֿון זײַן ניט־דערגרייכטער קאָמוניסטישער הייך אַראָפּ מיט אַ פֿאַראור־טיילטער קאַטאַסטראָפֿאַלער גיכקייט. אַ שטיקל צײַט האָט דובֿ־בער פֿון מישען גאָרנישט געהערט. קרופּניק איז אַליין פֿאַרקאָכט געווען אין זײַנע געזעלשאַפֿטלעכע און פּערזענלעכע פּראָבלעמען. אין איינעם פֿון זײַנע באַזוכן אין ישׂראל האָט אים אַ באַקאַנטער, אויך אַ מאָסקוועער, וואָס האָט געקענט מישען, געזאָגט, אַז מישעס מאַמע וווינט איצט אין אַשדוד.

– נו און מישע אַליין? – האָט דובֿ־בער זיך דערפֿרייט.

– מישע?... ער האָט זיך דאָ אַ שטיקל צײַט אַרומגעדרייט און זיך אומגעקערט צוריק קיין מאָסקווע...

אַרײַנגייענדיק אין דער דירה, האָט דובֿ־בער זיך אַרומגעקוקט. די זעלבע ווענט, וואָס פֿלעגן אים אַזוי היימיש אויפֿנעמען, האָבן איצט עלנט אַרומגעצאַמט די פּוסט געוואָרענע צימערן. די פֿירקאַנטיק־טונקעלע שפּורן, געבליבן אויף די אָפּגעבליאַקעוועטע טאַפּעטן פֿון באַרעמלטע משפּחה־פֿאָטאָגראַפֿיעס, האָבן שוין מער נישט געהאַט וואָס צו דערמאָנען. צו איינער אַ וואַנט אין אַ קלענערן צימער האָט זיך צוגעטוליעט אַן אַלטע

סאָפֿע. לעבן איר – אַ בענקל. אַנטקעגן אין אַ ווינקל איז אויף פֿיר דינע פֿיסלעך געשטאַנען אַ טעלעוויזאָר. איבערגעלאָזט זײַן וואַליזקע אין דעם צימער, איז דובֿ־בער אַרײַנגעגאַנגען אין קיך. אויפֿן פֿרידזשידער האָט ער דערזען צוגעקלעפּט אַ געל צעטעלע, איבערגעלאָזט פֿונעם באַלעבאָס: „שאַלאָם! אינעווייניק וועסטו געפֿינען וואָס איבערצוכאַפּן. ביז שפּעטער, מישע."

די מידקייט נאָך אַ נאַכט פֿליִען און דער „גיפֿטיקער וועג" פֿונעם פֿליפֿעלד אַהער האָבן ווי אָפּגערעדט צווישן זיך און זיך אויף אים אַרויפֿגעזעצט. אויפֿגעזאָטן וואַסער אינעם עלעקטרישן טשײַניק, האָט דובֿ־בער זיך פֿאַרקאָכט אַ גלאָז קאַווע. עסן האָט ער נישט געוואָלט, כאָטש מישע האָט זיך צוגעגרייט אויפֿצונעמען דעם גאַסט און דער פֿרידזשידער איז געווען פֿול געפּאַקט. אין שטוב איז געווען וואַרעם, און דובֿ־בער, שוין אָפּגעוווינט פֿון אַזאַ אָנגעהייצטער וואַרעמקייט, האָט זיך אומגעקערט צו דער סאָפֿע און זיך צוגעלייגט אויפֿן קישן, וואָס האָט שוין ווי אַרויסגעקוקט אויף זײַן קאָפּ...

2

זײַן נײַע קאַריערע פֿון אַ ייִדיש־לערער האָט זיך איבערגעריסן אין אַ דרײַ חדשים אַרום. ריכטיקער געזאָגט, האָט קרופּניק דערפֿירט זײַן אַרבעט אין די צוויי שולן ביזן סוף לערן־יאָר, אָבער שוין אין דער זעלבער צײַט אָנגעהויבן אַרבעטן אינעם ירושלימער אוניווערסיטעט. געבראַכט האָט אים אַהין צו פֿירן פּראָפֿעסאָר אַבֿרהם שטערן.

מיט אַבֿרהם שטערן האָט דובֿ־בער זיך באַקענט אויף דער לעקציע אינעם ירושלימער ייִדיש־קלוב. מעגלעך, צום ערשטן מאָל האָט קרופּניק געהערט אַן אַקאַדעמישן רעפֿעראַט, געהאַלטן אין ייִדיש אויף אַזאַ הויכן ניוואָ. עס איז אויסגעהאַלטן געוואָרן די אַקאַדעמישע פֿאָרעם, אָבער דער אינהאַלט איז געווען צוטריטלעך פֿאַר יעדן, ווער ס'איז געקומען אים הערן. דער פּראָפֿעסאָר האָט גערעדט וועגן פּרץ מאַרקישעס פּאָעמע „די קופּע". זײַן שפּרודלדיקער ייִדיש מיט אַן אַרגענטינער אַרויסבערענג האָט פֿאַרכאַפּט און געפֿירט נאָך זיך איבער צײַט און וועג, אַנטפּלעקנדיק דאָס סורעאַליסטישע בילד פֿון אַן אויסגעשאָכטן און פֿאַרברענט ייִדיש שטעטל אין אוקראַיִנע, בעתן בירגער־קריג.

נאָך דער לעקציע האָט מרדכי זשעטלמאַן, וואָס האָט, אַ חוץ זײַן אינספּעקטאָרישער אַרבעט פֿון ייִדיש־לימוד, אויך אָנגעפֿירט מיט דער אָרטיקער ייִדישער קולטור־געזעלשאַפֿט, באַקענט קרופּניקן מיט פּראָפֿעסאָר שטערן:

– אַן עולה חדש און מײַן נײַער ייִדיש־לערער.

– ברוכים־הבאָים... – האָט אַבֿרהם אויסגעשטרעקט זײַן האַנט צום גאַסט. – יאָ, כ'האָב געהערט, אַז איר געפֿינט זיך דאָ נישט ווײַט, אין מבֿשׂרת־ציון...

מענטשן פֿונעם זאַל זײַנען צום לעקטאָר צוגעגאַנגען, באַגריסט, איבערגעשלאָגן, נישט לייגנדיק קיין אַכט, אַז ער רעדט מיט אַן אַנדערן. אַבֿרהם האָט אַ ווונק געטאָן צו דובֿ־בערן און אים פֿאָרגעלייגט זיך צו טרעפֿן אויפֿן צווייטן טאָג.

– אויף קינג דזשאָרדזש־גאַס איז דאָ אַ קאַפֿע „עטרה", לאָמיר זיך דאָרט טרעפֿן פֿיר אַזייגער...

די אַנדערשקייט פֿון די באַציִונגען צו אים, ווען ער פֿלעגט קומען קיין ישׂראל אויף אַ צײַטווײַליקן באַזוך, ווי אַן אָנפֿירער פֿון אַ ייִדישער אָרגאַניזאַציע אין סאָוועטן־פֿאַרבאַנד, און נאָכן קומען אַהער אויף שטענדיק, האָט זיך באַלד געוואָרפֿן אין די אויגן. דעמאָלט האָבן די פֿונקציאָנערן פֿון סוכנות, „דזשוינט" און אַנדערע קלענערע ייִדישע אָרגאַניזאַציעס, וועלכע האָבן געזוכט קאָנטאַקטן אין די נײַ־אַנטדעקטע „ייִדישע מקומות", ביז אַהער געשלאָסן, כּמעט צו זיי נישט צוקומען, – געזען אין קרופּניקן אַ פֿאַרלאָזלעכן פֿאַרבינדלער. דעמאָלט האָבן זיי זיך גענייטיקט אין אים, און איצט האָט ער זיך גענייטיקט אין זיי. אין דעם האָט טאַקע געשטעקט דער גורלדיקער אונטערשייד – דער בײַט פֿון זײַן סטאַטוס. נישט די טשינאָווניקעס פֿון סוכנות און „דזשוינט" מיט זייערע גלאָבאַלע אויפֿגאַבעס צו ראַטעווען די ייִדן פֿון דעם זינקענדיקן סאָוועטישן „טיטאַניק", נאָר דווקא די געציילטע און נעבעכדיקע ייִדיש אינסטיטוציעס און יחידים זײַנען אים געקומען אַנטקעגן. אַזוי איז געשען מיט מרדכי זשעטלמאַן און דערנאָך מיט אַבֿרהם שטערן.

דובֿ־בער איז געווען מיט אַ פּאָר יאָר עלטער פֿון אַבֿרהמען, און כאָטש יענער האָט גערעדט מיט אים ווי מיט אַ גלײַכן, האָט דובֿ־בער פֿאָרט געפֿילט אַ געוויסע אָפּהענגיקייט און געפּענטעטקייט, וואָס האָט אים געשטערט צו פֿירן דעם שמועס אַזוי ווי ער איז געוווינט. עס האָט זיך אים געדאַכט, אַז זײַנע ביז־איצטיקע אויפֿטוען, אַרויסגעלאָזטע ביכער, אָנערקענונג – די 40 יאָר לעבן זײַנען געבליבן אין אַ פֿאַרפֿלאָמבירטן באַגאַזש־קאַסטן פֿון פֿאַרגאַנגענהייט מיט אַ שטעמפּל פֿון אויבן – „עולה חדש". אָט דאָס שטעמפּל האָט סײַ די אַרומיקע און סײַ אים אַליין אָנגעוויזן אויף זײַן איצטיק אָרט אינעם נײַעם דריי פֿון לעבן. ווי ס'האָט געזאָגט דער גרויסער פּאָעט: „כ'האָב זיך יאָרן געוואַלגערט אין דער פֿרעמד, איצט פֿאָר איך זיך וואַלגערן אין דער היים..."

דער פּראָיעקט, וועגן וועלכן ס'האָט דערציילט פּראָפֿעסאָר שטערן, איז געווען אוניקאַל נישט בלויז לויט זײַן ריזיקן פֿאַרנעם – עס איז דאָך

געגאַנגען די רייד פֿון קאַטאַלאָגירן די גאַנצע ייִדישע פּרעסע צווישן ביידע וועלט־מלחמות, – נאָר אויך עס טאָן אויף אַ גאָר נײַעם אופֿן – עלעקטראָניש, אַז אַלע ביבליאָטעקן אין דער וועלט, ווי אויך יחידים זאָלן האָבן צו אָט דער ביבליאָגראַפֿיע אַ צוטריט. און נאָך: די גאַנצע אינפֿאָרמאַציע וועט זײַן אַרײַנגעפֿירט אינעם קאָמפּיוטער אויף ייִדיש.

– דו האָסט אַמאָל געאַרבעט מיט אַ קאָמפּיוטער? – האָט שטיל געפֿרעגט אַבֿרהם, ווי מורא געהאַט צעטרײַבן מיט זײַן פֿראַגע אַלע האָפֿענונגען פֿון דעם גרינעם אימיגראַנט...

דובֿ־בער האָט דערזען פֿאַר די אויגן זײַן פּאָרטאַטיווע שרײַב־מאַשינקע „Hermes-Baby" מיט ייִדישע אותיות. ער האָט זי געקויפֿט אין מאָסקווע בײַ דער קאָרעקטאָרין פֿונעם זשורנאַל „סאָוועטיש געזעמלאַנד" דינה גראָזאָווסקי, די אַלמנה פֿונעם ייִדישן ליטעראַטור־קריטיקער און פֿאָרשער ישׂראל סערעבריאַני. די שרײַב־מאַשינקע, ווי אַ סך פֿריִער דער פֿידל, איז געוואָרן קרופּניקס אַ לעבנס־טייל; און אויב דעם פֿידל האָט קרופּניק פֿאַרטרויט זײַן נשמה, האָט ער זײַנע געדאַנקען אַרײַנגעקלאַפּט אין דעם קליינעם און עלעגאַנטן מכשיר, וואָס האָט אַלץ מער און עקשנותדיקער אָפּגערוקט דעם פֿידל אין אַ זײַט. זיי זײַנען געוואָרן צוויי זײַנע פֿליגלען, דער פֿידל און די שרײַב־מאַשינקע, און לאַנגע יאָרן האָבן זיי אים ביידע טרײַ געדינט. און דאָך, האָט דובֿ־בער געפֿילט, אַז די שרײַב־מאַשינקע מיט איר אײַזערנעם ווילן נעמט איבער אים די אויבערהאַנט. דער פֿידל האָט סוף־כּל־סוף נאָכגעגעבן, אָבער פֿאָרט אָפּגעריסן און באַהאַלטן בײַ זיך אַ שטיק פֿון קרופּניקס נשמה. צומאָל אין די בײַנאַכטן פֿלעגט דער פֿידל אָנשיקן אויף אים פּײַנפֿולע חלומות, ווי געוואָלט אין אים זיך נוקם זײַן.

און אָט איז געקומען די צײַט פֿון פֿאַרלאָזן זײַן „בייבי־הערמעס" און פֿאַרבײַטן די שרײַב־מאַשינקע אויף אַ שפּאָגל־נײַעם קאָמפּיוטער. נאָך עטלעכע טרעפֿונגען מיט אַבֿרהמען איז געלייזט געוואָרן זײַן גורל. דובֿ־בער קרופּניק איז אָנגענומען געוואָרן אויף אַרבעט אינעם העברעיִשן אוניווערסיטעט. אַ חוץ קרופּניקן, איז אין דעם פּראָיעקט באַשעפֿטיקט געווען נאָך אַ פֿרוי, טאַמאַרע וויזעל. קיין שום שײַכות צום נאָבעל־געווינער אלי וויזעל האָט טאַמאַרע נישט געהאַט, הגם געשטאַמט פֿון דער זעלבער רומעניש־אונגערישער טראַנסילוואַניע. זי האָט עס קרופּ־ניקן גלײַך געזאָגט בײַ זייער ערשטער טרעפֿונג, כּדי אָפּצושלאָגן בײַ אים דעם חשק צו שטעלן איר „פֿאַרשלעפּטע פֿראַגעס".

דער ביוראָ, ווו די אַרבעט איבערן פּראָיעקט האָט געזאָלט אָנגיין, האָט זיך געפֿונען אין גבֿעת־רם, אויפֿן זעלבן שטח, וואָס די נאַציאָנאַלע ביבליאָטעק. אַ שמאָלער צימער, אַ האַלב־קעלער, מיט אַ פֿאַרגראַטעוועט פֿענצטערל אין הויף אַרויס, שטענדיק פֿאַרוואַקסן מיט גראָז. דאָס ליכט איז געפֿאַלן פֿון דער סטעליע, פֿון די לאַנגע לומיניסצענטלעמפּ. לענג אויס דעם ביוראָ, האָבן זיך אויסגעשטעלט אויף ברייטע פּאָליצעס די יאָרגענג פֿון די צוויי וויכטיקסטע טעגלעכע צײַטונגען אין פֿאַרמלחמהדיקן פּוילן – „דער מאָמענט" און „דער הײַנט". די ריזיקע פֿאָליאַנטן, מיט אָפּגעריבענע קאַרטאָן־טאָוולען, האָבן ווי אַרײַנגעבראַכט אינעם ענגן ביוראָ אַ שטיק פֿאַרגליווערטע געשיכטע פֿון יִדן אין מיזרח־אייראָפּע. זייער אָרט אינעם ביוראָ האָבן זיי פֿאַרנומען ערשט נישט לאַנג צוריק. פֿאַר דעם האָבן זיי זיך געוואַלגערט צווישן טויזנטער אַנדערע אײַנבונדן פֿון צײַטונגען און זשורנאַלן, געבראַכט פֿון פֿאַרשידענע אָפּהיט־ערטער בײַ דער נאַציאָנאַלער ביבליאָטעק, ווי אַן אַראָפּגעשריבענע אומניצלעכע סחורה.

אין אַ טאָג האָט דובֿ־בער מיט אַבֿרהמען זיך געלאָזט אויף אַבֿרהמס „סובאַראָ" ערגעץ הינטער דער שטאָט אין אַן אינדוסטריעלער זאָנע. נאָך אַ פֿערציק מינוט פֿאָרן, האָט אַבֿרהם זיך אָפּגעשטעלט בײַ אַ הויכן אײַזערנעם טויער און אויפֿגעעפֿנט דאָס פֿענצטערל אויף זײַן טיר. אַ פֿאַרוואַקסן מאָגער פּנים האָט אַרײַנגעקוקט מיט אַ שמייכל. נאָך איידער ס'האָט אַרויסגעלאָזט אַ קלאַנג, האָט אַבֿרהם געוויזן אַ פּאַפּיר און זײַן שײַן. דער שומר האָט אַ ווײַלע זיי באַטראַכט, אומגעקערט דעם שײַן און זיך געלאָזט צו זײַן שומר־בודקע. אין אַ ווײַלע אַרום האָט דער טויער מיט אַ פֿאַרזשאַווערט סקריפּעניש אָנגעהויבן זיך פּאַמעלעך רוקן אין איין זײַט.

די ריזיקע טעריטאָריע, פֿאַרשטעלט מיט לאַנגע אַלטמאָדישע געבײַדעס, האָט דערמאָנט קרופּניקן אינעם מיליטערישן גאַרניזאָן־שטעטל אין בעלץ, ווו ער האָט אַ יאָר געדינט נאָכן פֿאַרענדיקן די קאָנ־סערוואַטאָריע. די דאָרטיקע קאַזאַרמעס זײַנען אויפֿגעבויט געוואָרן נאָך אין די צײַטן פֿונעם לעצטן רוסישן צאַר ניקאָלײַ דעם צווייטן. דובֿ־בער האָט זיך נישט טועה געווען; אין דער צײַט פֿון ענגלישן מאַנדאַט זײַנען די דאָזיקע בנינים אויך געווען קאַזאַרמעס, דערנאָך האָבן זיי געדינט פֿאַר דער ישׂראל־אַרמיי. שוין אַ היפּשע צײַט ווי דעם שטח האָט אָפּגעקויפֿט אַ בוי־קבלן און ביז וואָס און ווען ווערן די געבײַדעס פֿאַרדונגען פֿאַר פֿאַרשיידענע ווירטשאַפֿטלעכע צילן.

– נו, אָט איז אונדזער הייל מיט אוצרות, – האָט אַבֿרהם ווי אונטערגעצויגן דעם סך־הכּל צו זייער נסיעה און אָפּגעשטעלט דעם אויטאָ אַנטקעגן אַ פֿאַרשלאָסענער טיר. דער גרויסער הענגשלאָס האָט, אַפּנים, אויך געהערט צו די מאַנדאַט־צײַטן. אַבֿרהם האָט אים אויפֿגע־שלאָסן מיט זײַן אייגענעם שליסל. איבערגעטראָטן די שוועל, האָט אים די געדיכטע פֿינצטערניש גלײַך אײַנגעשלונגען. ס'האָט גדויערט עטלע־כע סעקונדעס ביז ס'איז געוואָרן ליכטיק, הגם די עלעקטרישע לעמפּ, שיטער צעוואָרפֿן איבער דער הויכער סטעליע, האָבן די אויגן מיט זייער שײַן נישט געשניטן.

דובֿ־בער האָט זיך אַרומגעקוקט. עטלעכע הויכע קופּעס, אָנגע־וואַלגערט דאָ און דאָרט, האָבן אים דערמאָנט רעשטלעך נאָך אַ ים־שטורעם, אַרויסגעוואָרפֿן אויפֿן ברעג און דערנאָך צונויפֿגעשאַרט. נאָך בשעתן פֿאָרן אַהער האָט אים אַבֿרהם דערקלערט, אַז זייער ציל איז אויסצוגעפֿינען און ראַטעווען, וויפֿל עס לאָזט זיך, יאָרגענג פֿון די צוויי פּוילישע הויפּט־צײַטונגען. פֿון זיי וועט זיך טאַקע אָנהייבן די גרויסע אַרבעט אויפֿן קאַטאַלאָג־פּראָיעקט.

– ס'וועט לײַכטער מאַכן די אַרבעט, – האָט אַבֿרהם גערעדט רויִק און זיכער, – איין זאַך איז צו לייענען די טעקסטן גלײַך פֿון די זײַטן, און אַ צווייטע זאַך – עס צו טאָן פֿון די מיקראָפֿילמען. – אַ ווײַלע האָט ער געשוויגן, ווי עפּעס אַרומגעטראַכט און צוגעגעבן: – מ'וועט אָבער מוזן אַרײַנקוקן אויך אין די מיקראָפֿילמען... זיי זײַנען געמאַכט געוואָרן מיט יאָרן צוריק... סײַ־ווי וועט נאָך גענוג אויספֿעלן...

איצט, שטייענדיק בײַ די חורבֿות פֿון דער יִדישער פּרעסע, האָט דובֿ־בער זיך דערמאָנט, ווי מיט עטלעכע יאָר צוריק איז אים אויסגעקומען צו באַזוכן מיט זײַן מאַמען איר שטעטל. קיין בית־עולם איז שוין דאָרט נישט געווען; געפֿונען האָבן זיי אַ באַרג מצבֿות, אָנגעוואָרפֿן איין מצבֿה אויף אַן אַנדערער...

די אַלטע גרויסע אײַנבונדן פֿון די יִדישע צײַטונגען האָבן אין דער גרויסער קופּע אויסגעזען ווי יענע פֿאַרלאָזטע מצבֿות.

– פֿאַרקאַטשע די אַרבל, – האָט אים אינסטרוקטירט אַבֿרהם, – לאָמיר אָנהייבן פֿון אויבן... די געפֿונענע יאָרגענג וועלן מיר צונויפֿלייגן נענטער צו דער טיר...

די ערשטע לימודים פֿון אַרבעטן מיט אַ קאָמפּיוטער האָט דובֿ־בער באַקומען בײַ טאַמאַרען. ס'האָט אויסגעזען ווי אַ מיראַזש: דאָס פּירעקיק

פֿענצטערל, דער עקראַן, האָט אים פֿאַרכאַפּט און באַהערשט, אַרײַנ־ציִענדיק אין אַ פֿינצטערן טונעל, ווו ער האָט זײַן גוף נישט געפֿילט; נאָר די פֿינגער האָבן אויטאָמאַטיש איבערגעקליבן די קנעפּלעך אויף דער ווייכער קלאַוויאַטור און פֿאַר די אויגן האָבן זיך באַלד אויסגעשטעלט שורותוווײַז ייִדישע ווערטער. יעדער אות איז באַשטאַנען פֿון פּיצינקע ליכטיקע פּינטעלעך, ווי אַ טאַטויִרונג. „פֿאַרן היימלאַנד! פֿאַר סטאַלינען!”
– אַזאַ טאַטויִרונג האָט דער קליינער דובֿ־בער, וואָס האָט ערשט אָנגעהויבן צונויפֿשטעלן ווערטער אַ טראַף נאָך אַ טראַף, איבערגעלייענט אויפֿן פֿויסט פֿון זײַן שכן, וואָס איז מער געזעסן אין תּפֿיסה, איידער געווען אין דער היים... אַ פֿינגער אויף דער קלאַוויאַטור האָט זיך ספּאָטיקעט, פֿאַרטשעפּענדיק אַ „פֿרעמד” קנעפּל. אַ רגע – און די העלע פּינטעלעך אויפֿן שוואַרצן עקראַן זײַנען זיך אין איין אויגנבליק צעפֿלויגן אין אַלע זײַטן און אײַנגעזונקען געוואָרן אינעם פֿינצטערן תּהום...
– טיפּש איינער! – האָט גלײַך אויסגעשאָסן טאַמאַרע, – וויפֿל קען מען דיך לערנען: פֿאַרגעס נישט יעדעס מאָל אָנקוועטשן „שמור”!
טאַמאַרע, אַ פֿרוי אין די אָנהייב פֿערציקער, האָט קיין משפּחה נישט געהאַט. זי האָט געהערט צו דעם מין מענטשן, וואָס זײַנען שטענדיק פֿאַרטאָן אינעם פֿאַרפֿולקומען זייער גײַסט און מוח. אַן אָנגעלייענטע אין עטלעכע שפּראַכן, האָט זי אַ היפּשע צײַט פֿאַרבראַכט אין פּאַריז. דווקא דאָרט, אין צענטער אייראָפּע, נישט אין דער פּראָווינציעלער רומענישער היים, האָט זיך פּלוצעם אַנטפּלעקט איר ליבע צו ייִדיש און ייִדישער ליטעראַטור. לויט דער נאַטור אַ פֿאַרבאָרגענע, פֿלעגט זי זעלטן ווען צועפּענען אַ קליין פֿענצטערל צו איר לעבן. פֿון קינדווײַז אָן האָט טאַמאַרע געליטן פֿון אַ מום, זי האָט געהינקט אויף איין פֿוס, וואָס האָט זיך אָפּגערופֿן אויף איר אײַנגעשלאָסענעם און פּלוצעם־אויפֿרײַסלעכן כאַראַקטער. אין די רגעס פֿון איר אויפֿגעבראַכטקייט פֿלעגט איר זכּרון אויסשיטן דעם גאַנצן זאַפּאַס קללות, וואָס זי האָט אויסגעלערנט אין ייִדיש. ער איז אָבער גיך אויסגעגאַנגען און צוזאַמען מיט דעם איז אויסגעלאָשן געוואָרן טאַמאַרעס כּעס. דעמאָלט פֿלעגט שוין דובֿ־בער אין אַ גוטן מוט, איר דערלאַנגען אַ לימוד פֿון קללות, נישט פֿון די ביכער אויסגעלייענט, נאָר געהערט לעבעדיקערהייט אויף דער בעלצער גאַס, בשעת די שכנות פֿלעגן זיך קריגן און די שיינע ווערטער און ווינטשעוואַניעס קוויטשיק אָנשיקן איינע דער אַנדערער.

דאָס באַהערשן די קאָמפּיוטער־פּראָגראַם האָט נאָך אַלעמען אַ סך צײַט נישט גענומען. דערצו איז עס געווען מער אַ טעכנישע זאַך, און קרופּניקס פֿינגער, פֿון שפּילן לאַנגע יאָרן פֿידל, האָבן גיך געכאַפּט די נײַע „אַפּליקאַטור" און זי פֿאַרגעדענקט. די הויפּטזאַך איז אַוודאי געווען דער אינהאַלט פֿון דעם קאַטאַלאָג גופֿא. צוליב דעם האָט מען געדאַרפֿט אויסאַרבעטן און אײַנפֿירן אַ כּסדרדיקע שיטה פֿון קאַטעגאָריעס, טערמינען און טעמעס אויף יִדיש. אַרומצורעדן די אַלע פּונקטן, פֿלעגן זיי זיך צונויפֿנעמען אינעם ביוראָ זאַלבע־דריט. אין תּוך גערעדט, איז דער פּראָיעקט געווען אַ מין אוניווערסאַל ווערק, אַ צונויפֿגוס פֿון אַ קאַטאַלאָג מיט אַ ביבליאָגראַפֿיע. ווי אַ פּועל־יוצא פֿון דעם פּראָיעקט, וואָלט דעם פֿאָרשער גענוג געווען אַרײַנפֿירן אינעם זוכצעטל אַ „שליסלוואָרט" פֿון דעם וואָס ער זוכט, אָנקוועטשן די קאָמאַנדע „זוך", ער זאָל אין אַ סעקונדע באַקומען די גאַנצע אינפֿאָרמאַציע וועגן דעם, ווו ער קען עס געפֿינען אויף די שפּאַלטן פֿון דער אויסגאַבע במשך פֿון אַלע יאָרן. דער פּראָיעקט האָט פּאַמעלעך אָנגעהויבן זיך אויסצופֿורעמען, זיך אײַנסדרן און ווי אַ סימן, אַז ער איז אויף אַ דרך, האָט די אַרבעט זיך פֿאַרוואַנדלט אין אַ טאָג־טעגלעכער רוטין.

משנה־מקום, משנה־מזל... דעם טעם פֿון דעם גלײַכוואָרטל איז אויסגעקומען צו פֿאַרזוכן אַלע דורות יִדישע איבערוואַנדערער, זינט דעם חורבן פֿונעם ערשטן בית־המיקדש. דאָ אין מבֿשׂרת־ציון, עטלעכע קילאָמעטער פֿון ירושלים, ווו ס'האָט געפֿונען זייער צײַטווײַליקן נײַעם מקום דער דור יִדישע איבערוואַנדערער פֿון סוף 20סטן יאָרהונדערט, האָט דאָס נײַע מזל נישט תּמיד געהאַט דעם טעם, וואָס מ'האָט דערוואַרט. דאָס משנה זײַן דאָס אָרט פֿון לעבן איז געווען אַ סך פּשוטער, איידער צו בײַטן דעם תּוך פֿון זיך אַליין...

אין דובֿ־בערס משפּחה האָט די דאָזיקע ענדערונג שטאַרקער פֿון אַלע דערפֿילט זײַן ווײַב, מײַע. עבֿרית האָט זי גיך געכאַפּט און שוין אין אַ האַלב יאָר אַרום פֿרײַ גערעדט, געלייענט און געשריבן. זי איז בכלל געווען פֿייִק צו שפּראַכן; געקענט, אַ חוץ רוסיש, ענגליש, רומעניש, יִדיש. ס'האָט זיך אָבער גאָר אין גיכן אַרויסגעוויזן, אַז אַ פּרוי מיט אַן אינזשענער־בילדונג און דערפֿאַרונג פֿון אַ צענדליק יאָר קלינגט צו מאָדנע אין דער „אינדוסטריעלער זאָנע" פֿון ירושלים, ווו די קרופּניקס האָבן באַשלאָסן זיך צו באַזעצן. מיט גרויסע שוועריקייטן האָט מײַען זיך אײַנגעגעבן צו ווערן אָנגענומען אויף אַ בוכהאַלטעריע־קורס פֿאַר עולים, וואָס האָבן

שוין געהאַט אַ העכערע עקאָנאָמיע־בילדונג. זי האָט אַזאַ בילדונג נישט געהאַט, אָבער פֿאַרט זיך איַינגעשפּאַנט און איַינגעשפּאַרט אויסצולערנען גאָר אַ ניַיע פֿאַך; דורך די נעכט געזעסן געחזרט און געשלונגען די טרערן, וויַיל זי האָט געוווּסט, אַז „אין־ברירה!". נאָך פֿינף חדשים, דורכמאַכנדיק אַלע דריַי מדרגות, וואָס בדרך־כּלל נעמט עס אָנדערהאַלבן יאָר, האָט מיַיע באַקומען איר ישׂראל־דיפּלאָם. פֿון עטלעכע און דריַיסיק סטודענטן, וואָס זיַינען לכתּחילה אָנגענומען געוואָרן אויף דעם קורס, האָבן אים פֿאַרענדיקט נאָר זיבן. איר ניַיע פֿאַך, בוכהאַלטעריַי, האָט שוין יאָ געפּאַסט פֿאַר אַ פֿרוי אין דער ישׂראלדיקער געזעלשאַפֿט.

דעם עלטערן זון, אַרקאַדי, וואָס האָט יענעם יאָר פֿאַרענדיקט אין קעשענעוו די מיטלשול, האָבן די עלטערן באַשלאָסן צו שיקן זיך אָננעמען אַ ביסל ייִדישקייט אין ישיבֿת־ניר, אין קרית אַרבע. גראָד אַהין האָט זיי געעצהט אים צו שיקן דובֿ־בערס אַ באַקאַנטער, וואָס האָט געאַרבעט אין סוכנות און פֿלעגט אָפֿט אַראָפּקומען קיין קעשענעוו מיט אַ שליחות. אַליין אַ סאַברע האָט ער געטראָגן אַ געשטריקט כּיפּהלע, אָדער ווי מע רופֿט עס אין ישׂראל, „כּיפּת־סרוגה" – אַ מין סימבאָל פֿון דער רעליגיעזער ציוניסטישער באַוועגונג. פֿון דעם זעלבן שניט איז אויך געווען די ישיבֿת־ניר.

דער קלענערער זון, זאָריק, האָט אין יענעם יאָר ערשט געדאַרפֿט גיין אינעם ערשטן קלאַס. אויסגעניצט די געלעגנהייט, אַז די טאַטע־מאַמע זיַינען פֿאַרדרייט מיט זייערע אייגענע דאגות, און אַז די באָבע האָט אַ קנאַפּע שליטה איבער אים, איז דער קליינער צוגעוואַקסן צום טעלעוויזיע־עקראַן, פֿאַרבראַכט כּמעט גאַנצענע טעג, קוקנדיק די קינ־דער־פּראָגראַמען. פֿאַר נאַכט פֿלעגט אים די באָבע צושטעלן אַ בענ־קעלע פֿאַרן טאַטן, אַז ער וואַקסט אַ פּוסטעפּאַסניק און אַ נישט־טויגער. אַרויסגעוויזן האָט זיך אָבער, אַז זאָריק, פֿאָלגנדיק זיַין קינדערישן חוש, האָט אָנגעטאַפּט אַן אייגן סטעזשקעלע צו „אַבסאָרבירן זיך". שוין גאָר אין גיכן האָט ער געזונגען די פּאָפּולערע ישׂראל־לידעלעך פֿאַר קינדער, געהערט אויף דער טעלעוויזיע. נאָך מער, ער האָט אָנגעהויבן רעדן מיט די עלטערן „רק עבֿרית", און דערמיט באַשטעטיקט דעם פֿאַרשפּרייטן מיין, אַז ישׂראל איז דאָס איינציקע לאַנד אין דער וועלט, ווו די קינדער לערנען די עלטערן צו באַהערשן די לאַנדשפּראַך.

משנה־מקום ברענגט אויך אומדערוואַרטע טרעפֿונגען. אַזוי איז אויך געשען מיט דובֿ־בערן, ווען ער האָט זיך אין מבֿשׂרת־ציון באַ־

געגנט מיט דער פֿידלערין מרים גיליטשינסקי. זיי האָבן זיך נישט געזען לאַנגע יאָרן, הגם געוווינט אין איין שטאָט און געאַרבעט אויף איין פּראָ־פֿעסיאָנעלן פֿעלד. זי איז געווען אַ לערערין אינעם מוזיק־טעכניקום, ווו דובֿ־בער האָט זיך געלערנט אין דער צווייטער העלפֿט 1960ער יאָרן. אַ קליינוווקסיקע פּוללײַביקע פֿרוי מיט אַ שוואַרצחנעוודיק פּנים און שיינע טיפֿע אויגן פֿלעגט זי זיך שווער אויפֿהייבן אויפֿן צווייטן גאָרן, אַ פּאָר רגעס אָפּאָטעמען און זיך שטיל אַרײַנקאַטשען אין איר קלאַס. בײַ גיליטשינסקי האָט זיך געלערנט דובֿ־בערס נאָענטער חבֿר און פֿון אים האָט ער זיך דערוווּסט, אַז נישט לאַנג צוריק איז בײַ דער לערערין געבוירן געוואָרן אַ ייִנגעלע. צוליב דעם איז איר אָפּטלעך אויסגעקומען דורכצולאָזן דעם קלאַס; אָדער דער חבֿר האָט געמוזט זיך שלעפּן צו איר אַהיים, בפֿרט פֿאַר די עקזאַמענס. ער האָט קרופּניקן אויך דער־ציילט, אַז מרימס מוטער איז געווען אַן אָפּערע־זינגערין. ער האָט געזען איר בילד אין דער ראָלע פֿון טשײַקאָווסקיס טאַטיאַנע אין דער אָפּערע „יעווגעני אָניעגין"; אָבער קיין בילד פֿון איר פֿאָטער האָט ער עפּעס נישט באַמערקט.

אין די מיט־1980ער האָט אין דער רעפּובליקאַנער צײַטונג „סאָ־וועטסקאַיאַ מאָלדאַוויאַ" זיך באַוויזן אַ גאַנצע סדרה אַרטיקלען וועגן דער אָרטיקער „חבֿרה־ציוניסטן", וואָס „באַלאַמוטשעט די קעפּ דער ייִדישער יוגנט". דער כּמעט אויסגעדאַמפּטער אַנטיסעמיטישער שטינק פֿון די אָנהייב פֿופֿציקער יאָרן האָט ווידער זיך געלאָזט פֿילן מיט אַלע פּישטשעווקעס פֿון אַזאַ מין צונויפֿגעשטוקעוועטן „קאַגעבע־ענין". צווישן די „קאַרפּן" פֿון דער סכּנותדיקער „חבֿרה" איז אָנגערופֿן געוואָרן איינער אַ זינאָווי גיליטשינסקי. פֿון די אַרטיקלען האָט געדרונגען, אַז נאָר מיט אַן איבערשרעק וועלן די הויפּט־פּערסאָנאַזשן פֿון דעם „ענין" נישט אָפּקומען.

אַז אָט דער זינאָווי גיליטשינסקי איז מרים גיליטשינסקיס זון האָט זיך בײַ קרופּניקן נישט באַלד געלייגט אויפֿן שׂכל. דאַכט זיך, ערשט נעכטן – האָט ער זיך דערמאָנט – איז דאָס ייִנגעלע געווען אַ זויגקינד. זעט אויס, אַז נישט פֿון זײַן מאַמען האָט עס אײַנגעזויגן אַזאַ „פֿאַרסמט מילך"?! אַז דובֿ־בער האָט זיך טועה געווען מכּוח „מאַמעס מילך", האָט ער זיך געכאַפּט מיט עטלעכע יאָר שפּעטער, בשעתן בלעטערן אין די וועגט פֿון „קאַגעבע" דעם „ענין", אײַנגעפּירט אין יולי 1940 אויפֿן אַרעסטירטן ציוניסטישן טוער אין בעסאַראַביע זלמן ראָזענטאַל...

אין יאָר 1991 נאָך דעם, ווי סאָוועטישע מאָלדאַוויע איז געוואָרן אַן אומאָפּהענגיקע מלוכה מאָלדאָווע, האָט קרופּניק, ווי אַ מיטגליד פֿונעם מאָלדאַווישן שרײַבער־פֿאַראיין, זיך געוואָנדן מיט אַ מעלדונג אינעם רעפּובליקאַנער זיכערהייט־קאָמיטעט מע זאָל אים דערלויבן זיך באַקענען מיט די „ענינים" פֿון די ייִדישע שרײַבערס, אַרעסטירט סײַ אין שײַכות מיטן „ייִדישן אַנטיפֿאַשיסטישן קאָמיטעט", סײַ נאָך פֿאַר דער צווייטער וועלט־מלחמה, באַלד נאָך דעם, ווי די רומענישע בעסאַראַביע איז געוואָרן אַ טייל פֿונעם סאָוועטן־פֿאַרבאַנד. אַזאַ דערלויבעניש, וואָס מיט אַ יאָר פֿריִער, וואָלט קרופּניק זיכער נישט באַקומען, האָט ער אין גיכן יאָ געקראָגן. צי האָבן זיך געביטן די צײַטן? שוין גיכער, אַז די נײַע זיכערהייט־פֿירערשאַפֿט פֿון דער ערשט־אָפּגעבאַקענער מלוכה, האָט נאָך, נעבעך, נישט געוווסט, וועלכן „קייסער" און ווי אַזוי אים צו דינען. שוין שפּעטער מיט אַ יאָר, אָנדערהאַלבן איז דער צוטריט צו אַזאַ מין דאָקומענטאַציע געווען פֿאַרמאַכט.

אינעם קאַלטן גראַמען צימער, ווו עס קומען, אַפּנים, פֿאַר פֿאַרזאַמלונגען און פֿײַערלעכע אונטערנעמונגען פֿונעם זיכערהייט־קאָמיטעט, האָט מען קרופּניקן אויסגעטיילט אַ טיש אין אַ ווינקל. צו דעם אָרט פֿלעגט אים כּמעט יעדן אינדערפֿרי, במשך פֿון עטלעכע חדשים באַגלייטן דורך די שמאָלע קאָרידאָרן מיט אַ סך טירן דער באַיאָרטער, אײַנגעהויקערטער אַרכיוואַר, טראָגנדיק אונטערן אָרעם אַ פּאַק טעקעס – די „קרימינעלע ענינים", אַרויסגעשלעפּט, מעגלעך, צום ערשטן מאָל נאָך צענדליקער יאָרן פֿאַרשפּאַרטקייט אויף דער ליכטיקער שײַן.

דער קאַגעבע־וועטעראַן האָט אַוועקגעלייגט זײַן קאַזיאָנע פּעקל אויפֿן טיש און אונטערגערוקט דובֿ־בערן אַ בייגעלע פּאַפּיר, ווו עס איז געווען דײַטלעך אָנגעוויזן די צאָל טעקעס און אַז ער, דובֿ־בער קרופּניק, טראָגט די פֿאַראַנטוואָרטלעכקייט פֿאַר זייער גאַנצקייט. אונטערגעשריבן דאָס פֿאָרמעלע בלעטל, האָט דובֿ־בער געפֿרעגט:

– פֿאַר וואָס איז דאָ אַזוי קאַלט?

מיט אַ קאַרגן שמייכל אויף אַ האַלב פּנים, ווי געוואָלט דערמיט ווײַזן, אַז מער האָט זײַן וויזאַווי נישט פֿאַרדינט, האָט דער אַרכיוואַר געענטפֿערט:

– מע זאָל גיכער זיך אַדאַפּטירן צו די סיבירער פֿרעסט...

דעם נאָמען זלמן ראָזענטאַל האָט קרופּניק צום ערשטן מאָל געהערט פֿונעם קעשענעווער ייִדישן שרײַבער רחמיאל ראָשקאָוואַן. זיי

האָבן גערעדט וועגן דער ייִדישער פּרעסע אין בעסאַראַביע פֿון פֿאַר דער מלחמה, און דעמאָלט האָט ראַשקאָוואַן דערמאָנט די צײַטונג „אונדזער צײַט".

– רעדאַגירט האָט זי זלמן ראָזענטאַל, – האָט ער שטיל צוגעגעבן, – אָבער איך האָב זיך דאָרט קיין מאָל נישט געדרוקט...

ערשט בײַם לייענען די פֿאַרגעלטע זײַטלעך פֿון די פֿאַרהערן, דורכגעפֿירט פֿון אַן „ענקאַוועדע"־אָפֿיציר מיט אַ ייִדישן פֿאַמיליע־נאָמען שנײַדערמאַן, האָט דובֿ־בער זיך דערמאָנט אין דעם אײַליקן ענטפֿער פֿון רחמיאל ראַשקאָוואַן. צו היפּוכדיק איז געווען זייער אידעאָלאָגישער קוקווינקל, ראַשקאָוואַנס און ראָזענטאַלס, זיי זאָלן זיך געוועןן קאָנען אַמאָל איבערקרייצן, הגם ביידע שרײַבערס האָבן גערינט איין שפּראַך און איין פֿאָלק.

דווקא פֿון אָט די קאַזיאָנע פּראָטאָקאָלן האָט זיך פֿאַר קרופּניקן אַנטפּלעקט די גרויסקייט פֿון ראָזענטאַלס פּערזענלעכקייט אין דער בעסאַראַבער ייִדישער געזעלשאַפֿט און זײַן פּײַנפֿולער גורל פֿון אַ „שונא פֿון פֿאָלק" ביזן לעצטן טאָג פֿון זײַן לעבן...

זלמן ראָזענטאַל האָט אַרויסגעלאָזט פֿאַר דער מלחמה צוויי ביכער – „מײַן היים" און „אונדזער לאַנד". אין ערשטן בוך זײַנען אַרײַן זײַנע דערציילונגען, אָנגעשריבן אין פֿאַרשיידענע יאָרן, אָבער אַלע האָבן זיי באַזונגען דאָס געבענטשטע שטיקל ערד צווישן פּרוט און דניעסטער, וווּ די ייִדן האָבן געמעגט פּלאַנצן ווײַנגערטנער און סעדער, פּאַשען שאָף און רינדער, און וווּ די ייִדישע יוגנט איז געווען סײַ באַגײַסטערט חלוציש און סײַ אָנגעשטעקט מיט „לינקע" טרוימען.

וועגן די דאָזיקע בני־עיר זײַנע, וואָס האָבן פֿאַרלאָזט די בעסאַראַבער היים און זיך געלאָזט צו פֿאַרווירקלעכן דעם חלום וועגן אַן אייגן לאַנד, איז ראָזענטאַלס צווייט בוך. פּראָזע, פּובליציסטיק, לידער און מעשׂיות פֿאַר קינדער, זינגלידער, וואָס ס'האָט געזונגען דאָס פֿאָלק, נישט ווויסנדיק, ווער דער מחבר איז, און דערבײַ אַ טאָג־טעגלעכע אַרבעט ווי אַ רעדאַקטאָר און אַ דירעקטאָר פֿונעם ציוניסטישן „מרכּז" אין קעשענעוו – אין די אַלע תּחומים איז דער מענטש געווען באַשעפֿטיקט און טרײַ געדינט און געשאַפֿן.

צי האָט געקאָנט די נײַע מאַכט פֿאַרמאַכן די אויגן אויף אַזאַ „געפֿערלעכן סוביעקט"?! צוריק גערעדט, האָט דער ייִד נאָך געהאַט מזל. אין איינער פֿון די צוויי טעקעס פֿון ראָזענטאַלס „ענין" האָט דובֿ־

בער זיך אַנגעשטויסן אויף אַ דײַטשישן דאָקומענט, פּינקטלעכער, אַ ליסטע מיט נעמען פֿון פּערזאָנען, וואָס „געהערן צו דער קאַטעגאָריע עלעמענטן, באַזונדערס געפֿערלעכע פֿאַרן דריטן רײַך. זיי מוזן גלײַך אַרעסטירט ווערן בײַ דער ערשטער געלעגנהייט...". צווישן די ערשטע אין דער טייטלעכער ליסטע איז אָנגעוויזן געוואָרן דער נאָמען פֿון זלמן ראָזענטאַל.

איז עס טאַקע נישט קיין מזל, אַז די סאָוועטישע „ענקאַוועדע" האָט אים אַרעסטירט פֿריִער. מ׳האָט אים דאָך פֿאַרמישפּט בלויז צו אַכט יאָר „גולאַג"־פֿאַרשיקונג און דערמיט געראַטעוועט פֿון אַ זיכערן טויט. פֿון די אַכט יאָר האָבן זיך אויסגעלאָזט גאַנצע 14 יאָר...

די טראַגישע מאָמענטן וועגן איר טאַטנס ביאָגראַפֿיע האָט דובֿ־בער דערציילט מרים און איר מאַן, אַלכּסנדר גיליטשינסקין אין זייער דירה פֿונעם אַבסאָרבציע־צענטער אין מבֿשׂרת־ציון, ווו זיי זײַנען געבליבן שטעקן נאָך פֿון די אָנהייב 1980ער, ווען די משפּחה איז געקומען אין לאַנד. ראָזענטאַל איז געווען מרימס פֿאַמיליע־נאָמען פֿון דער היים. זי איז אַלט געווען קנאַפּע זיבן יאָר, ווען דעם טאַטן האָט מען אַרעסטירט. מרים און איר עלטערע שוועסטער האָט דערצויגן די מוטער, וואָס האָט וועגן איר מאַן, דעם „שונא פֿון פֿאָלק", בדרך־כּלל אויסגעמיטן צו דערציילן די מיידעלעך. שוין אָפּגערעדט, אַז גאָר אין גיכן האָט זיך אָנגעהויבן די מלחמה. עוואַקואַציע. דער הונגער האָט אויסגעמעקט פֿונעם זכּרון דעם לעצטן שפּור פֿון קינדשאַפֿט...

איצט האָט שוין דובֿ־בער אויסגעהערט דעם המשך פֿון דער משפּחה־טראַגעדיע, דערציילט פֿון מרים.

– כ׳האָב דעם טאַטן נישט געדענקט... נישט וואָס, כ׳האָב אים פֿאַרגעסן, כ׳האָב פּשוט נישט געקאָנט זיך דערמאָנען, ווי אַזוי ער זעט אויס. די מאַמע האָט באַהאַלטן אַלע פֿאָטאָגראַפֿיעס, וואָס זײַנען געווען אין שטוב. נאָכן אומקערן זיך פֿון דער עוואַקואַציע, איז אויפֿן אָרט, וווּ מיר האָבן געוווינט, געווען אַ ריזיקער גרוב, פֿאַרגאָסן מיט וואַסער... די מאַמע אַליין איז זיכער געווען, אַז דער טאַטע איז אומגעקומען ערגעץ אין סיביר... געשטאָרבן, פֿאַרפֿרוירן געוואָרן, נעבעך... כ׳האָב קיין מאָל נישט געהאַט קיין חבֿרטעס, ווײַל זיי וואָלטן מיך געוויס געפֿרעגט, וווּ איז מײַן טאַטע... אָבער שפּעטער בין איך געפֿאַלן אויפֿן געדאַנק און פֿלעג זאָגן, אַז מײַן טאַטע איז אומגעקומען אויפֿן פֿראָנט... כ׳געדענק, אין אַ וואַרעמען וועסנע־טאָג 1954 האָט מען די מאַמע פּלוצעם אַרויסגערופֿן

אין „קאַגעבע". מיר האָבן וועגן דעם נישט געוווּסט, און ערשט פֿאַר נאַכט האָט זי אונדז דערציילט, ווו זי איז געווען און וואָס האָט מען איר דאָרט געזאָגט. עס האָט זיך אַרויסגעוויזן, אַז דער טאַטע לעבט, ער איז אָבער קראַנק און צוליב דעם וויל מען אים באַפֿרײַען. ריכטיקער, דערלויבן אים צו וווינען און שטאַרבן נישט אין לאַגער, נאָר ערגעץ אין אַ פֿאַרוואָרפֿן ווינקל, ווײַט פֿון די שטעט. איין קלייניקייט: די מאַמע האָט געזאָלט אונטערשרײַבן אַ פּאַפּיר, אַז זי זאָגט זיך פֿון אים אָפּ... דעמאָלט האָט די מאַמע אָנגעהויבן איר אייגענע מלחמה – געשיקט בריוו אין אַלע אינסטאַנצן, זיך צו דערשלאָגן, אַז דעם טאַטן זאָל מען דערלויבן זיך אומצוקערן אַהיים... פֿאַרשטייט זיך, עס זײַנען שוין געווען אַנדערע צײַטן און דאָך האָט זיך עס געצויגן נישט איין חודש, ביז ס'איז אָנגעקומען אַ בריוו, אַז מע לאָזט אים אָפּ אונטער אַ כּסדרדיקער אויפֿזיכט פֿון די אָרטיקע זיכערהייט־אָרגאַנען. דאָס האָט געהייסן, אַז יעדע וואָך, אין אַ באַשטימטן טאָג און צײַט וועט דער טאַטע מוזן זיך אָפּמערקן אין דער מיליציע־אָפּטיילונג פֿון אונדזער ראַיאָן...

מרימס דערמאָנונגען האָט איבערגעריסן אַ יונגער־מאַן. אָנגעטאָן אין אַ שוואַרצן קאָסטיום מיט אַ ווײַס העמד, אויפֿן קאָפּ אַ שוואַרצע הוט, איז נישט שווער געווען צו דערקענען אין אים אַ „דוס", ווי מע רופֿט אין ישׂראל אַ חרד. מרים איז באַלד לעבעדיקער געוואָרן:

– דאָס איז אונדזער זון, זלמן...

אַזוי, הייסט עס, זעט ער אויס יענער „געפּערלעכער פּאַרשוין", זינאָווי גיליטשינסקי, וואָס האָט צוזאַמען מיט זײַנע „חבֿרים־ציוניסטן" אַזוי אָנגעשראָקן די בראַווע יאַטן פֿון „קאַגעבע". מרים האָט שוין פֿריִער געהאַט דערציילט דובֿ־בערן, ווי מ'האָט ממש נאָכגעפּאָלגט זייער משפּחה, געשלעפּט יעדעס מאָל זייער זון אויף די פֿאַרהערן, ביז ער איז קראַנק געוואָרן און האָט געמוזט זיך לייגן אין שפּיטאָל. זיי אַליין, מרים און אַלכּסנדרה,ביידע פּעדאַגאָגן, האָט מען אויף דער אַרבעט געעצהט צו דערלאַנגען אַ מעלדונג, אַז זיי ווילן „פֿרײַוויליק פֿאַרלאָזן זייער שטעלע". אַ גליק, וואָס מ'האָט זיי דערלויבט אַרויסצופֿאָרן, און נישט אײַנגעזעצט דעם זון.

אין ישׂראל איז זינאָווי געוואָרן זלמן, דער ייִדישער נאָמען, וואָס זײַן זיידע האָט געטראָגן און אין וועמענס אָנדענק ער איז אָנגערופֿן געוואָרן. דאָ איז דער יונגער זלמן געוואָרן פֿרום, הגם די עלטערן האַלטן זיך פֿרײַ. זלמן איז אַ ישיבֿה־בחור אין איינער פֿון די ירושלימער ישיבֿות

און נאָר אויף שבת קומט ער צו די עלטערן. שבת פּראַוועט זיי אין איינעם.

יענעם פּרײַטיק־צו־נאַכטס, האָבן די קרופּניקס פאַרבראַכט בײַ זייערע שכנים, מרים און אַלכּסנדר. אויבנאָן בײַם טיש איז געזעסן זלמן דער צווייטער.

דער חלום פֿון זלמן ראָזענטאַל גופֿא, זיך צו באַזעצן, סוף־כּל־סוף, אין ארץ־ישׂראל איז נישט מקוים געוואָרן. אין גיכן נאָך זײַן אומקערן זיך צוריק אַהיים קיין קעשענעוו, איז געשטאָרבן זײַן פֿרוי. זי האָט געוווּנען די מלחמה קעגן דער מלוכה, אָבער צו אַ הויכן פּרײַז האָט זי געמוזט באַצאָלן פֿאַרן נצחון. זלמן ראָזענטאַל, אַ מענטש פֿון אַן אייראָפּעיִשער קולטור, וואָס האָט פֿרײַ געקענט זיבן שפּראַכן, איז געלאָזט געוואָרן אויף הפֿקר; געבליבן אָן וווין־רעכט, אַ צעבראָכענער און אַ דערשלאָגענער, איז ער, כּדי כאָטש ווי נישט איז אַרויסהעלפֿן די טעכטער, געזעסן גאַנצע טעג אין דער היים און פֿאַר קאָפּיקעס צונויפֿגעקלעפּט קאַרטאָן־פּושקעלעך, ווי אַן אַרבעטער פֿונעם קאָמבינאַט פֿאַר שטום־בלינדע.

געשטאָרבן איז זלמן ראָזענטאַל אין יאָר 1959.

3

קרופּניקן האָט אויפֿגעוועקט דאָס געשמאַקע סקוואָרטשען פֿון געפּרעגלטע אייער. זעט אויס, מישע ברײַ האָט זיך אומגעקערט און באַלעבאַטעוועט אין קיך. אַ ווײַלע איז דובֿ־בער געלעגן מיט אָפֿענע אויגן, אָנשטעלנדיק דעם בליק אין דער קוים באַלויכטענער סטעליע. אַ בלייכע שײַן פֿון גאַסן־לאַמטערנס איז געפֿאַלן פֿונעם פֿענצטער, זיך לויז צעשמירט איבער די פּוסטע ווענט. אַזוי האָבן אויך אויסגעזען די ווענט אין דער דירה, וווּהין מ'האָט זיי געבראַכט צו פֿירן גלײַך פֿונעם פֿליפֿעלד בן־גוריון. אַ צײַטוויַיליקער פּריטולעק טראָגט נישט אויף זײַנע ווענט קיין לאַנגע געשיכטעס – אײן משפּחה אַרײַן, די צווייטע – אַרויס; סײַדן, אַפֿילו נאָכן אָפּפּרישן די ווענט, גיט פֿון אַ ווינקל זיך אַ שלאָג אַרויס אַן אומבאַקאַנטער גערוך פֿון די פֿאָריקע אײַנוווינער. צו אָט דער צײַטוויַיליקייט האָט מען זיך אויך געדאַרפֿט צוגעוווינען אינעם אַבסאָרבציע־צענטער און אויף יעדן אין דער משפּחה האָט עס געווירקט אַנדערש.

באַזונדערס ווייטיקלעך האָט זיך עס אָפּגערופֿן אויף דער שוויגער. נאָכן טויט פֿון איר מאַן איז דאָס קליינע קיכעלע געוואָרן איר מקום־מיקלט און מקום־מנוחה אין דער זעלבער צײַט. דאָרט האָט זי געפֿונען פֿאַר זיך אַ ווינקעלע אינעם נײַעם לאַנד, ווו זי קאָן נאָך ברענגען נוץ אירע קינדער און אייניקלעך. אַרויסגעריסן געוואָרן פֿון אירע אייגענע פֿיר ווענט, און דערשלאָגן פֿון דער אַבֿדה, פֿלעגט זי אַלץ אָפֿטער זיך דערמאָנען דווקא אין יענע שרעקלעכע טעג, וועלכע זי האָט איבערגעלעבט אין דער

גועטאָ. אָפּט אָפּקומען אַ טאָג מיט שירײם אָדער אָנבראָקן זיך אַ ציבעלע, פֿאַרפּראַווען מיט פּאַפּשוי־בוימל און זיך זעצן עסן שטילערהייט, ווי מע וואָלט עס געקאָנט בײַ איר צונעמען...

דובֿ־בער האָט זיך אויפֿגעהויבן פֿונעם געלעגער און זיך געלאָזט אַנטקעגן די געשמאַקע ריחות. מישע, אַרומגעוויקלט מיט אַ געל־געקעסטלט קיך־האַנטעך, פֿאַרשטעקט די עקן אין די הויזן, האָט גראָד געהאַלטן אין דער האַנט די סקאָווראָדע מיטן מאכל. דערזען אויף דער שוועל דעם גאַסט, האָט ער אויסגעשאָטן אין איין אָטעם אַלע זײַנע קענטעענישן אין עבֿרית:

– שאַלאָם, ערעוו טאָוו, כאַוועד. – אַװעקגעשטעלט די סקאָווראָדע אין מיטן טישל, האָט ער אַרומגענומען דעם גאַסט. – זעץ זיך... די מאַמע וואָלט איצט זיכער געזאָגט: אויב מע קומט פּונקט צום עסן, איז עס אַ סימן, אַז מ׳האָט אַ גוטע שוויגער.

דובֿ־בער האָט מיט אַ הונגעריקן בליק אַ קוק געטאָן אויפֿן טישל, וואָס איז מיטאַמאָל געוואָרן ברייטער ווי שמעלער פֿון די געשמאַקע פּאָטראַוועס, אויסגעלייגט, ווי אָנגעשניטן אויף אַ טעלערל און ווי גלײַך אויפֿן צעוויקלטן פּאַפּיר. ווי דעם לעצטן שטריך צום געדעקטן טיש, האָט מישע אַרויסגעשלעפּט פֿונעם פֿרידזשידער אַ פֿאַרשוויצט פֿלעשל בראָנפֿן.

– דו שטעלסט זיך נישט פֿאָר, ווי כ׳בין צופֿרידן דיך זען דאָ! – האָט ער געזאָגט. זיך אַװעקגעזעצט אַנטקעגן דובֿ־בערן, האָט ער אָנגעפֿילט די גלעזלעך מיטן קאַלטן געטראַנק און גלײַך אַריבער צום ערשטן טאָסט: – האָסט אַרײַנגעבראַכט אין דער פֿאַרלאָזטער וווינונג נישט בלויז די היץ פֿון אונדזער ווײַטן לאַנד, נאָר די היימישע וואַרעמקייט פֿון פֿאַרגאַנגענע טעג... לעכאַים, כאַוועד!

כאָטש מישעס ווערטער האָבן געקלונגען אַ טשוטעלע פּאַטעטיש, ווי עס פּאַסט טאַקע מער פֿאַר אַ פֿײַערלעכן טאָסט איידער פֿאַר אַן אָנהייב פֿון אַ חבֿרישן שמועס, האָט דובֿ־בער דערהערט אין זיי אַן אָפּקלאַנג פֿון זײַנע אייגענע געדאַנקען און געפֿילן, וואָס לאָזן אים נישט אָפּ פֿון די ערשטע מינוטן זינט ער האָט זיך אַראָפּגעלאָזט פֿונעם עראָפּלאַן־טראַפּ.

– דו ווערסט לאַכן, מישע, – האָט דובֿ־בער נישט אויפֿגעהערט צו קײַען, – אָבער דײַן אימפּראָוויזירטער באַנקעט, מיט די געשמאַקע חזיר־וווּרשטלעך און פּאַסטראַמע האָבן מיך אין איין רגע טריף געמאַכט און

מיר אומגעקערט סײַ די פֿאַרגעסענע טעם־רעפֿלעקסן און סײַ אויפֿגע־וועקט די בענקשאַפֿט נאָך יענער פֿאַרשוווּנדענער מלוכה...

זיי האָבן זיך צעלאַכט. דוב־בער, נאָך דער געשפּאַנטקייט פֿון דער לעצטער וואָך, נאָך דער הײַנטיקער „גיפֿטיקער" יאַזדע פֿונעם פֿליפֿעלד, האָט מיטאַמאָל דערפֿילט, ווי דער בגילופֿינדיקער קוראַזש, אויך אַ פֿאַרבליבענער אין די ווײַטסטע קעמערלעך פֿון זײַן מוח, קערט זיך בליצשנעל אום צוריק און שטעקט שוין חוצפּהדיק אַרויס די צונג:

– האָסטו זיך, הייסט עס, קיין אָרט אין דער יִדישער מדינה נישט געפֿונען?

צו אַזאַ מין פֿראַגע איז מישע, אַפּנים, געווען גרייט; פֿון דעסטוועגן, האָט ער ווידער אָנגעגאָסן זיך און דעם גאַסט בראָנפֿן, ווי געוואָלט דערמיט באַשטעטיקן דעם פֿאַרשפּרייטן אין רוסלאַנד זאָג, אַז אָן דעם ביטערן טראָפּן, איז דאָ שווער זיך פֿאַנאַנדערקלײַבן.

– דעם אמת געזאָגט, – האָט ער אַרויסגעוויזן קול, – האָב איך מײַן אָרט דאָרט באַזונדערס נישט געזוכט. – ער האָט זיך אַ ביסל איבערגעבויגן איבערן טישל, ווי געקליבן זיך צו פֿאַרטרויען זײַן גאַסט אַ גרויסן סוד, און טאַקע שטילער זיך אָנגערופֿן: – פֿאַרשטייסט, דער הײַנט איז נענטער צום מאָרגן איידער דער נעכטן. פֿונעם נעכטן זײַנען געבליבן חורבֿות, שוין פּאָסט־סאָוועטישע חורבֿות, וואָס אויף זיי וועט אויפֿגעשטעלט ווערן אַ נײַע געזעלשאַפֿט...

– אַ דעמאָקראַטישע, פֿאַרשטייט זיך...

– דעמאָקראַטיע, מײַן פֿרײַנד, איז גוט דאָן, ווען אין די קעשענעס פֿײַפֿט נישט, נאָר סע קלינגט... ביזנעס איז דער גלאַוונער קלינגער פֿון דעמאָקראַטיע! הײַנט איז רוסלאַנד אַ גוואַלדיק פֿעלד צו מאַכן גרויסע געלטער. דערווײַל איז דאָס רוסישע פֿעלד אָפֿן, און כאָטש עס בלאָזן דאָ ווילדע גזלנישע ווינטן, איז צו מאָל גרינגער זיך צוניפֿרעדן מיט אַ גזלן איידער מיט אַ מלוכישן טשינאָווניק...

מישע האָט זיך אויפֿגעהויבן צו שטעלן דעם עלעקטרישן טשײַניק. קרופּניק האָט אויסגענוצט די קורצע פּויזע אַרײַנצודרייען זײַן פֿראַגע:

– ווילסטו זאָגן, אַז דער מאָרגן פֿון רוסלאַנד ליגט אין די הענט פֿון קאָרומפּירטע טשינאָווניקעס און קרימינעלע לײַט?

– חס־וחלילה!.. ס'וועט אַוודאי נעמען גענוג צײַט, און ווי עס פֿירט זיך אין רוסלאַנד פֿון קדמונים אָן, וועט נאָך פֿאַרגאָסן ווערן גענוג בלוט, אָבער...

– אָבער צוליב וואָס? – האָט אונטערגעכאַפּט דובֿ־בער, – צוליב וואָס דאַרפֿן מיר, ייִדן, ווידער זײַן שותּפֿים אין דער בלוטיקער באָד פֿון רוסישן הפֿקרות?! און נישט נאָר רוסישן... איך לייען דאָך הײַנט טאָג־טעגלעך די ייִדישע צײַטונגען פֿון צווישן ביידע וועלט־מלחמות און ווער ממש דערשטוינט פֿון דער פֿאַנאַטישער אײַנגעשפּאַרטקייט, מיט וועלכער אונדזער בראַט יעווריי גייט צו דער עקדה לטובֿת פֿרעמדע געטער...

– זאָל זײַן אַזוי ווי דו זאָגסט... צוריק געשמועסט, קאָן מען דאָך נישט גריבלען זיך כּסדר אינעם נעבטן. איך בין אַ ביזנעסמען. איך לעב פֿונעם הײַנט... איך דאַרף פֿונעם הײַנט אויסקוועטשן אַלץ, וואָס עס לאָזט זיך און לאָזט זיך נישט, כּדי צו פֿאַרזיכערן מײַן מאָרגן... אַגבֿ, רוסלאַנד פֿון הײַנט איז נישט רוסלאַנד פֿון נעכטן, און דאָס וואָס מיר זיצן דאָ אין מײַן אַלטער מאָסקווער דירה, ביידע בירגער פֿון מדינת־ישׂראל און מאַכן אַ לחיים, איז אַ קלאָרער באַווײַז פֿון אַ נײַער ווירקלעכקייט...

– יאָ, כ'האָב זי הײַנט געזען אויפֿן וועג פֿון שערעמעטיעוואָ אַהער. דײַן ניקיטאַ סערגעיעוויטש האָט עס אָנגערופֿן מיט אַ מער פּינקטלעך וואָרט – „טאָלטשאָק"...

– זאָל זײַן „טאָלטשאָק", – האָט עס נישט אַנטמוטיקט מישען. נאָך מער, ער האָט זיך אין דעם וואָרט אָנגעכאַפּט און אָנגעהויבן פֿאַנאַ־דערוויקלען אַ גאַנצע עקאָנאָמישע טעאָריע: – אויב דו ווילסט וויסן, זײַנען אָט די מענטשן פֿונעם טאָלטשאָק, וואָס נאָך נעכטן האָט מען זיי גערופֿן ספּעקולאַנטן און די מלוכה האָט זיי נאָכגעפֿאָלגט, וועלן ראַטעווען די עקאָנאָמיע פֿונעם לאַנד. זיי זײַנען ווי רעטונגס־שיפֿלעך, יאָגן קיין טערקײַ, פּוילן, בולגאַריע, כינע, אַ קיצור, וווּ עס לאָזט זיך, אַבי אָנפֿילן זייערע ריזיקע קיישלעך און באַוולן מיט כּלערליי ביליקע סחורות און עס פֿאַרקויפֿן דאָ... זיי זעטיקן אָן דעם מאַרק, לייזן אויף זייער אופֿן די פֿראַגע פֿון דעפֿיציטן... אָבער נישט נאָר זיי...

מישע איז אַרויף אויף זײַן פֿערדל, אָבער איידער זיך לאָזן רײַטן, האָט ער מיט אַ פֿלינקער באַוועגונג זיך אָנגעגאָסן און אַליין אויסגע־טרונקען דאָס אָנגעפֿולטע גלעזל.

– עס האָבן זיך שוין באַוויזן אין דעם צעבושעוועטן עקאָנאָמישן אָקעאַן גרעסערע און שענערע שיפֿן, יאַכטעס, קאָן מען זאָגן... און אויפֿן האָריזאָנט זעט מען שוין גאָר ריזיקע לײַנערס... – מיטאַמאָל, בײַטנדיק די טערמינאָלאָגיע, האָט ער אַ פֿרעג געטאָן בײַ קרופּניקן: – דו ווייסט, וואָס עס מיינט דאָס וואָרט „בוטיק"?

– ווערליק איך קען פֿראַנצייזיש פֿון דער שול, – האָט דובֿ־בער זיך צעשמייכלט, – איז עס נישט קיין יאַבטע, נאָר אַ קליינע קראָם...

– ריכטיק! נישט פּשוט אַ קראָם, נאָר אַ טײַערע קראָם פֿאַר רײַכע קליענטן, וואָס ווילן זיך שיין און טײַער אָנטאָן לויט דער לעצטער פֿאַריזער מאָדע... און איך וועל עס זיי צוליב טאָן...

עס האָט געקלונגען ווי אַ תּירוץ ווידער אָנצופּילן די גלעזלעך. דובֿ־בער איז נישט געווען קעגן. ער האָט צוגעשפּילט זײַן פֿרײַנד און מיטן גלעזל אין דער האַנט אַ זאָג געטאָן:

– פֿאַרן קיניג פֿון מאָסקווער בוטיקן, מיכאַ׳ל ברײַ!

שוין אַ היפּש ביסל צײַט, אַז קרופּניק, פֿאַריאָגט אין זײַן טאָג־טעגלעכקייט און זאָרג פֿון אײַנשטעלן און זיך צופּאַסן צו זײַן אייגענעם נײַעם הײַנט, האָט זיך נישט געפֿילט אַזוי אָפּגעזונדערט פֿון יענער האַוועניש, וואָס האָט אים נישט אָפּגעלאָזט און פֿאַרכלינעט די לעצטע עטלעכע יאָר, אַפֿילו נאָך איידער די משפּחה האָט פֿאַרלאָזט קעשענעוו אויף שטענדיק. דווקא דעמאָלט, ווען אַלץ אַרום איז זיך צעפֿאַלן – משפּחות, אַרבעט, פֿרײַנדשאַפֿט, לעבנס־שטייגער, און דאָס לעבן אַליין האָט קוים געזשיפּעט, געטשעפּעט זיך פֿאַר אַ פֿאַסקודנע גורל־האַטשעקל, – האָט מען קרופּניקן פֿאַרגעלייגט אָנצושרײַבן אַ סצענאַר צו אַ פֿולן דאָקומעטאַרן פֿילם. אייגנטלעך, האָט ער נאָך קיין מאָל עס נישט געטאָן, אָבער זײַן פֿרײַנד, ניסל באַטאָשאַנסקי, אַ געניטער רעזשיסאָר, האָט אים צוגערעדט און איבערצײַגט זיך נעמען צו דער אַרבעט אין איינעם מיט אים.

דעם גאַנצן טאָג איז יעדער פֿון זיי געווען פֿאַרטאָן אין זײַן וואָכע־דיקער פּרנסה; קרופּניק, אַ חוץ זײַן אַרבעט אינעם מוזיק־טעכניקום, האָט אָפּגעגעבן אַ סך צײַט דער געזעלשאַפֿטלעכער טעטיקייט ווי אַ פֿאָרזיצער פֿון דער ייִדישער קולטור־געזעלשאַפֿט אין מאָלדאָווע. אָבער זיך אָפּזאָגן פֿון דעם פֿאָרשלאָג צו זײַן באַשעפֿטיקט אין אַזאַ זעלטענעם פּראָיעקט, האָט ער נישט געקאָנט. איז דובֿ־בער נאָך אַלע זײַנע טאָגיקע אַרבעטן געלאָפֿן צו ניסלען אַהיים. ביז שפּעט אין דער נאַכט אַרײַן, זײַנען זיי געזעסן אין ניסלס בחוריש דירהלע, און אַרויסגעקוועטשט פֿון זיך די מידע, האַלב־שלעפֿעריקע געדאַנקען. ס׳איז נישט געווען קיין ווינקעלע אין דעם איינציקן צימער, וווּ ס׳זאָל נישט געווען אַהין פֿאַרקריכן דער רויך פֿון די ציגאַרעטן, וואָס האָבן געזאָלט אויפֿמונטערן און אָנזעטיקן זייער מוח מיט שאַפֿערישע אײַנפֿאַלן.

ווען וואָס האָבן זיי, צוויי בעסאַראַבער ייִדן, געוואָלט מאַכן דעם פֿילם? אייגנטלעך, האָט זיך דאָך אַזאַ מין סצענאַר געשריבן אין יעדער משפּחה; און די מעשׂים האָבן זיך אַנטוויקלט אויף די גאַסן, אין די קלייטן, בײַ יעדן אויף זײַן אַרבעט און אויף די פּענסיאָנערסקע בענק אין פּאַרק... מ'האָט נישט געדאַרפֿט גאָרנישט צוטראַכטן, ס'איז גענוג געווען אַרומצוגיין מיטן קינאָ־אַפּאַראַט און פֿילמירן דאָס געזעענע און געהערטע.

די נײַע מאַכט איז געווען אומגעדולדיקט; זי האָט געהאַלטן אין איין שיסן מיט באַשלוסן. אָנגעהויבן האָט מען פֿונעם בײַטן נעמען: פֿון סאָוועטישער מאָלדאַוויע איז געוואָרן אומאָפּהענגיקע מאָלדאָווע; די היימישע גאַסן, ווו מ'איז אויפֿגעוואַקסן, האָבן זיך אָנגעהויבן רופֿן אַנדערש, און באַלד אָפּגעפֿרעמדט געוואָרן; די באַקאַנטע קיריליצע־בוכשטאַבן, וואָס נישט איין פּען האָט מען צעבראָכן איידער זיך אויסגעלערנט צו שרײַבן זיי, האָט מען פֿאַרביטן אויף לאַטײַנישע; און בכלל, די אײַנוווינער פֿון דער נײַער מאָלדאָווע האָבן פּלוצעם פֿאַרשטאַנען, אַז זיי רעדן אויף אַ פֿרעמדער שפּראַך — רוסיש, וואָס געהערט גאָר צו אַן אַנדער פֿאָלק און אַן אַנדער אומאָפּהענגיקער מלוכה...

נאָך מער: דאָס פּאַסמאַקעווען זיך מיט דער דערוואָרבענער אומאָפּהענגיקייט פֿון מאָסקווע, האָט געבראַכט דערצו, אַז אויך אַנדערע טיילן פֿון דער באַפֿעלקערונג — רוסן, אוקראַיִנער, גאַגאַוזן, באָלגאַרן, ייִדן, האָבן זיך פּלוצעם געכאַפּט: סטײַטש, מיר האָבן דאָך אַליין אַן אייגענע שפּראַך און קולטור, אייגענע מינהגים און אַפֿילו אַן אייגענעם גאָט! מיר ווילן זיך נישט קאָכן אין איין גרויסן שמעלצטאָפּ; מיר ווילן האָבן אַ באַזונדער טעפּעלע מיט אונדזער נאַציאָנאַלן מאכל.

די שפּראַך איז געוואָרן אַ פֿאָן, אַ צייכן פֿון דער צײַט. אונטער איין שפּראַכן־פֿאָן פֿון מאָלדאַוויש־רומעניש האָבן זיך אויסגעשטעלט די אָרטיקע נאַציאָנאַלע כּוחות פֿונעם „פֿאָלקס־פֿראָנט", און אונטער אַ צווייטער — פֿון רוסיש־טרעגער, די אַזוי גערופֿענע, „אינטערנאַציאָנאַלע באַוועגונג". ס'רובֿ ייִדן, כאָטש גערעדט האָבן זיי רוסיש, איז שוין זאַט געווען פֿונעם „אינטערנאַציאָנאַל", פֿון איין זײַט, און פֿון דער צווייטער זײַט, אָנגעשראָקן געוואָרן פֿון די ווילדע נאַציאָנאַליסטישע געשרייען, וועלכע האָבן זיך געטראָגן אויף די סטיכייִשע מיטינגען פֿון „פֿאָלקס־פֿראָנט". גראָד דעמאָלט האָבן די ייִדן זיך דערמאָנט אינעם אַלטן נע־ווענד־טשעמאָדאַנדל, געבליבן זיי בירושה פֿון קדמונים אָן. די פֿראַגע פֿונעם ייִדישן האַמלעט, געשטעלט בעתן הספּד בײַם אָפֿענעם קבֿר פֿון

דער סאָוועטישער אימפּעריע: „פֿאָרן, צי נישט פֿאָרן?" – האָט באַקומען אַ קאָנקרעטן ענטפֿער – „פֿאָרן!"

ווי עס טרעפֿט בדרך־כּלל בײַ ייִדן, איז באַלד אויפֿגעקומען אַ צווייטע פֿראַגע: „וווּהין פֿאָרן?". נאָך די לאַנג־יאָריקע קאַמפֿן אויף די אינערלעכע שלאַכט־פֿעלדער און וועלט־אַרענעס – „פֿאַר אַ פֿרײַער עמיגראַציע" און „משפּחה־פֿאַראייניקונג" – האָט זיך אַרויסגעוויזן, אַז די ייִדן האָבן נישט וווּהין צו פֿאָרן. ריכטיקער געזאָגט: עס האָבן זיך פּלוצעם אַנטדעקט פֿאַר זיי אַזוי פֿיל אָפּציעס, אַז זיי האָבן, נעבעך, נישט געוווּסט, אין וואָסער ריכטונג זיך צו לאָזן אין וועג אַרײַן – קיין ישׂראל? אין די פֿאַראייניקטע שטאַטן? קאַנאַדע? דײַטשלאַנד? אויסטראַליע?...

פֿון אַזאַ תּוהו־ובֿוהו איז געבוירן געוואָרן דער געדאַנק צו שאַפֿן דעם דאָקומענטאַר, וואָס זײַן נאָמען האָט געקלונגען ווי אַ פֿראַגע צו זיך אַליין: „ווו איז מײַן היים?". און נאָך איין זאַך: די שפּראַך פֿונעם פֿילם, אין הסכּם מיט די היגע ייִדישע קולטור־טראַדיציעס, האָט געדאַרפֿט זײַן די היימישע שפּראַך פֿון בעסאַראַבער ייִדן – ייִדיש...

שפּעט בײַ נאַכט, דאָס פֿלעשל בראָנפֿן איז שוין געווען אויסגע־ליידיקט און מישע ברײַ האָט פֿאַרענדיקט צונויפֿקלײַבן די פֿאַרבליבענע רעשטלעך פֿונעם „באַנקעט", האָבן זיי זיך געלייגט שלאָפֿן. דאָס איבער־גערעדטע און דערמאָנטע האָט נאָך אָבער קרופּניקן אַ היפּש ביסל צײַט נישט אָפּגעלאָזט. די געדאַנקען האָבן זיך געפּלאָנטערט מיט שטיקער חלומות, רייד, שטימען און פּנימער פֿון מענטשן פֿון קרופּניקס נעכטן... ער האָט דערהערט אַ קול, וואָס איז ווי אַן עכאָ געבליבן אַ ווײַלע הענגען צווישןווירקלעכקייט און חלום...

„דער מענטש לעבט אין דרײַ צײַט־אָפּשניטן – אין הײַנט, נעכטן און מאָרגן. אינעם הײַנט געפֿינט ער זיך פֿיזיש, דער נעכטן בלײַבט לעבן אין זײַן זכּרון, און זײַן מאָרגן ווערט געבוירן פֿון זײַן טרוים, וויזיע, פֿאַנטאַזיע... דער שרײַבער – אַ באַשאַפֿער פֿון זײַן ליטעראַרישער וועלט, לעבט און שאַפֿט אינעם הײַנט, אָבער זײַן 'גאָלדענע פּאַווע', די מוזע, האַלט אין איין אַרומבלאָנדזשען אין די 'נעכטיקע טעג'. אינעם נעכטן געפֿינט ער זײַנע געשטאַלטן און געשעענישן; פֿונעם נעכטן באַטראַכט ער דעם הײַנט און זאָרגט וועגן דעם מאָרגן. דער שרײַבער, ווי אַ קאַראַמיסל, טראָגט אויף זײַנע אַקסלען און פֿאַרברידערט דאָס געווען מיטן זײַן... בשעתן שאַפֿן, ווערט דער שרײַבער אַ פֿאַרמיטלער פֿון אַלע דרײַ צײַטן. אין אים, ווי אין אַ רגע, פֿרעסט זיך אײַן די אייביקייט..."

דובֿ־בער האָט זיך אין אָט דעם צוגעחלומטן קול אײַנגעהערט, זיך אָנגעשטרענגט זײַן געהער צו דערקענען, וועמען געהערט עס...

„אַ קינסטלער, ווי באַקאַנט, נעמט אויף די וועלט, בתוכם די צײַט, דורך געשטאַלטן. די גרעסטע טרייסט און דער גרעסטער זכות פֿון אַ קינסטלער איז צו טראָגן די גלייבונג – אפֿשר אַ נאַיִווע גלייבונג פֿון אַ קינד, אַז ער איז מסוגל מיט זײַן שאַפֿן, זיך אומצוקערן אינעם נעכטן, כּדי פֿון זײַן הײַנטיקן קוקווינקל, אַרויסברענגען פֿאַר זײַנע מיטצײַטלער די באַגאַנגענע בראָכן. אפֿשר וועט מען זיי, די בראָכן, אין דער צוקונפֿט מער נישט באַגיין...״

ער האָט עס דערקענט... ס'איז דאָך דאָס קול פֿון זײַן מענטאָר, אַ קלאָרס און אַ דײַטלעכס, ווי ער וואָלט געלייענט פֿאַר אַן עולם זײַנע מיניאַטורן. רחמיאל ראַשקאָוואַן, זײַן ערשטער וועגווײַזער אויפֿן וועג, וואָס האָט זיך פֿאַר קרופּניקן אָנגעהויבן פֿון אַ שמאָל סטעזשקעלע און מיט דער צײַט געוואָרן אַלץ ברייטער און שטיינערדיקער... איז עס דען אַ חלום? צי דאָס זײַנען שוין קאַדרען פֿונעם פֿילם „ווו איז מײַן היים?״...

אָט פֿאָרן זיי צום אָרט, ווו ס'איז פֿאַר דער מלחמה געשטאַנען זײַן שטעטל, וואָס ער האָט אַזוי זאַפֿטיק באַשריבן אין זײַנע דערציילונגען. ראַשקאָוואַן פֿאָרט אַוודאי מיט זיי. אָן אים וואָלט קיין זינען נישט געהאַט די גאַנצע יאַזדע פֿון דער פֿילמיר־גרופּע מיטן קינאָקלאַפּער־געצײַג בתוכם. דער וועג איז צעקלאַפּט און צעשלאָגן. מאָלדאָווע האָט נישט קיין ים־גרענעצן, און קיין ים־פּלאָט. דערפֿאַר האָט זי שאָסייען, און די פּאַסאַזשירן אין די אויטאָס וואַרפֿט אין אַלע זײַטן, ווי אויף אַ שיף בעת אַ שטורעם. דער קליינער אויטאָבוס פֿון דער קינאָ־סטודיע דערמאָנט טאַקע אַזאַ מין שיפֿל. ראַשקאָוואַן, שוין בײַ זײַנע אַכציקער, קוקט שטיל אינעם פֿענצטער אַרויס. יעדעס גריבל און בערגל אויפֿן וועג רופֿן זיך אָפּ אויף זײַן פּנים; זײַנע אייגענע גאַלשטיינער גיבן אים, נעבעך, צו וויסן אין זיך. אָבער די קנייטשן אויף זײַן פּנים גלײַכן זיך מיטאַמאָל אויס, און אין די אויגן פֿאַרשווינדט דער געלער אומעט, ווען דער אויטאָבוס קריכט קוים אַרויף אויפֿן „ראַשקעווער באַרג״. אונטן, אַקוראַט אַן אויסגעוועבטער מאָלדאַווישער קיליעם – מיט איין ראַנד שווענקט ער זיך אינעם טײַך דניעסטער – שפּרייט זיך דאָס דערפֿל וואַדול ראַשקאָוו. טאַקע דאָס בערגל בײַם אַרײַנפֿאָר אינעם שטעטל האָט ראַשקאָוואַן באַשריבן אין זײַן בעסטער דערציילונג „איין קליין ראַשקעווער געסל״.

און אָט שטייען זיי שוין ביידע, רחמיאל און דובֿ־בער, אַנטקעגן דער קערניצע, וואָס די אָרטיקע ייִדן האָבן זי גערופֿן „שישמאַנס קער־ניצע". דובֿ־בער האַלט אין דער האַנט דעם מיקראָפֿאָן, ווי עס פּאַסט דעם נאַראַטאָר פֿונעם פֿילם, און דרייט זיך אַרום רחמיאלן, נישט צו פֿאַרלירן, חלילה, זײַן שטים. דער קאַמערע־מענטש דרייט זיך מיט זײַן אַפּאַראַט אויפֿן אַקסל אַרום זיי ביידן. רחמיאל קוקט אָט אין איין זײַט און אָט אין אַן אַנדערע. זײַנע אויגן זוכן באַקאַנטע הײַזער, כאָטש סימנים פֿון זיי... די פּוסטקייט און אויסגעמעקטקייט פֿון אַ ייִדישן נעכטן דאָ וועקן בײַם אַלטן שרײַבער דערמאָנונגען:

– אָט דאָ שטייען מיר אין דער סאַמע מיט, ווו ס'איז געווען אַמאָל דאָס שטעטל... דאָ איז געווען די מאַרק־גאַס. דאָ האָבן געוווינט מײַנע עלטערן, באָבע־זיידע און אפֿשר עלטער־זיידע־באָבעס. אָט דאָרט איז געווען אונדזער שטיבל. אַ גאַנצע ריי שטיבלעך, איין שטיבל צו אַן אַנדער שטיבל, קלייטן און קלייטלעך. מ'האָט זי טאַקע אַזוי גערופֿן, די מאַרק־גאַס. לעבן נעסטער זײַנען געשטאַנען די דרײַ שילן: די קלויז, בית־מדרש, און די גרויסע שיל. דאָרט, לעבן דינס־געסל, איז געשטאַנען אַ קליין שילעכל, מ'האָט עס גערופֿן, דאָס „אַריסטאָקראַטיש קלײַזל". ס'איז געווען זייער אַ שיין שטעטל. אַ געדיכט שטעטל, אַ פֿריילעך שטעטל, און אַן אָרעם שטעטל, אין דער זעלבער צײַט. געווען, און לײַדער, איצט אין גאַנצן נישטאָ. איר זעט נישט דאָ קיין איין ייִדיש שטיבל. עס וווינט נישט דאָ קיין איין ייִד. אין גאַנצן איז חרובֿ געוואָרן...

דאָס קול האָט זיך איבערגעריסן און די קינאָקאַדרען האָבן זיך גיך צעשוועקנט, פֿאַרלוירן די שאַרפֿקייט... פֿאַרן פֿאַרלאָזן זײַן היים און זיך לאָזן זוכן די נײַע היים איז קרופּניק געפֿאָרן זיך געזעגענען מיט ראַשקאָוואַנען. זיי האָבן זיך געזעגנט קילבלעך, כאָטש יעדער האָט פֿאַרשטאַנען, אַז מעגלעך, וועלן זיי זיך שוין מער קיין מאָל נישט זען. זינט ס'איז אויפֿגעשטעלט געוואָרן די ייִדישע קולטור־געזעלשאַפֿט פֿון מאָלדאָווע און קרופּניק איז אויף דער אַלגעמיינער פֿאַרזאַמלונג אויסגעוויילט געוואָרן פֿאַר איינעם פֿון די צוויי מיטפֿאָרזיצערס, האָט רחמיאל אָנגעהויבן אויסמײַדן די עפֿנטלעכע אונטערנעמונגען פֿון דער אָרגאַניזאַציע, אַפֿילו יענע, וואָס האָבן געהאַט אַ שײַכות צו ייִדיש און ייִדישער ליטעראַטור. אויף די פֿאַרבעטונגען זיך צו באַטייליקן אין זיי, פֿלעגט רחמיאל בדרך־כּלל אָפּקומען מיט אַ תּירוץ, אַז ער פֿילט זיך נישט גוט, אָבער קרופּניק האָט עס פֿאַרטײַטשט אויף זײַן אייגענעם

אופֿן; ריכטיקער, רחמיאל גופֿא האָט אים אין אַ קורצן שמועס געגעבן צו פֿאַרשטיין, אַז די אַלע „פֿרישע ווינטן", וועלן זיך מיט גוטן נישט פֿאַרענדיקן; אַז ער איז שוין צו אַלט און גענוג געשלאָגן געוואָרן אין זײַן לעבן, כּדי אַרויסצושטעלן „אויפֿן ווינט" זײַן גרויען קאָפּ.

נישט נאָר רחמיאל ראַשקאָוואַן, אויך די אַנדערע ייִדישע שרײַבערס פֿון עלטערן דור אין שפּיץ מיטן הויפּט־רעדאַקטאָר פֿונעם מאָסקווער ייִדישן זשורנאַל אַהרן ליס, האָבן פּלוצעם דערפֿילט זיך אַרײַנגעטריבן אין אַ נײַער פּאַסטקע; דאָס מאָל, שוין נישט ווי קרבנות פֿון אַ טאָטאַליטאַרן רעזשים, נאָר ווי געליטענע פֿון גאָרבאַטשאָווס דעמאָקראַטישער „גלאַסנאָסט". דער אַלגעמיינער געפֿילדער פֿון די אַלט־נײַע לאָזונגען, וואָס האָבן גערופֿן זיך אָפֿן אַרויסזאָגן, זיך אַראָפּרעדן פֿון האַרץ, נישט טראָגן מער אין זיך די ביטערקייט פֿון „יענע פֿינצטערע צײַטן", – האָבן זיי געמאַכט פֿאַרלוירן און אויפֿגעוועקט דעם אײַנגעשלאָפֿענעם געפֿיל פֿון אַ נײַער סכּנה...

קעשענעוו האָט געקאָכט. אויפֿן צענטראַלן פּראָספּעקט, וואָס האָט נאָך נעכטן געטראָגן לענינס נאָמען, האָט געכוואַליעט דער מענטשן־ים מיט פּלאַקאַטן און טראַנספּאַראַנטן אויף רומעניש. לענינס מאָנומענטאַלער דענקמאָל, געמאַכט פֿון רויטן גראַניט, איז איבער אַ נאַכט פֿאַרשוווּנדן געוואָרן. די דורותדיקע פֿאָלקס־טראַדיציע אויסצולאָזן דעם כּעס און אומבאַהאָלפֿנקייט צו מלוכה־דענקמעלער האָט זיך אין די סמוטנע טעג בולט אויסגעדריקט אויך אויף די ייִדישע מצבֿות. אין דער אַלטער שטאָט אוריִעוו זײַנען אויפֿן בית־עולם צעבראָכן געוואָרן צענדליקער מצבֿות. עס האָבן נישט אויסגעפֿעלט אַנטיסעמיטישע אויפֿשריפֿטן אויף די ווענט. אָנגעשריבן אויף רוסיש מיט ווײַסע געדרוקטע בוכשטאַבן, האָבן אָט די אויפֿשריפֿטן אַרויסגעוויזן אַ געוויסע באַהאַוונטקייט פֿון די אַנאָנימע מחברים אין פּראַגעס וועגן די „זיקני־ציון־פּראָטאָקאָלן".

לענינס דענקמאָל גופֿא איז ווי אַנטלאָפֿן פֿאַר שרעק; און דער דענקמאָל פֿון שטעפֿאַן טשעל מאַרע – דער גרויסער שטעפֿאַן, ביז אַהער פֿאַררוקט אין אַ פּאַרק־ווינקל ער זאָל זיך, חלילה, נישט וואַרפֿן אין די אויגן מיט זײַן אויפֿגעהויבענעם צלם אין דער לינקער האַנט, און מיטן שווערד אין דער רעכטער, – איז אַרויס פֿון זײַן היסטאָרישן שאָטן און דערהויבן געוואָרן אויף אַ נײַעם פּאָסטאַמענט. איצט, האָט ער געדינט, ווי אַ סימבאָל פֿון נאַציאָנאַלער אומאָפּהענגיקייט און מיט שטאָלץ געקוקט אויפֿן צענטראַלן פּראָספּעקט, אָנגערופֿן אויף זײַן נאָמען, שטעפֿאַן טשעל מאַרע.

דער צווייטער שטראָם, די אינטערנאַציאָנאַליסטן, פֿלעגט זיך צו־נויפֿקומען אין די פּאַרקן צווישן ביימער, ווי פּאַרטיזאַנער. זיי האָבן זיך געהאַלטן בײַ אַלטע סימבאָלן פֿון סאָוועטישע צײַטן. זייער הויפּט־טענה איז געווען די שפּראַך. רוסיש, האָבן זיי געפּריידיקט, מוז בלײַבן גלײַך אויף גלײַך מיט מאָלדאַוויש, ווי די הויפּט־שפּראַכן פֿון דער נײַער מלוכה. דער סוף איז געווען, אַז די שפּראַכן־מלחמה – אַ תּירוץ פֿון עקסטרעמיסטן פֿון ביידע צדדים, – האָט זיך אויסגעלאָזט אין אַ בלוטיקן קאַמף, מיט מענטשלעכע קרבנות.

דער ייִדישער טייל פֿון דער באַפֿעלקערונג האָט זיך געפֿונען אַ צײַטווײַליקן מקום אויף דער קעשענעווער אײַזנבאַן־סטאַנציע. אין דער געשיכטע פֿון בעסאַראַבער ייִדן האָט די שיינע אײַזנבאַן־סטאַנציע נישט איין מאָל געשפּילט אַ גורלדיקע ראָלע. פֿון דאַנען זײַנען די ייִדן, ראַטעווענדיק זיך פֿונעם שיכּורן המון פּאָגראָמשטשיקעס, אַנטלאָפֿן קיין אָדעס בעתן טרויעריק־באַרימטן פּאָגראָם אין 1903, ווי אויך שפּעטער מיט צוויי יאָר, ווען די אַנטיסעמיטישע פּאָגראָמען האָבן אַרומגעכאַפּט גאַנץ רוסלאַנד. פֿון אָט דער סטאַנציע, אָנהייב 20סטן יאָרהונדערט, האָבן טויזנטער ייִדישע משפּחות זיך געלאָזט אין זייער ערשטן עמיגראַציע־וועג קיין אַמעריקע. פֿון דאַנען, שוין אין די 1920־1930ער יאָרן האָבן די בעסאַראַבער ייִדישע חלוצים אָנגעהויבן זייער עליה קיין ארץ־ישׂראל.

אין די אָנהייב 1990ער, כּמעט יעדן אָוונט האָבן זיך דאָרט צונויפֿ־געקומען די „אָפּפֿאָרנדיקע", זייערע קרובֿים און פֿרײַנד, צו באַגלייטן די משפּחות קיין ישׂראל. די ייִדן זײַנען אַוועקגעפֿאָרן פֿונעם לאַנד, פֿון בעסאַראַביע – אויף שטענדיק. וואָס האָט זיי געוואַרט דאָרט, ווײַט פֿון דער פֿאַרלאָזטער היים, האָט קיינער נישט געוווּסט. נאָך נעכטן זײַנען זיי געווען דאָקטוירים, מוזיקער, געלערנטע, אינזשענירן, אַרבעטער, לערער... נישט פֿון די לעצטע, און נישט פֿון די אָרעמסטע... אײַ, דאָס ייִדישע מזל! ס'איז שטענדיק דאָרט, ווו ייִדן זײַנען נישטאָ – שוין נישטאָ, אָדער נאָך נישטאָ.

די נײַע ייִדישע מאָלדאָווע האָט זיך צעטיילט אויף דרײַ קאַטע־גאָריעס: וואָס פֿאָרן אַוועק; וואָס פֿאָרן דערווײַל נאָך נישט אַוועק, און אויף די, וואָס בלײַבן. ס'רובֿ פֿון דער ערשטער קאַטעגאָריע האָט זיך געלאָזט קיין ישׂראל, דאָס הייסט, מ'האָט געמאַכט אַן עליה. דאָס וואָרט „עליה", ווי אַן אָנשטעקנדיקער ווירוס, אַרײַנגעבראַכט פֿון די סוכנות־שליחים, האָט זיך גיך פֿאַרשפּרייט איבערן לאַנד.

די „דערוווּיליקע" פֿון דער צווייטער קאַטעגאָריע האָבן זיך גע־טשעפּעט פֿאַר אַ מינדסטער געלעגנהייט אָפּצוציִען זייער אָפּפֿאַר; דאָס וואָרט „אפֿשר" איז געוואָרן זייער אָנשפּאַר און טרייסט. „אפֿשר" וועט זיך נאָך דאָ עפּעס ענדערן צום גוטן; אפֿשר וועט דער דונער קומען פֿאַרן בליץ; אפֿשר וועט געשען אַ מבול, אָדער אַן ערד־ציטערניש, וואָס איז מער פּאַסיק פֿאַר דעם ראַיאָן, – און דאָס אומבאַגרייַפֿלעכע צעפּאַלעניש וועט זיך אויסלאָזן אין אַן אַלוועלטלעכער ברידערלעכער פֿאַראייניקונג...

קיין נאַטור־קאַטאַקליזם איז, צום גליק, נישט געשען, און די „דער־וווּיליקע", זייַנען ביסלעכווײַז צוגעשטאַנען צו דער ערשטער קאַטע־גאָריע, צו די „אַוועקפֿאָרנדיקע". די קעשענעווער אײַזנבאַן־סטאַנציע איז געוואָרן דער אמתער ברידערלעכער פּונקט, וואָס האָט פֿאַראייניקט ביידע צדדים פֿון דעם שפּראַכן־ און אידעאָלאָגישן קריג אין דער געוועזענער סאָוועטישער מאָלדאַוויע.

דער איינציקער יִדישער שרייַבער אין מאָלדאָווע רחמיאל ראַש־קאָוואַן האָט באַשלאָסן נישט צו פֿאַרלאָזן די מקומות, וואָס זייַנען אייַנגעבאַקן געוואָרן אין זייַן אַלט האַרץ פֿון קינדווייַז אָן און וועלכע ער האָט אַזוי בילדעריש באַשריבן אויף מאַמע־לשון אין זייַנע ווערק. נאָך מער, ער איז געבליבן געטרייַ די סתּירותדיקע מחשבֿות און מעשׂים פֿון זייַן העלד פֿון דער דערציילונג „הי", דעם קינסטלער ברוך פּינקוס. פּונקט ווי ברוך, האָט זייַן באַשאַפֿער ממשותדיק דערפֿילט אויף זיך, וואָס עס מיינט צו דאַרפֿן באַגלייטן אייגענע שוועסטערס און ברידער אין ווייַטן וועג אַרייַן; זיך צעשיידן מיטן זון און איינציקן אייניקל... ער האָט עס ווייטיקלעך איבערגעלעבט און פֿאָרט פֿאַרבליבן „הי. אין זייַן פֿאָטערלאַנד. דעם קנופּ, אין וועלכן עס האָט זיך פֿאַרקניפּט דאָס לעבן. זייַן לעבן."

4

אויפֿן אַנדערן טאָג האָט מישע אויפֿגעוועקט זײַן גאַסט אַרום אַכט אַזייגער:

– באַקער טאָוו, כאַווער, – האָט ער אויסגעקרייט, – כ׳מוז לויפֿן, ניקיטאַ סערגעיעוויטש וואַרט אויף מיר אונטן... כ׳האָף, דו וועסט זיך נישט פֿאַרבלאָנדזשען אין מאָסקווע... – שוין בײַ דער טיר האָט ער אויסגעשריִען: – יאָ, דעם שליסל וועסטו געפֿינען אויפֿן קיך־טיש... כ׳האָב געמאַכט פֿאַר דיר אַ קאַפֿיע...

דובֿ־בער האָט זיך לאַנג אין שטוב נישט פֿאַרהאַלטן. קיין הייסע וואַסער אין וואַשצימער צו נעמען אַ דוש איז סײַ־ווי נישט געווען, האָט ער זיך אויף גיך אָפּגעוואַשן, איבערגעכאַפּט פֿון די פֿאַרבליבענע נעבטיקע פּאָטראַוועס און פֿאַרטרינקען עס מיט דער וואַרעמער קאַווע, וואָס מישע האָט פֿאַרקאָכט... ניין, ער וועט זיך נישט פֿאַרבלאָנדזשען. דעם וועג קיין רעדאַקציע פֿונעם זשורנאַל וועט ער געפֿינען.

ער האָט פֿון פֿריִער באַשלאָסן, אַז זײַן ערשטער מאָסקווער באַזוך וועט זײַן אין דער רעדאַקציע. הגם דער ייִדישער זשורנאַל טראָגט שוין דעם נאָמען „די ייִדישע גאַס“, געפֿינט זי זיך נאָך אַלץ אינעם זעלבן בנין אויף קיראָווע־גאַס, 17. דער אַדרעס האָט זיך אײַנגעקריצט אין זײַן זכּרון, פֿון אים האָט זיך אָנגעהויבן אַ נײַ קאַפּיטל אין קרופּניקס לעבן. אויף דעם אַדרעס אויפֿן קאָנווערט, האָט דובֿ־בער אָפּגעשיקט זײַנע ערשטע דרײַ דערציילונגען, אָנגעשריבן מיט אַ נישט־זיכערן כּתבֿ פֿון אַן אָנהייבער. ער האָט זיך אַליין געחידושט, פֿון וואַנען האָט זיך עס אין אים גענומען אַזאַ חוצפּה אָפּצושיקן קיין מאָסקווע אין אַ ייִדישער רעדאַקציע די עטלעכע בייגעלעך פּאַפּיר, אָנגעפּאַטשקעט מיט זײַנע קאָטשערעס און לאַפּעטעס?!

נישט נאָר צוליב דעם כּתבֿ, נאָר טאַקע צוליב די, מישטיינס געזאָגט, דערציילונגען אַליין... ער האָט זיך געערגערט, געבייזערט אויף זיך און אויף ראַשקאָוואַנען, וואָס האָט אים פֿאָרט צוגערעדט זיי אָפּצושיקן קיין מאָסקווע און געגעבן אים דעם אַדרעס פֿונעם זשורנאַל. און דאָך האָט קרופּניק מיט אַ ציטערדיקער האָפֿענונג געוואַרט אויף אַן ענטפֿער פֿון דער רעדאַקציע, אַרײַנגעקוקט יעדן טאָג אינעם פּאָסטקעסטל.

און דער ענטפֿער איז געקומען – נישט שריפֿטלעך. פֿון דער רע־דאַקציע האָט מען קרופּניקן איבערגעגעבן דורך ראַשקאָוואַנען, ער זאָל אַהין אָנקלינגען. קיין טעלעפֿאָן אין שטוב האָבן די קרופּניקס נישט געהאַט. זיי האָבן קיין שטוב אויך נישט געהאַט; געוווינט דעמאָלט אין אַ צימער, באַקומען פֿון דער פֿילהאַרמאָניע. קוים אָפּגעשפּילט די רעפּעטיציע איז דובֿ־בער אַוועקגעלאָפֿן אויפֿן טעלעגראַף און באַשטעלט דעם נומער, וואָס רחמיאל האָט אים איבערגעגעבן. געענטפֿערט האָט מען אים אויף רוסיש. ווי נאָר דובֿ־בער האָט אָנגערופֿן זײַן נאָמען, איז דער מענטש אַריבער אויף ייִדיש.

דאָס איז געווען דער פֿאַראַנטוואָרטלעכער סעקרעטאַר פֿונעם זשורנאַל יוסף שנײַדער. שוין שפּעטער מיט אַ האַלב יאָר, בשעתן קומען קיין מאָסקווע זיך לערנען, צוזאַמען מיט נאָך פֿיר צוהערער אין דער ייִדיש־גרופּע פֿון די העכסטע ליטעראַטור־קורסן, האָט דובֿ־בער צום ערשטן מאָל דערזען שנײַדערן. ער האָט זיך שטענדיק געאײַלט, שטענדיק געווען פֿאַרסאַפּעט און פֿאַרשוויצט, און שטענדיק פֿאַרשפּעטיקט. אין רעדאַקציע פֿלעגט ער אַרײַנפֿליִען, אָנגעטאָן אין זײַן גרויען קאָסטיום מיט אַ ברוינעם שמאָלן שניפּס, שטענדיק דער זעלבער, פֿעסט פֿאַרצויגן ביזן האַלדזקנאָפּ, האַלטנדיק אין ביידע הענט נעצקיישלעך, פֿון וועלכע ס'האָבן אַרויסגעקוקט פּעקלעך און פּעקעלעך מיט פּראָדוקטן, געקויפֿט אויפֿן וועג אַהער. געוווינט האָט שנײַדער ערגעץ אונטער מאָסקווע און פֿלעגט אין שטאָט קומען אויף דער „עלעקטריטשקע", ווי מע רופֿט אויף רוסיש די עלעקטראָבאַן. פֿון אונטערן אָרעם, צוגעקוועטשט צום בײַכל, האָט אַרויסגעשטעקט אַן אָפּגעריבענע זײַט פֿון אַ לעדערנעם פּאָרטפֿעל. אויפֿן וועג קיין רעדאַקציע האָט ער נאָך באַוויזן אַרײַנצולויפֿן אין דער דרוקערײַ און ברענגען די קאָרעקטור־זײַטלעך פֿון דעם פֿאָלגנדיקן נומער.

אין רעדאַקציע האָבן אַלע געוווּסט, אַז שנײַדער האָט אַ מסוכן קראַנקע פֿרוי און אַז אין דער רעדאַקציע וועט ער זיך לאַנג נישט פֿאַרהאַלטן – אַוועקלויפֿן אין שפּיטאָל אַרײַן.

דאָס לעצטע מאָל האָט קרופּניק געזען שנײַדערן שוין אין ישׂראל, ספּעציעל געפּאָרן זיך טרעפֿן מיט אים אינעם יִשוב קריית־אַתאַ, ווו ער האָט געוווינט מיט זײַן צווייטער פֿרוי אין אַ קליין דירהלע. ס'איז פּונקט אויסגעפֿאַלן אויפֿן 9טן מײַ, דער טאָג פֿון נצחון. דערפֿאַר האָט טאַקע דובֿ־בער פֿאַרגעדענקט די דאַטע. אויפֿן וועג צו יוספֿן האָט ער דערזען אין אַ סקווער זיצן אויף אַ באַנק עטלעכע „רוסישע" מלחמה־וועטעראַנען, אָנגעטאָן יום־טובֿדיק מיט די בלישטשענדיקע אויף דער ישׂראל־זון שלאַבט־מעדאַלן, צוגעטשעפּעט צו די העמדער מיט קורצע אַרבל.

יוסף איז אויך געווען אויף דער מלחמה, וועגן דעם האָט ער געהאַט אָפּגעדרוקט אין זשורנאַל אַ גרעסערע דערציילונג „אונטער אַ פֿרעמדן נאָמען". קרופּניק האָט גראָד די דערציילונג געלייענט, אָבער יוספֿן האָט עס נישט געאַרט. אויף זײַן בלייך־קײַלעכדיק פּנים מיט אַ הויכן שטערן, וואָס האָט פֿאַרכאַפּט אַ היפּשן שטיק ליסינע, האָט זיך נאָכן ערשטן לחיים, צעגאָסן אַ רויטלעכער גלאַנץ פֿון פֿרייד און גליק. קיין שפּור פֿון יענער מאָסקווער כּסדרדיקער האַוועניש איז נישט געבליבן, סײַדן דאָס אומגעדולדיקע ווילן צו דערציילן וועגן דעם, וואָס ס'איז אין זײַן פּובליקירטער דערציילונג נישט אַרײַן; נישט אָנגעשריבן געוואָרן, אָבער ווונדיק געיאַטערט אין זײַן קראַנקן האַרץ – דאָס בלײַבן לעבן אין געפֿאַנגענשאַפֿט, אויסגעבנדיק זיך פֿאַר אַ רוס, אָבער נאָכן באַפֿרײַט ווערן, לעבן מיט אַ שטענדיקער מורא צו זײַן אַרעסטירט און פֿאַרשיקט אין „גולאַג", טאַקע, ווײַל ער, אַ ייִד, זאָל אַפֿילו זײַן אונטער אַ פֿרעמדן נאָמען, האָט זיך אומגעקערט פֿון דער מלחמה אַ לעבעדיקער...

– שלום־עליכם, פֿרײַנד קרופּניק, – האָט זיך דערהערט אינעם טרײַבל, – מײַן נאָמען איז יוסף שנײַדער און איך בין דער פֿאַראַנט־וואָרטלעכער סעקרעטאַר פֿונעם זשורנאַל, – די ווערטער האָבן גע־קלונגען פֿאָרמעל, אָבער נאָך דעם אַרײַנפֿיר האָט זיך אין דער שטים דערפֿילט אַ היימישע וואַרעמקייט, – כ'וויל אײַך זאָגן, אַז ס'זײַנען מיר געפֿעלן געוואָרן אײַערע דערציילונגען. זייער פֿריש אָנגעשריבן...

דובֿ־בער האָט נאָך שטאַרקער צוגעקוועטשט צום אויער דאָס טרײַבל, זיך אײַנגעהערט, פֿאַרטײַעט דעם אָטעם, ווי אַ דאָקטער וואָלט עס אים איצט געהייסן טאָן, באַטראַכטנדיק מיט זײַן רערל דאָס האַרץ. ס'איז אים מיטאַמאָל געוואָרן הייס און ענג אין דער טעלעפֿאָן־בודקע, אַז ער האָט געמוזט אַ ביסל צועפֿענען די טיר. אויף אַ קורצער ווײַלע האָט די שטים זיך איבערגעריסן. דובֿ־בער האָט אויטאָמאַטיש אויסגעשריִען:

„אַלאָ, אַלאָ!״ – ווי געקאָנט דערמיט דורכלעכערן די פֿאַרשטאָפּטקייט אויף דער ליניע; נאָר די שטים פֿונעם פֿאַראַנטוואָרטלעכן סעקרעטאַר האָט זיך ווידער דערהערט:

– זײַט מיר מוחל, נאָר איך מוז עס פֿרעגן בײַ אײַך: איר האָט עס אַליין אָנגעשריבן?

דובֿ־בער האָט זיך אויפֿן מאָמענט פֿאַרלוירן. ער איז גרייט געווען אויסצוהערן די סאַמע קריטישע באַמערקונגען, אָדער אַפֿילו אַ „קאָרעקטן אָפּזאָג״, ווי ער פֿלעגט באַקומען פֿון די רוסישע אויסגאַבעס, וווּהין ער האָט צומאָל אַרײַנגעשיקט זײַנע אַ דערציילונג. פֿון דעסטוועגן, האָט דובֿ־בער אַרײַנגעמורמלט אינעם טרײַבל:

– פֿרײַנד ראַשקאָוואַן האָט זיי אַוודאי געלייענט... דאָ און דאָרט עפּעס פֿאַרראָכטן, אָבער אָנגעשריבן האָב איך די דערציילונגען אַליין...

שפּעטער, שוין אין מאָסקווע, בײַ זייער ערשטער טרעפֿונג אין שנײַדערס קאַבינעט האָט יענער אים דערקלערט די סיבה, הלמאַי האָט ער געמוזט אים שטעלן די „ניט־קאָרעקטע פֿראַגע״:

– דו דאַרפֿסט פֿאַרשטיין, – איז ער גלײַך אַריבער אויף „דו״, – מיר באַקומען נישט ווייניק מאַנוסקריפּטן פֿון אונדזערע לייענער. בדרך־כּלל זײַנען זיי עלטערע מענטשן, און דאָ קומען אָן דײַנע דערציילונגען...

– ער האָט זיך גוטמוטיק צעשמייכלט און צוזאַמען מיט אַ הייב טאָן אַן אַקסל, צוגעזשמורעט אַן אויג. – מיר האָבן שוין געהאַט אַ פֿאַל, ווען ס'איז אָנגעקומען אַ בינטל לידער פֿון אַ גאָר יונג מיידל. נישט גאָט ווייסט וואָס, אָבער פֿאָרט, אָנגעשריבן אויף ייִדיש... די פֿרייד איז געווען גרויס, מ'איז שוין גרייט געווען עטלעכע לידער אָפּצודרוקן, אָבער אונדזער שטעלפֿאַרטרעטער, שוין בײַם לייענען די קאָרעקטור, האָט זיך געכאַפּט, אַז איינע אַ ליד איז אים בפֿירוש באַקאַנט. מ'האָט אָנגעהויבן זיך פֿאַנאַנדערקלײַבן און ס'האָט זיך אַנטדעקט, אַז יאָ, איינער אַ לייענער פֿון טשערנאָוויץ האָט מיט אַ צײַט צוריק אַרײַנגעשיקט אַ גאַנצן פּאַק מיט זײַנע לידער און צווישן זיי איז געווען אויך דאָס דאָזיקע ליד, וואָס דאָס מיידל האָט געהאַט אַרײַנגעשיקט. אַ קיצור, אַ סקאַנדאַל!.. דו וועסט נישט גלייבן, מיר האָבן געבעטן אונדזער מיטגליד פֿון רעדקאָלעגיע, וואָס וווינט אין טשערנאָוויץ, זיך טרעפֿן מיט אָט דעם ייִד און, ווי ס'האָט זיך באַלד אויסגעקלאָרט, זײַנען די לידער, כּלומרשט פֿונעם מיידל, געווען זײַנע אייגענע שעדעוורען, און דאָס מיידל אַליין, וואָס ער האָט אַפֿילו אַרײַנגעשיקט איר פֿאָטאָגראַפֿיע, איז געווען זײַן אייניקל...

– אָבער פֿאַר וואָס האָט ער געדאַרפֿט פֿאַרדרייען די גאַנצע מעשׂה? – האָט זיך דובֿ־בער געחידושט.

– אַ גראַפֿאָמאַן! – האָט שיִער נישט אויסגעשריִען שנײַדער, – מ'האָט אים נישט געדרוקט, האָט ער צוגעטראַכט די פֿאַסקודנע פֿאַלשיווקע... אויסגענוצט, הייסט עס, דעם מאַנגל אין יונגע מחברים... און מיר האָבן די פֿאַלשיווקע שיִער נישט אָפּגעדרוקט...

דובֿ־בער איז אַרויסגעגאַנגען פֿון מישע ברײַס הויז און אַרײַנגעפֿאַלן אינעם גרויען טאָג. דער ערשטער אינדרעפּרי פֿון זײַן שליחות אין מאָסקווע האָט אים באַגעגנט אָנגעכמורעט. אַפֿילו מיט חשד. דובֿ־בער האָט אַ טראַכט געטאָן: „ווי דען אַנדערש זאָל אויף אים אַראָפּקוקן דער מאָסקווער הימל? פֿאָרט אַ פֿאַררעטער. אַנטלאָפֿן ווי אַ ראַץ פֿון דער אונטערגייענדיקער שיף!” ער איז געגאַנגען צו דער מעטראָ־סטאַנציע „ווערנאַדסקי־פּראָספּעקט”. ס'האָבן זיך געוואָרפֿן אין די אויגן די פֿילצאָליקע האַנדל־קיאָסקן, מיט אײַזערנע גראַטעס פֿון פֿאָרנט. לעבן איינעם אַזאַ קיאָסק האָט דובֿ־בער זיך אַ ווײַלע פֿאַרהאַלטן. דורך די פֿאַרגלאָזטע ראַמען האָבן זיך אָנגעזען אַ פּאָר פֿלעשלעך וויסקי, עטלעכע פּעקלעך אַמעריקאַנער ציגאַרעטן, פֿון אַ פּאָליצע העכער האָבן אַרויסגעקוקט אין דרויסן אַ פּאָר פֿירמענע זונבריקן און לעבן זיי זײַנען געליגן צוויי מאַראַנצן און אין אַ פּושקעלע, אַרומגעלייגט מיט וואַטע, ווי ס'וואָלט געווען אַ קרישטאָלענע צאַצקע פֿאַר דער נײַ־יאָריקער יאָלקע, אַ קיווי־פּרוכט... דובֿ־בער האָט זיך דערמאָנט, ווי אין ישׂראל נאָך בײַ זײַן ערשטער נסיעה אַהין, האָט ער מיט נאָך עטלעכע מענטשן באַזוכט אַ קיבוץ, וווּ מ'האָט דאָרט ערשט מיט עטלעכע יאָר פֿריִער אָנגעהויבן פֿלאַנצן אָט די עקזאָטישע פּרי. דער קיבוצניק, אַ יונגער סאַברע, האָט מיט שטאָלץ דעמאָנסטרירט ווי מע דאַרף דעם פּרוכט עסן; צעשניטן אים אין מיטן און מיט אַ טיי־לעפֿעלע אָנגעהויבן אויסשקראַבען פֿון דאָרט דאָס גרינע ווייכע...

אַ קוויטשיק קולכל פֿונעם שמאָל־קליינעם פֿענצטערל האָט אָפּגעטריבן די דערמאָנונג:

– סע שמעקט דיר דאָ עפּעס? ווילסט עפּעס קויפֿן?

דובֿ־בער האָט אַ הייב געטאָן די אַקסלען ווי אין אַ פֿאַרלעגנהייט. דאָס קולכל האָט עס פֿאַרטײַטשט אויף זײַן אופֿן:

– אויב ניט, שטעל פּיס פֿון דאַנען און פֿאַרשטעל נישט די וויטרינע!

דער אָנגעשריי האָט שוין בײַ אים קיין שום צווייפֿל נישט איבער־געלאָזט – ער איז ווידער אין „זײַן אַלטער היים”, – און ער האָט אײַליק

זיך געלאָזט גיין ווײַטער. דובֿ־בער האָט געטראַכט בײַ זיך, אַז מער וועט ער זיך נישט שטופּן מיט זײַן נײַגער צו באַקענען זיך מיט דער נײַער מאָסקווער ווירקלעכקייט, זי האָט זיך אָבער אַליין געוואָרפֿן אים אַנטקעגן, ווי באַרימט זיך פֿאַר דעם פֿריש אָפּגעבאַקענעם „אויסלענדער" מיט איר נײַעם שטייגער, פֿאַרנאַבלעסיקטע אומריינע גאַסן און בנינים, און באַזונדערס, מיט די באַטריבטע פּנימער פֿון מענטשן. עס האָט זיך אים געדאַכט, אַז זיי האָבן אויפֿגעהערט צו קוקן איינער אויפֿן אַנדערן, ווי זייערע אויגן וואָלטן פֿון ביידע זײַטן געווען פֿאַרשטעלט מיט שליידערס, זיך מער פֿאַרלאָזט אויף די פֿיס, וואָס ווייסן שוין אַליין וווהין צו טראָגן דעם קערפּער.

לעבן דעם אַרײַנגאַנג אין מעטראָ, פֿון ביידע זײַטן, האָט זיך גע־צויגן אַ לאַנגע שורה מענטשן, ווי זיי וואָלטן זיך אַריבערגעפּעקלט פֿו־נעם לעניגראַדער שאָסיי אַהער, אין שטאָט אַרײַן, צוזאַמען מיט דער סחורה אין פּעקלעך, זעקלעך, פּושקעס, קוישן – אויסגעשטעלט פֿאַר זייערע פֿיס גלײַך אויפֿן פֿאַרבלאָטיקטן אַספֿאַלט... און ס'האָט אין אים, ווי אַן ענטפֿער אויף מישעס נעכטיקער עקאָנאָמישער טעאָריע וועגן רעטונגס־שיפֿלעך, זיך אָפּגערופֿן: ניין, נישט קיין רעטונגס־שיפֿלעך, שוין גיכער שפּענדלעך, וואָס דער צעבושעוועטער אָקעאַן פֿון דער פּאָסט־סאָוועטישער ווירקלעכקייט וועט אָט־אָט אײַנשלינגען.

דעם וועג אין רעדאַקציע פֿונעם זשורנאַל האָט דובֿ־בער נישט פֿאַרגעסן, כאָטש פֿון ווערנאַדסקי־גאַס איז אים נישט אָפּט אויסגעקומען צו פֿאָרן אַהין, מערסטנס, פֿונעם ליטעראַטור־אינסטיטוט, וואָס האָט זיך געפֿונען אויפֿן טווערסקאָי־בולוואַר. אַרויסגעגאַנגען פֿון מעטראָ אויף דער סטאַנציע „קיראָווסקאַיאַ־טורגעניעווסקאַיאַ", איז ער אַריבערגעגאַנגען אויף דער רעכטער זײַט גאַס און מיט זיכערע טריט זיך געלאָזט גיין אין דער ריכטונג פֿון דער הויפּטפּאָסט, וואָס האָט זיך געפֿונען אַנטקעגן דער רעדאַקציע „סאָוועטיש געזעמלאַנד".

עטלעכע צענדליק טריט פֿונעם אַרײַנגאַנג אין רעדאַקציע, האָט ער זיך אָפּגעשטעלט לעבן דעם טייהויז, אַ שיינעם דרײַגאָרנדיקן בנין פֿון סוף 19טן יאָרהונדערט, אויפֿגעבויט אין אַ כינעזישן אַרכיטעקטור־סטיל. אין מיטן דעם הויז, איבערן דאַך האָט זיך געריסן אַרויף אינעם פֿרעמדן גרויען הימל אַ פֿאַרגלאָזט טורעמל מיט פֿאַרריסענע שפּיצן פֿון דעם טשערעפּיצע־דעכל און באַקרוינט מיט אַ באַגילדטן שאַמאַן־שטאָק. נישט געקוקט דערויף, וואָס די פֿאַרב אויף דער פֿאַסאַד־וואַנט

מיט קינצלדיקע באַרעליעפֿן איבער די פֿענצטער האָט זיך היפּש אָפּגע־קאַלופּעט, האָט דאָס הויז, אין פֿאַרגלײַך מיט אַנדערע בנינים אויף דער זעלבער קיראָווע־גאַס אויסגעזען ווי אַן אומפֿאַרבעטענער גאַסט, געקומען פֿון ווײַטע אַזיאַטישע מקומות, אויסגעפּוצט אין בונטע עקזאָטישע מלבושים, וואָס רײַסן אויף די אויגן בײַ די דורכגייער.

נאָך מער האָט באַטאָנט די עקזאָטישע פֿאַרפֿרעמדטקייט דער אַראָמאַט־בגילופֿינדיקער ריח פֿון געפּרעגלטע קאָפֿע־זערנעס; ווײַל גע־הייסן האָט עס טאַקע טייהויז, אָבער פֿאַרקויפֿט האָט מען דאָרט אויך קאָפֿע, שאָקאָלאַד און אַנדערע זיסע נאַשערײַען. דער קאַווע־ריח האָט פּלוצעם אויפֿגעוועקט אַ דערמאָנונג, פֿאַרבונדן מיט אָט דעם טייהויז. זי האָט אים אַריבערגעטראָגן אין די אָנהייב 1980ער, ווען ער האָט זיך געלערנט אויף די העכסטע ליטעראַטור־קורסן. כּמעט יעדע צוויי חדשים פֿלעגט ער זיך באַמיִען, כאָטש אויף אַ וואָך, אַוועקפֿאָרן אַהיים. די מעלה־גירהנדיקע בענקשאַפֿט נאָך דער פֿרוי און זון פֿלעגט אים אַרויסנעמען די נשמה, בפֿרט סוף־וואָך, אין די צוויי פֿרײַע טעג, ווען קיין לימודים זײַנען נישט געווען. צומאָל פֿלעגט ער זיך אין אַ פֿאַרנאַכט אַרויסרײַסן אין טעאַטער, אָדער צופֿאָרן צו דער מומע בעטיע ברײַ, קיין אַנדערע היגע פֿרײַנד האָט דוב־בער נישט געהאַט.

אַ חוץ דעם פּראָדוקט־„פּאַיאָק", צוגעגרייט אים פֿון דער מומע בעטיע, פֿלעגט ער אויפֿן וועג קיין רעדאַקציע פֿאַרנעמען אַ ריי אין טייהויז. אַ שקאַרמוץ מיט אַראַביקאַ־קאָפֿע איז פֿאַר זײַן שווער געווען די בעסטע מתּנה. אַן אַנדער זאַך איז געווען, אָפּצושטיין נאָך די לימיטירטע 300 גראַם מציאה אין אַ ריי, וואָס איר עק, ווי בײַ אַ מין „דעפֿיציט־דראַקאָן" האָט זיך געשלענגלט איבער דער גאַנצער גאַס. די שכנישאַפֿט מיט דער רעדאַקציע פֿלעג אים אַרויסהעלפֿן, בפֿרט אין די פּראָסטיקע טעג. אַרײַנלויפֿנדיק פֿון צײַט צו צײַט אין דער רעדאַקציע זיך אַ ביסל דערוואַרעמען, האָט דוב־בער אויף אַזאַ אופֿן „געקירצט" די ריי.

איצט האָט זיך לענג־אויס דעם טייהויז אויך אויסגעשטעלט אַ ריי. די אימפּעריע איז זיך צעפֿאַלן, האָט געטראַכט קרופּניק, נאָר דער „דעפֿיציט־דראַקאָן" איז געבליבן. די פּיס האָבן אים געפּירט ווײַטער. פֿאַרבײַגייענדיק די צוויי גרויסע פֿענצטער פֿון דער רעדאַקציע, וואָס קיין זייף און שמאַטע האָט זיך צו זיי נישט צוגערירט שוין לאַנגע יאָרן, איז קרופּניק צוגעגאַנגען צו דער טיר. אַמאָל איז פֿון דער רעכטער זײַט געהאָנגען אַ באַרעמלטע גלעזערנע ווײַוועסקע; אויפֿן רויטן הינטער־

גרונט, מיט בולט־געלע ייִדישע אותיות איז אין עטלעכע שורות געווען
אָנגעשריבן: „רעדאַקציע/ סאָוועטיש געזעמלאַנד/ אָרגאַן/ פֿון שרײַבער־
פֿאַרבאַנד/ פֿון פֿססר‟ – און נידעריקער דער זעלבער אויפֿשריפֿט, נאָר
אויף רוסיש. איצט איז קיין שום וויוועסקע נישט געווען, געבליבן איז
נאָר אַ פֿירקאַנטיקער שפּור אויף דער צעטרעשטשעטער וואַנט פֿון
ווײַסן ציגל.

5

דער פֿאַראיין פֿון ייִדישע שרײַבערס און זשורנאַליסטן אין ישׂראל אָדער „לייוויק־הויז" האָט זיך אײַנגעגנעסטעט אין תּל־אָבֿיבֿ אויף דבֿ הוז־גאָס, 30. אַ שטיל געסל, געבויט פֿון די חלוצים, געקומען קיין פּאַלעסטינע אין די דרײַסיקער יאָרן „צו מאַכן אַ סוף צו זייער גלות". וועגן אַזעלכע ייִנגלעך און מיידלעך האָט דובֿ־בער געלייענט טאָג־טעגלעך אין דער פּוילישער צײַטונג „הײַנט", וועלכע ער האָט קאַטאַלאָגירט, און אין זלמן ראָזענטאַלס רעפּאָרטאַזשן, געשיקט פֿון פּאַלעסטינע. אין 1938, צוויי יאָר פֿאַר זײַן אַרעסטירט ווערן, זײַנען זיי דערשינען אין זײַן בוך „פֿון אונדזער לאַנד".

צום ערשטן מאָל האָט קרופּניקן געבראַכט צו פֿירן אין „לייוויק־הויז" דער אַלטער ישׂראלדיקער זשורנאַליסט יוסף פּילסקי, מיט וועלכן ער האָט זיך באַקענט אין מאָסקווע אַ יאָר פֿאַרן עולה זײַן. די טרעפֿונג איז געשען אין דער רעדאַקציע פֿון „סאָוועטיש געזעמלאַנד", ווו ס'האָט זיך צונויפֿגעזאַמלט אַ היפּשע קאָמפּאַניע ייִדיש־טוערס, געקומען, קאָן מען זאָגן, פֿון אַלע קאָנטינענטן צו דער „היסטאָרישער קאָנפֿערענץ", אָרגאַניזירט פֿון „וועלטראַט פֿאַר ייִדיש און ייִדישער קולטור". די הויכע דעפֿיניציע איז דער קאָנפֿערענץ צוגעטיילט געוואָרן נישט אַזוי צוליב די ביז־אַהעריקע „היסטאָרישע" אויפֿטוען פֿונעם „וועלטראַט"; דער נס, ווען „מיזרח איז זיך צונויפֿגעקומען מיט מערבֿ", איז דערמעגלעכט געוואָרן, אַ דאַנק גאָרבאַטשאָווס „פּערעסטרויקע".

די רעדאַקציע איז אין יענעם טאָג געווען פֿול געפּאַקט מיט געסט: אַ קליינינקייט דער הויפּט־רעדאַקטאָר פֿונעם מאָסקווער זשורנאַל, אַהרן ליס, וואָס האָט זיך ביזן לעצטן מאָמענט פֿעסט געהאַלטן בײַ זײַן

אײַזערנער „גענעראַל־ליניע", אויסדרײַענדיק זיך צום „ייִדישן מערבֿ" מיטן הינטן, – האָט פּלוצעם זיך אַ קער געטאָן צו אים אַנפּאַס. ס'האָט אויסגעזען, אַז די ייִדיש־שליחים מאַרבע־פּינות־העולם זײַנען זיך אַהער צונויפֿגעפֿאָרן אַ קוק צו טאָן ליסן אין פּנים אַרײַן.

יוסף פּילסקי, דער רעדאַקטאָר פֿון דער קאָמוניסטישער צײַטונג „דרך", האָט זיך אומגעדרייט איבער דעם גרויסן אייבערשטן צימער פֿון דער רעדאַקציע, ווו ס'האָבן זיך הײַפֿלווײַז צונויפֿגענומען די פֿאַרבעטענע געסט. זיי האָבן זיך איבערגעשושקעט צווישן זיך אויף זייער לאַנדשפּראַך, אַז איין הײַפֿל זאָל חלילה נישט פֿאַרשטיין, וואָס דאָס צווייטע הײַפֿל רעדט, כאָטש זייער אַלגעמיינע שפּראַך איז געווען ייִדיש. עס האָט זיך געטראָגן אין דער לופֿטן אַ מורמלענדיקער געטומל, ווי בײַם דאַווענען אין שיל. דער אַלטער פּילסקי האָט זיך אַרומגעשאַרט צווישן די הײַפֿלעך, ווי אַ שמשׂ, אַ ווײַלע זיך פֿאַרהאַלטן בײַ יעדער אַזאַ אָפּגעזונדערט קופּקעלע און פֿאַרטרוילעך אַרויסגעבראַכט: „קינדערלעך, מע דאַרף מאַכן שלום!" – ס'האָט געקלונגען, ווי ער וואָלט עס אויסגעלייענט פֿון זײַן לײַט־אַרטיקל.

די צײַטונג „דרך" האָט קרופּניק צום ערשטן מאָל דערזען אין אַ קעשענעװער צײַטונגס־קיאָסק נאָך איידער ער האָט אָנגעהויבן זיך לערנען ייִדיש פֿון די חודשלעכע לימודים, געדרוקט אין „סאָוועטיש געזעמלאַנד". זי איז ווי בכּיוון אַרויסגעשטעלט געווען אין דער וויטרינע מיטן קאָפּ אַראָפּ, ס'זאָל, אַפּנים, גיכער צוציִען אַ ייִדיש אויג. קיין בעלנים אויף דער מציאה האָבן זיך נישט געפֿונען, פֿלעגן די פּירקאַנטיקע אותיות נעבעך אויסגעברענט ווערן אויף דער זון.

דערזען דובֿ־בערן שטיין אין אַ זײַט און רעדן מיט זײַן פֿרײַנד, וואָס האָט אָנומלטן פֿאַרביטן יוסף שנײַדערן אויף זײַן פּאָסטן, האָט פּילסקי זיך אַ לאָז געטאָן צו זיי, אויסשטרעקנדיק פֿון פֿריִער די רעכטע האַנט זיך צו באַגריסן. זיך אָנגעכאַפּט אין קרופּניקס דלאָניע, האָט ער זי אַ ווײַלע געטרייסלט, זיך אײַנגעקוקט אין אים דורך די דיקע ברילן־גלעזלעך מיט אַ קורצזיכטיקן בליק און ווי פֿון חלום אַרויסגעבראַכט:

– זײַט איר, הייסט עס, די יונגע גוואַרדיע...

דובֿ־בער האָט צוגעשאָקלט מיטן קאָפּ און עפּעס געשטאַמלט צע־מישטערהייט. פּלוצעם האָט דער אַלטער זיך אָנגעבויגן צו אים, ווי געוואָלט פֿאַרטרויען דעם סוד פֿון אײַנצושטעלן שלום צווישן ישׂראל און די אַראַבער, אָבער אומדערוואַרט געפֿרעגט:

– וויפֿל זשע קאָסט איר ביידע?
די „יונגע גוואַרדיע" האָט זיך איבערגעקוקט.
– כ'מיין, וויפֿל צאָלט מען אײַך פֿאַר אײַער אַרבעט? – האָט דער אַלטער רעדאַקטאָר שוין קלאָרער געשטעלט זײַן פֿראַגע.
דובֿ־בער האָט לײַכט אָפּגעאָטעמט און איז שוין גרייט געווען צו שטילן דעם אַלטנס נײַגער, אָבער גראָד אין דעם מאָמענט האָט זיך פֿון דער שוועל דערהערט די שטים פֿונעם אָנגעקומענעם הויפּט־רע־דאַקטאָר:
– וואָס זשע שטייט איר דאָ, ווי שתּדלנים צום גובערנאַטאָר, נישט דאָ געדאַכט?!
זײַן שטים האָט געקלונגען ווי עס פּאַסט פֿאַר אַ גאַסטפֿרײַנדלעכן באַלעבאָס, וואָס האָט אַ ביסל פֿאַרשפּעטיקט צו דער סעודה בײַ אים אין שטוב און וויל עס פֿאַרגלעטן מיט אַ וויץ.
– עלוויִרעטשקע, – האָט ער זיך שוין געוואָנדן צו זײַן סעקרעטאַר־שע, וואָס איז ביז אַהער געזעסן בײַם טיש לעבן דעם שעפֿס טיר, אָן אַ פֿאַרשטאַנד, וואָס צו טאָן מיט דער כאַליאַסטרע אַלטע אויסלענדער.
– פֿאַר וואָס לאָזט איר נישט אַרײַן אונדזערע חשובֿע געסט אין מײַן קאַבינעט?
ליס האָט עס געזאָגט גוטמוטיק און אויף יִדיש, כאָטש זײַן סע־קרעטאַרשע האָט יִדיש נישט פֿאַרשטאַנען; נאָר דערהערט דאָס באַקאַנטע וואָרט „קאַבינעט" און דערזען, ווי דער באַלעבאָס ווײַזט מיט דער האַנט אָן אויף דער טיר, איז זי אויפֿגעשפּרונגען פֿונעם בענקל און די טיר ברייט געעפֿנט.
די געסט האָבן זיך נישט געלאָזט לאַנג בעטן. פּילסקי האָט שוין פֿאַרגעסן אין זײַן פֿראַגע. מיט אַ יִונגלשער ספּריטניקייט האָט ער זיך געלאָזט צו זײַן קאָלעגע, אויסרופֿנדיק: „חבֿר ליס... חבֿר ליס!" דער מאָסקוועער רעדאַקטאָר איז געווען פֿאַרנומען מיט אַנדערע געסט:
– זעצט זיך אויס, ביטע... – האָט ער ווײַטער געצויגן זײַן פֿריילעכן טאָן, – מײַן קאַבינעט איז טאַקע קלענער פֿון מיכאַיל גאָרבאַטשאָווס, מיר זײַנען דאָך אויך נישט אין קרעמל...
פֿון דרויסן האָט „לייוויק־הויז" זיך אויסגעטיילט פֿון די אַנדערע בנינים אויף דער גאַס מיט זײַן עקסטראַוואַגאַנטן פֿאַסאַד – אַ וואַנט, וואָס האָט, אַפּנים, געזאָלט אויסזען ווי אַ קינסטלערישער פּאַנאָ, צונויפֿ־געשטוקעוועט פֿון קוואַדראַטע בעטאָן־פּליטעס און דורכגעהאַקטע

מיזרחישע אָוואַל־פּענצטערלעך, – האָט פֿאַרשטעלט מיט זיך די מיט־לדיקע דרײַ גאָרנס. צו יענער צײַט, ווען קרופּניק איז געוואָרן אינעם הויז אַ „נאַשבראַט", איז עס די גאַנצע וואָך געווען געשלאָסן, אָבער יעדן פֿרײַטיק, ווי אין אַ טעמפּל ערבֿ שבת, פֿלעגן זיך אַהער צונויפֿקומען אַ פּאָר מנינים אַלטע ייִדישע שרײַבערס, אויסצוטאָן פֿון זיך דעם טאָג־טעגלעכן העברעיִשן האַוועניש, און זיך אַרײַנוואָרפֿן אינעם אָפּפֿרישנדיקן ים פֿון זייערע ייִדישע דערמאָנונגען. צומאָל האָט זיך אַהער אויך אַרײַנגעכאַפּט אַ זעלטענער גאַסט פֿון אויסלאַנד, דורשטיק נאָך אַ שלונג ייִדיש.

דובֿ־בער, אַרײַנגעטאָן גאַנצע טעג אינעם לייענען די אַרטיקלען, האָט ווי געבלעטערט אויף צוריק די פֿאַרגעלטע זײַטן פֿון ייִדישן לעבן פֿאַרן חורבן. צומאָל פֿלעגט ער אַרײַנפֿאַלן אין אַ ווירבל פֿון צײַט, בלויז אויף אַ רגע, וואָס איז געווען גענוג לאַנג ער זאָל דערהערן דעם גערויש פֿון אַ לעבעדיקן קיום אויף די ייִדישע גאַסן און געסלעך פֿונעם פֿאַרמלחמהדיקן פּוילן. אין די שורות פֿון די אויסגעשטעלטע שפּאַלטן האָט זיך דעם בחור־הזעצער אײַנגעגעבן אַרײַנצוזעצן דעם בלײַענעם אמת און עקשנות פֿון יענע מחברים, וואָס ס'רובֿ פֿון זיי איז פֿאַרברענט געוואָרן אין פֿײַער פֿון מענטשנפֿײַנד.

די שטאַמגעסט פֿון „לייוויק־הויז" זײַנען כמעט אַלע אַרויסגעקומען פֿון יענער צײַט, וואָס האָט זיך מיט שוואַרצער פֿאַרב אײַנגעגעסן אין די שורות פֿון די נאָטיצן און אַרטיקלען; זיי, דעמאָלט צעבראַסטעטע חבֿרה מיט צעשויבערטע געדאַנקען, האָבן די אַרטיקלען זשעדנע געלייענט און היציק באַהאַנדלט... איצט האָט דובֿ־בער, פֿאַרשפּאַרט אין דעם אוניווערסיטעטישן האַלבקעלער, געפּרוּווט די אַלע אַרטיקלען און נאָטיצן אַרײַנפּרעסן אין אַ סטאַנדאַרטן תּמצית פֿון עטלעכע ווערטער – אַ פֿאָרמול פֿון יאָרן, געשעענישן, מענטשן – און עס אַרײַנגעקלאַפּט אינעם אין־סופֿיקן קאָמפּיוטער־זכּרון.

אין די פֿרײַטיקן האָט ער זיך אין דער פֿרי געאײַלט קיין תּל־אָבֿיבֿ, צום הויז אויף דבֿ הוז־גאַס, ווו די אַלטע שרײַבערס, יעדער אויף זײַן אייגענעם אופֿן, האָט אַרײַנגעאָטעמט אין די טרוקענע תּמציתדיקע פֿאָר־מולן אַ נשמה־בענקשאַפֿט. אָט די בענקשאַפֿט נאָך זייער פֿאַרברענטן נעכטן האָבן זיי געלאָזט אויף די זײַטלעך פֿון זייערע ביכער; אייגנטלעך, די דאָזיקע בענקשאַפֿט נאָכן נעכטן האָט פֿון זיי גראָד אין ישׂראל געמאַכט ייִדישע שרײַבערס. זיי זײַנען פֿאַרמישפּט געוואָרן צו לעבן מיטן נעכטן...

אינעם גערשאַמען אויפֿנעם־צימער בײַם ברייטן לאַנגן טיש האָט יעדער שטאַמגאַסט געהאַט זײַן אָרט, נישט אָפּגעקויפֿט און נישט רעזער־ווירט עס, נאָר באַשטימט געוואָרן לויט אַ לאַנג־יאָריקער שטילער הסכּמה פֿון די איבעריקע פּען־ברידער. און אויב דער באַזיצער פֿונעם אָרט האָט צוליב אַ סיבּה אויסגעפֿעלט אָדער, חלילה, זיך געפֿעלט, פֿלעגט דאָס אָרט בלײַבן ליידיק, סײַדן אַ גאַסט אויף אַ פּרײַטיק, נישט ווויסנדיק דערפֿון, פֿלעגט זיך אויף דעם בענקל צוזעצן.

דעם אויבנאָן בײַם טיש האָט פֿאַרנומען זײַן בכּבֿודיק אָרט דער פּרעזידענט פֿונעם פֿאַראיין ישעיה פּאַנין. נאָך אַ שטאַרקער זקן מיט אַ ברייטער ברוסט און אַקסלען און מיט אַ קאָפּ פֿון אַ לייב, וואָס זײַן גרויע גריווע האָט שוין לאַנג פֿאַרלוירן איר גערדיכטקייט און גלאַנץ, האָט זיך נאָך אין זײַן האַלטונג געפֿילט דער כּוח פֿון אַ קעמפֿער. זאָל זײַן, אַז פּאַנין איז נישט געוואָרן די פֿאָן פֿון ייִדיש אין ישׂראל, אָבער אַ פֿאָנענטרעגער איז ער בלי־ספֿק געווען. ער האָט טאַקע נישט געוווּנען דעם קאַמף מיט די העברעער, אָבער אים אויך נישט פֿאַרשפּילט, און „לייוויק־הויז" איז געבליבן דער לעצטער כּותל – פֿאַר אים און פֿאַרן פֿאַרבליבענעם שבֿט ייִדישע שרײַבערס און זשורנאַליסטן. ער פֿלעגט דערציילן פֿאַרכאַפּנדיק מיט אַ ברען, און דובֿ־בער האָט אים געהערט פֿאַרכאַפּטערהייט, הגם עס פֿלעגט זיך טרעפֿן, אַז די זעלבע מעשׂה האָט פּאַנין שוין פֿריִער געהאַט דערציילט. צוריק געשמועסט, חזרט זיך אַ שרײַבער קיין מאָל נישט איבער, בפֿרט בעל־פּה; דווקא די נײַע פּרטים מאַכן די זעלבע מעשׂה גאָר אַנדערש.

צוויי אַנדערע מיטגלידער פֿון דער פֿאַרוואַלטונג־טרויקע זײַנען געזעסן איינער אַנטקעגן דעם אַנדערן פֿון דער רעכטער און לינקער זײַט טיש. מעגלעך, אַז זיי וואָלטן געקאָנט זיך בײַטן מיט זייערע ערטער, מחמת דאָס לעצטע וואָרט בײַם אָננעמען אַ באַשלוס האָט סײַ־ווי געהאַט דער פּרעזידענט. פֿון דער רעכטער זײַט איז געזעסן דוד פּיש, דער רעדאַקטאָר פֿון דער פּועלי־ציוניסטישער צײַטונג „ישׂראל־קול", און פֿון דער לינקער – יצחק ברודער, דער רעדאַקטאָר פֿון דער צײַטונג „פֿרישע ידיעות", וואָס פּאַנין האָט זי געגרינדעט און לאַנגע יאָרן אַרויסגעלאָזט.

פּיש און ברודער זײַנען געווען צוויי היפּוכדיקע פּאַרשוינען סײַ לויטן אויסזען און סײַ לויטן טעמפּעראַמענט. דוד איז געווען אַ קליינטשיקער פֿעסט־צונויפֿגעקלאַפּטער ייִד; זײַן ברייט פֿליישיק פּנים האָבן פֿאַרשטעלט אַ פּאָר גרויסע ברילן, דורך וועלכע ס'האָבן אַרויסגעקוקט קלוגע אויגן,

תּמיד גרייט צו אַ וויץ, וואָס איז בײַ אים געליגן אויף די ליפּן. צווישן זײַנע אויסגעשליפֿענע וויצן האָט זיך אויסגעטיילט אַ „פּערל" וועגן זײַן אייגענער צײַטונג: „אַז איר וואָלט מיך געפֿרעגט, וואָס אַזוינס איז 'ישׂראל־קול', וואָלט איך אײַך געענטפֿערט – ס'איז אַ טעגלעכע צײַטונג, וואָס דערשײַנט איין מאָל אין צוויי וואָכן, נאָר גייט אַרויס איין מאָל אין חודש..."

שוין אינעם נאָמען אַליין פֿון דער צײַטונג האָט געשטעקט אַ גע־וויסער פּאַראַדאָקס – אין לאַנד פֿון עבֿרית, קלינגט זײַן „קול" בפֿירוש אויף ייִדיש! די מגולגלדיקע געשיכטע פֿון „ישׂראל־קול" האָט זיך אָנגע־הויבן נאָך אין די דרײַסיקער יאָרן פֿון דער צײַטונג „נײַוועלט" און ווי די ייִדישע פּרעסע בכלל אין ישׂראל, איז איר אויסגעקומען אויסצושטיין גענוג אָנפֿאַלן, רדיפֿות און דערנידערונגען. ווי אַנדערע אַלטע זשורנאַליסטן, האָט זיך אויך דוד פֿיש פֿעסט געהאַלטן בײַ זײַן פּאַרטיי־ליניע, וואָס האָט אויפֿן הינטערגרונט פֿון דער ישׂראל־ווירקלעכקייט, אויסגעזען אַלטמאָדיש און אַרכאַיִש.

פֿישס וויזאַווי בײַם טיש, יצחק ברודער, אַ הויכער און אַ שמאָלער, מיט אַן אויסגעצויגן פּנים און שטאַרצנדיקע גרויסע אויערן, האָט אויך געטראָגן אַ פּאָר שווערע ברילן, אָבער די בולטע גלעזלעך האָבן געמאַכט זײַן בליק נאָך מער מרה־שחורהדיק און סקעפּטיש. ער איז געווען אַ סאַטיריקער און יעדע וואָך געדרוקט אין זײַן צײַטונג פֿעליעטאָנען און הומאָרעסקעס. צומאָל פֿלעגט ער געפֿינען עמעצן בײַם טיש, זיך צופּאַסן לעבן אים אויפֿן בענקל און אים מחבד זײַן מיט אַ וויץ פֿון זײַן אייגענער פּראָדוקציע. דערבײַ האָט זעלטן ווער געזען, אַז אויף ברודערס פּנים זאָל אַמאָל אויפֿציטערן אַ שמייכל, אַפֿילו פֿון זײַנע אייגענע וויצן נישט.

אַ פּאָר קאָפּיעס פֿונעם לעצטן נומער „פֿרישע ידיעות" פֿלעגן זיך אַרומדרייען אויפֿן טיש, אָבער קיינעם איז נישט אײַנגעפֿאַלן די צײַטונג אַ בלעטער טאָן; סײַדן, אַ מחבר פֿלעגט אין איר אַרײַנקוקן זיך איבערצײַגן, אַז אין זײַן אָפּגעדרוקטן אַרטיקל אָדער ליד, האָט דער רעדאַקטאָר גאָרנישט ניט געענדערט.

איטשע שפּרודלער האָט זײַן כּסדרדיק אָרט בײַם טיש נישט גע־האַט, צוליב איין סיבה – ער האָט פּשוט נישט געקאָנט אײַנזיצן אויף אַן אָרט. ער האָט זיך שטענדיק געאײַלט און שטענדיק ערגעץ פֿאַר־שפּעטיקט. אַזוי פֿלעגט ער יעדן פֿרײַטיק פֿאַרשפּעטיקן „צום טיש", כאָטש קיין באַשטימטע צײַט, ווען צו קומען אַהין איז נישט געווען; מע

האָט געוווּסט, אַז נאָך איטשען וועלן שוין מער קיין שטאַמגעסט נישט קומען און מע קאָן זיכער פֿאַרשליסן די טיר פֿונעם הויז.

איטשע שפּרודלער האָט רעדאַגירט דעם בונדישן זשורנאַל „אַקטועלע פֿראַגן". דער נאָמען פֿון דער פּובליקאַציע האָט געקלונגען צווייִדײַטיק, ווײַל ס'איז נישט קלאָר געווען, צי די אויסגאַבע גיט ענטפֿערס אויף די אַקטועלע לעבנס־פֿראַגן, צי זי וואַרט אים צו באַקומען פֿון איר לייענערשאַפֿט, וואָס ס'רובֿ פֿלעגט האָבן זײַן מקום־מיקלט אין תּל־אָבֿיבֿ אויף קאַלישער, 48. „בונד" און אַלץ וואָס האָט צום „בונד" געהאַט אַ שײַכות, איז געווען פֿאַר איטשע שפּרודלערן אַ הייליקע איקאָנע; די אידעען פֿון „בונד" זײַנען אין אים אײַנגעוואָרצלט געוואָרן פֿון זײַן אָרעמאַנסקיע וואַרשעווער קינדשאַפֿט, דערנאָך, אין די יוגנט־יאָרן, האָבן זיי זיך פֿאַרשטאַרקט אין די לאַגערן פֿון „גולאַג", וווּהין ער איז פֿאַרשיקט געוואָרן, אַנטלויפֿנדיק פֿונעם פֿאַרכאַפּטן פּוילן קיין סאָוועטן־פֿאַרבאַנד, און שוין שפּעטער, קומענדיק אין מדינת־ישׂראל, האָט ער דעם בונדישן גײַסט אַרײַנגעקלאַפּט אין יעדן אות פֿון זײַן זשורנאַליסטישער און רעדאַקטאָרישער אַרבעט. איטשע שפּרודלער האָט געקאָנט גערעכט זײַן אָדער זײַן נישט גערעכט אין זײַנע וויכּוחים, וואָס ער פֿלעגט אָפֿט פּראָוואָצירן מיט אַ ייִנגלשן ברען, אָבער ער איז קיין מאָל נישט געבליבן גלײַכגילטיק. ער אַליין פֿלעגט וועגן זיך זאָגן: 'כ'ווייס, כ'בין אַ שייגעץ...'.
– און דערמיט האָט ער זיך באַפֿרײַט דעם וועג צו זאָגן און אַרײַנזאָגן אַ צווייטן – קורץ און שאַרף אַלץ, וואָס ער טראַכט וועגן אים...

פֿאַר דובֿ־בערן, אויסגעשולט אין די דלתּ אַמות פֿון דער סאָוועטישער בילדונג־סיסטעם, איז דאָס וואָרט „בונד", ווי אַלץ, וואָס ס'איז מיט דעם „בונד" פֿאַרבונדן געווען, פֿאַרבליבן אויף די „קראַמאָלע שיריים" פֿון דער געשיכטע. אַז אין ישׂראל גייט אַרויס אַ בונדישער זשורנאַל, האָט ער זיך דערוווּסט בשעתן לערנען זיך אויף די העבסטע ליטעראַטור־קורסן. די ייִדישע פּרעסע פֿון אויסלאַנד, אַ חוץ דער צײַטונג „דרך", פֿלעגט אין סאָוועטן־פֿאַרבאַנד באַקומען נאָר איין ייִדישער שרײַבער, דער הויפּט־רעדאַקטאָר פֿון „סאָוועטיש געזעמלאַנד" אַהרן ליס. דער סעמינאַר, געפֿירט פֿון אים, האָט טאַקע אַזוי געהייסן, „ייִדישע פּרעסע אין אויסלאַנד".

איידער די לעקציע האָט זיך אָנגעהויבן פֿלעגט זײַן סעקרעטאַרשע עלווירע אַרײַנברענגען און צעלייגן אויפֿן רעדאַקטאָרישן טיש אַ פּעקל ייִדישע צײַטונגען – דער ניו־יאָרקער „פֿאָרווערטס", די וואַרשעווער

„פֿאָלקס־שטימע", פּאַריזער „נײַע פּרעסע", עטלעכע אויסגאַבעס פֿון ישׂראל, בתוכם „אַקטועלע פֿראַגן". די פֿינף סטודענטן, דערזעענדיק אויף דער ערשטער לעקציע די אַלע פּובליקאַציעס, זײַנען געבליבן זיצן געפּלעפּט; זיי האָבן זיך נישט פֿאָרגעשטעלט, אַז אין אויסלאַנד גייען אַרויס אַזוי פֿיל אויסגאַבעס אויף ייִדיש. נאָך גרעסער איז געווען דער חידוש, אַז ליס באַקומט זיי כּסדר, פֿאַרשטייט זיך, נישט מיט דער פּאָסט; אַ ספּעציעלער קוריער פֿון אַ „קאָנקרעטער אינסטאַנץ" ברענגט זיי און שפּעטער מיט אַ וואָך קומט ער אין אַ באַשטימטן טאָג בײַצוזײַן בײַ דעם, ווי דעם רעדאַקטאָרס סעקרעטאַרשע ווערט אינעם הינטערשטן הויף פֿון דער רעדאַקציע דאָס פֿריִער־געבראַכטע פּעקל פֿאַרברענען אין אַן אײַזערנעם פֿאַס. וועגן דעם שײַטער פֿון ייִדישע אויסלענדישע צײַטונגען האָט קרופּניק זיך דערוווּסט אַ סך שפּעטער פֿון יוסף שנײַדערן, בשעת זייער טרעפֿונג אין קריית־אַתא.

בײַ דער ערשטער לעקציע האָט ליס דערקלערט זײַנע צוהערער, אַז ער אַליין האָט צוגעטראַכט אַ באַזונדערע דעפֿיניציע־שקאַלע, לויט וועלכער עס ווערט אָפּגעשאַצט די „לאָיאַלקייט" פֿון יעדער פּובליקאַציע צום סאָוועטן־פֿאַרבאַנד.

– נאָך מער, – האָט ליס זיך באַרימט, – יעדע אויסגאַבע האָט איר אייגענע קליימע אויבן אינעם רעכטן ווינקעלע פֿון דער ערשטער זײַט...

– און ער האָט עס אָנגעהויבן דעמאָנסטרירן, טײַטנדיק מיטן פֿינגער אינעם אָרט, וווּ ס'האָט זיך אָנגעזען אַ קליינער בולטער טינט־צייכן, – אָט דאָ איז אַ דרײַעק, און דאָ – אַ קוואַדראַטיקל, דאָרט – אַ פֿינפֿעקיק שטערנדל...

דער „פֿאָרווערטס", וואָס האָט זיך געפֿונען אין סאַמע שפּיץ פֿונעם רעדאַקטאָרס אַנטי־סאָוועטישער דעפֿיניציע־שקאַלע, האָט פֿאַרדינט אַ זעקסעקיקע „קליימע".

– אָט די שמאַטע... – האָט ער אַ טרייסל געטאָן אין דער לופֿטן מיט דער צײַטונג, ווי ער וואָלט אָנגעכאַפּט פֿאַרן קאָלנער אַ קאָנטער־רעוואָלוציאָנער, – שיט פּעך און שוועבל אויף אונדזער היימלאַנד! דע־ריבער קומט איר אַליין פֿאַרברענט ווערן...

– אָבער פֿאַר וואָס איז פֿאַרווערט די וואַרשעווער „פֿאָלקס־שטי־מע"? – האָט זיך דערהערט די שטילע שטים פֿון משה פּען.

די פֿיר איבעריקע צוהערער האָבן אויסגעדרייט דעם קאָפּ צו זייער חבֿר, דער אײנציקער בײַם טיש, וואָס האָט אַקוראַט פֿאַרשריבן

יעדע לעקציע אין אַ דיקער העפֿט, ווי עס פּאַסט פֿאַר אַ פֿלײַסיקן סטודענט. משה פֿען איז געווען דער עלטסטער צווישן זיי, שוין אין זײַנע זעכציקער. ער האָט נאָך באַוויזן אַ יאָר פֿאַר דער מלחמה צו פֿאַרענדיקן אַ ייִדישע מיטלשול אין ווינניצע, די לעצטע אין אוקראַיִנע. אויפֿן פֿראָנט האָט מען אים נישט גענומען צוליב זײַן אונטערהינקען אויף אַ פֿוס. אַ גליק, וואָס ער איז נאָך עוואַקויִרט געוואָרן אויף צפֿון־קאַווקאַז, קיין דאַגעסטאַן. דאָרט, אין דער שטאָט מאַכאַטשקאַלאַ, האָט ער פֿאַרענדיקט דעם פּעדאַגאָגישן אינסטיטוט, חתונה געהאַט מיט אַן אוקראַיִניש מיידל און איז שוין פֿאַרבליבן אַרבעטן אין אַ שול ווי אַ לערער פֿון רוסיש און רוסישער ליטעראַטור. ייִדישע לידער האָט ער אָנגעהויבן שרײַבן נאָך אין פֿערטן קלאַס און אַפֿילו נישט איין מאָל זיך געדרוקט אין דער ייִדישער פּיאָנער־צײַטונג „זײַ גרייט״. דאָס לעבן האָט אים אָבער געלערנט צו זײַן שטרענג נישט בלויז מיט זײַנע תּלמידים, נאָר קודם־כּל צו זיך אַליין. ער האָט געמאַכט אַ קאַריערע אין פּעדאַגאָגיק, אָנגעשריבן אַ דיסערטאַציע וועגן „אונטעררריכטן די רוסישע שפּראַך אין דאַגעסטאַנער שולן״. זײַענדיק אַ קאָמוניסט מיט אַ גרויסן סטאַזש, האָט זיך פֿאַר אים געעפֿנט אַ וויכטיקע פּאָזיציע ווי דער הויפּט־אינספּעקטאָר איבער שולן בײַם רעפּובלקאַנער בילדונג־מיניסטעריום. צי וואָלט ער דערגרייכט נאָך אַ העכערע שטעלע צי נישט איז אין יענער ווירקלעכקייט שווער געווען פֿאָרויסזען. משה פֿען אָדער מאָיִסיי מאַרקאָוויטשן, ווי זײַנע קאָלעגן האָבן אים גערופֿן, האָט עס שוין ווייניק געאַרט. ער האָט עס פֿאַרשטאַנען נאָך דעם, ווי זײַן אַלטער גוטער פֿרײַנד נאָך פֿון די שול־יאָרן אין ווינניצע, האָט אים אין די אָנהייב 1960ער צוגעשיקט אַ נומער פֿונעם מאָסקווער ייִדישן זשורנאַל. זײַענדיק אַליין אַן אָנערקענטער מומחה אין רוסישער ליטעראַטור, האָט יענער אין דעם זשורנאַל אָפּגעדרוקט אַ גרויסן אַרטיקל וועגן דער געשיכטע פֿון ייִדישע פֿילמען אין סאָוועטן־פֿאַרבאַנד. און פּלוצעם האָט פֿען זיך געכאַפּט, אַז די סטעזשקע, וואָס האָט אים אַזוי מצליחדיק געפֿירט איבערן לעבן וויַיט אין די בערג, האָט אים, נאָך אַלעמען, געבראַכט צו פֿירן צו זײַן טאַטע־מאַמעס ייִדישער היים, וואָס קיין זכר איז פֿון איר נישט פֿאַרבליבן... און ס'האָט זיך צו אים אומגעקערט דער קלאַנג פֿון ייִדישן וואָרט.

אַהרן ליס האָט צו די צוהערער פֿון דער ייִדיש־גרופּע געהאַט אַ באַזונדער געפֿיל. ער האָט מיט זיי שטיל שטאָלצירט, ריכטיקער, נישט

אַזוי מיט יעדן פֿון זיי, ווי מיטן פֿאַקט, אַז גראָד ער האָט זיך דערשלאָגן, אַז אַזאַ גרופּע זאָל אָנגענומען ווערן אין דער איינציקער אין דער וועלט ליטעראַרישער הויך־שול; אַז צוליב דעם וועלן אין אויסלאַנד די ייִדישע „אַנטיסאָוועטשיקעס" פּלאַצן פֿאַר שׂינאה.

– איך פֿאַרשטיי אײַער פֿראַגע, פּען, – האָט נאָך אַן אײַנגעהאַל־טענער פּויזע רויִק געענטפֿערט דער רעדאַקטאָר, – פּוילן איז טאַקע אַ טייל פֿון אונדזער סאָציאַליסטישן לאַגער, אָבער די וואַרשעווער ייִדישע בלאַט פֿירט זיך ניט שטענדיק לײַטיש אויף. – זײַן קול האָט זיך אָנגעהויבן אָנגיסן מיט כּעסיקע טענער, און דאָס פּנים – מיט רויטס, – זי חנדלט זיך מיט אונדזערע שׂונאים, דרוקט די מאַכערײַקעס פֿון יענע שרײַבערלעך, וואָס האָבן פֿאַרראַטן אונדזער לאַנד און אַוועקגעפֿאָרן קיין ישׂראל...

דובֿ־בער האָט זיך דערמאָנט, ווי אין אַ שמועס מיט רחמיאל ראַשקאָוואַנען, האָט יענער, דורך־אַגבֿדיק, באַמערקט, אַז ליס האָט נישט ליב, ווען עמעצער פֿון „אונדזערע שרײַבער דרוקט עפּעס בײַ זיי..."; און רחמיאל האָט אָנגערופֿן די צײַטונג „פֿאָלקס־שטימע". ראַשקאָוואַן האָט דעמאָלט שווער אַ זיפֿץ געטאָן און צוגעגעבן: "עס טרעפֿט זיך אַפֿילו, אַז ליס באַשטראָפֿט אַזאַ דרייסטן מחבר און הערט אים אויף צו דרוקן אינעם זשורנאַל..."

נאָכן רעדאַקטאָרס ענטפֿער האָט פּען, נעבעך, זיך אין גאַנצן אַרײַנ־געקוועטשט אינעם בענקל, אַז נאָר זײַן גרויער קאָפּ איז געבליבן שטעקן איבערן טיש, אײַנגראָבנדיק זיך מיטן פּנים אין דער צעעפֿנטער העפֿט. ליס איז בשעת־מעשׂה אַריבער צו אַנדערע אויסגאַבעס. ער האָט צו זיך צוגעשאַרט די ישׂראלדיקע פּובליקאַציע „אַקטועלע פֿראַגן", אַ בלעטער געטאָן די זײַטלעך און מיט ביטול, אַרויסשטעלנדיק די אונטערשטע ליפּ, געזאָגט:

– אָדער, למשל, אָט דער בונדישער אָרגאַן, מישטיינס געזאָגט, – נישט קיין צײַטונג און נישט קיין זשורנאַל, אַ פֿאַרזעעניש! איר דאַרפֿט דאָך וויסן, אַז לענין האָט אָפּגעשאַצט די בונדיסטן ווי אידעאָלאָגישע קרובֿים מיט ציוניסטן... צוריק געשמועסט, האָבן שפּעטער נישט ווייניק געוועזענע בונדיסטן חרטה געהאַט און געוואָרן געטרײַע קעמפֿער פֿאַר קאָמוניסטישע אידעאַלן...

בײַ איינער פֿון זײַנע לעקציעס איז אויסגעקומען צו רעדן וועגן דעם זשורנאַל „די גאָלדענע קייט". ליס, קאַרג אויף אַ גוט וואָרט וועגן

זײַנע אויסלענדישע קאָלעגן, האָט זיך פּלוצעם צעגאָסן מיט האַניק װעגן דעם רעדאַקטאָר פֿון דער אויסגאַבע.

– ער איז אַן ערנסטער מענטש און אַ גוטער פּאָעט... ערענבורג אַליין האָט װעגן אים געשריבן. אַ געװעזענער פּאַרטיזאַנער, איז ער געװען אַן עדות אויפֿן נירנבערגער פּראָצעס... און דאָך האָבן אים די ציוניסטן פֿאַרנאַרט קיין ישׂראל. – ליס האָט װי בכּיװן אויסגעמיטן אָנצורופֿן דעם ישׂראלדיקן פּאָעט און רעדאַקטאָר בײַם נאָמען, װי עמעצער נאָך אין זײַן קאַבינעט, אַ חוץ די פֿינף צוהערער, װאָלט דעם טריפֿן נאָמען געקאָנט דערהערן. – איך פֿאַרשטיי אים ניט, הלמאַי דרוקט ער זיי, די „אָטשטשיפּענצעס"*, ס'איז דאָך שװאַכע פּאָעזיע, כּמעט גראַפֿאָמאַנסטװע... – און שױן שטילער, װי געטײלט זיך מיט אַן אַנטפּלעקונג, גערזאָגט: – איך האָב פֿאָרט אַ פּלאַן מיר זאָלן זיך אויסטױשן מיט אַ נומער; מיר װעלן בײַ אונדז אָפּדרוקן די בעסערע װערק פֿון „גאָלדענער קייט", און ער זאָל אין זײַן זשורנאַל אָפּדרוקן די בעסטע מוסטערן פֿון „סאָװעטיש געזעמלאַנד"...

צי איז דער פּלאַן פֿון אַהרן ליס אַמאָל דערגאַנגען צום רעדאַקטאָר פֿון דער „גאָלדענער קייט" האָט קרופּניק נישט געהערט; װאָס יאָ, האָט זיך נאָך נישט איין יאָר דער קלאַנג, אַז „אָט־אָט אָ..." – אַרומגעטראָגן אין דער רעדאַקציע, ביז דער זשורנאַל „סאָװעטיש געזעמלאַנד" האָט זיך געשלאָסן...

„לײװיק־הויז" איז פֿאַר די שטאַמגעסט געװאָרן אַן אַכסניא, װוּ אין די עטלעכע שעה פֿון זייער פֿאַרברענגען דאָרט, האָבן זיי געקאָנט זיך אַראָפּרעדן פֿון האַרץ און כאַפּן אַ װאָרט, צושטעלנדיק די דלאָניע צום טויבן אויער. זיי האָבן אויך נישט געלייענט די ביכער, אָנגעשריבן פֿון זייערע פּען־ברידער, מער גערעדט װעגן אייגענע, און פֿון צײַט צו צײַט באַלוינט געװאָרן מיט ליטעראַטור־פּרעמיעס.

דאָס צוטײלן די אָדער יענע פּרעמיע, װאָס קרופּניק האָט זייערע נעמען געהערט צום ערשטן מאָל, פֿלעגט פֿאָרקומען אינעם קאָנצערט־זאַל, װאָס האָט פֿאַרנומען אַ גרעסערן שטח פֿונעם „לײװיק־הויז". פֿול געפּאַקט איז דער זאַל שױן לאַנג נישט געװען, אָבער דאָך פֿלעגן אַזעלכע אָװנטן אַרײַנברענגען אינעם שטילן לעבן פֿון הויז אַ צײַטװײַליקע יום־טובֿדיקע שׂימחה. זיי פֿלעגן פֿאָרקומען מאָנטיק און לויט אַ געװיסן

*„אָטשטשיפּענצעס" – רענעגאַטן, אָפּטריניקע

סצענאַר, אויסגעאַרבעט מיט יאָרן צוריק און איצט שטרענג אויסגעפֿירט פֿון סאָניע, די סעקרעטאַרשע בײַם פֿאַראײן. אַ זשוואַווע פֿרוי, וואָס האָט זיך שוין היפּש פֿאַרהאַלטן אין די מיטעלע יאָרן, נאָר זיך באַמיט אויסצוזען יינגער, לאָזנדיק אין גאַנג אַלע קאָסמעטישע מיטלען. זי איז געווען די איינציקע אָנגעשטעלטע און פֿלעגט אויספֿירן אַלע פֿליכטן – פֿון ענטפֿערן אויפֿן טעלעפֿאָן און שרײַבן בריוו אין פֿאַרשיידענע שטאָט־אינסטאַנצן ביזן צושטעלן דעם באַשיידענעם כּיבוד צו די פֿרײַטיק־טרעפֿונגען.

יעדן פֿרײַטיק אין דער פֿרי האָט די פֿאַרוואַלטונג־טרויקע זיך אויס־געזעצט בײַם טיש אַנטקעגן דער סעקרעטאַרשע, כּדי אַרומצורעדן די לויפֿנדיקע פֿראַגעס פֿון דער וואָך. סאָניע האָט געפֿירט דעם פּראָטאָקאָל, פּרווונדיק צומאָל צוגעבן דעם שמועס אַ פּראַקטישן זין. בײַ אַזעלכע בליץ־זיצונגען פֿלעגן אויך באַשטימט ווערן די נעמען פֿון די פֿאָלגנדיקע פּרעמיע־געווינערס. פֿיש האָט איידל אַרײַנגערעדט אין פֿאַנינס רעכטן אויער זײַן דעה, און ברודער בייזלעך זײַן קאַפּויערדיקע דעה – אינעם לינקן אויער. סאָניע, פֿון איר זײַט, האָט זיך געריסן אויך אַרײַנשטעלן אַ וואָרט און נאָר פֿאַנין איז סטאַטעטשנע געזעסן אין מיטן דעם פּילפּול, אָנגעשטעלט די אויגן אין דער שרײַבמאַשינקע, ביז אין אַ מאָמענט, ווען ער פֿלעגט פֿעסט אַראָפּלאָזן זײַן ברייטע דלאָניע אויפֿן טיש און אַרויסברענגען שטיל און קאַלט זײַן דעה – די לעצטע און ענדגילטיקע, ווי אַ פּסק־דין. סאָניע פֿלעגט זי גיך אַרײַנשרײַבן אינעם פּראָטאָקאָל.

אין אַ פֿרײַטיק איז צו דובֿ־בערן צוגעגאַנגען יוסף ברודער און, אַראָפּקוקנדיק פֿון זײַן רעדאַקטאָרישער הייך, געזאָגט:

– פֿרײַנד קרופּניק, איר וואָלט נישט געוואָלט עפּעס אַרײַנשיקן אין „פֿרישע ידיעות״, אַ נאָטיץ אָדער אַפֿילו אַ דערציילונג?

ס׳האָט געקלונגען חצי־חצי – נישט קיין פֿאָרשלאָג און נישט קיין בקשה.

– מיט פֿאַרגעניגן... ווען דאַרפֿט איר עס האָבן?

– ווען ס׳וועט אײַך אויסקומען... – אויסגעפֿירט זײַן רעדאַקטאָרישן חובֿ, איז ברודער שוין גרייט געווען זיך פֿאַרנעמען, אָבער זיך געכאַפּט און צוגעגעבן: – איר דאַרפֿט וויסן, אַז קיין האָנאָראַר צאָלן מיר נישט.

אייגנטלעך, האָט דובֿ־בער נישט געהאַט בדעה עס צו פֿרעגן, נאָר אַז דער רעדאַקטאָר אַליין האָט עס שוין דערמאָנט, האָט ער געפֿרעגט:

– זאָגט מיר, פֿרײַנד ברודער, אַז איר פֿאַרבעט אַן אינסטאַלאַטאָר עפּעס צו פֿאַרריכטן אין אײַער וואַשצימער, צאָלט איר אים פֿאַר זײַן אַרבעט?

ברודער, מעגלעך, ווי אַ געניטער סאַטיריקער, האָט באַלד פֿאַרשטאַנען און אָפּגעשאַצט דעם מער פֿון קרופּניקס אַלעגאָריע. אויף אַ באַק האָט אים אַפֿילו אַ ציטער געטאָן אַן אָדערל, אָבער קיין שמייכל האָט זיך טאַקע נישט אויסגעפּיקט.

– אַן אינסטאַלאַטאָר טוט דאָך אַ ניצלעכע אַרבעט... – ער האָט זיך פֿאַרהאַקט. די ברילן זײַנען אים אַראָפּגעפֿאָרן צום שפּיץ־נאָז. ווײַטער האָט ער גערעדט, ווי דאָס ערשט געזאָגטע וואָלט מען געקאָנט אויסמעקן און פֿאַרריכטן, – כ׳האָב זיך דערמאָנט: מיר האָבן אַ קליינעם פֿאָנד פֿאַר די מחברים עולים־חדשים... כ׳וועל אײַך קאָנען באַצאָלן פּופּציק שקל...

נאָך דעם קורצן דיאַלאָג האָט קרופּניק זיך דערמאָנט אין דעם אַלטן פּילסקיס פּראַגע, וואָס דובֿ־בער און זײַן פֿרײַנד האָבן נישט באַלד צעקײַט. קרופּניק, ווי יעדער מחבר אין „סאָוועטיש געזעמלאַנד״, האָט געהאַט זײַן פּרײַז־שקאַלע, וואָס ליס פֿלעגט עס באַשטימען, און פֿאַר יעדער פּובליקירטער זאַך פֿלעגט קרופּניק באַקומען זײַן האָנאָראַר; צומאָל איז ער געווען גרעסער פֿון זײַן חודשלעכן געהאַלט ווי אַ פֿידלער.

אויפֿן וועג אַהיים קיין ירושלים האָט דובֿ־בער געטראַכט, אַז די ערטער אַרום דעם טיש אין „לייוויק־הויז״ ווערן אַלץ מער באַפֿרײַט, און די זעלטענע קולות און שמועסן לעשן זיך פּאַמעלעך אויס, ווי ליכט אויפֿן ווינט. פֿון אַבֿרהם שטערן האָט דובֿ־בער געהערט, אַז ער שטיצט אַ פּראָיעקט פֿון פֿילמירן ייִדיש־רעדנדיקע מענטשן. דעמאָלט האָט אים דובֿ־בער געפֿרעגט, הלמאַי זאָל מען עס אויך נישט טאָן מיט די ייִדישע שרײַבערס; זיי טראָגן דאָך נישט בלויז די שפּראַך, נאָר אויך די קולטור און דערפֿאַרונג פֿון זייער צײַט. זיי אַליין זײַנען אַ לעבעדיקער אוצר?! אַבֿרהם האָט גלײַכגילטיק געענטפֿערט, אַז אַזאַ מין אינטערוויוען ליגן נישט אין תּחום פֿון זײַנע פֿאָרשערישע אינטערעסן.

– און בכלל, – האָט ער צוגעגעבן, ווי אונטערגעצויגן אַ סך־הכּל, – די אַקאַדעמישע וויסנשאַפֿט אינטערעסירט זיך מער מיט פֿאָלקלאָר...

דובֿ־בער האָט זיך דערמאָנט: גראָד דעם לעצטן פֿרײַטיק האָט מען בײַם „טיש״ גערעדט, אַז סע פֿאַרדריסט, וואָס די ייִדישע אַקאַדעמיקער

מײַדן אויס אַרײַנצוקומען אין „לײוױק־הױז", װי ס'װאָלט זײ נישט אָנ־געשטאַנען זיך טרעפֿן מיט אַ לעבעדיקן ייִדישן שרײַבער.

– סע דאַרף אײַך נישט חידושן, – האָט עמעצער באַמערקט, – אונדזערע אַקאַדעמיקער האָבן מער ליב די טויטע שרײַבערס. אַז זײ לײגן אַרײַן אַ טויטן שרײַבער אין זײער װיסנשאַפֿטלעכן סדום־בעטל און ער פּאַסט זיך נישט אַרײַן צו זײער טעאָריע, האַקט מען אים אָפּ אַלע „שטערנדיקע" אבֿרים – ער פֿילט דאָך סײַ־װי נישט. און אַ לעבעדיקער שרײַבער הײבט באַלד אָן שרײַען, „שמע־ישׂראל!"

6

דובֿ־בער האָט אַ שטופּ געטאָן די טיר און דורך אַ קליין פֿינצטער קאָרידאָרל אַרײַנגעגאַנגען אינעם אייבערשטן צימער פֿון דער געוועזענער רעדאַקציע „סאָוועטיש געזעמלאַנד". דאָס לעצטע מאָל איז ער דאָ געווען אין די טעג פֿון דער „היסטאָרישער" קאָנפֿערענץ פֿונעם „וועלטראַט". וואָס ס'האָט זיך אים געוואָרפֿן אין די אויגן, אַז די צוויי שאַפֿעס מיט זעלטענע ביכער, ווי למשל, אַלע 16 בענד פֿון דער רוסישער „ייִדישער ענציקלאָפּעדיע", אַרויסגעלאָזט נאָך פֿאַר דער רעוואָלוציע פֿונעם פֿאַרלאַג בראָקהאַוז און אפֿרון, סטוטשקאָווס „אוצר", געזאַמלטע ווערק פֿון ייִדישע קלאַסיקער און אַנדערע זעלטענע סאָוועטישע און אויסלענדישע אויסגאַבעס, – זײַנען שוין מער נישט געשטאַנען אויף זייער אָרט לעבן דעם גרויסן פֿענצטער אונטער שלום־עליכמס גיפּסענעם באַרעליעף־פּאָרטרעט; און דער פּאָרטרעט אַליין איז פֿאַרשוווּנדן געוואָרן. די צוויי ביכער־שאַפֿעס זײַנען שטענדיק געווען פֿאַרשלאָסן, און די שליסלעך האָבן זיך געפֿונען בײַם רעדאַקטאָרס סעקרעטאַרשע. ווי ס'איז דערגאַנגען צו דובֿ־בערן, איז עלווירע אַוועקגעפֿאָרן קיין אַמעריקע.

פֿון דעם אָרט, ווו זי איז פֿריִער געזעסן, לעבן דעם קאַבינעט פֿונעם הויפּט־רעדאַקטאָר, האָבן אויף קרופּניקן געקוקט צוויי פֿאַרחידושטע אויגן פֿון אַ מיידל. זי האָט נישט זיכער אַ פֿרעג געטאָן אויף רוסיש: „איר האָט דאָ אַ טרעפֿונג?" איצט האָט שוין דער גאַסט זיך אויף אַ מאָמענט פֿאַרלוירן. און טאַקע אין דער אמתן, קומענדיק פֿון אַ ווײַט לאַנד, וואָס אין אָט די פֿיר ווענט האָט מען עס לאַנגע יאָרן געהאַלטן פֿאַר אַ שׂונא, שטעלט ער זיך אַרײַן, דער נײַער בירגער, כּדי אָפּצושטאַטן זײַן ערשטן וויזיט אין מאָסקווע?!

אין די סוף אַכציקער אָנהייב נײַנציקער יאָרן, ווען די עמיגראַציע־כוואַליע האָט אָנגענומען כּוח, און טויזנטער מענטשן האָבן זיך געקליבן אין זייער נע־ונד, האָבן אין דער זעלבער צײַט אָנגעהויבן אָנצוקומען קיין מאָלדאָווע געסט פֿון אויסלאַנד. ס'רובֿ פֿון די געסט האָבן פֿאַרלאָזט די היימישע ערטער פֿון זייער קינדשאַפֿט און יוגנט אין די אָנהייב 1970ער. זיי זײַנען שוין פֿעסט געשטאַנען אויף די פֿיס אין זייער נײַער היים, און דאָך האָט זיי אַהער געבראַכט צו פֿירן די כּוונה אָפּצופֿרישן דעם זכּרון, פֿון לעשן דעם בענקשאַפֿט־דורשט. זיי האָבן זיך ווייניק אינטערעסירט מיט די פּאָליטישע ענדערונגען, וועגן וועלכע זיי האָבן געוויס געהערט בײַ זיך אין לאַנד און, אַ דאַנק וועלכע זיי האָבן באַקומען די מעגלעכקייט קומען צו גאַסט; פֿאַרקערט, זיי האָבן געזוכט שפּורן פֿון דעם אָפּגעלעבטן, שוין כּמעט פֿאַרגעסענעם נעכטן, די אַלטע האַלב־חרובֿ געוואָרענע געסלעך און הינטערגעסלעך, האָבן בײַ זיי אַרויסגערופֿן פֿרייד און טרערן און אויסגעזען שענער, ווי די נײַ־אויפֿגעבויטע ברייטע פּראָספּעקטן מיט מאָדערנע פֿילשטאָקיקע בנינים. זייער באַזוך האָט אָנגעהויבן מער אויסצוזען ווי דאָס קומען אויף קבֿר־אָבֿות...

מעגלעך, ערשט איצט, דערהערנדיק די פֿראַגע פֿון דעם רוסישן מיידל, האָט קרופּניק אָנגעהויבן פֿאַרשטיין, וואָס איז די אמתע סיבה פֿונעם מסכּים זײַן צו פֿאָרן קיין מאָסקווע – צו האָבן אַ טרעפֿונג מיט זײַן ליטעראַרישן אָנהייב, וואָס איז געשען נאָך דעם, ווי ער האָט צום ערשטן מאָל איבערגעטראָטן די שוועל פֿון דער ייִדישער רעדאַקציע. דעמאָלט, אין סעפּטעמבער 1981 איז קרופּניק געשטאַנען בײַ דער שוועל נישט נאָר פֿון דער רעדאַקציע; ס'האָט זיך פֿאַר אים געעפֿנט דער טויער פֿון גאָר אַן אַנדער וועלט, וואָס ער, בײַ זײַנע דרײַסיק יאָר, האָט וועגן איר קוים געהערט און געוווּסט, סײַדן אין זײַן קינדשאַפֿט און אַפֿילו נאָך פֿריִער, בײַ זײַן מאַמען אין בויך. אַזוי באַהאַלט אַ קינד אַ באַליבט שפּילעכל פֿון אַ פֿרעמד אויג און מיט דער צײַט פֿאַרגעסט עס דאָס אָרט, ווו די זאַך ליגט און וואַרט – אפֿשר וועט מען פֿאַרט זיך דערמאָנען אין איר און עס אַרויסשלעפּן פֿון דעם פֿאַרגעסעניש...

פֿינעף זײַנען זיי געווען. יעדער פֿון זיי, די געקומענע צו דער שוועל פֿון דער ייִדישער רעדאַקציע אויף קיראָווע־גאַס, 17, האָט איבערגעלאָזט הינטער זיך אַ שטיק לעבן, ווו ייִדיש איז טאַקע געווען אַ מין שפּילעכל, וואָס אינעם גאַנג פֿון יאָרן איז ערגעץ פֿאַרלוירן און פֿאַרגעסן געוואָרן, אָן אַ באַזונדערן ווילן עס אַ מאָל צו געפֿינען. וואָס האָט זיי געבראַכט

צום באַשלוס אָפּצוגעבן צוויי יאָר פֿון זייער לעבן דער מסופּקדיקער זאַך ווי ייִדיש, האָט יעדער דערויף געהאַט זײַן אייגענע דערקלערונג.

די אַלגעמיינע און אָפֿיציעלע סיבה אָנצונעמען אַזאַ ייִדיש־גרופּע בײַ די העכסטע ליטעראַטור־קורסן האָט אַהרן ליס גופֿא אַרגומענטירט אין די קאַבינעטן פֿון מלוכישע אידעאָלאָגישע אינסטאַנצן דערמיט, וואָס די רעדאַקציע פֿון זײַן זשורנאַל נייטיקט זיך אין פֿרישע רעדאַקטאָרישע כּוחות; שוין אָפּגערעדט, אַז אַזאַ גרופּע וואָלט געקאָנט זײַן אַ גוטע פּראָפּאַגאַנדע־אַקציע אין דער צײַט פֿון „קאַלטער מלחמה". דאָס האָט אויך געדאַרפֿט מיינען, אַז נאָכן פֿאַרענדיקן די קורסן וועלן די גראַדואַנטן, יעדנפֿאַלס, ס'רובֿ פֿון זיי, פֿאַרבלײַבן אין מאָסקווע, כּדי צו אַרבעטן אין דער רעדאַקציע. צי האָט ליס באמונה־שלמה געהאַלטן, אַז זײַן פּלאַן וועט זיך אים אײַנגעבן דורכצושלעפּן אין די הויכע פֿענצטער? ווי עס זאָל נישט זײַן, האָט זײַן קאָניונקטור־חוש און דערפֿאַרונג פֿון אַ לאַנג־יאָריקער פֿאַרבינדונג מיט די הויכגעשטעלטע פֿונקציאָנערן פֿון ליטעראַטור און פּראָפּאַגאַנדע אונטערגעזאָגט, אַז אַ שאַנס איז בײַ אים פֿאָרט פֿאַראַן.

אויסצוקלײַבן די פֿינעף קאַנדידאַטן האָט קיין באַזונדערע שווע־ריקייטן נישט געמאַכט. די צוויי ייִנגערע מחברים פֿונעם זשורנאַל, מאַן און ווײַב, פֿון דער אוראַלער שטאָט פּערם, האָבן קיין באַזונדערן חשק זיך אָפּצורײַסן אויף צוויי יאָר פֿון זייער וויסנשאַפֿטלעכער אַרבעט און קינדער נישט אַרויסגעוויזן. דער אומדערוואַרטער פּאָעטישער דעביוט אין „סאָוועטיש געזעמלאַנד" פֿונעם יונגן רוסישן בחור פֿון קוֹיבישעוו, אַלכּסנדר סאַמאַרין, האָט מער איבערגעראַשט די ייִדישע גאַס אין אויסלאַנד. באַקאַנטע שרײַבערס אין אַמעריקע און ישׂראל האָבן זיך אין אים אָנגעכאַפּט, ווי אין אַ זעלטענער מציאה. די רעדאַקטאָרן פֿון די אַלע ייִדישע אויסגאַבעס, וואָס ליס האָט זיי פּסול געמאַכט, האָבן זשעדנע געדרוקט זײַנע לידער. אײַנצושליסן אַזאַ צווייפֿלדיקן פֿאַרשוין אין דער ייִדיש־גרופּע, וואָלט געקאָנט שטעלן זײַן גאַנצן פּלאַן אין סכּנה.

יעפֿים בערלינסקי איז געווען אַן אָפּטער אַרײַנגייער אין דער רעדאַקציע. אַ פּראָפֿעסיאָנעלער איבערזעצער פֿון רומעניש, האָט ער געקענט ייִדיש פֿון זײַן בעסאַראַבער קינדשאַפֿט. דער נאָך־מלחמהדיקער שטייגער־געמיש פֿון דער קעשענעווער מאַהאָלע טאַבאַקערײַע, ווו ער איז געוואַקסן, איז געווען געניג פֿאַרביק, אַז פֿימע זאָל דערמיט געווען פֿאַרכאַפּט ווערן. מיט יאָרן שפּעטער, בשעתן באַזוכן די ייִדישע רע־

דאַקציע, פֿלעגט ער מיטאַמאָל דערפֿילן, ווי דער מאָסקווער גרויס־שטאָטישער הור־האַ לאָזט אים אָפּ און עס הילן אים איַין היימישע קלאַנגען. די מיטאַרבעטערס פֿלעגן אים באַגעגענען מיט אַ קליינשטעטל־דיקן רעספּעקט – פֿאָרט אַ רוסישער איבערזעצער פֿון באַקאַנטע מאָלדאַווישע און רומענישע פּאָעטן, אַן אַריַינגייער אין די רעדאַקציעס פֿון דיקע רוסישע זשורנאַלן. די ייִדישע פּאָעטן האָבן שטיל און צאַפּלדיק געהאָפֿט, אַז אפֿשר וועלן אַמאָל אויך זייערע לידער, אויסגעשפּילט אויף בערלינסקיס איבערזעצערישער לירע, האָבן דאָס מזל דערהערט ווערן אויף די ברייטע רחבֿותן פֿון רוסלאַנד.

אין די עטלעכע וויַילעס, ביז ליס פֿלעגט אים אַריַינרופֿן אין קאַבינעט, האָט ער זיך איבערגעוואָרפֿן מיט די אַלטע לייַט אויף זיַין בעסאַראַבער מאַמע־לשון, דערציילנדיק זיי וועגן זיַין טאַטן, אַ שניַידער און אַ גרויסן חסיד פֿון איציק מאַנגערן.

– הער, גויִשער גראַמענפֿלעכטער, – האָט יעפֿים קאָמיש נאָכגעמאַכט זיַין טאַטנס אינטאָנאַציעס, – הער מיט קאָפּ, ווי מע דאַרף שריַיבן לידער!

בערלינסקי האָט זיַינע ווערטער באַגלייט מיט ברייטע זשעסטן, ווי צוגעהאָלפֿן זיך אויף אַזאַ אופֿן אויסצווזוכן אינעם זכרון אַ פֿאַרגעסן ייִדיש וואָרט:

– מאַנגער איז נישט דיַין מאַיאַקאָווסקי, וואָס כ'פֿאַרשטיי קיין וואָרט נישט פֿון זיַין גראָם־שטראָם און טאַראַראָם! – און בערלינסקי, אַליין פֿאַרכאַפּט מיטן דערציילן, פֿלעגט זיך פֿאַרכלינען אין זיַין געלעכטער.

ליס, אַרויסגעקוקט פֿונעם קאַבינעט און הערנדיק, אַפּנים, נאָר די לעצטע ווערטער, פֿלעגט באַמערקן:

– בערלינסקי, הערט שוין אויף צו לאַבן פֿון אונדזער גרויסן פּראָלעטאַרישן פּאָעט!.. קומט אַריַין...

איַינצושליסן אין דעם „פֿינפֿלינג“ אַ צווייטן איבערזעצער, אָלעג בראָנסקי, איז זיך נישט באַגאַנגען אָן בערלינסקיס רעקאָמענדאַציע. ער, בראָנסקי, איז אויך געווען אַ קעשענעווער און אַ פּראָפֿעסיאָנעלער איבערזעצער פֿון מאָלדאַוויש. זיי האָבן זיך געקענט נאָך פֿון זייער יוגנט, ווען ביידע פֿלעגן זיי באַזוכן דעם רוסישן ליטעראַטור־קריַיז ביַי דער אָרטיקער רוסיש־שפּראַכיקער צײַטונג „מאָלאָדיאָזש מאָלדאַוויִי“ (מאָלדאַווישע יוגנט). בראָנסקי איז געווען אַ מיטגליד פֿונעם אַלפֿאַר־באַנדישן שריַיבער־פֿאַראיין און אָנערקענטער איבערזעצער נישט בלויז

פֿון די מאָדערנע מאָלדאַווישע שרײַבערס, נאָר אויך פֿון די קלאַסיקער. דערצויגן אין אַן אַסימילירטער משפּחה, האָט ער ייִדיש נישט געקענט; דעריבער וואָלט עס בפֿירוש געדאַרפֿט אויסזען מאָדנע, אַז ליס האָט פֿאַרבעטן אויף אַזעלכע ספּעציעלע קורסן אַ מענטש, וואָס האָט בכלל נישט קיין שײַכות צו ייִדיש און ייִדישער ליטעראַטור.

וואָס שייך בראָנסקין, האָט ער קיין סוד פֿון זײַן באַשלוס נישט געמאַכט. ווערדליק דעם, ווי דער הויפּט־רעדאַקטאָר פֿונעם ייִדישן זשור־נאַל האָט צעפּויקט איבער דער וועלט, אַז אַלע צוהערער וועלן נאָכן פֿאַרענדיקן דעם קורס פֿאַרבלײַבן אין מאָסקווע, האָט בראָנסקי זיך אין דעם שאַנס אָנגעכאַפּט. נאָך פֿון דער צײַט, וואָס ער האָט פֿאַרענדיקט דעם זשורנאַליסטישן פֿאַקולטעט בײַם מאָסקווער אוניווערסיטעט, האָט ער געטרוימט אין דער קרוינשטאָט צו פֿאַרבלײַבן. צו באַקומען אָבער אַזאַ אויסשליסלעכן זכות, איז אין יענער צײַט נישט יעדן באַשערט געווען.

מעגלעך, אַז אַהרן ליס, פֿאַרבעטנדיק אויף די קורסן צוויי איבער־זעצערס, האָט שוין דעמאָלט געהאַט אין זינען און אַפֿילו געאַרבעט אויף זײַן נײַעם פּלאַן אַרויסצולאָזן אַ מין אויסגאַבע פֿון איבערזעצונגען אויף רוסיש, קודם־כּל, פֿון די ווערק, געדרוקט אין „סאָוועטיש געזעמלאַנד", ווי אויך פֿונעם קלאַסישן ליטעראַטור־עזבֿון.

אין יאָר 1985 איז אַרויס דער ערשטער נומער פֿון אַזאַ ליטעראַרישן יאָרבוך אונטערן נאָמען „גאָד זאַ גאָדאָם" (יאָר נאָך יאָר) אונטער דער אַלגעמיינער רעדאַקציע פֿון אַהרן ליס; און נישט בלויז אויף רוסיש, נאָר אויך אויף ענגליש און פֿראַנצייזיש. נאָך אַלעמען, צו רעדאַגירן דעם רוסישן יאָרבוך האָט ליס פֿאַרבעטן גאָר אַ זײַטיקן מענטש, וואָס האָט אַגבֿ קיין וואָרט ייִדיש נישט געקענט.

דער ייִנגסטער אין דער גרופּע איז געווען מאַטווײ טשאָרני, וואָס האָט שפּעטער פֿאַרביטן זײַן נאָמען אויף מאָטל טשאָרני. צו יענער צײַט, ווען ס'האָבן זיך אָנגעהויבן די קורסן, האָט ער געהאַט פֿאַרענדיקט דעם מאָסקווער אוניווערסיטעט ווי אַ עטנאָגראַף. ער, אַ מאָסקווער, איז פֿרי פֿאַרקאָכט געוואָרן אין דער אומלעגאַלער ייִדישער באַוועגונג. ייִדיש און עבֿרית האָט ער אויסגעלערנט אַליין. דער קרײַז פֿון זײַנע אינטערעסן איז געווען ברייט, אָבער צו געפֿינען אַן אַרבעט אין מאָסקווע פֿון זײַן פֿאַך האָט אים קיין ברייטע האָריזאָנטן נישט געעפֿנט. ער איז געווען אַן אָפּטער אַרײַנגייער אין דער רעדאַקציע, אַזוי אַז דער הויפּט־

רעדאַקטאָר, זוכנדיק פֿאַרן זשורנאַל נײַע קאַדרען, האָט געוויס געהאַלטן אַן אויג אויפֿן פֿייִקן יונגן־מאַן. פֿון טשאָרניס זײַט, שוין אַ באַווײַבטער און אַ טאַטע פֿון צוויי קינדער, וואָלטן די צוויי יאָר באַוואָרנט אים מיט אַ גוטער סטיפּענדיע און דערנאָך – מיט אַ סטאַבילער אַרבעט אין מאָסקווע.

צי האָט ליס מיט זײַן שאַרפֿזיכטיקן אויג דערזען אין דעם יונגן עטנאָגראַף אַ פּאָעטישן טאַלאַנט? ווי אַן אַלטער פּאָעט און געניטער רעדאַקטאָר האָט ליס ווייניק געגלייבט, אַז אַ מאָסקווער בחור מיט אַן אויסגעלערנטן ייִדיש איז מסוגל צו שאַפֿן אַ סאַמעראָדנע ייִדישע פּאָעזיע. דער פֿאַל מיטן רוסישן יאַט סאַמאַרין איז טאַקע געווען אַ מערקווערדיקער אויסנאַם, אָבער נישט קיין נס. דערצו האָט מאַטוועי טשאָרני, אָנגעשטאָפּט מיט ייִדישן וויסן, נישט באַלד זיך אַנטפּלעקט ווי אַ פּאָעט. ליס האָט געהאַט פֿאַר אים אַנדערע אויסזיכטן, קודם־כּל, אויסצוניצן טשאָרני ווי אַ פֿאַרבינד־בריקל מיטן יונגן דור ייִדישע געלערנטע, באַזונדערס היסטאָריקער און עטנאָגראַפֿן...

פֿון אַ זײַטיקער טיר, וואָס אַמאָל האָט עס געפֿירט אינעם רעדאַקציע־טייל, ווו יעדער נײַער נומער פֿון „סאָוועטיש געזעמלאַנד", האָט זיך פּאַקטיש געקנאָטן און געפֿורעמט איידער געשיקט צו ווערן אין דרוקערײַ, איז אַרײַנגעלאָפֿן אינעם אייבערשטן אויפֿנעם־צימער אַ קליינוווּקסיקער ברייטער פֿאַרשוין; אָנגעטאָן וואַרעם, אַריבער דעם בײַקענעם העמד – אַ געשטעפּט פּעלצל אָן אַרבל, די פּלודערן אַרײַנגעשטופּט אין וואָליקעס מיט קאַלאָשן. ער האָט אויסגעזען צעשויבערט און פֿאַרטראָגן, אַ צוויי־טאָגיק פֿאַרוואַקסענע באָרד האָט פֿאַרכאַפּט זײַן קנייטשיק פּנים. ער איז ווי אַרויס פֿון יענער ריי מענער און פֿרויען, וואָס דוב־בער האָט פֿריִער געזען שטיין מיט זייער סחורה, נעבעך, בײַם מעטראָ־אַרײַנגאַנג. דאָס איז געווען דער פּאָעט און רעדאַקטאָר פֿונעם בריוון־אָפּטייל באָריס פֿיגלער. קוקנדיק איצט אויף אים, האָט דוב־בער פּלוצעם דערפֿילט, אַז אינעם בנין איז טאַקע געוווג קאַלט און אַז אויך דאָס מיידל, וואָס האָט אים באַגעגנט, איז אָנגעטאָן וואַרעם.

פֿיגלער איז געבליבן אַ רגע שטיין אַ פֿאַרגליווערטער. די אויגן בײַ אים האָבן זיך נאָך מער אויסגעטאַראַשטשעט און פֿאַרקײַלעכדיק געוואָרן.

– קרופּניק... – האָט ער שיִער נישט אויסגעשריִען, – כ'גלייב נישט מײַנע אייגענע אויגן! – ער האָט אויסגעשטרעקט זײַנע קורצע און

שטיַיפֿע הענט אַנטקעגן דעם אומדערוואַרטן גאַסט. – ביסט דאָך אין ישׂראל, אַיאָ?.. ס'איז צו אונדז דערגאַנגען, אַז דו אַרבעטסט אינעם ירוש־לימער אוניווערסיטעט...

– פֿון אײַער „אונדז" פֿאַרשטיי איך, – האָט דובֿ־בער באַמערקט מיט אַ לײַכטער איראָניע, – אַז אין דער רעדאַקציע האַלט מען נאָך אַלץ די האַנט אויפֿן דופּק פֿון דעם, וואָס עס קומט פֿאָר אויף דער ייִדישער גאַס אין דער וועלט.

– אַוודאי, – האָט פֿיגלער ערנסט געענטפֿערט, – מיר הייסן דאָך איצט אַזוי – „די ייִדישע גאַס"...

ער האָט אַ וואַרף געטאָן זײַן בליק אויף די צענדליקער איבער־געבונדענע מיט שטריק פּעקלעך זשורנאַלן, וואָס זײַנען פֿאַררוקט געווען אין אַ ווינקל, ווי אין אַ פֿאַרשיקונג אָן אַן אַדרעס. פֿיגלער האָט זיך געכאַפּט:

– וואָס זשע שטייען מיר דאָ... לאָמיר אַרײַנגיין צו מיר... – און שוין צום מיידל אַ זאָג געטאָן אויף רוסיש: – סוועטאָטשקאַ, גיב אונדז צו וויסן, ווען דער גלאַוונער וועט קומען.

באָריס פֿיגלער איז פֿאַרבליבן דער לעצטער מיטאַרבעטער אין דער רעדאַקציע פֿונעם זשורנאַל, וואָס האָט איצט געטראָגן אַ נײַעם נאָמען. דאָס בײַטן דעם נאָמען פֿון דער אַלטער אויסגאַבע האָט דערמאָנט דובֿ־בערן דעם ייִדישן פֿאָלקס־מינהג „שינוי־השם"; ווען אַ מענטש קרענקט אָדער עס גייט אים נישט אין לעבן, בײַט ער זײַן נאָמען, כּדי אָפּצונאַרן דעם שלימזל. דער אַלטער ייִדישער זשורנאַל האָט זיך בפֿירוש נישט געניטיקט אין אַזאַ „שינוי". זײַנע דרײַסיק יאָר לעבן זײַנען אָנגעפֿילט געווען מיט שאַפֿערישקייט און פֿולסירנדיקער פֿולבלוטיקייט, באַוואָרנט פֿון דער מלוכה און אונטערן שטרענגן אויפֿזיכט פֿונעם הויפּט־רעדאַקטאָר...

– די קאַטאַסטראָפֿע פֿאַרן זשורנאַל, ווי דו ווייסט, איז געקומען מיטן אַלגעמיינעם קראַך פֿון דער מלוכה, – האָט פֿיגלער אײַנגעטאָלקעוועט זײַן גאַסט, – נאָר דער גלאַוונער האָט זיך נישט אונטערגעגעבן – זאָל זײַן אַ פֿאַרוווּנדעטער און אַ פֿאַרלוירענער אין די לאַבירינטן פֿון דער נײַער נישט סטאַבילער ווירקלעכקייט, נאָר פֿאָרט אַ לעבעדיקער! – פֿיגלער האָט אויסגעטאָן דאָס פּעלצל און עס אַוועקגעלייגט אויפֿן מגושמדיקן טיש, ריכטיקער, אויף דעם פּאַק פּאַפּירן, מיט וועלכע דער טיש איז פֿאַרוואָרפֿן געווען. – נישט ער – די מלוכה האָט פֿאַרראַטן די גרויסע

אידעאַלן, פֿאַר וועלכע ער גופֿא האָט נישט איין מאָל ריזיקירט מיטן לעבן. ער דערמאָנט מיר דאָס פֿאָעטישע געשטאַלט פֿון לערמאָנטאָווס איינזאַמען ווײַסן זעגל, וואָס זוכט פֿאַר זיך אַן אָרט אינעם שטורמישן ים...

זיי זײַנען געזעסן אינעם צימער, ווו בשעתו, פֿלעגט פֿיגלער דורכפֿירן זײַנע לעקציעס מיט די צוהערער פֿון דער ייִדיש־גרופּע וועגן די פֿאַרבינדונגען צווישן רעדאַקציע און לייענערשאַפֿט. אינעם זשורנאַל האָט ער געהאַט אַן אייגענע רובריק „בריוו פֿון לייענער" און זיך אָפּגע־געבן דערמיט מיט לײַב־און־נפֿש.

– אָן אַ צווייזײַטיקער פֿאַרבינדונג, – האָט ער אויף זײַן פֿאַטאַסדיקן אופֿן דערקלערט די קומעדיקע רעדאַקטאָרן, – קאָן קיין שום אויסגאַבע נישט פֿילן דעם דופּק פֿון צײַט...

דעמאָלט איז דער צימער געווען צוויי מאָל גרעסער און האָט געהאַט דרײַ פֿענצטערס, וואָס האָבן אַרויסגעקוקט אין הויף. צוזאַמען מיט פֿיגלערן האָבן בײַ זייערע טישן געאַרבעט די צוויי קאָרעקטאָרן. איצט האָט אַ וואַנט עס אָפּגעטיילט פֿון אַן אַנדער צימער מיט די געבליבענע דאָרט צוויי פֿענצטערס.

– דו פֿאַרשטייסט, – האָט פֿיגלער זיך ווי פֿאַרענטפֿערט, – אונדזער שפּײַזער, דער פֿאַרלאַג „סאָוועטסקי פּיסאַטעל", איז געפּגרט, מוזן מיר זיך אַליין שפּײַזן. האָט מען מער ווי אַ האַלב פֿון דער רעדאַקציע געמוזט פֿאַרדינגען עפּעס אַ קאָנטאָר מיטן נומען „קסעראָקס"... אָבער מיר גיבן זיך נישט אונטער!

באָריס פֿיגלער איז פֿאַרבליבן דער איינציקער שלאַכט־מאַן אויף די חורבֿות פֿון דער אַלטער רעדאַקציע. די ייִנגערע מיטאַרבעטער האָבן דעם זשורנאַל פֿאַרלאָזט בײַ דער ערשטער געלעגנהייט, ווי נאָר ס'האָט זיך באַוויזן אַ תּירוץ זיך פֿונעם לאַנד אַרויסרײַסן; די עלטערע מיטאַרבעטער זײַנען נאָכגעפֿאָרן זייערע קינדער, ווער קיין ישׂראל און ווער קיין אַמעריקע. פֿיגלער איז טרײַ געבליבן דעם רעדאַקטאָר און דער ייִדישער אויסגאַבע, וואָס האָט אים, פּונקט ווי משה פּענען, אומגעקערט זײַנע ייִדישע חלומות. נאָך פֿערציק יאָר פֿון דערשטיקן אין זיך דעם ייִדישן געזאַנג האָט פֿיגלער ווידער אָנגעהויבן שרײַבן לידער אויף זײַן מאַמע־לשון.

דעם סאָוועטישן דרך־הנסיון האָט פֿיגלער אויסגעפּרוווט אויף זיך – געהונגערט, געזעסן אין די אָקאָפּעס און גלײַך פֿונעם פֿראָנט, צוליב אַ שמוציקער מסירה, פֿאַרשיקט געוואָרן אין „גולאַג", געוואַלגערט ביימער

און דאָך נישט פֿאַרלוירן דעם בטחון. זיך באַפֿרײַט פֿון דער קאַטאָרגע, האָט ער אָנגעהויבן אַ נײַעם אָפּשניט פֿון זײַן לעבנס־וועג. צו ייִדיש איז אים אויף דעם דאָזיקן וועג דער קאָפּ נישט געלעגן. זעט אויס, אַז ייִדיש באַזעצט זיך נישט אין פֿיזישע אבֿרים, נישט אין מוח און נישט אין האַרצן, נאָר אין דער נשמה.

אַ מאַנגל אין קאַדרען פֿאַר דער רעדאַקציע האָט ליס דערפֿילט נאָך פֿריִער איידער ער האָט זיך געוואָנדן צו די מלוכישע קאַרפּן־קעפּ, אַרויסצובאַקומען בײַ זיי אַ גוטהייסן אויסצושולן נײַע מיטאַרבעטער פֿאַרן זשורנאַל. די זיבעציקער יאָרן זײַנען געוואָרן גורלדיקע פֿאַרן זשור־נאַל, צוליב דעם טיפֿן שפּאַלט צווישן דעם הויפּט־רעדאַקטאָר און אַ טייל מחברים און מיטאַרבעטער. סיבות צו דעם זײַנען געווען איבער גענוג. קודם־כּל, האָט דער אָפּגרונט זיך צעוואַקסן צוליב די באַציִונגען צו מדינת־ישׂראל, באַזונדערס נאָך דער זעקס־טאָגיקער מלחמה; און שני, האָבן נישט אַלע מיטאַרבעטער געוואָלט ווײַטער אַראָפּשלינגען די דערנידערונגען און מיאוסע גענג פֿון זייער באַלעבאָס, נישט געקוקט דערויף, וואָס אַזאַ קעגנשטעלן זיך האָט זיכער געמיינט צו בלײַבן סײַ שאַפֿעריש און סײַ פֿינאַנציעל אויף הפֿקר.

פֿיגלער האָט עס אַוודאי געוווּסט און דאָך האָט ער זיך אָנגעכאַפּט אין דעם פֿאָרשלאָג פֿונעם הויפּט־רעדאַקטאָר צו קומען אויף אַרבעט אין „סאָוועטיש געזעמלאַנד".

– ער איז אַ העלד. ער קערט וועלטן! – האָט פֿיגלער זיך שיִער נישט צעזונגען, – אַבי דער זשורנאַל זאָל אַרויסגיין. אַבי דאָס ייִדישע וואָרט זאָל דאָ נישט פֿאַרשטומט ווערן! און איך וועל גיין מיט אים ביזן לעצטן...

פֿיגלערס ווערטער האָבן געקלונגען ווי א שבֿועה אָדער ווי אַן אָנזאָג דעם שליח פֿון מערבֿ ער זאָל נאָכן אומקערן זיך אַהיים, דערציילן וועגן דעם דער גאַנצער וועלט.

איצט, אין דער פֿאַרלאָזטער, קוים געהייצטער רעדאַקציע, האָבן די רייד פֿונעם איינציק־פֿאַרבליבענעם מיטאַרבעטער און דער גאַנצער אויסזען זײַנער אַרויסגערופֿן בײַ דובֿ־בערן אַ געפֿיל פֿון זײַן פֿאַרשלעפּט אין אַ מין אַבסורדישער פֿאָרשטעלונג. און אָט איז געקומען דער מאָמענט, אַז ער זאָל אַרויסברענגען אויף אַ קול דעם טעקסט פֿון זײַן ראָלע.

– איר האָט, אַוודאי, די אַדרעסן און טעלעפֿאָנען פֿון די ייִדישע שרײַבערס, וואָס לעבן נאָך אין מאָסקווע...

די פֿראַוע האָט געקלונגען צווײדײַטיק, וואָס האָט אַגבֿ זיך גוט אַרײַנגעפּאַסט אין דער פֿאָרעם פֿון זייער שמועס.

– דו מיינסט יענע, וואָס זײַנען נאָך נישט אַוועקגעפֿאָרן צי יענע, וואָס זײַנען נאָך נישט געשטאָרבן?...

לויט דער דראַמאַטורגישער אַנטוויקלונג פֿון דער אימפּראָוויזירטער פֿאָרשטעלונג האָט זיך אינעם דיאַלאָג געזאָלט אַרײַנמישן עפּעס אַ זײַטיק קול, און ס'האָט זיך פּלוצעם דערהערט פֿון יענער זײַט טיר אַ מיידלשע שטים:

– דער גלאַוונער איז געקומען!

– אַ דאַנק, סוועטאָטשקאַ, – האָט פֿיגלער געענטפֿערט און ווײַטער זיך געווענדן צו זײַן גאַסט: – גיי אַרײַן צום באַלעבאָס, און איך וועל דערווײַל אויסזוכן די אַדרעסן...

דובֿ־בער איז אַרויסגעגאַנגען פֿונעם צימער און געבליבן שטיין אינעם שמאָלן קאָרידאָר. פֿריִער האָט דער קאָרידאָר אין איין זײַט געפֿירט צום ביוראָ, ווו ס'האָבן זיך געפֿונען די קינסטלערישע און טעכנישע רעדאַקטאָרינס, אָדער ווי מ'האָט זיי גערופֿן „די מיידלעך", און ווײַטער – צום גרעסערן קאַבינעט פֿונעם פֿאַראַנטוואָרטלעכן סעקרעטאַר יוסף שנײַדער. איצט איז יענער טייל אויך געווען אָפּגעשניטן מיט אַ וואַנט. בשכנות מיטן בריוון־אָפּטייל, פֿון דער צווייטער זײַט, איז פֿריִער אין זײַן קאַבינעט געזעסן חיים בערגער, דער שטעלפֿאַרטרעטער פֿונעם הויפּט־רעדאַקטאָר. דובֿ־בער האָט זיך נישט אײַנגעהאַלטן און אַהין אַרײַנגעקוקט.

אַ האַרבער טאַבאַק־גערוך האָט אים אַ זעץ געטאָן אין פּנים. ער האָט געוווּסט, אַז ס'איז שוין אַ פּאָר יאָר, וואָס חיים בערגער האָט פֿאַרלאָזט די רעדאַקציע, אָבער דער טשאַד פֿון זײַן אַרבעטס־פֿאַרכאַפּטקייט, ווען איין סיגאַרעט איז נאָך נישט אויסגערייכערט געוואָרן, און דער צווייטער סיגאַרעט איז שוין גרייט געווען צוגערייכערט ווערן פֿונעם ערשטן – האָט זיך נאָך געפֿילט אין יעדן ווינקעלע, אין די ביכער און פּאַפּירן, וואָס זײַנען געלעגן פּעקלעכווײַז אין און אויף די צוויי ביכער־שרענק, אויפֿן שרײַבטיש און די צוויי בענקלעך, אויפֿן ברייטן פֿענצטערברעט... עס האָט אויסגעזען, אַז בערגער וואָלט געווען ערשט אַרויסגעגאַנגען אָדער, אַז מ'האָט פֿאָרט געהאַפּט אויף זײַן אומקערן זיך צוריק אין רעדאַקציע.

בערגער און פֿיגלער זײַנען געווען פֿון איין יאָר; זיך געלערנט און פֿאַרענדיקט אַ ייִדישע מיטלשול פֿאַר דער מלחמה און געדרוקט זייערע ערשטע לידער אין איין פּיאָנערישער צײַטונג. ווײַטער, ווי מע שרײַבט

אין די ביאָגראַפֿישע נאָטיצן, זײַנען זייערע וועגן זיך פֿאַנאַנדערגעגאַנגען – באַריס איז אַוועק זיך לערנען אין אַ רוסישן פּעדאַגאָגישן אינסטיטוט, צו ווערן אַ לערער פֿון מאַטעמאַטיק, און חיים – אינעם באַקאַנטן אָדעסער ייִדישן פּעדאַגאָגישן אינסטיטוט; זײַן חלום איז געווען זיך אָנצושליסן אין דער ייִדישער ליטעראַרישער משפּחה. די מלחמה האָט צעשטערט ביידנס פּלענער און די רדיפֿות אויף דער ייִדישער קולטור סוף פֿערציקער יאָרן האָט געמאַכט אירע אייגענע בלוטיקע קאָרעקטורן אין זייערע ביאָגראַפֿיעס.

בערגער האָט נישט פֿאַרלאָזט דעם שאַפֿערישן וועג, הגם געטאָן עס נישט אויף זײַן מאַמע־לשון, נאָר אויף אוקראַיִניש. און ווידער – אַ גורלדיקער קער – אין מאָסקווע הייבט אָן אַרויסגיין אַ ייִדישער זשור־נאַל. ווי זאָגט דאָס ווערטל: ווייל איז דעם, וואָס זײַן גליק זוכט אים און נישט ער זײַן גליק. אין קלייניקייט – צי וועט אים דאָסמאָל זײַן ייִדיש גליק נישט פֿאַרפֿירן?! די איבערגעלעבטע שרעק און מוראס האָבן זיך אים קוים אָפּגעזעצט אין זכרון.

בײַ זײַנע פֿופֿציק יאָר פֿאַרלאָזט חיים בערגער די אײַנגעזעסענע מקומות, זײַן אײַנגעלאַדיעט לעבן און גאַראַנטענע קאַריערע און לאָזט זיך אין אַ נײַעם קרײַז פֿון לעבן, גלײַך ווי ער וואָלט געקאָנט צונויפֿבינדן דעם פֿאָדעם פֿון אַ יונגן טאַלאַנטירטן ייִדישן פּאָעט, איבערגעריסן מיט אַ צוואַנציק יאָר צוריק, מיט זײַן נײַעם אָנהייב, ווי אַ מיטאַרבעטער אין דער ייִדישער צײַטונג „ביראָבידזשאַנער שטערן“ און דערנאָך – אין „סאָוועטיש געזעמלאַנד“.

אין די 1970ער יאָרן, ווען די ראשונים פֿון „סאָוועטיש געזעמלאַנד“ זײַנען אַוועק פֿון דער רעדאַקציע, איז בערגער געווען ממש אַ געווינס. ער האָט זיך זשעדנע צוגעכאַפּט צו דער אַרבעט, ווי ער וואָלט מסוגל געווען צו דעקן איצט מיט יעדן טאָג יענע פֿאַרגאַנגענע יאָרן פֿון ייִדישער שאַפֿערישקייט, אָפּגענומען בײַ אים בגוואַלד.

אויף די ייִדיש־קורסן האָט חיים געפֿירט דעם סעמינאַר וועגן דער ייִדישער סאָוועטישער ליטעראַטור. אינעם זשורנאַל, ווען מ'האָט גע־דרוקט עפּעס פֿון די אומגעבראַכטע ייִדישע שרײַבערס, פֿלעגט מען אין דער קורצער ביאָגראַפֿישער נאָטיץ וועגן דעם מחבר צום סוף אָנווײַזן, אַז ער איז „געשטאָרבן“ אין יאָר **1952**. קיין סוד, וואָס איז בכלל געשען מיטן רובֿ ייִדישע שרײַבערס, האָט מען נישט געמאַכט, נישט ווייניק פֿון זיי האָבן נאָך געלעבט און געווען שאַפֿעריש, אָבער אויף אַ קול אָדער

אין זייערע ווערק האָט מען עס נישט דערמאָנט. ס'איז גענוג געווען אַ זאָג טאָן „אין יענע גוטע יאָרן", – מע זאָל שוין אַלץ געווען פֿאַרשטיין. בערגער, נישט געקוקט דערויף, וואָס אים, דעמאָלט אַ יונגן פּאָעט, האָבן „יענע גוטע יאָרן" בלויז פֿאַרטשעפּעט, איז אים דער שוידער נאָך געשטאַנען פֿאַר די אויגן.

מעגלעך, צום ערשטן מאָל אין די ווענט פֿון דער רעדאַקציע האָט חיים דערציילט אויף איינער פֿון די לעקציעס אַן עפּיזאָד פֿון זײַן אייגענעם שײַכות צו יענער פֿינצטערער צײַט אין יאָר 1949. אין קיִעוו האָט געזאָלט אַרויסגיין זײַן ערשטע זאַמלונג ייִדישע לידער...

– און פּלוצעם באַקום איך פֿונעם פֿאַרלאַג די העפֿט מיט מײַנע לידער צוריק, און עס שטייט אויפֿן ערשטן זײַטל אַן אויפֿשריפֿט, אַז די לידער וועל איך שוין קיין מאָל נישט קאָנען אַרויסגעבן, ווײַל דער פֿאַרלאַג איז פֿאַרמאַכט געוואָרן... – חיים רעדט שטיל, ווי זײַן שטייגער איז. ער רייכערט און דער רויך ציט זיך צו דער פֿאַרגעלטער סטעליע און לאַנגזאַם צעשפּרייט זיך איבערן צימער. – אַ פּאָר טעג פֿאַר דעם – כ'בין גראָד נישט געווען אין דער היים, – שטעלט זיך צו אונדז אין שטוב אַרײַן איינער אַ מאַנספּאַרשוין, כלומרשט אַ פֿינאַנץ־אינספּעקטאָר, און הייבט אָן אויסצופֿרעגן וועגן מיר מײַן ווײַב. אין קאַמענעץ, ווו מיר האָבן דעמאָלט געוווינט, האָט מען שוין געהערט, וואָס עס קומט פֿאָר מיט די ייִדישע שרײַבערס. באַקומען אָבער מײַן העפֿט לידער צוריק מיט דער שיינער אויפֿשריפֿט, האָט דער וויזיט פֿון דעם אַזוי גערופֿענעם פֿינאַנץ־אינספּעקטאָר אָנגעהויבן אויסצוזען גאָר אַנדערש. וואָס טוט מען? אַ מזל, וואָס ס'איז געשען ווינטער און ס'האָט געברענט די הרובע. בין איך געזעסן מיט מײַן פֿרוי אַ גאַנצע נאַכט, געלייענט מײַנע לידער און פֿאַרברענט זיי אינעם אייוועלע אַ זײַט נאָך אַ זײַט...

אַרײַנגייענדיק צו ליסן אין זײַן קאַבינעט, האָט דובֿ־בער זיך פֿאַר־האַלטן בײַ דער טיר. ליס האָט איבערגעקוקט אַ מאָגער פּעקל פּאַפּירן. ער האָט אויפֿגעהויבן דעם קאָפּ און אַ ווײַלע זיך אײַנגעקוקט אינעם גאַסט.

– דאָס זײַט איר, קרופּניק? – האָט ער זיך אָנגערופֿן, ווי ער וואָלט געצווייפֿלט אָדער דערוואַרט צו זען עמעצן אַן אַנדערן.

ער האָט אָנגעוויזן מיט דער האַנט אויף איינעם פֿון די בענקלעך, צוגעשטעלט צום טיש: „זעצט זיך צו..." דער „צו" האָט געזאָלט געבן צו פֿאַרשטיין, אַז אויף אַ לאַנגן וויזיט זאָל דער גאַסט נישט אַרויסקוקן.

– כ'האָב געהערט, איר האָט פֿאַרלאָזט אײַער אומאָפּהענגיקע מאָלדאָווע. ראַשקאָוואַן האָט עס מיר אָנגעשריבן. וואָס זשע טוט איר אין אונדזער עיר־הקודש?

דובֿ־בער האָט אין קורצן דערציילט מיט וואָס ער איז באַשעפֿטיקט און דערקלערט אַ ביסל גענויער וועגן דעם פּרעסע־פּראָיעקט. ליס האָט גלײַך געכאַפּט דעם תּמצית פֿון דער זאַך:

– געפֿינט איר זיך, הייסט עס, אין סאַמע קאָכעניש פֿון דעם ייִדישן פֿאַרמלחמהדיקן לעבן. – אין זײַן מידן בליק האָט אויפֿגעוואַכט אַ נײַגער, – פֿאַר אַ שרײַבער איז עס דאָך אַ גרויס געווינס! ס'איז סײַ באַלערנדיק און סײַ פּײַנפֿול אַרײַנצודרינגען אין דער פֿאַרגאַנגענהייט... – און ער האָט געמאַכט זײַן אייגענעם אויספֿיר: – כ'בין זיכער, אַז אויך די דרײַסיק יאָר פֿון „סאָוועטיש געזעמלאַנד" וועלן ווערן אַ קוואַל צו פֿאָרשן און דערלערנען דאָס ייִדישע לעבן אין סאָוועטן־פֿאַרבאַנד נאָכן גרויסן סטאַלינישן טעראָר...

באַגײַסטערט און זיך אָפּגעשטויסן פֿונעם ערשט געזאָגטן, האָבן זײַנע געדאַנקען שוין אָנגעהויבן קריגן פֿליגלען און זיך טראָגן איבער דעם קאַלטן קאַבינעט. ליס אַליין האָט זיי ווי אונטערגעטריבן מיט זײַנע אַקסלען און זשעסטן – דערוואַרעמט זיי און זיך.

– מיר לעבן איצט איבער אַ שווערע קאַלעמוטנע צײַט. מיר זײַנען אָבער אַרויף אויף אַ נײַעם דרך און אונדזערע חבֿרים פֿון אויסלאַנד פֿאַרשטייען אונדז און העלפֿן אונדז אַרויס...

עטלעכע יאָר איידער „סאָוועטיש געזעמלאַנד" האָט זיך פֿאַקטיש געשלאָסן איז קרופּניק געוואָרן אַ מיטגליד פֿון דער רעדאַקציע־קאָלעגיע, דער ייִנגסטער צווישן דער אַלטער גוואַרדיע. אַן ערך איין מאָל אין אַ האַלב יאָר פֿלעגן די מיטגלידער קומען קיין מאָסקווע פֿון זייערע שטעט, אַרויפֿגעצויגן אויפֿן פּנים דעם פּראָווינציעלן קוראַזש, און ווי ס'האָט זיך געפֿירט די אַלע דרײַסיק יאָר זינט דער זשורנאַל האָט אָנגעהויבן דערשײַנען, דערוואַרט אויסצוהערן פֿונעם „צענטער" תּכליתדיקע עצות און רעקאָמענדאַציעס.

במשך פֿון עטלעכע טעג האָבן זיי געדאַרפֿט אַרומרעדן דעם „שאַפֿערישן פּאָרטפֿעל", צוגעשטעלט פֿונעם פֿאַראַנטוואָרטלעכן סעקרעטאַר, ווי אויך די פּערספּעקטיווע פּלענער „צו פֿאַרברייטערן די צאָל לייענער". אַהרן ליס, נישט געקוקט אויפֿן אָנגעזעטיקטן סדר־היום, פֿאַרבונדן מיט די זיצונגען פֿון דער רעדאַקציע־קאָלעגיע, האָט זײַן

אײַנגעשטאַנענע רוטין נישט געביטן. אַ צען, פֿופֿצן מינוט פֿאַר דער באַשטימטער צײַט פֿלעגט די סעקרעטאַרשע איבערגעבן, אַז דער הויפּט האָט ערשט געקלונגען און מיטגעטײלט, אַז מ'האָט אים עקסטרע אַרויסגערופֿן „אַרויף", און ער וועט זײַן אין צוויי שעה אַרום.

די מיטגלידער האָט עס נישט פֿאַרחידושט; זיי זײַנען שוין געוווינט געווען צו „זײַנע שטיק". יעדער איינער האָט געוווּסט, אַז דער „געלער ליס" (ליס – אויף רוסיש מיינט, פֿוקס) טוט עס בכּיוון, צו ווײַזן, ווער איז דאָ דער באַלעבאָס. אויף אַ קול האָט מען עס נישט אַרויסגעזאָגט; מ'האָט עס געקאָנט פֿאַרשטיי פֿון דער שטומער העוויות־שפּראַך – אַ קער מיטן קאָפּ, אַ צוק מיט די אַקסלען, פֿאַרקרימען די ליפּן אָדער אַ דריי טאָן מיט דער נאָז. פֿלעגט מען זיך אויסזעצן אַרום דעם רעדאַק־טאָרישן טיש און זיך אויסטוישן מיט די נײַעס פֿון דער היים, קינדער און אייניקלעך. די קאָבעדיקע פֿראַגן פֿונעם אַרומיקן לעבן האָט מען זיך באַמיט אויסצומײַדן; מעגלעך, מ'האָט טאַקע חושד געווען, אַז בײַם הויפּט־רעדאַקטאָר אין קאַבינעט זײַנען אײַנגעשטעלט געהיימע מיקראָפֿאָנען, כּדי צו הערן (ווו מע דאַרף!), וואָס די ייִדישע שרײַבערס רעדן צווישן זיך. נאָך מער: עס קאָן זײַן, אַז ליס אַליין זיצט אין דער צײַט בײַ זיך אויף דער דאַטשע הינטער מאָסקווע און הערט זיך צו, וואָס עס רעדן דאָ וועגן אים זײַנע פּען־ברידער. נאָכן דורכמאַכן „יענע גוטע יאָרן", די משונהדיקע פֿאַרהערן און ווילדע באַשולדיקונגען, האָט אין די אויגן פֿון די געליטענע אויך אַזאַ אַבסורדישער אײַנפֿאַל געקאָנט אויסזען רעאַל. דעריבער איז די בעסטע און נייטראַלסטע טעמע בשעתן וואַרטן דעם „געלן ליס" געווען – קרענק; און קיין קרענק נאָכן אָפּשמאַכטן נישט איין יאָר אין די צפֿון־לאַגערן, האָבן בײַ זיי נישט אויסגעפֿעלט...

– נאָך מיט אַ פּאָר יאָר צוריק, – האָט ליס דערקלערט זײַן גאַסט, – בעת אַ טרעפֿונג מיט די חבֿרים פֿונעם „וועלטראַט", גראָד דאָ, אין מײַן קאַבינעט, האָבן מיר צוזאַמען אויסגעאַרבעט אַ געמיינזאַמע פּלאַט־פֿאָרמע וועגן אַ בשותּפֿותדיקער אַרבעט לטובֿת ייִדיש. מיר האָבן איין ירושה און איין ייִדישע גאַס... די נײַע אויסגאַבע האָט געזאָלט זײַן אַן אַנטוויקלונג פֿון די ליטעראַריש־קינסטלערישע אידעען, וועלכע ס'האָט מיט זיך געבראַכט „סאָוועטיש געזעמלאַנד". און אַזוי איז עס געשען: דער אַקצענט ווערט געשטעלט אויפֿן נאַציאָנאַל־ייִדישן מאָמענט... דערפֿאַר האָב איך די נײַע אויסגאַבע טאַקע אַזוי אָנגערופֿן – „ייִדישע גאַס"!

ליס האָט זיך צעפּלאַמט, ווערנדיק פֿאַרכאַפּט מיט זײַנע אייגענע רייד, ווי עס פֿלעגט מיט אים טרעפֿן סײַ אויף די סעמינאַרן פֿון דער ייִדיש־גרופּע, סײַ אויף די זיצונגען פֿון דער רעדאַקציע־קאָלעגיע און סײַ מסתּמא בשעת די אויפֿטריטן און פּרעסע־קאָנפֿערענצן זײַנע אויף דער „אינטערנאַציאָנאַלער אַרענע", ווען די „מלוכה" פֿלעגט אים שיקן אין אויסלאַנד זיך טרעפֿן מיט דער „צווייטער זײַט" פֿון דער ייִדישער גאַס. צו מאָל האָט קרופּניק געטראַכט, אַז אינעם מאָמענט פֿונעם רעדן איז ליסן אַפֿילו נישט אַזוי וויכטיק געווען, צי עמעצער הערט זיך צו צו זײַנע רייד; ער גופֿא איז פֿאַרכאַפּט געווען מיט זײַן יעדן וואָרט, ווי אַ זינג־פֿויגל אין דער נאַכט. בשעת־מעשׂה האָט ליס גערעדט ווײַטער און אַלץ מער זיך צעפּאַליעט:

– מיר עפֿענען ברייט די טירן פֿאַר די ייִדישע שרײַבשטעלער פֿון אַלע מקומות, אויב, פֿאַרשטייט זיך, די צוגעשיקטע ווערק באַפֿרידיקן די פּראָפֿעסיאָנעלע פֿאָדערונגען. ס'איז וויכטיק צו וויסן, אַז דער זשורנאַל איז נישט קיין אָרגאַן פֿון אַ פּאָליטישער גרופּע אָדער פּאַרטיי. אויב די פּאָזיציע פֿון אַ טאַלאַנטירט ווערק פֿאַלט נישט צונויף מיט דער פּאָזיציע פֿון דער רעדאַקציע, ווערט עס אָפּגעמערקט אין אַ פֿוס־נאָטע. מער גאָרניט... אַגבֿ, אפֿשר האָט חבֿר פֿאַנין אײַך דערציילט, אַז מיר האָבן זיך מיט אים געטראָפֿן בײַ מיר אויף דער דאַטשע אין פּערעדעלקינאָ, אויף אַ נייטראַלער טעריטאָריע, אַזוי צו זאָגן, און פֿאַרבראַכט דאָרט אַ האַלבן טאָג. אָט האָבן מיר אין פֿאָריקן נומער געדרוקט פֿאַנינס אַן עסיי, וואָס ער האָט אַרײַנגעשיקט אינעם זשורנאַל. זייער אַ קלוגער ייִד און אַ גוטער שרײַבער... אַ שאָד, וואָס אונדזער פֿלאַן מיטן רעדאַקטאָר פֿון „גאָלדענער קייט" זיך אויסטוישן מיט די נומערן, האָט זיך נישט אײַנגעגעבן... – אַ רגע האָט ער זיך פֿאַרטראַכט און געזאָגט: – פּאָליטיק – איז אַ שטערונג פֿאַר עבֿטער שאַפֿונג!

די לעצטע ווערטער פֿונעם רעדאַקטאָר האָבן ממש אַ שטויס געטאָן קרופּניקן. ס'האָט זיך דערמאָנט יענער נומער פֿון „סאָוועטיש געזעמלאַנד", וואָס איז דערשינען אין גיכן נאָך די געשעענישן אין סאַבראַ און שאַטילאַ, אין 1982. אין מיטן זשורנאַל איז אויף איין זײַט געווען אָפּגעדרוקט אַ פֿאָטאָגראַפֿיע פֿון דערמאָרדעטע ייִדן אין אוישוויץ, און אַנטקעגן דער פֿאָטאָגראַפֿיע – אַ בילד נאָך דער שחיטה אינעם פּאַלעסטינער פּליטים־לאַגער אין מערבֿ־ביירוט, אין וועלכער די סאָוועטישע פּראָפּאַגאַנדע האָט באַשולדיקט ישׂראל. די וויזועלע

פּאַראַלעל, דורכגעפֿירט צווישן נאַצי־דײַטשלאַנד און די „ציוניסטישע נאַציסטן" האָט זיך נישט געניייטיקט אין ספּעציעלע קאָמענטאַרן.

– און ווי באַציט איר זיך צו מדינת־ישׂראל... – די פֿראַגע האָט זיך ממש אַראָפּגעריסן פֿון קרופּניקס צונג, – וואָס איז איצט אײַער פּאָליטישע פּלאַטפֿאָרמע?

– צו ישׂראל? – האָט ליס רויִק איבערגעפֿרעגט, אַרויסווײַזנדיק דערמיט, אַז פֿאַר אים איז עס דווקא קיין פֿראַגע נישט, – צו ישׂראל באַצי איך זיך ווי צו אַ נאָרמאַלער מלוכה, מיט נאָרמאַלע מינוסן און פּלוסן פֿון דער פּאַרלאַמענטאַרישער סיסטעם, אין וועלכער זי לעבט לויטן ווילן פֿונעם פֿאָלק. מײַן פּאָליטישע פּלאַטפֿאָרמע האָט זיך קיין מאָל נישט אָפּגעטיילט פֿון מײַנע ווערק, פֿון די צוויי זשורנאַלן, וואָס איך האָב געשאַפֿן און רעדאַגירט. דער היסטאָרישער שײַכות צו ישׂראל, ווי אַ ייִדה, און דער ווייפֿול געפֿיל פֿון פּאַטריאָטיזם צו רוסלאַנד, מײַן געבורטלאַנד, פֿאָרמירן מיך ווי אַ מענטש.

דובֿ־בער האָט דערפֿילט דעם זשורנאַליסטישן קער פֿון זייער טרעפֿונג – פֿון אַ פֿרײַנדלעכן שמועס צו אַן אָפֿיציעלן אינטערוויו, אַפֿילו די שפּראַך פֿון ליסן האָט געקלונגען אויסגעהאַלטן. ער האָט זיך בפֿירוש אין זײַן מאָסקווער עלנטקייט פֿאַרבענקט נאָך אַן אינטערוויו; און קרופּניק האָט זיך נאָכגעגעבן דער שטימונג:

– צי קלײַבט איר זיך קומען אויף אַ באַזוך קיין ישׂראל?

– פֿון מײַן זײַט, איז אין אָט דעם ענין ניטאָ קיין פּראָבלעם. עס בלײַבט נעמען אַן אַוויאָן, ווי עס זאָגן די אַמעריקאַנער ייִדן, און פֿליִען קיין תּל־אָבֿיבֿ. דערנאָך, אומקערנדיק זיך קיין מאָסקווע, אַוועקזעצן זיך צום שרײַבטיש און אָפּמײַסטרעווען אַ בוך וועגן דער רײַזע, ווי כ'האָב עס געטאָן אין אַנדערע פֿאַלן... – ער האָט אָנגעשטעלט אויף זײַן גאַסט אַ בליק פֿון אונטער די געל־אָפּגעבליאַקעוועטע ברעמען און געזאָגט:

– אָבער, אויב צוגיין צו דעם ענין ערנסט, וואָלט געוועון געוווּנטשן, אַז די שאַפֿונג פֿון אַ שרײַבער, וואָס אַרבעט אין ליטעראַטור מער ווי אַ האַלב־יאָרהונדערט, זאָל כאָטש אין אַ וואָסער־ניט־איז אָביעקטיווער מאָס באַקאַנט ווערן אינעם לאַנד, וווּהין ס'וועט מעגלעך קומען דער שרײַבער...

פונקט ווי פֿריִער מיט פֿיגלערן, זײַנען אויך איצט די ווערטער פֿון ליסן אַרויסגעבראַכט געוואָרן נישט אַזוי פֿאַר אים, איינעם פֿון די „יונגע שרײַבערס", ווי ס'האָט זיך דאָס שטעמפּל צוגעטשעפּעט צו דער ייִדיש־

גרופּע נאָך פֿון דער צײַט פֿון לערנען זיך אין מאָסקווע, – געמיינט האָט עס, אַז דורך אים, דובֿ־בער קרופּניקן, זאָלן ליסעס ווערטער פֿאַרשפּרייט ווערן אויף דער „צוווייטער זײַט" פֿון דער ייִדישער גאַס. קרופּניק האָט דערפֿילט, אַז ער האָט איצט אָנגערירט דווקא ניט די סטרונע פֿון ליס־פּובליציסט, וואָס האָט געהאַט „אָפּגעמײַסטערוועט" אַ בוך פֿון זײַנע רײַזעס איבער דער וועלט אויף אַזאַ אופֿן, אַז די וואָס האָבן אים אין די רײַזעס געשיקט, זאָלן בלײַבן צופֿרידן; יענער אַהרן ליס איז פֿאַרבליבן אויף די שלאַכט־פֿעלדער פֿון „קאַלטער מלחמה". ניין, ס'האָט איצט אין די ווערטער פֿון ליסן זיך געהערט אַ ווייטיקלעכער פֿאַרדראָס פֿון אַ ייִדישן פּאָעט.

נישט אין קרופּניקס טבֿע איז געווען צו „דערקוועטשן" זײַן וויזאַווי ווי ס'וואָלט זיכער געטאָן, למשל, דער רעדאַקטאָר פֿון „אַקטועלע פֿראַגן", איטשע שפּרודלער.

– ווי אַזוי זשע שאַצט איר אַליין אָפּ די תּקופֿה פֿון „סאָוועטיש געזעמלאַנד"? – איז געווען זײַן לעצטע פֿראַגע.

ליס, ווי אַ געניטער רעדאַקטאָר, האָט דעם „טריק" פֿון זײַן געוועזענעם תּלמיד אָפּגעשאַצט, און איז באַלד ווידער אַרײַן אין די פֿעדערן:

– אין אָנהייב פֿון דער תּקופֿה פֿון „סאָוועטיש געזעמלאַנד" איז געשען אַ נס. די אָנפֿירונג פֿונעם זשורנאַל האָט זיך דערשלאָגן, טראָץ דעם רעזשים פֿון גלאָבאַלער פֿאַרדעכטיקונג אינעם גאַנצן לאַנד, זי זאָל פֿירן דעם זשורנאַל לויטן ווערטל: „רבונו־של־עולם, האַלט מיר נאָר דאָס שטריקל, דרייען וועל איך זיך שוין אַליין". עס איז בכלל נישט אײַנגעשטעלט געוואָרן קיין צענזור איבער דער אָנוועזנהייט פֿון אַ ייִדישן טשינאָווניק אויף דעם אַמט. דאָס האָט געגעבן אַ מעגלעכקייט, אין גרונט גענומען, אויפֿצושטעלן די כּוחות פֿון דער ייִדישער ליטעראַטור נאָך סטאַלינס בלוטיקן פּאָגראָם פֿונעם 12טן אויגוסט 1952. דער זשורנאַל האָט געלעבט מיט הצלחה 32 יאָר. איצט מאַכן מיר אַ ברכה שהחיינו, אַז מ'האָט דערלעבט; אָבער ס'איז ניט קיין סוד, אַז מיר האָבן ממש געציילט די טעג פֿון דער געשענקטער מי, און די אונטערשטע שורה איז געווען בפֿירוש אַ שעפּעריקע...

ליס האָט גערעדט ווײַטער פֿאַרכאַפּטערהייט; ס'האָט ווידער גע־זונגען דער פֿויגל אין דער נאַכט, אָבער ס'איז שוין געווען אַן אָפּגע־זונגענער געזאַנג. און ס'האָט זיך קרופּניקן דערמאָנט, ווי אויף איינער אַ זיצונג פֿון דער רעדאַקציע־קאָלעגיע, האָט דער רעדאַקטאָר, זיצנ־

דיק אויבנאָן בײַ זײַן טיש, געהאַלטן אַ פּלאַמיקע רעדע פֿאַר די שלעפּערדיקע מיטגלידער. הגם דער האָטעל, מיט וועלכן ס'האָט זיי באַוואָרנט דער שרײַבער־פֿאַראיין, איז געווען צווישן די בעסטע אין מאָסקווע, האָבן די אַלטע שרײַבערס זיך נעבעך געקלאָגט: „אַז מע בײַט דאָס געלעגער, פֿאַרמאַכט מען נישט די גאַנצע נאַכט קיין אויג ניט...” זיי זײַנען סטאַטעטשנע געזעסן מיט געפּאַלענע פּנימער, אויסצי̇ענדיק די פּיס אונטערן טיש. דער עלטסטער פֿון זיי, וואָס אין ליטעראַטור איז ער אַרײַן ווי דער „יי̇דישער שאָלאָכאָוו”, צוליב זײַן ראָמאַן, ווו ער האָט אויף אַ רעאַליסטישן אופֿן באַשריבן דאָס לעבן פֿון יי̇דישע ערדאַרבעטער, איז אײַנגעשלאָפֿן. ס'איז געווען אַ סוד אויף גאַנץ בראָד, אַז אין מאָסקווע האָט דער לעבעדיקער קלאַסיקער אַ געליבטע. איז קיין חידוש נישט געווען, וואָס ער האָט זיך תּיכּף „אויסגעשלאָסן”, ווי נאָר ליס האָט אָנגעהויבן רעדן. צו פֿילן זיך אין גאַנצן באַקוועם, האָט ער אַראָפּגעשלעפּט די שיך פֿון די פּיס – סײַ־ווי זעט דאָך קיינער נישט, וואָס עס טוט זיך אונטערן טיש. דעם „טריק” האָט באַמערקט זײַן שכן, באַרימט ווי אַ פּרוכטבאַרער ראָמאַניסט און וויצלער, הירש פּאָליאַקאָוו. מיט אַ פֿוס האָט ער פֿאַרטשעפּעט אַ שוך און אים צוגעשאַרט צום שכן פֿון דער אַנדערער זײַט; יענער האָט דעם שטומען וויץ אָפּגעשאַצט און דער שוך האָט אָנגעהויבן זיך איבעררוקן אונטערן טיש פֿון איין מיטגליד צו אַן אַנדערן, ביז ער האָט זיך אָנגעשפּאַרט אינעם פֿוס פֿונעם הויפּט־רעדנער.

ליס, דערפֿילנדיק אַ לײַכטן שטורך, האָט איבערגעריסן זײַן רעדע און אַ קוק געטאָן אונטערן טיש. ס'איז געוואָרן לעבעדיקער. צו דער צײַט האָט זיך אויפֿגעכאַפּט דער קלאַסיקער און זיך געוואָלט אָנטאָן זײַנע שיך. איין שוך האָט ער דערטאַפּט, אָבער דער צווייטער – האָט אים נישט געסטײַעט...

– נאָסקע! – האָט אויסגעשרי̇ען דער רעדאַקטאָר, – אין דײַנע יאָרן דאַרף מען שלאָפֿן בײַ נאַכט!..

פֿאַרן פֿאַרלאָזן דעם רעדאַקטאָרס קאַבינעט, האָט ליס דערלאַנגט קרופּניקן די האַנט און פֿאָטערלעך זיך אָנגערופֿן:

– זײַט געהיט, קרופּניק, פֿון אַרײַנגעשלעפּט צו ווערן אין שרײַבערישע מחלוקתן... שרײַבט, איר האָט וואָס צו זאָגן...

7

דובֿ־בער האָט פֿאַרמאַכט נאָך זיך די טיר פֿון דער רעדאַקציע. זיך אומגעקוקט אויפֿן פּירעקיקן פֿלעק אויף דער וואַנט, וווּ ס'איז צענדליקער יאָרן געהאָנגען די רויטע וויוועסקע פֿונעם זשורנאַל, האָט ער אַ טראַכט געטאָן, אַז אַהער וועט ער שוין קיין מאָל צוריק נישט קומען.

אַהרן ליס און באָריס פֿיגלער, ווי דאָן קיכאָט און סאַנטשאָ פּאַנסאַ, זײַנען פֿאַרבליבן די לעצטע מיטאַרבעטער פֿון אַ מאָסקווער ייִדישער אויסגאַבע, וואָס קוים אַ שוואַך ווינטל האָט נאָך געבלאָזן אויף אירע מילפֿליגלען.

אין דרויסן איז געוואָרן וואַרעמער, הגם די גרויקייט פֿון טאָג האָט זיך געהאַלטן אין דער פֿײַכטער לופֿט. מאָסקווע איז שטענדיק געווען נישט סתּם אַ קרוינשטאָט; מאָסקווע איז געווען אַ מלוכה פֿאַר זיך. מאָסקווע האָט געהאַט איר אייגענעם קול, וואָס האָט דורכן רעפּראָדוקטאָר געגעבן וועגן זיך צו וויסן יעדן אירן בירגער – פֿון קליין ביז גרויס „ביז אירע סאַמע ראַנדגעגנטן...", ווי דאָס פֿאָלק האָט געזונגען; דאָס קול האָט געוועקט מיט „אַ גוט מאָרגן" און געווונטשן „אַ גוטע נאַכט"; ס'האָט באַגלייט און איז נאָכגעגאַנגען יעדן בירגער, ווו ער זאָל נישט געווען זײַן און וואָס ער זאָל נישט געווען טאָן, בײַ אַלע פֿרייד און לייד, שׂימחות און לוויות, בײַ טאָג און בײַ נאַכט... דאָס „קול פֿון מאָסקווע" פֿלעגט אַרײַנדרינגען אין חלומות, פֿאַרטשאַדען און פֿאַרדרייען דעם קאָפּ, אַז, אויפֿכאַפּנדיק זיך פֿון שלאָף אין אַ קאַלטן שווייס, איז בײַ יעדן דורכגעלאָפֿן אַ גרויל פֿון אַ ניט־אָפּלאָזלעכן פּחד און משוגענער פֿרייד – אין דער זעלבער צײַט. אָט דער צוויפּשמאָלץ האָט געהייסן „סאָוועטישער אָפּטימיזם". דובֿ־בער קרופּניק האָט דאָס קול פֿאַרגעדענקט פֿון קליינערהייט אָן.

מאָסקווע האָט געהאַט אַן אייגן פּנים, וואָס האָט באַשײַנט מיט איר רובין־שײַן אויפֿן שפּיץ־קרעמל דאָס גאַנצע לאַנד און נאָך ווײַטער. ס׳האָט אַרויסגעקוקט פֿון יעדן קאַלענדאַר־בלעטל, פּאָסט־מאַרקע, געלט־קופּיורע, לערן־בוך; ס׳האָט זיך אָפּגעשפּיגלט אין די שויבן פֿון יעדער דירה, שוין אָפּגערעדט פֿון אײַנגעבאַקן ווערן אין האַרץ פֿון אַלע בירגער.

מאָסקווע האָט געציילט די צײַט פֿון לעבן און שטאַרבן. דער זייגער אויף דעם הויפּט־טורעם פֿון קרעמל האָט וועגן דעם געגעבן צו וויסן יעדע שעה; און אַז דאָס גאַנצע לאַנד זאָל וועגן דעם וויסן און געדענקען, האָט זיך דורכן רעפּראָדוקטאָר געהערט דער זייגער־קלאַנג דרײַ מאָל אין טאָג: **6** אין דער פֿרי, **12** בײַ טאָג און **12** אַזייגער בײַ נאַכט, פֿאַרן הימען פֿון סאָוועטן־פֿאַרבאַנד. אָט דער פֿעסטער און שטאָלענער געקלאַנג האָט זיך האַרמאָניש צונויפֿגעגאָסן מיטן „סאָוועטישן אָפּטימיזם“.

פּונקט ווי מיליאָנען אַנדערע ייִדישע קינדער אין סאָוועטן־פֿאַרבאַנד איז דובֿ־בער געוואַקסן און דערצויגן געוואָרן מיט אָט דעם „סאָוועטישן אָפּטימיזם“, וואָס מ׳האָט אים וואַקצינירט, ווי פּאָקן; סײַדן, מיט געוויסע נפֿקא־מינות, וועלכע האָבן צײַטנווײַז דערמאָנט אין זיך – זײַן זיידע איז געווען דער איינציקער און דער לעצטער מוהל אין בעלץ, ווו דובֿ־בער איז געבוירן געוואָרן; אין דער היים האָט מען גערעדט נאָר ייִדיש; און די גאַס, ווו נאָך דער מלחמה האָט די משפּחה זיך באַזעצט, האָט זינט **1959** זיך אָנגעהויבן רופֿן שלום־עליכם־גאַס. זײַנע ייִדישע חבֿרים האָבן וועגן אַזאַ מאָדנעם נאָמען נישט געהערט, הגם געשפּילט זיך אין ייִדיש; ער האָט געקלונגען גאָר אַנדערש ווי למשל, לענינאַ־גאַס, פּערוואָמײַסקע־גאַס, סאָוועטישע־גאַס און אַ סך אַנדערע גאַסן אין שטאָט. אויך זייערע עלטערן, פֿאַריתומטע האָלאָוועשקעס פֿון גרויסע משפּחות, האָבן אַ חוץ פֿאַרשׂרפֿטע דערמאָנונגען פֿון זייערע פֿאַרברענטע היימען, אויף דער נשמה מער גאָרנישט ניט געטראָגן. מיט זיי האָבן די שכנים זיך בשפֿע געטיילט, ווי מיט אַ קליין שקאַרמיצל זאַלץ, וואָס האָט אויפֿן מאָמענט נישט געסטײַעט; און זייערע קליינע קינדער – זיי האָבן זיך שטענדיק געפּלאָנטערט אין די פֿיס פֿון זייערע מאַמעס, – אונטערשטעלנדיק אַן אויערל, זיך צוהערן צו די אַלע מעשׂיות.

מיט אָט דעם ייִדישן באַגאַזש, פֿאַרכאַפּט פֿון זײַן טאַטע־מאַמעס היים, ווו ער האָט פֿאַרט אָפּגעזוכט דאָס פֿאַרגעסענע ייִדיש־שפּילעבל, האָט דובֿ־בער קרופּניק זיך געיאַוועט קיין מאָסקווע זיך לערנען אויף

די העכסטע ליטעראַטור־קורסן – איינער פֿון דעם „פֿינפֿלינג“ אין דער ייִדיש־גרופּע.

דער קרוינשטאָטישער הו־הא פֿון די אָנהייב אַכציקער האָט אים פֿאַרהלושעט און איַינגעשלונגען, ווי עס פֿלעגט זיך טרעפֿן, מסתּמא, מיט יעדן איינעם, ווער עס איז געקומען קיין מאָסקווע פֿון דער פּראָווינץ זיך לערנען דאָרט.

די העכסטע ליטעראַטור־קורסן האָבן זיך געפֿונען אין הויף פֿונעם ליטעראַטור־אינסטיטוט אויף מאַקסים גאָרקיס נאָמען. דער אינסטיטוט אַליין, וואָס האָט צוגעגרייט יונגע ליטעראַטור־קאַדרען – פּאָעטן, פּראָזאַיִקער, איבערזעצער און קריטיקער פֿאַר דער גרויסער ליטעראַרישער משפּחה אין סאָוועטן־פֿאַרבאַנד, איז געווען אַן אוניקאַלער און איינציקער אין דער וועלט לערן־אַנשטאַלט פֿון אַזאַ מין. די מלוכה האָט קיין מאָל נישט געקאַרגט ניט קיין מיטלען און ניט קיין שיינע בנינים, בפֿרט אַז לכתּחילה האָבן זיי געהערט צום „אויסגעוואָרצלטן בורזשואַזיע־קלאַס“, – פֿאַר די אָרגאַניזאַציעס, וואָס זייער הויפּט־ציל איז געווען צו טראָגן די הויכע קאָמוניסטישע אידעען אין מאַסן אַריַין און זינגען זמירות דער מאַכט. דאָס שאַפֿן אַזאַ אינסטיטוט, ווו זיַינע גראַדואַנטן, „אינזשענערן פֿון מענטשלעכע נשמות“, וועלן עס טאָן אויף אַ הויכן קינסטלערישן ניוואָ, איז געליגן אין יסוד פֿון דעם מאָסקווער לערן־אַנשטאַלט.

דער אַלטער בנין, אַ פּאַלוואַרק פֿון 19טן יאָרהונדערט, האָט ביז דער רעוואָלוציע געהערט צו אַ צאַרישן הויכגעשטעלטן דיפּלאָמאַט און דעם פֿעטער פֿונעם באַקאַנטן רעוואָלוציאָנער און שריַיבער אַלעקסאַנדער הערצען. דער פּלימעניק אַליין האָט געמוזט פֿון זיַין לאַנד אַנטלויפֿן און „וועקן דאָס פֿאָלק“ מיט זיַין „קאָלאָקאָל“ (גלאָק) פֿון אויסלאַנד. מעגלעך אַפֿילו, אַז הערצען, וואָס האָט אין דעם פּאַלוואַרק פֿאַרבראַכט זיַין קינדשאַפֿט און יוגנט, וואָלט געבליבן צופֿרידן מיטן באַשלוס פֿון דער נײַער פֿאָלקסמאַכט דעם בנין צו קאָנפֿיסקירן און אים אָפּגעבן אין 1933 דער טאַלאַנטירטער שריַיבערישער יוגנט.

די אוידיטאָריומס פֿון די העכסטע ליטעראַטור־קורסן האָבן זיך געפֿונען אין אַ פֿליגל פֿונעם הויפּט־בנין. די קורסן זיַינען געגרינדעט געוואָרן אַ סך שפּעטער, אין די אָנהייב 1950ער יאָרן, אָבער שוין נישט פֿאַר יונגע סטודענטן, נאָר פֿאַר שריַיבערס, מחברים פֿון עטלעכע ביכער און מיטגלידער פֿון שריַיבער־פֿאַראיין, וואָס האָבן קיין ספּעציעלע העכערע ליטעראַטור־בילדונג נישט געהאַט. איין מאָל אין צוויי יאָר

פֿלעגן די שרײַבערס, נאָך אַ שאַפֿערישן אָפּקלײַב, געשיקט ווערן פֿון די נאַציאָנאַלע שרײַבער־פֿאַראיינען קיין מאָסקווע זיך אָננעמען דאָ מיט שרײַבערישער תּורה. זיי האָבן נישט געהייסן סטודענטן, נאָר זיך גערופֿן „צוהערער", וואָס האָט געזאָלט, אַפּנים, באַטאָנען זייער סטאַטוס פֿון אַ פֿרײַען קינסטלער. קיין מוז איז אין דער לערן־שיטה פֿון די קורסן נישט געווען, קיין עקזאַמענס האָט מען נישט אָפּגעגעבן, הגם ס'איז געווונטשן געווען, מע זאָל באַזוכן אַלע לעקציעס. די צוהערער האָבן געוווינט אין איין צוזאַמענוווינונג מיט די סטודענטן פֿונעם ליטעראַטור־אינסטיטוט, אָבער זייער אויסשליסלעכער סטאַטוס האָט דערמעגלעכט, אַז יעדער זאָל האָבן אַ באַזונדערן צימער. און נאָך: דער אַלפֿאַרבאַנדישער שרײַבער־פֿאַראיין און דער ליטעראַטור־פֿאָנד האָט יעדן צוהערער באַוואָרנט מיט אַ ספּעציעלער חודשלעכער סטיפּענדיע, וואָס נישט יעדער פֿון די שרײַבערס פֿלעגט אַזאַ סומע געלט באַקומען אין דער היים ווי אַ געהאַלט פֿאַר זײַן אַרבעט.

און פּלוצעם כּמעט נאָך אַ פֿערטל־יאָרהונדערט פֿון אַן אײַנגעשטעלטן לערן־סדר באַווײַזט זיך אַ מין אויסטערלישע צוטשעפּעניש מיטן נאָמען „ייִדיש־גרופּע". דער פּראָרעקטאָר פֿון די קורסן, ניקאָלײַ ג–וו, וואָס האָט אין די מאָסקווער שרײַבערישע קרײַזן געשמט ווי „שוואַרצער קאָלאָנעל", האָט באמת באַקומען אַ זעלטענע געלעגנהייט אַרויסצוווײַזן, אַז דער מיאוסער צונאָמען ווערט פֿאַרשפּרייט צווישן אַ „געוויסן קאָנטינגענט שרײַבערלעך פֿון אַ קאָנקרעטער נאַציאָנאַליטעט". און ער האָט דעם שאַנס נישט אויסגעמיטן. גלײַך אינעם ערשטן טאָג בײַ דער אַלגעמיינער פֿאַרזאַמלונג פֿון די עטלעכע און צוואַנציק נײַע צוהערערס האָט ער, בשעתן פֿאָרשטעלן יעדן איינעם און זײַן שײַכות צו דער אָדער יענער נאַציאָנאַלער ליטעראַטור, אָנגערופֿן אַלע פֿינעף ייִדישע צוהערער מיט איין נאָמען – „ייִדיש־גרופּע". צו באַשטעטיקן זײַנע ווערטער, האָט ער ברייטהאַרציק אָנגעוויזן מיט דער האַנט אינעם ווינקל לעבן פֿענצטער, ווו עס האָט זיך אויסגעזעצט דער גאַנצער ייִדישער „פֿינפֿלינג". אין אַ מאָמענט האָבן אַלע קעפּ זיך אויסגעדרייט אַ קוק צו טאָן אויף דעם אויסטערלישן פֿינעפֿקעפּיקן באַשעפֿעניש.

דעם מינוטיקן שטילשווײַג האָט דורכגעלעכערט בערלינסקיס געלעכטער, דורך וועלכן עס האָבן זיך אַרויסגעריסן שטיקער ווערטער: „ריכטיק... קאָסמאָפּאָליטן... אָן נעמען... ווי איין שטיק דר..." איצט האָט שוין געלאַכט די גאַנצע אוידיטאָריע. דער פּראָרעקטאָר האָט עס פֿאַר־

שטאַנען אויף זײַן אופֿן; ער האָט אָנגעטאָן אויף זײַן פּנים אַן אָפֿיציעלן שמייכל, וואָס וואָלט געקאָנט פֿאַרטײַטשט ווערן אויף ייִדיש, ווי „ברוכים־הבאָים!“

קיין באַזונדערע לערן־פּראָגראַם איז בײַ דער ייִדיש־גרופּע נישט געווען; מ׳האָט באַזוכט די זעלבע לעקציע, וואָס די איבעריקע צוהערער, געהערט די זעלבע לעקטאָרן, צווישן וועלכע עס זײַנען געווען באַקאַנטע נעמען אין דער רוסישער שרײַבערישער און ליטעראַטור־אַקאַדעמישער וועלט. אַ חוץ די אַלגעמיינע סעמינאַרן, געווידמעט די רוסישע קלאַסיקער – פּושקין, טאָלסטאָי, דאָסטאָיעווסקי, טשעכאָוו און גאָרקי, ווי אויך דער רוסישער סאָוועטישער ליטעראַטור און טעאַטער, – האָט די ייִדישע גרופּע געהאַט אירע אייגענע סעמינאַרן אויף ייִדיש.

דעם סעמינאַר פֿון יצחק־לייבוש פּרץ האָט געפֿירט די שרײַבערין רבֿקה קוביק. צווישן די עטלעכע ייִדישע לעקטאָרן אויף די קורסן איז זי געווען די איינציקע מיט אַן עכט־אַקאַדעמישער בילדונג, וואָס האָט פֿאַר־טיידיקט אַ דיסערטאַציע אין ייִדיש. פֿאַר דער מלחמה איז קוביק גוט באַ־קאַנט געווען ווי אַ ליטעראַטור־פֿאָרשערע, קריטיקער און פּעדאַגאָג. זי האָט זיך באַטייליקט אינעם צוגרייטן די סאָוועטישע אויסגאַבעס פֿון מענדעלען, שלום־עליכמען, פּרצן און האָט אָנגעשריבן צו זיי גרויסע הקדמות...

דער טעראָר איבער דער ייִדישער ליטעראַטור און קולטור האָט זי געשאַנעוועט, דאָס הייסט, מ׳האָט זי נישט אַרעסטירט און נישט פֿאַר־שיקט אין „גולאַג“. זי און אַנדערע ייִדישע שרײַבערס און קולטור־טוערס, וואָס די מלוכה האָט זיי דערווײַל „נישט געטשעפּעט“, זײַנען פֿאַרמישפּט געווען צו זיצן אויסער די תּפֿיסה־ווענט און ציטערן טאָג און נאַכט פֿאַר מורא, אַז מע וועט נאָך קומען נאָך זיי. זײַנען זיי פֿאַרשטומט געוואָרן, און ס׳האָט אויסגעזען, אַז אַ תּיקון וועט דאָס ייִדישע וואָרט אין דעם לאַנד פֿון ברודערפֿעלקער שוין קיין מאָל נישט קריגן.

דער זשורנאַל „סאָוועטיש געזעמלאַנד“ האָט אומגעקערט רבֿקהן דאָס ייִדישע וואָרט, נאָר שוין ווי אַ פּראָזע־שרײַבערין. מער קיין קריטי־שע אָפּהאַנדלונגען און פֿאָרש־אַרבעטן האָט זי נישט געשריבן. זי איז אויך געוואָרן אַ מיטגליד פֿון דער רעדאַקציע־קאָלעגיע, אָבער נישט אויף לאַנג; רבֿקה קוביק האָט נישט אַ קלאַפּ געטאָן מיט דער טיר פֿון דער רעדאַקציע, ווי געטאָן האָבן עס אַנדערע מיטגלידער און מיטאַר־בעטער, נאָר שטיל, ווי איר שטייגער איז געווען, זיך אָפּגעזאָגט פֿון דעם בכּבֿודיקן טיטול אין די אָנהייב 1970ער.

אַ קליינטשיקע אײדעלע פֿרוי, מיט אַ מידער פֿאַרטראַכטקייט אין די אויגן, האָט דער אַרײַנקום אין קלאַס נאָך לאַנגע יאָרן אָפּגעריסנקייט פֿון דער פּעדאַגאָגישער סבֿיבֿה, געמאַכט זי געשפּאַנט און אַפֿילו אַ קאַפּע־לע אָנגעשראָקן. מעגלעך, אַז די ערשטע לעקציע האָט געקלונגען ווי אַ ווידער־קול פֿון איר אַמאָליקער זיכערער שטים. „יענע גוטע יאָרן" פֿון גע־צוונגענעם שווײַגן האָבן פֿאַרט אָפּגעשוואַכט און פֿאַרטושט די קלאָרקייט פֿון אירע אָפּשאַצונגען. פֿון דעסטוועגן, האָט די טעמע אַליין זי פֿאַמעלעך דערוואַרעמט און באַגײַסטערט, אַרויסרופֿנדיק פּאַסיקע ווערטער:

– איר פֿאַרשטייט, פּרץ האָט מיט זײַן גאַנצן וועזן און שאַפֿן דע־מאָנסטרירט די אַנדערשקייט פֿון יעדן געשטאַלט. ער האָט זיי ס'רובֿ אויס־געפֿונען אין אַן אויסגעטרוימטער וועלט, אין דער פֿאָלקס־מעשׂה. אין זײַן פּסיכאָלאָגישער נאָוועלע האָט דעם אויבנאָן פֿאַרנומען די סיטואַציע, אין וועלכער עס קומען אין אַ צוזאַמענשטויס מענטשלעכע לײַדנשאַפֿטן און ס'ווערן געלייזט גרויזעלשאַפֿטלעכע און עטישע פּראָבלעמען... איר פֿאַרשטייט?..

דער געניטער בליק פֿון דער לעקטאָרין האָט גאָר גיך געכאַפּט, אַז די „ייִדיש־גרופּע", ווי אינטעליגענט עס זאָל נישט געווען אויסזען יעדער צוהערער, וואָלט דאָס ערשט־געהערטע אַ סך בעסער פֿאַרשטאַנען, ווען זי דערקלערט עס נישט אויף איר מאַמע־לשון, נאָר אויף רוסיש. דער פֿולער פֿאַרשטאַנד פֿונעם געזאָגטן אויף די ייִדישע לעקציעס פֿון רבֿקה קוביק און אַנדערע לעקטאָרן איז צו קרופּניקן געקומען אַ סך שפּעטער...

זײַנע ערשטע ייִדישע ביכער האָט דובֿ־בער איבערגעלייענט בלויז מיט קנאַפּע צוויי יאָר פֿריִער איידער ער איז געקומען קיין מאָסקווע. ער האָט זיי געקויפֿט בײַ איינעם אַ ייִד, אַ געוועזענעם בחור־הזעצער, וואָס ראַשקאָוואַן האָט געעצהט קרופּניקן זיך צו באַקענען מיט אים. „אַ פֿאָלקס־מענטש... אַ גוטער לייענער... מײַנער אַ חסיד" – האָט ראַשקאָוואַן אים געלויבט. אין אַ טאָג נאָך דער רעפּעטיציע אין פֿילהאַרמאָניע, האָט דובֿ־בער זיך געלאָזט גיין אָפּזוכן דעם „באַהאַלטענעם ייִדישן לייענער". ער האָט געהייסן מענדל קילימניק און דאָס שטיבל זײַנס האָט זיך געפֿונען פֿאַרוואָרפֿן אין אַ הויף צווישן די ענגגעפּאַקטע שטיבלעך פֿון דער אַלטער שטאָט. ער איז געווען דער איינציקער אין דעם טיפּיש־קעשענעווער הייפֿל, וואָס איז אין דער צײַט, אין מיטן טאָג, געזעסן אויף אַ טאַבורעטל בײַ דער שוועל פֿון זײַן טיר. דערזען דובֿ־בערן, האָט דער אַלטער אים צוגערופֿן מיט דער האַנט.

– איר זוכט עמעצן? איך קען דאָ יעדן איינעם... – האָט ער געזאָגט אויף רוסיש.

פֿון זײַן אויסזען און זײַן רוסיש איז נישט שווער געווען צו פֿאַרשטיין „פֿון וואַנען ס'קומט אַ ייִד". האָט אים דובֿ־בער געענטפֿערט אויף ייִדיש. ערשט איצט האָט דער אַלטער, צושטעלנדיק די דלאָניע צום שטערן קעגן דער זון, אונטערגעהויבן דעם קאָפּ און אָפּגעשאַצט דעם אומדערוואַרטן גאַסט מיט איין קוק.

– צו וואָס זשע דאַרפֿט איר אים האָבן, דעם חבֿר קילימניק? – האָט ער שוין געפֿרעגט אויף ייִדיש, באַטאָנענדיק דאָס וואָרט „חבֿר", און זיך אָפּגעשטעלט מיטן בליק אויפֿן פֿידלפֿוטלאַר, פֿאַרקוועטשט אונטערן אָרעם. – איר שפּילט פֿידל?

– יאָ, כ'בין אַ פֿידלער, – האָט דובֿ־בער אײַליק געענטפֿערט און צוגעגעבן: – כ'ווייס נישט פּינקטלעך דעם נומער פֿון זײַן דירה...

– איר דאַרפֿט נישט דעם נומער, – האָט זיך שוין געהערט אין זײַן קול אַ צוטרוילעכער סימן, – איר האָט אים שוין געפֿונען...

חבֿר קילימניק, ווי ער האָט געבעטן מע זאָל אים רופֿן, האָט זיך שווער אויפֿגעהויבן און מיט דער האַנט אַ רוף געטאָן דעם גאַסט אַרײַנגיין אין שטוב.

– מיט רחמיאל ראַשקאָוואַן זײַנען מיר באַקאַנט נאָך פֿון פֿאַר דער מלחמה... אַ גוטער שרײַבער. – ער האָט אַ טײַט געטאָן מיטן פֿינגער אינעם ווינקל, וווּ ס'איז געשטאַנען די עטאַזשערקע מיט ביכער. – כ'האָב אַלע ביכער זײַנע סײַ אויף ייִדיש און סײַ אויף רוסיש. – ער האָט זיך צוגעטוליעט צום גאַסט און שטילער, ווי דער מחבר פֿון די ביכער וואָלט עס געקאָנט דערהערן, געזאָגט: – אויף רוסיש האָבן זיי קיין שום טעם נישט.

ווי עס טרעפֿט זיך נישט זעלטן מיט אַזעלכע לײַט, האָט דער אַלטער אויסגעלאָזט צו דעם פֿידלער, נעבעך, אַלע זײַנע זיבן מאָס רייד. ביז ס'איז געקומען צו דער זאַך, וואָס האָט אייגנטלעך געבראַכט דובֿ־בערן צו דעם באַריידעוודיקן ייִד, האָט ער שוין געוווּסט, אַז ער, חבֿר קילימניק, איז אַן אַלטער בעסאַראַבער אונטערערדלער, געזעסן אין „דאָפּטאַנאַ" און, אַז ווען ס'האָט זיך אָנגעהויבן דער בירגערקריג אין שפּאַניע, איז ער געווען צווישן דער ערשטער גרופּע קעמפֿער, וואָס האָבן זיך אַהין אומלעגאַל אַריבערגעפֿעקלט. ווי אַ באַשטעטיקונג דערצו, האָט חבֿר קילימניק אַרויסגעשטעלט די רעכטע האַנט מיט אַ פֿאַרקוועטשטער פֿויסט און אויסגעשריִען: „נאָ פּאַסאַראַן!".

– רחמיאל ראַשקאָוואַן, – האָט זײַן קול זיך נאָך מער אָנגעגאָסן מיט שטאָלץ, – האָט וועגן מיר אָנגעשריבן אַ גאַנצע דערציילונג. זי הייסט טאַקע אַזוי, „חבֿר קילימניק"!

דובֿ־בער האָט דערפֿילט, אַז דער פֿאַסיקער מאָמענט איז געקומען:

– איז אפֿשר... – האָט ער, אונטערכאַפּנדיק דעם דערהויבענעם מאָמענט פֿון קילימניקס דערמאָנונגען, צוגעגעבן מיטן זעלבן טאָן: – אפֿשר וואָלט איר מיר געקאָנט פֿאַרקויפֿן עטלעכע פֿון אײַערע ייִדישע ביכער?!

אַרויסגעקומען איז אָבער פּונקט פֿאַרקערט; דער אַלטער איז ווי צעווייכט געוואָרן, זיך אויסגעדרייט מיט דער פּלייצע צום גאַסט און פֿון דאָרט, ווי פֿון אַן אַנדער זײַט וואַנט, האָט זיך דערהערט:

– איר האָט מסתּמא זיך צונויפֿגערעדט מיט מײַן זון... ער טענהט צו מיר אויך, כ'זאָל פּטור ווערן פֿון דער עטאַזשערקע מיט ביכער, ווײַל ער האָט נישט ווו צו שטעלן דעם טעלעוויזאָר...

רבֿקה קוביק איז געשטאָרבן עטלעכע יאָר נאָך דעם, ווי די ייִדיש־גרופּע האָט פֿאַרענדיקט דעם קורס. דובֿ־בער האָט זיך צוריק אומגע־קערט קיין קעשענעוו, ווו ער האָט ממשיך געווען זײַן אַרבעט ווי אַ פֿידלער. די ביטערע בשׂורה וועגן רבֿקה קוביקס טויט האָט אים גע־בראַכט אויפֿן טעלעפֿאָן ראַשקאָוואַן. ער האָט שווער אַ זיפֿץ געטאָן און ווי אונטערגעצויגן צו זײַנע געדאַנקען אַ סך־הכּל: „זי האָט זייער טיף אָפּגעשאַצט בערגעלסאָנען..." – און מיטאַמאָל האָט קרופּניק זי דערזען שטיין פֿאַר די אויגן, ווי דעמאָלט אויף איר ערשטער לעקציע וועגן פּרצן; און ער האָט אַ טראַכט געטאָן: „זי האָט טאַקע אויסגעזען ווי בערגעלסאָנס מירעלע, ווען איה, מירעלען, וואָלט באַשערט געווען צו דערלעבן צו רבֿקה קוביקס עלטער..."

דער לערער פֿון ייִדיש האָט געהייסן כאַסקל זײַען, הגם אויסגעזען האָט ער ווי אַ לאַנגער „למד". אַ ייִד שוין אין זײַנע אַכציקער, איז ער תּמיד געגאַנגען אַקוראַט אָנגעטאָן אין אַ שטרענגן אָנצוג „טרויקע", דאָס הייסט, מיט אַ זשילעטל און אַ שניפּס. ווי קומט ער צו די קורסן האָט זײַען אַליין דערציילט גלײַך בײַ דער ערשטער טרעפֿונג מיט זײַנע תּלמידים. זײַן טאָכטער, אַ באַקאַנטע האַרץ־דאָקטערשע אינעם שפּיטאָל בײַם ליטעראַטור־פֿאָנד, קאָנסולטירט פֿון צײַט צו צײַט אַהרן ליסן. האָט דער רעדאַקטאָר זיך באַרימט פֿאַר איר, אַז סוף־כּל־סוף האָט ער זיך דערשלאָגן „אין די גרעסטע אינסטאַנצן" מע זאָל שאַפֿן בײַ די העכסטע ליטעראַטור־קורסן אַ ייִדיש־גרופּע. איין קלייניקייט, ס'איז ממש

אַן אויסכאַפּעניש אין מאָסקווע אויף אַ לערער פֿון ייִדיש. האָט זײַן טאָכטער, די דאָקטאָרשע, גלײַך געזאָגט דעם רעדאַקטאָר, אַז איר טאַטע איז פֿאַר דער מלחמה געווען אַ דירעקטאָר פֿון אַ ייִדישער שול אין ווײַסרוסלאַנד. אמת, שפּעטער האָט ער ביז זײַן פּענסיאָנירן געאַרבעט ווי אַ פֿאַרוואַלטער פֿון אַ ביכער־קראָם...

– אַוודאי, וואָלט פֿאַר אײַך בעסער געווען, – האָט זײַען זיך ווי פֿאַרענטפֿערט, – ווען די שפּראַך וואָלט אײַך אונטערגעריכט דער דאָ־צענט פֿון טיראַספּאָל...

דובֿ־בער האָט דעם „דאָצענט פֿון טיראַספּאָל", שמעון סאַנדלער, גוט געקענט. זײַנע ייִדיש־לימודים האָבן זיך רעגולער געדרוקט אינעם זשורנאַל, און קרופּניק האָט פֿון זיי געוואָסן. נאָך מער, פֿון קעשענעוו ביז טיראַספּאָל איז אַ קאַצן־שפּרונג, פֿלעגט זיך נישט איין מאָל טרעפֿן, אַז דובֿ־בער האָט זיך אין אַ זונטיק אַהין אַרײַנגעכאַפּט פֿאַר אַ קאָנסולטאַציע מיט זײַן „מלמד". זיי האָבן זיך באַפֿרײַנדעט משפּחהשאַפֿטלעך און אויך, ווי מיט זײַן „רבי", רחמיאל ראַשקאָוואַן, פֿלעגן זיך פֿאַרמאַכן אין אַ צווייטן צימער, אָפּגעטיילט פֿון די ווײַבער, און ערשט דעמאָלט איז געקומען די אמתע לעקציע, וואָס דער ייִדישער זשורנאַל וואָלט זיכער קיין מאָל נישט געדרוקט.

שמעון סאַנדלער האָט פֿאַר דער מלחמה געוווינט אין ווילנע, נאָך אין זײַנע יונגע יאָרן, פֿאַרכאַפּט מיט באַראָכאָוס אידעען פֿון פּועלי־ציון, איז ער אַוועקגעפֿאָרן קיין פּאַלעסטינע. שוין דאָרט איז ער געוואָרן אַ פֿאָלנער קאָמוניסט, וואָס די ענגלישע מאַנדאַט־רעגירונג האָט עס נישט דערלויבט און אים אַרעסטירט. נאָך אַ קורצער צײַט זיצן אין תּפֿיסה איז שמעון סאַנדלער אַרויסגעשיקט געוואָרן פֿון לאַנד, אָבער שוין נישט צוריק אין ווילנע, נאָר אין ראַטן־פֿאַרבאַנד, צו בויען אַ ליכטיקן מאָרגן, ווי ער האָט געטרוימט. ווי עס האָט זיך גיך אַרויסגעוויזן, האָט מען דאָרט זיך נישט גענייטיקט אין צוגעקומענע קאָמוניסטן. צוריק גערעדט, איז רוסלאַנד גרויס, האָט זיך געפֿונען אַן אָרט אויך פֿאַרן פּאַלעסטינער ייִדישן קאָמוניסט – אין דער ווײַטער אודמורטיע, וווּ ער האָט געזאָלט אָפּקילן זײַן ברען און היץ. דאָרט האָט ער זיך באַקענט מיט זײַן קומעדיקער פֿרוי, אויך פֿון די אַרויסגעשיקטע, אַ פֿרוי פֿון אַ דערשאָסענעם „שׂונא פֿון פֿאָלק". אין אודמורטיע איז ער געוואָרן אַ לערער פֿון דײַטש, געמאַכט אַ דאָקטאָראַט און, ווען ס'איז דערמעגלעכט געוואָרן, זיך אַריבערגעצויגן מיט דער משפּחה קיין טיראַספּאָל, וווּ

ער האָט פֿאַרוואַלט מיט דער קאַטעדרע פֿון אויסלענדישע שפּראַכן. שמעון סאַנדלער איז געבליבן טרײַ דער אידעאָלאָגיע פֿון זײַן יוגנט, אונטערגעהאַלטן די פֿרײַנדשאַפֿט מיט זײַן יוגנט־חבֿר מאיר ווילנער, דעם ישׂראלדיקן קאָמוניסטישן פֿירער, און אַפֿילו געשיקט געוואָרן קיין ישׂראל אין באַשטאַנד פֿון אַ דעלעגאַציע סאָוועטישע ייִדן צום פֿײַערן דעם נצחון־טאָג איבער די נאַציס.

ער האָט ליב געהאַט צו לייענען אויף אויסנווייניק משה קולבאַקס לידער. געטאָן עס מיט אַזאַרט, מיט אַ יוגנטלעכן פֿלאַם, און אין די מינוטן פֿון באַזונדערער אָפֿנהאַרציקייט געלייענט פֿאַר דובֿ־בערן זײַנע אייגענע לידער, וואָס ער האָט קיין מאָל נישט אָפּגעדרוקט. ער איז באמת געווען אַ לערער פֿון גאָט, און שפּעטער, ווען מ'האָט אים פֿאָרגעלייגט צו דרוקן זײַנע ייִדישע לימודים אין „סאָוועטיש געזעמלאַנד", זיך אָפּגעגעבן דערמיט מיט לײַב־און־נפֿש...

דעם ייִדיש־לערער כּאַסקל זײַן איז געווען נישט לײַכט, קודם־כּל, ווײַל אין זײַן פֿריִערדיקער פּעדאַגאָגישער דערפֿאַרונג איז אים נישט אויסגעקומען לערנען מיט דערוואַקסענע, דערצו נאָך, אַז אַלע פֿינעף צוהערער זײַנען געווען פֿון פֿאַרשיידענע שפּראַך־מדרגות. בראָנסקי האָט בכלל די שפּראַך נישט געקענט ניט בעל־פּה און ניט בכתבֿ; בערלינסקי האָט גערעדט און פֿאַרשטאַנען ייִדיש פֿון דער היים, אָבער נישט געמאַכט קיין אונטערשייד צווישן „אַלף" און „בית". טשאָרני האָט זיך אין די ייִדיש־לימודים נישט געניטיקט בכלל און בפֿרט אין דעם „העברעיִשן עלעמענט", וואָס דער לערער האָט געהאַט אין זינען צו דערקלערן אין עטלעכע באַזונדערע לימודים. וואָס יאָ, דער אויסשפּראַך איז בײַ מאָטלען געווען אַ האַרטער; די ווערטער זײַנען אָפּגעשפּרונגען פֿון דער צונג, ווי שפּענער בײַם האַקן האָלץ. דובֿ־בער האָט קיין שוועריקייטן מיטן רעדן נישט געהאַט; דעם בעסאַראַבער ייִדיש האָט ער געבראַכט פֿון דער היים. מעגלעך, אַז זײַן מוזיקאַלישער געהער האָט אים אין דעם צוגעשפּילט, באַזונדערס שפּעטער. אַז ס'האָט אים בײַם שרײַבן אויסגעפֿעלט אַ פּאַסיק וואָרט אָדער אַן אויסדרוק, פֿלעגט ער פֿאַרטײַען דעם אָטעם, אָנשטעלן דעם „דריטן אויער אין זיך", אײַנהערנדיק זיך אין אַ פֿינצטערער און ליידיקער כּלי, וואָס זײַן דמיון האָט אויסגעמאָלט. אין געציילטע רגעס פֿלעגט פֿון אָט דער כּלי, זיך דערהערן דער פּינקטלעכסטער טאָן – זײַן באָבעס קול... וואָס שייך משה פּען, וואָלט ער אַליין געקאָנט שטיין בײַם טאָוול און דערלאַנגען דער ייִדיש־גרופּע אַ לימוד ייִדיש.

כאַסקל זײַען האָט מיט זײַן באַװײַזן זיך אויף די ליטעראַטור־קורסן אַרײַנגעבראַכט אַ באַזונדערע אַטמאָספֿער פֿון אַ קינסטלערישער געשטאַלט, אַ דאָקטער אָדער אינזשעניר, אַריבערגעטראָגן פֿון אַמאָ־ליקן יעהופּעץ אין צענטער פֿון הײַנטיקער מאָסקווע. ער פֿלעגט זיך אַרײַנשטעלן אינעם געראַמען פֿאָרצימער פֿונעם פֿליגל, אָנגעטאָן אין אַן אַלטמאָדישן, אָבער עלעגאַנטן װינטערדיקן מאַנטל מיט אַ פֿוטערנעם קאָלנער, אויפֿן קאָפּ – אַ מיצל; אין איין האַנט האָט ער געהאַלטן אַ מאָגערן ברוינעם לעדערנער טאַש, און אין דער אַנדערער – אַ שטעקן. די צוהערער, וואָס האָבן זיך דאָרט געדרייט בשעתן איבעררײַס, פֿלעגן ווערן עדות פֿון אַ זעלטענער סצענע: דעם פּראָרעקטאָרס סעקרעטאַרשע, אַ שיינע רוסישע פֿרוי פֿון אַן אָפּגעזונגענעם עלטער, נאָר מיט נאָך נישט קיין אָפּגעבליטן ווײַבערשן ביוסט, האָט באַגלייט דעם אַלטיטשקן צו זײַן אודיטאָריע. זי איז נישט מסוגל געווען ריכטיק אַרויסצורעדן זײַן נאָמען און פֿאָטערנומען – „כאַסקל מייעראָוויטש", און ער, נעבעך, האָט צעבראָכן זיך די ציין, באַמיִענדיק זיך ריכטיק אַרויסזאָגן איר נאָמען און פֿאָטערנומען – „סטעפּאַנידאַ וואַלעריאַנאָוונאַ"...

צומאָל, ווען קיין מאָסקווע האָט זיך אַרײַנגעכאַפּט אַ ייִדישער שרײַבער, פֿלעגט אים ליס שיקן זיך צו טרעפֿן מיט דער „ייִדיש־גרופּע". אַזאַ טרעפֿונג וואָלט בפֿירוש גלײַכער געווען דורכפֿירן אין די ווענט פֿון דער רעדאַקציע, ווו עס פֿלעגן פֿאָרקומען די לעקציעס מיט ליסן, בערגערן און פֿיגלערן. אָבער ליס האָט עס געזען אַנדערש; דער באַזוך פֿון אַ ייִדישן שרײַבער די עבט־אוניקאַלע לערן־אינסטיטוציע, וואָלט בלי־ספֿק דערהויבן דעם שרײַבער אין זײַנע אייגענע אויגן. ער, ליס, האָט עס זיי פֿאַרגונען.

בדרך־כּלל איז אַזאַ באַגעגעניש פֿאָרגעקומען אויפֿן חשבון פֿון זײַענס לימודים. כאַסקל מאיראָוויטש פֿלעגט עס אויפֿנעמען מיט פֿרייד און שטאָלץ. ער לייענט דאָך דעם זשורנאַל פֿון אַלף ביז תּוו און קען די ווערק פֿון יעדן מחבר. שוין אָפּגערעדט, אַז בשעתּו, ווי אַ פֿאַרוואַלטער פֿון אַ ביכער־קראָם איז נישט געווען קיין פֿאַל – ער וואָלט עס פּשוט נישט דערלאָזט, – אַז אַ ייִדיש בוך זאָל דערשײַנען און „זײַן קראָם" זאָל עס נישט געווען באַקומען צום פֿאַרקויף. ער האָט אַפֿילו געהאַט אַ רשימה פֿון קונים, בעלנים צו קויפֿן אַ נײַ בוך פֿון אַ ייִדישן שרײַבער אויף ייִדיש אָדער איבערגעזעצט אויף רוסיש.

אַוודאי, האָט זײַען פֿון פֿריִער געוווּסט, אַז אויף זײַן לימוד ווערט קומען אַ גאַסט; ער וואָלט אַפֿילו געקאָנט אין דעם טאָג נישט פֿאָרן אין אינסטיטוט פֿון אַנדערן עק שטאָט, באַזונדערס ווינטער־צײַט. נישט כאַסקל זײַען! ער האָט עס געהאַלטן פֿאַר אַ גרויסן כּבֿוד פֿאַרצושטעלן דעם גאַסט און דערנאָך זיך שטילערהייט צוזעצן ערגעץ הינטער די פּלייצעס פֿון זײַנע תּלמידים און שלינגען יעדעס וואָרט.

אין יענעם ווינטערדיקן טאָג איז כאַסקל זײַען אַרײַנגעגאַנגען אין אווידיטאָריע מיטן גאַסט פֿון קיִעוו.

– איך האָב דעם זכות אײַך פֿאָרשטעלן, – האָט זײַענס קול דין וויברירט אין דער שטילקייט, – אונדזער גרעסטן ראָמאַניסט הירש פּאָליאַקאָוו...

וועגן פּאָליאַקאָוון, ווי אויך וועגן אַנדערע ייִדישע שרײַבערס, האָט דובֿ־בער געהערט נישט איין מאָל פֿון ראַשקאָוואַנען. רחמיאל האָט אין זײַן וויזיע אויפֿגעשטעלט אַ מין „שרײַבערישן לייטער", פֿאַרשטייט זיך, נישט אַזאַ הויכן, ווי דער אויסגעחלומטער לייטער פֿון יעקבֿ אָבֿינו, אָבער פֿאָרט אַ לייטער, ווו יעדער פֿון זײַנע לעבעדיקע פען־ברידער האָט פֿאַרנומען זײַן שטאַפּל. ווער ס'האָט אויף דעם שקאַלע־לייטער פֿאַרכאַפּט דעם אויבנאָן, האָט רחמיאל אויף אַ קול קיין מאָל נישט אַרויסגעבראַכט; הירש פּאָליאַקאָוו האָט געזאָלט שטיין ערגעץ אין מיטן, צווישן די פּראָזע־שרײַבערס שמואל דאָגנאַר און טבֿיה טאַץ.

הירש פּאָליאַקאָוו האָט באַטראַכט דעם שיטערן עולם מיט אַ פֿאַרקילטן שמייכל אויף זײַן אָפּענעם קײַלעכדיקן פּנים. פֿאַרהאַלטן אַ רגע דעם בליק אויף מאָטל טשאָרני, האָט דער גאַסט זיך אָנגערופֿן:

– ס'איז אַ מחיה צו זען פֿאַר זיך יונגע ייִדישע ליטעראַטן...

משה פען האָט זיך מיטאַמאָל פֿאַררייטלט, אײַנגראָבנדיק זיך מיטן פּנים אין זײַן דיקער העפֿט, גרייט צו קלײַבן יעדעס פּערל. בשעת־מעשׂה האָט דער שרײַבער גערעדט ווײַטער:

– דעם אמת געזאָגט, ווייס איך נישט, וואָס איר דערוואַרט פֿון מיר הערן. יעדנפֿאַלס, איז בעסער צו הערן אַ רעדע אָן אַן אָנהייב אייִדער אָן אַ סוף... איז לאָמיר זיך באַקענען: איר האָט עפּעס געלייענט פֿון מײַנע ביכער?

– איך – ניין! – האָט בערלינסקי הויך און קורץ אַ זאָג געטאָן, – מײַן טאַטן, ווייס איך, געפֿעלט זייער, וואָס איר שרײַבט.

– ווער זשע איז אײַער טאַטע, זאָל ער זײַן געזונט?

– אַ פּשוטער, נאָר אַ גוטער שנײַדער.

– אָ, מײַן טאַטע, עליו־השלום, איז אויך געווען אַ שנײַדער אין אומאַן. ער איז דערצו נאָך געווען אַ קלוגער ייִד. האָט ער געטראַכט בײַ זיך: איין שנײַדער אין דער משפּחה איז שוין איבער גענוג, האָט ער מיך געשיקט קיין קיִעוו אין אַ פֿאַכשול כ'זאָל זיך אויסלערנען אויף אַ שוסטער. איך בין, אַפּנים, אויך געווען נישט קיין נאַר און זיך גענומען צו שרײַבערײַ. כ'האָב מײַן טײַערן טאַטן אָנגעשריבן: טאַטע, שיק געלט!

אַלע האָבן זיך צעלאַכט. בראַנסקי, וואָס האָט קיין ייִדיש וואָרט נישט פֿאַרשטאַנען, איז געזעסן און געצייכנט עפּעס אין אַ העפֿט, ווי ער טוט עס כּסדר אויף די ייִדיש־לעקציעס. דערצו איז ער נאָך געווען טויבלעך אויף אַן אויער; דערהערט, אַז מע לאַכט, האָט ער זיך אָנגעבויגן צו זײַן חבֿר, צושטעלנדיק דעם הערנדיקן אויער, אַז יענער זאָל אים איבערזעצן. דערזען דעם גאַסטס צעמישטקייט, האָט בערלינסקי עס דערקלערט:

– מיר זײַנען ביידע איבערזעצערס, זעצן מיר איבער איינער דעם אַנדערן...

פֿאָליאַקאָוו האָט די דערקלערונג נישט אין גאַנצן פֿאַרשטאַנען און פֿאַרטײַטשט זי אויף זײַן אופֿן:

– מילא אַן איבערזעצער... אַן עכטער שרײַבער איז יענער, וואָס קאָן אין אַ פּשוטן שטעקן דערזען אַ גאַנצן וואַלד.

אין דער רעדאַקציע און צווישן די ייִדישע שרײַבערס האָט מען געהאַלטן, אַז פֿאָליאַקאָוו ווײַזט כּסדר אַרויס זײַן אומאָפּהענגיקייט פֿון ליסן. ער האָט דעם „געלן ליס" געקאָנט אָפּענטפֿערן און יענער, כּדי נישט צו פֿאַרפֿירן זיך מיט אים, פֿלעגט אָפּקומען מיט אַ וויץ:

– איר, אוקראַיִנער, דאַרפֿט זאָגן אַ דאַנק כרושטשאָוון, וואָס ער האָט אײַך געשענקט קרים...

פֿאָליאַקאָוו איז נאָך אַן ענטפֿער אין בוזעם נישט געקראָכן:

– און איר, רוסישע שרײַבערס, דאַרפֿט אונדז באַדאַנקען, וואָס מע לאָזט אײַך מאַכן שבת אין קאָקטעבעל...

ס'האָט אין דעם „קאָקטעבעל" געזאָלט שטעקן אַ שטאָך, ווײַל דאָרט האָט זיך געפֿונען דאָס באַקאַנטע שרײַבער־הויז אין קרים, ווו ליס האָט ליב געהאַט צו פֿאָרן זיך אָפּרוען.

פֿאָליאַקאָוו איז געווען עלטער פֿון ליסן און נאָך פֿאַר דער מלחמה איז זײַן נאָמען געווען באַקאַנט. ער האָט רעדאַגירט דעם זשורנאַל „סאָוועטישע ליטעראַטור" און נאָך דער מלחמה – דעם אַלמאַנאַך פֿון

ייִדישע שרײַבערס אין אוקראַיִנע „שטערן". אין „די גוטע יאָרן" האָט פּאָליאַקאָוו זיך ביז זאַט אָנגעגעסן מיטן לאַגער־שטויב אויפֿן ווײַטן צפֿון; בעת דער קורצער „אַדליגע־צײַט", ווען ס'האָבן אָנגעהויבן אַרומגיין קלאַנגען וועגן אַרויסלאָזן אַ ייִדישן זשורנאַל אין מאָסקווע, איז צווישן די קאַנדידאַטן, געשטעלט צו ווערן אין שפּיץ פֿון דער אויסגאַבע, געווען אויך הירש פּאָליאַקאָווס נאָמען.

ליס האָט געדאַרפֿט פּאָליאַקאָוון האָבן אויך ווי אַ דעה־זאָגער צווישן די אוקראַיִנישע שרײַבערס בכלל און די פֿונקציאָנערן פֿון ליטע־ראַטור בפֿרט. צווישן זיי איז פּאָליאַקאָוו געווען אַ „נאַשבראַט". ס'רובֿ לייענער פֿון „סאָוועטיש געזעמלאַנד" האָבן געוווינט אין אוקראַיִנע און די ייִדן פֿון פּאָליאַקאָווס ראָמאַנען – שײַע ספּיוואַק, אָדער מאַקס קרייסלער, אָדער שואל דער זופּנמאַכער, אָדער יצחק סאַנטאָס און אַ סך אַנדערע פּאָלקס־טיפּן, זײַנען דאָך אויסגעשטאַנען די זעלבע נסיונות, וואָס די ייִדישע לייענערשאַפֿט אין אוקראַיִנע. מיט זיי, מיט די ייִדיש לייענער, פֿלעגן זיך צײַטנווײַז טרעפֿן אויף די ליטעראַרישע אָוונטן, אָרגאַניזירט פֿונעם אוקראַיִנישן שרײַבער־פֿאַראיין, די מחברים פֿון „סאָ־וועטיש געזעמלאַנד". פֿאַרשטייט זיך, אַז פּאָליאַקאָוו פֿלעגט צום אָר־גאַניזירן אַזאַ אונטערנעמונג צולייגן אַ האַנט.

רחמיאל ראַשקאָוואַן האָט נישט זייער געהאַלטן פֿון „פּאָליאַקאָווס שרײַבן", הגם אים שטיל מקנא געווען: „ער האַקט מיט ראָמאַנען... אין אַ קליינער מיניאַטור קאָן מען זאָגן מער ווי אין אַ גרויסן ראָמאַן!.."

משה פּען האָט ווי אַ פֿלײַסיקער שילער אויפֿגעהויבן די האַנט.

– איך האָב געלייענט צוויי אײַערע ראָמאַנען, – האָט ער שעמעוודיק געזאָגט, – „שמײַע גזלן" און „דער בעקער פֿון קאָלאָמיי"... – מיר דוכט, אַז אין אײַערע שאַפֿונגען פֿילט זיך זייער בולט די פֿאַרבינדונג מיט דער ליטעראַרישער טראַדיציע, דער עיקר, מיט שלום־עליכמס ווערק...

– גוט באַמערקט, מאָלאָדיעץ! מע דאַרף זיך לערנען בײַ שלום־עליכמען. ער האָט דאָך געזאָגט: „צוליב וואָס ראָמאַנען, אַז דאָס לעבן אַליין איז אַ ראָמאַן!" איך האַלט, אַז אונדזער פֿאָלק האָט זיך גענוג אָנגעפּלאָגט אין לעבן, דעריבער דאַרף אַ שרײַבער אין זינען האָבן אין זײַנע ווערק צו מאַכן עס פֿרייליכער...

– לאַכן איז געזונט... – האָט זײַן פּלוצעם אַרויסגעוויזן קול.

– אמת... – האָט אונטערגעכאַפּט פּאָליאַקאָוו, – הומאָר, ווי ס'האָט אָנגעשריבן וועגן מיר איינער אַ ייִדישער קריטיקער, איז די גרונט־

אייגנשאַפֿט פֿון מײַן שאַפֿן. פֿון מײַן פּסיכאָלאָגיע... אין הומאָר אַנטפּלעקט זיך מער פֿון אַלץ מײַן סטיל און מײַן דערציילערישער אופֿן...

– איך האָב דערווײַל אײַערע ווערק נישט געלייענט, – האָט מאָטל טשאָרני איבערגעשלאָגן דעם גאַסט, – דערפֿאַר פֿרעג איך: איר ווייסט אַוודאי גוט, אַז די אוקראַיִנער האָבן זיך אַקטיוו באַטייליקט אינעם פֿאַרניכטן זייערע ייִדישע שכנים...

– איך פֿאַרשטיי, יונגער־מאַן, זייער גוט וואָס איר ווילט פֿרעגן,
– האָט פּאָליאַקאָוו אָפּגעשטעלט דעם טעמפּעראַמענטפֿולן צוהערער,
– איר זײַט גענוג קלוג כּ'זאָל עס אײַך דאַרפֿן צעקײַען... מיר, די ייִדישע שרײַבערס, זײַנען די איינציקע, וואָס דערציילן וועגן דעם גיהנום, וואָס אונדזער פֿאָלק האָט דורכגעמאַכט אין די געטאָס און לאַגערן, וועגן דער גבֿורה פֿון ייִדישע סאָלדאַטן און פּאַרטיזאַנער... מיר דאַרפֿן אָבער אויך געדענקען און שרײַבן וועגן דער פֿרײַנדשאַפֿט פֿון אונדזערע אוקראַיִנישע שכנים, וואָס האָבן אײַנגעשטעלט זייער לעבן, כּדי צו ראַטעווען אַ ייִדיש קינד, אַ ייִדישע משפּחה...

אין דער אוידיטאָריע, וווּ ס'פֿלעגן פֿאָרקומען די אַלגעמיינע לעקציעס און סעמינאַרן, איז, פֿאַרשטייט זיך, יעדער צוהערער געזעסן דאָרט, וווּ ער האָט זיך אַליין אויסגעקליבן זײַן סידעלע. שוין נאָכן צווייטן אָדער דריטן טאָג פֿונעם באַזוכן די לימודים איז דאָס אָרט „פֿאַרפֿעסטיקט" געוואָרן פֿאַרן צוהערער. אַזאַ „אויסזעץ" איז, אַוודאי, פֿאָרגעקומען ספּאָנטאַן, אָן דעם, אַז עמעצער זאָל געווען דערמיט אָנפֿירן, אָנווײַזן אָדער אָפּגעבן אַ קאָמאַנדע. פֿון דעסטוועגן, האָט אין דער אינטויִטיווער ספּאָנטאַנישקייט געשטעקט אַ געוויסע געזעצמעסיקייט. קרופּניק האָט עס נישט באַלד באַמערקט; שוין שפּעטער, נאָך די צופֿעליקע קורצע שמועסן בעת די הפֿסקות און נאָך מער, נאָכן אָפּלעבן עטלעכע חדשים אויף איין גאָרן אין דער צוזאַמענוווינונג, בשעתן אָנטרעפֿן זיך אינעם לאַנגן טונקעלן קאָרידאָר פּנים־אל־פּנים און איבערוואָרפֿן זיך מיט עטלעכע שטייגערישע פֿראַגעס און ענטפֿערס, אָדער אין קיך – איינע פֿאַר אַלע־מען – בײַם פּרעגלען קאַרטאָפֿל, פֿאַרפּראַוועט מיט אייער, און נאָך – פֿון די שיכּורע געשרייען און קריגערײַען, וואָס פֿלעגן זיך הערן ביז שפּעט אין דער נאַכט אַרײַן, באַזונדערס אָפֿט אין די ערשטע עטלעכע טעג נאָכן באַקומען די סטיפּענדיע... פֿון אָט די אַלע טאָג־טעגלעכע פּרטים און שטייגערישע פּיטשעווקעס האָט זיך אויסגעפֿורעמט דער אַלגעמיינער פּאָרטרעט פֿון דעם קורס.

די ווין־צימערן זײַנען בײַ אַלע צוהערער געווען פֿון איין סטאַנ־דאַרט, מיטן זעלבן מעבל, סײַדן יעדער האָט געקאָנט עפּעס צוקויפֿן און צוגעבן אָדער עס צופּוצן לויט זײַן געשמאַק און אויפֿן אייגענעם חשבון. אין דער אודיטאָריע זײַנען אויך די טישן און בענקלעך געווען די זעלבע פֿאַר יעדן צוהערער. איין קליינקייט – די מאַפּע פֿון די נאַציאָנאַלע שרײַבער־פֿאַראיינען איז כּמעט צונויפֿגעפֿאַלן מיט דער מאַפּע פֿון סאָוועטן־פֿאַרבאַנד. אַנדערש געזאָגט: בײַ די פֿאָדערשטע טישן האָבן זיך אויסגעזעצט די שרײַבערס, פֿאָרשטייער פֿון די גרעסערע רעפּובליקן: רוסלאַנד, אוקראַיִנע, ווײַסרוסלאַנד און קאַזאַכסטאַן; אין אַ זײַט פֿון זיי, ווי אָפּגעטיילט זיך, איז געזעסן דער פּראָזאַיִקער, געקומען פֿון עסטלאַנד און דער דיכטער – פֿון לעטלאַנד, דאָ און דאָרט, צע־וואָרפֿן איבערן קלאַס – אַ דראַמאַטורג פֿון טאַטאַריע, פּאָעטן פֿון אודמורטיע, אַרמעניע און אָסעטיע, די איינציקע פֿרוי אַ פּראָזע־שרײַ־בערין פֿון מאָלדאַוויע, און שוין בײַ דער סאַמע הינטערשטער וואַנט ווײַט, ווי בירָאָבידזשאַן פֿון מאָסקווע, האָט געפֿונען איר סידעלע דער „פֿינפֿלינג" פֿון דער ייִדיש־גרופּע; לעבן זיי, ווי זיך צו זיי צוגעשאַרט – דער פּאָעט, געשיקט פֿון דער ברודערלעכער מאָנגאָליע. יאָ, אויבנאָן, ווי עס פּאַסט פֿאַר אַן עכטן רעדלפֿירער פֿון דער ליטעראַרישער בראַנזשע, האָט פֿאַרנומען זײַן בכּבֿודיק אָרט דער גרוזינישער פּאָעט מיטן נאָמען וואַזשאַ יעווגעניעוויטש ד־יאַ. אַוודאי, האָט אין דעם קיין שום בייזער שׂכל נישט געשטעקט און פֿאָרט האָט עס אָפּגעשפּיגלט די אַזוי גערופֿענע „ראַנג־טאַבעלע" אין דער סאָוועטישער געזעלשאַפֿט, וואָס האָט זיך אויסגעאַרבעט במשך פֿון די זיבעציק יאָר סאָוועטן־מאַכט און שוין געוואָרן אַ מידה בײַם פֿאָלק.

קיין באַזונדערן אויפֿמערק האָט בײַ די צוהערער די ייִדיש־גרופּע נישט צוגעצויגן, סײַדן בײַם אָנהייב, בעת אַן איבעררײַס צווישן די לעקציעס, ווען דובֿ־בער, מאָטל און משה פֿען פֿלעגן עפּעס הייס אַרומרעדן אויף ייִדיש, האָט עס געקאָנט עמעצן פֿאַרחידושן, ווי געמיינט צו זאָגן: ייִדן, לאָזט זיך אויס, האָבן אויך אַן אייגענע שפּראַך! עס פֿלעגט זיך טרעפֿן, אַז עמעצער איז צוגעקומען צום „ייִדיש־ווינקל" אָנזאָגן די גוטע בשׂורה, אַז אויף זײַן מאַמע־לשון האָט מען נישט לאַנג צוריק איבערגעזעצט שלום־עליכמס עטלעכע דערציילונגען. גאָר מאָדנע האָט אויסגעזען דער פֿאַל, ווען דער אוקראַיִנישער שרײַבער, שוין אַ מענטש אין די יאָרן, איז צוגעקומען צו דובֿ־בערן און אים שטילערהייט

פֿאַרטרויט, אַז דער ערשטער פֿאָרזיצער פֿונעם אוקראַיִנישן שרײַבער־פֿאַראיין איז געווען אַ ייִד, איוואַן קוליק.

אין דער צוזאַמענווינונג, ווו עס האָבן געווױנט פּען, בראָנסקי און קרופּניק איז צווישן זיי און אייניקע צוהערער אויפֿגעקומען, מעגלעך, אויך ספּאָנטאַן, נאָר מיט טיפֿע היסטאָרישע וואָרצלען, דער אַלטער מינהג, אַז עס פֿעלט געלט צו שיכּרות, לויפֿט מען עס באָרגן בײַם ייִד. בראָנסקי האָט צו דעם גלײַך געמאַכט אַ סוף, איז מען צו אים נישט געגאַנגען. צו פּען, צוליב זײַן עלטער און גראָווע האָר, האָט מען געפּילט אַ באַזונדערן אָפּשײַ. איז קרופּניק געפֿאַלן אַ קרבן; נישט איין מאָל איז אים אויסגעקומען אין סאַמע ברען פֿון די שיכּורע הוליאַנקעס, פּלוצעם זיך אויפֿכאַפּן פֿונעם לײַכטן קלאַפּ אין דער טיר און פֿון אַ קלאָגעדיק קולכל: „ברודערקע, זאָג ניט אָפּ... אַנטלײַ אַ צענערל... גאָט איז אַן עדות, כ׳וועל אומקערן...“

גראָד פֿאַר צען רובל, אַ טאָפּלטער פּרײַז פֿאַר אַ פֿלעשל בראָנפֿן אין קראָם, האָט מען געקאָנט אין מיטן דער נאַכט אָפּשטעלן אַ טאַקסי אויפֿן וועג און בײַם שאָפֿער קריגן דעם לעבנס־וויכטיקן פּראָדוקט צו שטילן דעם דורשט.

בערלינסקי און טשאָרני האָבן געוווינט מיט זייערע משפּחות אין פֿאַרשידענע שטעטלעך נישט ווײַט פֿון מאָסקווע. בערלינסקי אָבער האָט דורך ליסן אויסגעפּועלט מע זאָל אים אויסטיילן אַ צימער אין צוזאַמענווינונג, ער זאָל האָבן אַן אָרט, ווו צו אַרבעטן און זיך נישט שלעפּן יעדן טאָג אין די עלעקטריטשקעס אַהיים.

בײַ אייניקע לעקטאָרן האָט דער אויסטערלישער אויסנאַם, די ייִדיש־גרופּע, אַרויסגערופֿן אַ „פּאָזיטיווע פֿאַרוווּנדערונג“, ווי ס׳האָט עס אָנגערופֿן דער באַקאַנטער רוסישער ליטעראַטור־פֿאָרשער זינאָווי סאַמוילאָוויטש פּ־י. מ׳האָט אים אָפֿט געקאָנט זען און הערן אויף דער טעלעוויזיע, ווו ער פֿלעגט אויפֿטרעטן מיט זײַנע ליטעראַרישע פּאַראָדיעס אויף סאָוועטישע שרײַבערס; אָדער לייענען זײַנע הומאָריסטישע דער־ציילונגען אין דער פּרעסטיזשפֿולער צײַטונג „ליטעראַטורנאַיאַ גאַזעטאַ“ (ליטעראַרישע צײַטונג). צוליב זײַן שאַרפֿער צונג האָט ער גענוג געליטן. צום גליק, איז עס שוין געווען נאָך סטאַלינס צײַטן, אַנדערש וואָלט מען אים זיכער פֿאַרקוועטשט די גולקעס; און פֿאָרט האָט ער זײַן פֿאַרציע שרעק פֿאַרזוכט – מ׳האָט אים אויסגעשלאָסן פֿון דער פּאַרטיי, צוליב זײַן פּאַראָדיע־בוך אויף אַ סאָוועטישן שרײַבער־פֿונקציאָנער. דעמאָלט

האָט עס געקאָנט הייסן, אַז צו זײַן קאַריערע איז געקומען אַ סוף. אויף די העכסטע ליטעראַטור־קורסן איז זינאָווי פּ״י פֿאַרבעטן געוועזן צו פֿירן דעם סעמינאַר פֿון סאָוועטישער ליטעראַטור. ער האָט געהאַט אַ באַזונדערן נוסח פֿון אויסלייגן דעם מאַטעריאַל – פֿרײַ, ווי ס'וואָלט געווען נישט קיין אַקאַדעמישע לעקציע, נאָר אַ טרעפֿונג מיט אַלטע חבֿרים, וואָס עס איז געזנוג אַ רמז זיי זאָלן אים פֿאַרשטיין. ער האָט עס געטאָן ווי אָפּגעזונדערט פֿון דעם, וואָס ער דערציילט, גלײַך ווי קיין שום שײַכות וואָלט ער צו דער געשיכטע בכלל נישט געהאַט – אַ צופֿעליקער עדות, נישט מער. וועגן זיך אַליין האָט ער דערציילט, אַז פֿאַר זײַנע עטלעכע און זעכציק יאָר איז אים אויסגעקומען פֿאַרטראָגן צו ווערן דער רוח ווייסט וווּהין. איין מאָל האָט אים אַפֿילו פֿאַרטראָגן אין די רייען פֿון דער קאָמוניסטישער פּאַרטיי. אמת, מ'האָט דאָרט גיך אויסגעקלאָרט, ווער ער איז און אים פֿון דאָרט אַרויסגעטריבן – איין מאָל פֿאַר אַלע מאָל, ער זאָל אַהין מער ניט קריכן.

סוף סעמעסטער, ווי ס'איז אײַנגעפֿירט געווען אויף די קורסן, פֿלעגט דער פּראָפֿעסאָר זיך טרעפֿן מיט יעדן צוהערער. קיין עקזאַמען איז עס נישט געווען, שוין גיכער אַ מין קורצער שמועס אַרום זײַן סעמינאַר. בעת דער טרעפֿונג מיט זינאָווי פּ״י, האָט ער טאַקע געזאָגט די באַפֿליגלטע פֿראַזע: „איר זײַט פֿאַר מיר אַ פּאָזיטיווע פֿאַרוווּנדערונג!" צי האָט ער עס געמיינט איראָניש, צי ערנסט? ער האָט געוואָלט פֿאַרשטיין, וואָס האָט יעדן פֿון אונדזער גרופּע פּלוצעם געבראַכט צו ייִדיש... צום סוף, אַ צעווייקטער פֿון געפֿילן האָט ער שטיל געזאָגט:

– איך וויל אײַך עפּעס פֿאַרטרויען... וועגן דעם ווייסן אַפֿילו נישט מײַנע קינדער... אײַך איז אַוודאי באַקאַנט דער נאָמען נחמן מײַזיל... – ער האָט פֿאַרהאַלטן דעם אָטעם, ווי אַ פֿרומער ייִד פֿאַרן אַרויסברענגען – „אָמן", און געזאָגט: – נחמן מײַזיל איז מײַן לײַבלעכער פֿעטער...

דובֿ־בער האָט ליב געהאַט ווינטער־צײַט הערן אַ לעקציע און אַרויסקוקן דורכן פֿענצטער אויפֿן פֿאַרשנייטן „טווערסקוי בולוואַר". דורך די אַנטבלויזטע ביימער האָט זיך אָנגעזען דער מאָדערנער בנין פֿון „מכאַט" (מאָסקווער קינסטלערישער טעאַטער). נאָר אין מאָסקווע האָט געקאָנט געבוירן ווערן אַזאַ טעאַטער, מחמת מאָסקווע איז אין תּוך טעאַטראַליש. מאָסקווע איז שטענדיק אַרומגעשטעלט מיט דעקאָראַציעס, וואָס אַנטפּלעקן און באַהאַלטן אײנצײַטיק דאָס אמתע לעבן. אַזוי איז געווען פֿון קדמונים אָן, זינט ס'איז אויפֿגעשטעלט געוואָרן די גרעסטע

דעקאָראַציע – דער מאָסקווער קרעמל. עס האָבן זיך געביטן די קיסרים, דערנאָך די קאָמוניסטישע פּירערס און יעדער פֿון זיי האָט געהאַט זײַנע אייגענע טעאַטראַלע דעקאָראַציעס, מע זאָל נישט קאָנען זען, וואָס עס טוט זיך הינטער זיי.

און אָט איצט נאָך עטלעכע און צוואַנציק יאָר, גייט קרופּניק ווי־דער מיט די זעלבע מאָסקווער גאַסן, אַרומגעשטעלט מיט נײַע דעקאָ־ראַציעס פֿון יעלצינס צײַט; אַ מין „קיטש" פֿון אונטערגייענדיקן נעכטן און דערווײַל נאָך אומבאַגרײַפֿלעכן שפּראָץ פֿונעם הײַנט. ס'האָט אויסגעזען, אַז נאָר דער המון בײַט זיך נישט; ווי פֿריִער, זײַנען די גאַסן פֿאַרפּלייצט מיט באַזאָרגטע פּנימער. איצט זוכן זיי נישט אַזוי קיין מציאות צו קויפֿן; זיי קוקן אַליין אַרויס אויף אַ קונה, וואָס זאָל בײַ זיי עפּעס קויפֿן. אויף שריט און טריט זײַנען אָנגעשטעלט קיאָסקן, געצעלטן, גרעסערע און קלענער האַנדלס־פּאַוויליאָנען, אַרומגעהאָנגען מיט ביליקע סחורות, אַרײַנגעבראַכט פֿון „וועלוועלע לענדער"; טישלעך, פֿאַרוואָרפֿן מיט הונדערטער פֿאַרשיידענע ביכער – נײַע אויסגאַבעס פֿון אַלטע פֿאַרגעסענע מחברים, און בוקיניסטישע מציאות אויף אַלע טעמעס; רעליגיעזע בראָשורן, מיסטישע און נבֿיאישע מאַכאַרײַקעס, וואָס ווערן באַלד צעכאַפּט, ווײַל דער הײַנט איז אַזוי וואַקלדיק און פֿאַרטונקלט, אַז ס'וויל זיך שוין גיכער וויסן, וואָס דער מאָרגן וועט ברענגען...

עס האָבן זיך געוואָרפֿן אין די אויגן די ריזיקע שילדן, אַ מין נאָכמאַכעניש די מערבֿדיקע רעקלאַמעס: **PIZZA HUT, McDonald's, BASKIN ROBBINS ICE CREAM** – און אונטער זיי ציִען זיך רייען נײַגעריקע צו פֿאַרזוכן, נעבעך, פֿון דעם אַמאָל פֿאַרווערטן קאַפּיטאַליסטישן מאכל... און אָט איז עפּעס אַן נײַער אומבאַקאַנטער סימן פֿון צײַט, וואָס קלינגט ווי אַ בהמישע מעקעניש – **MMM**; און אַן אומצופֿרידענער המון פֿון אָנגעכמורעטע בייזע פּנימער צעוויקלט שוין איבער די קעפּ אַ פּלאַקאַט: „אַראָפּ די הענט פֿון מאַווראָדי!"... ווער איז דער דאָזיקער מאַווראָדי? אפֿשר אויך אַ קרבן פֿון עפּעס אַ נײַעם פּינאָטשעט?... אין זכרון האָט זיך אײַנגעקריצט יענער שרײַענדיקער טראַנספּאַראַנט פֿון ברעזשניעווס צײַט: „אַראָפּ די הענט פֿון לויִס קאָרוואַלאַן!"

און אָט איז גאָר אַ נײַע דערשײַנונג – „אַ פּונקט" פֿון אויסטוישן וואַלוטע. אויף אַ רגע זיך אָפּגעשטעלט צו פֿאַרגלײַכן דעם קורס פֿון דאָלאַר דאָ, אין רוסלאַנד און אין ישׂראל, האָט קרופּניקס בליק זיך

אַראָפּגעגליטשט צו אַן אַנדער שילדל, אויפֿן זעלבן סלופּ: „אַלץ פֿאַר אינטים. קראָם 'קאַזאַנאָוואַ'"...

אַהיים צו מישע ברײַ האָט ער זיך אומגעקערט שפּעט אין אָוונט. אויפֿן קיך־טישל האָט דובֿ־בער געפֿונען אַ צעטעלע, ווו מישע האָט מיטגעטיילט, אַז ער מוז עקסטרע אַרויספֿליִען קיין איטאַליע. זײַן שותּף האָט אים אַרויסגערופֿן. ער וועט זײַן צוריק אין דרײַ־פֿיר טעג אַרום...

נו, נאַט אײַך, האָט געטראַכט דובֿ־בער, איז עס דען אויך נישט קיין סימן פֿון אַ נײַער צײַט...

8

דער אַרכיוו, וואָס אַבֿרהם שטערן האָט אין זינען געהאַט און וווהין דובֿ־בער איז געקומען, האָט נאָך מיט צוויי יאָר צוריק געטראָגן דעם נאָמען „צענטראַלער מלוכישער אַרכיוו פֿון אָקטאָבער־רעוואָלוציע״. אין גאַנג פֿון זײַן סאָוועטישער געשיכטע האָט מען דעם אַרכיווס נאָמען נישט איין מאָל געביטן. אין תּוך אָבער זײַנען די פֿונקציעס זײַנע פֿאַרבליבן די זעלבע – אָפּהיטן די דאָקומענטירטע געשיכטע פֿון דער מעכטיקער סאָוועטישער אימפּעריע. איצט, ווען די אימפּעריע האָט זיך געשפּאָלטן, איז אויך דער אַלטער נאָמען פֿאַרביטן געוואָרן אויף אַ נײַעם: „מלוכישער אַרכיוו פֿון רוסלענדישער פֿעדעראַציע״.

די אַלטיטשקע, וואָס האָט דערלאַנגט קרופּניקן די אַנקעטע „פֿונעם באַזוכער״, דערזעענדיק זײַן שײַן פֿון אַ מיטגליד בײַם אַלפֿאַרבאַנדישן פֿאַראיין פֿון סאָוועטישע שרײַבערס, האָט צו אים גוטמוטיק אַ שמייכל געטאָן:

– נישט אַלע האָבן זיך גיך אָפּגעשאָקלט פֿון אונדזערע סאָוועטישע ווערטן...

מעגלעך, אַז דער רויטער שײַן מיט אָפּגעשטעמפּלטע גאָלדענע פֿיר אותיות – CCCP, – האָט אויף איר געמאַכט אַזאַ אײַנדרוק, אָדער דערמאָנט איר אין דעם פֿריִערדיקן נאָמען פֿון דער אינסטיטוציע, ווו זי האָט אָפּגעאַרבעט נישט איין צענדליק יאָר. ווי עס זאָל נישט זײַן, איז דובֿ־בער געבליבן מיט זיך צופֿרידן; ער האָט דאָך דעם שײַן אַרײַנגעלייגט אין טאַש אין לעצטן מאָמענט, געטראַכט, אַז צו וואָס דאַרף ער אים האָבן, אַן אָפּגעלעבטער דאָקומענט פֿון אַן אינסטיטוציע, וואָס עקזיסטירט שוין מער נישט. אינטערעסאַנט, האָט ער אַ טראַכט געטאָן,

וואָס וואָלט די אַלטיטשקע געזאָגט, ווען דער „באַזוכער" ווײַזט איר נישט דעם „סאָוועטישן שײַן", נאָר דעם ישׂראלדיקן „דרקון"?! אין אַזאַ אַרכיוו, ווי דער נאָמען זאָל זיך בײַ אים נישט בײַטן, האָט מען אויף אַרבעט קיין צופּעליקע מענטשן נישט אָנגענומען.

פֿאַרפּילט די אַנקעטע, האָט קרופּניק זי אומגעקערט דער מיטאַר־בעטערין. זי האָט אַ בליק געטאָן אויף די עטלעכע ווײַטלעך מיט אַ געניט אויג, און עס ווידער אָפּגעשאַצט אויף איר אופֿן:

– אַלע האָבן זיך לעצטנס אַ וואַרפֿן געטאָן זיך גריבלען אין פֿאַר־געסענע דאָקומענטן...

ער האָט שוין אַ מאָל געהערט פּונקט אָט די פֿראַזע... דער זכּרון האָט אים נישט אונטערגעפֿירט – טעלעגראַפֿיש באַלד פֿאַרבינדן מיט יענעם אַלטן קאַגעבע־וועטעראַן, דעם אַרכיוואַר, וואָס פֿלעגט אים ברענגען דאָס פּעקל סטאַנדאַרטנע פּאַפּקעס פֿונעם „ענין נומער 5390". אינעם ערשטן טאָג פֿון זײַער טרעפֿונג האָט דער אַלטיטשקער אים געוויזן אַ לאַנגע ליסטע נעמען, אַ מין זוכצעטל פֿון רעפּרעסירטע אין מאָלדאַוויע נאָך דער מלחמה. דער שמאָלער בויגן איז צונויפֿגעשטוקעוועט געווען פֿון עטלעכע ווײַטלעך, אַרויסגעריסן פֿון אַ שילער־העפֿט און זיך צעוויקלט ווי אַ פֿאָבער פֿון איין באַוועגונג. ער האָט זיך אַ וויצל געטאָן:

– קלײַבט זיך אויס, ווער סע געפֿעלט אײַך מער!

דובֿ־בער וואָלט אַוודאי געקאָנט דער אַלטיטשקער פֿונעם מאָסק־ווער אַרכיוו ענטפֿערן, אַז נישט ווייניק מענטשן ווילן נאָך ביז הײַנט מע זאָל אין די אַלטע דאָקומענטן פֿאַרגעסן; עס פֿאַרגעסט זיך אָבער נישט... נאָר ער האָט זי העפֿלעך באַדאַנקט, און זי האָט אים צוגעזאָגט, אַז אויף מאָרגן וועט אים צוגעשטעלט ווערן די ערשטע פּאָרציע פֿון דער באַשטעלטער „אָפּיס נומ' 1".

די רשימה אַדרעסן פֿון „פֿאַרבליבענע שרײַבערס", האָט דובֿ־בער באַקומען פֿון פֿיגלערן פֿאַרן פֿאַרלאָזן די רעדאַקציע. דער היים־אַדרעס פֿונעם שרײַבער מישע לוואָוו, וווהין דובֿ־בער האָט זיך געלאָזט גיין, האָט ער אין אָט דער רשימה נישט געפֿונען. ס'איז אין דער רעדאַקציע קיין סוד נישט געווען, אַז דובֿ־בער איז באַפֿרײַנדעט מיט לוואָוון שוין נישט איין יאָר און ווייסט גוט, ווו יענער וווינט. וואָס שייך די באַציִונגען צווישן אַנדערע שרײַבערס מיט מישע לוואָוון, דעם ערשטן פֿאַראַנטוואָרטלעכן סעקרעטאַר פֿונעם זשורנאַל „סאָוועטיש געזעמלאַנד", האָט מען זיך געסטאַרעט וועגן דעם אויף אַ קול נישט רעדן. וואָס איז? מישע לוואָוו

איז געווען צווישן יעניקע, וואָס האָט בפֿירוש אַ קלאַפּ געטאָן מיט דער טיר פֿון דער רעדאַקציע אין די סמוטנע אָנהייב זיבעציקער יאָרן. זינט דעמאָלט אָן איז קיין איין וואָרט זײַנס אינעם זשורנאַל נישט אָפּגעדרוקט געוואָרן.

רחמיאל ראַשקאָוואַן איז געווען גענוג אָפּגעהיט בײַ זײַן אָפּשאַצן אַ ווערק פֿון אַ צווייטן שרײַבער און באַזונדערס אײַנגעהאַלטן בשעתן רעדן וועגן דעם שרײַבערס מענטשלעכע אייגנשאַפֿטן. מישע לוואָוו האָט אויף ראַשקאָוואַנס שקאַלע־לייטער פֿאַרנומען נישט גאָר קיין הויכן שטאַפּל, דערמאָנענדיק אָבער זײַן נאָמען, האָט ראַשקאָוואַן פֿון זײַן רײַכסטן ווערטער־אוצר אויסגעזוכט דאָס טרעפֿלעכסטע וואָרט – „אַ מענטש!"

קרופּניק און לוואָוו האָבן זיך באַקענט אויף דער אָנדענק־אויס־שטעלונג פֿונעם ייִדישן קינסטלער מאיר אַקסעלראָד, דעם מאַן פֿון רבֿקה קוביק. דובֿ־בער האָט זיך דעמאָלט ערשט אָנגעהויבן לערנען אויף די העכסטע ליטעראַטור־קורסן. אויף דער אויסשטעלונג האָט אים געבראַכט צו פֿירן מאָטל טשאָרני, מיט וועלכן ער האָט זיך גיך פֿאַרחבֿרט. אַ מאָסקווער און לויט דער נאַטור אַ געזעליקער, איז מאָטל געוואָרן אַ מין וועגווײַזער פֿאַר דובֿ־בערן. דאָס צוגעווינען זיך צו דעם גרויסשטאָטישן האַוועניש איז אים אָנגעקומען נישט לײַכט. מאָטל האָט באַקענט אים נישט אַזוי מיט דער שטאָט, ווי מיט „ייִדישע זאַכן", וואָס קומען אין דער הויפּטשטאָט פֿאָר פֿאַרשלייערט, בשתיקה און אַפֿילו געהיים. דובֿ־בער האָט געהערט, אַז עס זײַנען פֿאַראַן אַזוי גערופֿענע „אָטקאַזניקעס", קרײַזלעך, ווו מע לערנט עבֿרית, אָבער אין זײַן משפּחה איז די פֿראַגע „פֿאָרן" – נישט געשטאַנען, הגם צווישן די קרובֿים, פֿרײַנד און באַקאַנטע זײַנען געווען נישט ווייניק אַזעלכע, וואָס האָבן שוין אײַנגעגעבן די פּאַפּירן אָדער געהאַלטן דערבײַ. דאָס חנוכּה גורל־דריידל האָט זיך נישט אויפֿגעהערט צו דרייען; איינעם איז אויסגעפֿאַלן „הי" און אַ צווייטן – „שם".

מאָטל, ווי ס'האָט זיך אַרויסגעוויזן, האָט אויף דער אויסשטעלונג געקענט נישט ווייניק מענטשן און שיִער נישט מיט יעדן געהאַלטן פֿאַר נייטיק צו באַקענען דובֿ־בערן. אַ טייל פֿון זיי האָבן גערעדט אַ גוטן ייִדיש, געלייענט דעם זשורנאַל און געלויבט קרופּניקס דערציילונגען. אין אַ מאָמענט איז צו אים צוגעגאַנגען מויני שולמאַן. ער האָט אָנגעפֿירט אויף די קורסן מיטן סעמינאַר פֿון ייִדישער רעדאַקטור. שולמאַן איז אויך

געווען צווישן די ראשונים אין די ערשטע צען יאָר, וואָס „סאָוועטיש געזעמלאַנד" איז דערשינען; דערנאָך פּענסיאָנירט, אָבער זײַן שם פֿון אַ מערקווערדיקן פּראָזע־רעדאַקטאָר האָט אים נישט אָפּגעלאָזט. די שרײַבערס פֿלעגן זיך צו אים אויסשטעלן אין אַ ריי, אַז נאָר שולמאַן זאָל רעדאַגירן זייערע ביכער, וואָס האָבן געזאָלט אַרויסגיין אינעם פֿאַרלאַג „סאָוועטסקי פּיסאַטעל".

מישע לוואָוו האָט נאָכן פֿאַרלאָזן די רעדאַקציע קאָנסולטירט בײַם פֿאַרלאַג דעם אָפּטייל פֿון נאַציאָנאַלע ליטעראַטורן מכּוח ייִדישע ביכער.

– מיט דיר וויל זיך באַקענען איינער אַ מענטש, – האָט שולמאַן פֿאַרטרוילעך געזאָגט. אָנגענומען דובֿ־בערן בײַם עלנבויגן, האָט ער אים אַרויסגעפֿירט אין אַ זײַטיק צימערל. – ס'וועט זײַן בעסער, איר זאָלט בלײַבן פּנים־אל־פּנים.

שולמאַנס אויפֿפּיר און די געהיימע אינטאָנאַציעס אין זײַן קול האָבן אינטריגירט קרופּניקן. שוין זשע דרייט ער זיך אויך אין די זעלבע „קרײַזלעך", וואָס מאָטל?.. דער ענטפֿער איז געקומען גלײַך נאָכן שטעלן זיך די פֿראַגע. אַ מיטלוווקסיקער יאָדערדיקער מאַנספּאַרשוין איז געשטאַנען בײַם פֿענצטער, אָנשפּאַרנדיק זיך אויפֿן פֿענצטערברעט און האָט געררייכערט. ער האָט אויסגעשטרעקט זײַן האַנט צו קרופּניקן:

– מישע לוואָוו...

צו דער צײַט פֿון זייער ערשטער טרעפֿונג האָט קרופּניק געהאַט איבערגעלייענט אין בוך לוואָווס, איבערגעזעצט אויף רוסיש, „ווען ניט די פֿרײַנד מײַנע...". ער האָט געהאַט אַ ברייט פּנים פֿון אַ פּויער, פֿאַרגרעבט פֿון די מלחמה־נסיונות, וואָס ס'איז אים אויסגעקומען אויסצושטיין. לוואָווס ביאָגראַפֿיע פֿון אַ סאָלדאַט און פֿאַרטיזאַנער האָבן אויסגעפֿורעמט זײַן קינסטלערישע טעמע און שאַפֿערישן סטיל. ער האָט גערעדט שטיל, הייזעריקלעך, מיט קורץ־געהאַקטע פֿראַזעס. נישט באַלד איז קלאָר געווען, וואָס ער מיינט צו זאָגן. דער פֿאַרטיזאַנישער נוסח – דער ניט־אײַליקער פֿאָרזיכטיקער טראָט, דאָס אײַנהערן זיך אין דער שטילקייט און זיך אומקוקן נאָך יעדן שאָרך, – האָט לוואָוו אַרײַנגעבראַכט אויך אין זײַן פּראָזע. ער האָט געטראָגן אין זיך מער ניט־אַרויסגעזאָגטקייט, איידער געקאָנט עס דערציילן אין זײַנע ביכער.

די שרײַבערס פֿון דער פּעריפֿעריע, קומענדיק קיין מאָסקווע, האָבן געזוכט אַ געלעגנהייט זיך צו טרעפֿן מיט לוואָוון ערגעץ אויף אַ „נייטראַלער טעריטאָריע". אַזאַ קאָנספּיראַציע פֿלעגט לוואָוון נאָר

פֿריילער מאַכן. ס'איז נאַיִוו געווען צו טראַכטן, אַז ליס זאָל וועגן אַזעלכע טרעפֿונגען נישט געווען וויסן. אַדרבא, דעם „געלן ליס" האָט לחלוטין נישט געאַרט, ווער מיט ווען עס טרעפֿט זיך הינטער זײַן פּלייצע; ליסן האָט עס אַפֿילו געלוינט מע זאָל אַזוי מיינען, מחמת ס'האָט אַרויסגעוויזן זײַן כּוח און מאַכט.

פֿאַר לוואָוון האָט מען זיך געקאָנט אַראָפּרעדן פֿון האַרץ. ער קאָן הערן און שווײַגן. ער איז אַ גוטער פֿרײַנד מיטן פֿאַרוואַלטער פֿונעם אָפּטייל בײַם פֿאַרלאַג, ווו מע לאָזט אַרויס סײַ די ייִדישע און סײַ די איבערגעזעצטע ביכער פֿון ייִדיש אויף רוסיש. ער האָט אין פֿאַרלאַג אַ דעה און דער פֿאַרוואַלטער, אויך אַ געוועזענער פֿראָנטאָוויק, הערט זיך צו אים צו.

דאָס ערשטע ייִדישע ביכל קרופּניקס איז אויך דערשינען אין דעם פֿאַרלאַג „סאָוועטסקי פּיסאַטעל", און אויך נישט אָן לוואָווס רעקאָמענדאַציע. נאָך מער: ער האָט דעם בוך גראַטעוועט פֿון ווערן פֿאַרשניטן נאָך אַ זיצונג פֿון דער רעדאַקציע־קאָלעגיע.

אין זײַן ערשטלינג האָט קרופּניק אײַנגעשלאָסן די נאָוועלע „אין דער קורצער רגע צווישן הײַנט און מאָרגן". די טעמע פֿון „פֿאָרן" – האָט ווי אַן אײַנגעבוירענע באַקטעריע, וואָס דאָס פֿאָלק טראָגט אין זיך דור אײַן דור אויס, ווידער אויפֿגעוואַכט, אַרײַנרײַסנדיק זיך אינעם ייִדישן קיום. אין די מיט אַכציקער יאָרן האָט די עמיגראַציע־כוואַליע אָנגעזאַמלט איר כּוח, געשעפּט עס אין די טיפֿענישן פֿון דער סאָוועטישער ווירקלעכקייט, וואָס האָט אַלץ מער, אויף אַ נײַעם דריי פֿון דער געשיכטע, צעבלאָזן די דורותדיקע חייִשע שׂינאה צו ייִדן, כּדי מיט עטלעכע יאָר שפּעטער אויפֿברויזן און זיך צעגיסן איבער דער וועלט.

אין אָט דער נאָך נישט אויסגערײַפֿטער רגע פֿון אָפּשאַצן די אַרומיקע געשעענישן, איז אָנגעשריבן געוואָרן די נאָוועלע. אין יענער צײַט „אָפּשאַצן" האָט געמוזט זײַן – פֿאַראורטיילן! דער הויפּט־העלד פֿון דער נאָוועלע האָט נישט פֿאַראורטיילט און נישט באַרעכטיקט דאָס אַרויספֿאָרן פֿון זײַן נאָענטן חבֿר קיין ישׂראל.

דער פֿאַרלאַג האָט פֿאַרבעטן רחמיאל ראַשקאָוואַנען ער זאָל זײַן דער רעדאַקטאָר פֿונעם בוך, און ס'האָט זיך געלייגט אויפֿן שׂכל. נישט לײַכט איז אָנגעקומען סײַ דעם מחבר און סײַ דעם רעדאַקטאָר דורכמאַכן אָט די אַרבעט. ראַשקאָוואַן האָט „דורכגעאַקערט" דעם גאַנצן כּתבֿ־יד, נישט געקוקט דערויף, וואָס ס'רובֿ ווערק פֿונעם אינהאַלט

זײַנען שוין פּובליקירט געוואָרן אינעם זשורנאַל, דאָס הייסט, שוין געהאַט געווען דורכגעגאַנגען איין רעדאַקטאָרישן קאָנטראָל. רחמיאל האָט זיך אויף דעם נישט פֿאַרלאָזט: „ס'וועט דאָך שטיין מײַן נאָמען, טראָג איך דאָס אַחריות!" דעמאָלט האָט קרופּניק פֿאַרשטאַנען, ווי שווער איז צו זײַן אַ שרײַבער און רעדאַגירן אַ צווייטן שרײַבער. ווי אַ שרײַבער, האָט ראַשקאָוואַן אַרומגעסמאָטשקעט יעדעס וואָרט און פּראָזע, אַז סטיליסטיש זאָל דער טעקסט זײַן אויסגעהאַלטן; ווי אַ רעדאַקטאָר, האָט ער זיך געגריבלט אינעם קאָנטעקסט, צי טראָגט נישט דאָס וואָרט אָדער די פּראָזע קיין פֿאַרנעפּלטן זין, וואָס קאָן, חלילה, פֿאַרטײַטשט ווערן נישט ריכטיק.

– אָט דערמאָנסטו דאָ עטלעכע מאָל עפּעס אַ „פֿויגל־אַלף", – האָט ראַשקאָוואַן זיך ספּאָטיקעט און געבליבן שטיין, אַרײַנטראַכטנדיק זיך אינעם ערשט איבערגעלייענטן זאָץ, – וואָס ווילסטו דערמיט זאָגן?

דובֿ־בער הייבט אָן צו שטאַמלען, אַז ס'איז אַזאַ פּאָעטישע גע־שטאַלט, אַ סימבאָל... אַז חיים־נחמן ביאַליק האָט אין דעם אות דערזען אַן אָדלער, אַ פֿרײַען פֿויגל... ראַשקאָוואַן שלאָגט אים איבער:

– און איך האָב געהערט, אַז אין ישׂראל גייט אַרויס אַזאַ זשורנאַל אויף רוסיש, וואָס הייסט, „אַלף".

– איז וואָס זשע? ווי קומט יענער „אַלף" צו מײַן „פֿויגל־אַלף"?

ראַשקאָוואַן ווערט שוין אויפֿגערעגט:

– שוין זשע פֿאַרשטייסטו נישט, אַז בייזע צונגען קאָנען עס פֿאַר־טײַטשן ווי אַן אָנדײַט אויף ישׂראל?!

ווי קרופּניק האָט זיך נישט באַמיט צו פֿאַרענטפֿערן און פֿאַרטיידיקן זײַן „פֿויגל־אַלף", האָט אים דער רעדאַקטאָר פֿאָרט אין צוויי ערטער אויסגעמעקט פֿונעם טעקסט, „ער זאָל זיך נישט וואַרפֿן אין די אויגן... זאָל ער זיך פֿליִען אויסער דעם טעקסט!"

אין דער זעלבער צײַט, וואָס אין פֿאַרלאַג איז שוין כּמעט צוגע־גרייט געוואָרן צום דרוק קרופּניקס בוך, האָט אינעם זשורנאַל געזאָלט פּובליקירט ווערן די נאָוועלע „אין דער קורצער רגע צווישן הײַנט און מאָרגן". ווי ס'האָט זיך געפֿירט, האָט מען די דרוקבויגנס געשיקט צו די מיטגלידער פֿון דער רעדאַקציע־קאָלעגיע זיי זאָלן עס לייענען. אַ חודש פֿאַר דעם, וואָס דער נומער האָט געזאָלט אַרויסגיין, האָט זיך אין מאָסקווע צונויפֿגענומען די רעדאַקציע־קאָלעגיע אויף איר פּלענאַרער זיצונג. דאָס איז געווען אַ ספּעציעלער נומער, „פֿון די יונגע", ווי ליס האָט

אים מיט שטאָלץ אָנגערופֿן. נאָכן רעדאַקטאָרס באַגײַסטערטן אַרײַנפּיר, האָט זיך בײַם טיש, אַרום וועלכן עס זײַנען געזעסן די שלעפֿעריקע מיטגלידער, דערהערט אַ טענה:

– ווער האָט עס דערלאָזט? – האָט הויך געציטערט דאָס קול פֿונעם „ייִדישן שאַלאַכאָוו“ נאָסקע פֿוריע, – ווער האָט דערלאָזט אָט די קראַמאַלע?

ער האָט מיט ביטול אָפּגעשאַרט פֿון זיך דאָס פּעקל דרוקבויגנס. אַלע אַרום טיש האָבן זיך בײַם אָנהייב אָפּגעשאָקלט, אָבער באַלד געוואָרן וואַך. ליס האָט אַ טרייסל געטאָן עטלעכע מאָל מיט די אַקסלען און אַרויסגעוויזן זײַן קול:

– וואָס רעדסטו אַזוינס, נאָסקע... אין אונדזער זשורנאַל אַ קראַ־מאָלע? – ער האָט אָנגעטאָן די ברילן, וואָס זײַנען געלעגן פֿאַר אים אויפֿן טיש, צוגערוקט צו זיך דאָס פּעקל זײַטלעך און עס אַ בלעטער געטאָן, – ווו האָסטו דאָ אַזוינס געפֿונען?

פֿוריעס בליק האָט דורכגעפֿירט אַ פֿעטע ליניע איבער די פּנימער פֿון זײַנע פֿען־ברידער, ווי געוואָלט דערמיט אונטערשטרײַכן די וויכטיקייט פֿון דעם, וואָס ער גייט ווײַטער זאָגן:

– מיט אַזאַ ווערק קאָן מען דאָך, חלילה, אונטעררײַסן אונדזער זשורנאַל!

– נאָסקע, איך פֿאַרשטיי נאָך אַלץ נישט, – האָט זיך אַרײַנגעמישט הירש פּאָליאַקאָוו, – וואָס מיינסטו... קאָנקרעט!

– וואָס איך מיין? ווער איז ער, דער קרופּניק? ווער האָט אים אונדז אונטערגערוקט, דעם ציוניסט?!

דער נאָמען דובֿ־בער קרופּניק האָט געקאָנט זײַן פֿאַרבונדן נאָר מיט רחמיאל ראַשקאָוואַנען. וועגן דעם האָבן אַלע בײַם רעדאַקטאָרישן טיש געוווּסט, בתוכם נאָסקע פֿוריע. דעריבער האָבן די רעדאַקציע־מיטגלידער באַלד איבערגעפֿירט זייערע בליקן פֿון נאָסקען צו רחמיאלן...

שפּעטער מיט עטלעכע טעג, נאָכן אומקערן זיך פֿון מאָסקווע האָט ראַשקאָוואַן דערציילט קרופּניקן וועגן דער זיצונג מיט אַלע פּרטים.

– כ'האָב געפֿילט, אַז דאָס בלוט גייט מיר אָפּ... ווו האָט ער דער־זען „קראַמאָלע“? אַז איך האָב גאָרנישט אַזוינס נישט געפֿונען, האָט ער, דער אַלטער תּרח, עס דערזען?

ראַשקאָוואַן איז געזעסן אַן אויסגעמאַטערטער בײַם שרײַבטיש און געקוקט אויף דובֿ־בערן פֿון אונטער זײַנע געדיכטע ברעמען.

– מיינסט, ער האָט געמיינט דיך – ניין, ער האָט געמיינט מיך! ער קאָן מיר נישט מוחל זײַן, וואָס אין מײַן עסיי וועגן איציק קיפּניס, האָב איך דערמאָנט זײַן נאָמען צום סוף, נאָך אירמע דרוקער און זאַבאַרען...

ווי ס׳האָט זיך אַרויסגעוויזן אויף דער זיצונג, האָט קיינער פֿון די מיטגלידער נישט געלייענט די „קראַמאָלנע" נאָוועלע און נישט געהאַט וואָס צו זאָגן. האָט דער רעדאַקטאָר, וועלכער האָט זי אויך נישט געלייענט, פֿאַרגעלייגט, אַז אַלע זאָלן זי איבערלייענען און אים אָנשרײַבן זייער מיינונג. דערווײַל האָט ער באַשלאָסן זיך אָפּהאַלטן מיטן דרוקן די זאַך אינעם „יוגנט־נומער".

נאָך דער פֿאַרזאַמלונג האָט ראַשקאָוואַן תּיכּף אָנגעקלונגען צו לוואָוון. אַ קלייניקייט – נאָך אַזאַ פּסק־דין קאָן דאָך ליס אָנשרײַבן אַ בריוו אין פֿאַרלאַג מע זאָל דאָרט אויך דערווײַל אָפּשטעלן דאָס אַרויסלאָזן קרופּניקס בוך! בפֿרט, אַז צום אַרײַנשטעלן דאָס בוך אינעם אַרויסלאָז־פּלאַן האָט צוגעלייגט זײַן האַנט מישע לוואָוו. אויף אַזאַ אופֿן האָט ליס געקאָנט זיך נוקם זײַן אין זײַן שונא און אים ווײַזן, אַז אויך אינעם פֿאַרלאַג „סאָוועטסקי פּיסאַטעל" האָט ער, ליס, די הויפּט־דעה.

ליס האָט עס נישט געטאָן און האָט עס נישט געדאַרפֿט! אין זײַנע סטראַטעגישע פּלענער איז מער וויכטיקער געווען, אַז די „יונגע" זאָלן בפֿירוש דערהערט ווערן אויף דער יִדישער גאַס, קודם־כּל, אין אויסלאַנד.

ראַשקאָוואַן און לוואָוו זײַנען אָפּגעזעסן בײַ מישען אין דער היים ביז שפּעט אין דער נאַכט און שוין ביידע געלייענט און אַרומגעטראַכט יעדעס וואָרט פֿון דער נאָוועלע. אויפֿן צווייטן טאָג האָט מישע געגעבן עס צו לייענען שולמאַנען... סוף־כּל־סוף, האָט די „טרויקע" באַשלאָסן, אַז קיין שום „קראַמאָלע" איז אין דער נאָוועלע נישטאָ! און נאָך: שולמאַן האָט זיך אונטערגענומען אָנצושרײַבן דעם „יִדישן שאַלאָכאָוו" אַ בריוול מיט קלאָרע דיבורים, אַז ער, מויני, האַלט איצט בײַם רעדאַגירן פֿוריעס נײַ בוך, דעריבער זאָל יענער אויפֿהערן זיך טשעפּען צו יונגע טאַלאַנטן...

מישע און זײַן פֿרוי, לודמילע מאַרקאָוונע, האָבן געוווינט אויפֿן פֿערטן שטאָק אין אַ דירה פֿון איין שלאָף־צימער און גאָר אַ קליין, שמאָל צימערל, דעם שרײַבערס קאַבינעט. די איינציקע טאָכטער זייערע מיטן מאַן און צוויי קינדער זײַנען אין די אָנהייב 1990ער אַרויסגעפֿאָרן קיין ישׂראל. דאָס לעצטע מאָל האָט דובֿ־בער זיך געזען מיט לוואָוון אין רחובֿות, ווו די טאָכטער האָט זיך באַזעצט. מישע איז דעמאָלט געקומען

צו די קינדער צו גאַסט. די באָבע־זיידע האָבן זייער געבענקט נאָך די אייניקלעך, אַזוי אַז די פּראַגע פֿון „פּאָרן“ איז שוין געלייזט געוואָרן; ס׳האָט געזאָלט נאָר צוקומען די פּאַסיקע צײַט.

אויפֿגענומען האָט מען דעם ישׂראלדיקן גאַסט אין קיך, ווי ס׳האָט זיך געפֿירט אין דער שטוב. לודמילע מאַרקאָוונע האָט געהאַט איר אייגענעם סדר פֿון אויפֿנעמען געסט: „קודם־כּל – אין קיך, און שוין דערנאָך – אין קאַבינעט!“ אויך איצט האָט זי זיך געפּאָרעט בײַ דער גאַז־פּליטע, און מישע מיט דובֿ־בערן זײַנען געזעסן בײַ אַ טישל, צוגערוקט צום פֿענצטער און נאָכן ערשטן לחיים אָנגעהויבן פּאַמעלעך צעוויקלען דעם פֿאָדעם פֿון זייער שמועס.

מישע איז געזעסן אַנטקעגן, אונטערשפּאַרנדיק זיך דעם קאָפּ מיט דער האַנט. נאָכן אויסטרינקען זײַן גלעזל, האָט ער נישט פֿאַרביסן, זיך פֿאַררופֿן, אַז ס׳איז אים נאָך פֿרי צו עסן מיטיק. מישע האָט הנאה געהאַט פֿונעם קוקן ווי אַן אַנדערער עסט. אַזאַ מאָדנע טבֿע האָט געהאַט אויך דובֿ־בערס טאַטע. עפּעס האָט זייביידע געמאַכט ענלעך, הגם מישע איז געווען עלטער פֿון דובֿ־בערס טאַטע. מעגלעך, די חבֿלי־דור – דער גרויסער הונגער אין די דרײַסיקער יאָרן, די מלחמה, לאַגער און ווידער הונגער... די ענלעכקייט פֿון זײַן טאַטן און מישען האָט דערנענטערט דובֿ־בערן צו לוואָוון נאָך מער.

– ס׳איז גוט, וואָס מ׳האָט זיך פֿאַראינטערעסירט מיט די אַרכיוון, – האָט מישע נאָך די עטלעכע אַלגעמיינע פֿראַגעס – פֿרוי, קינדער, אַרבעט – געקומען צום תּוך פֿון קרופּניקס שליחות אין מאָסקווע. – כ׳האָב געהערט, אַז אויך מענטשן פֿון ידיעה־ושם קומען קיין מאָסקווע קאָפּירן די דאָקומענטן, פֿאַרבונדן מיט דער מלחמה־צײַט...

ס׳איז לוואָוון אַזוי באַשערט געווען, ער זאָל נאָכן פֿאַרענדיקן דעם ייִדישן פֿאַקולטעט בײַם מאָסקווער פּעדאַגאָגישן אינסטיטוט אַרײַנפֿאַלן אין סאַמע קאָכקעסל פֿון ייִדישע אינסטיטוציעס אין דער הויפּטשטאָט פֿאַר און נאָך דער מלחמה, און ווערן אַן עדות פֿון זייער בלי און ליקווידאַציע. ווען די אָבלאַווע אין „עמעס“־פֿאַרלאַג און אין דער צײַטונג „אייניקײַט“ האָט ער געוווסט נישט פֿון עמעצן; ער האָט אין יענעם טאָג געאַרבעט, ווען זיי האָבן זיך אַהין אַרײַנגעריסן, אַלץ אויסגעליידיקט, ווי אַ פּאַפּירל, און אין די זעק אַרויסגעפֿירט אויף אַ לאַסט־אויטאָ. די קאָמאַנדעס האָבן געשניטן דעם מוח, ווי מיט אַ מעסער: „שטיין אויפֿן אָרט!.. גאָרניט טשעפּען!.. ניט איבעררעדן זיך!..“ – אַ חושך

איז באַפֿאַלן יעדן מיטאַרבעטער, און דער פֿאַרוווּנדעטער מוח האָט געבלוטיקט: „אַ סוף... קיין מאָרגן וועט שוין מער נישט קומען!" – פֿאַר וואָס פֿאַרמאַכט, האָט קיינער קיינעם נישט דערקלערט. די שילד אויף דער וואַנט האָט נישט געסטײַעט און די טיר – פֿאַרלשאָסן!

– מ'האָט דעמאָלט גערעדט, אַז נאָך די אונטערזוכן אין „גאָסעט" און בײַ די שרײַבערס אין דער היים האָט מען אַלץ געבראַכט אויף לוביאַנקע... דער קאָפּ איז נישט געלעגן צו פּאַפּירן, ווען ס'זײַנען פֿאַר־שווּנדן געוואָרן נאָענטע מענטשן... אָך, יענע גוטע יאָרן!..

נאָכן אָנבײַסן האָט מישע פֿאַרבעטן זײַן גאַסט צו זיך אין קאַ־בינעט. ער האָט אויסגעזען צערודערט. זײַנע איבערלעבענישן און ספֿקות פֿון די לעצטע יאָרן האָבן זיך איצט אַרויפֿגעלייגט אויף די פּלוצעם אויפֿגערודערטע דערמאָנונגען פֿון אַמאָל. ער האָט זיך קוים אײַנגע־האַלטן...

– פֿאַרשטייסט, לעצטנס, ווען מיר זײַנען געווען בײַ די קינדער אין רחובֿות, האָב איך פּלוצעם זיך דערפֿילט אַזוי היימיש, אַזוי גוט... די איינציקע זאַך, וואָס ס'האָט מיר געפֿעלט, איז דאָס נישט האָבן מיט וועמען אַ וואָרט אַרויסצורעדן אויף ייִדיש... מילא, אַז דאָ איז עס מער נישטאָ, קאָן מען פֿאַרשטיין, אָבער דאָרט, אין דער ייִדישער מדינה?.. האָב איך אַ טראַכט געטאָן: אפֿשר זײַנען גערעכט געווען סײַ יענע, וואָס האָבן אַרויסגעשטעלט אויף חוזק אונדזער שפּראַך, קולטור, מיכאָעלסן און מאַרקישן, סײַ יענע, וואָס האָבן אונדזער שפּראַך, קולטור, מיכאָעלסן און מאַרקישן פֿאַרניכטעט?.. אפֿשר קומט אונדז אַזוי, אויב דאָס פֿאָלק קאָן נישט אָפּשאַצן און אָפּהיטן אונדזערע ייִדישע ווערטן נישט אין גלות און נישט אין אַ ייִדישער מדינה?!

ער איז צוגעגאַנגען צום פֿענצטער, אויפֿגעעפֿנט די פֿאָרטקע און פֿאַררייכערט אַ ציגאַרעט. ער האָט זיך פֿאַרצויגן און באַמיט אַרויסצולאָזן דעם רויך אין דרויסן אַרויס. דאָס פֿײַכטע ווינטל האָט אָבער זיך קעגנגעשטעלט, אַרײַנגעטריבן שטיקער רויך צוריק אינעם אָנגעהייצטן צימער. נאָכן פֿאַרציִען זיך אַ צוויי מאָל, האָט ער אויסגעלאָשן דאָס רעשטל אין אַש־בעכערל און פֿאַרמאַכט די פֿאָרטקע.

דער קורצער איבעררײַס איז לוואָוון נייטיק געווען זיך אַ ביסל באַרויִקן, און מעגלעך אָפּציִען דאָס געזאָגטע ווײַטער:

– אין לאַגער, דערנאָך בײַ די פּאַרטיזאַנער האָב איך געוווּסט: מע דאַרף אויסשטיין, בלײַבן לעבן, כּדי דערציילן וועגן דער גבֿורה פֿון פּשוטע

מענטשן, ייִדן... נאָכן שליסן אַלץ האָב איך געטראַכט נאָר וועגן איין זאַך – פֿאַרגעסן ווער איך בין געווען און מיט וואָס האָב איך זיך פֿאַרנומען ביז אַהער. פֿאַרשטומט ווערן – אַבי נישט אַרונטערפֿאַלן אונטער די רעדער פֿון דער מאַשינעריע, מיט וועלכער ער האָט אָנגעפֿירט... כ'בין דאָך מיט זײַן נאָמען געגאַנגען צום טויט! דו ווייסט, אַז עלעף יאָר האָב איך געהאָרעוועט ווי אַ לאַסט־טרעגער, זיך אונטערגעריסן און גליקלעך געווען, וואָס מע טשעפּעט מיך ניט... מיך, וואָס נאָך נעכטן בין איך געווען אַ שטאַב־קאָמאַנדיר פֿון אַ פּאַרטיזאַנער פּאָלק! זיי האָבן דאָך געמאַכט פֿון מיר אַ שמאַטע און אין מיר אָפּגעווישט די פֿיס...

ער האָט אָנגעוויזן מיט דער האַנט אויף דער פּאָליצע מיט ביכער, ווי פֿאַררופֿן זיך אויף זיי, די עדות פֿונעם ערשט געזאָגטן.

– געווּג שוין דערציילט אין מײַנע ביכער, און נאָך מער נישט געוואָגט צו דערציילן... טראַכט איך איצט, ווער דאַרף מיך דאָרט האָבן ווי אַ שרײַבער, בפֿרט אַ ייִדישן שרײַבער?! מײַן שאַפֿעריש לעבן האָב איך אויסגעלעבט דאָ, און דאָ זאָל עס בלײַבן...

אין צימער איז אַרײַנגעגאַנגען לודמילע מאַרקאָוונע און גלײַך פֿון דער שוועל זיך אָנגערופֿן:

– שוין ווידער גערייכערט!.. כ'האָב דאָך געבעטן, אין שטוב זאָלסטו נישט רייכערן... – און באַלד געביטן דעם טאָן: – טיי, קאַווע? כ'האָב פֿון ישׂראל געבראַכט אַ פּעקעלע מערקווערדיקער קאַווע... כ'האָב עס פֿון אים באַהאַלטן, אַנדערש וואָלט שוין קיין סימן דערפֿון נישט געבליבן...

דובֿ־בער איז געבליבן נעכטיקן בײַ די לוואָווס. זיי האָבן אים פּשוט נישט אָפּגעלאָזט צו פֿאָרן אויף בײַנאַכט־צו אין אַנדערן עק שטאָט.

– איר וואָלט בכלל געקאָנט זיך אָפּשטעלן בײַ אונדז, פֿאָרט נישט קיין פֿרעמדע... – האָט די באַלעבאָסטע צוגעגעבן.

– שוין אָפּגערעדט, אַז פֿון אונדז איז צום אַרכיוו נענטער ווי פֿון דײַן פֿרײַנדס דירה...

מישע, אַ צופֿרידענער, האָט שוין אַרײַנגעבראַכט אין זײַן קאַבינעט דאָס צעלייגבעטל. כמעט אין יעדער מאָסקווער דירה האָט מען געקאָנט געפֿינען אַזאַ בעטל – קיין געסט האָבן קיין מאָל נישט אויסגעפֿעלט.

9

די מיטאַרבעטערין פֿונעם אַרכיוו האָט דערקענט קרופּניקן. זי האָט אים געבעטן עטלעכע מינוט צוּוואַרטן און אַליין אויפֿגעהויבן דאָס טעלעפֿאָן־טרײַבל. אין גיכן האָט זיך באַוויזן אַ יונגער־מאַן, וואָס האָט פֿאַרבעטן דובֿ־בערן גיין נאָך אים. זיי האָבן זיך אויפֿגעהויבן אויפֿן דריטן גאָרן, דערנאָך דורכגעגאַנגען עטלעכע קאָרידאָרן און לעבן אַ טיר מיטן נומער 325 האָבן זיי זיך אָפּגעשטעלט.

– אויפֿן טיש וועט איר געפֿינען אַ טייל פֿונעם באַשטעלטן, – האָט טרוקן דערקלערט דער באַגלייטער, – מיר אַרבעטן ביז זיבעצן, נול־נול. קיין קאָפּיעס מאַכן מיר ניט. אויב איר וועט דאַרפֿן נאָך עפּעס, באַשטעלט עס אונטן. – ער איז שוין גרייט געווען צו פֿאַרלאָזן קרופּניקן, אָבער זיך געכאַפּט: – יאָ, דער טואַלעט געפֿינט זיך סוף־קאָרידאָר, רעכטס...

דובֿ־בער האָט אויפֿגעעפֿנט די טיר. אַ קעמערל מיט אַ שמאָל פֿאַרגראַטעוועט פֿענצטערל, אַ שווערער טיש, אַ בענקל און אויפֿן טיש אַ שטויס פּאַפּקעס. די היץ פֿון דער צענטראַל־באַהייצונג האָט אָנגעפֿילט דאָס קעמערל אַזוי געדיכט, אַז ס'איז שווער געווען צו מאַכן אַן איבעריקע באַוועגונג. דובֿ־בער האָט גיך אויסגעטאָן דאָס מאַנטל, רעקל, צעשפּיליעט דאָס קעלנערל אויפֿן העמד און פֿאַרקאַטשעט די אַרבל. אַרויסגעשלעפּט פֿונעם טאַש דעם בלאָקנאָט און די פּען, האָט ער דעם טאַש אַרונטערגערוקט אונטערן טיש, ווי געקאָנט דערמיט באַפֿרײַען פֿאַר זיך אַן איבעריק שטיקל אָרט אין דעם צימצומדיקן רוים פֿון קעמערל. ער האָט עס געטאָן אויטאָמאַטיש, נישט אָפּפֿירנדיק דעם בליק פֿון די פּאַפּקעס, פּונקט אַזעלכע, ווי יענע, וואָס דער קעשענעווער אַרכיוואַר בײַם „קאַגעבע" פֿלעגט אים ברענגען אין דער פֿרי.

מיליאָנען מענטשלעכע גורלות זײַנען אײַנגעפּרעסט געוואָרן אין אָט אַזעלכע סטאַנדאַרטנע קאַרטאָן־פּאַפּקעס, פֿאַרבונדן מיט צוויי בענדלעך, אויסגעשטעלט אויף פּאָליצעס און פֿאַרשפּאַרט געוואָרן אויף אייביק. דער גריף אויף זיי „פֿולקום געהיים", האָט ווי דער העכסטער פּסק־דין קיין פֿרעמד אויג צו זיי נישט צוגעלאָזט. קרופּניק האָט אַראָפּגענומען די אייבערשטע פּאַפּקע. דער קנופּ אויף די צוויי בענדלעך איז געווען אַזוי האַרט פֿאַרבונדן, אַז ס'איז קלאָר געווען – קיין פֿינגער האָבן זיך צו אים נישט צוגערירט במשך פֿון צענדליקער יאָרן.

דעמאָלט, סוף פֿערציקער, בעת די אָבלאַוועס אויף די געצײַלטע ייִדישע אינסטיטוציעס אין מאָסקווע און מיטגלידער פֿונעם ייִדישן אַנטי־פֿאַשיסטישן קאָמיטעט, האָט מען אַרעסטירט סײַ מענטשן און סײַ פּאַפּירן. דער גורל פֿון מענטשן איז באַוווּסט – אַ קויל אין קאָפּ אין די קאַזעמאַטן פֿון לוביאַנקע אָדער אַ פֿאַרשיקונג אויף צען יאָר אויפֿן ווײַטן צפֿון.

ווי לוואָוו האָט נעבכטן זיך דערמאָנט: „דער קאָפּ איז נישט געלעגן צו פּאַפּירן, ווען ס'זײַנען פֿאַרשוווּנדן געוואָרן מענטשן..." די אויספֿאָרשער האָבן אָבער געהאַלטן אַנדערש; דווקא אין די אַרעסטירטע פּאַפּירן האָבן זיי געזוכט אַן אָנשפּאַר, אַ שטיצע, אויסצוגעפֿינען „קראַמאָלע", כּדי צו האָבן „סחורה" צו באַשולדיקן יענע, וואָס האָבן די פּאַפּירן גע־שריבן. שפּעטער, שוין נאָך אַלעמען, האָט מען פֿון די פּאַפּירענע עדות געדאַרפֿט פּטור ווערן. אַזוי אַז נאָכן וואַלגערן זיך לאַנגע יאָרן אויף די אַרכיוו־נאַרעס אין די קעלערן פֿון לוביאַנקע, האָט מען זיי שטילערהייט אַריבערגעפֿעקלט אינעם „צענטראַלן מלוכישן אַרכיוו פֿון אָקטאָבער־רעוואָלוציע". אייגנטלעך, האָט מען די פּאַפּירן איבערגעפֿירט פֿון איין פֿאַרשפּאַרטקייט צו אַן אַנדערער. דאָס אײַנגעגעסענע שטעמפּל „פֿולקום געהיים" האָט דאָך קיינער פֿון זיי נישט אַראָפּגענומען.

פֿון די טויזנטער איינסן, וועלכע ס'האָט געטראָגן אין זיך דער פֿאָנד פֿונעם ייִדישן אַנטיפֿאַשיסטישן קאָמיטעט, האָט קרופּניקן קודם־כּל אינטערעסירט, צי עס געפֿינען זיך וואָסער נישט איז שאַפֿונגען פֿון דוד בערגעלסאָנען, דער ניסתּרן און פּרץ מאַרקישן. פֿון זײַן דערפֿאַרונג, בעתן באַקענען זיך מיט די אויספֿאָרש־מאַטעריאַלן פֿון די אַרעסטירטע בעסאַראַבער ייִדישע שרײַבערס, האָט קרופּניק געוווּסט, אַז אין די פֿופֿציקער יאָרן איז אַרויס אַ פֿאַראָרדענונג איבער דעם מיניסטעריום פֿון מלוכישער זיכערהייט מע זאָל פֿאַרניכטן אַלע מאַנוסקריפּטן, קאָנפֿיסקירט בײַ די אַרעסטירטע שרײַבערס.

ווי גרויס איז געווען זײַן פֿרייד, ווען נאָכן צעבינדן און אויפֿעפֿענען די ערשטע פּאַפּקע האָט ער דערזען אַ גאַנצן פּאַק זײַטלעך, אַ טייל אויסגעקלאַפּט אויף אַ שרײַבמאַשינקע, די אַנדערע – אָנגעשריבן מיט דער האַנט. אַזוי ווי די טעקסטן זײַנען געווען יִדישע, איז צו יעדן זײַטל צוגעטשעפּעט געוואָרן אַ צעטעלע מיט אַ קורצן תּמצית, וואָס האָט דערקלערט אויף רוסיש דעם יִדישן אינהאַלט. קיין אָפּשאַצונגען האָבן די איבערזעצער, אָדער „קאָנסולטאַנטן", ווי דובֿ־בער האָט זיי אָנגערופֿן, נישט געגעבן. וואָס יאָ, די אַנאָטאַציעס אַליין זײַנען איבערגעגעבן געוואָרן קאָרעקט און אָביעקטיוו. נאָך גרעסער איז געווען זײַן חידוש, ווען צווישן די פֿיר „קאָנסולטאַנטן" האָט ער דערזען צוויי באַקאַנטע נעמען פֿון יִדישע שרײַבערס – דאָבע וואָל און זוסיע קאָלעסין...

ס'איז שווער זיך פֿאָרצושטעלן די פֿאַרנעמיקע אַרבעט פֿון די מענטשן, וואָס האָבן די זעק און פּעק פּאַפּירן, געבראַכט פֿון יִדישן אַנטיפֿאַשיסטישן קאָמיטעט, פֿונעם פֿאַרלאַג „עמעס" און דער רעדאַקציע „איינִיקײַט", פֿונעם „גאָסעט", – גקדאַרפֿט איבערקוקן, איבערלייענען, קורץ באַשרײַבן און צעלייגן זיי לויט אַ סדר אין אָט די פּאַפּקעס. עס איז געקומען אויפֿן זינען „די פּאַפּירענע בריגאַדע" פֿון ווילנער געטאָ. מעגלעך, אַז אָט די פֿיר „קאָנסולטאַנטן" האָבן נישט אײַנגעשטעלט דאָס לעבן אַזוי, ווי יענע ייִדן, צווישן וועלכע עס זײַנען געווען אויך אַבֿרהם סוצקעווער און שמערקע קאַטשערגינסקי, הגם אויך זיי, די מאָסקווער „פּאַפּירענע בריגאַדע", זײַנען אַרויסגעשטעלט געוואָרן פֿאַר אַ סכּנה אײַנגעזעצט און פֿאַרמישפּט צו ווערן ווי פֿאַררעטער און שׂונאים פֿון פֿאָלק – נישט פֿון די נאַציס, פֿון דער אייגענער מלוכה!

צעבינדנדיק די בענדלעך פֿון איין פּאַפּקע און אַן אַנדערע, בלעטערנדיק אַ זײַטל נאָך אַ זײַטל, איז קרופּניקן קלאָר געוואָרן, אַז ס'רובֿ אַרטיקלען און פֿאַרצייכענונגען פֿון בערגעלסאָנען און דער ניסתּרן זײַנען פּובליקירט געוואָרן אין אויסלאַנד: אין דרום־אַמעריקע, די פֿאַראייניקטע שטאַטן, ענגלאַנד און קאַנאַדע. די אַדרעסן זײַנען אָנגעוויזן געוואָרן אויף באַזונדערע באַגלייטונגס־קוויטלעך. בסך־הכּל 59 אַרטיקלען פֿון בערגעלסאָנען און פֿינף גרויסע פֿאַרצייכענונגען פֿון דער ניסתּרן...

און ווידער, ווי דעמאָלט אין קעשענעוו, האָט ממש ביז שווידער געקלאַפּט אין די שלייפֿן: צו וואָס האָבן זיי, די תּליונים, גקדאַרפֿט עס האָבן, די ביז משוגעת דערפֿירטע פּינקטלעכקייט אין די פּאַפּירן, אַז דער אורטייל איז שוין סײַ־ווי געווען באַשטימט נאָך פֿאַרן מישפּט.

צוריק געריט, האָט דער היסטאָרישער פּאַראַדאָקס אַרויסגעשטעקט די צונג יענע פּעדאַנטישע אויספֿאָרשערס פֿון די „ייִדישע קרימינעלע ענינים“ – זיי האָבן געזוכט אין די פּאַפּירן עדות פֿון פֿאַרברעכנס, און הײַנט זײַנען די זעלבע פּאַפּירן געוואָרן עדות פֿון אַ העלדישער אַרבעט, וואָס די מחברים, ייִדישע שרײַבערס, האָבן געפֿירט קעגן די שונאים פֿון זייער פֿאָלק און דער מענטשהייט בכלל. דווקא צו זייער קול האָבן זיך צוגעהערט ייִדן און נישט ייִדן איבער דער וועלט. זיי, מיט זייערע אַרטיקלען און פֿאַרצייכענונגען, אָנגעשריבן פֿאַר אויסלאַנד, האָבן, פֿון זייער זײַט, מיטגעהאָלפֿן מיכאָעלסן און פֿעפֿערן אין זייער שליחות אין ענגלאַנד, די פֿאַראייניקטע שטאַטן, מעקסיקע און קאַנאַדע...

אָבער נישט נאָר אַרטיקלען און פֿאַרצייכענונגען האָבן באַהאַלטן אין זיך די פּאַפּקעס; אויך לידער און פּראָזע, וואָס די שרײַבערס האָבן אַרײַנגעשיקט אין „אייניקײַט“. עס איז שווער געווען זיך אָפּרײַסן פֿון די געדיכט אָנגעפּיקעוועטע זײַטן, אָנגעשריבן מיט דער האַנט פֿון דער ניסתּר – נײַן קאַפּיטלעך פֿון זײַן ראָמאַן „משפּחה מאַשבער“; אָדער איינצלנע קאַפּיטלעך פֿון בערגעלסאָנס ראָמאַן „אַלכּסנדר באַראַש“; אָדער לידער פֿון פּרץ מאַרקישן...

די היץ אינעם אַרכיוו־קעמערל האָט ווי צעשמאָלצן די ווירקלעכקייט, און אַריבערגעטראָגן קרופּניקן אין זײַן ירושלימער ביוראָ. די זײַטן פֿון צײַטונגען און די כּתבֿ־ידן פֿון פּאַפּקעס האָבן געהערט צו איין תּקופֿה, ווו ייִדיש איז געווען איר אַקס, איר חוט־השדרה... און פּונקט ווי דאָרט, בשעתן לייענען די טאָג־טעגלעכקייט פֿון ייִדישן לעבן פֿאַרן אומקום, אַזוי אויך איצט, צורירנדיק זיך צו די זעלבע בייגעלעך פּאַפּיר, וואָס האָבן אײַנגעזאַפּט אין איינעם מיטן טינט דעם אָטעם פֿון זייערע מחברים, האָט קרופּניק דערפֿילט ווי עס שטיקט אים אַ בענקשאַפֿט נאָך יאָרן און מענטשן, וואָס ער האָט מיט זיי אין דער ווירקלעכקייט זיך קיין מאָל נישט געטראָפֿן, אָבער שטענדיק געווען און פֿאַרבליבן מיט זיי גײַסטיק געקניפּט און געבונדן.

דער פֿאָרשער זוכט אינעם נעבכטן פֿאַקטן, און דער שרײַבער – גע־שטאַלטן. פֿאַרלאָזט האָט קרופּניק דעם מאָנומענטאַלן בנין פֿונעם אַרכיוו, אַ מוסטער פֿון סאָוועטישער אַרכיטעקטור אין סטאַלינס תּקופֿה, אַרום דרײַ בײַ טאָג. די היץ אינעם קעמערל האָט אים ממש אַרויסגעשטויסן. נעבכטן האָט ער אָנגעקלונגען חיים בערגערן, אָפּצורעדן זיך צו טרעפֿן מיט אים הײַנט. ס'האָט אים נאָך אָבער נישט אָפּגעלאָזט די אַרבעט, די

פֿאַפּירן האָבן געשווינדלט אין די אויגן, די שורות פֿון די כּתבֿ־ידן – זיך צערונען און צעפּויזעט, ווי ריטשקעלעך אויף טאַפֿליעס נאָך אַ רעגן... אַ ווײַלע האָבן זיך פֿאַרהאַלטן די צוויי נעמען פֿון די שרײַבערס – דאָבע וואָל און זוסיע קאָלעסין...

זיי פֿלעגן שטענדיק אַרויסגעבראַכט ווערן צוזאַמען, ווי די נעמען פֿון די צוויי באַקאַנטע רוסישע שרײַבערס, אילף און פּעטראָוו. איין קליניקייט – קאָלעסין און וואָל זײַנען געווען מאַן און ווײַב, און יעדער האָט געמאַכט שבת פֿאַר זיך, דאָס הייסט, געשריבן לידער אונטער זײַן אייגענעם נאָמען. אין די אָנהייב 1970ער האָבן זיי פֿאַרביטן מאָסקווע אויף ירושלים. דאָרט מיט יאָרן שפּעטער האָט זיך דובֿ־בער מיט זיי געטראָפֿן.

צי האָבן די ייִדישע שרײַבערס געוווּסט וועגן זייער „קאָנסולטיר"־אַרבעט איבער די אַרעסטירטע פּאַפּירן? וועגן דעם האָט מען אויף אַ קול נישט גערעדט. צי איז דאָס געווען דער פּרײַז פֿון בלײַבן אויף דער פֿרײַ? קיין ענטפֿערס אויף אַזעלכע פֿראַגעס איז נישט געווען דעמאָלט און נישטאָ אויך הײַנט. צוריק גערעדט, האָבן זיי ערלעך אויסגעפֿירט זייער חובֿ און, אַ דאַנק דעם, זײַנען אין אַ געוויסער מאָס, פֿאַרהיט געוואָרן אין די „קאַגעבע"־גניזות וויכטיקע מאַנוסקריפּטן. און זאָלן שוין קומען ייִדישע פֿאָרשערס – נישט קיין אויספֿאָרשערס – צו באַטראַכטן דעם עזבֿון פֿון דער פֿאַרשניטענער ליטעראַטור...

מיטן פּאָעטישן זיווג וואָל־קאָלעסין האָט דובֿ־בער זיך באַקענט בשעתן אַרבעטן איבער זײַן ווידעאָ־פּראָיעקט. אין תּוך גערעדט, האָבן אים צו דעם אײַנפֿאַל געבראַכט זײַנע פֿרײַטיק־יאָזדעס אין „לייוויק־הויז" און די טרעפֿונגען מיט די שטאַמגעסט. ס׳רובֿ פֿון זיי זײַנען טאַקע פֿילמירט געוואָרן אינעם שרײַבער־פֿאַראיין, אָבער נישט אַלע – מיט אייניקע פֿון די ייִדישע שרײַבערס האָט קרופּניק זיך געטראָפֿן בײַ זיי אין דער היים.

זוסיע קאָלעסין איז שוין צו יענער צײַט געווען שווער קראַנק. ער איז געלעגן אין צווייטן צימער און בלויז פֿון צײַט צו צײַט אויסגע־זיפֿצט דעם נאָמען פֿון זײַן פֿרוי – „דאָאָבע...". די קלאַנגען זײַנען קוים דערגאַנגען, ווי עפּעס אַ פֿאַרבלאָנדזשעטער ווידער־קול פֿון אַ פֿאַר־געסענעם ווינקל. דאָבע אַליין, אַן אײַנגעקאָרטשטע פֿרוי, מיט אַ קליין פּנימל און אײַנגעפֿאַלענע באַקן, אָפּגעבליאַקעוועטע געלע האָר און דורכזיכטיקע גרינע אויגן איז געזעסן אינעם „סאַלאָן", אָנגעשטעלט דעם

בליק אין דער קאַמער. די גרויסע ברילן מיט דיקע גלעזלעך האָבן די גרינקייט פֿון אירע קינדערש־אָנגעשראָקענע אויגן שיִער נישט צעשמירט איבערן פּנים. דאָבע האָט דערציילט וועגן איר מאַמען, ווי יענע פֿלעגט פֿאַרשרײַבן די ערשטע לידער פֿון איר פֿינף־יאָריק טעכטערל, וואָס האָט נאָך נישט געקאָנט אַליין שרײַבן.

– ס'איז מיר געפֿעלן געוואָרן צו רעדן מיט געגראַמטע רייד, אויס־טראַכטן פֿאַרשיידענע מעשׂהלעך און זיי דערציילן די געסט, שטייענדיק אויף אַ טאַבורעט...

אירע אויערן זײַנען אָנגעשפּיצט. כאַפּן אויף יעדן פּיפּס, וואָס קומט אַרויס פֿונעם צווייטן צימער. „דאָאָבע..." – הערט זיך ווידער. זי שפּרינגט אונטער פֿונעם אָרט, ווי אַן אויפֿגערודערטע קאַץ, אַנטשולדיקט זיך און קאַטשעט זיך אַרײַן צום מאַן. די טיר אין צווייטן צימער איז אָפֿן און מע קאָן זען, ווי דאָבע שטייט בײַ אַ הויכן געלעגער. איר קול קלינגט שוין גאָר אַנדערש, ווי ביז אַהער – אַ לאַשטשענדיקס, ווייכס. זי סטאַרעט זיך דעם קראַנקן מאַן מאַכן שמייכלענדיק.

– מ'איז געקומען פֿילמירן מיט מיר אַ פֿילם... כ'וועל נאָך ווערן אויף דער עלטער אַ קינאָ־שטערן... זײַ רויִק, זוסיעלע, כ'בין דאָ, לעבן דיר...

זי קערט זיך אום און זעצט זיך ווידער אַנטקעגן דער קאַמער.

– ער איז זייער אַן אײַפֿערדיקער... תּמיד געווען אַזאַ...

זיי האָבן זיך באַקענט אין מאָסקווע. ביידע זיך געלערנט אינעם אוניווערסיטעט אויפֿן ייִדישן אָפּטייל בײַם ליטעראַטור־פֿאַקולטעט און דערנאָך אַוועקגעפֿאָרן אויף אַרבעט קיין מינסק. די מלחמה האָט זיי צעשיידט – זי האָט באַוויזן זיך עוואַקויִרן, און ער איז פֿרײַוויליק אַוועק אויפֿן פֿראָנט, ווי אַ קאָרעספּאָנדענט פֿון „אייניקײַט". די שווערע קאָנטוזיע האָט ער באַקומען שוין אין סאַמע סוף פֿון דער מלחמה. זי האָט געגעבן אין זיך צו וויסן אויף דער עלטער...

דאָבע דערמאָנט זיך אין איר לעבן, אין אירע לידער, נאָר יעדעס מאָל פֿאַרקערעוועט איר דערציילן צו אים, צו איר זוסיעלען.

– איר דאַרפֿט אים אויכעט פֿילמירן... – האָט זי פּלוצעם פֿאָרג־עלייגט, – איך וועל אים צוגרייטן, ער זאָל עפּעס לייענען פֿון זײַנע קינ־דער־לידער. אַך, ער שרײַבט וווּנדערלעכע לידער פֿאַר קינדער...

אַ צווייט מאָל, ווען דוב־בער איז מיטן חבֿר געקומען צו פֿילמירן דאָבען, האָט זי אַוועקגעזעצט דעם מאַן אויפֿן דיוואַן, אַרומגעלייגט אים מיט קישעלעך און ווי אַ פּלאַקאַט, צעוויקלט פֿאַר אים אַ בּרייטן

בויגן וואַטמאַן־פּאַפּיר. מיט גרויסע אותיות האָט זי אָנגעשריבן זײַנס אַ ליד, ער זאָל עס קאָנען איבערלייענען אויף אַ קול. עטלעכע מאָל האָט זוסיע אָנגעהויבן, זיך אָפּגעשטעלט און ווידער אָנגעהויבן... זײַן קול האָט געציטערט, געוואָרן אַלץ שטילער און זיך מיטאַמאָל אויסגעלאָזט אין אַ כליפּעניש...

ווי אַן אומעטיקער גרוס פֿון יענעם טאָג אין ירושלים בײַ וואָל און קאַלעסין אין שטוב, האָבן זיך אין דעם מאָסקווער קאַלטער האַוועניש אַרײַנגעריסן די ייִדישע ווערטער פֿון קאַלעסינס ליד:

איך שטיי אונטער אַ באָקסערבוים
אַ באָקסערבוים,
צו אים דערקליבן כ'האָב זיך קוים,
איך האָב זיך קוים...

נאָך עטלעכע אויסטויש־מאַניפּולאַציעס מיט דירות און צוצאָלונ־גען האָט חיים בערגער זיך סוף־כּל־סוף באַזעצט אין מאָסקווע. נאָכן טויט פֿון זײַן ערשטער פֿרוי האָט ער חתונה געהאַט מיט חווהן, אויך אַן אַלמנה. זיי זײַנען באַקאַנט געווען נאָך פֿון אוקראַיִנע. אַן ענערגישע טעטיקע פֿרוי האָט זי איבערגענומען די באַשיידענע מאָסקווער באַ־לעבאַטישקייט, אַז חיים זאָל זיך קאָנען אין גאַנצן אָפּגעבן מיט זײַן אַרבעט.

זייער מאָסקווער מציאה, די דירה, איז באַשטאַנען פֿון איין שלאָף־צימערל און אַן אייבערשטן צימער, וואָס אַ היפּשן ווינקל האָט פֿאַר־נומען חיימס „קאַבינעט" – אַ גרויסער שרײַבטיש, איבער וועלכן עס זײַנען ביז דער סטעליע געהאָנגען עטלעכע פּאָליצעס, אָנגעפּאַקט מיט ביכער. פּאַפּקעס מיט מאַנוסקריפּטן, פֿאָטאָגראַפֿיעס, דרוקבויגנס מיט קאָרעקטור און אויסשניטן פֿון צײַטונגען האָבן אַרומגעלייגט די שווערע שרײַבמאַשינקע, וואָס האָט פֿאַרט פֿאַרנומען אויפֿן שרײַבטיש דעם אויבנאָן. אויף דער זעלבער וואַנט איז געהאָנגען אַ גרויסע פֿאַרביקע אַפֿישע פֿון דער טעאַטער־פֿאָרשטעלונג „אַ שוואַרץ צײַמל פֿאַר אַ ווײַס פֿערדל". בערגער האָט צו דער מוזיקאַלישער אויפֿפֿירונג אָנגעשריבן דעם ליברעטאָ אויפֿן סמך פֿון שלום־עליכמס ווערק, וואָס האָט געהאַט אַ גוואַלדיקן דערפֿאָלג און געשפּילט געוואָרן אַפֿילו אין ניו־יאָרק אויף בראָדוויי. דוב־בער האָט די פֿאָרשטעלונג געזען אין קעשענעוו.

צוויי פֿאַרטרעטן האָבן אַראָפּגעקוקט פֿון אַן אַנדער וואַנט – חיימס ערשטע פֿרוי און חווהס ערשטער מאַן. עס האָט אויסגעזען, אַז אויף יענער וועלט זײַנען די פֿאַרשטאָרבענע אויך געוואָרן אַ זיווג. גלײַך אונטער זיי, צוגעשפּאַרט מיט איין זײַט צו דער וואַנט איז געשטאַנען אַ טיש מיט בענקלעך. עס זײַנען שוין אויף אים אויסגעשטעלט געווען טעלערס מיט געשמאַקע פּאַטראַוועס, אָבער די גאַסטפֿרײַנדלעכע באַלעבאָסטע האָט נאָך, אַפּנים, נישט אויסגעלייגט איר גאַנצן מעניו; יעדעס מאָל אַרײַנגעבראַכט אַ נײַ מאכל און איידער עס אַוועקשטעלן אויפֿן טיש, אויסגעזוכט פֿאַר דעם אַן אָרט מיט די אויגן.

אַ לענגערע צײַט האָט חיים בערגער ערנסט געקרענקט. קיין קעשענעוו זײַנען שוין געהאַט דערגאַנגען קלאַנגען, אַז ער האַלט שמאָל. ראַשקאָוואַן האָט געזיפֿצט: „דער מענטש איז פֿאָרט נישט פֿון אײַזן... ס'וועט שווער זײַן זיך באַגיין אין רעדאַקציע אָן אַזאַ בערגער!" חווה האָט אים אַרויסגעשלעפּט... געקומען אַ ביסל צו זיך, איז חיים גרייט געווען זיך אומקערן אין רעדאַקציע. נאָר נישט חווהן האָט ער געקאָנט אין דעם איבערצײַגן. דער אולטימאַטום איז געווען קורץ און שאַרף: „אויב דו גייסט צו דער אַרבעט, גיי איך פֿון דיר אַוועק!"

– כ'זע, ביז דער טיש וועט זיך נישט אײַנברעכן, – האָט זיך גע־ווייצלט דער באַלעבאָס, – וועסטו נישט אויפֿהערן אים פֿאַרשטעלן.

– שוין, שוין, פֿאַרענדיקט... – האָט חווה זיך פֿאַרענטפֿערט, אונטערכאַפּנדיק דעם מאַנס ווייצלענדיקן טאָן, – אוי, דעם עיקר פֿאַרגעסן! – זי איז אײַליק צוגעגאַנגען צום בופֿעט און אַרויסגעשלעפּט אַ געקינצלט פֿלעשל מיט אַ רויטער פֿליסיקייט, – מײַן פֿירמענער פּסחדיקער ווישניק.

– געטראָפֿן פּונקט פֿאַרקערט, – האָט חיים זיך אָנגערופֿן מיט אַ שמייכל, – אונדזער טײַערער גאַסט איז דאָך געקומען פֿון ארץ־ישׂראל; זײַן מצרים האָט ער שוין לאַנג פֿאַרלאָזט...

דער שמועס בײַם טיש האָט זיך געדרייט אַרום דעם אַרכיוו. דוב־בער האָט געהאַלטן אין איין דערציילן וועגן זײַן הײַנטיקן באַזוך.

– איר פֿאַרשטייט, חיים, מ'האָט דעמאָלט אויסגערייניקט אַלץ און עס צונויפֿגעשאַרט אין איין קופּע... עס דערמאָנט מיר מאַרקישס פּאָעמע „קופּע". ס'איז אַוודאי נישט צו פֿאַרגלײַכן, אָבער בײַ ייִדן ווייסט איר דאָך, באַגראָבט מען הייליקע ספֿרים, געשעדיקט נאָך אַ פּאָגראָם, באַגלײַך מיט די מענטשלעכע קרבנות...

– געפֿינען זיך דאָרט, זאָגסטו, זײַטלעך פֿון דער ניסתּרס „משפּחה מאַשבער“... אפֿשר זײַנען דאָס זײַטן פֿונעם דריטן טייל... אַך, ווי כ׳וואָלט געוואָלט זיך אין די פּאַפּירן אַ גריבל טאָן...

בערגער האָט זײַן גאַנץ שאַפֿעריש לעבן זיך געוואַקלט – אָט האָט אים זײַן ווינסדורשטיקער מוח אַרײַנגעבראַכט אין תּחום פֿון פֿאָר־שונג, און אָט האָט די באַפֿליגלטע נשמה זײַנע פֿאַרטראָגן אים אין די פּאָעטישע הימלען. געבליבן נאָך די רדיפֿות אָן זײַן מאַמע־לשון, האָט ער זיך גענומען צום שרײַבן אַ ווינסשאַפֿטלעכע אַרבעט וועגן דעם אוקראַיִנישן פּאָעט און פּאָליטישן טוער איוואַן קוליק, וואָס זײַן אמתער נאָמען איז געווען ישׂראל קוליק. נאָך פֿון שלום־עליכמען אָן זײַנען די ייִדישע שרײַבערס, אָפּשטאַמיקע פֿון אוקראַיִנע, געווען באַאײַנפֿלוסט פֿון דער אוקראַיִנישער שפּראַך און געזאַנג. די פֿאָרש־אַרבעט איז געבליבן נישט פֿאַרענדיקט. דער פּאָעטישער פֿלוג האָט אים אַוועקגעטראָגן אויף די ברייטע פֿעלדער פֿון אוקראַיִנישער פּאָעזיע.

שפּעטער האָט חיים זעלטן דערמאָנט סײַ וועגן זײַן אָפּלאָזן דעם שידוך מיט ליטעראַטור־ווינסשאַפֿט און סײַ וועגן זײַן צײַטווײַליקער ליבע־אינטריגע מיט דער אוקראַיִנישער מוזע. פֿון דעסטוועגן, האָט דאָס וואַנדער־געפֿיל פֿון זוכן נײַע וועגן, פֿון גריבלען זיך אין נאָך נישט אַנטדעקטע כּתבֿ־ידן, אויספּרוּוון זײַן פּען אין פֿאַרשיידענע ליטעראַרישע זשאַנערס און פּעדאַגאָגישע שטודיעס געבראַכט אים אַ שם פֿון אַ כּל־בו־מענטש אויף דער ייִדישער גאַס. דער וויכטיקער אויפֿטו אין די לעצטע יאָרן פֿון בערגערס אַרבעט אין „סאָוועטיש געזעמלאַנד“ איז געווען דאָס אײַנפֿירן די רובריק „אונדזער מעמאָריאַל“, וואָס איז געווידמעט געוואָרן דעם אָנדענק פֿון ייִדישע שרײַבערס אי יעניקע, וואָס זײַנען אומגעקומען אויף די מלחמה־שלאַכטן, אי די, וואָס ס׳האָט פֿאַרשניטן דער סטאַלין־רעזשים.

חיים און דובֿ־בער האָבן זיך איבערגערוקט פֿונעם עסטיש צום שרײַבטיש, פֿאַרכאַפּנדיק מיט זיך די גלעזלעך און דאָס פֿלעשל מיטן פֿאַרבליבענעם ווישניק.

– אין אָט אַזעלכע גוטע מינוטן פֿעלט מיר אויס אַ ציגײַער... – האָט חיים, ווי אונטערגעצויגן אַ סך־הכּל צו דער געשמאַקער סעודה און געמיטלעכער טרעפֿונג. זײַנע אויגן זײַנען פֿײַכטער געוואָרן, נישט אַזוי פֿון די עטלעכע גלעזלעך אויסגעטרונקענער משקה, ווי פֿון אַ פּשוטן מענטשלעכן נחת – זיצן אַזוי און רעדן וועגן ייִדישע זאַכן. –

לעצטנס, אויפֿן סמך פֿון מײַנע לאַנג־יאָריקע זוכענישן און געזאַמלטע מאַטעריאַלן, האָב איך אָנגעהויבן צונויפֿשטעלן אַ מין לעקסיקאָן פֿון ייִדישע סאָוועטישע שרײַבערס. מע טאָר נישט דערלאָזן זיי זאָלן בלײַבן אין פֿאַרגעסנהייט. יאָ, אַלע האָבן זיי געגלייבט אין דעם, וואָס מ׳האָט אויפֿריכטיק באַזונגען אין די שאַפֿונגען... איז עס דען אַ שולד און שטראָף צו זײַן געטרײַ און איבערגעגעבן דײַן פֿאָלק און דײַן לאַנד?!

– ס׳איז זייער אַ וויכטיקע אַרבעט, – האָט דובֿ־בער אים געמוטיקט, – ווער נאָך, אַז נישט איר וועט עס טאָן? צום באַדויערן, זײַנען אַפֿילו די קרבנות פֿונעם ייִדישן אַנטיפֿאַשיסטישן קאָמיטעט געבליבן נאָר ווי שיריים אויף דער אויבערפֿלאַך פֿון דער קאַלטער מלחמה. שוין אָפּגערעדט וועגן הונדערטער אַנדערע נעמען פֿון ייִדישע פּאָעטן, פּראַזאַיִקער...

– כ׳וועל דיר זאָגן נאָך מער: ווערדליק איך ווייס, שטעלט מען זיך נישט פֿאַר ניט דאָ און ניט דאָרט, בײַ אײַך, אַז עס זײַנען געווען בײַ אונדז אַזוי פֿיל ייִדישע שרײַבערס... – חיים האָט אָנגעוויזן אויף די פּאַפּקעס אויף זײַן שרײַבטיש, – זעסט, כ׳האָב שוין די אַרבעט אָנגעהויבן...

חיימס ווערטער און די פּאַפּקעס האָבן אומגעקערט קרופּניקן צו די מאַנוסקריפּטן פֿון יענע פּאַפּקעס, וואָס ער האָט איבערגעלאָזט ליגן אינעם אַרכיוו־קעמערל.

– איר ווייסט, חיים, – האָט ער קוים דערהערט זײַן אייגענע שטים, – כ׳האָב זיך געקווענקלט, צי זאָל איך עס זאָגן אײַך, צי זאָל עס בלײַבן נאָר ווי מײַן השערה... בײַם בלעטערן די פֿאַרגעלטע זײַטלעך פֿון מאַרקישס לידער, האָט זיך מיר פּלוצעם אַ וואָרף געטאָן אין די אויגן אַ טונקל־רויטער פֿלעק, אַן אײַנגעבאַקענער אויף איינעם פֿון די זײַטלעך... מעגלעך, כ׳האָב אַ טעות און דאָס איז נישט קיין בלוטיקער פֿלעק...

אַ כליפּ האָט זיך דערהערט פֿונעם אָרט, ווו ס׳איז געשטאַנען אַן אַלטמאָדישע קאַנאַפּע. די מענער זײַנען אַזוי פֿאַרכאַפּט געווען מיט זייער שמועס, אַז מ׳האָט נישט געזען, ווי חווה, פֿאַרענדיקט מיט איר שטוב־אַרבעט, האָט זיך דאָרט צוגעזעצט און זיך צוגעהערט צום שמועס.

– גאָטעניו מײַנער! – האָט זי זיך נישט געקאָנט באַרויִקן, און שוין אויף איר אופֿן געמאַכט אַן אויספֿיר: – חיים, פֿון דער מלוכה, ווי זי זאָל זיך איצט נישט פּוצן, וועט קיין גוטס נישט אַרויס... ס׳וועט דיר גאָרנישט העלפֿן – מע דאַרף פֿאָרן!

אויך ווי נעבעכן בײַ די לוואָווס, האָבן איצט די בערגערס נישט געוואָלט אָפּלאָזן דעם גאַסט, ווי ער זאָל נישט געווען פּרווון זיי איבערצורעדן.

– חווה וועט דיר אויסבעטן אויף אָט דער קאַנאַפּע, – האָט חיים מיט שטאָלץ געזאָגט, – דו שטעלסט זיך נישט פֿאָר, וויפֿל אינטעליגענטע און אַפּילו באַקאַנטע מענטשן זײַנען אויף איר געשלאָפֿן... אמת, פֿון אויסלאַנד, ביסטו דער ערשטער!

10

דער געדאַנק צו פֿילמירן די ייִדישע שרײַבערס אין „לייוויק־הויז“ האָט נישט אָפּגעלאָזט קרופּניקן, הגם קיין שום ממשותדיקע שטיצע האָט ער זיך פֿון קיין איין ייִדישער אינסטיטוציע נישט דערוואַרט, אַפֿילו פֿונעם שרײַבער־פֿאַראיין גופֿא. אַ געוויסע דערפֿאַרונג צו שאַפֿן אַזעלכע ווידעאָס האָט ער אָנגעקליבן בשעתן אַרויסלאָזן די ייִדישע פּראָגראַם „אויף דער ייִדישער גאַס“ בײַ דער מאָלדאַווישער מלוכישער טעלעוויזיע. זי פֿלעגט אַרויסגיין יעדע צוויי וואָכן אין גאַנצן אויף ייִדיש. קרופּניק האָט זי אַליין צונויפֿגעשטעלט און געפֿירט. אַזאַ פּראָגראַם איז אין די סוף אַכציקער, אָנהייב נײַנציקער יאָרן געווען די איינציקע אין גאַנץ סאָוועטן־פֿאַרבאַנד.

און פּלוצעם באַווײַזט זיך אַ מענטש, וואָס שטעקט זיך אָן מיט קרופּניקס „קרענק“ און ווערט זײַן געטרײַער שותּף. געהייסן האָט דער ייִד אַהרן שוואַרץ, אַן אָפּשטאַמיקער פֿון בעסאַראַביע, וואָס האָט זיך שוין געהאַלטן אין ישׂראל פֿאַר אַ וותיק, אַן אַלטגעזעסענעם, הייסט עס.

מיט אַהרנען, וואָס האָט אָפּגעלעבט אין קעשענעוו בײַ די פֿערציק יאָר, האָט דובֿ־בער זיך פֿריִער נישט געקענט. אין 1966 האָט די ייִדישע גאַס אין קעשענעוו גערעשט און אָנגעקוועלט: אַז מע לעבט, דערלעבט מען! מיט דער פֿאָרשטעלונג „נײַ כּתריאַלעווקע“ האָט אָנגעהויבן זײַן קורצע און זייער אָנגעזעטיקטע טעטיקייט דער ייִדישער פֿאָלקס־טעאַטער. דער טעאַטער איז געוואָרן אַ צענטער, וואָס האָט צוגעצויגן קליין און גרויס – די געבליבענע רעשטלעך ייִדישע אַקטיאָרן און די פֿרישע כּוחות פֿון דער אָרטיקער ייִדישער יוגנט. ייִדיש האָט דער נאָך־מלחמהדיקער דור געקענט נאָר רעדן, געכאַפּט די שפּראַך פֿון זייערע עלטערן און –

ווער ס'האָט געהאַט מזל – פֿון אַ לעבן־געבליבענער באָבע אָדער זיידע. האָט מען די ייִנגלעך און מיידלעך געלערנט סײַ שפּילן טעאַטער און סײַ די שפּראַך, אויף וועלכער זיי האָבן געשפּילט זייערע ראָלעס.

צווישן די אײַנגעשפּאַנטע עקשנים דורכצושלאָגן די ביוראָקראַטישע וואַנט פֿון די שטאָט־באַלעבאַטים, פֿאַרסמט מיט שׂינאה צו ייִדן, האָט אַהרן שוואַרץ געשפּילט די פֿירנדיקע ראָלע.

דער הויפּט־רעזשיסאָר פֿון דער אַמאַטאָרישער טרופּע איז געוואָרן ראובֿן לווין, און אין אַ קורצער צײַט האָט דער טעאַטער צונויפֿגענומען אַרום זיך בײַ די הונדערט באַטייליקטע, בתוכם אַן אָרקעסטער, כאָר און באַלעט־גרופּע. נאָך פֿינף יאָר שפּילן און אין דער זעלבער צײַט, קעמפֿן מיט דער מאַכט, וואָס האָט, פֿון איין זײַט, דערלויבט צו האָבן אין שטאָט אַ ייִדישן טעאַטער, און פֿון דער אַנדערער זײַט, גיך חרטה געהאַט דערפֿון און אָנגעהויבן אויפֿשטעלן כּל־מיני ווענט־און־ווענטלעך, – האָבן די אָנטיילנעמער פֿון דער טרופּע דעם טעאַטער אַליין געשלאָסן; נישט געלאָזט זיך אַרײַנצושלעפּן אינעם קאַראַהאָדע, וואָס די מלוכה האָט פֿאַרדרייט אין איר פּראָפּאַגאַנדע־מלחמה קעגן ישׂראל.

עס איז געקומען אַן אַנדער צײַט: די ייִדישע יוגנט, באַגײַסטערט מיטן ישׂראל־נצחון אין דער זעקס־טאָגיקער מלחמה, האָט אָנגעהויבן אַלץ אָפֿטער זיך פֿרעגן – מאין יבֿא עזרי – פֿון וואַנען וועט מיר קומען הילף? דער ייִדישער טעאַטער איז בפֿירוש געוואָרן דאָס נאַציאָנאַלע גײַסט־פֿענצטערל אין דער קאַלעמוטנער סאָוועטישער תּקופֿה, וואָס האָט געבראַכט דערצו, אַז אין די אָנהייב 1970ער זאָל זיך עפֿענען די טיר פֿון אַ נײַער עליה קיין מדינת־ישׂראל. די מאַכט האָט זיך געביסן די ליפּן, ס'איז שוין אָבער געווען צו שפּעט; ס'רובֿ באַטייליקטע אינעם ייִדישן פֿאָלקס־טעאַטער זײַנען אַרויסגעפֿאָרן, און אין 1971 האָט דער טעאַטער אויפֿגעהערט צו עקזיסטירן. אינעם זעלבן יאָר איז אַהרן שוואַרץ עולה געווען.

זייער פֿרײַנדשאַפֿט האָט זיך אָנגעהויבן גאָר אין גיכן, ווי די קרופּ־ניקס האָט מען געבראַכט צו פֿירן קיין מבֿשׂרת־ציון. אַהרן האָט זיך וועגן דעם דערוווסט אין סוכנות, ווו ער האָט נאָך זײַן פּענסיאָנירן אַרויסגעהאָלפֿן ווי אַ וואָלאָנטיר. אַהרן און זײַן פֿרוי בראָניע זײַנען געוואָרן זייערע וועגווײַזערס און עצה־געבערס אינעם נײַעם לעבן. קיין איין וויכטיקער באַשלוס, בתוכם דאָס קויפֿן זיך אַ ווױנונג, איז זיך נישט באַגאַנגען אָן דעם, מע זאָל זיך מיט די שוואַרצס נישט געוועזן אַן עצה

טאָן. האָט זיך אַזוי אויסגעדרייט, אַז די קרופּניקס האָבן זיך געקויפֿט אַ דירה אויך אין דער ירושלימער געגנט גילה, ווו ס'האָבן געוווינט אַהרן און בראָניע; נישט סתּם אין גילה, נאָר ממש אין איין הויף מיט זיי.

קיין איין טרעפֿונג איז זיך נישט באַגאַנגען אָן דעם, אַז אַהרן זאָל נישט געווען פֿאַרפֿירן אַ שמועס וועגן „זײַן טעאַטער". דער טעאַטער און די דערמאָנונגען אַרום זײַן בליִענדיקער טעטיקייט זײַנען פֿאַרבליבן מיט אים אויף שטענדיק. ער האָט געוווּסט, ווער און ווו פֿון די געוועזענע טעאַטער־אַנטיילנעמער וווינט און ווי אַזוי עס לעבט זיך זיי. אַ פֿאַרברענטער פֿאָטאָגראַף האָט ער פֿאַרמאָגט אַ גאַנצן פֿאָטאָ־אַרכיוו מיט הונדערטער פֿאָטאָגראַפֿיעס, געמאַכט בעת אַלע פֿאָרשטעלונגען. אין די יאָרן פֿון זײַן לעבן אין ישׂראל איז אַהרן, מיט לײַב־און־נפֿש, צוגעוואָקסן צו דער העברעיִשער קולטור. באַהערשט גוט עבֿרית, געלייענט העברעיִשע ליטעראַטור און נישט דורכגעלאָזט קיין איין טעאַטער־פֿאָרשטעלונג, וואָס מע פֿלעגט שפּילן אין ירושלים. אין זייערע שמועסן פֿלעגט אַהרן זיך אַרויפֿזעצן אויף דובֿ־בערן, אַז יענער זאָל מיט אים רעדן „רק עבֿרית". דער סוף איז געווען, אַז אַהרן איז ווידער געוואָרן אַ הייסער חסיד פֿון מאַמע־לשון.

צו יענער צײַט האָט אַהרן גראָד זיך געקויפֿט אַ ווידעאָ־אַפּאַראַט. דערהערט וועגן קרופּניקס פּלאַן, האָט ער אויף קיין רגע נישט געצווייפֿלט, נאָך מער: ער האָט שוין אָנגעהויבן שטורקען דובֿ־בערן; כּמעט יעדן פֿרײַטיק שלעפּן אים אויפֿן אַלטן „פֿאָרד", אָנגעלאָדן מיט זײַן אַפּאַראַטור, קיין תּל־אָבֿיבֿ, זיי זאָלן זיך דאָרט טרעפֿן מיט די קומענדיקע „פּערסאָנאַזשן" פֿון זייערע פֿילמען. מיט אייניקע פֿון די שרײַבערס האָט דובֿ־בער אָפּגערעדט זיך צו טרעפֿן בײַ זיי אין שטוב, ווײַל ס'איז זיי שוין שווער געווען צו קומען אין „לייוויק־הויז". אַזוי איז אויך געשען מיטן פּאָרפּאָלק – דאָבע וואָל און זוסיע קאָלעסין.

אַ שאָד, האָט געטראַכט דובֿ־בער, וואָס ס'האָט זיך אים נישט אײַנגעגעבן צורעדן אַהרן שוואַרץ צו פֿאָרן מיט אים קיין מאָסקווע. צו זייער ווידעאָ־קאָלעקציע וואָלטן מעגלעך צוגעקומען סײַ אַהרן ליס, סײַ באָריס פֿיגלער, סײַ חיים בערגער און מישע לוואָוו... איצט זײַנען אין פֿיגלערס רשימה געבליבן נאָך דרײַ נעמען – די פּראָזאַיִקער שמואל דאָגנאַר, טבֿיה טאַץ און דער דיכטער דוד בראָם...

קרופּניק איז אָפּגעזעסן כּמעט אַ האַלבן טאָג אינעם אַרכיוו בײַם בלעטערן די אַלטע פּאַפּירן. זיך פֿאַרטיפֿערן אין זיי מער איז נישט געווען

זײַן אויפֿגאַבע, ער איז דאָך נישט קיין מומחה אין ליטעראַטור־פֿאָרשונג און געשיכטע, שוין אָפּגערעדט, אַז זײַן שליחות איז צו קורץ זיך ספּעציעל פֿאַרנעמען נאָר דערמיט. און פֿאָרט האָט ער אומדערוואַרט אָנגעטראָפֿן אויף אַ רשימה פֿון 41 פּיעסן און אויף די פּיעסן אַליין, וועלכע וואָלטן געדאַרפֿט זיך געפֿינען צווישן די אַרכיוו־פּאַפּירן פֿונעם ייִדישן מלוכישן טעאַטער. ווי קומען זיי אַהער, אינעם פֿאָנד פֿון ייִדישן אַנטיפֿאַשיסטישן קאָמיטעט?

אָט דער פֿאַקט, ווי אויך אַנדערע פּרטים, אין וועלכע דוב־בער האָט זיך אָנגעשטויסן בשעת זײַן קורצער אַרבעט, האָבן אים געבראַכט צום אויספֿיר, אַז די אַרכיוו־פּאַפּירן, אַרויסגעפֿירט פֿון די עטלעכע מאָסקווער ייִדישע אינסטיטוציעס, ווי אויך קאָנפֿיסקירט בײַ שרײַבערס בעת די אַרעסטן, זײַנען אַלע איבערגעמישט. די „קופּע" איז פֿאַרבליבן אַ „קופּע" אַפֿילו אײַנגעסדרט.

איבערגעכאַפּט אין אַ קליינער גאָרקיך מיטן נאָמען „דרײַ בערן", וואָס די אַלטיטשקע פֿונעם אַרכיוו האָט אים רעקאָמענדירט – „איר וועט זיך נישט אָפּסמען, דערצו זײַנען דאָרט די פּרײַזן מענטשלעכע..." – האָט קרופּניק זיך געלאָזט צו דער מעטראָ־סטאַנציע „קראָפּאָטקינסקאַיאַ"...

דער אומדערוואַרטער פֿאָרשלאָג פֿון קרופּניקן, צו פֿילמירן די ייִדישע שרײַבערס, האָבן אַרײַנגעבראַכט אין דעם שטיל־לעבן פֿון די פּרײַטיקן אין „לייוויק־הויז" אַ געוויסע סומאַטאָכע. די ישׂראל־פּרעסע בכלל און די טעלעוויזיע בפֿרט, האָט קיין שום אינטערעס צו דער „גלות־ליטעראַטור" און צו זייערע באַשאַפֿער נישט אַרויסגעוויזן. סײַדן, איין מאָל אין יאָר, בעתן דערמאָנען די חורבן־קרבנות, האָט מען געקאָנט הערן אויף ייִדיש געבירטיגס „עס ברענט", הירש גליקס „פּאַרטיזאַנער הימען" און סוצקעווערס „אונטער דײַנע ווײַסע שטערן". דעריבער איז דער פֿאַקט אַליין, אַז מע פֿאַרבעט זיי צו דערציילן פֿאַר אַ ווידעאָ־קאַמער וועגן זיך און זייערע ביכער, געווען אַ גאַנץ עמאָציאָנעל איבערלעבעניש.

עס זײַנען באַלד אויפֿגעקומען פֿראַגעס: צי וועט מען פֿאַר דעם דאַרפֿן באַצאָלן, אָדער פֿאַרקערט – מע וועט די שרײַבערס אויסצאָלן אַ האָנאָראַר? ווער שטייט הינטער דעם – דער „וועלטראַט", אָדער אַן אַנדער אָרגאַניזאַציע? צי וועט מען עס ווײַזן אויף דער טעלעוויזיע אין ישׂראל אָדער נאָר אין אַמעריקע? צי שטעקט נישט אין דעם אַלעמען אַ שפּיצל, אַרויסשטעלן ייִדיש אויף חוזק?.. צו אַלע פֿראַגעס און ספֿקות האָט געמאַכט אַ סוף ישועה פֿאַנין. ווי עס פּאַסט פֿאַר אַן עכטן פּירער,

האָט ער זיך שטיל אויפֿגעהויבן פֿון זײַן אָרט בײַם טיש און זיך געלאָזט גיין נאָך קרופּניקן און שוואַרצן אויפֿן פֿערטן גאָרן.

דאָס קלעטערן מיט די טרעפּ אַרויף איז פֿאַר די שרײַבערס געווען דער שווערסטער פּונקט פֿון קרופּניקס פּראָיעקט. דאָרט האָט זיך געפֿונען די ביבליאָטעק, און בײַ אַ ברייטן טיש, אויפֿן הינטערגרונט פֿון די פּאָליצעס מיט ייִדישע ביכער, איז במשך פֿון אַ דרײַ, פֿיר שעה פֿאָרגעקומען יעדע טרעפֿונג... ניין, די שרײַבערס זײַנען גרייט געווען אָפּצוזיצן לענגער, כאָטש דעם ייִנגסטן פֿון זיי איז שוין געווען בײַ די אַכציק. באַגרענעצט האָט די צײַט דער „קורצער פֿרײַטיק“. ער האָט אונטערגעיאָגט, אַרויסגעטריבן אַפֿילו פֿון אַזאַ שטאָט „בעזבאָזשניקעס“, ווי תּל־אָבֿיבֿ.

לכתּחילה האָט קרופּניק בײַ זיך באַשלאָסן, אַז לויט דער פֿאָרעם וועט עס זײַן נישט קיין שמועס און נישט קיין אינטערוויו, נאָר אַ מאָנאָלאָג. זײַן דערפֿאַרונג פֿון אַרבעטן פֿאַר דער טעלעוויזיע האָט אים געלערנט, אַז דאָס שטעלן פֿראַגעס דעם אינטערוויויִרטן, טרײַבט יענעם אַרײַן אין באַגרענעצטע ראַמען. דער אויספֿרעגער האַלט אים און פֿירט אים אויף זײַן „שטריקעלע“; בפֿרט, אַז די רייד גייט וועגן שרײַבערס, פֿרײַע קינסטלערס. זיי דאַרף מען נישט „פֿירן און שלעפּן“. זאָלן זיי אַליין דערציילן, אַפֿילו אויב זיי האָבן עס שוין אַמאָל באַשריבן אין זייערע ביכער. אַ שרײַבער חזרט זיך נישט איבער, ער שאַפֿט אַ נײַע וואַריאַציע.

נישט יעדער שרײַבער האָט זיך געפֿילט באַקוועם און פֿרײַ פֿאַר דער ווידעאָ־קאַמערע. געווען אַזעלכע, וואָס האָבן אויפֿגעשריבן אויף פּאַפּיר זייער מאָנאָלאָג, נאָר שוין אין 10־15 מינוט נאָכן אָנהייבן דער־ציילן האָבן זיי זיך דערפֿילט „אויפֿן פֿערדל“, רײַטנדיק איבערן פֿעלד פֿון זייערע דערמאָנונגען.

אַבֿרהם קאַרפּ, דער ווילנער אײַזיק באַבעל, ווי קרופּניק האָט אים באַצייכנט, צוליבן שילדערן די פֿאַר־מלחמהדיקע אונטערוועלטניקעס פֿון זײַן היים־שטאָט, האָט זיך אין קיין פּאַפּירלעך און ספּעציעלע אָנווײַזונגען נישט גענייטיקט. אין זײַנע טונקעלע אויגן, טיף אַרײַנגעזעצט אויפֿן מאָגערן פּנים, האָט זיך שטענדיק געהאַלטן אַ גוטמוטיקער שמייכל פֿון אַ קלוגן קאָנפֿעראַנסיע. די פּאָרעניש אַרום אים – דאָס אָנשטעלן דעם מיקראָפֿאָן און ליכט, דער שטאַטיוו מיטן ווידעאָ־אַפּאַראַט, און אַפֿילו די פּאָליצעס מיט ביכער הינטער אים, און דער אַלטמאָדישער טיש, אויף וועלכן עס זײַנען געליגן עטלעכע זײַנע ביכער, – אַלץ אַרום

האָט צוגעשפּילט דערצו, ער זאָל זיך אומקערן אין זײַן טאַטנס פֿאָלקס־טעאַטער – דער אָנהייב פֿון זײַן שאַפֿערישן וועג, וווהין ער קערט זיך כּסדר אום, פֿאַרלאָזנדיק דעם טאָג־טעגלעכן תּל־אָבֿיבֿער הו־האַ, און נעמט זיך צו דער פּען.

דער שרײַבער יאָסל בערנשטיין האָט אויך אַ פּאַפּירל אויפֿגעשריבן נאָך דעם סדר פֿון זײַנע דערציילונגען בעל־פּה, מיט וועלכע ער פֿלעגט אַרומפֿאָרן איבער ישׂראל און זיי דערציילן פֿאַר אַן עולם אויף עבֿרית. ער האָט זײַן מאָנאָלאָג אַזוי קונציק אויסגעבויט, אַז די צענדליקער באַזונדערע מיניאַטורן האָבן ווי פֿאַרשיידנקאָליריקע שפּליטערס צונויפֿגעשטוקעוועט אַ מאָזאַיִשן וויטראַזש פֿון זײַן לעבן, אָנהייבנדיק פֿון די ייִנגלשע יאָרן אין אויסטראַליע. יאָסל בערנשטיינס מעשׂיות איז נישט אָפּצוטיילן פֿון דער ירושלימער טאָג־טעגלעכקייט מיט די קוויטשיקע שטיקער רייד פֿונעם שוק „מחנה יהודה״, די סיגנאַלן פֿון שטאָט־אויטאָבוסן, און די שמאָלע שטיינערנע גאַסן און געסעלעך, באַזעצט מיט קאָלאָריטפֿולע ייִדישע טיפּן, געקומען אַהער פֿון אַלע עקן וועלט...

טשיקאַווע איז געווען צו באַזוכן די שרײַבערס בײַ זיי אין דער היים. יעקבֿ־צבֿי שרגל, מע קאָן זאָגן, דער וותיק פֿון ליטעראַטור אויף ייִדיש אין ישׂראל, איז געקומען אין לאַנד נאָך אין 1926, פֿול מיט ראָמאַנטישע געפֿילן און האָפֿענונגען, וועלכע ער האָט אַזוי האַרציק אויף אַ מאָדערניסטישן אופֿן באַזונגען אין זײַן פּאָעזיע. אָנגעטאָן אין אַ וואַרעמען געקעסטלטן כאַלאַט, טיף אַרײַנגערוקט זײַן שלאַבעריקן קערפּער אינעם פֿאָטעל, האָט דער אַלטער ייִדישער משורר, דערמאָנט אַ פֿאַראָרעמטן און פֿאַרגעסענעם אַדלמאַן. נישט געקוקט דערויף, וואָס צוליב ייִדיש האָט ער געליטן „מיט לעפֿלען און מיט גאָפּלען״, האָט ער, ווי אַ סך־הכּל, שטאָלץ פּראָקלאַמירט, אַז אויך דאָס גוטע אין זײַן לעבן האָט פֿאָרט „איבערגעדעקט אַלצדינג!..״

די שרײַבערינס האָבן זיך געגרייט צו דער טרעפֿונג אויף זייער פֿרויערישן אופֿן – געמאַכט אַ פֿריזור, צוגעפּודערט און צוגעשמירט דאָס פּנים, אָנגעפֿאַרבט די ליפּן און אַוודאי זיך אויסגעפּוצט ווי אויף אַ שׂימחה. די דיכטערין רבֿקהלע בת־חיים האָט זיי באַגעגנט אין איר גערטנדל, וואָס האָט געבליט אַרום דעם צווײ־גאָרנדיקן אַלטן הויז; און ערשט דערנאָך – פֿאַרבעטן זיי אין שטוב אַרײַן. אַלע ווענט זײַנען געווען פֿאַרהאָנגען מיט בילדער פֿון איר פֿאַרשטאָרבענעם מאַן, אַ דיפּלאָמאַט און מאָלער. זײַן גײַסט האָט נישט פֿאַרלאָזט דאָס הויז און זיך צעגאָסן

מיט אַ באַזונדערער שײַן, וואָס האָט באַלויכטן כּמעט אַלע פּאָעטישע זאַמלונגען פֿון דער פּאָעטעסע.

יענטע זגוריצער, ווי אַן עכטע בעסאַראַבער באַלעבאָסטע, האָט נישט געלאָזט צעוויקלען די מכשירים, ביז די לאַנדס־לײַט האָבן נישט פֿאַרזוכט איר מאַליַי מיט אַ גלאָז טיי. אין איר קליין דירהלע איז נישט לײַכט געווען צו געפֿינען אַ ווינקעלע, ווו צו פֿילמירן די שרײַבערין. זי אַליין האָט זיך אָנגעווען אויפֿגעזעצט בײַם טיש אין „סאַלאָן" און שטיל, ווי זיך אַנטשולדיקט פֿאַר דער ענגשאַפֿט, געפֿרעגט: „דאָ וועט זײַן גענוג אָרט?"

יענטע איז אַרײַנגעקומען אין דער ייִדישער ליטעראַטור אין אירע פֿופֿציקער, אין גיכן נאָכן קומען קיין ישׂראל פֿון קעשענעוו. אַהרן שוואַרץ האָט זי פֿון דאָרט נישט געקענט, הגם ס'איז אים אויסגעקומען זיך דרייען אויך צווישן די עטלעכע אָרטיקע ייִדישע שרײַבערס. מיט איר שוואָגער, יאַנקל יאַקיר, איז אַהרן גוט באַקאַנט געווען, שוין אָפּגערעדט פֿון מאָטל סאַקציִער, וואָס האָט געשאַפֿן פֿאַר „זײַן טעאַטער" די פּיעסע „נײַ כּתריאלעווקע". ער האָט אַוודאי געקענט אויך רחמיאל ראַשקאָוואַנען, אָבער יענער האָט קיין באַזונדערן אינטערעס צום ייִדישן פֿאָלקס־טעאַטער נישט אַרויסגעוויזן.

ווי יענטע אַליין האָט עס דערציילט אין איר מאָנאָלאָג, האָט זי „דאָרט" געשוויגן, ווײַל די מורא פֿאַר די „באַפֿרײַערס", וואָס האָבן אומגעבראַכט אירע עלטערן, און זי אַליין האָט געמוזט זיך וואַלגערן אין פֿאַרשיקונג אַלע אירע יונגע יאָרן, – איז דער צייכן „די טאָכטער פֿון אַ שונא פֿון פֿאָלק" איר נאָכגעגאַנגען טריט בײַ טריט, ביז זי האָט זיך פֿון דעם באַפֿרײַט, קומענדיק קיין ישׂראל.

יעדע נײַע דערציילונג איז געווען ווי אַ ווידוי, נאָך וועלכער ס'איז איר פֿון האַרץ אַראָפּגעפֿאַלן אַן אַנדער שטיין. זי האָט אויך געשריבן לידער, אָבער זיי קיין מאָל נישט געדרוקט.

קיין אַשקלון זײַנען אַהרן און דובֿ־בער געפֿאָרן זיך טרעפֿן מיט מלכּה גאָמאַן. נאָך לאַנגע מאַטערנישן האָבן די פֿרײַנד, סוף־כּל־סוף, אויסכּלאַפּאָטשעט פֿאַר איר אַ באַזונדערן צימער אין אַ „בית־מגורים". דאָס ערשטע מאָל איז מלכּה געקומען קיין פּאַלעסטינע אין די מיט צוואַנציקער יאָרן, אַנטלאָפֿן פֿון איר ליטוויש שטעטל מיטן געליבטן בײַ אירע קנאַפּע אַכצן יאָר, אָבער נאָך פֿיר יאָר שווערער האָראָוואַניע האָט זי, אַן אַנטוישטע, פֿאַרלאָזט אַרץ־ישׂראל און מיט דרײַ קינדער אויף די הענט געקומען קיין קרים, צו בויען שוין אין ראַטנלאַנד אַ

בעסערן מאָרגן. אָפּגעלעבט אין מאָסקווע כּמעט אַ גאַנץ לעבן, איז זי אין די סוף אַכציקער ווידער אַנטלאָפֿן קיין ישׂראל, שוין אַליין, אויף הפּקר, איבערלאָזנדיק אינעם סאָוועטן־פֿאַרבאַנד אירע קינדער און אייניקלעך...

וועגן איר לעבן האָט די שרײַבערין דערציילט אין אירע ביכער; מע קאָן זאָגן, אַז איר לעבן האָט געפֿירט מיט דער פּען, אַזוי ענג האָבן זיך איבערגעפֿלאָכטן אין גאָמאַנס שאַפֿן דאָס אייגענע מיטן אַרומיקן.

דובֿ־בער האָט געקענט מלכּהן נאָך פֿון זײַנע מאָסקווער יאָרן. אין רעדאַקציע פֿלעגט זי אַרײַנפֿליִען און זיך גלײַך לאָזן איבערן שמאָלן האַלבפֿינצטערן קאָרידאָר צו „די מיידלעך". סאָניע, די קינסטלערישע רעדאַקטאָרין, איז געווען אַ פֿרוי אין די פֿערציקער. אַ באַריידעוודיקע, האָט זי שטענדיק געהאַט וואָס צו זאָגן, בפֿרט וועגן קונסט און מאָסקווער קולטור־לעבן, און עס קוויטשיק אויסגעפּליאָסקעט פֿאַר יעדן, ווער ס'איז אין דעם צימער אַרײַנגעגאַנגען. בילדער פֿון אַ סך טאַלאַנטירטע ייִדישע מאָלערס האָט סאָניע אַרויפֿגעבראַכט אויף די שפּאַלטן פֿונעם זשורנאַל. קיין איין אַנדערע אויסגאַבע אין ראַטנלאַנד וואָלט די „ייִדישע מאָטיוון" נישט געדרוקט.

די טעכנישע רעדאַקטאָרין, גאַליע, אַ שיינע אויסגערײַפֿטע מויד, האָט אַרויסגעקוקט אויף אַ חתן. זיכער, נישט אין דער ייִדישער רעדאַקציע וואָלט זי אים געקאָנט טרעפֿן; ווי זאָגט אָבער דאָס ווערטל: אַז עס קומט דער באַשערטער, ווערט אין צוויי ווערטער. ער איז געקומען און געהייסן האָט ער מאָטל טשאָרני. נאָכן פֿאַרענדיקן די קורסן, איז מאָטל געווען דער איינציקער, ווער איז טאַקע געבליבן אויף אַרבעט אין רעדאַקציע. זײַן צעבראַסטעטע האַרץ האָט נישט געקאָנט גובֿר זײַן דעם נסיון; ער האָט איבערגעלאָזט זײַן ווײַב און קינדער, חתונה געהאַט מיט גאַליען און מיט איר אַוועקגעפֿאָרן קיין ישׂראל.

מלכּה האָט אין יענעם טאָג קיין צײַט נישט געהאַט אויסצוהערן סאָניעס קולטור־באַריכט; זי איז געקומען אַ קוק טאָן, ווי עס זעען אויס די רעפּראָדוקציעס פֿון איר מאַנס בילדער, דעם ייִדישן גראַפֿיקער מענדל גאָרשמאַן, וואָס מע גייט זיי דרוקן אין זשורנאַל צו זײַן יאָרצײַט. געבליבן צופֿרידן, פֿליט זי ווײַטער, זי האָט אָפּגערעדט זיך צו טרעפֿן מיטן הויפּט־רעדאַקטאָר...

צו מלכּהן אַהיים אין מאָסקווע איז דובֿ־בער פֿאַרבעטן געוואָרן עטלעכע מאָל. זי האָט געוווינט אַליין און פֿלעגט אים אָפּוואַרטן אין דרויסן, בײַם אַרײַנגאַנג, נישט וויכטיק, צי דער וועטער איז אַ גוטער,

צי ס'איז אַ געוויטער. שוין אין שטוב, נאָר אַריבערגעטראָטן די שוועל, פֿלעגט זי אים אַרײַנקוקן אין די אויגן, פֿון אונטן אַרויף, און זאָגן: „עפּעס עסן..." – ס'איז געווען נישט קיין פֿראַגע, שוין גיכער אַ מעלדונג פֿון דעם, וואָס עס וואַרט אויפֿן גאַסט ווײַטער.

דערלאַנגט אים דאָס עסן און זיך צוגעזעצט אויף אַ ווײַלע, נאָר צו פֿרעגן, וואָס עס הערט זיך אין דער משפּחה, הייבט זי זיך אויף און הייבט אָן זיך באַוועגן איבערן צימער מיט קורצע טריט, די הענט האַלט זי פֿאַרלייגט הינטן אויף די קריזשעס, דער קאָפּ – אַרויסגעשטעלט. זי הייבט אָן רעדן שטיל, מיט אַן אַנדער קול, אַ פֿאַרטראַכטס, און די ווערטער שטעלן זיך אויס אין אַ סדר, אָנגעסיליעט אויף אַ דינעם זײַדע־נעם פֿאָדעם – איין פֿאָדעם נאָך אַן אַנדער פֿאָדעם; שורות – שנירלעך קאָרעלן. עס ווערט אויף די אויגן געבוירן אַ נײַע מיניאַטור:

– מיט עטלעכע טעג צוריק בין איך מיט מײַן חבֿרטע, אַ רוסישע שרײַבערין, אַרויסגעפֿאָרן הינטער מאָסקווע. ביימער, שניי, רו... די פֿייגעלעך רופֿט מען אויף ייִדיש בלויערלעך, פֿונעם רוסישן „סיניצעס"... ס'איז אַ פֿאַל געטאָן אַ שאָטן אויפֿן שניי – און די פֿייגל זײַנען שוין אין דער הייך, אויפֿן סאַמע שפּיץ ברעזע. מע שטייט אויף די נאַקעטע צווײַגן. די צווײַגן זײַנען אויסגעדאַרט, ווי ריטערס. אָט איז צוגעפֿלויגן נאָך איינע. קען זײַן, אַז דאָס איז איינער, נישט איינע. צוגעפֿלויגן – אַ פּיר געטאָן מיטן שנאָבל איבערן העלדזעלע. און זי איז עפּעס מאָדנע צוגעגאַנגען צו אים, און אין אַ רגע האָט זיך דאָס טרוקענע ברעזע־צווײַגל געהוידעט, ווײַל ס'איז פֿאָרגעקומען דאָס סאַמע סודותדיקע...

מלכּה פֿלעגט איר פּראָזע שרײַבן אין קאָפּ, אײַנחזרן אויף אויסנווייניק און ערשט דערנאָך עס דיקטירן דער מאַשיניסטקע, אַז יענע זאָל עס אויסקלאַפּן אויף דער שרײַב־מאַשינקע. איר רעכטע האַנט האָט פֿרי אויפֿגעהערט פֿעסט צו האַלטן די פּען. געציטערט. האָט זי געהאַלטן אין קאָפּ די טעקסטן פֿון אַלע אירע אָנגעשריבענע ביכער...

די מאָסקווער סצענע פֿון אָפּוואַרטן אירע געסט בײַם אַרײַנגאַנג האָט זיך נאָך צענדליקער יאָר איבערגעחזרט בײַם אַשקלונער „בית־מגורים". מלכּהס צימער האָט זיך געפֿונען אויפֿן ערשטן גאָרן. זי האָט דורכגעפֿירט אירע ירושלימער געסט דורכן שומר, דערנאָך צום אַנדערן עק קאָרידאָר. אויף דער שוועל פֿון איר וווינונג איז געשטאַנען אַ מיטל־יאָריקע פֿרוי זייער ענלעך צו מלכּהן – איר עלטערע טאָכטער, וואָס איז געקומען צו דער מוטער צו גאַסט פֿון לענינגראַד. דער געשמאַקער ריח

פֿון אַ פֿריש־אָפּגעקאָכטער יויך האָט געצויגן פֿון דער אָפֿענער טיר און געזאָגט עדות, אַז די באַלעבאָסטע, ווי איר שטייגער איז, האָט זיך צו דער טרעפֿונג צוגעגרייט...

מלכּה גאָמאַן איז געזעסן אויף אַ בענקל אין אַ טונקל־בלויער קלייד מיט אַ פֿאַרמאַכט קעלנערל, אַקוראַט צוגעקעמט די גרויע האָר, מיט איין האַנט אונטערגעשפּאַרט דעם עלנבויגן פֿון דער אַנדערער האַנט, האָט זי פֿון צײַט צו צײַט זיך לײַכט צוגערירט צו דער באַק מיטן אָנווײַז־פֿינגער און עטוואָס אָנגענייגט דעם קאָפּ. זי האָט אַ ביסעלע אונטערגעפּאָנפּעט, מחמת פֿריִער מיט אַ וואָך איז זי געפֿאַלן אויפֿן פּנים און זיך צעבראָכן די נאָז. זי האָט גערעדט און די אויגן האָבן געמאָלט אַן אויסדרוקפֿול בילד, וואָס קיין שום ווידעאָ־אַפּאַראַט איז נישט מסוגל געווען עס אויפֿצוכאַפּן און פֿאַראייביקן...

די טאַשמעס האָבן זיך אָנגעזאַמלט און וואָס צו טאָן מיט זיי ווײַטער האָט נישט דובֿ־בער און נישט אַהרן ניט געוווּסט; ס'האָט געמיינט, זאָלן זיי דערווײַל ליגן און וואַרטן אויף בעסערע צײַטן, אָבי די שרײַבערס זאָלן זײַן געזונט. צום גרויסן באַדויערן, פֿלעגט געשען, אַז די טרעפֿונג האָט מען געמוזט אָדער אָפּהאַלטן אָדער איבערטראָגן אויף שפּעטער, צוליב דעם שרײַבערס געזונט־צושטאַנד אָדער אַן אַנדער סיבה... ביז ס'איז אָנגעקומען די ביטערע בשׂורה, אַז מיט איין „מאָנאָלאָג" וועט מוזן זײַן ווייניקער...

איצט אין מאָסקווע, מיט צוויי טעג צוריק, ווען דובֿ־בער האָט אָנגעקלונגען צו דוד בראָם, אָפּצורעדן וועגן אַ טרעפֿונג מיט אים, האָט אין טרײַבל זיך דערהערט אַ דין קולכל. בײַם אָנהייב האָט קרופּניק געמיינט, אַז ס'איז אַ קינד, ס'האָט זיך אָבער אַרויסגעוויזן, אַז ס'איז בראָמס פֿרוי. דוד אַליין האָט צום טעלעפֿאָן נישט געקאָנט צוגיין, ער האָט זיך געפֿילט נישט זייער גוט. האָט דוד־בער דערקלערט אויף רוסיש, ווער ער איז. די פֿרוי האָט אַ רגע געשוויגן און זיך אָנגערופֿן שוין אויף ייִדיש: „איך וועל באַלד פֿרעגן דאָווידלען..."

די לעצטע סטאַנציע, ווו דובֿ־בער האָט געדאַרפֿט אַרויסגיין אויפֿן וועג צו דוד בראָם, האָט געהייסן, „מעדוועדקאָוואָ", אָבער פֿריִער, אויף דער סטאַנציע „טורגעניעווסקאַיאַ", האָט ער געזאָלט אַריבערגיין אויף אַן אַנדער ליניע. די ערשטע צײַט, קומענדיק קיין מאָסקווע זיך לערנען אויף די קורסן, פֿלעגט אים ממש טרייסלען נאָכן אַראָפּלאָזן זיך אין די מעטראָ־טיפֿענישן. דער מענטשלעכער שטראָם האָט אים געשלעפּט

נאָך זיך, ווי אַ ווילדער באַרג־טײַך טראָגט אַוועק אַ קלעצל האָלץ, אַרײַנגעפֿאַלן אין וואַסער אַרײַן. דער גרילץ און טראַסק פֿון די וואַגאָנען פֿון בײדע זײַטן סטאַנציע, און ער אין מיטן – אַ קלאָץ, אַרײַנגעפֿאַלן אַהער פֿון דער פּראָווינץ.

מאָסקווע געהערט צו די גרויסע גורלדיקע שטעט, וואָס אָדער מע ווערט פֿאַרכאַפּט און דערהויבן פֿון איר גרויסקייט און מאַכטוויליקייט, אָדער מע ווערט דערפֿון צעטראָטן און צעפּלעטשט. מאָסקווע איז מסוגל איבער איין נאַכט פֿאַרוואַנדלען אַ נעבעכדיקן פּראָווינץ־פּאַרשוין אין אַ „שטערן" און אים באַקאַנט מאַכן אויפֿן גאַנצן לאַנד; און מאָסקווע קאָן איבער אַ נאַכט אַראָפּשלײַדערן פֿון זײַן הויכן פּאָסטאַמענט אַ גדול־הדור און אים אַרויסשטעלן אויף חוזק פֿאַרן גאַנצן פֿאָלק. קרופּניקן האָט נישט געדראָט ניט דאָס ערשטע און ניט דאָס צווייטע; ער האָט זיך פּשוט אַרײַנגעוואָרפֿן אינעם קאָכקעסל פֿון זײַן נײַ לעבן.

דער ייִדישער „פֿינפֿלינג", ווי ס'איז דערוואַרט געווען, האָט קיין גאַנצקייט נישט פֿאַרגעשטעלט, הגם אַזוי האָט עס געקאָנט אויסזען פֿון דער זײַט. צו פֿאַרשיידן זײַנען געווען די אינטערעסן און צילן בײַ יעדן פֿון זיי, זייערע אויסזיכטן און באַציִונגען צו דער זאַך, צוליב וועלכער מ'האָט זיי געבראַכט קיין מאָסקווע און צונויפֿגעקלאַפּט אַ „ייִדיש־גרופּע".

ווי עס זאָל נישט זײַן, האָט זיך במשך פֿון די צוויי יאָר לערנען אויסגעריבן פֿונעם „פֿינפֿלינג" – אַ ייִדישער ליטעראַטור־„קוואַרטעט". נאָך זײַנע ערשטע ייִדישע לידער האָט יעפֿים בערלינסקי זיך געוויצלט, אַז אים איז אַלץ איינס, אויף וואָסער שפּראַך צו שרײַבן לידער: „ווען כ'וואָלט געקענט טאָטעריש, וואָלט איך געשריבן לידער אויף טאָטעריש..." זיכער, אַז ער אַליין האָט פֿאַרשטאַנען – ס'איז ווײַט נישט אַזוי. אין ייִדיש איז דאָ אַזאַ זאָג, אַז אַן אמתער משורר ציט זײַן ניגון אַרויס פֿון די קישקעס. דאָס זעלבע קאָן מען זאָגן וועגן אַן עכטן פּאָעט; זײַן פּאָעזיע ציט ער אַרויס פֿון די קישקעס. בערלינסקיס ייִדיש איז אים געלעגן אין די קישקעס פֿון זײַן טאַטנס היים. ער האָט נאָך קוים זיך צוגעוווינט ריכטיק אָנצייכענען די ייִדישע אותיות אויף פּאַפּיר און זײַן גאַנצער ווערטער־אוצר איז אַרײַן אין אַ קליין קלומיק, געמאַכט פֿון זײַן מאַמעס בעסאַראַבער פֿאַטשיילקע, אָבער פֿאַר זײַן פּאָעטישן גאָב איז עס גענוג געווען, כּדי פֿון דעם ביסל אָפּגעשפּאָרטס אָפּקאָכן אַ געשמאַקן ייִדיש מאכל.

זאָלן זײַנע ערשטע לידער געווען אויסזען צעשויבערט, נאַכלעסיק און דערצו נאָך איז זייער זינען אַליין צומאָל געווען אומזיניק, האָבן

זיי געשילדערט דעם אומבאַגרײַפֿלעכן הו־האַ פֿון דער קעשענעווער מאַהאָלע טאַבאַקערי׳ע, באַזעצט מיט לצים, וואָס דער גורל האָט זיי אַרויסגעשלעפּט פֿון איין פֿײַער און אַרײַנגעוואָרפֿן אין אַן אַנדער פֿײַער. זיי האָבן געטראָגן אין זיך אַזאַ נאַטירלעכן משוגעת, וואָס האָט פֿאַרכאַפּט מיט זײַן פֿאַרפֿירערישער ווירקלעכקייט.

מאָטל טשאָרני איז בפֿירוש אַזוי באַגײַסטערט געוואָרן פֿון בער־לינסקיס לידער, אַז ער אַליין האָט אָנגעהויבן לידלען. איין קלייניקייט – צו זײַנע לידער האָבן אים אויסגעפֿעלט „לעבעדיקע קישקעס”.

משה פּען, זײַענדיק אַלע יאָרן אַ גערעכטיקער סאָוועטישער פּע־דאַגאָג און פּאַרטיי־מענטש, פֿלעגט אַרויסגיין פֿון די אַלגעמיינע לעקציעס צו מאָל איבערראַשט, צו מאָל באַגײַסטערט, און צומאָל – אין גאַנצן דערדריקט. בפֿרט האָבן אויף זײַן געמיט שווער געווירקט די לעקציעס פֿונעם באַקאַנטן אין מאָסקווע פּראָפֿעסאָר ק־ן. זײַנע רעפֿעראַטן פֿלעגט די סעקרעטאַרשע, סטעפּאַנידאַ וואַלעריאַנאָוונאַ, רעקאָרדירן און קאָנ־טראָלירן, אַז קיין „פֿרעמדער”, אַ חוץ די צוהערער פֿון די קורסן, זאָל אין אוידיטאָריע נישט אַרײַנגיין. אַזאַ באַפֿעל האָט זי באַקומען פֿונעם פּראָרעקטאָר ניקאָלײַ ג־וו. די פֿאַרמאַכטקייט און געשלאָסנקייט האָט זיך דערקלערט דערמיט, וואָס פּראָפֿעסאָר ק־ן, דעמאָלט נאָך אַ יונגער אַספּיראַנט, האָט זיך באַטייליקט אין דער קאָמיסיע, וואָס האָט געזאַמלט די געהיים־מאַטעריאַלן צו כרושטשאָווס „פֿאַרמאַכטער רעדע” אויפֿן 20סטן צוזאַמענפֿאָר פֿון דער קאָמוניסטישער פּאַרטיי, אין וועלכער עס ווערט דעמאַסקירט סטאַלינס פּערזענלעכקייט־קולט.

אויף זײַנע לעקציעס פֿלעגט ק־ן ברענגען און פֿאָרלייענען דאָקו־מענטן פֿון סטאַלינס פֿאַרברעכנס, וואָס זײַנען נאָך קיין מאָל נישט פֿאַרעפֿנטלעכט געוואָרן. אַ הויכער, ברייטפּלייציקער מאַנספּאַרשוין, האָט ער דערמאָנט אַ פֿאַרעלטערטן גיבור פֿון די רוסישע פֿאָלקס־מעשׂיות. ער האָט גערעדט הויך און דײַטלעך, אַז קיין צווייד־דײַטיקייט זאָל, חלילה, נישט דורכשמוגלען אין זײַנע רייד; טאַקע צוליב דעם האָט ער געבעטן סטעפּאַנידאַ וואַלעריאַנאָוונען צו רעקאָרדירן זײַנע לעקציעס אויפֿן פֿאַל, אויב עמעצער פֿון זײַנע צוהערער וועט אויף אים צוטראָגן אַ מסירה. די טאַשמעס פֿלעגט ער נאָך דער לעקציע באַהאַלטן אין זײַן טאַש.

משה פּען האָט די לעקציעס פֿון פּראָפֿעסאָר ק־ן נישט קאָנס־פּעקטירט, ווי די האַנט וואָלט אים נישט געפֿאָלגט עס צו טאָן. געזעסן אַ דערשלאָגענער און אַ פֿאַרלוירענער. אין דער צוזאַמענווינונג פֿלעגן זיי

זיך בדרך־כּלל אומקערן צוזאַמען, משה און דובֿ־בער. אויפֿן וועג אַרײַנגיין אין אַ גאַסטראָנאָמישער קראָם צו קויפֿן עפּעס איבערכאַפּן פֿאַר נאַכט. גערעדט האָבן זיי צווישן זיך תּמיד ייִדיש, אַפֿילו אינעם פֿולגעפּאַקטן אויטאָבוס אויפֿן וועג צו דער צוזאַמענוווינונג אויף דאָבראָליובאָווא־גאַס, 9/11. די מאָסקווער זײַנען שוין געוווינט צו הערן אַרום זיך פֿרעמדע שפּראַכן; פֿון דעסטוועגן, פֿלעגט אונדזער פּאָרעלע פֿאָרט כאַפּן אויף זיך מאָדנע בליקן, וואָס האָבן געקאָנט מיינען, געענוג צו זען זייערע צורות, דאַרף מען נאָך הערן זייער קאַרטאַווע שפּראַך.

אין יענעם טאָג האָט משה אָפּגעשוויגן כּמעט דעם גאַנצן וועג. פֿאַר נאַכט איז ער אַרײַנגעקומען צו דובֿ־בערן אין צימער. ער האָט זיך אָפּגעזאָגט פֿון אַ גלאָז טיי, געזעסן אַ ווײַלע און נאָך אַלץ געשוויגן. פּונקט ווי אַ מענטש דאַרף זיך אַ מאָל אַראָפּרעדן פֿון האַרץ, קומען מאָמענטן, ווען מע דאַרף אים געבן די מעגלעכקייט זיך פֿאַרשליסן אין זײַן שווײַגעניש. סוף־כּל־סוף, האָט זיך דערהערט זײַן שטים. די ווערטער זײַנען געווען ווי אַ פּועל־יוצא פֿונעם שווײַגן; דאָס שווײַגעניש האָט זיי פֿון זיך אַרויסגעשטויסן:

– זײַנע רייד האָבן אין מײַן מוח איבערגעקערט אַלץ... כ'בין טאַקע אַראָפּ פֿון די בערג, אַרויס פֿון מידבר, אָבער פֿאָרט – עפּעס געוווּסט, געלייענט. לאָזט זיך אויס, אַז גאָרנישט... כ'האָב דאָך אין זיי געגלייבט, און איצט בין איך געבליבן אָן אַ גלויבן... – ער איז ווידער אײַנגעזונקען געוואָרן אין זײַן שווײַגן, און צום סוף, שוין ווי אַ מין סך־הכּל, געזאָגט:

– כ'וועל מער אויף ק־נס לעקציעס נישט גיין...

די באַן האָט זיך אָפּגעשטעלט און ס'האָט זיך דערהערט, ווי דער קאָנדוקטאָר האָט געמאָלדן די לעצטע סטאַנציע – „מעדוועדקאָווא“.

11

דוד בראָם איז נישט געווען צווישן די פּאָעטן, וואָס זייערע לידער פּלעגן זיך אָפּט באַווײַזן אין „סאָוועטיש געזעמלאַנד". הגם ער איז געווען אַ מיטגליד פֿון דער מאָסקווער משפּחה ייִדישע שרײַבערס, איז זײַן קרובֿישאַפֿט געווען מער אַ דערווײַטערדיקע. אויף רחמיאל ראַשקאָוואַנס שרײַבערישן ייִחוס־לייטער האָט זיך פֿאַר דוד בראָם קיין שטאַפּל נישט געפֿונען. וואָס יאָ, רחמיאל האָט ליב געהאַט זיך באַרימען מיט זײַן האַנט־זייגערל, וואָס אויף דער צווייטער זײַט איז קינצלעך אויסגראַווירט געווען אויף ייִדיש זײַן נאָמען און די דאַטע פֿון זײַן געבוירן־טאָג.

– כ'בין גראָד דעמאָלט געווען אין מאָסקווע, – האָט זיך דערמאָנט רחמיאל, – בין איך אַרײַנגעגאַנגען אין „צום" [צענטראַלער אוניווערסאַלער מאַגאַזין] צו קויפֿן מתּנות פֿאַרן הויזגעזינד. איך דריי זיך אַהין, אַהער ביז כ'האָב זיך פֿאַרדרייט, אַז כ'קען דעם אַרויסגאַנג נישט געפֿינען. ווען כ'זאָל נישט געווען פֿרעגן, הערט מען מיך נישט – מע לויפֿט, מע יאָגט, אַ בהלה! פּלוצעם זע איך אַ גראַווירבודקע. טראַכט איך צו זיך: יענער אין דער בודקע האָט שוין זיכער נישט וווּהין צו לויפֿן. נעבעך, זיך אַליין פֿאַרשפּאַרט. גיי איך שוין צו דער בודקע צו און שטופּ אַרײַן די נאָז אינעם פֿענצטערל... הער איך גלײַך פֿון דאָרטן: „שלום־עליכם, רחמיאליקו!" שטעל זיך פֿאָר – דוד בראָם, בכּבֿודו־ובֿעצמו!

ראַשקאָוואַן ווערט אַליין פֿאַרכאַפּט פֿון זײַן אימפּראָוויזירטער מעשׂה. עס פּיקט זיך אויס אַ נײַע מיניאַטור, און דער סוף איז שוין בײַ אים אויפֿן שפּיץ צונג:

– אַז דוד בראָמס פּרנסה איז אַ גראַווירער, האָב איך בפֿירוש געוווּסט, מע קאָן דען מאַכן אַ לעבן נאָר פֿון שרײַבן לידער? כ'האָב

אָבער קיין אַנונג נישט געהאַט, אַז זײַן אַרבעטס־אָרט געפֿינט זיך אין סאַמע צענטער פֿון מאָסקווע, אינעם „צום". אַ קיצור, אָפּגערעדט לעבן זײַן בודקע כּמעט אַ שעה, גיט דוד צו מיר אַ זאָג: „אַנו, ווײַז מיר דײַן זייגערל" – פֿאַרשטיי איך אים נישט; ער איז דאָך אַ גראַוויִרער, נישט קיין זייגערמאַכער. נעמט ער עס און פֿרעגט מיך: „ווען איז דײַן געבוירן־טאָג?" – זאָג איך אים. הייבט ער אָן עפּעס גיך אויסקריצן אויף דער אַנדערער זײַט זייגערל... „וועסט האָבן פֿון מיר אַן אָנדענק!"

מיט דוד בראָם אַליין האָט קרופּניק זיך קיין מאָל נישט געטראָפֿן. מעגלעך, אַז אויך אין זײַן איצטיקן קומען קיין מאָסקווע וואָלט עס נישט געשען; ער האָט זיך אָבער געגעבן דאָס וואָרט זיך צו טרעפֿן מיט יעדן פֿאַרבליבענעם אין מאָסקווע ייִדישן שרײַבער, נישט וויכטיק, וואָסער שטאַפּל ער וואָלט געהאַט פֿאַרנומען אויף רחמיאל ראַשקאָוואַנס לייטער. דערצו האָט לעצטנס מישע לוואָוו, דערהערנדיק, אַז זײַן גאַסט האָט בדעה זיך טרעפֿן מיט בראָם, אַ זאָג געטאָן אויף זײַן קאָנספּיראַטיוון אופֿן: „דו ווייסט נישט, ווער זײַן פֿרוי איז געווען..." – קרופּניק האָט קיין קשיאות נישט געשטעלט. ער האָט געוווּסט, אַז אויב מישע וועט וועלן, וועט ער אַליין זאָגן, אויב נישט – איז אומזיסט דאָס פֿרעגן. מישע האָט נאָך אַ פּויזע ממשיך געווען: „הײַנט קאָן מען שוין וועגן דעם רעדן: זי איז געווען צווישן יעניקע, וואָס האָבן קאָנסטרויִרט דעם „קאַטיושע"־געווער..."

די טיר האָט אויפֿגעעפֿנט אַ קליינטשיקע דאַרע פֿרוי, ענלעך מיט עפּעס צו דאָבע וואָל, נאָר אַ שוואַרץ־חנעוודיקע און די אויגן, ווי דער פּאָעט האָט זיי באַזונגען: „צוויי שוואַרצע קאַרשן אין ברונעם געפֿאַלן..." זי האָט אים אויסגעשטרעקט די האַנט און זיך פֿאָרגעשטעלט: „לאה באָריסאָוונע..."

דובֿ־בער האָט איר דערלאַנגט אַ פּושקע שאָקאָלאַד־קאָנפֿעטן, געקויפֿט אין איינעם פֿון די קיאָסקן און בשעת ער האָט אויסגעטאָן זײַן מאַנטל (די שיך האָט זי אים נישט געלאָזט אויסטאָן), האָט די באַלע־באָסטע זיך ווי פֿאַרענטפֿערט:

– דאָווידלען איז נעכטן געוואָרן ערגער, האָבן מיר באַשלאָסן אים אַרײַנלייגן אין שפּיטאָל, – זי האָט גערעדט גיך, כּדי צוטראָגן דאָס וויכ־טיקסטע: – ער האָט זייער געוואָלט זיך זען מיט אײַך... גייט אַרײַן, ביטע...

אַ ביסל פֿאַרלוירן פֿון דער אומדערוואַרטער בשׂורה, האָט דובֿ־בער פֿאָרט נאָכגעפֿאָלגט נאָך דער באַלעבאָסטע. זי האָט אים אַרײַנ־

געפּירט אין אַ גרעסמען צימער, ווו בײַם רונדן טיש איז געזעסן אַ מאַנס־פּאַרשוין, אַפּשר מיט אַ פּאָר יאָר עלטער פֿונעם גאַסט.

– באַקענט זיך, מײַן זון, סאַשע...

איצט איז קרופּניקן קלאָרער געוואָרן, ווער עס זײַנען די פֿרײַער דערמאָנטע „מיר”. לאה באַריסאָוונע האָט אָנגעוויזן דעם גאַסט אויף אַ בענקל בײַם טיש און זיך אָנגערופֿן:

– איר וועט מיר מוזן אַנטשולדיקן, כ׳דאַרף עפּעס דערליידיקן אין קיך...

סאַשע האָט באַלד איבערגענומען די לייצעס בײַ דער מאַמען. שוין פֿון זײַנע ערשטע ווערטער איז קלאָר געוואָרן, אַז צו דער טרעפֿונג האָט מען זיך צוגעגרייט. קרופּניק האָט אויפֿן טעלעפֿאָן נישט געזאָגט, אַז ער איז געקומען פֿון ישׂראל, אָבער די ערשטע ווערטער האָבן באַשטעטיקט זײַן השערה.

– אין ישׂראל איז איצט מסתמא הייס...

דובֿ־בער האָט זיך צעשמייכלט. דער בעסטער אופֿן אָנקניפּן אַ שמועס איז צו דערמאָנען דעם וועטער.

– אין דער צײַט איז שוין נישט אַזוי הייס, בפֿרט אין ירושלים, בײַ נאַכט...

פֿאַרשטייט זיך, אַז די וועטער־פֿראַגע האָט זיך גיך געביטן אויף אַ מער ממשותדיקער, פּערזענלעכער טעמע. סאַשע איז געווען אַ וויסנ־שאַפֿטלער און, דערהערנדיק, אַז קרופּניק אַרבעט אינעם אוניווערסיטעט, אָנגעהויבן אים אויספֿרעגן וועגן דעם מצבֿ פֿון די נײַ־געקומענע געלערנטע. די פֿראַגע פֿון „פֿאָרן” איז פֿאַר אים זיכער געווען נישט קיין זײַטיקע. די ספֿקות, וואָס האָבן אים און אַזעלכע ווי ער נאָך אָפּגעהאַלטן, זײַנען שוין הײַנט געווען פֿון אַן אַנדער מין, דהײַנו – וווּהין צו פֿאָרן? ער האָט עס דערקלערט זייער קלאָר:

– איר פֿאַרשטייט, נאָך מיט אַ פּאָר יאָר צוריק איז ישׂראל געווען אַן אָרט, וווּהין מ׳איז אַנטלאָפֿן. הײַנט גייט די רייד נישט וועגן אַנטלויפֿן, נאָר וועגן אַוועקפֿאָרן...

דובֿ־בער איז נישט גרייט געווען זיך אַרײַנלאָזן אין אַ שמועס אַרום „כדאַי, אָדער נישט כדאַי”. ער אַליין, אַפּילו אין דער צײַט ווי אַ לידער פֿון אַ ייִדישער אָרגאַניזאַציע האָט זיך קיין מאָל נישט געהאַלטן פֿאַר אַ ציוניסט, ווי עס פֿלעגן טאָן אַנדערע. שפּעטער פֿלעגט זיך אַרויסווײַזן, אַז ערשט אָט־די „פֿאַרברענטע ציוניסטן” האָבן אין איטאַליע פֿאַר־קערעוועט קיין אַמעריקע.

– וואָס איז געשען מיט אײַער טאַטן? – האָט דובֿ־בער געביטן די טעמע.

– אָ, אַנטשולדיקט, – האָט ער זיך געכאַפּט, – דער טאַטע... ווי זאָגט מען אויף ייִדיש: אויף דער עלטער ווערט שוין קעלטער... די שטיי־נער אין גאַל האָבן זיך בײַ אים צעשפּילט...

– איר קענט ייִדיש?

– נישט וואָס איך קען... איר ווייסט עס אַליין, ווען די טאַטע־מאַ־מע האָבן געוואָלט, אַז איך און מײַן קלענערער ברודער זאָלן נישט פֿאַרשטיין, וואָס זיי רעדן צווישן זיך, פֿלעגן זיי אַריבערגיין אויף ייִדיש... זיי פֿלעגן עס טאָן זייער אָפֿט, אַזוי אַז כ׳פֿאַרשטיי כמעט אַלץ, אָבער רעדן...

אין דער צײַט איז פֿון קיך אַרײַנגעקומען די באַלעבאָסטע מיט אַ טאַץ געבעקס.

– סאַשע, שטעל, ביטע, דעם סאַמאָוואַר... – זי האָט זיך צעלאַכט און צוגעגעבן, – שרעקט זיך נישט, ס׳איז נישט צוליב דעם, וואָס מיר דאַרפֿן זיך איבערבעטן.

סאַשע האָט אַרײַנגעבראַכט אַ מעשענעם סאַמאָוואַר און אים אַוועקגעשטעלט אין מיטן טיש.

– די מאַמע האָט אַ באַזונדערע געשיכטע אַרום אָט דעם סאַמאָוואַר.

– אמת, – האָט אונטערגעכאַפּט לאה באָריסאָוונע. בשעת־מעשׂה האָט זי פֿלינק אַרויפֿגעשטעלט אויפֿן טיש דרײַ דינע גלעזער אין זילבערדיקע גלאָזהאַלטערס מיט לעפֿעלעך, דרײַ טעלערלעך פֿאַר יעדן איינעם און אַ פֿאַרצעלײַענע צוקערניצע. – עס פֿלעגט זיך טרעפֿן, אַז אויף דער אַרבעט, נאָך אַ פֿאַרזאַמלונג פֿון אונדזער ביוראָ, האָט מען זיך געזעצט טרינקען טיי, פֿלעגט דער הויפּט, סערגיי פּאַוולאָוויטש, אַ זאָג טאָן צו מיר: „אַנו, באָריסאָוונאַ, זינג אונדז ׳שטעל דעם סאַמאָוואַר׳"... אויף מײַן פֿופֿציק־יאָריקן יובֿיליי, האָט מען מיר פֿון אים איבערגעגעבן זײַן מתּנה אָט דעם סאַמאָוואַר. ער אַליין איז שוין, נעבעך, געלעגן קראַנק...

– אַנטשולדיקט, – האָט דובֿ־בער פֿאָרזיכטיק געפֿרעגט, – איר מיינט, סערגיי פּאַוולאָוויטש...

– יאָ, קאָראָליאָוו, אונדזער הויפּט־קאָנסטרוקטאָר... – זי האָט אָפּ־געזיפֿצט. אַרויפֿגעלייגט דעם גאַסט עטלעכע ריפּטלעך פֿונעם טאַץ אויף זײַן טעלערל, האָט זי צוגעגעבן אויף ייִדיש: – האַ, דאָווידל, נעבעך, האָט זייער געוואָלט אײַך זען. ער האָט געלייענט אײַערע זאַכן אינעם

זשורנאַל... ער האָט פֿאַר איך צוגעגרייט אַ מתּנה, זײַן לידערביכל... ער איז אַ גוטער פּאָעט. ער איז נישט פֿון די גיכע כאַפּערס. ער טראָגט זײַנע לידער אויס אין האַרצן...

דובֿ־בער האָט זיך צוגעהערט, ווי די אַלטיטשקע רעדט. אַ פּשוטע ייִדישקע פֿון אַ שטעטל, און אין קאָפּ האָט זיך אים געדרייט: „קאַטיושאַ...“ ס'איז דאָך נישטאָ אַזאַ ייִנגל פֿון זײַן נאָך־מלחמהדיקן דור, ער זאָל נישט געווען וויסן, וואָס „קאַטיושאַ“ איז... נישט דאָס באַרימטע זינגליד, נאָר דער מסוכנער טייטלעבער פֿײַף און רעש פֿון די פֿליִענדיקע ראַקעטן אויף די פֿאַשיסטישע קעפּ האָט אָנגעהויבן קלינגען אין די אויערן... און אָט זיצט זי פֿאַר אים, ווי זײַן באָבע פֿלעגט זיך אַוועקזעצן אַנטקעגן, צו האָדעווען אים מיט אַ לעפֿעלע און דערציילן אַ מעשׂהלע „צום אַפּעטיט“.

וויפֿל טויזנטער רייכסמאַרקעס וואָלט היטלער ימח־שמו באַצאָלט פֿאַרן קאָפּ פֿון אָט דער ייִדישער פֿרוי?! און אפֿשר מיליאָנען?.. זײַן וויזאַווי, סטאַלין, האָט זײַנע געניאַלע דערפֿינדערס אָפּגעשאַצט אַזוי, ווי ער איז געוווינט געווען; ער האָט זיי פֿאַרשפּאַרט אין ספּעציעלע לאַגערן־„שאַראַגעס“, ווו זיי האָט מען דערמעגלעכט „אויסקויפֿן די שולד“ פֿאַרן פֿאָטערלאַנד דורך זייער קנעכטישער אַרבעט...

צו מישע ברײַ אַהיים, האָט דובֿ־בער נאָך צוויי טעג נעכטיקן „אויף דער זײַט“, בײַ די גאַסטפֿרײַנדלעכע לוואָווס און בערגערס, געפֿאָרן אויך מיט דער באַן. די שעה איז שוין געווען אַ שפּעטע און, אַ חוץ אים, זײַנען אינעם וואַגאָן געפֿאָרן נאָך עטלעכע פּאַסאַזשירן. דוד בראָמס לידער־ביכעלע איז געווען אַ קליינס און אַ דינס, אין אַ ווייכן אײַנבונד, אַרויסגעלאָזט מיט צוויי יאָר צוריק אין עפּעס אַ קאָאָפּעראַטיוון פֿאַרלאַג. אין די נײַנציקער יאָרן האָבן אַזעלכע, מישטיינס געזאָגט, פֿאַרלאַגן זיך אָנגעהויבן באַווײַזן אַ סך, און די גרויסע מלוכישע פֿאַרלאַגן – זיך שליסן. דער זעצער, נעבעך, האָט שוין בעסער געקענט עבֿרית איידער ייִדיש, ווײַל אין די ווערטער האָבן אָפֿט אויסגעפֿעלט דווקא די וואָקאַלן. דובֿ־בער האָט געלייענט די לידער מיט די אויגן, נאָר געהערט האָט ער די שטילע שטים פֿון דער, וועמען די לידער זײַנען געווידמעט געוואָרן...

סאַשע איז אין גיכן אײַליק אַוועקגעגאַנגען, פֿאַררופֿנדיק זיך אויף אַ טרעפֿונג. דובֿ־בער האָט אויך אַ וואַרף געטאָן דעם בליק אויפֿן זייגערל, אָבער די באַלעבאָסטע האָט עס באַמערקט און זיך אָנגערופֿן:

– איך מוז אײַך װײַזן אונדזער פֿאַמיליע־אַלבאָם, – איר דין שטי־מעלע האָט געקלונגען פֿעסט, װי אַ קאָמאַנדע, װאָס מע מוז אויספֿירן, – איר האָט נאָך אַזוינס נישט געזען.

אויף אַ װײַלע איז זי פֿאַרשװוּנדן אין צװייטן צימער און אַרויסגעטראָגן פֿון דאָרט אַ דיקן ברייטן באַנד, אײַנגעבונדן אין האַרטע ברוינע קאַר־טאָן־טאָװלען. זי האָט אים אַװעקגעלייגט אויפֿן טיש פֿאַרן גאַסט און אָפּגעכאַפּט דעם אָטעם. דובֿ־בער איז אויף אַ רגע פֿאַרגליװערט געװאָרן פֿונעם געדאַנק: שוין זשע װעט ער מוזן איבערבלעטערן אַלע זײַטן און אויסהערן די קאָמענטאַרן צו יעדער פֿאָטאָגראַפֿיע... אייגנטלעך, האָבן טאַקע אַלע פֿאַמיליע־אַלבאָמען געטראָגן איין שטעמפּל פֿון זייער צײַט; די שװאַרץ־װײַסע פֿאָטאָגראַפֿיעס, אַרײַנגעשטעלט מיט די װינקעלעך אין די שניטן אויף דער זײַט, האָבן אויסגעזען פֿון איין סטאַנדאַרט, װי אין איין פֿאָטאָגראַפֿיע־אַטעליע געמאַכט געװאָרן בײַ דעם זעלבן פֿאָטאָגראַף. דער פֿאָטאָאַלבאָם האָט טאַקע אויסגעזען גאָר אַנדערש; ס'האָט זיך די אַנדערשקייט געװאָרפֿן אין אויגן שוין פֿונעם מײַסטעריש־אָרנאַמענטירטן אייבערשטן טאָװל, װאָס האָט דערמאָנט אַ כּתובה.

– דאָס האָט אַלץ דאָװידל געמאָלט, – האָט דערקלערט לאה באָריסאָװנע, – ער איז דאָך בײַ מיר נישט בלויז אַ פּאָעט, נאָר אויך אַ טאַלאַנטירטער מאָלער...

זיי זײַנען ביידע געבוירן געװאָרן אין איין יאָר און אין איין אוק־ראַיִניש שטעטל, געװאַקסן אויף איין גאַס, פֿאַרענדיקט איין שול און זײַנע ערשטע יִדישע לידער האָט דער יונגער פּאָעט פֿאַרטרויט נאָר איר, לייקעלען. צי האָבן זיי זיך שוין געקאָנט צעשיידן, אַז די באַשערטקייט אַליין איז זיי נאָכגעגאַנגען און באַגלייט איבערן לעבן פֿון די ערשטע טריט אָן? װי אַ סך יונגע־לײַט פֿון יִדישע שטעטלעך אין יענער צײַט, איז דאָס פֿאַרליבטע „הײַסינער פּאָרל“, װי די חבֿרים האָבן זיי גערופֿן, אַװעקגעפֿאָרן קיין מאָסקװע. אירע אַמביציעס האָבן זי געבראַכט אינעם באַרימטן כעמיש־טעכנאָלאָגישן אינסטיטוט אויף מענדעלעיעװס נאָמען. ער, נאָכן פֿאַרענדיקן דעם אַרבעטער־פֿאַקולטעט בײַם פּעדאַגאָגישן אינסטיטוט אויף בובנאָװס נאָמען, איז אַװעק אויף אַרבעט אין דער צײַטונג „עמעס“.

– מיט מײַן אַרבעט, – האָט זי דערציילט װײַטער, – װאָלט מיך קיין איין נאָרמאַלער מאַן נישט אויסגעהאַלטן. ער איז געװען פֿאַר אונ־דזערע קינדער סײַ די מאַמע און סײַ דער טאַטע. כ'האָב פֿון אים קיין

מאָל נישט געהערט ער זאָל זיך געווען קלאָגן אָדער, חלילה, זאָגן אַ קרום וואָרט... אַפֿילו, ווען כ'פֿלעג פֿאַרפֿאַלן ווערן אויף עטלעכע וואָכן...

קרופּניק האָט פּלוצעם דערפֿילט, אַז דאָס ברענגען דעם אַלבאָם מיט פֿאָטאָגראַפֿיעס, איז עפּעס מער ווי סתּם אַ זאַך צו פֿאַרווײַלן דעם גאַסט; די באַלעבאָסטע האָט אים געבראַכט בכּיוון, כּדי אָנצושטעלן מיטן גאַסט אַ מער פֿאַרטרויליכע פֿאַרבינדונג.

– אַנטשולדיקט, לאה באָריסאָוונע, איך זע דאָ זייער ווייניק פֿאָטאָגראַפֿיעס מיט אײַך...

זי האָט זיך צעלאַכט, פֿאַרדעקנדיק דאָס מויל מיט דער דלאָניע, ווי געוואָלט פֿאַרשטעלן די פֿאָדערשטע ליידיקע יאַסלעס.

– כ'בין נישט פֿאָטאָגעניש... – דערבײַ האָט זי איבערגעהיפּעט עטלעכע זײַטן און אָנגעוויזן מיטן פֿינגער אויף אַ בילד.

אַ גרופּע מאַנספּאַרשוינען, אויסגעפּוצט, איז געשטאַנען אין אַ שורה, און אין מיטן, אין אַ מיליטערישן אָפֿיציר־מונדיר האָט פּונעם בילד אַרויסגעשמייכלט דער ערשטער קאָסמאָנאַווט יורי גאַגאַרין.

– איר דערקענט?.. – האָט לאה באָריסאָוונע אָנגעוויזן מיטן פֿינגער אויף דער איינציקער פֿרוי אין דער שורה, וואָס איז געשטאַנען לעבן קאָסמאָנאַווט פֿון דער רעכטער זײַט, – דאָס בין איך... – אַ ווײַלע געשוויגן, האָט זי צוגעגעבן: – אין דעם גאַנצן ענין „קאָסמאָס", האָב איך מײַן אייגענעם חלק...

– כ'זע, איר זײַט דאָ די איינציקע פֿרוי... מ'האָט זיך, מסתּמא, מיט אײַך אַרומגעטראָגן?

– יאָ, אַוודאי... קיין שטויבעלע נישט געלאָזט אויף מיר פֿאַלן, – און פּלוצעם איז איר שפּילעוודיקייט פֿאַרשוווּנדן; זיך אויסבאַהאַלטן אין די אײַנגעפֿאַלענע באַקן און אין די טיפֿע קנייטשן אַרום מויל און אויפֿן שטערן, – כ'וועל אײַך זאָגן דעם אמת, לעצטנס כאַפּ איך זיך אויף בײַ נאַכט אין אַ קאַלטן שווייס און טראַכט: פֿון וואַנען, האָט זיך בײַ מיר גענומען אַזוי פֿיל כּוח צו אַרבעטן מעת־לעתנווײַז, זיך קריגן, אַמפּערן, דערווײַזן... אַליין – אַ פֿאַרשטעקל, גאָט די נשמה שולדיק! גיין צופֿוס צענדליקער קילאָמעטער אין אַ מסוכּנעם פֿראָסט אין סטעפּ צום אויספּרווו־פּאָליגאָן... אײַנגעשטעלט זיך דאָס לעבן – מ'האָט דאָך אויסגעפּרוווט ראַקעטן, וואָס האָבן אַ טבֿע זיך אויפֿצורײַסן, און זיי פֿלעגן זיך טאַקע אויפֿרײַסן... – אַ ווײַלע זיך פֿאַרטראַכט, ווי מע וואָלט איר געשטעלט אַ פֿראַגע, האָט זי געענטפֿערט: – ניין, נישט די אַלגעמיינע מורא, וואָס האָט כּסדר געלויערט

איבער אונדזערע קעפּ, נאָר דווקא דער גרויסער ווילן אויסצופֿירן דעם חובֿ פֿאַר דײַן היים, פֿאַר דײַנע אומגעבראַכטע אייגענע מענטשן...

שוין אין קאָרידאָר, בשעתן געזעגענען זיך, האָט לאה באָריסאָוונע אַרויפֿגעקוקט צו קרופּניקן מיט אירע קלוגע שוואַרצע אויגן, אין וועלכע ס'האָט נאָך געזאָטן אַ נישט קיין אויסגעשעפּטע לעבנס־ענערגיע, און שטיל געזאָגט:

– כ'פֿיל זיך שולדיק פֿאַר ישׂראל... צום מאַכן די ראַקעטן, וואָס זײַנען שפּעטער געפֿאַלן אויף תּל־אָבֿיבֿ, האָב איך אויך צוגעלייגט אַ האַנט...

די מעטראָ־באַן האָט געפֿאָלגט איר מאַרשרוט, נישט דורכגעלאָזט קיין איין סטאַנציע. שוין אַ לענגערע צײַט, אַז קרופּניקן איז נישט אויס־געקומען צו פֿאָרן מיט אַ באַן – אַ גוטער אופֿן צו טראַכטן. אין יידיש זאָגט מען: דער גלײַכסטער וועג איז פֿול מיט שטיינער, און דער קירצסטער – איז נאָך לענגער. אונטערן קלאַפּ פֿון די אײַזערנע רעדער האָט ער געטראַכט איצט וועגן אַן אַנדער וועג, דהײַנו, דעם וועג פֿון דער פֿרוי בײַם יידישן סאָוועטישן שרײַבער. זײַן שליחות האָט אים געבראַכט קיין מאָסקווע זיך צו טרעפֿן מיט די יידישע שרײַבערס; ער האָט אָבער קיין מאָל ביזן הײַנטיקן טאָג זיך נישט פֿאַרטראַכט, אַז די אַלע נסיונות, אויסגעפֿאַלן די מענער, האָבן געטיילט מיט זיי גלײַך בײַ גלײַך זייערע פֿרויען. זיי, די פֿרויען פֿון די יידישע סאָוועטישע שרײַבערס, זײַנען דאָך אַ געשטאַלט פֿאַר זיך.

אין מויל פֿון פֿאָלק אין תּחום־המושבֿ, וואָלט מען זי גערופֿן – אַ שרײַבערקע, אויפֿן סמך פֿון אַ שוסטערקע, די פֿרוי פֿון אַ שוסטער, אָדער אַ שנײַדערקע – די פֿרוי פֿון אַ שנײַדער. ווי עפּעס אַ צוגאָב, אַ צוטשעפּעניש צום מאַנס פּרנסה. די סאָוועטישע מאַכט האָט טאַקע די יידישע פֿרוי באַפֿרײַט, געמאַכט זי אומאָפּהענגיק, געגעבן איר גלײַכע רעכט מיטן מאַן. די יידישע מיידלעך, פּונקט ווי די יינגלעך, האָבן זיך נאָך דער קאָמוניסטישער רעוואָלוציע אַ לאָז געטאָן פֿון די שטעטלעך אין גרויסע שטעט אַרײַן – אין די אוניווערסיטעטן, מאַכן קאַריערעס אין פֿאַרשיידענע געביטן פֿון קונסט, וויסנשאַפֿט, ליטעראַטור, אינדוסטריע, געזעלשאַפֿטלעכן לעבן; און דאָך, ווען ס'פֿלעגט קומען צו אַ שידוך, האָבן די אינטעליגענטע, אויסגעבילדעטע מיידלעך, זיך אָפּט געהאַלטן אין זייער זיווג־לעבן בײַם אַלטן טאַטע־מאַמעס נוסח.

אין די סאָוועטישע שולן, ווי אַ מוסטער פֿון הויכער מאָראַלישער געטרײַשאַפֿט די מענער, פֿלעגט מען ברענגען די פֿרויען פֿון די אַזוי

גערופֿענע דעקאַבריסטן, אויפֿשטענדלער קעגן דער צאַרישער מאַכט אין דעצעמבער 1825. זיי פֿלעגן איבערלאָזן זייערע גיטער, האָב־און־גוטס, קינדער און פֿאַרזיוויליק פֿאָרן אין ווײַטע קאַלטע צפֿון־מקומות, ווּהין מ'האָט פֿאַרשיקט אויף קאַטאָרגע זייערע מענער.

די פֿרויען פֿון די ייִדישע סאָוועטישע שרײַבערס, רעפּרעסירט סײַ פֿאַר דער מלחמה און סײַ נאָך דער מלחמה, האָט די סאָוועטישע מאַכט בגוואַלד אָפּגעטיילט פֿון זייערע קינדער און אויך פֿאַרשיקט אין די ווײַטע פֿרויען־לאַגערן.

די על־פּי־נס פֿאַרבליבענע אויף דער פֿרײַ פֿרויען פֿלעגן אַרבעטן מעשׂים; פֿון איין זײַט, האָבן זיי אויף זייער נעבעכדיקן געהאַלט אויס־געהאַלטן און דערצויגן קינדער, צונויפֿגענומען און געשיקט דעם מאַן פּעקלעך אין לאַגער, און פֿון דער אַנדערער זײַט, מעגלעך, ריזיקירנדיק מיט זייער אייגענער פֿרײַהייט, געשריבן אָן אויפֿהער בריוו, ביטעס, פֿאָדערונגען אין אַלע מעגלעכע אינסטאַנצן, בתוכם אין קרעמל, כּדי צו דערווײַזן, אַז זייערע מענער זײַנען נישט שולדיק, מע זאָל זיי באַפֿרײַען.

קרופּניק, בשעתן לייענען די ענינים פֿון די פֿאַרמישפּטע און פֿאַר־שיקטע בעסאַראַבער ייִדישע שרײַבערס, האָט געזען די האַרצרײַסנדיקע בריוו און ביטעס פֿון זייערע פֿרויען, געשיקט אין די הויכע מאָסקווער פֿענצטער; זיי זײַנען געליגן אין דער זעלבער פּאַפּקע, צווישן די פֿאַרהער־פּראָטאָקאָלן פֿון זייערע מענער, מיט אַ שטעמפּל – „אָפּזאָגן".

די ייִדישע פֿרויען האָבן געטראָגן אויף זיך די עול אויסצוהאַלטן די משפּחה אַפֿילו נאָך דעם, ווי דער מאַן, נאָך יאָרן שמאַכטן אין די לאַגערן, האָט זיך אומגעקערט אַהיים אויסגעשעפּט, פּסיכיש־דערדריקט און צעבראָכן אָן שום אויסזיכטן פֿאָרזעצן זײַן שרײַבערישן וועג ווײַטער...

דובֿ־בער האָט פֿאַרמאַכט דאָס קליינע געשענקטע ביכעלע פֿון דוד בראָמס לידער, אָבער די רעדער האָבן נאָך אויסגעקלאַפּט אין דער נאַכט אַרײַן דעם פּאָעטס לעצטע ווערטער – אויגן... אויגן... אויגן...

> בלויע און גרויע, גרינע און שוואַרצע,
> איר זעט ביזן גרונט, ביזן אָפּגרונט פֿון האַרצן...

12

זיי האָבן זיך באַוויזן אין די סוף אַכציקער, אָנהייב נײַנציקער יאָרן, ווען גאָרבאַטשאָווס „פּערעסטרויקע" האָט זיך געטראָגן באַרג־אַראָפּ „אָן אַ רודער, אָן אַ ראָד"; און די אַזוי גערופֿענע „גלאַסנאָסט"־עפֿנטלעכקייט האָט צעבונדן די צונג סײַ בײַ די, וואָס האָבן געהאַט וואָס צו דערציילן, האַלטנדיק עס צענדליקער יאָרן פֿאַרשפּאַרן אין זיך, און סײַ בײַ יענע, וועלכע האָבן ווי בייזע הינט, בלײַבנדיק אָן דעם מוילשלאָס, זיך צעהאַווקעט מיט פֿינע אויף די ליפּן.

זיי פֿלעגן קומען אויף אַ קורצער צײַט, קודם־כּל, ווי שליחים פֿון „סוכנות" און „דזשוינט", ווי אויך פֿון כּל־מיני קלענערע ייִדישע אָרגאַניזאַציעס אין אַמעריקע און ישׂראל, מערסטנס פֿרומע, זיך צוקוקן און זיך צוהערן, אָנשטעלן פֿאַרבינדונגען מיט די אָרטיקע ייִדישע אַקטיוויסטן. שטילע, פֿרידלעכע מרגלים.

צו יענער צײַט האָט שוין אין מאָלדאָוויע עקזיסטירט „די רעפּובליקאַנער ייִדישע קולטור־געזעלשאַפֿט" מיט אַ פֿאַרוואַלטונג און צוויי מיט־פֿאָרזיצערס אין שפּיץ; נישט חלילה פֿון יוצא וועגן, נאָר צוליב דעם אָנגעגליטן פּאָליטישן מצבֿ אין רעפּובליק, וואָס האָט סוף־כּל־סוף געבראַכט צו אַ בירגערקריג און אַ צעטיילונג אויף צוויי באַזונדערע מלוכישע אויסבילדונגען – מאָלדאָווע און בײַדניעסטער־רעפּובליק. דווקא די אַלגעמיינע ייִדישע אָרגאַניזאַציע האָט געזאָלט האַלטן די ייִדן פֿוןביידע שוין אָפּגעזונדערטע צדדים אונטער איין דאַך. אָט דער דאַך האָט אויך פֿאַראייניקט אונטער זיך די זעקס אַנדערע ייִדישע שטאָט־אָרגאַניזאַציעס אויף ביידע ברעגן פֿון דניעסטער־טײַך.

אינעם צעטיילן די פּירערשאַפֿט אויף צוויי „טאַשן" האָט גע־שטעקט נאָך אַ זינען: איין פּאָרזיצער, סעמיאָן וואַסערמאַן, האָט זיך אָפּגעגעבן מער מיט אַלגעמיינע פּראַגעס, פֿאַרבונדן מיט „פּאָליטישער דיפּלאָמאַטיע", אַזוי צו זאָגן, סײַ אין דער אָרגאַניזאַציע גופֿא און סײַ אינעם אָנשטעלן קאָנטאַקטן מיט די ייִדישע אינסטיטוציעס פֿון אַנדערע רעפּובליקן, אויסלאַנד און מיט דער מאָסקווער צענטראַלער פּירערשאַפֿט „ועד". דובֿ־בער קרופּניק, ווי דער צווייטער מיטפּאָרזיצער, האָט זיך אָפּגעגעבן, צוזאַמען מיט אַנדערע ענטוזיאַסטן, מיטן אויפֿשטעלן קולטורעלע ייִדישע אינסטיטוציעס, צווישן וועלכע ס'האָבן שפּעטער אַ וויכטיק אָרט פֿאַרנומען די טעלעוויזיע־פּראָגראַם „אויף דער ייִדישער גאַס", די ראַדיאָ־טראַנסמיסיע „אונדזער לעבן", די שטאָט־ביבליאָטעק אויף איציק מאַנגערס נאָמען, דער מוזיי פֿון ייִדן אין בעסאַראַביע און די צוויי־שפּראַכיקע צײַטונג „אונדזער קול", ווו ער האָט רעדאַגירט דעם ייִדישן טייל. דעם רוסישן, גרעסערן און הויפּט־טייל פֿון דער צײַטונג האָט גענומען אונטער זײַן השגחה אָלעג בראָנסקי.

צו „סוכנות" און באַזונדערס צו „דזשוינט" האָבן סײַ די אָרטיקע ייִדן און סײַ די מלוכה־טשינאָווניקעס פֿונעם נײַעם נאַציאָנאַלן שניט זיך בײַם אָנהייב באַצויגן מיט חשד; ווי דען אַנדערש נאָך אַזוי פֿיל יאָר אַרײַנקלאַפּן אין קאָפּ אַרײַן די סאָוועטישע סטראַשונקעס וועגן זייער טעטיקייט. נישט באַלד, פּאַמעלעך, הגם קיין צײַט אויף צו צעוויקלען זיך איז נישט געווען – ס'האָט שוין געפֿיבערט אין דער לופֿטן דער ווירוס „פֿאָראַהין", ווי די קאַטאָוועס־טרײַבער האָבן אַ נאָמען געגעבן דעם גאַנצן פּראָצעס פֿון אַרויספֿאָרן, – האָט זיך אײַנגעשטעלט אַן אַטמאָספֿער פֿון צוטרוי.

בכלל האָט אין יענע יאָרן די צײַט זיך ווי פֿאַרגיכערט, פֿאַרכלינעט, ברעכנדיק אירע אייגענע כּללים, צעשטערט אַלע פֿיזישע געזעצן, אַנטדעקט ביז אַהער; זי האָט געווירבלט און פֿאַרשלעפּט אין דעם אומבאַגרײַפֿלעכן געדריי כּמעט די גאַנצע ייִדישע באַפֿעלקערונג. דאָס משונה־האַוועניש איז אַרײַן אין יעדער שטוב און אין יעדער גוף, ווי אַ דיבוק, וואָס האָט פֿאַרסמט דעם מוח און בלוט, אַרויסרופֿנדיק אַ קדחתדיקע מורא פֿון נישט באַוויסן, פֿאַרשפּעטיקן, אָנווערן; זי האָט געיאָגט און געטריבן צו טאָן מעשׂים – פֿון אײַנגעבן פּאַפּירן אויף אַרויספֿאָרן, אויספֿאַרקויפֿן אַלץ פֿון דער שטוב ביזן אײַנקויפֿן מעבל און חפֿצים לויט אַ קאָנקרעטער רשימה, וואָס קיינער האָט נישט געקאָנט

דערקלערן, פֿאַר וואָס דווקא אָט די זאַכן און נישט אַנדערע מוז מען נעמען אין ישׂראל. אין דער לופֿטן איז געבליבן הענגען אַ געדיכטע בהלה־כּמאַרע...

כּמעט אַלע ייִדן אין שטאָט האָבן שוין געוווּסט, אַז דער רעזשיסאָר ניסל באַטאָשאַנסקי „דרייט אַ פֿילם וועגן זיי". די, וואָס זײַנען שוין געזעסן אויף די טשעמאָדאַנען, געשטאַנען מיט איין פֿוס אויף דער הייליקער ערד, האָבן געוואָלט וויסן, צי דעם פֿילם וועט מען ווײַזן אויך אין ישׂראל, זיי זאָלן אים דאָרט קאָנען זען און ווײַזן זייערע דאָרטיקע קרובֿים. ניסל האָט זיך געטראָגן מיט זײַן קינאָגרופּע איבער דער שטאָט און שטעט, פֿילמירט די גאַסן און געסלעך פֿון אַלט־קעשענעוו, וואָס אַפֿילו די סאָוועטישע מאַכט האָט נישט געביטן זייערע נעמען – אירינאָפּאָלסקע, טעאָבאַשעווסקע, אַזיאַטסקע, קוזניעטשנע, גאָסטינע, בענדערסקע, אַר־מיאַנסקע... דאָרט, אין די הויפֿן און הייפֿלעך זײַנען אויף די אויגן אויס־געלאָשן געוואָרן די לעצטע פֿונקען פֿון אַ בעסאַראַבער ייִדישן שטייגער, און דער רעזשיסאָר האָט זיך געאײַלט זיי אַרײַנברענגען אין זײַן פֿילם, זאָלן זיי כאָטש דאָרט בלײַבן לעבן...

מענטשן האָבן געקלונגען: קינדער פֿאָרן אַוועק, און די אַלטע מאַמע לאָזן זיי איבער; זי וויל נישט פֿאָרן צוליב איר מאַנס קבֿר, עס בלײַבט נישט, ווער ס'זאָל נאָך אים קוקן. אין אַן אַנדער שטאָט – אַן אַנדער לעבנס־טראַגעדיע: אַ געמישטע משפּחה נאָך איבער צוואַנציק יאָר צוזאַמענלעבן האַלט בײַם צעשפּאַלטן זיך. דער מאַן איז אַ ייִד, און די פֿרוי איז אַ מאָלדאַוואַנקע. פֿון זײַן צד פֿאָרן אַלע אַוועק, און ווער ווייסט, צי מע וועט זיך נאָך אַ מאָל זען; און ווי קאָן זי אַוועקפֿאָרן אין אַ פֿרעמד לאַנד, ווען איר היים איז דאָ, דערצו נאָך איבערלאָזן אויף הפֿקר די קראַנקע עלטערן. זי איז בײַ זיי די איינציקע. זייערע צוויי קינדער, שוין דערוואַקסענע און פֿאַרשטייען, וואָס עס קומט פֿאָר, ווערן, נעבעך, צעריסן – זיי קאָנען נישט פֿאָרן מיטן טאַטן און ווילן זיך נישט צעשיידן מיט דער מאַמען.

און אָט שטעלט זיך אין אַ טאָג אַרײַן אינעם ביוראָ פֿון דער געזעל־שאַפֿט אַ מענטש, הויט־און־ביין, ווי מע וואָלט אים ערשט באַפֿרײַט פֿון אַ קאָנצענטראַציע־לאַגער. וואָס איז? ער איז מסוכן קראַנק. עס קאָן אים, מעגלעך, העלפֿן נאָר אַן אָפּעראַציע, אָבער אַלע לײַטישע ייִדישע כירורגן זײַנען אָדער שוין אַרויסגעפֿאָרן, אָדער האַלטן בײַם אַרויספֿאָרן, און אַבי זיך לייגן אונטערן מעסער וויל ער נישט. ער וואָלט, אַוודאי, נאָך

פֿריִער אַוועקגעפֿאָרן קיין ישׂראל, נישט געצויגן ביזן לעצטן מאָמענט, איז ער אָבער נישט קיין ייִד. ער האָט געלט. אַ סך געלט, אָפּגעשפּאָרט אַ שיינע מטבע, און איז גרייט איבערשרײַבן אויפֿן חשבון פֿון דער ייִדי־שער קולטור־געזעלשאַפֿט זײַן גאַנץ פֿאַרמעגן, אַבי מע זאָל אים העלפֿן עקסטרע אַרויספֿאָרן קיין ישׂראל מע זאָל אים דאָרט מאַכן די נייטיקע אָפּעראַציע...

דער ביוראָ פֿון ייִדישער קולטור־געזעלשאַפֿט איז געוואָרן אַן אַדרעס. ס'רובֿ סאָוועטישע מענטשן, בתוכם די ייִדן, האָבן זיך געהאַלטן בײַם כּלל, אַז טראַכטן דאַרף די נאַטשאַלסטווע; וואָס די נאַטשאַלסטווע וועט זאָגן, וועלן זיי, דער עמך, טאָן. די פֿאַרוואַלטונג פֿון דער קולטור־געזעלשאַפֿט איז געוואָרן אַזאַ ייִדישע נאַטשאַלסטווע. מכּוח דער ייִדישער קולטור, האָט דאָך אַזאַ זאַך בכלל נישט עקזיסטירט, סײַדן מ'האָט עפּעס געהערט, אַז אין מאָסקווע גייט אַרויס אַ ייִדישער זשורנאַל, וואָס עס לייענען בדרך־כּלל אַלטע לײַט; צו פֿאַרווײַלן זיך, קאָן מען הערן ווי עס זינגען די אַמעריקאַנער שוועסטער בערי, רעקאָרדירט אויף אַ טאַשמע. די מער אינטעליגענטנע משפּחות האָבן געהאַלטן פֿאַר נייטיק צו קריגן די זעקס בענד פֿון שלום־עליכמס געזאַמלטע ווערק, איבערגעזעצט אויף רוסיש, און זיי האַלטן אויבנאָן אין זייער היים־ביבליאָטעק. דער גאָר ראַפֿינירטער טייל פֿון דער ייִדישער אינטעליגענץ האָט געהערט וועגן מיכאָעלסן און „גאָסעט", ווי אויך, אַז דעם גרויסן ייִדישן אַקטיאָר האָט מען דערהרגעט און דעם טעאַטער געשלאָסן.

ס'האָט זיך געשאַפֿן אַזאַ סיטואַציע, ווען דיווירקלעכקייט האָט אָנגעהויבן שרעקן. פֿון דער אַנדערער זײַט, האָט זיך אַנטדעקט, אַז דער עולם האָט אַ קנאַפּע אָנונג וועגן דעם לאַנד, וווהין מע קלײַבט זיך פֿאָרן. ווער רעדט שוין, אַז די פֿריש־געבאַקענע ייִדישע קולטור־אָרגאַניזאַציע איז נישט באַפֿולמעכטיקט געווען צו אָרגאַניזירן דאָס אַרויספֿאָרן, ווי מענטשן האָבן עס דערוואַרט. האָט דאָס ייִדישע מזל צוגעשפּילט: גראָד אין דער צײַט האָט זיך אין קעשענעוו געעפֿנט אַן אָפּטייל פֿון דער ייִדישער אַגענץ אָדער „סוכנות".

די נײַע מאַכט, אין שפּיץ מיטן פּרעמיער־מיניסטער, מירטשאַ דרוק, אַליין אַן אַקטיווער אָנהענגער פֿון דעם נאַציאָנאַלן „פֿאָלקס־פֿראָנט", האָט פֿון זײַנע ערשטע רעגירונגס־טריט אַרויסגעוויזן אַ נטיה אָנצושטעלן פֿאַרבינדונגען סײַ מיט די אָרטיקע ייִדן, דורך דער ייִדישער קולטור־געזעלשאַפֿט, סײַ מיט ישׂראל – דורך דער פֿאָרשטייערשאַפֿט פֿון „סוכנות".

זיך צו טרעפֿן מיט די ייִדישע אַקטיוויסטן פֿון דער שטאָט, האָט דרוקס אַדמיניסטראַציע אויסגעקליבן די שיל, די איינציקע שיל, וואָס די סאָוועטישע מאַכט האָט נישט געשלאָסן. דאָרט האָט דער פּרעמיער־מיניסטער, מיט אַ יאַרמלקע אויפֿן קאָפּ, פּראָקלאַמירט פֿון דער בימה זײַן צוזאַגונג צו דער „ייִדישער פּראַגע" אין דער אומאָפּהענגיקער מאָלדאָווע: „ווער עס וויל אַוועקפֿאָרן, וועלן מיר קיינעם נישט שטערן. ווער עס וויל בלײַבן, וועלן מיר שאַפֿן פֿאַר זיי אַלע באַדינגונגען, אַז די ייִדן זאָלן זיך פֿילן פֿרײַ, באַגלײַך מיט אַלע בירגער פֿונעם לאַנד!"

דער פֿאַקט אַליין, אַז דער פּרעמיער־מיניסטער האָט באַזוכט די שיל, וואָלט געקאָנט ווערן אַ היסטאָרישע דערשײַנונג, אָבער אין יענער קאַלעמוטנער צײַט פֿון דער אַלנאַציאָנאַלער שפּאַלטונג און אָנגעשטרענגטן מצבֿ, האָט די ייִדישע באַפֿעלקערונג עס אויפֿגענומען מער גלײַכגילטיק איידער פּאָזיטיוו. אַ טייל האָט אַפֿילו געהאַלטן, אַז אַזאַ „זשעסט" קאָן אַרויסרופֿן אַ היפּוכדיקע רעאַקציע, בפֿרט בײַ די „אינטערנאַציאָנאַליסטן".

צוריק גערעדט, האָט דער פּרעמיער אַליין נישט געריסן זיך אַרויס־צוברענגען דעם פֿאַקט פֿון זײַן טרעפֿונג אין שיל פֿאַר דער ברייטער עפֿנטלעכקייט. אַ חוץ באַטאָשאַנסקיס קינאָגרופּע, האָט מען קיין מענטשן פֿון דער טעלעוויזיע אָדער פֿאָרשטייער פֿון דער פּרעסע נישט געזען.

ווי עס זאָל נישט געווען זײַן, האָט די פֿאַרוואַלטונג פֿון דער קול־טור־געזעלשאַפֿט אָפּגעשאַצט עס ווי אַ גוטן ווילן מצד דער רעגירונג, און עס אויסגענוצט, דערלאַנגענדיק צום פּאַרלאַמענט אַ פֿאָרשלאָג, אײַנצושליסן אין דער נײַער קאָנסטיטוציע דעם פּונקט, אַז „ייִדיש און עבֿרית זײַנען די צוויי מלוכה־שפּראַכן פֿון ייִדן אין מאָלדאָווע". דער פּונקט איז אָנגענומען געוואָרן דורך דער מערהייט אינעם פּאַרלאַמענט.

פֿאַר דער ייִדישער אָרגאַניזאַציע איז עס געווען אַ ממשותדיקער דערפֿאָלג, מחמת עס האָט דערמעגלעכט, אַז די מלוכה זאָל אָט די צוויי שפּראַכן אָפּהיטן, פֿינאַנציעל שטיצן און אַנטוויקלען אין אַלע געביטן פֿון דערציִונג, בילדונג, קולטור און אַקאַדעמישער וויסנשאַפֿט. צום באַדויערן, זײַנען די ייִדן אין מאָלדאָווע בכלל און די ייִדישע אַק־טיוויסטן בפֿרט ווידער אָפּגעקומען מיט אַ סקעפּטישן „הע..." – נישט גענוג אָפּגעשאַצט אָט די אוניקאַלע געלעגנהייט, וואָס דער געזעץ האָט זיי געגעבן. די ייִדן האָבן שוין אײַנגעפֿאַקעוועט די טשעמאָדאַנעס, און, זיצנדיק אויף טשעמאָדאַנעס, טראַכט מען, אַז דאָס משנה־מקום וועט טאַקע זײַן מזלדיקער, ווי די אַלטע היים...

אין דער פֿאַרוואַלטונג פֿון קולטור־געזעלשאַפֿט האָט זיך צעברענט אַן אייגענער וויכּוח. די היציקע קעפּ האָבן פֿון אָנהייב אָן געשריִען, אַז מע דאַרף דאָ גאָרנישט אויפֿשטעלן: נישט קיין ייִדישע שולן, נישט קיין ייִדישע ביבליאָטעקן און מוזייען, נישט קיין ייִדישע פּראָגראַמען אויף דער טעלעוויזיע און ראַדיאָ, נישט קיין ייִדישע צײַטונגען – גאָרנישט! אין עטלעכע יאָר אַרום, האָבן זיי געטענהט, וועלן אין מאָלדאָווע קיין ייִדן בכלל נישט בלײַבן. אויס!..

פֿאַר דער „סוכנות"־רעזידענץ האָט דער מלוכה־סעקרעטאַר גופֿא אויסגעטיילט אַ שיינעם מויער אין דעם פּרעסטיזשפֿולן טייל פֿון שטאָט. דער לעצטער באַלעבאָס פֿון דעם הויז איז געווען דער געוועזענער מיניסטער פֿאַר לאַנדווירטשאַפֿט. פֿון דער ירושלימער ייִדישער אַגענץ איז געשיקט געוואָרן איר שליח מיטן נאָמען צבֿי קאַלמאַן, אַן אונטער־קאָלאָנעל אין דעמיסיע, איז ער צו זײַן שליחות צוגעטראָטן גלײַך און קאָנקרעט, ווי צו אַ מיליטערישער אָפּעראַציע – אָרגאַניזירן און דורכ־פֿירן דעם אַרויספֿאָר פֿון ייִדן אין מאָלדאָווע.

צבֿי האָט אויך אָנגעשטעלט אַן ענגע פֿאַרבינדונג מיט דער ייִדישער אָרגאַניזאַציע, בפֿרט מיט די צוויי מיטפֿאָרזיצערס, כּדי אַרויסצוהעלפֿן און שטיצן פֿינאַנציעל געוויסע פּראָיעקטן, קודם־כּל, פֿאַרבונדן מיטן אָרגאַניזירן קלאַסן צו לערנען עבֿרית און באַוואָרענען עס מיט לערער און לערן־מאַטעריאַל, אונטערנעמונגען פֿאַר דער אָרטיקער ייִדישער יוגנט, ווי אויך זומער־לאַגערן פֿאַר ייִדישע קינדער, פֿאַרשידענע סעמינאַרן און לעקציעס.

געבוירן און אויפֿגעוואַקסן אין דעם ראַיאָן־צענטער קאַלאַראַש, נישט ווײַט פֿון קעשענעוו, איז צבֿי, דעמאָלט גרישע, אַרויסגעפֿאָרן מיט זײַנע עלטערן קיין ישׂראל אין די זיבעציקער יאָרן. אָט די קנאַפּע צוואַנציק יאָר איז אים געגנוג געווען צו באַקומען אין זײַן נײַער היים אַ העכערע בילדונג, פֿאַרבינדן זײַן לעבן מיט דער אַרמיי און ביז פּופֿציק יאָר מאַכן אַ גוטע קאַריערע. רוסיש האָט ער נישט פֿאַרגעסן און אים אויפֿגעהאַלטן אין אַ גענוגעדיקן צושטאַנד, כּדי צו קאָנען זיך אויסטענהן מיט די אָנגעשטעלטע, וואָס האָבן געזאָלט טעכניש באַוואָרענען אַ געפֿאַרלאָזן אַרויספֿיר פֿון לאַנד. קיין געלט אויף דעם האָט די ייִדישע אַגענץ אין ישׂראל נישט געשפּאָרט, און די נײַע פֿריש־אָפּגעבאַקענע מאָלדאַווישע טשינאָווניקעס, אָנהייבנדיק פֿונעם מלוכה־סעקרעטאַר ביז אַראָפּ דורך אַלע ראַנגען, האָבן גיך איבערגענומען בײַ זייערע פֿאָרגייער די אָפּראָבירטע סאָוועטישע כּאַבאַר־שיטה.

יוצא זײַן פֿאַר דער רעגירונג, וואָס האָט נאָך דערווײַל נישט אָנגעשטעלט קיין דיפּלאָמאַטישע באַציִונגען מיט ישׂראל, האָט צבֿי קאַלמאַן אָרגאַניזירט אַזאַ אומפֿאָרמעלע טרעפֿונג צווישן די ישׂראלדיקע ביזנעס־לײַט און די אויפֿקומענדיקע אָרטיקע געשעפֿטמענטשן. פֿאַרבעטן זײַנען געווען הויכגעשטעלטע פֿונקציאָנערן פֿון דער רעגירונג אין שפּיץ מיטן פּרעמיער־מיניסטער מירטשאַ דרוק. צום באַנקעט זײַנען אויך אײַנגעלאַדן געוואָרן ביידע מיטפֿאָרזיצערס פֿון דער רעפּובליקאַנער ייִדישער קולטור־אָרגאַניזאַציע.

נאָך אַלע טאָסטן און ווינטשעוואַניעס, אין סאַמע ברען פֿון דער פֿײַערלעכער שׂימחה, איז צו וואַסערמאַנען און קרופּניקן צוגעגאַנגען דעם פּרעמיערס רעפֿערענט און איבערגעגעבן, אַז „זײַן באָס" וואָלט געוואָלט מיט זיי האָבן אַ קורצן שמועס. ער האָט זיי אַוועקגעפֿירט אין אַן אַנדער צימער, ווּ אין אַ פּאָר מינוט אַרום האָט זיך באַוויזן דער „באָס" אַליין. זיך פֿרײַנדלעך באַגריסט מיט זיי און נאָך עטלעכע אַלגעמיינע פֿראַזעס, האָט ער געזאָגט:

– כ'וואָלט געוואָלט פּערזענלעך באַדאַנקען אײַער אָרגאַניזאַציע פֿאַרן בײַטראָג, וואָס איר ברענגט אַרײַן בײַם אויפֿשטעלן אַ נאָרמאַל ציוויליזירט לעבן אין אונדזער אַלגעמיינער היים. איר ווייסט אַליין, אַז אין גאַנג פֿון דער געשיכטע זײַנען אין אונדזער לאַנד געווען פֿאַרשידענע צײַטן, און נישט שטענדיק גוטע – סײַ פֿאַר מײַן פֿאָלק און סײַ פֿאַר די בעסאַראַבער ייִדן. מיר טאָרן עס נישט פֿאַרגעסן, אָבער מיר מוזן אויך געדענקען דאָס גוטע, וואָס האָט אונדז פֿאַראייניקט און געגעבן מוט צו עקזיסטירן ווײַטער אונטער איין הימל און אויף אונדזער געבענטשטער ערד...

דער רעפֿערענט האָט זיך פֿון ערגעץ־ווּ אַרײַנגעשטעלט אינעם צימער, טראָגנדיק אויף אַ טאַץ דרײַ שמאָלע פֿושערן, אָנגעפֿילט מיט שאַמפּאַן־ווײַן. מירטשאַ דרוק האָט אויפֿגעהויבן זײַן פֿושער און אומדערוואַרט אַ זאָג געטאָן:

– לחיים! – ער האָט זיך צעשמייכלט און צוגעגעבן: – כ'בין דאָך אַ טשערנאָוויצער, און אין טשערנאָוויץ, ווי איר ווייסט, האָבן אַפֿילו די וואָראָבייטשיקלעך טשיריקעט אויף ייִדיש.

דער רעפֿערענט איז ווי פֿריִער, שטיל פֿאַרשוווּנדן געוואָרן מיטן ליידיקן טאַץ.

– כ'וויל אײַך מער נישט פֿאַרהאַלטן... כ'האַלט אָבער פֿאַר נייטיק צו זאָגן אײַך, אַז אין אײַער אָרגאַניזאַציע זײַנען פֿאַראַן צוויי פֿאַרשוינען,

וואָס זײַנען שוין לאַנגע יאָרן פֿאַרבונדן מיט אַ געוויסער אינסטיטוציע... איך האָף, איר פֿאַרשטייט, וואָס איך מיין... – און ער האָט אָנגערופֿן די צוויי נעמען.

ווען דער ניט־פּלאַנירטער טרעפֿונג מיטן פּרעמיער־מיניסטער האָבן וואַסערמאַן און קרופּניק דערציילט די מיטגלידער פֿון דער פֿאַרוואַלטונג בײַ דער ערשטער זיצונג. די נעמען פֿון די צוויי „פֿאַרשוינען"־מסורים, ביידע מיטגלידער פֿון דער פֿאַרוואַלטונג, האָבן זיי באַשלאָסן נישט אָנ־צורופֿן. קיין געהיימע מעשׂים זײַנען אין דער אָרגאַניזאַציע נישט פֿאָר־געקומען, אַלץ האָט זיך געפֿירט אָפֿן סײַ פֿאַר לײַטן און סײַ פֿאַר דער מאַכט. צוריק גערעדט, ווער ווייסט, וואָס איז געווען די אמתע כּוונה בײַם פּרעמיער־מיניסטער, ווען ער האָט אָנגערופֿן די דאָזיקע צוויי נעמען. דערצו האָט מען נאָך פֿון פֿריִער געוווּסט, אָן דער „באַקומענער אינפֿאָרמאַציע", אַז איינער פֿון די צוויי איז אַ לאַנג־יאָריקער צוטראָגער אין די זיכערהייט־אָרגאַנען. וואָס שייך דעם צווייטן, איז ער אין גיכן אַרויסגעפֿאָרן קיין אַמעריקע.

דער באַשלוס צו שאַפֿן אַן אייגענע צײַטונג איז אָנגענומען געוואָרן שוין אויף די ערשטע זיצונגען פֿון דער פֿאַרוואַלטונג. צום ערשטן מאָל זינט 1940, ווען די רויטע אַרמיי איז אַריבער דעם טײַך דניעסטער און צוגעשטוקעוועט בעסאַראַביע צום ראַטן־פֿאַרבאַנד, איז קיין ייִדישע צײַטונג אין דער סאָוועטישער מאָלדאַוויע נישט דערשינען. די לעצטע ייִדישע צײַטונג, „אונדזער צײַט", געגרינדעט און רעדאַגירט פֿון זלמן ראָזענטאַל, איז אַרויסגעגאַנגען במשך פֿון 14 יאָר און איז געשלאָסן געוואָרן אין 1938, דורך דער רומענישער פֿאַשיסטישער רעגירונג.

דעמאָלט איז די צײַטונג אַרויס אויף ייִדיש, אויף דער שפּראַך פֿון ס'רובֿ בעסאַראַבער ייִדן. אין די סוף 1980ער איז די הויפּטשפּראַך פֿון דער ייִדישער באַפֿעלקערונג אין סאָוועטישער מאָלדאַוויע געווען רוסיש. דעריבער וואָלט די פֿראַגע פֿון שפּראַך אין דער ייִדישער צײַטונג נישט געזאָלט אַרויסרופֿן קיין צווייפֿלונג. פֿון דעסטוועגן, אויפֿן הינטערגרונט פֿון דער אָרטיקער „שפּראַך־מלחמה" צווישן דעם נאַציאָנאַלן „פֿאָלקס־פֿראָנט" און דער „אינטערנאַציאָנאַלער באַוועגונג", ווען ס'רובֿ אָרטיקע ייִדן, האָבן נישט אָנגענומען קיין איין פּאָליטישן צד ניט, אָבער געהאַלטן רוסיש פֿאַר זייער מאַמע־לשון, האָט די פֿראַגע פֿון שפּראַך אין דער ייִדישער צײַטונג, אָנגעהויבן אויסזען סתּירותדיק; בפֿרט נאָכן אָננעמען

דעם שפּראַכן־געזעץ און אָנערקענען ייִדיש און עבֿרית ווי די נאַציאָנאַלע שפּראַכן פֿון די ייִדן אין מאָלדאָווע.

צו פֿאַרענטפֿערן אָט דעם פֿאַקט קאָן מען נאָר דערמיט, אַז די ווירקלעכקייט איז דעמאָלט געווען דורכגעדרונגען מיט אַבסורדישע אידעען און מעשׂים.

אַ פּשרה איז פּאַרט געפֿונען געוואָרן – רוסיש און ייִדיש. אַוודאי, איז זיך נישט באַגאַנגען אין דער פֿאַרוואַלטונג אָן דעם „דריי מיט דער נאָז", מכּוח ייִדיש, קרופּניק האָט זיך אָבער נישט געלאָזט אַרײַנשלעפּן אין אַ נײַעם וויכּוח, דערצו האָט ער זיך אַליין אונטערגענומען צו רעדאַגירן דעם ייִדיש־טייל. וואָס שייך דעם רעדאַקטאָר פֿאַרן רוסישן טייל, האָט ער פֿאָרגעלייגט צוציִען צו דער אַרבעט אָלעג בראָנסקין. האָבן זיך ווידער געפֿונען צווייפֿלער, וועלכע האָבן אָנגעהויבן טענהן, אַז בראָנסקי איז צו פּאָליטיזירט; אַז ער איז אַן אָנהענגער פֿונעם „פֿאָלקס־פֿראָנט", מחמת די מאָלדאַווישע שרײַבערס, וועלכע ער זעצט זיי איבער, זײַנען צווישן די קאָכלעפֿלס אין דער באַוועגונג און די גרעסטע נאַציאָנאַליסטן. סוף־כּל־סוף, איז אָלעג בראָנסקי באַשטעטיקט געוואָרן פֿאַרן רעדאַקטאָר. געבליבן איז נאָר צו געבן אַ נאָמען פֿונעם נאָך נישט־געבוירענעם קינד. דובֿ־בער האָט געהאַלטן, אַז אין דעם זין, וואָלט וויכטיק געווען צו ווײַזן, אַז דער הײַנטיקער אויפֿלעב פֿונעם ייִדישן לעבן אין בעסאַראַביע דאַרף זײַן אַ המשך פֿון די דורותדיקע נאַציאָנאַלע טראַדיציעס, וועלכע האָבן עקזיסטירט פֿאַר דעם, ווי די סאָוועטישע מאַכט האָט זיי דערשטיקט און די נאַציס האָבן עס ענדגילטיק אומגעבראַכט, צוזאַמען מיט דעם בעסאַראַבער ייִדנטום.

זלמן ראָזענטאַלס צײַטונג האָט אָפּגעשפּיגלט דאָס ייִדישע לעבן און צײַט פֿון פֿאַר דער צווייטער וועלט־מלחמה; און אָט, נאָך פֿופֿציק יאָר שווײַגעניש, פּיקט זיך אויס אַ שוואַך קולכל, וואָס גיט צו וויסן, אַז די בעסאַראַבער ייִדן זײַנען דאָ, זיי עקזיסטירן. זיי האָבן אַן אייגן קול. אויף אַזאַ אופֿן האָט זיך גענומען דער נאָמען פֿון דער צײַטונג, „אונדזער קול", ווי אַ ווידערוווּקס פֿון דער אַמאָליקער צײַטונג „אונדזער צײַט".

נאָכן פֿאַרענדיקן די העכסטע ליטעראַטור־קורסן און זיך אומקערן אַהיים קיין קעשענעוו האָט קרופּניק ווײַטער אונטערגעהאַלטן די פֿאַר־בינדונג מיט בראָנסקין. נאָך דעם ווי ס'איז אין מאָסקווע אַרויס קרופּניקס ערשט ייִדיש בוך, האָט אים אָלעג בײַ אַ טרעפֿונג אינעם שרײַבער־פֿאַראיין פֿאָרגעלייגט איבערצוזעצן עס אויף רוסיש. כּמעט יעדן טאָג,

במשך פֿון עטלעכע חדשים, איז דובֿ־בער געפֿאָרן צו אָלעגן אַהיים, יענער איז געזעסן בײַ זײַן שרײַב־מאַשינקע און דובֿ־בער האָט געלייענט אויף אַ קול פֿון זײַן ייִדיש ביכל אַ דירעקטע איבערזעצונג אויף רוסיש. אַוודאי, האָט דער טעקסט געקלונגען אומגעלומפּערט, ערטערווײַז קאָמיש, ווי עס רעדן אויף רוסיש אַלטע ייִדן; דובֿ־בערן האָט עס דענערווירט און אַפֿילו אויפֿגעבראַכט, ער האָט געפּרוּווט אימפּראָוויזירן, צופּאַסן דעם ייִדישן זאַץ צום רוסישן אויסלייג, אָבער בראָנסקי פֿלעגט אים באַלד אָפּשטעלן:

– מאַך נישט מײַן אַרבעט, – האָט ער זיך געבייזערט, – איך דאַרף הערן אַ בוכשטעבלעכע איבערזעצונג, ממש וואָרט בײַ וואָרט...

און דובֿ־בער האָט זיך געמוטשעט ווײַטער. צוריק גערעדט, האָט ער זיך געכאַפּט, אַז בשעתן איבערזעצן אויף אַזאַ אופֿן, אַנטפּלעקן זיך אינעם אָריגינאַל געוויסע בלויזן, וואָס נישט ער און נישט זײַן רעדאַקטאָר האָבן זיי נישט באַמערקט ווי פּאַראַדאָקסאַל עס זאָל נישט קלינגען. ס'איז אים אויך אָפּט אויסגעקומען זיך אָפּשטעלן, כּדי גענויער צו דערקלערן דעם זין פֿון ייִדישן וואָרט, זײַן מיין, באַזונדערס בײַ אַן אידיאָמאַטישן אויסדרוק אָדער אַ פֿאָלקס־ווערטל.

– זאָרג זיך נישט, – האָט אים געטרייסט בראָנסקי, – נאָך דעם, וואָס כ'וועל אַרײַנקלאַפּן דעם גאַנצן טעקסט, וועל איך זיך ערשט נעמען צו דער אמתער אַרבעט. גלייב מיר, קיין איין זאַמדעלע וועט נישט סקריפּען צווישן די ציין...

די צוזאַמענאַרבעט איבער קרופּניקס בוך האָט זיי דערנענטערט אַפֿילו מער ווי די צוויי מאָסקווער יאָר פֿון וווינען אויף איין גאָרן בשכנות און צומאָל מחבד זײַן איינער דעם אַנדערן מיט אַ מאָגערן סטודענטישן מאכל, צוגעגרייט אויף דער בשותּפֿותדיקער קיך. אמת, קיין פֿרײַנד זײַנען זיי נישט געוואָרן. אָלעג האָט שטענדיק געהאַלטן אַ דיסטאַנץ אין זייערע באַציִונגען; דובֿ־בער האָט עס באַמערקט אַפֿילו אין די באַציִונגען צווישן בראָנסקין און בערלינסקין, וואָס אויסערלעך האָבן זיי אויסגעזען פֿרײַנדלעך. אַ מחיצה איז פֿאָרט געווען.

אַגבֿ, האָט אינעם איבערגעזעצטן בוך קרופּניק אײַנגעשלאָסן אויך די נאָוועלע „אין דער קורצער רגע צווישן הײַנט און מאָרגן" – אַזוי ווי ער האָט זי אָנגעשריבן, אָן די אַלע רעדאַקטאָרישע קירצונגען, און קיינער פֿון די רעדאַקטאָרן אינעם פֿאַרלאַג „סאָוועטסקי פּיסאַטעל", ווו דאָס בוך איז דערשינען, האָט אין דעם ווערק קיין „קראַמאָלע" נישט געפֿונען.

צוגרייטן דעם ייִדישן חלק אין דער צײַטונג איז אָנגעקומען קרופּניקן מיט גרינע ווערעם. קודם־כּל, צוליב די באַגרענעצטע טעכנישע מיטלען. וועגן אַ קאָמפּיוטער און זײַנע גראַפֿישע מעגלעכקייטן האָט מען נאָך דעמאָלט קוים געהערט, אַפֿילו אין די גרויסע צײַטונגען און דרוקערײַען איז פֿאַרשפּרייט געווען די אַלטמאָדישע אָפֿסעט־שיטה. דער איינציקער צוגענגלעכער אינסטרומענט אין קרופּניקס הענט איז געבליבן זײַן קליינע שרײַב־מאַשינקע. אויף איר האָט ער אויסגעזעצט די טעקסטן פֿון יעדן נײַעם נומער און זיי אויפֿגעקלעפּט אויף אַ באַזונדער זײַטל. אַ דאַנק דעם טאַלאַנטירטן מאָלער, וואָס ער האָט צוגעצויגן צו דער אַרבעט, האָבן סײַ די טעקסטן און סײַ דער גאַנצער ייִדישער טייל אָנגעהויבן אויסזען קינסטלעריש באַרײַכערט.

לכתּחילה איז קלאָר געווען, אַז די ייִדישע זײַט וועט מער זײַן פֿאַר־בונדן מיט ייִדישער ליטעראַטור און טעמעס פֿון קולטור־לעבן – קורצע נאָטיצן, מיניאַטורן, לידער. אַ חוץ ראַשקאָוואַנען, האָט אין קעשענעוו געוווינט דער ייִדישער פּאָעט משה לעבטער, וואָס איז געוואָרן אַ שטענדיקער מחבר פֿון דעם ייִדישן טייל. די צײַטונג פֿלעגט דערשײַנען איין מאָל אין צוויי וואָכן און האָט זיך גיך פֿאַרשפּרייט איבער אַנדערע שטעט. צוזאַמען מיט דער טעלעוויזיע־ און ראַדיאָ־פּראָגראַמען איז די צײַטונג באמת געוואָרן אַ פּאָרלאָזלעכער קוואַל פֿון אַן אויפֿגייענדיק ייִדיש לעבן. דער פּאַראַדאָקס אָבער פֿון דעם נאַציאָנאַלן אויפֿלעב האָט געשטעקט אין זײַן בליצנקייט. יעדער איינער, וואָס איז אין דעם פּראָצעס געווען פֿאַרטאָן, האָט אין אים אַרײַנגעלייגט זײַן גאַנצן טאַלאַנט און נשמה. קיין עכטע פּרנסה איז עס נישט געווען, ווײַל די ייִדישע אַרבעט אין אַלע געביטן איז געווען אָדער אַ פֿרײַוויליקע, אָדער פֿאַר אַ סימבאָלישן אָפּצאָל, אַפֿילו נאָך דער שטיצע מצד דער „סוכנות" און דעם „דזשוינט". די פֿאַרכאַפּטקייט מיט דער אַרבעט האָט געקאָנט דערקלערט ווערן דערמיט, וואָס מ'האָט פּלוצעם דערפֿילט, אַז מע גייט מיט אייגענע דרכים; ביז אַהער זײַנען זיי געווען פֿאַרמאַכט און פֿאַר־ווערט. צוריק גערעדט, איז קיינער נישט געווען זיכער, ווי לאַנג ס'וועט נאָך אַזוי אָנגיין – סײַ ווײַל די מאַכט האָט געקאָנט אויסדרייען דעם דישעל און סײַ ווײַל די צײַט האָט כּסדר אונטערגעיאָגט...

און פֿאַרט האָט מען איצט אין צענטער פֿון קעשענעוו געקאָנט זען אַ צײַטונג־קיאָסק, ווו דער שילד האָט אויף רוסיש און ייִדיש געמאָלדן – „אונדזער קול/Наш голос". דאָ האָט מען געקאָנט די צײַטונג קויפֿן.

אַוודאי, האָט דובֿ־בער זיך נישט געגאַרט, אַז די יעניקע, וואָס קויפֿן די ייִדישע צײַטונג, טוען עס צוליב דעם רוסישן טייל; און דאָך האָט ער זיך געטרייסט: „נישקשה, זאָל דער ייִדישער עולם אָנהייבן זיך צוגעוווינען צו זען פֿאַר די אויגן פּירקאַנטיקע אותיות...“

13

סוף נאָוועמבער 1989 איז קרופּניק צום ערשטן מאָל אַרויסגעפֿאָרן קיין ישׂראל. ס'איז געווען נישט סתּם אַ באַזוך אָדער אַ רײַזע; ער, צווישן אַנדערע עטלעכע און צוואַנציק ייִדישע אַקטיוויסטן פֿון פֿאַרשיידענע רעפּובליקן און שטעט, איז פֿאַרבעטן געוואָרן זיך צו באַטייליקן אינעם סעמינאַר, אָרגאַניזירט דורך „יד־ושם". מעגלעך, צום ערשטן מאָל אין דער געשיכטע פֿון סאָוועטן־פֿאַרבאַנד איז קיין ישׂראל אַרויסגעפֿאָרן אַזאַ גרויסע גרופּע, געשיקט נישט פֿון דער מלוכה, נאָר געבראַכט פֿון די ישׂראלדיקע אינסטיטוציעס.

איבער אַ חודש האָבן די בעסטע מומחים אין ישׂראל, פֿאָרשערס פֿון „שואה", געלייענט זיי לעקציעס וועגן דעם פּראָצעס פֿון אַ טאָטאַלן ייִדישן אומברענג, פּלאַנירט און געפֿירט מצד דעם נאַצי־דײַטשלאַנד און זײַנע אָנהענגער.

פֿאַרן דור קינדער, געבוירן גלײַך נאָך דער צווייטער וועלט־מלחמה און דערצויגן געוואָרן אין אַ סאָוועטישער שול, האָט די מלחמה גע־טראָגן דעם נאָמען „גרויסע פֿאָטערלענדישע מלחמה", וואָס האָט זיך פֿאַרענדיקט מיטן זיג פֿון דער סאָוועטישער אַרמיי דעם 9טן מײַ, 1945. דער „נצחון־טאָג" איז געווען גאָר פֿון אַן אַנדער מין יום־טובֿים, איידער די אַנדערע סאָוועטישע חגאות; דעם טאָג האָט מען געפֿײַערט נישט בלויז דערפֿאַר, ווײַל די מלוכה האָט אַזוי באַשטימט, נאָר מחמת דאָס פֿאָלק אַליין האָט אַזוי געוואָלט. דאָס איז געווען דער גרעסטער סאָוועטישער פֿאָלקס־יום־טובֿ.

אין זײַן קינדשאַפֿט האָט דובֿ־בער נישט געקאָנט פֿאַרשטיין, הלמאַי די באָבע מיט דער מאַמען, בשעתן דערמאָנען די מלחמה־יאָרן, זייער

אַנטלויפֿן פֿונעם ברענענדיקן שטעטל, דערנאָך די עוואַקואַציע, – הערן נישט אויף שווער צו זיפֿצן און שלינגען טרערן. סטײַטש, ס'איז דאָך אַזוי פֿאַרכאַפּנדיק זיך אַרומטראָגן איבער די גאַסן מיט אַ קוויטשיקן „הוראַ!" – און זיך שלאָגן מיטן שׂונא. די ייִנגלשע פֿאַנטאַזיע פֿלעגט זיי מאָלן בלוטיקע שלאַכטן, מיט דערהרגעטע און פֿאַרוווּנדעטע, ווי זיי האָבן עס געזען אין קינאָ. זיך צעטיילט אויף צוויי מחנות – רוסישע און דײַטשן – וואָלטן די „רוסישע" זיכער „אויסגעהרגעט" אַלע „דײַטשן" פֿון די אויסגעשניצטע הילצערנע נאַגאַנען, ווען נישט די מאַמעס... זיי פֿלעגן שטענדיק זיך אַרײַנמישן פֿאַר דער צײַט מיט זייערע געשרייען: „גענוג מלחמהוּוען, אַהיים!"

אין שול האָט מען זיי געלערנט, אַז אַלע פֿעלקער פֿון סאָוועטן־פֿאַרבאַנד, ווי איין גרויסע ברידערלעכע משפּחה, האָבן אויסגעקעמפֿט אָט דעם „נצחון־טאָג". מ'האָט אַפֿילו אָנגערופֿן די אַלע פֿעלקער, אָבער קיין ייִדן זײַנען צווישן זיי נישט געווען. דובֿ־בער האָט זיך געדרייט דעם קאָפּ: אויב אַזוי, זײַנען די ייִדן אָדער נישט קיין פֿאָלק, אָדער דער ייִחוס זייערער דערמעגלעכט נישט מע זאָל זיי אַרײַננעמען אין אָט דער „ברידערלעכער משפּחה". די ייִדישע קינדער, איז אויסגעקומען זיך צו דערוויסן וועגן דער מלחמה פֿון זייערע אייגענע טאַטע־מאַמעס.

דווקא פֿון זײַן מאַמען און באָבען האָט דובֿ־בער זיך דערוווּסט, אַז נאָך איידער אין זייער בעסאַראַבער שטעטל מאַרקולעשט, ווו זיי האָבן געוווינט פֿאַר דער מלחמה, איז אַרײַן דער ערשטער רומענישער סאָלדאַט, האָבן שוין די אָרטיקע מאָלדאַוואַנער געראַבעוועט די ייִדישע הײַזער און געקוילעט זייערע ייִדישע שכנים; אַז דער טאַטע און זײַן משפּחה זײַנען אַרײַנגעטריבן געוואָרן אין אַ טראַנסניסטריע־לאַגער; אַז דעם טאַטנס ייִנגערער ברודער האָט זיך אויסבאַהאַלטן די אַלע מלחמה־יאָרן בײַ זײַן גוייִשן חבֿר, און דעם טאַטן אַליין האָט זיך אײַנגעגעבן צו אַנטלויפֿן פֿונעם לאַגער. צוזאַמען מיט אים זײַנען אַנטלאָפֿן נאָך צוויי זײַנע חבֿרים, צוויי צווילינג־ברידער. די רומענישע זשאַנדאַרן האָבן זיי געכאַפּט און אויפֿגעהאָנגען אויף איין שטריק. ווען די סאָוועטישע אַרמײ האָט באַפֿרײַט מאָלדאַוויע אין 1944, איז זײַן טאַטע פֿרײַוויליק אַוועק אויפֿן פֿראָנט.

אין דעם „נצחון־טאָג", דעם 9טן מײַ, פֿלעגן טאַקע פֿאָרקומען פֿײַערלעכע פּאַראַדן – אין מאָסקווע אויפֿן „רויטן פּלאַץ", אויף די צענט־ראַלע פּלעצער פֿון שטעט און שטעטלעך, מיט די מלחמה־וועטעראַנען

אין די ערשטע רייען; אָבער נאָך דעם זשום און טראַסק, אין זייערע הײַזער, האָבן משפּחות און פֿרײַנד זיך צונויפֿגענומען בײַ אַ געדעקטן טיש, און שטיל, היימיש דערמאָנט יענע קרובֿים און פֿרײַנד, וועלכע האָבן אָפּגעגעבן זייער לעבן אויף די פֿראָנטן, מע זאָל קאָנען אַזוי רויִק זיצן און אויסטרינקען צו „הונדערט גראַם" אין זייער אָנדענק. צווישן די אומגעקומענע אויפֿן פֿראָנט איז געווען אויך דובֿ־בערס מאַמעס עלטערער ברודער, פּעטער בערל, וואָס נאָך אים האָט ער געטראָגן דעם נאָמען. דער פּעטער בערל האָט נישט דערלעבט צו דעם שיינעם „נצחון־טאָג" בלויז עטלעכע וואָכן...

אין דעם דאָזיקן טאָג פֿלעגן די ייִדן זיך צונויפֿפֿאָרן צו די ערטער, ווו אין די ברידער־קבֿרים זײַנען געלעגן באַגראָבן זייערע נאָענטע און טײַערע מענטשן. אויף די באַשיידענע מצבֿות, געשטעלט אויפֿן חשבון פֿון די לעבן־געבליבענע לאַנדסלײַט, האָט די מאַכט פֿאַרווערט אַפֿילו אָנווײַזן, אַז די קרבנות זײַנען פֿונעם ייִדישן אָפּשטאַם – נאָר בירגער פֿון סאָוועטן־פֿאַרבאַנד.

מיט יאָרן שפּעטער האָט קרופּניק זיך דערוווּסט, אַז אין די מקומות, ווו ער איז געבוירן געוואָרן און אָפּגעלעבט איבער פֿערציק יאָר, האָבן די רומענישע פֿאַשיסטן און זייערע אָרטיקע קאָלאַבאָראַטאָרן אומגע־בראַכט אַן ערך 300 טויזנט ייִדן. שוין אין די ערשטע מלחמה־וואָכן האָבן די רומענישע פֿאַשיסטן פֿאַרפּײַניקט די ייִדן אויף זייער אייגענעם סאַדיסטישן אופֿן – אויף די וועגן. מ'האָט זיי געטריבן פֿון איין אָרט צו אַן אַנדער אָרט אונטער דער ברענענדיקער זומער־היץ אָן אַ טראָפּן וואַסער, ביז די אויסגעמאַטערטע מענטשן זײַנען געפֿאַלן, נישט בכּוח זיך מער אויפֿהייבן. דעמאָלט האָט מען זיי דערשאָסן אין די ריפּעס. אַן אַנדער פֿאַטענט פֿון אומברענגען בעסאַראַבער ייִדן איז געווען אָנצושטאָפּן מיט זיי די פֿראַכט־וואַגאָנען און פֿירן פֿון איין סטאַנציע צו אַן אַנדערער, ביזן אָנגעקומען צום לעצטן טויט־פּונקט...

אַז אין ירושלים איז פֿאַראַן אַזאַ אָנדענק־צענטער מיטן נאָמען „יד־ושם", האָט זעלטן ווער געהערט אין יענע יאָרן. שוין אָפּגערעדט פֿונעם מאָדנעם וואָרט „שואה", ענלעך צו אַ געשריי פֿון אַ ווילד־אָנגעשראָקענעם מענטש. אַן אַנדער זאַך – „עליה" – עס קלינגט קלאָר און פֿאַרשטענדלעך.

ס'רובֿ פֿון די באַטייליקטע אינעם סעמינאַר האָט געהערט צום דור, געבוירן נאָך דער מלחמה. די אַזוי גערופֿענע ייִדישע טעמע האָט זיי

פֿאַרכאַפּט דורך דער באַטייליקונג אין דער ייִדישער באַוועגונג פֿון די 1980ער יאָרן. בדרך כּלל, קולטורעל אַסימילירטע יונגע־לײַט, דערצויגן אויף די סאָוועטישע לערנביכער און דער רוסישער ליטעראַטור, האָט בײַ זיי דאָס „פּינטעלע ייִד" זיך פּלוצעם אַ ריר געטאָן נאָך אַ פֿער־זוועלבן עמאָציאָנעלן שטויס. אַזוי טרעפֿט זיך מיט אַ פּיצינקעלן שפּלי־טער אינעם לײַב פֿון אַ פֿאַרוווּנדעטן, וואָס נאָך צענדליקער יאָרן גיט עס אומדערוואַרט אין זיך אַ דערמאָן מיט אַ שאַרפֿן ווייטיק. אייניקע פֿון דער „יד־ושם"־גרופּע, נאָך פֿאַרן פֿאַרקערעווען צו דעם „ייִדישן סטעזשקעלע", זײַנען געווען פֿאַרטאָן אין די אַלגעמיינע אומלעגאַלע קרײַזלעך, און אַפֿילו דערפֿון געליטן פֿון דער מלוכה.

טאַליע קאַדאַש און יאַשע באַס, מיט וועלכע קרופּניק האָט זיך דערנענטערט, זײַנען שוין געווען מענטשן מיט אַ ביאָגראַפֿיע, באַקאַנט אינעם תּחום פֿון זייער פּראָפֿעסיע; קאַדאַש, ווי אַ מאָסקווער טעכנישער געלערנטער און באַס, ווי אַ מעדיצינישער דאָקטער אין מינסק. ביידע זײַנען זיי געווען עלטער פֿון קרופּניקן, איבערגעלעבט די מלחמה ווי קינדער, אַזוי אַז זייערע מלחמה־דערמאָנונגען האָבן זיך נישט געדאַרפֿט שפּײַזן נאָר מיט פֿרעמדע געשיכטעס. זייער וועג קיין „יד־ושם" איז אויך אַ היפּשע צײַט געווען געגנוג זיגזאַגיש און זיך ווייניק איבערגעשניטן מיטן „ייִדישן סטעזשקעלע", כאָטש אויסמײַדן עס אין גאַנצן איז געווען אוממעגלעך. די שטיקנדיקע אַרומיקע ווירקלעכקייט און דאָס גראָבן זיך אין זיך האָט זיי געשטויסן אויפֿצושליסן די דלתּ אַמותן פֿון זייער פּראָפֿעסיע. גראָד דעמאָלט האָט זיך גערירט פֿון אָרט דאָס פֿאַסקודנע „שפּליטערל".

אָפּגעזונדערט האָט זיך געהאַלטן די מאָסקווער שרײַבערין יעליע־נאַ מ־אַ. איר נאָמען האָט קרופּניק פֿריִער געהערט פֿון מלכּה גאָמאַן, וואָס האָט זיך געחבֿרט מיט איר. מ־אַ איז געווען באַקאַנט אין דער ליטעראַטור־בראַנזשע סײַ ווי אַ שרײַבערין און סײַ ווי אַ קינסטלערין. איר עקסצענטרישקייט האָט זיך געוואָרפֿן אין די אויגן. זי איז בדרך־כּלל אַרומגעגאַנגען באָרוועס. אויף די לעקציעס געזעסן בײַם פֿאָדערשטן טיש מיטן, גלײַך אַנטקעגן דעם לעקטאָר, און געקלעפּט פֿון קאָליריקער ליים קליינע שפּילעוודיקע פֿיגורקעס – מענטשעלעך און חיות. ס'האָט אויסגעזען, אַז זי הערט זיך בכלל נישט צו צו דעם, וואָס עס קומט פֿאָר אין דער אוידיטאָריע. צום סוף פֿון יעדער לעקציע, פֿלעגט זי דאָס שפּילעכל שענקען דעם לעקטאָר. אין „יד־ושם" איז זי נישט געווען קיין

פּנים־חדשות. אין איר טעטיקייט האָט אַ באַזונדער אָרט, שוין נישט איין יאָר, פֿאַרנומען דאָס פֿאָרשן און פֿאַרשפּרייטן די שאַפֿונגען פֿון די קאַצעטלער אינעם טערעזיענשטאַט־לאַגער, בפֿרט די מאָלערייַ פֿון קינדער.

פֿונעם ערשטן טאָג אָן נאָכן באַזעצן אַלע אינעם האָטעל אויף קינג דזשאָרדזש אין סאַמע צענטער פֿון ירושלים, האָט מען זיי באַלד אייַנגעשפּאַנט אינעם שטודירן, אַזוי אַז נאָך די פֿיר, פֿינעף שעה לעקציעס איז שוין ווייניק בייַ וועמען געלעגן דער קאָפּ צו נאָך עפּעס. איין קלייניקייט: דער „נאָך עפּעס" איז דאָך געווען די שטאָט ירושלים! שוין אָפּגערעדט, אַז יעדער פֿון זיי האָט געהאַט גענוג קרובֿים און פֿרייַנד, צעוואָרפֿן איבער גאַנץ ישׂראל, מיט וועלכע מ'האָט זיך מיט יאָרן צוריק געזעגנט אָן אַ מינדסטער האָפֿענונג זיך נאָך ווען ניט איז צו טרעפֿן.

עס איז אָבער געווען איין זאַך, וואָס האָט שוין פֿון די ערשטע לעק־ציעס איבערגעראַשט און אַרייַנגעטריבן קרופּניקן אין אַ מרה־שחורה, דהייַנו: די אַנטפּלעקונג פֿון ווערן פֿאַרפֿירט און אָפּגענאַרט. די זוימען פֿון דעם דאָזיקן ליגן האָבן געלאָזט זייערע ערשטע שפּראָצלינגען נאָך אין די ייִנגלשע מלחמה־שפּילערייַען. די מלוכה האָט בכּיוון אויף אַ צבֿועקישן אופֿן פֿאַרקריפּלט און פֿאַרשוויגן דעם אמת וועגן דער טראַגעדיע פֿון ייִדישן חורבן; אָט דער אמת האָט נישט געקאָנט אויסגעקריצט ווערן אַפֿילו אויף די מצבֿות פֿון די ייִדישע ברידער־קבֿרים. נאָך מער: אַפֿילו אין די ווערק פֿון די ייִדישע סאָוועטישע שרייַבערס האָבן זיך די ווערטער „ייִדישער חורבן" קיין מאָל נישט צונויפֿגעפּאָרט. די מורא זיי צונויפֿפֿירן אין איין באַגריף איז מסתּמא געווען נישט קלענער ווי פֿאַרשיקט צו ווערן אין „גולאַג"...

דער ערשטער זייַנער צונויפֿשטויס מיטן „ייִדישן חורבן", וואָס דעמאָלט האָט קרופּניק נאָך וועגן אַזאַ באַגריף נישט געהערט און נישט געטראַכט, אַז ער עקזיסטירט איז געשען אין די אָנהייב 1970ער יאָרן בשעתן באַזוכן פּוילן. אין יענער צייַט האָט ער זיך געלערנט אין קאָנסערוואַטאָריע און געשפּילט אין אַ פּאָפּולערן מאָלדאַווישן פֿאָלק־לאָר־אַנסאַמבל. טאַקע מיט אָט דעם מוזיקאַלישן אַנסאַמבל איז קרופּניק געפֿאָרן קיין פּוילן אויפֿצוטרעטן מיט קאָנצערטן איבערן לאַנד. נאָך די אויפֿטריטן אין קראָקע האָט מען די מוזיקער פֿאָרגעלייגט צו באַזוכן דעם געוועזענעם קאָנצענטראַציע־לאַגער, באַקאַנט ווי אוישוויץ. זייער וועגווייַזער, דער פּאָליאַק סטאַניסלאַוו, האָט אויפֿן וועג זיי „צוגעגרייט"

צום באַזוך און צווישן אַנדערע פּרטים דערקלערט, אַז אויב מע וועט הערן דאָס וואָרט „זשידע", זאָל מען עס נישט אויפֿנעמען ווי אַ באַ־ליידיקונג; אַזוי רופֿט מען אויף פּויליש אַ ייִד. דאָס דאָזיקע וואָרט האָט זיך בפֿירוש אָפּט געהערט בעת די פּאָר שעה, וואָס די „עקסקורסיע" איבערן לאַגער האָט געדויערט; אָבער פֿאַרט זיך באַזונדערס נישט אויס־געטיילט, נאָר פֿאַרקערט – זיך פֿאַרלוירן אין די „עקספּאָנאַטן" – בערג וואַליזקעס פֿון פֿאַרשיידענע אייראָפּעיִשע לענדער, שיך און קליידער פֿון דערוואַקסענע און קינדער, ציינבערשטלעך, לעפֿלעך און נאַכטטעפּלעך, פּראָטעזן פֿון פֿיס און הענט, און טויזנטער פֿאָטאָגראַפֿיעס פֿון מענטשן און מתים. זיי האָבן אַלע אויסגעזען אויף איין פּנים און געהערט צו איין נאַציאָנאַליטעט; דער מאָרד האָט חרובֿ געמאַכט די מחיצות פֿון מענטשלעכע דעפֿיניציעס צווישן לעבן און טויט... אַ לענגערע צײַט איז קרופּניקן נאָכגעגאַנגען דער פֿאַרזשאַווערטער סקריפּ פֿון דער אײַזערנער טאַטשקע אַנטקעגן דעם אויוון, ווו מע פֿלעגט פֿאַרברענען די גופֿים. עמעצער האָט זי צופֿעליק אַ ריר געטאָן פֿון אָרט...

אויף די לעקציעס אין „יד־ושם" איז געוואַקסן דער פֿאַרשטאַנד פֿון דער דראַמע, וואָס דאָס ייִדנטום האָט איבערגעלעבט במשך פֿון הונדערטער יאָרן; די דראַמע פֿון זײַן אָפּגעשטויסן און גערודפֿט אין אַלע צײַטן. אין דער זעלבער מינוט, ווען אַ ייִדישע מאַמע האָט געבוירן איר קינד, איז אינעם אַלוועלטלעכן פֿײַער פֿון אַנטיסעמיטיזם אַרײַנגעוואָרפֿן געוואָרן נאָך איין שײַטל האָלץ.

מעגלעך, אַז ערשט אויף די לעקציעס אין „יד־ושם" האָט קרופּ־ניק געקאָנט פֿאַרשטיין דעם ווייטיק, וואָס ס'האָט אַמאָל געפֿילט זײַן פֿרײַנד משה פען, בשעת די ליטעראַטור־קורסן פֿון פּראָפֿעסאָר קין ווען די פֿאַרברעכערישע מעשים פֿונעם „פֿאָטער פֿון אַלע פֿעלקער". צי האָט דען געקאָנט אַנדערש אָנגערופֿן ווערן די מלחמה אויפֿן שטח פֿון סאָוועטן־פֿאַרבאַנד? ער, דער „פֿאָטער", האָט דאָך געפֿירט זײַנע פֿעלקער צום זיג, און ער האָט זיי דעם זיג געבראַכט!

אויף די באַאָרטע חורבן־פֿאָרשער אין „יד־ושם", בראָש מיטן די־רעקטאָר יצחק אַרד, האָבן אַליין איבערגעלעבט דעם חורבן, און ס'איז שווער געווען צו באַנעמען, ווי אַזוי האָבן זיי, נאָך אַלעמען, געקאָנט ווידער זיך אומקערן צום איבערגעלעבטן. אויסהערן עדות, זיך גריבלען יאָרן־לאַנג אין דאָקומענטן, שאַפֿן וויסנשאַפֿטלעכע טעאָריעס, אַפֿילו חורבן־מאָדעלן, ווען אינעם יסוד פֿון דעם ליגן זעקס מיליאָן קרבנות,

צווישן זיי – אויך זייערע אייגענע און נאָענטע מענטשן. עס האָט אויסגעזען ווי טובֿלען זיך אין אַ חורבן־מיקווה, אָנגעפּילט מיט בלוט...

און ס'האָט זיך דערמאָנט קרופּניקן די טרעפֿונג מיט רפֿאל גלעד. אַ הויכגעשטעלטער פֿונקציאָנער אין „לשכּת הכּשר־נתיבֿ", איז ער געקומען קיין קעשענעוו מיט אַ צוויי־טאָגיקן באַזוך. ער האָט געקענט רוסיש און גערעדט אַ גוטן ייִדיש. רפֿאל האָט זיך געוואָנדן צו קרופּניקן באַקענען אים „על־רגל־אַחת" מיט דער שטאָט און באַזונדערס דערציילן וועגן דעם קעשענעווער פּאָגראָם. אין יענער צײַט פֿלעגן קיין מאָלדאַוויע קומען נישט וויייניק ייִדישע טוריסטן פֿון אויסלאַנד, בדרך־כּלל, מענטשן פֿונעם עלטערן דור, און כּמעט שטענדיק, מיט וואָס קעשענעוו איז פֿאַר זיי קודם־כּל געוווען באַקאַנט, האָט געהאַט אַ שײַכות צום פּאָגראָם.

מיט גלעד האָט זיך אָבער באַקומען אַזוי, אַז פֿון דער טרעפֿונג מיט אים „אויף איין פֿוס", האָט דווקא קרופּניק מער געגאָסן. בשעת די עטלעכע שעה, וואָס זיי האָבן פֿאַרבראַכט אין איינעם, האָט דובֿ־בער אויסגעהערט אַ מערקווערדיקע געשיכטע פֿון אַ שלעזער ייִדן, וואָס איז געבליבן לעבן נאָך כּמעט פֿיר יאָר קאָנצענטראַציע־לאַגער, בעתן „טויטן־מאַרש" פֿון איין לאַגער צו אַ צווייטן – אַנטלאָפֿן, דערנאָך געקעמפֿט אין דער סאָוועטישער אַרמיי, פֿאַרוווּנדעט געוואָרן, און גלײַך נאָך דער מלחמה – זיך איבערגעפּעקלט מיט דער „בריחה" קיין פּאַלעסטינע. אין ארץ־ישׂראל האָט זײַן קאַריערע זיך אָנגעהויבן אין פּאָליציע, ווי אַ פּשוטער פּאָליציסט, און צו די סוף 1950ער געבראַכט אים, שוין ווי אַן אויספֿאָרשער פֿון קרימינעלע פֿאַרברעכן, אויף אַדאָלף אייכמאַן־פּראָצעס. ער איז בײַגעווען בײַם אויפֿהענגען דעם נאַציסט, פֿאַרמישפּט צום טויט, אין דער תּפֿיסה פֿון רמלה אין 1962, ווי אויך בשעתן אויסשיטן זײַן אַש אין די נייטראַלע וואַסערן פֿון מיטללענדישן ים.

אַ מיטלוווּקסיקער מענטש אַרום די זעכציקער האָבן זײַנע גרויע האָר, אַקוראַט צוגעקעמט, און טיפֿע בלויע אויגן נאָך מער באַטאָנט זײַן פֿאַרברוינטקייט אויפֿן פּנים; און הגם ס'איז פֿון אין דער פֿרי אָן געוווען אַ הייסער און דושנער טאָג, האָט ער דאָס רעקל פֿון זײַן גרויען קאָסטיום נישט אויסגעטאָן, סײַדן אָפּגעשוואַכט דעם קנופּ פֿונעם שניפּס.

– איר דאַרפֿט וויסן, מײַן פֿרײַנד, – האָט רפֿאל רויִק און געמאָסטן געפּירט זײַן שמועס, – אין די פֿופֿציקער יאָרן האָט מען זיך צו אונדז, צו די חורבן־געראַטעוועטע זיך באַצויגן, ווייך גערעדט, נישט אַזוי אײַ־אײַ־אײַ... נאָך מער: מ'האָט אונדז בשתיקה און אָפֿן גערופֿן, „סבון לבֿן",

וויַסע זייף, הייסט עס... איך האָב געקענט נישט וויניק מענטשן, וואָס האָבן זיך געשעמט מיט זייער קאַצעט־נומער אויף דער האַנט... כ׳וועל אײַך דערציילן אַ פֿאַל, וואָס איז געשען מיט מיר פּערזענלעך. איך און מײַן פֿרוי זײַנען געווען צוגאַסט בײַ מײַן קאָלעגע... ער און זײַן פֿרוי זײַנען שוין געבוירן און אויפֿגעוואַקסן געוואָרן אין ישׂראל... סאַבּרעס, הייסט עס... האָט מיך מײַן קאָלעגע, בשעתן רעדן, געבעטן עפּעס דערציילן „פֿון דאָרטן". האָב איך דערציילט, ווי איין מאָל, האָט מען מיך אין לאַגער באַשטראָפֿט... כ׳בין דעמאָלט אַלט געווען קנאַפּע זעכצן יאָר און געאַרבעט בײַם פּלאַסטערן וועגן, געשלעפּט שטיינער... האָט דעם אויפֿזעער, דעם קאַפּאָ, הייסט עס, אַ פֿאַסקודנע פֿאַרשווינדל געווען, טאַקע פֿון אונדזעריקע, זיך אויסגעוויזן, אַז כ׳מאַך פֿוילע שטיק און מײַד אויס צו אַרבעטן. האָב איך אים אָפּגעענטפֿערט... אויף מײַן מזל איז גראָד אין דעם מאָמענט אָנגעפֿאָרן דער עסעס־אָפֿיציר, וואָס האָט מיט די אַרבעטן אָנגעפֿירט. דער קאַפּאָ, פֿאַרשטייט זיך, האָט זיך געוואָלט פֿאַר אים אויספֿײַנען און אים צוגעטראָגן, אַז איך סאַבאָטיר די אַרבעט. יענער האָט לאַנג נישט געטראַכט און האָט געהייסן דעם קאַפּאָ גלײַך אויפֿן אָרט, אַז אַלע זאָלן זען, דערלאַנגען מיר אַכציק קלעפּ מיטן שטעקן...

רפֿאל האָט אויף אַ ווײַלע זיך אָפּגעשטעלט און פֿאָרט צעבונדן זײַן שיינעם שניפּס. ער האָט אים אַקוראַט צונויפֿגעלייגט און באַהאַלטן אין דער אינערלעכער קעשענע פֿונעם רעקל.

– פֿאַרן פֿאַרלאָזן דאָס הויז פֿון מײַן קאָלעגע, – האָט דער ישׂראל־גאַסט נישט פֿאַרגעסן אין זײַן מעשׂה, – בין איך, אַנטשולדיקט, אַרײַנגעגאַנגען אין טואַלעט. פּלוצעם הער איך, ווי מײַן חבֿר זאָגט צו זײַן פֿרוי: „גלייבסט טאַקע אין דעם, וואָס רפֿי האָט דערציילט? – אַזוי האָבן מיך גערופֿן מײַנע חבֿרים, – אַכציק קלעפּ... האָט זיך בײַ אים, נעבעך, איבערגעמישט דאָס רעאַלע מיטן פֿאַנטאַסאישן..."

רפֿאל איז אַנטשוויגן געוואָרן. אַראָפּגעלאָזט דעם קאָפּ, ווי געזאָלט איבערציילן אַ געוויסע צאָל טריט, איידער זײַן געשיכטע צו פֿאַרענדיקן.

– איר ווייסט, מײַן פֿרײַנד, זינט יענעם פֿאַרנאַכט האָב איך זיך געגעבן אַ נדר – מער „פֿון דאָרט" נישט אַרויסטראָגן קיין וואָרט פֿאַר דאָזיקע אויערן... בפֿרט מײַנע קינדער... אָבער אַלץ האָט זיך געביטן נאָך מײַן ערשטן פֿאַרהער פֿון אייכמאַנען...

איצט האָט שוין דובֿ־בער פֿאַרהאַלטן דעם גאַנג און דעם אָטעם.

ער האָט שטיל אַ פֿרעג געטאָן, ווי געצווייפֿלט, צי האָט ער עס בכלל געדאַרפֿט פֿרעגן:

– וואָס האָט איר געפֿילט דערביַי?..

מיר זיַינען געזעסן פּנים־אל־פּנים. ער האָט אויפֿגעהויבן דעם קאָפּ, ווען כ'האָב אים אויף דיַיטש געשטעלט מיַין ערשטע פֿראַגע... כ'האָב זיַינע אויגן נישט געזען, נאָר צוויי שוואַרצע לעכער אינעם שאַרבן. אָבער ווען ער האָט אויפֿגעמאַכט דאָס מויל, האָב איך פּלוצעם דערפֿילט, ווי ס'וואָלט זיך פֿאַר מיר צעעפֿנט דער אויוון פֿונעם קרעמאַטאָריום... נאָך דעם מישפּט האָב איך פֿאַרשטאַנען, אַז מע טאָר נישט שוויַיגן וועגן דעם, וואָס ס'איז מיט אונדז דאָרט געשען...

שוין פֿון די ערשטע טעג אָן איז דער עולם אויף די לעקציעס וואָס אַ מאָל געוואָרן שיטערער. ס'איז קלאָר געווען, אַז נישט אַלע זיַינען געקומען קיין ישׂראל נאָר צוליב דעם סעמינאַר. צוריק גערעדט, האָט עס קיין אומצופֿרידנקייט ביַי די אָרגאַניזירער נישט אַרויסגערופֿן. ס'איז, אַפּנים, געווען דאָס צו דערוואַרטן. די איינציקע זאַך, וואָס מ'האָט געבעטן, איז מיטצוטיילן מאַשאַן דעם אַדרעס, ווו מע וועט זיַין. דובֿ־בער האָט אויך געהאַט זיַינע פּערזענלעכע פּלענער, אָבער דערוויַיל זיך אָפּגעהאַלטן זיי צו רעאַליזירן אויפֿן חשבון פֿון די לעקציעס; בפֿרט אַז נאָכן פֿאַרענדיקן די גאַנצע פּראָגראַם אין „יד־ושם", ווי מ'האָט עס נאָך ביַים אָנהייב געמאָלדן, וועלן אַלע זיַין פֿריַי און קאָנען פֿאַרברענגען די ציַיט אויפֿן אייגענעם איַינזען.

מאַשאַ – אַזוי האָט מען גערופֿן די מיטל־יאָריקע פֿרוי, וואָס פֿלעגט זאָרגן סיַי פֿאַרן שטייגער און סיַי פֿאַרן אָרגאַניזירן די פֿריַיע ציַיט פֿון די באַטייליקטע אינעם סעמינאַר. בשעתן באַקענען זיך האָט מאַשאַ דערציילט, אַז זי איז אַ רוסישע און אַ פּראַוואָסלאַוונע; געקומען קיין ישׂראל אין איין און זיבעציקסטן מיט איר ייִדישן מאַן אַ קינסטלער. זיי האָבן זיך באַזעצט אין צפֿת, אָבער מיט קנאַפּע צוויי יאָר צוריק נאָכן מאַנס טויט, איז זי אַריבערגעפֿאָרן מיטן זון קיין ירושלים. אויף וויפֿל דובֿ־בער האָט עס געקאָנט אָפּשאַצן, האָט מאַשאַ גערעדט אַ פּרעכטיקן עבֿרית און געווען ענג פֿאַרבונדן מיט דער אָרטיקער באָהעם, בפֿרט רוסישרעדנדיקער, געקומען אין לאַנד ווי זי, מיט אַ צען, פֿופֿצן יאָר צוריק. נאָך אין דער פֿרי, אינעם אויטאָבוס, ביַים אָפּפֿירן די גרופּע פֿונעם האָטעל קיין „יד־ושם", פֿלעגט מאַשאַ זיך טיילן מיט איר פּלאַן, ווי אַזוי צו פֿאַרברענגען דעם אָוונט; ס'האָט

געקאָנט זײַן אַ מוזיקאַלישער קאָנצערט אינעם מוזיי בית־תיכו, אָדער אַ טרעפֿונג מיט אַ רוסישן שרײַבער בײַ אים אין דער היים, אָדער אַ באַזוך אין אַ פּריוואַטער קינסטלערישער גאַלעריע, אָדער סתּם אַ פֿאַרברענג אין אַ פּאָפּולערן קאַפֿע. בדרך־כּלל פֿלעגן זיך פֿאַר נאַכט צו דער באַשטימטער צײַט צונויפֿנעמען אינעם האָל פֿונעם האָטעל בײַ די אַכט, נײַן בעלנים.

– אַרויסצופֿאָרן פֿאַר נאַכט אויסער דער שטאָט, – האָט זיך מאַ־שאַ ווי פֿאַרענטפֿערט, – איז דערווײַל אַזאַ מעגלעכקייט נישטאָ... ס'איז פֿאַרבונדן נישט אַזוי מיטן טראַנספּאָרט, ווי מיט זיכערהייט... מיר וווינען אין ירושלים בשכנות מיט מענטשן, וואָס נישט ווייניק פֿון זיי זײַנען אונדזערע שׂונאים...

אין איינעם אַן אָוונט קלינגט אין קרופּניקס צימער דער טעלעפֿאָן. וואָס איז? אינעם האָל וואַרטן אויף אים צוויי געסט. ער לאָזט זיך אַראָפּ מיטן ליפֿט, נישט אָנהייבנדיק צו פֿאַרשטיין, ווער וואָלט עס געקאָנט זײַן. צו געפֿינען זײַנע געסט אינעם ליידיקן האָל איז קיין חכמה נישט געווען; אַ באַיאָרט פּאָרפֿאָלק איז געזעסן אויפֿן דיוואַן. דערזען קרופּניקן אַרויסגיין פֿונעם ליפֿט, האָט דער ייִד זיך אויפֿגעהויבן און זיך געלאָזט אים אַנטקעגן. ער האָט אויסגעשטרעקט די האַנט און, אַרײַנקוקנדיק דובֿ־בערן אין די אויגן ווי געוואָלט עפּעס אין זיי דערזען, וואָס אַנטפּלעקט זיך נאָר פֿונעם ערשטן בליק, צי אפֿשר דערוואַרט, אַז דובֿ־בער וועט אים פֿאָרט דערקענען.

– איך בין קעסלער... – האָט ער שטיל געזאָגט און צוגעגעבן: – יוסף קעסלער...

ערשט נאָך די ווערטער האָט דובֿ־בער דערפֿילט, אַז ער קאָן קיין וואָרט נישט אַרויסברענגען, אַפֿילו זײַן אייגענעם נאָמען. אַ בליץ האָט אַ שנײַד געטאָן דעם מוח: דער פּאָעט יוסף קעסלער!.. און אומדערוואַרט אויסגעזונגען: „ווען איך נעם אַ גלעזעלע יש, אוי, אוי...״

דער גאַסט, נאָך האַלטנדיק קרופּניקס האַנט אין זײַן האַנט, האָט אויסגעדרייט דעם קאָפּ צו דער פֿרוי, וואָס איז שוין געהאַט געשטאַנען הינטער אים און זי פֿאָרגעשטעלט:

– מײַן פֿרוי, חנה...

מיט עטלעכע מינוט שפּעטער זײַנען זיי שוין געזעסן אין דעם זעלבן האָל בײַ אַ טישל און גערעדט ווי אַלטע באַקאַנטע. נאָך איידער דער שמועס האָט זיך אָנגעקניפּט, אָדער פּינקטלעכער געזאָגט, ווי אַ

קנופּ צום שמועס, האָט יוסף געגומען בײַ חנהן אַ געלן קאָנווערט, נישט קיין פֿאַרקלעפּטן און אים איבערגעגעבן קרופּניקן.

– דאָס איז דער נײַער נומער פֿון מײַן אַלמאַנאַך, – האָט ער צוגע־געבן, – כ'מיין, איר וועט אים קענען ברענגען אַהיים...

יוסף קעסלער איז געווען צווישן די ערשטע „אויפֿשטענדלער" קעגן דעם הויפּט־רעדאַקטאָר פֿון „סאָוועטיש געזומלאַנד" און שפּעטער מיט עטלעכע יאָר – קעגן דער מלוכה בכלל. אַליין אַ גאַליציאַנער, קוים אַרויס מיטן לעבן פֿונעם „גולאַג", האָט ער נאָך אין די מיט־1960ער יאָרן אײַנגעגעבן די פּאַפּירן אַרויסצופֿאָרן קיין ישׂראל, אָבער שוין נאָכן באַקומען אַ דערלויבעניש איז אים אָפּגעזאָגט געוואָרן אָן אַ סיבה און אָן אַ דערקלערונג, ווי ס'האָט זיך אין יענער מלוכה געפֿירט. ער איז געוואָרן אַ ייִדישער דיסידענט אין אַ צײַט, ווען קיין דיסידענטסטווע, ווי אַן אינסטיטוציע האָט נאָך אין סאָוועטן־פֿאַרבאַנד נישט עקזיסטירט.

– ס'איז קיין סוד נישט געווען, – האָט דערציילט יוסף, – פֿון וואַנען די מסירה איז אַרויסגעקומען. דער געלער ליס מיט זײַנע תּחת־לעקערס האָבן די מלאָכה גוט געקענט!

חנה, וואָס האָט ביז אַהער זיך קוים אײַנגעהאַלטן נישט איבער־צושלאָגן דעם מאַן, האָט פֿאַרט געפֿונען אַ שפּאַרונקעלע אַרײַנצודרייען אַ וואָרט:

– וואָס האָבן די מסורים געפֿונען פֿאַר אַ תּירוץ מע זאָל אונדז אָפּזאָגן? זיי האָבן דערקלערט, אַז אַזוי ווי יוסף איז געזעסן אין לאַגער, וועט ער דאָרט, כ'מיין דאָ, אַרויסטראָגן אַלע סודות פֿונעם חדר!

יוסף האָט פֿאַרראָכטן זײַן היטל, עס אַ ביסל אַראָפּגערוקט אויפֿן שטערן.

– ווי איר פֿאַרשטייט אַליין, איז דער איינציקער וועג צו פּובליקירן מײַנע לידער געווען נאָר איבערפּעקלען זיי אַהער, קיין אויסלאַנד. אין יענע צײַטן איז עס געווען גאָר נישט לײַכט, כּמעט אוממעגלעך. ס'האָבן זיך אָבער געפֿונען גוטע מענטשן. אַרויסגעהאָלפֿן. אַן אַנדער זאַך, אַז ווען מײַנע לידער, נאָך אַלע מאַטערנישן פֿלעגן דערגיין צו אַ ייִדישער אויסגאַבע, איז דער רעדאַקטאָר נישט געווען זיכער, צי ער זאָל זיי דרוקן, צי נישט. מ'האָט מורא געהאַט, אַז אויב מע וועט מײַנע לידער אָפּדרוקן, קאָן עס, חלילה, מיר פֿאַרשאַפֿן נאָך מער צרות...

זעקס יאָר איז אָנגעגאַנגען דער קאַמף... אייגנטלעך, איז עס שווער געווען אַזוי אָנרופֿן. אין קיין שום באַוועגונג, נישט קיין ייִדישער און

נישט קיין אַלגעמיינער, וואָס זאָל געווען זיך קעגנשטעלן דעם רעזשים, האָט קעסלער זיך נישט באַטייליקט. אַ ייִדישן פּאָעט האָט מען אין „סאַמאיזדאַט״ נישט געדרוקט, און אַ ייִדישע שרײַב־מאַשינקע, כּדי איבערצודרוקן, קאָפּירן און פֿאַרשפּרייטן זײַנע לידער, איז געווען אַ מציאה־יקרות! אַדרבה, די זאָרג איז געווען אויסצוהאַלטן די משפּחה. האָט ווידער, די זאָרג פֿון חיונה, ווי אין יענע גוטע יאָרן, וואָס די ווייען פֿון זיי זײַנען נאָך נישט אײַנגעשטילט געוואָרן, איבערגענומען די פּרוי. חנה איז לויט דער פֿאַך געווען אַ קראַנקן־שוועסטער, איז דאָך אַ גליק, וואָס מע קאָן נאָך אַ גאַנצן טאָג אַרבעט, בלײַבן אויף אַ באַנאַכטיקן דיזשור.

די באַריידעוודיקע חנה האָט נאָך מער צערוקט די שפּאַרונע אינעם שמועס פֿון די מענער:

– צו יענער צײַט האָבן זיך אָנגעהויבן צונויפֿקלאַפּן גרופּקעלעך פֿון יונגע ייִדישע חבֿרה, געלערנט עבֿרית, פֿאַרשפּרייט ביכער, וואָס מע פֿלעגט זיי איבערגעבן פֿון דאַנען... – איר קול איז געוואָרן העכער, אָנגעצויגן: – כ׳וועל עס קיין מאָל נישט פֿאַרגעסן, ווי אין אַ טאָג שטעלט זיך צו אונדז אַרײַן אַ יונגער־מאַן און זאָגט יוספֿן בזה־הלשון: מיר האָבן באַשלאָסן, אַז ווי אַ פּראָטעסט, דאַרפֿט איר דורכפֿירן אַן אַקציע פֿון זעלבסטפֿאַרברענונג... דערהערט אַזאַ ווילדע זאַך, האָב איך אויף דעם פּראָוואָקאַטאָר אָנגעהויבן צו שרײַען: ווער זײַנען די „מיר״? אַנו, מאַרש פֿון אונדזער דירה!..

– חנה... – האָט זי אָפּגעשטעלט דער מאַן, – וואָס האָסטו זיך אַזוי צעפּאַליעט, – און שוין רויִקער זיך געוואָנדן צו דובֿ־בערן, – מ׳האָט געמאַכט דעמאָלט גענוג נאַרישקייטן פֿון אַלע זײַטן... אַ צײַט איז אַזאַ געווען, ס׳האָט געברענט אונטער די פֿיס...

שוין בײַם פֿאַרלאָזן דעם האָטעל האָט אים יוסף געזאָגט:

– כ׳ווייס, איר זײַט געוואָרן אַ מיטגליד פֿון דער רעדאַקציע־קאָ־לעגיע, וויל איך אײַך זאָגן: זײַט געהיט... די צײַטן בײַטן זיך גיכער ווי מענטשן. – ער האָט ווידער אַרײַנגעקוקט דובֿ־בערן אין די אויגן און אים אַרומגענומען...

קעסלער איז בפֿירוש געגעבט געווען: אין יענער מלוכה, וואָס די מאַכט זאָל נישט געווען טאָן, האָט זיך עס צום סוף אויסגעדרייט קעגן פֿאָלק.

מיט אַ צוויי יאָר שפּעטער, בשעתן לעצטן באַזוך אין ירושלים, איידער קרופּניק איז מיט זײַן משפּחה עולה געווען, האָט ער זיך ווידער

געזען מיט יוספֿן און חנהן, שוין בײַ זיי אין שטוב. ער איז געקומען נישט מיט די ליידיקע הענט. קעסלערס „אַלמאַנאַך" איז געווען פּונקט דער ריכטיקער אַדרעס, ווו קרופּניק וואָלט געוואָלט זען אָפּגעדרוקט זײַן עסיי וועגן די אַרעסטירטע בעסאַראַבער ייִדישע שרײַבערס, אַנגעשריבן אויפֿן יסוד פֿון די „קאַגעבע"־אַרכיוון. דער רעדאַקטאָר האָט אָבער באַשלאָסן אַנדערש: אין 1992 גראָד צו קרופּניקס קומען קיין ישׂראל איז בײַם פֿאַרלאַג „ירושלימער אַלמאַנאַך" דערשינען, ווי אַ באַזונדערע אויסגאַבע, דאָס ביכל „דער ענין נומער 5390", מיט אַן אַרײַנפֿיר־וואָרט פֿון יוסף קעסלערן...

די לעצטע וואָך פֿונעם סעמינאַר אין „יד־ושם" האָט מען די באַטייליקטע אַרומגעפֿירט איבערן לאַנד. די רײַזע וואָלט מען אויך גע־קאָנט פֿאַרטײַטשן ווי אַ מין אַרומנעמיקע סך־הכּל־לעקציע אויף דער טעמע „תּחית־הפֿאָלק"... אין די עטלעכע פֿרײַע טעג האָט קרופּניק אַרײַנגעפּלאָכטן די טרעפֿונגען מיט זײַנע קרובֿים און פֿרײַנד; אָדער זיי פֿלעגן קומען אים אָפּנעמען פֿונעם האָטעל, אָדער פֿון דער אויטאָבוס־סטאַנציע אין דער שטאָט, ווו זיי האָבן געוווינט. זיי האָבן זיך שוין געהאַלטן פֿאַר אַלט־געזעסענע, זיך גענוג אָנגעגעסן מיט דעם ביטערן מאכל, וואָס יעדער נײַ־געקומענער האָט געמוזט אַראָפּשלינגען. זייערע ערשטע שפּראַך־לימודים האָבן זיך אָנגעהויבן מיטן וואָרט „סבֿלנות", און נישט איין חודש און יאָר האָט עס געקלאַפּט אין די שלייפֿן, כּדי שפּעטער צו ווערן איבערגעגעבן יענע, וועלכע זײַנען געקומען נאָך זיי.

איצט, אויפֿנעמענדיק קרופּניקן אין די נאָך נישט אויסגעצאָלטע דירות, פֿאַרשטעלט מיט מעבל און ביכער, געבראַכט פֿון דער פֿאַר־לאָזטער „אַלטער היים", נאָך די שטיקער דערמאָנונגען, וואָס האָבן זיך גיך אויסגעשעפּט, און שוין גענוג בגילופֿינדיק, – האָט יעדער געהאַלטן פֿאַר נייטיק צו ווײַזן דעם ווידעאָ פֿון דער בר־מיצווה אָדער חתונה פֿון זייערע קינדער. זיי האָבן מיט די קינדער שוין גערעדט עבֿרית, אַרײַנוואָרפֿנדיק רוסישע ווערטער, און געלייענט די אָרטיקע רוסישע צײַטונגען; זיי האָבן ליב באַקומען צו זינגען ישׂראלדיקע לידער, אָבער געקוקט אויפֿן טעלעוויזאָר די אַלטע סאָוועטישע פֿילמען. אייניקע פֿון זיי האָבן שוין געהאַט „געשמעקט פּולווער", געווען אין רעזערוו און פֿון צײַט צו צײַט גערופֿן געוואָרן אין „מילואים". זיי האָבן זיך אויסגעלערנט צו זײַן עכטע פּאַטריאָטן און כראָניש געווען אומצופֿרידן מיט דער רעגירונג. זיי האָבן נאָך נישט געהאַט קיין דעה אין דער געזעלשאַפֿט,

אָבער שוין געווירקט אויפֿן אַלגעמיינעם סאָציאַלן און קולטור־לעבן אין די שטעט און יישובֿים, ווו מ'האָט זיך באַזעצט. זיי האָבן זייער ווייניק געוווסט וועגן דעם אויפֿגעוועקטן כּוח פֿון ייִדישע באַוועגונגען אין סאָוועטן־פֿאַרבאַנד, נאָר שוין צוגעשמעקט זיך צום ווינטל, דערווײַל נאָך אַ שוואַכס, וואָס האָט פֿאָרויסגעזאָגט דאָס קומען פֿון אַ ריזיקער עליה־כוואַליע, וועלכע זיי וועלן שפּעטער איראָניש רופֿן „די וואָרשט־עליה"...

צוריק אַהיים האָט קרופּניק זיך אומגעקערט דורך רומעניע. אין בוקאַרעשט האָט אים פּונעם פּליפּעלד אָפּגענומען אַ מיטאַרבעטער פֿון דער ישׂראל־אַמבאַסאַדע. שוין צופֿאָרנדיק נענטער צום הויז, ווו די אַמבאַסאַדע האָט זיך געפֿונען, האָט זיך געוואָרפֿן אין די אויגן אַ מין באַריקאַדע פֿאַרן טויער, צונויפֿגעשטעלט פֿון אָנגעשטאָפּטע מיט זאַמד זעק און בעטאָן־בלאָקן; הינטער זיי האָבן זיך אומגעדרייט עטלעכע באַוואָפֿנטע ציווילנע לײַט.

דער באַגלייטער און שאָפֿער אין איין פּערזאָן, וואָס האָט דעם גאַנצן וועג געשוויגן, האָט, צופֿאָרנדיק צום טויער, אַרויסגעוויזן קול:

– די לעצטע צײַט איז אין שטאָט אומרויִק, – האָט ער געזאָגט אויף רומעניש.

אין דער אַמבאַסאַדע אַליין האָט קרופּניק זיך לאַנג נישט פֿאַר־האַלטן. איבערגעכאַפּט פֿון דעם, וואָס מ'האָט אים פֿאָרגעלייגט, האָט ער געפֿרעגט, צי וואָלט עס מעגלעך געווען ער זאָל אַ פּאָר שעה פֿאַרברענגען אין שטאָט. דער זעלבער באַגלייטער האָט אים ווידער איבערגעחזרט די ווערטער, געזאָגט פֿריִער; אַ ווײַלע זיך פֿאַרטראַכט, האָט ער אַ קוק געטאָן אויפֿן זייגערל און צוגעגעבן: „פֿיר אַזייגער זאָלסטו זײַן צוריק!"

די באַן „בוקאַרעשט־מאָסקווע" איז אָפּגעפֿאָרן זיבן פֿאַר נאַכט, אַזוי אַז דובֿ־בער האָט נאָך געהאַט גענוג צײַט. נישט איין מאָל, בשעתן לערנען זיך אויף די העכסטע ליטעראַטור־קורסן, פֿלעגט ער מיט דער באַן, וואָס האָט זיך אָפּגעשטעלט אין קעשענעוו, פֿאָרן קיין מאָסקווע. דער וועג האָט פֿאַרנומען אַ מעת־לעת, און אינעם קופּע־וואַגאָן, איז קיין בעסער צײַט ווי צו זיצן בײַם פֿענצטער און זיך אײַנקוקן אינעם באַוועגלעכן פּייסאַזש, וואָס ווערט נישט נימאס און באַרויִקט, שווער צו געפֿינען. נאָר בײַ אַזאַ יאַזדע האָט מען געקאָנט פֿאַרזוכן די געשמאַקע טיי, דערלאַנגט אין אַ דינער גלאָז, אַרײַנגעשטעלט אינעם זילבערדיקן גלאָז־האַלטער. געדיכט פֿאַרקאָכט, האָט מען אין דעם זודיק־הייסן געטראַנק

געפּילט אַ לײַכטן בײַטעם פֿונעם קוילן־טערמאָס, ווו די וואַסער ווערט אויפֿגעזאָטן. אָפּגעגעסן דעם רײַזו־אָוונטברויט, וואָס מײַנע פֿלעגט אים מיטגעבן און אויסגעטרונקען צוויי גלעזער זיסע טיי, איז געקומען די צײַט אַרויפֿצוקריכן אויף דער אייבערשטער פּאָליצע און באַלד אײַנשלאָפֿן אונטערן ריטמישן רעדער־געקלאַפּ...

אַרויסגעגאַנגען פֿון דער אַמבאַסאַדע, האָט דובֿ־בער זיך פֿאַרלאָזט אויף זײַנע פֿיס. שוין גאָר אין גיכן האָבן זיי אים געבראַכט צו פֿירן צו אַ ברייטן סקווער. נאָך די ווייכע וואַרעמע טעג אין ישׂראל האָט דער קאַלטער שטעכיקער דעצעמבער־טאָג דורכגענומען די ביינער. די בענק זײַנען געשטאַנען ליידיק, אויסגעבענקט נאָך אַ מענטשלעכן צוריר, און די מענטשן אַליין האָבן זיך ערגעץ געאײַלט, מיט באַזאָרגטע פּנימער און פֿאַרביסענע ליפּן. אַ מיליטערישער פּאַטרול פֿון דרײַ סאָלדאַטן האָט פֿויל געמאָסטן די ברוק. דער ערשטער פֿון זיי האָט געטראָגן אויפֿן אַקסל אַן אַלטע ביקס מיט אַ שפּיציקן באַגנעט, און די צוויי אַנדערע האָבן זיך אים נאָכגעשלעפּט טריט בײַ טריט אַנטוואָפּנט. דורכגעשניטן דעם סקווער, איז דער פּאַטרול נעלם געוואָרן צווישן די נאַקעטע שוואַרצעביימער. דורכגייענדיק דורך אַ קרעטשמע, האָט דובֿ־בער דערהערט שיכּורע גראָבע קללות און אין אַ ווײַלע אַרום איז פֿון דער טיר אַרויסגעפֿאַלן אַ פֿאַרשוין. ער האָט זיך קוים געשטעלט אויף די פֿיס, אָפּגעטרייסלט פֿונעם מאַנטל די פֿאַרטריקנטע בלעטער מיט דער קוטשמע, איז ער שוין אַזוי פֿאַרגליווערט געוואָרן אויפֿן אָרט. נישט ווײַט פֿון דער קרעטשמע האָט אַ פֿרוי, אײַנגעקוטעט אין אַ וואַרעמער פּויערישער שאַל, זיך געטאָפּטשעט בײַ אַן עמער, צוגעדעקט מיט אַ פֿאַקרישקע. דער רייצנדיקער ריח, וואָס האָט זיך פֿאַרט דורכגעשלאָגן דורך דער פֿאַקרישקע, האָט אויסגעגעבן דעם סוד פֿון איר סחורה. זי האָט פֿאַרקויפֿט געקאָכטע פּאַפּשויעס. דובֿ־בער האָט שוין געוואָלט צו איר צוגיין און קויפֿן אַ קאַטשן, אָבער זיך אָפּגעהאַלטן, זיך געכאַפּט, אַז ער האָט דאָך נישט קיין לעי אין דער קעשענע... און פּלוצעם, האָט זיך אין דער גערדיכט־פֿאַרקילטער לופֿט דערהערט אַ קלינגערײַ. אויף דער אַנדערער זײַט גאַס האָט זיך באַוויזן אַ געל טראַמוויי־וואַגאָנדל, מיט אַ ברייטן רויטן פּאַס, ווי לאַמפּאַסן בײַ אַ גענעראַל. דער קלינגעוודיקער רעשיקער אַרײַנפֿאָר פֿונעם טראַמווײַ האָט אַרײַנגעבראַכט אין דעם פֿאַראומעטן גרויען פּייסאַזש אַ נאָסטאַלגיש געמיט; אַלץ אַרום האָט אָנגעהויבן אויסזען נישט ווי אַ טאָג־טעגלעך שטייגעריש בילד, נאָר אַ

גוט אויסרעזשיסירטע מאַסן־סצענע פֿון אַ פֿילם... עס האָט זיך געדאַכט, אַז אָט־אָט וועלן זיך באַווײַזן פֿון הינטער דיביימער און בענק די באַהאַלטענע קינאָ־אַפּאַראַטן און ס'וועט זיך דערהערן דער קנאַל פֿונעם קלאַפּערשילדל... דער טראַמוויי איז גיך דורכגעפֿאָרן, אַוועקטראָגנדיק מיט זיך די ווײַליקע שפּילעוודיקייט, און דער טאָג האָט ווידער אַרויפֿגעצויגן אויף זיך די אָנגעכמורעטע מאַסקע פֿון אַ פֿאַרשלעפּטן האַרבסט.

אַרײַנגעקוקט אין אַ פּאָר קראָמען – פּוסט פֿון קונים און פֿון סחורה, האָט דוב־בער פֿאַרקערעוועט צוריק צו דער אַמבאַסאַדע. ער האָט געפֿילט, ווי זײַנע בגדים טיילן זיך אָפּ פֿונעם לײַב, אַזוי איז ער דורכגעפֿרוירן געוואָרן. עס פֿעלט אים אויס, ער זאָל זיך חלילה אומקערן אַהיים אַ פֿאַרקילטער. דער וואַכמאַן בײַם אַרײַנגאַנג פֿון דער אַמבאַסאַדע האָט אים דערקענט און גלײַך אויפֿגעעפֿנט די טיר...

אַ פֿערטל נאָך פֿיר האָט קרופּניקן דער זעלבער באַגלייטער אָפּגעפֿירט אויף „גאַראַ דע נאָרד", פֿון וואַנען עס איז אין אַן אָנדערהאַלבן שעה אַרום אָפּגעפֿאָרן זײַן באַן „בוקאַרעשט־מאָסקווע". בײַם געזעגענען זיך מיט דוב־בערן האָט דער ישׂראלי אים געגעבן אַ פּראַקטישע עצה: „קוק נאָך דײַנע בעבעכעס. די גנבֿים שמוגלען דאָ אויף שריט און טריט!"

די צוויי מיטפֿאָרער אינעם קופּע, אַן אַלט פּאָרפֿאָלק, זײַנען אויך געפֿאָרן ביז קעשענעוו. אין די עטלעכע מינוט, וואָס דוב־בער האָט זיך אַרומגעקוקט און צעלייגט זײַנע „בעבעכעס", האָט די פֿרוי געהאַלטן פֿאַר נייטיק אים אָפּגעבן דעם חשבון, וווּ זיי זײַנען געווען און אַז דאָס לעבן איז דאָ נאָך „ערגער ווי בײַ אונדז..." צום גליק, האָט אין קופּע אַרײַנגעקוקט די קאָנדוקטאָרשע און קורץ און זאַכלעך געפֿרעגט: „טיי וועלן מיר טרינקען?" – גלײַך ווי זי וואָלט געווען אַ טייל פֿון דער קאָמפּאַניע...

נאָך דער הייסער גלאָז טיי האָט דוב־בער דערפֿילט ווי מיד ער איז און אויסגעמאַטערט. אַראָפּגעשלעפּט די שיך פֿון די פֿיס, האָט ער זיך אַרויפֿגעדראַפּעט אויף דער אייבערשטער פּאָליצע און גלײַך אַנטשלאָפֿן געוואָרן. אויפֿגעוועקט האָט אים אַ שווערע טופּערײַ און אַ קלאַפּ אין דער טיר. נאָך דעם האָט זיך דערהערט אַ קאָמאַנדע אויף רומעניש: „קאָנטראָל פּאַשאַפּאָרטע!..." זיי האָבן זיך לאַנג נישט פֿאַרהאַלטן; אָפּגעשטעמפּלט דעם פּאַס, האָבן זיי זיך פֿאַרנומען, איבערלאָזנדיק נאָך זיך אַ האַרבן גערוך פֿון טאַבאַק און בראָנפֿן.

זיך ווײַטער לייגן שלאָפֿן האָט קיין זין נישט געהאַט, נאָך די רומענער וועלן באַלד קומען די סאָוועטישע גרענעץ־לײַט. און אַזוי איז טאַקע געשען. אין אַ האַלבער שעה האָט זיך ווידער דערהערט אַ קלאַפּ אין דער טיר. איצט האָט מען שוין די פּאַספּאָרטן בײַ די פּאַסאַזשירן אָפּגענומען, און די פּאַסאַזשירן אַליין געהייסן אַרויסצוגיין פֿון דעם קופּע, און וואַרטן אינעם קאָרידאָר אַנטקעגן דער אָפֿענער טיר. די קאָנ־טראָל־פּראָצעדור איז בײַ די גרענעץ־לײַט געווען דורכגעטראַכט ביז אַ קלייניקייט. איינער פֿון זיי איז אַרײַנגעגאַנגען אינעם קופּע, אויפֿגעהויבן די אונטערשטע פּאָליצעס און אַרײַנגעקוקט, זיך געשטעלט אויף דער אונטערשטער פּאָליצע, כּדי צו באַטראַכטן די אייבערשטע, אַזוי אַז קיין שפּאַרונקעלע איז נישט געבליבן, ער זאָל עס נישט געווען אָנטאַפּן מיט זײַן וואַכיקן בליק. קרופּניק האָט זיך דערמאָנט: די גרענעץ איז אויפֿן שלאָס!

באַקומען צוריק דעם פּאַספּאָרט, האָט דובֿ־בער זיך געלייגט אויף זײַן געלעגער, אָבער דער שלאָף האָט אים פֿאַרלאָזט. ער האָט זיך צוגעהערט צו דער קלאַפּערײַ – זייער באַן האָט מען איבערגעשטעלט פֿון די שמעלערע אייראָפּעיִשע באַן־רעלסן אויף די ברייטערע, דעם רוסישן סטאַנדאַרט.

קיין קעשענעוו איז די באַן אָנגעקומען מיט אַ פֿאַרשפּעטיקונג אויף עטלעכע און פֿערציק מינוט. מײַען האָט ער דערזען שטיין אויף דער פּלאַטפֿאָרמע. ער האָט געבענקט נאָך איר און איצט ממש דערפֿילט איר נאָענטשאַפֿט. נישט איין מאָל, בפֿרט די לעצטע וואָך, בעת די רײַזעס איבערן לאַנד, האָט דובֿ־בער חרטה געהאַט, וואָס זי, מײַע, שטייט נישט לעבן אים, זעט נישט די שיינע פּייסאַזשן אין גליל, הערט נישט די פֿאַרכאַפּנדיקע העלדישע געשיכטעס פֿון די באַלאַגערטע פֿאַר־טיידיקער פֿון מצדה־פֿעסטונג, שטעקט נישט, ווי אַ שווימערל, אויפֿן וואַסער פֿון ים־המלח, שטעלט נישט אונטער איר אָפֿן פּנים אונטער דער לאַשטשענדיקער ים־זון אין אילת... ס'האָט אים אויסגעפֿעלט איר שטענדיק קילבלעכע ווייכע דלאָניע אין זײַן דלאָניע. אַזוי איז געווען אויך אין יענע צוויי יאָר פֿון זײַן לערע אין מאָסקווע, בשעת ער פֿלעגט זיך אַרויסרײַסן אין אַ פֿאַרנאַכט אין טעאַטער, אָדער קאָנצערט, אין אַ זונטיק – באַזוכן די „טרעטיאַקאָווקע" אָדער אַ נײַע עקספּאָזיציע אין „פּושקין־מוזיי". ער איז געגאַנגען איבער די זאַלן און אין זיך גערעדט מיט איר, געטיילט זיך מיט זײַנע אײַנדרוקן; מעגלעך, אַז ווען ס'וואָלט

אַזוי ווירקלעך געשען, וואָלט ער קיין וואָרט נישט פֿאַרלוירן, צוליב דעם קנײַלכל אין האַלדז, וואָס איז פּלוצעם געבליבן שטעקן פֿאַר גליק...

מײַע איז געשטאַנען אַ פֿאַרפֿרוירענע, דאָס פּנים פֿאַררייטלט און אָנגעשטרענגט, אַפֿילו אַ ביסל אָנגעשראָקן.

– אין דער היים איז אַלץ אין אָרדענונג? – זײַנע געווען זײַנע ערשטע ווערטער.

מיטן וואָרט „היים" האָט דובֿ־בער תּמיד געמיינט די גאַנצע משפּחה, בתוכם זײַנע און אירע עלטערן. מײַע האָט אויף זײַן פֿראַגע צוגעשאָקלט מיטן קאָפּ, וואָס האָט געזאָלט הייסן, „יאָ, אַלץ איז גוט!" – אָבער אויף אַ קול געזאָגט:

– איך האָב זייער איבערגעלעבט...

– וואָס האָסטו געדאַרפֿט איבערלעבן?.. כ'האָב דאָך אָנגעקלונגען פֿון דער אַמבאַסאַדע...

– דו ווייסט דען נישט? די נאַכט איז אין רומעניע פֿאָרגעקומען אַ מלוכה־איבערקערעניש...

פֿאַר נאַכט האָט מען אויף דער טעלעוויזיע געוויזן אין די מאָסקווער נײַעס, ווי מע טרײַבט אַרײַן טשאַושעסקו און זײַן פֿרוי אין אַ הויף און מע צעשיסט זיי – אָן אַ מישפּט, אָן אַן אורטייל – אָן אויסגעפֿרווטער אופֿן פֿון אַראָפּשלײַדערן די מאַכט. די רומענישע פֿאַשיסטן פֿון אַנטאָנעסקו און די קאָמוניסטן פֿון טשאַושעסקוס שניט האָבן זיך בעת זייער ממשלה אויפֿגעפֿירט נישט בעסער. די נײַ־געקומענע באַפֿרײַער האָבן געהאַט בײַ וועמען זיך לערנען...

14

מישע בריַי האָט זיך נאָך פֿון זײַן אומדערוואַרטער געשעפֿט־רײַזע קיין איטאַליע נישט אומגעקערט. אויף הײַנט האָט דובֿ־בער געהאַט פּלאַנירט זיך צו טרעפֿן מיטן שרײַבער טבֿיה טאַץ, וואָס האָט געוווינט נישט אין מאָסקווע גופֿא, נאָר אין כימקי, אַ שטאָט אַ „ספּוטניק" פֿון מאָסקווע, ווי מ'האָט עס גערופֿן. צו פֿאָרן אַהין האָט קרופּניק זיך געקליבן מיטן אויטאָבוס – אַזוי האָט אים מישע לוואָוו געעצהט, אָבער איצט, אַז בריַי איז אין אָפּפֿאָר, איז אים אײַנגעפֿאַלן אָנצוקלינגען צו בריַיס שאָפֿער, ניקיטאַ סערגעיעוויטש. יענער האָט זיך תּיכּף אָפּגערופֿן און שוין אין עטלעכע און דרײַסיק מינוט אַרום געוואַרט אויף דובֿ־בערן אונטן בײַם אַרײַנגאַנג פֿונעם בנין.

ער האָט אויסגעזען פֿריילעך, אין אַ גוטער שטימונג, מחמת זיצן אָן אַרבעט איז נישט אין זײַן כּאַראַקטער.

– דערצו איז מײַן קלאַוואַ געבליבן הײַנט אין דער היים, – האָט ער דערקלערט, – זי איז בײַ מיר אַ קראַנקן־שוועסטער אין סקליפֿאַסאָווסקי־שפּיטאָל, פֿאַרשטייט איר שוין אַליין, אַז זי האָט באַלד אָפּגעזוכט פֿאַר מיר אַ גאַנצן פּאַק שטוב־אַרבעטן...

לויט די מאָסקווער קריטעריעס, זײַנען די עטלעכע און צוואַנציק קילאָמעטער פֿון פֿאָרן קיין כימקי נישט קיין מהלך. בפֿרט, ווי מע זאָגט, ווערט מיט אַזאַ באַריידעוודיקן שאָפֿער דער וועג קירצער. ניקיטאַ סערגעיעוויטש האָט בפֿירוש געהאַלטן פֿאַר נייטיק צו דערציילן זײַן פּאַסאַזשיר, אַז ער איז, חלילה, נישט קיין סאַמעראָדנער מאָסקווער. ער איז געבוירן געוואָרן און אויפֿגעוואַקסן אין דער עכט רוסישער שטאָט וואָלאָגדאַ. בײַ די ווערטער האָט ער אַ קוק געטאָן אינעם שמאָלן

שפּיגעלע איבער די שויבן, ווי געוואָלט זיך איבערצײַגן, אַז קרופּניק האָט די ידיעה אויפֿגענומען געהעריק, מיט אָפּשײַ. זעט אויס, אַז ער האָט עס נישט דערזען און צוגעגעבן:

– אויב איר האָט כאָטש אַ פּאָר פֿרײַע טעג כאַפּט זיך אַהין אַרײַן, – האָט ער גוטמוטיק געזאָגט, – אַזוי פֿיל דענקמעלער פֿון עכטער רוסישער אַרכיטעקטור און קולטור, וועט איר אין קיין שום אַנדער שטאָט נישט געפֿינען.

דובֿ־בער האָט צוגעשאָקלט מיטן קאָפּ, וואָס האָט נישט געמיינט „יאָ" און נישט געמיינט „ניין". ערשט איצט, נישט בײַ זייער ערשטער יאַזדע, האָט קרופּניק קלאָר דערהערט דעם אייגנאַרטיקן וואָלאָגאָדער אויסשפּראַך בײַ ניקיטאַ סערגעיעוויטשן, מיטן באַטאָנען דעם קלאַנג „o". ס'האָט אויסגעזען אַ ביסל קאָמיש צוליב דעם, וואָס דובֿ־בערס בעסאַראַבער יידיש, מיטן טיפּישן „טאָטע־מאָמע", וואָלט געקאָנט שאַפֿן אַ מין שפּראַכלעכע פֿאַרבינדונג. דער שאָפֿער האָט באַמערקט דעם אומדערוואַרטן שמייכל אויפֿן פֿאַסאַזשירס פּנים, און דובֿ־בער האָט עס גלײַך פֿאַרענטפֿערט:

– לייגט נישט קיין אַכט, ניקיטאַ סערגעיעוויטש... ס'איז מיר פּשוט פֿריִער נישט אויסגעקומען צו הערן אַזאַ שיינעם וואָלאָגאָדער רוסיש, וואָס האָט מיר דערמאָנט מײַן אייגענעם דיאַלעקט פֿון יידיש. – און דובֿ־בער האָט אין צוויי ווערטער דערקלערט זײַן השערה. – כ'וואָלט געדאַרפֿט וועגן דעם רעדן מיט מײַן חבֿר אַ לינגוויסט אין ירושלים; אפֿשר וועט עס אים דינען ווי אַ טעמע פֿאַר אַ לינגוויסטישן אַרטיקל...

דער שפּראַך־קוריאָז האָט אַרײַנגעבראַכט אין זייער ווײַטערדיקער באַציִונג מער אָפֿנקייט און פֿאַרטרויִלעכקייט. זיי האָבן זיך אויפֿגעהערט צו „אירצן", גלײַך אַריבער אויף „דו", און דער שמועס אַליין האָט אָנגענומען אַ פֿרײַנדלעכע שטימונג, „ווי נאָך אַ האַלבליטראָווקע בראָנפֿן", – האָט באַמערקט דער שאָפֿער. דובֿ־בער האָט שוין אין גיכן געוווּסט, אַז ניקיטאַ סערגעיעוויטש איז לויט דער פֿאַך אַן אינזשעניר, געאַרבעט אין זײַן שטאָט אויף אַ גרויסער אונטערנעמונג. זײַן קלאַוואַ האָט פֿאַרענדיקט דעם מעדיצינישן טעכניקום, געאַרבעט אין שפּיטאָל. דאַכט זיך, אַלץ האָט זיך אײַנגעלאַדיעט נישט ערגער און נישט בעסער, ווי בײַ אַנדערע... בדרך־כּלל איז ער נישט קיין טרינקער, סײַדן, ווען ס'איז דאָ אַ „באַרעכטיקטע געלעגנהייט", ווען מע קען נישט אָפּזאָגן. מיט איין וואָרט, דער זעלבער לעבנס־פּינג־פּאָנג, ווי בײַ אַנדערע –

היים־אַרבעט, אַרבעט־היים... איז געקומען אויף אַלעמענס קאָפּ די אַזוי גערופֿענע „פּערעסטרויקע“ – אַ סך רייד און קיין שום רעזולטאַט. נאָך מער: אַלץ האָט זיך אָנגעהויבן צעשיטן, צעקריכן זיך, צעפֿאַלן זיך... ביז ס'איז געקומען יעלצין מיט זײַן „ווילדער פּריוואַטיזאַציע“... מענטשן האָבן פֿאַרלוירן אַלץ, און דאָס ביסל וואָס ס'איז געבליבן, האָט מען אויסגעלאָזט צום פֿלעשל... דער אײַנגעלאַדיעטער „פּינג־פּאָנג“ האָט זיך צעשטערט... האָט אים זײַן קלאַוואַ געזאָגט: לאָמיר בײַטן דאָס אָרט, זיך אַריבערציִען קיין מאָסקווע. יעדנפֿאַלס, דאָרט זײַנען דאָ מער געלעגנהייטן פֿאַר זיי און פֿאַר זייערע קינדער. מענטשן קרענקען דאָך אומעטום, וועט זיך פֿאַר איר זיכער געפֿינען אַן אַרבעט, און ער, ניקיטאַ, האָט אויך הענט און פֿיס, און דער קאָפּ איז בײַ אים, חלילה, נישט קיין טאָפּ...

דובֿ־בער האָט זיך צוגעהערט צו דער פּראָסטער מענטשלעכער לעבנס־געשיכטע, צו דעם „פּינג־פּאָנג“, ווי ניקיטאַ סערגעיעוויטש האָט עס אָנגערופֿן, און געטראַכט בײַ זיך, אַז נאָך אַלעמען האָט זיך זייער „שפּיל“ אויסגעלאָזט צו דעם זעלבן ייִדישן תּכלית: „משנה־מקום, משנה־מזל...“

ניקיטאַ סערגעיעוויטש, פֿאַרענדיקט מיט זײַן „ווידוי“, האָט מיטן פֿולן רעכט, ווי עס פֿאָדערט דער זשאַנער פֿון אַ דיאַלאָג, איבערגעפֿירט דעם שמועס צו זײַן פּאַסאַזשיר:

– כ'וויל בײַ דיר עפּעס פֿרעגן, אָבער אויב דו ווילסט נישט ענט־פֿערן, וועל איך זיך נישט באַליידיקן...

קרופּניקן האָבן די ווערטער נישט פֿאַרחידושט; ס'איז געווען אַ פֿאַרשפּרייטער אופֿן אָנהייבן אַ דעליקאַטן געשפּרעך אויף דער אַזוי גערופֿענער „ייִדישער טעמע“. פּונקט ווי דאָס אַרײַנדרייען אין אַ שמועס די ווערטער: „כ'האָב אַ גוטן פֿרײַנד, איז ער אויך אַ ייִד...“; און שוין ווי גאָר אַ גוואַלדיקער קאָמפּלימענט – „ביסט אין גאַנצן נישט ענלעך אויף אַ ייִד!..“

– פֿרעג, ניקיטאַ סערגעיעוויטש...

– כ'האָב געהאַט אַ חבֿר אין וואָלאָגדאַ, עדיק פֿרידמאַן, מיר האָבן זיך מיט אים געקענט פֿון די סטודענטישע יאָרן. ער איז געקומען זיך לערנען ערגעץ פֿון אוקראַיִנע און שוין בײַ אונדז פֿאַרבליבן... ווען די גאַנצע קאָבערײַ מיט די קאָאָפּעראַטיוון האָט זיך אָנגעהויבן, האָט ער אויך פֿאַרקאָכט אַ ביזנעס, מיך גערופֿן... קלאַוואַ האָט מיך אָבער

נישט געלאָזט, זי איז שוין מיט איין פֿוס געווען אין מאָסקווע... אַ קיצור, עדיק האָט זיך גוט צעוויקלט, געוואָרן אַ גבֿיר – נישט אין רובלען, אין דאָלאַרן! וואָס זשע מיינסטו? פֿאַראַיאָרן קלינגט ער מיר – ער איז אין מאָסקווע... ער פֿאָרט קיין אַמעריקע! זיך געטראָפֿן. גוט אָפּגעזעסן אין אַ רעסטאָראַן. פֿרעג איך אים: פֿרידמאַן, ד׳האָסט דאָך דאָ אַלץ, וואָס האָסטו דאָרט פֿאַרלוירן, ביי די אַמעריקאַקעס?! ער קוקט אויף מיר און שווייגט, ווי אַ געבאַקפּטער פּאַרטיזאַנער ביי פֿאַשיסטן... סוף־כּל־סוף, בייגט ער זיך צו מיר אָן און שטילערהייט זאָגט: דער רוח ווייסט וואָס... אָבער איין זאַך ווייס איך זיכער – ס׳איז דאָ אַ סכּנה צו בלייבן!..

ניקיטאַ סערגעיעוויטש האָט בשעתן דערציילן, כּסדר אַריינגעקוקט אין זיין שאָפֿער־שפּיגעלע; ער האָט זיך געניייטיקט אין דעם בליק פֿון זיין פּאַסאַזשיר – אפֿשר האָט אים גאָר די מעשׂה מיט דעם פֿרידמאַן איינגעוויגט... צוריק גערעדט, איז ער דאָך צו זיין פֿראַגע נאָך נישט צוגעקומען. ניקיטאַ סערגעיעוויטש האָט גערעדט ווייטער:

– פֿון דער אַנדערער זייט, נאָכן אַרויספֿאָרן קיין ישׂראל, קערט זיך קיין מאָסקווע אום מיכאַיל סאַמוילאָוויטש און הייבט דאָ אָן צעוויקלען זיין אייגענעם ביזנעס... וויל איך טאַקע פֿרעגן ביי דיר: וואָס זשע קומט מיט אייך אַלעמען פֿאָר?

דאָס אונטערצײַען אַ מין אַלגעמיינעם סך־הכּל פֿון זיין פֿראַגע, ווי ער וואָלט זי געפֿרעגט אין נאָמען פֿון אַלע רוסישע מענטשן, האָט קרופּניקן אויך נישט זייער איבערגעראַשט. ס׳איז שוין געוואָרן אַ מין היסטאָרישער כּלל מכּוח די ייִדן – אָנהייבן פֿון יחידים און אויסלאָזן צום גאַנצן עם־ישׂראל.

– איך ווייס נישט, צי כ׳וועל עס דיר קאָנען דערקלערן, – האָט דובֿ־בער גערעדט צום שפּיגעלע, וואָס איז געוואָרן אַזאַ שטומער פֿאַר־מיטלער, אַ פּונקט, וווּ עס האָבן זיך אָנגעטראָפֿן זייערע בליקן, – כ׳האָב די זעלבע פֿראַגע נישט איין מאָל געשטעלט זיך אַליין. מעגלעך, פֿון אַן אַנדער קוקווינקל, נאָר פֿאָרט געשטעלט... ס׳איז געשען דאָס, וואָס כ׳האָב פֿאַר זיך אָנגערופֿן, עפּעקט פֿונעם לעצטן טראָפּן...

דער בליק פֿונעם שאָפֿער האָט זיך אינעם שפּיגעלע פֿאַרהאַלטן אַ ביסל מער, ווי געוויינטלעך.

– כ׳וועל עס פּרווון צו דערקלערן... נאָך אַ קינד, בשעתן שפּילן זיך מיט מיין חבֿרל, אונדזער שכנס זינדעלע, האָבן מיר זיך פּלוצעם אָנגעהויבן אַמפּערן צוליב אַ שפּילעכל. אין אַ מאָמענט האָט ער עס

בײַ מיר אַרויסגעריסן פֿון די הענט און בייז אויסגעשריִען: „ביסט אַ זשעדנער! אַ זשידו!" כ'האָב דאָס וואָרט „זשיד" קיין מאָל נישט געהערט און נישט געוווּסט, וואָס עס מיינט. כ'האָב נאָר דערפֿילט, ווי ס'האָט מיך אָפּגעבריט און כ'האָב זיך צעוויינט. דעם אמת געזאָגט, איז עס מיר פֿערזענלעך, נישט אויסגעקומען מער צו הערן שפּעטער. כ'האָב אָבער אָנגעהויבן פֿאַרשטיין, אַז ס'איז גאָר נישט אומבאַדינגט דאָס וואָרט אַרויסצוזאָגן אויף אַ קול, כּדי דיר אָנצווײַזן, ווער דו ביסט. אַזוי איז געשען, למשל, מיט מײַן שול־חבֿר, ווען די לערערין פֿון כעמיע האָט אים אָן שום דערקלערונגען, בכּיוון פֿאַרמינערט דעם באַל אויפֿן עקזאַמען... אַ קלייניקייט, איאָ, אָבער דווקא דאָס שטעלן אים אַ „פֿיר", ווען ס'איז אים געקומען אַ האַרטע „פֿינף", האָט אים נישט דערמעגלעכט צו באַקומען דעם מעדאַל, וואָס האָט אויטאָמאַטיש שווערער געמאַכט זײַן אָנקומען אין אוניווערסיטעט. אַגבֿ, וואָס שייך די אוניווערסיטעטן, האָבן מײַנע ייִדישע פֿרײַנד גוט געוווּסט, אַז אַפֿילו מיט אַ מעדאַל זײַנען פֿאַראַן הויכשולן, ווו מיט זייער ייִדישן „פֿינפֿטן פּונקט" איז די טיר אַהין פֿאַרמאַכט...

דובֿ־בער האָט דערזען אינעם שפּיגעלע דעם שאָפֿערס פֿאַרוווּנ־דערטע אויגן:

– דו האָסט אַמאָל געפֿרעגט בײַ דײַן עדיק פֿרידמאַן, פֿאַר וואָס איז ער געקומען זיך לערנען אין אַזאַ ווײַטעניש? ווייניק פּאָליטעכנישע אינסטיטוטן זײַנען געווען אין אוקראַיִנע?

– ניין... ס'איז מיר אַזוינס נישט אײַנגעפֿאַלן... ס'איז דאָך דעמאָלט געווען איין לאַנד, סאָוועטן־פֿאַרבאַנד...

– זאָלסטו וויסן, אַז די סיבה דערצו איז געווען נישט די שיינע אַרכיטעקטור אין אײַער שטאָט, נאָר אַ גרעסערער שאַנס, ווי אַ ייִד, אָנגענומען צו ווערן זיך לערנען, ווײַל וואָס ווײַטער פֿונעם צענטער, איז דער אַנטיסעמיטיזם געוואָרן שטילער. און אָט קומט די צײַט זיך אײַנאָרדענען אויף אַרבעט. דער יונגער ספּעציאַליסט ווייסט גוט, אַז אויף דער אונטערנעמונג, ווו ער וויל אַרבעטן, פֿאָדערט זיך אַ מענטש פֿון זײַן ספּעציאַליטעט; און טאַקע – מע באַגעגנט אים מיט ברייטע אָרעמס ביז דער מינוט, ווען אינעם קאַדער־אָפּטייל נאָכן אַרײַנקוקן אין זײַן פּאַס, בײַט זיך בײַם נאַטשאַלניק די צורה. וואָס איז? ווידער דער שלימזלדיקער ייִדישער „פֿינפֿטער פּונקט!"... – און מע זאָגט אים זייער שיין אָפּ...

– אָבער די ייִדן פֿלעגן פֿאָרט פֿאַרנומען וויכטיקע פּאָזיציעס, מאַכן אַ גוט לעבן... – דאָס קול בײַ ניקיטאַ סערגעיעוויטשן האָט זיך געהערט העכער. ער האָט געקוקט אויפֿן וועג, ווי אויסגעמיטן מער צו זען זײַן פּאַסאַזשיר דורכן שפּיגעלע. – וואָס זשע האָט זיך פּלוצעם אַזוינס געביטן, פֿאַר וואָס האָט מען ממש אָנגעהויבן אַנטלויפֿן?..

– דער לעצטער טראָפּן איז געפֿאַלן אויף אַ גוטן באָדן – סאָוועטן־פֿאַרבאַנד האָט געקראַכט און דער טויער קיין מערבֿ האָט זיך געעפֿנט.

ניקיטאַ סערגעיעוויטש האָט געשוויגן. אַ דריבנע רעגנדל איז גע־פֿאַלן אויף די שויבן און ער האָט אָנגעשטעלט די ווישערס, וואָס האָבן אָן חשק, מיט אַ סקריפּ זיך גענומען צו דער אַרבעט.

– איך האָב וועגן דעם פֿריִער נישט געוווּסט...

– דו האָסט עס נישט געדאַרפֿט וויסן... מ'האָט אַפֿילו נישט גע־וואָגט וועגן דעם רעדן אויף אַ קול... צו מאָל פֿאַר בושה, צו מאָל פֿאַר מורא, מע זאָל עס נישט פֿאַרטײַטשן, חלילה, ווי באַרעדערײַ, בייזע אויסטראַכטענישן אויף דער מלוכה... אין סאָוועטן־פֿאַרבאַנד, ווי דו ווייסט, זײַנען אַלע פֿעלקער געווען גלײַך...

זיי זײַנען ביידע אַנטשוויגן געוואָרן און שוין אַזוי געפֿאָרן ווײַטער. זיך אָפּגעשטעלט בײַם הויז, ווו טבֿיה טאַץ האָט געוווינט, האָט ניקיטאַ סערגעיעוויטש געזאָגט:

– איך וועל דיך אָפּוואַרטן אָט דאָרט, ווו די אויטאָס שטייען...

דובֿ־בער, פֿאַרלאָזנדיק דעם גאַסטפֿרײַנדלעכן „זשיגול", האָט אַ שאָקל געטאָן מיטן קאָפּ, ווי איינער רעדט, גוט, ווי דו פֿאַרשטייסט. דער שאָפֿער האָט צוגעגעבן:

– אײַל זיך נישט, מײַן קלאַוואַ האָט מיך באַוואָרנט מיט בוטערבראָדן און מיט אַ טערמאָס טיי...

טאַץ האָט געוווינט אויפֿן צווייטן גאָרן. די טיר האָט געעפֿנט אַ פֿרוי און גלײַך הויך אויף רוסיש געפֿרעגט, ווי זי וואָלט זיך שוין קוים דערוואַרט די דרײַ ווערטער אויסשיסן: „איר זײַט קרופּניק?" – באַקו־מען אַ פּאָזיטיוון ענטפֿער, האָט זי, איידער אַרײַנלאָזן דעם גאַסט, אויס־געדרייט דעם קאָפּ און אויסגעשריִען: „טוּוויאַ גריגאָריעוויטש, אײַער גאַסט איז געקומען!"

נאָך דער קורצער סצענע איז דובֿ־בער, סוף־כּל־סוף, אַרײַנגעגאַנגען אין דעם קליינעם טונקעלן קאָרידאָרל און אויסגעטאָן דעם מאַנטל. די פֿרוי איז באַלד פֿאַרשוווּנדן געוואָרן, פֿאַרלאָזנדיק זיך אויפֿן גאַסטס

אײַנפֿאַלערישקייט. ס'האָט זיך דערהערט אַ שטילע שטים, וואָס האָט אין דעם מאָמענט געקאָנט דינען דובֿ־בערן ווי אַן אָריענטיר וווּהין צו גײן.

דער באַלעבאָס איז געשטאַנען בײַם טיש, אָנשפּאַרנדיק זיך אין אים מיט איין האַנט. די צווייטע – האָט ער אויסגעשטרעקט דעם גאַסט אַנטקעגן. אויפֿן פּנים האָט זיך געהאַלטן אַ גוטמוטיקער שמייכל, אָבער די אויגן זײַנען געווען אָנגעשטרענגט, באַזאָרגט מיט עפּעס, וואָס דובֿ־בער האָט אין אַ רגע פֿאַרשטאַנען די סיבה דערפֿון. די באַזאָרגטקייט איז געווען פֿאַרבונדן מיט די פּיס, וואָס טבֿיה האָט זיך באַמיט זיי לאָזן אין גאַנג, אָבער זיי האָבן אים נישט געפֿאָלגט, ווי צוגעוואַקסן געוואָרן מיט די פּאָדעשוועס צום דיל.

– איר פֿאַרשטייט, מײַן טײַערער, – האָט געציטערט זײַן קול, – אויף דער עלטער קומט מיר ווידער אויס זיך לערנען צו גײן...

דובֿ־בער האָט דערפֿילט אין זײַן דלאָניע דעם שלאַבעריקן וואַרעמען דרוק פֿון טבֿיהס באַגריסונג.

– זעצט זיך צו... – האָט דובֿ־בער געהאָלפֿן דעם באַלעבאָס זיך אַראָפּלאָזן אויפֿן בענקל, – און איך וועל זיך זעצן אַנטקעגן.

אויפֿן טיש איז געשטאַנען אַן אַלטע שרײַב־מאַשינקע מיט ייִדישע אותיות, פֿאַרפֿראַוועט מיט אַ ווײַס זײַטל פּאַפּיר, ווי געגעבן צו וויסן, אַז זי איז אויף דער וואַך – גרייט אָנהייבן קלאַפּן מיט אַלע אירע קנעפּלעך...

טבֿיה טאַץ איז געווען אַ זעלטענער אַרײַנגייער אין דער רעדאַקציע פֿון „סאָוועטיש געזעמלאַנד". יעדנפֿאַלס, אין דער צײַט, וואָס דובֿ־בער האָט זיך געלערנט אויף די קורסן, איז אים אויסגעקומען זיך טרעפֿן מיט טאַצן אַ צוויי מאָל. טאַץ איז געווען אַ מיטגליד פֿון דער רעדאַקציע־קאָלעגיע, אָבער פֿלעגט שטענדיק געפֿינען אַ תּירוץ נישט צו קומען אויף די זיצונגען, סײַדן זיך באַווײַזן אינעם ערשטן טאָג. בײַם הויפּט־רעדאַקטאָר האָט עס קיין טענות נישט אַרויסגערופֿן. טבֿיה האָט זיך פֿאָרט אויסגעטיילט פֿון די איבעריקע שרײַבערס. ניין, קיין פֿרײַנד זײַנען ליס און טאַץ נישט געווען; ליס האָט צווישן די ייִדישע פּען־מענטשן קיין פֿרײַנד נישט געהאַט. דאָ האָט ער זיך געהאַלטן בײַם ווערטל, אַז נאָר אין שפּיגל זעט איטלעכער זײַן בעסטן פֿרײַנד. מיט טבֿיהן האָבן ליסן פֿאַרבונדן דינע נשמה־פֿעדעמלעך, קודם־כּל, בּיראָבּידזשאַן, וואָס איז פֿאַר זיי ביידע געווען אַ יוגנטלעכע ראָמאַנטישע איבערלעבעניש; טאַץ, עלטער פֿון ליסן, האָט זיך אַהין אַ לאָז געטאָן באַלד נאָכן פֿאַרענדיקן דעם ייִדישן אָפּטייל בײַם מאָסקווער פּעדאַגאָגישן אינסטיטוט, און ליס

האָט דאָרט פֿאַרבראַכט זײַנע קינדער־יאָרן און פֿאַרענדיקט די מיטלשול. בירָאָבידזשאַן האָט ער באַזונגען אין זײַנע ערשטע לידער; טאַץ, אָפּגעאַרבעט אַ שטיקל צײַט אין „בירָאָבידזשאַנער שטערן", האָט די ייִדישע געגנט גיך פֿאַרלאָזט און זיך אומגעקערט קיין מאָסקווע, וווּ ער האָט זיך באַזעצט. ביידע האָבן זיי זיך געחבֿרט מיט „עמקע", דעם ייִדישן פּאָעט און ליבלינג צווישן דער בירָאָבידזשאַנער באָהעמישער יוגנט, וואָס איז שפּעטער, נאָך דער מלחמה, געוואָרן באַרימט ווי אַ רוסישער פּראָזע־שרײַבער עמאַנויִל קאַזאַקעוויטש. טבֿיה טאַץ איז געווען דווקא אויף דער זײַט פֿון ליסן, ווען אין גיכן נאָך דעם ווי ליס איז געשטעלט געוואָרן פֿאַרן הויפּט־רעדאַקטאָר פֿון „סאָוועטיש געזעמלאַנד", האָט אַ גרופּע מאָסקווער ייִדישע שרײַבערס אָפּגעשיקט אַ פּראָטעסט־ווענדונג קעגן זײַן קאַנדידאַטור אינעם סעקרעטאַריאַט פֿון שרײַבער־פֿאַראיין...

זיי זײַנען געזעסן איצט איינער אַנטקעגן דעם אַנדערן, קראָפּניק און טאַץ, און אַ ווײַלע, שווײַגנדיק, באַטראַכט איינער דעם אַנדערן, זעט אויס, געזוכט אין זייער זכרון זאַכן, וואָס וואָלטן געקאָנט אָנקניפּן אַ נאָענטשאַפֿט צווישן זיי. צום ערשטן מאָל, ווען דובֿ־בער האָט דערזען טבֿיהן אין רעדאַקציע, האָט ער אַ טראַכט געטאָן: אַ טיפּישער ליטוואַק – אַן אַסקעטיש־ביינערדיק פּנים, עטוואָס אויסגעצויגן, שוואַרצע קלוגע אויגן, וואָס לאָזן זיך נישט אַנטפּלעקן, בלויז בשעת אַן איראָנישער באַמערקונג.

– איר ווייסט, – האָט טבֿיה ממשיך געווען מיטן זעלבן טאָן, – אַ זקן זעט שוין שלעכט אַרום זיך. די ראיה ווערט אים פֿאַרטונקלט. קוקט ער אַרײַן אין זיך, בפֿרט אַ זקן אַ שרײַבער... אָבער איר דאַרפֿט דערווײַל וועגן דעם נישט טראַכטן. פֿאַרקערט – איר, די יונגע, דאַרפֿט כּסדר זיך אַרומקוקן... אַנטשולדיקט, כ'בין שוין אַרײַן מיט מײַן זקנישן מוסר־השׂכּל. דערציילט בעסער, ווי גייט עס אײַך אין ארץ־ישׂראל?..

טבֿיה טאַץ איז מעגלעך געווען דער ערשטער, אויב נישט דער איינציקער פּראָזע־שרײַבער אין דער תּקופֿה פֿון „סאָוועטיש געזעמלאַנד", וואָס האָט זיך אין די אָנהייב זיבעציקער יאָרן אַרויסגעריסן אויף די „ברייטע שטאָט־פּראָספּעקטן"; זײַנע ווערק האָבן „אָפּגעשפּיגלט און פֿאַרקערפּערט", ווי איינער אַ קריטיקער האָט געשריבן, פּראָבלעמען פֿון וויסנשאַפֿט און טעכניק. ליסן האָט עס, אַוודאי, אימפּאָנירט און אויף די זיצונגען פֿון דער רעדאַקציע־קאָלעגיע, האָט ער געלויבט טאַצן ביזן הימל אַרײַן: „נעמט, לערנט זיך אָפּ פֿון טבֿיהן. אין זײַנע ווערק קלעקט

אים ווערטער און באַגריפֿן צו שילדערן די באַגײַסטערנדיקע קראַפֿט פֿונעם אינדוסטריעלן פּראָדוציר־פּראָצעס..."

רחמיאל ראַשקאָוואַן, אומקערנדיק זיך פֿון מאָסקווע נאָך אַזאַ רעדקאָלעגיע, האָט זיך געקלאָגט פֿאַר קרופּניקן:

– עס לייגט זיך בײַ מיר נישט אויפֿן שׂכל, ווי אַזוי קאָן אַ שרײַבער, וואָס האָט קוים אַן אַנונג אין די אַלע „אינדוסטריעלע פּראָבלעמען", זיך אַוועקזעצן און אָנשרײַבן אַ גאַנצן ראָמאַן וועגן די „פּראָדוציר־פּראָצעסן פֿון אַ הײַנטצײַטיקן וויסנשאַפֿטלעכן עקספּערימענט".

ער האָט אַרײַנגעקוקט אין דער געבראַכטער מיט זיך קאָרעקטור פֿונעם קומענדיקן זשורנאַל־נומער, ווו ס'איז אָפּגעדרוקט געוואָרן אַ רעצענזיע אויף טבֿיה טאַצס לעצטן ראָמאַן.

– „אין דער ייִדישער ליטעראַטור, – האָט רחמיאל אַ צעשויבערטער, גלײַך ווי זײַן גרויע טשופּרינע וואָלט אויך געווען אַ טייל פֿונעם כּעס, הויך געלייענט: – איז די טעמע פֿון דער וויסנשאַפֿטלעך־טעכנישער רעוואָלוציע באַזונדערס וויכטיק און אַקטועל טאַקע אַלס נאַציאָנאַלע און אינטערנאַציאָנאַלע טעמע. די דאָזיקע פּראָבלעמאַטיק פֿאַרקערפּערט טאַץ אין זײַנע ווערק..."

ער האָט אַ וואַרף געטאָן די זײַטלעך אויפֿן טיש און שוין ווי אַ סך־הכּל צוגעגעבן:

– כ'בין זיי מוחל די רעצענזיע... אָבער טבֿיהן?! כ'וועל מוזן איבערקוקן זײַן אָרט אויף מײַן לייטער... שמואל דאָגנאַר שטייט שוין העכער!..

דובֿ־בער האָט זיך נישט אַרײַנגעלאָזט אין לאַנגע דיבורים מכּוח זײַן „אַבסאָרבציע". מעגלעך, אַז ווי נאָוואָטאָריש טאַץ זאָל נישט געווען זײַן אין זײַנע שאַפֿונגען, איז דאָס דאָזיקע וואָרט זיכער נישט פֿון זײַן וואָקאַבולאַר. שוין גיכער וואָלט דעם אַלטן ייִדישן שרײַבער אינטערעסאַנט געווען צו הערן וועגן זײַנע ישׂראלדיקע פּען־ברידער, הגם ס'איז אַ ספֿק, צי עמעצער פֿון זיי האָט דעם נאָמען פֿון דעם סאָוועטישן שרײַבער אַמאָל געהערט. ווי עס זאָל נישט זײַן, האָט קרופּניק פֿאָרט דערמאָנט דעם „לייוויק־הויז" און אָנגעהויבן דערציילן וועגן די פּרײַטיק־טרעפֿונגען. שוין בײַם אָנהייב האָט דער גאַסט באַמערקט, אַז דער בליק בײַ טבֿיהן ווערט אַלץ מער פֿאַרטונקלט, זעט אויס, ווי טבֿיה האָט פֿריִער באַמערקט, האָט ער זײַן בליק אָנגעשטעלט אין זיך. און טאַקע: פֿון דאָרט, פֿון אינעווייניק האָט זיך ווידער דערהערט זײַן קול:

– צום באַדויערן, זײַנען מיר דאָ און זיי דאָרט געווען שטענדיק אָפּגעריסן און אָפּגעפֿרעמדט... הײַנט, זע איך, פּרוּווט אַהרן אַריבערוואָרפֿן אַ בריקל אויף יענער זײַט סמבטיון, אָבער דער יסוד איז צו אַ שאָק־לענדיקער. די אונטערשפּאַרן זײַנען צו שוואַכע. אַזאַ בריק קאָן נישט אײַנשטיין לאַנג...

ער האָט אָנגעוויזן מיטן פֿינגער אויף דעם אַרויסשטעקנדיקן ביי־געלע פּאַפּיר פֿון דער שרײַב־מאַשינקע און גערעדט ווײַטער:

– איצט, נאָך דער שיינער פּערעסטרויקע, קאָן מען זיך שוין אַרומדרייען אין אַ ברוגז־טענצל אָדער אין אַ פֿרייל־עכס, אָבער מײַנע פֿיס טופּען קוים און אויפֿן האַרצן איז מיר אַ ביסל גוט און אַ ביסל פּאַסקודנע. אַנדערש געזאָגט – גוט פּאַסקודנע. דער, וואָס האָט געקאָנט, איז אַנטלאָפֿן, די איבעריקע, גאָר געציילטע, גרייטן זיך אויך אין וועג אַרײַן... – זײַנע ליפּן האָבן פֿאַרקוועטשט אויף אַ רגע דעם ביטערן שמייכל, – יִדן רעדן צו דער מערבֿ־וואַנט, און איך – צו מײַן שרײַב־מאַשינקע. איך באַמי זיך צו שרײַבן, כּל־זמן ס'איז דאָ, ווו צו דרוקן זיך...

אינעם צימער האָט אַרײַנגעקוקט די אימפּולסיווע פֿרוי.

– טוּוויאַ גריגאָריעוויטש, – האָט אָפּגעקלונגען איר קוויטשיק קולכל, – דער מיטיק איז גרייט. זאָגט, ווען איר וועט פֿאַרענדיקן מיט אײַער גאַסט, וועל איך אײַך דערלאַנגען דאָס עסן...

דער באַלעבאָס האָט זי באַדאַנקט און דערקלערט קרופּניקן:

– מײַן טאָכטער זאָרגט זיך וועגן מיר. זי האָט אָפּגערעדט מיט אונדזער שכנה, וואָס איז נאָך נעבטן געווען אַ לערערקע אין אַ טעכניקום, יענע זאָל קוקן נאָך מיר אַ האַלבן טאָג... שווערע צײַטן...

ער האָט אָפּגעזיפֿצט. דער זיפֿץ האָט געזאָלט אַרײַננעמען אין זיך די שוועריקייטן פֿון אַלע צדדים, ווי עס פֿירט זיך בײַ יִדן – פֿון דער טאָכטער, פֿון דער שכנה, פֿון אים אַליין, ווי אַ זקן און אַ יִדישער שרײַבער, פֿון זײַן צעבראָכענעם רוסלאַנד און דער גאָרער וועלט...

– איך וויל אײַך פֿאַרטרויען אַ סוד – איך האָב זיך לעצטנס פֿאַר־פֿירט אַזאַ מין צעטעלע... – דערזען דאָס צעמישט פּנים פֿון זײַן גאַסט, האָט ער עס דערקלערט: – אין דעם צעטעלע האָב איך אַרײַנגעשריבן די נעמען פֿון די געבליבענע יִדישע שרײַבער לויט זייער ווערט, אַזוי צו זאָגן...

דובֿ־בער איז שיִער נישט אויפֿגעשפּרונגען פֿון זײַן בענקל – אַ שיינע מעשׂה: רחמיאל ראַשקאָוואַן האָט זיך זײַן „שרײַבער־לייטער"

און טבֿיה טאַץ, לאָזט זיך אויס, זײַן אייגן „צעטעלע". בשעת־מעשׂה האָט טבֿיה גערעדט ווײַטער:

– דעם אויבנאָן אין מײַן צעטעלע פֿאַרנעמט אײַער „נאַסטאַוווניק", אײַער מדריך, מיין איך, רחמיאל ראַשקאָוואַן. – טבֿיה האָט אָנגעטאָן די ברילן און ווײַטער שוין געלייענט גלײַך פֿון דעם זײַטל, אַרויסגעשלעפּט פֿון דער שרײַב־מאַשינקע. – איך האָב געהאַט דעם כּבֿוד צו זײַן איינער פֿון די ייִדישע שרײַבער, פֿאַר וועלכע ס'איז אײַנגעאָרדנט געוואָרן אַן אָוונט אין מאָסקווער שרײַבער־קלוב. געפֿירט האָט דעם אָוונט דער פֿאָרזיצער פֿון דער מאָסקווער ייִדישער שרײַבער־סעקציע פּרץ מאַרקיש. ער האָט רחמיאלן געבענטשט צו פּרוכטבאַרער שעפֿערישקייט...

דובֿ־בער האָט וועגן יענעם אָוונט אַוודאי געהערט פֿון זײַן „נאַס־טאַוווניק" גופֿא. געוווען איז עס אין גיכן נאָך דער מלחמה, ווען דער פֿאַרלאַג „דער עמעס" האָט אַרויסגעלאָזט ראַשקאָוואַנס ערשט סאָוועטיש בוך „דרײַ זומערס".

– נאָך ראַשקאָוואַנען, – האָט זיך געהערט טבֿיהס קול, – גייט בײַ מיר אין צעטל הירש פּאָליאַקאָוו. ער פּאָרט זיך אין גאַנצן נישט מיט אומעט און טרויער. פֿון זײַנע פֿריילעכע רייד דרינגט אַרויס, אַז ווען ער ליגט, איז ער אויך אויף די פֿיס. ער איז אַ הומאָריסט, און כאָטש מע זאָגט, אַז הומאָריסטן זײַנען די גרעסטע פּעסימיסטן, בלײַבט אויף דער נשמה נאָך דעם ווי מע לייענט דורך זײַנע אַ זאַך דאָס געפֿיל, אַז איידער באַקן בייגל אין דער ערד, איז בעסער באַקן די בייגל אויף דער ערד...

קרופּניק האָט זיך צוגעהערט צו טבֿיהס לייענען און זיך דערמאָנט, ווי ס'איז אים איין מאָל אויסגעקומען צו זײַן אין קיִעוו און באַזוכן פּאָליאַקאָוון בײַ אים אין דער היים. ער האָט געוווינט אינעם הויז, אויפֿגעבויט נאָך פֿאַר דער מלחמה ספּעציעל פֿאַר די שרײַבערס. צווישן אַנדערע אוקראַיִנישע פּען־מענטשן און קונסטמענטשן האָבן זיך אַהין אַרײַנגעצויגן די ייִדישע שרײַבערס: אַבֿרהם אַבטשוק, איציק קיפּניס, מאָטל האַרצמאַן. אַבטשוקן האָט מען בײַ נאַכט אַרויסגעפֿירט פֿון דעם הויז און צעשאָסן אין 1937. דער יונגער פּאָעט מאָטל האַרצמאַן איז פֿון דעם הויז אַוועקגעגאַנגען אויף דער מלחמה, ווו ער איז אומגעקומען אין יאָר 1943. דעם 16טן סעפּטעמבער 1948 איז דאָ אַרעסטירט געוואָרן דוד האָפֿשטיין, דער ערשטער קרבן אין דער לאַנגער רשימה קרבנות פֿון דעם נאָכמלחמהדיקן פּאָגראָם אויף דער ייִדישער ליטעראַטור און קולטור. דערנאָך האָט מען אַוועקגעפֿירט פּאָליאַקאָוון, און אין 1949 –

קיפּניסן. זיי ביידע, פּאָליאַקאָוו און קיפּניס, האָבן אָבער געהאַט מער מזל – זיי זײַנען געבליבן לעבן.

פּאָליאַקאָוו און קרופּניק זײַנען געזעסן אינעם שרײַבערס קאַבינעט, אין דעם געראַמען צימער מיט אַ הויכער סטעליע, ווי מ'האָט ברייט־פֿאַרגינעריש געבויט אַמאָל פֿאַר דער סאָוועטישער נאָמענקלאַטור, – פֿאַרשטעלט מיט ביכער־שאַפֿעס. אַקוראַט אַנטקעגן אַ גרויסן פֿענצטער איז געשטאַנען זײַן שרײַבטיש און אויפֿן טיש, ווי אין אים אַרײַנגעוואַקסן – די שרײַב־מאַשינקע. אויף די ווענט זײַנען געהאָנגען בילדער פֿון פֿאַרשיידענער גרייס, אַרײַנגעשטעלט אין שיין־געשניצטע הילצערנע ראַמען. אייגנטלעך, האָט דער באַלעבאָס זײַן שמועס אָנגעהויבן פֿון די בילדער. ס'האָט זיך אַרויסגעוויזן, אַז כּמעט אַלע בילדער זײַנען געווען מתּנות, געשענקט פֿון די מאָלערס גופֿא. ס'רובֿ פֿון זיי זײַנען געווען ייִדן. צווישן די גראַפֿישע צייכענונגען האָט מען געקאָנט דערקענען אילוסטראַציעס צו שלום־עליכמס און פּאָליאַקאָווס ווערק. צוגעפֿירט דעם גאַסט צום שרײַבטיש, האָט פּאָליאַקאָוו ממשיך געווען צו באַקענען דעם „יונגן שרײַבער" מיט זײַנע שאַפֿערישע פּלענער. ס'האָט אויסגעזען, ווי אַ המשך פֿון יענער טרעפֿונג אין דער אוידיטאָריע בײַ די העכסטע ליטעראַטור־קורסן. קרופּניקן האָט זיך אַפֿילו אויף אַ רגע אויסגעדאַכט, אַז ער הערט דאָס קול פֿונעם ייִדיש־לערער כאַסקל זײַען: „איך האָב דעם זכות אײַך פֿאָרשטעלן...". פּאָליאַקאָוו האָט גערעדט אַ סך, געשיט מיט ייִדישע פֿאָלקס־חכמות און וויצן... אין אַ קורצער צײַט אַרום נאָכן קיִעווער באַזוך האָט דובֿ־בער זיך געכאַפּט, אַז פֿון דער טרעפֿונג בײַ פּאָליאַקאָוון אין שטוב, איז אים ווינציק וואָס געבליבן צו געדענקען, אַלע רייד זײַנען ווי אויסגעדאַמפֿט געוואָרן, סײַדן אָפּגעזעצט האָט זיך אין זכּרון דאָס איינציקע ווערטל: „וואָס קומט אַרויס פֿונעם זילבערנעם בעכער, אַז ער איז פֿול מיט טרערן?"

טבֿיה טאַץ האָט שוין געהאַלטן בײַם דריטן נומער אין זײַן צעטל, בײַם שרײַבער שמואל דאָגנאַ. דובֿ־בער האָט אָנגעשפּיצט די אויערן, ער האָט דאָך אָפּגערעדט זיך צו טרעפֿן מיט שמואלן מאָרגן בײַ אים אין דער היים אויף קוטוזאָוו־פּראָספּעקט.

– ווי אַפֿשר קיינער נישט פֿונעם געבליבענעם בינטל ייִדישע שרײַבערס, – האָט אין טבֿיהס שטים זיך אַרײַנגעכאַפּט אַ צעצויגן ניגונדל, – האָט שמואל, קיין עין־הרע נישט, אין די לעצטע יאָרן אויפֿגעהויבן זיך הויך, און אים איז באַשערט געווען אַוועקצושטעלן זיך בײַם עמוד און

זאָגן יזכּור מיט אַ דורכדרינגלעכן וויי און מוט... ער פֿאַרגעסט קיינעם נישט, דעם קלענסטן, ווי דעם גרעסטן. זײַן תּפֿילה איז פֿאַר אונדז אַלע־מען. זײַן קדיש איז בײַ אונדז אויף די ליפּן...

אין „יענע גוטע יאָרן" האָט מען טאַצן נישט אַרעסטירט. קראָפּניק האָט פֿון עמעצן אין רעדאַקציע געהערט, אַז טבֿיה האָט זיך אַליין אַרײַנגעטריבן אין אַ טויבן ווינקל הינטער דער שטאָט, ווו ער האָט קוים געפֿונען אַן אַרבעט אין אַ פֿאַבריק־בלעטל, ווו דער רעדאַקטאָר איז געווען אַ גוטהאַרציקער רוסישער מענטש, נאָר אַ ביטערער שיכּור. דאָרט האָט טבֿיה זיך פֿאַרשפּאַרט און געשלעפּט אויף זיך די גאַנצע אַרבעט פֿון דער מישטיינסגעזאָגט רעדאַקציע. ער האָט נישט אויפֿגעהערט צו זײַן אַ ייִדישער שרײַבער; געשריבן אין „טישקעסטל אַרײַן", ווי מע פֿלעגט עס רופֿן אין סאָוועטן־פֿאַרבאַנד, – אַ באַזונדערער איראָנישער אויסדרוק, ווען דער שרײַבער ווייסט פֿון פֿריִער, אַז צוליב צענזור־סיבות וועט דאָס אָנגעשריבענע ווערק זײַנס קיין מאָל נישט זײַן אָפּגעדרוקט. טבֿיה טאַץ איז דעמאָלט זיכער געווען, אַז נישט אין „טישקעסטל אַרײַן", נאָר אין אַ טיפֿן קבֿר איז דאָס ייִדישע וואָרט באַגראָבן געוואָרן...

דער באַלעבאָס האָט אויפֿגעהערט צו לייענען.

– איך האָב אײַך שוין זיכער פֿאַרמוטשעט, – ער האָט אָפּגעלייגט דאָס זײַטל אין אַ זײַט און צוגעגעבן: – איר האָט ערלעך פֿאַרדינט אַ געשמאַקן מיטיק, און מײַן שכנה קאָכט גוט...

דובֿ־בער האָט געפּרוּווט זיך אָפּזאָגן, פֿאַררופֿנדיק זיך, אַז עס וואַרט אויף אים אַ מענטש... זײַנע ווערטער האָבן, זעט אויס, נישט איבערצײַגט דעם גאַסטפֿרײַנדלעכן באַלעבאָס, מעגלעך, ווײַל דער גאַסט אַליין האָט פּלוצעם דערפֿילט, אַז ער איז טאַקע הונגעריק און די געשמאַקע ריחות פֿון קיך, האָבן אים שוין געכאַפּט און לאָזן נישט אָפּ.

– וואָס וועט מען זאָגן בײַ אײַך? – האָט טבֿיה זיך שוין געהאַט אויפֿגעהויבן פֿון טיש, – קומט אַ ייִד פֿון ארץ־ישׂראל און מע לאָזט אים אָפּ אַ הונגעריקן... כ׳דאַרף האָבן צרות מיט אײַער כּנסת...

15

געקומען פֿון מאָסקווע נאָכן פֿאַרענדיקן די העכסטע ליטעראַטור־קורסן, האָט דובֿ־בער זיך צוריק אויף אַרבעט אין סימפֿאָנישן אָרקעסטער נישט אומגעקערט. נאָר מיטן פֿידל האָט ער זיך אויך פֿריִער נישט צעשיידט, אים מיטגענומען מיט זיך קיין מאָסקווע, און אָפֿטלעך אין זײַן צימער, צוטשעפּענדיק צום אינסטרומענט די סורדינקע, אַז דער קלאַנג זאָל קלינגען שטילער און נישט שטערן די שכנים־שרײַבערס, פֿלעגט ער אָפּשטיין אַ פּאָר שעה בײַם שפּילן געניטונגען און עטיודן, כּדי אויפֿצוהאַלטן די פֿאָרעם. איצט זײַנען די לעבנס־פּלענער זײַנע געווען מער פֿאַרבונדן מיט ליטעראַטור, אָבער קיין סטאַבילע פּרנסה האָט עס נישט אַרײַנגעבראַכט. נישט לײַכט, מיט דער הילף פֿון גוטע מענטשן, האָט ער זיך אײַנגעאָרדנט אויף אַרבעט אין מוזיק־טעכניקום, וואָס ער אַמאָל געהאַט אַליין פֿאַרענדיקט. צו זײַן אַ פֿידל־לערער האָט דובֿ־בער קיין מאָל נישט געשטרעבט. די שטעלע פֿון אַ קאָנצערטמײַסטער, וואָס האָט געמיינט צו שפּילן מיט די פֿאָרטעפּיאַן־סטודענטן, זיי זאָלן זיך לערנען צו באַגלייטן דעם סאָליסט, האָט אים גאַנץ געלוינט. דערצו האָט די אַרבעט פֿון אים נישט געפֿאָדערט אַזאַ אַחריות, וואָס עס פֿאַלט אויף דעם לערער, און אים דערמעגלעכט זיך מער אָפּגעבן מיטן שרײַבן.

נאָך אין מאָסקווע האָט דובֿ־בער זיך דערנענטערט מיטן פּראָפֿעסאָר אורי ראַלניק. ער האָט פֿאַר זייער גרופּע אָפּגעהאַלטן אויף ייִדיש עט־לעכע לעקציעס וועגן דער באַטייליקונג פֿון ייִדן אין דער רוסישער סאָוועטישער ליטעראַטור. געאַרבעט האָט ער אינעם אינסטיטוט פֿון וועלט־ליטעראַטור, און געווען אַ גרויסער קענער פֿון דאָסטאָיעווסקי, טאָלסטוי און טורגעניעוס שאַפֿונגען. אייגנטלעך, האָט ער, אורי, אויפֿ־

געלעבט אין זײַן שול־חבֿר, משה פּען, דאָס כּמעט פֿאַרוועלקטע ייִדיש־בלימל און דערמעגלעכט אַרײַנצובערענגען אים אין דער מאָסקווער ייִדיש־גרופּע. אויסערלעך האָבן זיי אַפֿילו אויסגעזען ענלעך איינער צום אַנדערן, ביידע קליינוווקסיקע, דאַרינקע, ווי אַ פֿאַרחלשטער צווילינג, אָבער גאָר היפּוכדיק, וואָס שייך טעמפּעראַמענט. דאָרט, ווּ משה פֿלעגט באַלד אַרײַנפֿאַלן אין אַ מורה־שחורה, האָט אורי זיך אין אַ רגע אויפֿגעריסן, ווי אַ פֿעסעלע פּולווער.

נישט איין מאָל האָט אורי פֿאַרבעטן קרופּניקן אויף אַ זונטיק־מיטיק צו זיך אַהיים און נאָך די געשמאַקע פּאָטראַוועס, וואָס ער האָט זיי אַליין צוגעגרייט, אַוועקגעפֿירט אים אויף אַ שפּאַציר. ער האָט געוווינט נישט ווײַט פֿון אַ שיינעם פּאַרק, מיט אַ סאַזשלקע אין מיטן און אַ קליין קלויסטערל אויף אַ בערגל. ווינטער, אין אַ זוניקן טאָג, דאָס בערעזע־וועלדל אַרום איז ווי שיטער געוואָרן און דורך די שטאַם־שפּאַרונעס שנײַדט זיך דורך דאָס שפּיציק דעכל פֿונעם קלויסטערל מיטן באַגילדטן ציבעלע־קופּאָל פֿון אויבן, – פֿילט מען, ווי די לופֿט זעטיקט אָן די לונגען. צו האָבן אַ צלם אין שפּיץ, האָט די מאַכט דעם קלויסטערל נישט פֿאַרגונען, נאָר צוגעטיילט דעם הויכן טיטל – אַן אַרכיטעקטור־אָביעקט פֿון 18טן יאָרהונדערט בײַם פּאַרק־אַנסאַמבל. זיי פֿלעגן גיין פּאַמעלעך, אַז אורי זאָל קאָנען אָפּכאַפּן דעם אָטעם. ער האָט געהאַט וואָס צו דערציילן דעם פּראָווינציעלן יונגן־מאַן, אָבער וויכטיקער איז פֿאַרן מאָסקווער פּראָפֿעסאָר געווען נישט סתּם דאָס רעדן, נאָר רעדן אויף ייִדיש. ער האָט גערעדט הויך און די פֿראָסטיקע טרוקענע לופֿט האָט געמאַכט דעם ייִדישן קלאַנג נאָך מער קלינגעוודיקער. אורי האָט זיך פּאָסמאַקעוועט מיט יעדן וואָרט און נישט אויפֿגעהערט צו ציִען ווײַטער דעם סיפּור־המעשׂה:

– כ'געדענק, ווי אין די דרײַסיקער יאָרן האָט מען מיך און משה פּען, צוויי שנעקלעך־פֿאַרשטעקלעך, געשיקט פֿון וויניצע קיין מאָסקווע זיך צו באַטייליקן אין דער אַלפֿאַרבאַנדישער אָלימפּיאַדע פֿון יונגע פּאָעטישע טאַלאַנטן...

אורי קוועלט אָן, אָבער נאָך עטלעכע טריט מוז ער זיך אָפּשטעלן. צומאָל שלעפּט ער אַרויס פֿון דער קעשענע אַ לענגלעך פֿלעשעלע, טרייסלט פֿון דאָרט אַרויס אַ פּיצינקע פּיל, ניטראָגליצערין, און וואַרפֿט עס אַרײַן אין מויל אַרײַן. דאָס האַרץ... שוין געהאַט, נעבעך, צוויי האַרץ־אַטאַקעס.

– שטעל זיך פֿאָר, לייב קוויטקאָ האָט אונדזביידע, די פּריש־אָפּגע־באַקענע לאַורעאַטן, געבראַכט צו מאַרקישן אַהיים, זיך צו באַרימען, הייסט עס, ווי ייִדישע קינדער פֿאַרפֿאַסן לידער אויף ייִדיש. זיי ביידע זײַנען געזעסן, און אונדז האָט מען אַוועקגעשטעלט אין מיטן צימער, אַז יעדער זאָל הויך אויף אַ קול לייענען זײַן בינטל לידער. און פּלוצעם זע איך, ווי עס עפּנט זיך אַ ביסל אויף די טיר און צוויי ייִנגעלעך, נישט עלטער פֿון אונדז, שטעלן זיך שטיל אַרײַן אין צימער. דאָס זײַנען געווען מאַרקישעס קינדער. זיי האָבן אַ ווײַלע געקוקט אויף אונדז און פּלוצעם אויסגעפּלאַצט אַ געלעכטער...

אורי שטעלט זיך ווידער אָפּ, לאָזט זיך מיט דער רעכטער האַנט צו דער קעשענע נאָך זײַנע פּילן, אָבער באַרעכנט זיך און גיט זיך אַ רײַב עטלעכע מאָל פֿון דער לינקער זײַט ברוסט.

– נישט איין מאָל האָב איך שפּעטער געזען פֿאַר די אויגן יענע סצענע מיט מאַרקישעס זין, און יעדעס מאָל פֿרעג איך זיך: הלמאַי האָבן די ייִנגעלעך געלאַכט פֿון אונדז? שוין זשע האָבן מיר אַזוי קאָמיש אויסגעזען, צי אפֿשר, ווײַל מיר האָבן דעקלאַמירט אויף ייִדיש?..

בעת איינעם אַזאַ שפּאַציר מיט פּראָפֿעסאָר ראַלניק, האָט ער געפֿרעגט, ווי אַזוי שטעלט קרופּניק זיך פֿאָר זײַן ווײַטערדיקן שרײַבערישן וועג, און אַליין, נישט וואַרטנדיק קיין ענטפֿער, געזאָגט:

– דו דאַרפֿסט זיך אַרויסרײַסן פֿון דעם אײַנגעשרומפּענעם ליטע־ראַרישן תּחום־המושבֿ, אין וועלכן ס׳רובֿ הײַנטיקע ייִדישע שרײַבערס דרייען זיך נאָך אַלץ אַרום. דו פֿאַרשטייסט, דאָס איבערגעלעבטע אין די גוטע יאָרן און די פֿאַרבליבענע מורא איז טיף אַרײַן אין זייער מוח. זיי קאָנען זיך נישט באַפֿרײַען דערפֿון, טרײַבן זיי דעם פּחד נאָך טיפֿער אַרײַן אין זיך. זיי וועלן זיך שוין פֿון דער קרענק נישט אויסהיילן... דו געהערסט צו אַן אַנדער דור. דו דאַרפֿסט דענקען אַנדערש און אַנדערש שאַפֿן. נעם זיך צו אַ גרעסערער זאַך, למשל, צו אַ היסטאָרישן ראָמאַן... כ׳קען דיר אַפֿילו אָנרופֿן וועגן וואָס... – אויסגעהאַלטן אַ קורצע פּויזע און, איבערכאַפּנדיק קרופּניקס אָנגעשטרענגטן בליק, האָט ראַלניק געזאָגט: – קעשענעווער פּאָגראָם, 1903...

קרופּניקס באַנעמען זיך אַליין ווי אַ שרײַבער, האָט דעמאָלט קוים געצאַפּלט אין זײַן באַוווסטזײַן. דער אמת איז, אַז ער האָט נאָך ביזן סוף נישט געקאָנט פֿאַרשטיין, הלמאַי האָט ער אַזוי לײַכטזיניק אַ קער געטאָן פֿון דעם וועג, אויף וועלכן ער האָט גאַנץ מצליחדיק דורכגעמאַכט אַ

לאַנגן מהלך פֿון שווערער מי, דערפֿאָלג, אַנטוישונג, פֿרייד... שוין זשע האָט די פּובליקאַציע פֿון די ערשטע דרײַ אָנפֿאַנגערישע דערציילונגען, מסוגל געווען איבערצוקערן אין אים זײַן אײַנגעסדרט לעבן? צי לאָזט זיך בכלל אַזאַ ממשותדיקער לעבנסקער צו ווערן דערקלערט? ער האָט נישט געחלומט פֿאָרן קיין מאָסקווע, כּדי דאָרט צו פֿאַרבלײַבן; זײַן פּראָווינציעלער „עגאָ", וואָס ער גופֿא האָט בפֿירוש עס נישט געהאַלטן פֿאַר אַ חסרון, וואָלט סײַ־ווי אין דעם מאָסקווער הבֿל־הבֿלים פֿאַרכלינעט געוואָרן.

די צוויי יאָר אויף די העכסטע ליטעראַטור־קורסן האָבן אים געגונג אײַנגעטונקען אין דעם גערדיכטן שרײַבערישן געמיש, צו פֿאַרשטיין, אַז דער גרעסטער זכות פֿון אַ שרײַבער איז צו זײַן ביז בלוט אָנגעקניפּט אינעם ייִחוסדיקן פֿאָדעם פֿון זײַן פֿאָלק. ווי אַ מוזיקער, האָט ער וועגן דעם נישט געטראַכט. די מוזיק טראָגט אַוועק די נשמה אין די הימלען אַרויף; דאָס וואָרט איז אַן עקבער אין מוח, אַ מין דימענטדריל, וואָס שלאָגט זיך דורך דורך די האַרטע שיכטן פֿון פֿאָלקס־זכּרון, כּדי אָפּצוזוכן דאָרט דעם אמת.

איז אפֿשר טאַקע נישט צופֿעליק צונויפֿגעפֿאַלן, אַז דער מוזיקאַלי־שער קלאַנג פֿון זײַן פֿידל זאָל געווען זיך צונויפֿגיסן מיטן וואָרט, דער־הערט אין זײַן היים, פֿון זײַנע באָבע־מאַמע – מיטן ייִדישן וואָרט.

אין יענעם פֿראָסטיקן זונטיק, זיך אומקערנדיק פֿון זייער נאָכמי־טאָג־שפּאַציר אַהיים צום פּראָפֿעסאָר ראַלניק, האָט יענער, קוים אַראָפּ־געשלעפּט זײַן מאַנטל פֿון זיך, איז גלײַך צוגעגאַנגען צו אַ ביכער־שאַפֿע און אַראָפּגענומען פֿון דער פּאָליצע אַן אַלטן ספֿר. זײַן פּנים האָט געשײַנט, ווי נאָר עס קאָן שײַנען בײַ אַ פּראָפֿעסאָר פֿון ליטעראַטור:

– אָט האָסטו – „מאַטעריאַלן פֿאַר דער געשיכטע פֿון אַנטי־ייִדישע פּאָגראָמען אין רוסלאַנד". דאָ וועסטו געפֿינען זעלטענע דאָקומענטן וועגן דעם קעשענעווער פּאָגראָם 1903. – ער האָט דערלאַנגט דעם ספֿר קרופּניקן, – נאַ, ברודערקע, איך שענק עס דיר... זאָל עס זײַן מיט מזל.

נאָך אַזאַ עמאָציאָנעלן אויפֿבליץ האָט ראַלניק געמוזט זיך באַרויִקן און ער האָט זיך אַראָפּגעלאָזט אינעם פֿאָטעל, וואָס האָט אים גלײַך ווי אײַנגעשלונגען. פֿון דאָרט האָט דער פּראָפֿעסאָר געהאַלטן זײַן אימ־פּראָוויזירטע לעקציע ווײַטער:

– כ'האָב גריגאָרי יאַקאָוולעוויטש קראַסני־אַדמאָני, וואָס האָט די מאַטעריאַלן צונויפֿגעקליבן און צונויפֿגעשטעלט דעם באַנד, געקענט

פּערזענלעך. אַן אוניקאַלער מענטש געווען, אַ גלענצנדיקער קענער פֿון ייִדישער געשיכטע, אַן אַדוואָקאַט און אַ פֿאָרשער. אויב ס'איז דיר ווייניק, האָט ער, אַ חוץ דעם אוניווערסיטעט, זיך געלערנט אין דער פּעטער־בורגער קאָנסערוואַטאָריע ווי אַ זינגער. ער איז געווען גוט באַקאַנט מיט קערענסקי און מאַקסים גאָרקי, און נאָך דער רעוואָלוציע געלייענט לעקציעס אינעם ייִדישן אוניווערסיטעט אין פּעטראָגראַד. ער איז טאַקע געווען, צוזאַמען מיט דובנאָוון, צווישן די איניציאַטאָרן פֿון אַרויסגעבן די דאָקומענטן פֿונעם צאַרישן סענאַט וועגן די בלוטיקע פּאָגראָמען... צום באַדויערן, זײַנען אַרויס בלויז צוויי בענד און ווײַטער האָט די סאָוועטישע מאַכט אָפּגעשטעלט די אַרבעט... סכּנותדיקע צײַטן זײַנען געקומען...

זעט אויס, אַז פּראָפֿעסאָר ראַלניקס אײַנפֿאַל האָט, ווי יענער די־מענטדריל, אָנגעהויבן זיך אַרײַנגראָבן אין קרופּניקס מוח, פֿאַרשלעפּנדיק אים אַלץ טיפֿער אין דער שאַכטע, וואָס האָט געפֿירט אין די ווײַטע טעג פֿון דער בלוטיקער געשיכטע, פֿאַרלאָפֿן אין דער שטאָט, ווו ער, דובֿ־בער קרופּניק, האָט געוווינט און דערצויגן זײַן זון.

גאָר אין גיכן האָט זיך אַרויסגעוויזן, אַז ווו ער זאָל זיך נישט געווען אַ וואַרף טאָן, זוכנדיק נייטיקע מאַטעריאַלן, וואָס האָבן געהאַט אַ שײַכות צו ייִדן, זײַנען כּמעט אַלע פֿאָנדן בײַ די ביבליאָטעקן און אַרכיוון געווען פֿאַר אים פֿאַרמאַכט. דאָס שטעמפּל „פֿולקום געהיים" איז אים ווי אַ בייזע אָנשיקעניש נאָכגעגאַנגען טריט בײַ טריט. ער האָט זיך געחידושט: שוין זשע היסטאָרישע דאָקומענטן, פֿאַרבונדן מיט פֿאַרברעכערישע מעשׂים פֿון דער צאַרישער מאַכט, וואָס האָבן גערודפּט די באָלשעוויקעס, טראָגן ביז הײַנט סודות, אַז מע טאָר זיי, חלילה, נישט אַנטפּלעקן?!

עס האָט אָנגעהויבן אויסזען, אַז דער אַן ערך צוויי הונדערט־יאָריקער קיום פֿון ייִדן אין דער רוסישער אימפּעריע און אין סאָוועטן־פֿאַרבאַנד האָט נישט געהאַט קיין אייגענע געשיכטע; אַז די ייִדישע נאַציאָנאַליטעט האָט עקזיסטירט נאָר ווי אַ „פּונקט" אינעם סאָוועטישן פּאַס. סײַדן אין דער אַלגעמיינער געשיכטע פֿון רוסלאַנד ווערט אַמאָל דערמאָנט עפּעס אַ פּאָגראָם אויף ייִדן אין די רעאַקציאָנערע צײַטן פֿון ניקאָלײַ דעם צווייטן; אָדער שפּעטער, אויפֿן וועג צום ליכטיקן מאָרגן, פֿלעגט די מאַכט אַראָפּרײַסן די מאַסקע פֿון „פֿאַרברעכערישע ייִדישע עלעמענטן" – נאַציאָנאַליסטן, בורזשואַזע נאָכטענצערס און סתּם פֿאַר־רעטערס און כּל־מיני אויסוואָרפֿן, וועלכע האָבן דעם פּראָגרעסיוון סאָציאַליסטישן מאַרש פֿון מיליאָנען געוואָלט צעשטערן.

נישט געקוקט אויף די אַלע „זיבן שלעסער", הינטער וועלכע די מלוכה האָט אויסבאַהאַלטן אירע „ייִדישע סודות", פֿלעגן זיך פּאַרט געפֿינען מענטשן, וואָס האָבן שטילערהייט אַרויסגעהאָלפֿן קרופּניקן צוקומען צו די אַזוי גערופֿענע „פֿאַרמאַכטע פֿאָנדן". צומאָל האָט אַ פּושקע שאָקאָלאַד־קאָנפֿעטן געעפֿנט דעם וועג צו אַ נייטיקן דאָקומענט; אויף אַזאַ אופֿן האָט אים די ביבליאָטעקאַרין פֿון דער רעפּובליקאַנער ביבליאָטעק געבראַכט אין לייען־זאַל די צײַטונגס־אײַנבונדן פֿון דער שוואַרץ־מאהקער אויסגאַבע „בעסאַראַבעץ" פֿאַר די יאָרן 1902 און 1903. רעדאַגירט האָט זי פּאַוואָלאַקי קרושעוואַן, אַ פֿאַרברענטער שׂונא־ישׂראל און פּאָגען־טראָגער פֿון מענטשנפֿײַנט אין דער רוסישער פּרעסע. גאָר צופֿעליק איז קרופּניקן אַרײַנגעפֿאַלן אין די הענט דאָס טאָגבוך פֿון דעם דאָזיקן פֿאַרשוין, וואָס יענער האָט געפֿירט, זײַענדיק נאָך גאָר אַ יונגערמאַנטשיק. אויפֿן סמך פֿון אָט די טאָג־טעגלעכע נאָטיצן איז געשאַפֿן געוואָרן דאָס טאָגבוך פֿונעם יונגן קאַנצעלאַריע־שרײַבער אַ פֿאַראָרעמטן אַדלמאַן ראָמאַן טראָפֿימאָוו, איינער פֿון די הויפּט־העלדן אינעם ראָמאַן.

לכתּחילה, אַרומטראַכטנדיק די סטרוקטור פֿון זײַן ווערק, האָט קרופּניק פֿאַרשטאַנען, אַז דער דאָקומענט, ווי ער שטייט און גייט, – וועט פֿאַרנעמען אַ וויכטיק אָרט אויף דער אַלגעמיינער קאַנווע פֿון זײַן קינסטלערישער שילדערונג. נאָך מער: כּדי צוגעבן די געשטאַלטן מער אמתדיקייט און צוגעבונדנקייט צו זייער צײַט, איז אים אויסגעקומען אַליין צו שאַפֿן כּמו־דאָקומענטן, און אַזאַ דאָקומענט איז געוואָרן דער טאָגבוך פֿונעם נעבטיקן גימנאַזיסט טראָפֿימאָוו. דורך זײַנע אינטימע באַשרײַבונגען פֿונעם פֿאַרוואָרפֿענעם שטעטל דובאָסאַר, פֿאַרטרויט דאָס טאָגבוך, קאָן מען זען, ווי אַ נאַיִווע ניט־דערפֿאַרענע נשמה, אַרײַנפֿאַלנדיק אינעם שמוציקן קעסל פֿון קליינשטעטלדיקער קאָכעניש, פֿול מיט פֿאַרביסענע רחילות און פֿאַרדעכטיקע פֿאַרשוינען, ווערט ער פּאַמעלעך אַליין פֿאַרוואַנדלט אין פּונקט אַזאַ מאָראַלישן פֿאַרזעעניש, ווי ס'רובֿ אַנדערע טשינאָווניקעס פֿון דער שטאָט־אופּראַווע.

בשעתן לייענען די מאַטעריאַלן, געזאַמלט פֿון קראַסני־אַדמאָני, בפֿרט די דאָקומענטן, ווו עס גייט די רייד וועגן דעם מאָרד פֿונעם דור־באָסאַרער קריסטלעכן ייִנגל מישאַ ריבאַטשענקאָ, איז אַלץ בולטער אויפֿגעקומען דער געדאַנק, אַז אינעם יסוד פֿונעם ראָמאַן וועט ליגן דווקא אָט דער שטייגערישער מאָרד פֿונעם ייִנגעלע, וואָס קרושעוואַנס

„בעסאַראַבעץ" האָט באַלד אונטערגעכאַפּט און אונטערגעטראָגן דער רוסישער פּיליסטער־געזעלשאַפט, ווי אַ ריטועלער מאָרד מצד די אָר־טיקע ייִדן.

דאָס פֿאַרגאָסן בלוט פֿונעם קריסטלעכן קינה, פֿאַרמישט אויף רעליגיעזער שׂינאה, פֿינצטערער פֿאַרגרעבטקייט, מאָראַלישער געפֿאַלנ־קייט פֿון דער געזעלשאַפֿט, און דער עיקר, אויף דער שטילער שטיצע מצד דער מלוכה, – פֿון אָט די און אויך אַנדערע מענטשנפֿרעסערישע פּיטשעווקעס האָט במשך פֿון דורות זיך אויסגעפֿאָרמעוועט די פֿאָרמולע פֿון עלילת־דם.

קרופּניקס לעבן וואָלט פֿון דרויסן געדאַרפֿט אויסזען כמעט מיט גאָרנישט אַנדערש ווי פֿריִער; ווי זאָגט מען עס, אַרויף אויף זײַן אײַנגעג־פֿאָרענעם שליטן־וועג. די צעשפּאַלטנקייט פֿון זײַן עקזיסטענץ האָט זיך טאַקע פֿון דרויסן נישט געוואָרפֿן אין די אויגן; זײַנע פֿרײַנד און אַפֿילו קרובֿים האָבן אים ווײַטער אויפֿגענומען ווי אַ מוזיקער. וואָלט ער כאָטש געשריבן אויף רוסיש, קאָן מען עס נאָך איבערלייענען, אָנטאַפּן, ווי מע זאָגט, די סחורה, אָבער ווער לייענט הײַנט ייִדיש?!

צוריק גערעדט, וואָלט געווען נאַריש צו טראַכטן, אַז די הינטער־פּלייציקע שעפּטשערײַען האָבן אים ווייניק געאַרט. ווי אַ פֿידלער האָט ער, אַוודאי, געוווּסט, אַז צוליב אַ קורצן אויפֿטריט און אַ רגע דערפֿאָלג, איז יעדער גרייט יעדן טאָג אָפּשטיין שעהען־לאַנג מיטן אינסטרומענט אין די הענט. איצט איז אים אויסגעקומען צו זיצן אײַנגעבויגן איבער אַ ווײַטל פּאַפּיר נישט איין טאָג, וואָכן און חדשים, ביז זײַן ווערק זאָל געווען זיך באַווײַזן פֿאַרן לייענער, וועלכן ער, דובֿ־בער, האָט נישט געזען און נישט געהערט.

אויף די קורסן איז דובֿ־בער זיך צונויפֿגעקומען מיט שרײַבערס פֿון פֿאַרשיידענע נאַציאָנאַלע ליטעראַטורן; זיי האָבן געהאַט נישט קיין איין און איינציקע אויסגאַבע, ווו צו דרוקן זייערע ווערק, פֿאַרמאָגט אַ גרויסע לייענערשאַפֿט און כמעט ביז שפּעט אין דער נאַכט אַריַין, אין אַ שיכּורן טשאַד געכליפּעט און זיך געקלאָגט, אַז מע פֿאַרשטייט זיי נישט, אַז די נאַציאָנאַלע טשינאָווניקעס פֿון ליטעראַטור האַלטן זיי פֿאַרשפּאַרט אין אַ שאַפֿערישער שטײַג...

וואָס טיפֿער דובֿ־בער האָט זיך אַראָפּגעלאָזט אין דער שאַכטע פֿון צײַט, אַלץ שאַרפֿער האָט ער זיך אײַנגעקוקט אינעם אַרום פֿון הײַנט. ער האָט דאָך געוווינט אין דער זעלבער שטאָט, געקאָנט זיך

דורכגיין איבער די זעלבע גאַסן און געסלעך, ווו דער צעווילדעוועטער המון האָט זיך מיט איבער אַכציק יאָר צוריק צעגאָסן, ווי אַ צעגלידטע שׂינאה־לאַווע, נישט געשאַנעוועט נישט קליין און נישט גרויס. זײַן העלד ראָמאַן טראָפּימאָוו, שוין אָנגעשטעקט מיטן ליגנערישן סם, פֿאַרשפּרייט פֿון אָרטיקע אַנטיסעמיטן און קרושעוואַנס „בעסאַראַבעץ״, קומענדיק אויף פּאַסכע קיין קעשענעוו פּונקט ערבֿ דעם פּאָגראָם, איז פֿון דער שׂינאה־לאַווע פֿאַרכאַפּט און פֿאַרשלעפּט געוואָרן אין אַ הויף, ווו ער ווערט אַן עדות פֿון אַ ווילדן מאָרד איבער אַ ייִד, נעבעך, אויף די אויגן פֿונעם פֿריילעכן המון.

אין אַזאַ הויף אויף אירינאָפּאָלסקע־גאַס האָט דובֿ־בער אַרײַנגע־בלאָנדזשעט בשעתן שפּאַצירן איבער דעם אַלטן טייל פֿון שטאָט. אַ ווײַלע האָט ער זיך דאָרט פֿאַרהאַלטן. דאָס בילד האָט אויפֿגעלעבט שפּעטער בײַם שרײַבטיש: „ראָמאַן האָט זיך געכאַפּט, אַז ער שטייט איצט אַליין אין מיטן דעם כאַאָס, אַז אין אָט דעם הויף האָט זיך שוין אַלץ פֿאַרענדיקט, דאָס מענטשלעך בלוט האָט זיך פֿאַרגאָסן און דער שטראָם האָט זיך אַוועקגעטראָגן ווײַטער, צו אַן אַנדער הויף אויף דער גאַס... דער ווילדער מאָרד פֿונעם הילפֿלאָזן ייִדן האָט פּלוצעם אַלץ איבערגעקערט אין זײַן מוח... די געדאַנקען האָבן זיך אים געפּלאָנטערט. ראָמאַן האָט דערפֿילט ווי עס איבלט אים. ער האָט צעשפּיליעט דאָס קורצע שטייענדיקע קעלנערל אויף זײַן העמד, אַראָפּגעשלעפּט דאָס היטל פֿונעם קאָפּ... דאָס איבערגעלעבטע און איבערגעטראַכטע פֿאַר דער לעצטער צײַט, אָנהייבנדיק פֿונעם מאָרד אין דובאָסאַר ביז דעם מאָרד, וועלכער איז געשען אין דעם אומבאַקאַנטן קעשענעווער הויף מיט עטלעכע מינוט צוריק; זײַנע ספֿקות, זוכענישן און בלאָנדזשענישן, דאָס אויפֿריכטיקע גלייבן אין דער הויכער הייליקער אידעע און די פּלוצעמדיקע אַנטוישונג – אַלץ האָט זיך איצט ווייטיקלעך אָפּגערופֿן אין אים...״

אין אַ טאָג האָט דובֿ־בער דורכגעמאַכט דעם וועג פֿון דער מחנה פּאָגראָמשטשיקעס, וואָס איז אַזוי גענוי באַשריבן געוואָרן אינעם „פּראָ־טאָקאָל״, צונויפֿגעשטעלט פֿונעם אויסערלעכן דירעקטאָר בײַם קע־שענעווער קרײַזגעריכט און עטלעכע עדות דעם 9טן ביזן 12 אַפּריל, כּדי „פֿעסטצושטעלן וויפֿל און ווי ווײַט האָבן געליטן די הײַזער בעת די אומאָרדענונגען אויף די גאַסן פֿון 6טן ביזן 8טן אַפּריל 1903...״ די שטאָטישע מאַכט, אין שפּיץ מיטן בעסאַראַבער גובערנאַטאָר גענעראַל־

לייטענאַנט פֿאָן ראַאַבען, האָבן די בלוטיקע געשעענישן געדופֿן אין זייערע באַריכטן – „אומאָרדענונגען“.

אויפֿן אַלטן ייִדישן בית־עולם אין קעשענעוו איז דאָ אַ גרעסערע קרקע, אַרומגעצאַמט מיט אַ שיטער פּלייטל פֿון פֿאַרזשאַווערטע אײַזערנע שטענגלעך. דאָרט ליגן באַגראָבן די קרבנות פֿון צוויי פּאָגראָמען, אין 1903 און 1905. די פֿאַרלאָזטע מצבֿות קרישלען זיך, טוליען זיך איין מצבֿה צו אַן אַנדערע, ווי זיי וואָלטן געזוכט אַן אָנשפּאַר זיך נישט איבערצוקערן. אויף איינער פֿון אַזאַ מצבֿה איז אָנגעוויזן, אַז דער ייִד מאיר־זלמן ווײַסמאַן איז פּה־ניקבר אין 1910, דאָס הייסט, שוין נאָך די ביידע פּאָגראָמען. מעגלעך, אַז זײַן קבֿר מיטן געביין איז אַהער אַריבערגעטראָגן געוואָרן פֿון אַן אַנדער אָרט, בעת אין די סוף פּופֿציקער, אָנהייב זעכציקער יאָרן, נאָכן באַשלוס פֿון דער מאָלדאַווישער רעגירונג, איז דער מיזרחדיקער טייל פֿונעם בית־עולם געפֿאַלן אַ קרבן פֿון דער אַזוי גערופֿענער „רעקאָנסטרוקציע און וויל־אײַנאָרדענונג“ פֿון דער שטאָט. די מצבֿות האָט מען צעדרויבלט און צעשיט איבער די סטעזשקעס פֿונעם פֿאַרפֿלאַנצטן פּאַרק מיטן חנעוודיקן נאָמען „אַלונעלול“, וואָס מיינט אויף מאָלדאַוויש „זונשפּרענקל“; אָדער זיי אויסגענוצט פֿאַרן צוים אַרום דעם פֿאַרבליבענעם טייל פֿונעם בית־עולם. ס'האָט זיך באַפֿרײַט אַ היפּשער שטח סײַ פֿאַר שפּילפּלעצער פֿאַר טעניס און סײַ אויפֿצובויען עטלעכע פֿירשטאָקיקע וווין־הײַזער.

דעם ענטפֿער הלמאַי איז דער ייִד מיטן נאָמען מאיר־זלמן דאָ באַגראָבן געוואָרן האָט דובֿ־בער זיך דערוווּסט פֿון דעם אויסגעקריצטן אויף ייִדיש אויפֿשריפֿט, וואָס האָט זיך שוין קוים אָנגעזען אויף דער מצבֿה. דער איינציקער זאַץ האָט געטראָגן דער וועלט אַ שרעקלעכע טראַגעדיע פֿון אַ מענטשן: „איין אויג פֿאַרלוירן אין פּאָגראָם 1903 דאָס צווייטע אויג אין פּאָגראָם 1905“. פֿון דעם דאָזיקן עפּיטאַף איז אינעם ראָמאַן געבוירן געוואָרן די געשיכטע פֿון דעם אײַנבינדער אַריה־לייב, וואָס דערציילט זײַנע צוויי אייניקלעך די מעשׂה וועגן דעם פּראָגער רבֿ און זײַן יאָסעלע־גולם...

דער פּראָגער רבֿ האָט, זעט אויס, צו פֿרי פֿאַרמאַכט די אויגן זײַן באַשעפֿעניש, דעם גולם, וואָס פֿלעגט ראַטעווען די פּראָגער ייִדן פֿון גוייִשע בילבולים וועגן עלילת־דם.

קרופּניקס פֿאַרפֿאַלן ווערן אויף לאַנגע שעהען אין דער שאַכטע פֿון צײַט, האָט בפֿירוש נישט געמיינט זײַן אַנטלויפֿן פֿונעם הײַנט; בפֿרט

אַז דער צער פֿון יענע טעג האָט געוועקט אַ זאָרג און אומרו וועגן דעם, וואָס עס קומט פֿאָר אינעם הײַנטיקן אַרום. נישט נאָר די מלוכה האָט געוואָלט לאָזן דאָס פֿאָלק אָן איר געשיכטע, פֿאַרשפּאַרן זי אין די קעלערן פֿון פֿאַרגעסנקייט, אָפּווישנדיק פֿון דער ערד די מצבֿות פֿון די פֿאַרשטאָרבענע; ס'רובֿ ייִדן, זײַנע מיטצײַטלער, האָבן אַליין נישט זייער געיאָגט זיך נאָכן אַנטדעקן פֿאַר זיך זייערע נאַציאָנאַלע אוצרות, זיך מער באַגאַנגען און באַגײַסטערט געוואָרן פֿון פֿרעמדע.

דווקא דעמאָלט, אין די מיט אַכציקער, איז דובֿ־בער געקומען צו ראַשקאָוואַנען מיט דעם „פּוסטן גדאַנק" צו ווענדן זיך אינעם שטאָטישן אָפּטייל פֿאַר דערציִונג נאָך אַ דערלויבעניש צו עפֿענען אַ קלאַס פֿאַר דערוואַקסענע, מע זאָל האָבן די מעגלעכקייט זיך לערנען ייִדיש. דובֿ־בער האָט אַוודאי דערוואַרט, אַז רחמיאל וועט זיך אָפּזאָגן, אפֿשר נישט גלײַך אָפּזאָגן, אָנהייבן אים דערקלערן, אַז ס'איז אַן אומזיסטיקע טירחה, אַז אַ שרײַבער דאַרף זיך פֿאַרנעמען מיטן שרײַבן ווערק, נישט „פּראָשעניעס"...

– איך פֿאַרשטיי דיך נישט, – האָט ער צוביסלעך אָנגעהויבן זיך אַליין אָנדראָדלען, – שרײַבסט אַ ראָמאַן, ביסט פֿאַרנומען בײַ דער אַרבעט אין מוזיק־טעכניקום, האָסטו נאָך צײַט צו טראַכטן וועגן אַזעלכע זאַכן? ס'איז ערשט דערשינען דײַן ייִדיש בוך, דײַן ערשטלינג, און דו ווייסט, וויפֿל בויכגרימעניש ס'האָט מיר דײַן בוך געבראַכט... מע רעדט שוין וועגן אַרײַנצונעמען דיך אינעם שרײַבער־פֿאַראיין. כ'בעט דיך, וואַרף אַרויס פֿונעם קאָפּ די פּוסטע גדאַנקען, די טשינאָווניקעס האָבן נישט ליב, ווען מע קומט צו זיי מיט אַזעלכע זאַכן...

– וואָס דאַרף מען טראַכטן וועגן די טשינאָווניקעס, – האָט דובֿ־בער באַמיט זיך צו רעדן רויִק און איבערצײַגעוודיק, – און אפֿשר פֿאַרקערט – זיי וואַרטן, אַז אַזאַ באַקאַנטער ייִדישער שרײַבער, ווי איר, זאָל קומען צו זיי און פֿאָרלייגן אַזאַ וויכטיקע זאַך!

– לייג מיר נישט קיין פֿייגעלעך אין בוזעם! – האָט רחמיאל שוין ווייכער זיך אָפּגערופֿן, – קודם־כּל, דאַרף מען גיין אין שרײַבער־פֿאַראיין... זאָלן זיי אָנשרײַבן אַ בריוו אויפֿן נאָמען פֿונעם פֿאַרוואַלטער בײַם שטאָטישן דערציִונג־אָפּטייל. כ'גלייב אָבער נישט, אַז ס'איז שוין געקומען די צײַט...

אַן אָפּגעבריטער פֿון „יענע גוטע יאָרן", האָט דער אַלטער ייִדישער שרײַבער אין יעדער צײַט געזען מער חושדיקס איידער צוטרויִלעכיקס.

אינעם שרײַבער־פֿאַראיין פֿון מאָלדאַוויע האָבן שוין אָבער געווירבלט, אָננעמענדיק כּוח, די נאַציאָנאַלע שטימונגען, וואָס זײַנען מיט אַ פּאָר יאָר שפּעטער אַרויס אויף די גאַסן און פּלאַצן פֿון שטעט און דערפֿער מיט דער דרײַ־קאָלירן־קער פֿאָן און פֿאָדערונג צו שאַפֿן אַן אייגענע אומאָפּהענגיקע רעפּובליק. ווי עס זאָל נישט זײַן, האָט דער געפּלאָגטער חוש פֿונעם אַלטן שרײַבער אים דאָס מאָל צוגעשפּילט.

דעם בריוו, אָנגעשריבן פֿונעם סעקרעטאַר בײַם שרײַבער־פֿאַראיין, ווו ס'איז דײַטלעך און קאָרעקט אויסגעלייגט געוואָרן די נייטיקייט פֿון עפֿענען אַזאַ ייִדיש קלאַס, האָט דובֿ־בער אַליין אָפּגעטראָגן אינעם שטאָטישן אָפּטייל פֿאַר בילדונג. איבערגעלייענט דעם בריוו, אָנגעשריבן אויף מאָלדאַוויש, האָט ער פֿאַרהאַלטן אַ רגע דעם בליק אויף דעם זאַץ, וואָס אין זײַן איבערזעצונג האָט עס אויסגעזען אַזוי: „יעדעס פֿאָלק האָט פֿאַרדינט זיך אויסצולעבן אין זײַן נאַציאָנאַלער שפּראַך און קולטור...“ – עס האָט געקלונגען ווי אַ האַרצרײַסנדיקער פּונקט פֿון דער סאָוועטישער קאָנסטיטוציע, וואָס איז ביז אַהער, מכּוח ייִדן, פֿאַרבליבן נאָר אויף פּאַפּיר.

דעם ענטפֿער האָט באַקומען ראַשקאָוואַן. דער שטאָטישער ביל־דונג־אָפּטייל האָט נישט פּשוט באַגיטיקט די ביטע פֿונעם שרײַבער־פֿאַראיין, נאָר דעם „גוטהייסן“ געשטיצט פּראַקטיש: אויסגעטיילט אַ געוויסן בודזשעט און פֿאַרפֿליכטעט דעם דירעקטאָר פֿון דער שול נומער 56, וואָס האָט זיך געפֿונען אין צענטער פֿון דער שטאָט, צו אָר־גאַניזירן אַזאַ קלאַס איין מאָל אין דער וואָך.

רחמיאל ראַשקאָוואַן האָט עטלעכע מאָל איבערגעלייענט דאָס פּאַפּיר מיטן אָפֿיציעלן טינט־שטעמפּל, אַ קוק געטאָן אויף דובֿ־בערן אַריבער די ברילן און אַ פֿרעג געטאָן:

– גוט... איז ווו זשע נעמט מען איצט אַ לערער פֿאַר דעם קלאַס?

ס'איז געווען נישט סתּם אַ פֿראַגע, ס'האָט אין דעם געשטעקט אַ נישט־אַרויסגעזאָגטער ביטערער סך־הכּל פֿון דעם מצבֿ, אין וועלכן ייִדיש און די ייִדישע דערציִונג האָט זיך געפֿונען נאָך צענדליקער יאָרן פֿון זײַן אַרײַנגעטריבן אינעם פֿינצטערן ווינקל פֿון דעם מלוכישן אַנטיסעמיטיזם.

– איר זײַט דאָך געווען אַמאָל אַ לערער, – האָט דובֿ־בער זיך נישט פֿאַרהאַלטן מיטן ענטפֿער, – זיך געלערנט אין טשערנאָוויץ אינעם העברעיִשן לערער־סעמינאַר...

ראַשקאָוואַן האָט אים אָפּגעהאַקט:

– כ'זע, האָסט גוט געלייענט מײַנע ביכער, אָבער די פֿראַגע בלײַבט הענגען!

אין סאָוועטן־פֿאַרבאַנד איז פֿאַרשפּרייט געווען דאָס ווערטל, אַז די איניציאַטיוו ווערט באַשטראָפֿן און לײַדן לײַדט דערפֿון יענער, ווער ס'האָט זי פֿאַרגעלייגט. אַזוי איז אויך געשען מיט דובֿ־בערן; ער איז געפֿאַלן אַ קרבן פֿון זײַן אייגענער איניציאַטיוו, און יעדן פֿרײַטיק צו נאַכטס פֿלעגט ער קומען אין שול נומער 56 צו לערנען מיט זײַנע דערוואַקסענע תּלמידים דעם אלף־בית.

בעלנים זיך פֿאַרשרײַבן אין קלאַס איז געווען איבער גענוג, הגם קיין שטופּעניש בײַם טיש פֿון דער שול־סעקרעטאַרשע, וואָס האָט די רשימה צונויפֿגעשטעלט, איז אויך נישט געווען. קיין שׂכר־לימוד האָט מען נישט גענאַרפֿט צאָלן. ס'רובֿ תּלמידים און תּלמידות זײַנען געווען מיטל־יאָריקע מענטשן, וואָס האָבן געקענט די מינדלעכע שפּראַך פֿון דער היים. פֿאַרגעדענקט האָט זיך דובֿ־בערן אַ גאַנצע משפּחה – טאַטע־מאַמע און אַ דערוואַקסענער זון, אַ חתן־בחור, – זיי האָבן אַלע גערעדט צווישן זיך אַ געשמאַקן בעסאַראַבער ייִדיש. עס האָבן דעם לערער בפֿירוש געפֿרייט די צוויי יונגע חבֿרטעס, סטודענטקעס אינעם אָרטיקן פּעדאַגאָגישן אינסטיטוט. זיי האָבן גוט פֿאַרשטאַנען די שפּראַך, אָבער רעדן איז זיי בײַם אָנהייב אָנגעקומען שווערלעך.

פֿאַרשטייט זיך, אַז קיין דערפֿאַרונג פֿון אַ ייִדיש־לערער האָט דובֿ־בער נישט געהאַט. ער האָט שטענדיק געדענקט דער מאַמעס ווערטל, אַז פֿאַר אַ נויט, קאָן אַ זייגער שלאָגן דרײַצן. צוריק גערעדט, איז ער דאָך גאָר נישט לאַנג צוריק אַליין געווען אַ „גרינער". די לימודים אין „סאָוועטיש געזעמלאַנד" זײַנען אים איצט גוט צו נוץ געקומען. אַ פּאָר מאָל האָט ער פֿאַרבעטן צו די לימודים ראַשקאָוואַנען. ספּעציעל אים פֿאַרצושטעלן, ווי דער אַלטער ייִדיש־לערער באַסקל זײַען האָט עס געטאָן מיט הערשל פּאָליאַקאָוו, האָט דובֿ־בער נישט גענאַרפֿט; רחמיאל ראַשקאָוואַן איז גוט באַקאַנט געווען אין שטאָט, אַפֿילו נישט בײַם ייִדיש־רעדנדיקן עולם – פֿון זײַנע ביכער, איבערגעזעצט אויף רוסיש. איין מאָל איז אין קלאַס געקומען צו לייענען זײַנע לידער דער פּאָעט משה לעבטער. מיט אַ יאָר שפּעטער האָט משה שוין אַליין געלערנט ייִדיש מיט אַ קלאַס קינדער, און דעם קלאַס מיט דערוואַקסענע האָט איבערגענומען איינע פֿון די צוויי סטודענטקעס. די צווייטע האָט חתונה געהאַט מיטן בחור פֿון דער ייִדיש־רעדנדיקער משפּחה.

דער לימוד־ייִדיש איז געוואָרן באַקאַנט אין שטאָט. ס'האָט שוין געהאַלטן בײַ דעם, אַז קרופּניקן האָט מען פֿאַרבעטן אין שטאָטיש בילדונג־אָפּטייל, כּדי אַרומצורעדן, ווי אַזוי וואָלט מען דעם ענין געקאָנט פֿאַרברייטערן. נאָר די צײַט האָט שוין אָנגעהויבן איר פֿאַרגיכערונג־פּראָצעס און ווי אַ סימן, אַז אָט־אָט קומען ראַדיקאַלע ענדערונגען, איז געוואָרן דער דעסאַנט, אַראָפּגעשיקט פֿון ישׂראל – צוויי לערערקעס פֿון עבֿרית...

געשיכטע פֿאַרטראָגט נישט קיין האַוועניש. זי איז סטאַטיש. זי וואַרט און לאָזט זיך באַטראַכטן. להיפּוך איז דער הײַנט. ער איז באַוועגלעך און גליטשיק. גיט זיך נישט כאַפּן, כּל־זמן עס גייט נישט אונטער זײַן צײַט, און ער פֿאַרשווינדט אינעם נעבכטן, פֿאַלט אויפֿן אויבערפֿלאַך פֿון דער געשיכטע – און אַזוי טאָג־אײַן, טאָג־אויס, אַ שיכט נאָך אַ שיכט.

אין יאָר 1986 איז אין דער משפּחה קרופּניק געבוירן געוואָרן דער צווייטער זון, מיט צען יאָר גערוקט פֿונעם עלטערן, אַרקאַדי. אינעם ביוראָ, וווּ מע רעגיסטרירט די בירגערלעכע אַקטן, האָט מען אים פֿאַרשריבן ווי זאָרי. איצט זײַנען נאָך ביידע זיידעס, פֿון דובֿ־בערן און מײַען, געווען אָנגערופֿן זייערע זין אויף לענגערע יאָר. די זיידעס עליהם־השלום האָבן אַוודאי געטראָגן סאַמעראָדנע ייִדישע נעמען, אַוורום און זעליק, גיי אָבער רוף אין הײַנטיקע צײַטן אָן קינדער מיט אַזעלכע אַלטמאָדישע נעמען. אינעם זעלבן חודש, וואָס זאָרי איז געבוירן געוואָרן איז געשען די שרעקלעכע טשערנאָביל־טראַגעדיע. מיט פֿיר חדשים שפּעטער איז גאַנץ קעשענעוו אויפֿגעוועקט געוואָרן פֿון אַ מסוכּנעם ערד־ציטערניש. קיין מענטשלעכע קרבנות זײַנען נישט געווען, עס האָבן בלויז געליטן די הײַזער...

אין דעם „פּראָטאָקאָל", אונטערגעשריבן אין אַפּריל 1903 פֿונעם אויספֿיר־דירעקטאָר בײַם קעשענעווער קרײַזגעריכט, זײַנען אָנגעוויזן געוואָרן די פּינקטלעכע ידיעות פֿונעם נזק, געבראַכט נאָך דער מענטש־לעכער סטיכיע: 1480 ייִדישע הײַזער, כּמעט אַ דריטל פֿון אַלע הײַזער אין שטאָט; אַרום 500 ייִדישע קלייטלעך זײַנען צעראַבעוועט און צעבראָכן געוואָרן...

אין זײַן „פּראָטאָקאָל" האָט די נעמען פֿון די קרבנות, דערהרגעט אויף אַ סאַדיסטישן אופֿן, דער געריכט־טשינאָווניק נישט אָנגעוויזן. קרופּ־ניק האָט זיי געפֿונען אינעם בוך זכרונות „אין די טעג פֿון צער", אָנגע־שריבן פֿון משה סלוצקין, דעם הויפּט־דאָקטער פֿונעם ייִדישן שפּיטאָל אין קעשענעוו, בסך־הכּל 41 דערוואַקסענע מענטשן – 31 מענער, 10

פֿרויען, און צוויי קינדער, אַ 10־יאָריק ייִנגעלע און אַ זויגקינד, נאָך איין יאָר נישט אַלט.

די אַרבעט איבערן ראָמאַן איז אָנגעגאַנגען פּאַמעלעך. די געשעענישן פֿון הײַנטיקן קעשענעוו, מיטן אויפֿגערייצטן המון אויף די גאַסן און די טויזנטקעפּיקע דעמאָנסטראַציעס אויפֿן צענטראַל־פּלאַץ, האָבן קרופּניקן סײַ דערוווּנטערט פֿון יענע ווײַטע טעג און סײַ דערנענטערט מיט זייער הפֿקרות, אומבאַהאָלפֿנקייט פֿון דער מאַכט און אַ פֿאַראורטיילטער מאָראַלישער געפֿאַלנקייט.

צוויי יאָר נאָכן דערשײַנען פֿון זײַן ערשטן ייִדישן בוך, איז אין מאָסקווע אַרויס אונטער דעם זעלבן נאָמען דאָס בוך אויף רוסיש, איבערגעזעצט פֿון אָלעג בראָנסקין. אין 1988 האָט מען קרופּניקן אָנגענומען אינעם אַלפֿאַרבאַנדישן פֿאַראיין פֿון סאָוועטישע שרײַבערס. דער רויטער קאַרטאָן־שײַן האָט איצט געדינט אים פֿאַר אַ כּישוף־שלי־סעלע, וואָס האָט געעפֿנט די פֿרײַער־געשלאָסענע טירן פֿון די ספּעציעלע אָפּהיט־פֿאָנדן. אַזוי האָט קרופּניק אינעם רעפּובליקאַנער אַרכיוו אָפּגעזוכט אַ קעסטל, פֿאַררוקט און פֿאַרשטופּט ערגעץ אין אַ פֿינצטערן ווינקל פֿון אַ סקלאַד, מיט צענדליקער גלעזערנע נעגאַטיוון פֿון בילדער, געמאַכט גלײַך נאָכן פּאָגראָם – אויף די גאַסן און הויפֿן, אין די צעגראָמירטע הײַזער און קלייטלעך, אין ייִדישן שפּיטאָל, אין עטלעכע שילן און אינעם מתים־שטיבל בײַם שפּיטאָל, ווו אויפֿן ברעטערנעם דיל זײַנען געליגן אין איין שורה די צעשעדיקטע גופֿים פֿון די קרבנות. ס'רובֿ פֿון די גלעזערנע נעגאַטיוון זײַנען געווען צעבראָכן און צו מאַכן פֿון זיי פֿאָטאָגראַפֿיעס איז געווען אוממעגלעך.

דער צווייטער מקום־סודות האָט אים דערמעגלעכט צוצוקומען צו די געהיים־דאָקומענטן פֿון באַראָן פֿאָן־לעווענדאַל, וואָס איז געשיקט געוואָרן אין יאָר 1902 פֿון פּעטערבורג, צו שטעלן זיך אין שפּיץ פֿון דעם בעסאַראַבער שוץ־אָפּטייל. זײַן הויפּט־אויפֿגאַבע איז געווען צו דערשטיקן אין קעשענעוו די רעוואָלוציאָנערע נעסט, אין וועלכער עס האָבן זיך באַזעצט כּל־מיני גרופּעס פֿון פֿאַרשיידענע ריכטונגען – „בונד", סאָציאַליסטן־רעוואָלוציאָנערן און אַ סאָציאַל־פּראָלעטאַרישע אָרגאַני־זאַציע. פֿאַר דער צאַרישער רעגירונג האָט קעשענעוו דעמאָלט פֿאָר־געשטעלט מיט זיך אַ סכּנותדיק בונטאַריש פֿײַער. צו לעשן עס איז געווען דער ענדציל פֿונעם מיניסטער פֿאַר אינערלעכע ענינים פּלעווע. זײַן שליח, באַראָן פֿאָן־לעווענדאַל, האָט זיך באַלד גענומען צו דער אַרבעט.

צווישן די פּאַפּירן האָט קרופּניק געפֿונען גענויע באַריכטן פֿון לעוואַנדאַלס געהיים־אַגענטן, פּראָוואָקאַטאָרן, קוויטלעך פֿון אויסגע־צאָלטע סומעס געלט, אויסגעגעבן אויף צו דרוקן פֿלוג־בלעטלעך קעגן די אָרטיקע ייִדן, אויף שיכּורע קערמישלעך אין די טראַקטירן, ווי די אַגיטאַציע־בלעטלעך זײַנען געלייענט און אַרומגערעדט געוואָרן, ווי אויך אַנדערע מאַטעריעלע באַווײַזן דערפֿון, אַז דער פּאָגראָם איז פּלאַנירט און אָרגאַניזירט געוואָרן פֿון דער מלוכה גופֿא, ווי אַ שטראָף־אַקציע קעגן די ייִדן, וואָס די צאַרישע מאַכט האָט זיי געהאַלטן פֿאַר דער גרעסטער סכּנה, וואָס פֿאַרסמט די מוחות פֿונעם פּשוטן רוסישן פֿאָלק. פֿאַרגיסן מיט ייִדיש בלוט די קעשענעווער גאַסן האָט געמיינט אָפּשלאָגן דעם חשק בײַ די אַל־רוסישע „צעבונטעוועטע כּוחות" זיך פֿאַרנעמען מיט רעוואָלוציעס און איבערקערענישן.

יעדער היסטאָרישער שיכט, אײַנגעפּרעסט אינעם זכרון פֿון דורות, האָט וואָס צו דערציילן – ריר זיך צו אים נאָר צו. סוף־כּל־סוף, נישט געקוקט אויף די אינערלעכע און אויסערלעכע סיבות און אויף די שטערונגען פֿון דער הויכער נאַטשאַלסטווע, וואָס האָט שוין פֿון אָנהייב אָן זיך אַרײַנגעמישט אין גאַנג פֿון דער דובאָסאַרער אויספֿאָרשונג, פּרווונדיק זי אַרײַנצוטרײַבן אינעם פֿינצטערן ווינקל פֿון אַ ריטואַלן מאָרד, האָט זיך פֿאָרט אַרויסגעוויזן, אַז דער מערדער פֿונעם ייִנגעלע מישאַ ריבאַטשענקאָ איז געווען זײַן אייגענער פֿעטער. געטאָן האָט ער עס פֿאַר מורא, אַז דאָס גאַנצע האָב־און־גוטס פֿון מישאַס זיידע וועט אַרײַנפֿאַלן נישט דעם זון, דאָס הייסט, מישאַס פֿעטער, נאָר דעם פּלימעניק, וואָס דער אַלטער ריבאַטשענקאָ האָט אים אַדאַפּטירט ווי אַ זון. נישט געקוקט דערויף, האָט די שׂינאה צו די אָרטיקע דובאָסאַרער ייִדן זיך אַזוי צעוואַקסן, אַז ס'האָט אויסגעזען – אָט, אָט הײַנט־מאָרגן פּלאַצט דאָ אויך אויס אַ פּאָגראָם.

דער פּאָגראָם אין קעשענעוו האָט אָפּגעפּירט דעם חלף פֿון דובאָ־סאַר, אָבער נישט אויף לאַנג. אין אַן אַנדער געשיכטלעכן שיכט, אין דער צײַט פֿון דעם בירגערקריג, האָט דער חלף פֿון שׂינאה אויסגעקוילעט הונדערטער ייִדן פֿון דובאָסאַר און אַרומיקע שטעטלעך. נאָך שפּעטער, בעת די שחיטות פֿון דײַטשישע און רומענישע פֿאַשיסטן, איז אינעם דובאָסאַרער „באַבי יאַר" אומגעבראַכט געוואָרן בײַ די 19 טויזנט ייִדן במשך פֿון עטלעכע טעג...

די צוויי לערערינס, געקומען פֿון ישׂראל ווי טוריסטקעס, האָבן זיך אַרײַנגעצויגן אינעם האָטעל „אינטוריסט", אויפֿגעבויט אין די אָנהייב

1970ער יאָרן ספּעציעל פֿאַר די אויסלענדישע געסט. אַ מוסטער פֿון מאָדערנער אַרכיטעקטור אין יענע יאָרן, האָט דער האָטעל פֿאַרנומען אַ בכּבֿודיק אָרט אין צענטער פֿון שטאָט, וואָס איז געווען באַקוועם סײַ פֿאַר די טוריסטן און סײַ פֿאַר די פֿאַרשוינען פֿון „קאַגעבע״, וואָס האָבן אויף זיי געהאַלטן אַן אויג. די ייִדישע קולטור־אָרגאַניזאַציע האָט זיך ערשט געשטעלט אויף די פֿיס, דעריבער איז דאָס אויפֿנעמען די צוויי „ערשטע שוואַלבן״ פֿון ישׂראל, וואָס טראָגן אין זייערע „פּיסקלעך״ די שפּראַך פֿון גרויסן ביאַליק, האָט אויסגעזען ווי אַן אויספּרוּוו פֿאַר דער פֿאַרוואַלטונג.

ביידע פֿרויען זײַנען שוין געווען פּענסיאָנירט, איינע, חנה, האָט געוווינט אין תּל־אָבֿיבֿ און גערעדט נישט שלעכט ייִדיש. פֿון פּוילן האָבן זי די עלטערן געבראַכט נאָך גאָר אַ ברעקל, אַזוי אַז ייִדיש האָט זי גע־הערט פֿון איר באָבען. די צווייטע לערערין, ענת, איז געבוירן געוואָרן אין ישׂראל אין אַ משפּחה, שוין פֿינעף דורות ירושלמים. קעשענעוו איז געווען די ערשטע שטאָט פֿון זייער צוויי־וואָכיקער רײַזע; דערנאָך וועלן זיי פֿאָרן קיין לעמבערג, קיִעוו און מאָסקווע. שוין אויפֿן אַנדערן טאָג נאָכן אַרײַנציִען זיך אינעם האָטעל, האָט חנה זיך געקלאָגט פֿאַר דער פֿרוי, וואָס איז צוגעשטעלט געוואָרן פֿון דער פֿאַרוואַלטונג זיי צו באַגלייטן, אַז אינעם האָטעל איז ניטאָ קיין הייסע וואַסער, און אַז אין אַזעלכע באַדינגונגען קאָנען זיי זיך דאָרט מער נישט געפֿינען. אָדער מע בײַט זיי דעם האָטעל, אָדער זיי פֿאָרן אַוועק.

פֿאַרשטייט זיך, אַז אַזאַ אולטימאַטום האָט אין דער פֿאַרוואַלטונג אַרויסגערופֿן אַ שטיקל בהלה; קיין בעסערער האָטעל, ווו אַלץ וואָלט געקלאַפּט, איז אין קעשענעוו נישט געווען, סײַדן די ספּעציעלע אַכסניא פֿאַר הויכגעשטעלטע פּאַרטיי־געסט אָדער די צווייטע – פֿאַר די מיטאַר־בעטער פֿונעם מיניסטעריום־ראַט. די צוויי ישׂראלדיקע לערערינס האָבן זיך אַהין, פֿון קיין שום זײַט, נישט אַרײַנגעפּאַסט. אַ ברירה האָט זיך פֿאָרט אָפּגעזוכט, ס'האָט זיי פֿאַרבעטן צו זיך אַהיים איינער פֿון די פֿאַרוואַלטונגס מיטגלידער, שוין דעמאָלט אַן אויפֿגייענדיקער גבֿיר.

די איינציקע עפֿנטלעכע טרעפֿונג מיט די לערערינס איז פֿאָרגעקומען אינעם ייִדיש־קלאַס בײַ דער שול נומער 56. דובֿ־בער האָט שוין צו יענער צײַט פֿאַרלאָזט זײַן לערערישע טעטיקייט, צוגרייטנדיק פֿאַר דעם, ווי געזאָגט, זײַנע אַ תּלמידה. גערעדט האָט די לערערין חנה. איר ייִדיש איז געווען גענוג, זי זאָל קאָנען אויסמאָלן ווי שיין איז דאָס ייִדישע לאַנד,

און ווי וויכטיק, אַז אַלע ייִדן אין דער וועלט, בתוכם די קעשענעווער, זאָלן וויסן, אַז מע וואַרט דאָרט אויף זיי.

– אַוודאי, וועט אײַך די ערשטע צײַט זײַן שווער, ווי עס טרעפֿט זיך אומעטום, ווען מע קומט אויף אַ נײַ אָרט; אָבער דאָס איז אונדזער היים, און קיין אַנדער היים האָבן מיר נישט! – האָט חנה פֿײַערלעך פֿאַרענדיקט.

פֿראַגעס האָבן נישט אויסגעפֿעלט. ס'האָט זיך געפֿילט אין זיי נישט פּשוט אַ נײַגער פֿון אַ גלות־ייִד צו דער ייִדישער מדינה; ס'האָט שוין אין די פֿראַגעס געשטעקט אַ לײַבלעכער אינטערעס, אַ קאָנקרעטער תּכלית פֿון מענטשן, אָנגעשטעקט מיטן ווירוס „פֿאַראַהין". זיי האָבן זיך זשעדנע אײַנגעהערט אין די פֿרעמד־קלינגענדיקע ווערטער פֿון ענת, וואָס האָט גערעדט צו זיי עבֿרית און חנה האָט אירע רייד באַלד איבערגעזעצט אויף ייִדיש. ס'האָט אויסגעזען מאָדנע, אַז שיִער נישט די ערשטע אינפֿאָרמאַציע, געהערט דירעקט פֿון עכטע ישׂראלים, קומט צו זיי דווקא דורך ייִדיש. זיי האָבן שוין געוווּסט, קיינער האָט דערפֿון קיין סוד נישט געמאַכט, אַז ייִדיש אין ישׂראל „גייט נישט אָן", האָט נישט קיין חשיבֿות; אָבער פֿאַרט האָבן זיי, די קעשענעווער ייִדן, זיך פֿאַרשריבן אינעם ייִדיש־קלאַס, געלערנט זיך צו שרײַבן און לייענען, ווײַל ייִדיש איז געווען אַ פֿאַרמיטלער צווישן זיי און זייערע עלטערן, זיידע־באָבעס, מיט דער געשיכטע פֿון די ייִדישע געסלעך, ווו אַ סך פֿון זיי זײַנען אויפֿגעוואַקסן, פֿון זייער שטאָט.

איצט, בעת דער טרעפֿונג מיט די עבֿרית־לערערינס, האָבן די ווערטער „רק עבֿרית!" – ווי צוויי שטיינדלעך, געוואָרפֿן אין זייער זײַט, – געטראָפֿן אין די שויבן פֿונעם קעשענעווער ייִדישן נעכטן. שפּעטער זײַנען קיין קעשענעוו געקומען אויך אַנדערע לערערס פֿון עבֿרית, אויף אַ לענגערער צײַט, און דער ייִדיש־קלאַס איז געוואָרן אַלץ שיטער און אײַנגעשרומפּן ביז ער איז אין גאַנצן פֿאַרמאַכט געוואָרן.

ס'איז טרויעריק און ביטער געווען צו באַנעמען דעם אמת, אַז אויב פֿריִער האָט ייִדיש און די ייִדישע קולטור געליטן פֿון דרויסן, פֿון דער מלוכה, לײַדט זי איצט פֿון אינעווייניק, פֿון די ייִדן אַליין.

16

נאָכן פֿאַרלאָזן טבֿיה טאַצס דירהלע האָט דובֿ־בער פּלוצעם דערפֿילט, ווי עס כאַפּט אים אַרום אַ בענקשאַפֿט נאָך זײַן ירושלימער היים, נאָך דער שטאָט... ס׳האָט פֿאַר אים אַליין אויסגעזען מאָדנע – סטײַטש, אַפֿילו אַ וואָך איז נאָך נישט פֿאַרבײַ, זינט ער האָט פֿאַרלאָזט דעם בן־גוריון פֿליפֿעלד, און נאָט אײַך: דאָס קינד האָט זיך פֿאַרבענקט! דאָס נאָגנדיקע בענקשאַפֿט־געפֿיל האָט זיך אין אים באַזעצט גאָר פֿרי, ווען ער איז נאָך געווען גאָר אַ קליין ייִנגעלע. דאָס קליינע בערעלע האָט אַוודאי נישט געקאָנט דערקלערן, פֿאַר וואָס קומט עס מיט אים אַזוי פֿאָר, אַז ווען די טאַטע־מאַמע פֿאָרן מיט אים ערגעץ אַוועק צו גאַסט אויף עטלעכע טעג, פֿאַלט אויף אים פּלוצעם אָן אַזאַ אומעט און די טרערן גיסן זיך פֿון די אויגן, און אַ געשריי רײַסט זיך פֿון אים: „אַ־היים! כ׳וויל אַ־היים!“ – ניין, נישט קיין געשריי, נאָר אַ געוואָי, ווי אַ וועלפֿעלע וואָלט געוואָיעט צו דער לבֿנה...

דאָס געפֿיל פֿלעגט אים נישט אָפּלאָזן אויך שפּעטער, בשעתן אַוועקפֿאָרן פֿון בעלץ זיך לערנען אין קעשענעוו, און אַוודאי, במשך פֿון די צוויי מאָסקווער יאָרן אויף די העכסטע ליטעראַטור־קורסן. בײַ דער מינדסטער געלעגנהייט פֿלעגט ער זיך אַרויסרײַסן צו קומען אַהיים, כאָטש אויף אַ טאָג, צוויי, כּדי צו לעשן זײַן בענקשאַפֿט און זיך אָננעמען מיט אַ נײַעם כּוח אָנצוגיין מיט זײַן וועג ווײַטער. אַוודאי, האָט ער שוין אויף אַ קול נישט געוואָיעט, דער געוואָי האָט זיך פֿאַרשפּרייט בײַ אים אינעווייניק, זיך צעגאָסן ווי אַ ווייטיק; דובֿ־בער האָט געזוכט דערצו אַ

דערקלערונג, אַן ענטפֿער... ווײַזט זיך אַרויס, אַז די וועלף וואָיען נישט אַזוי אויף דער לבֿנה, וואָס האָט געשאַפֿן כּל־מיני לעגענדעס וועגן מענטשן־וועלף, נאָר ווײַל אין די לבֿנה־נעבעכט איז די לופֿט ציכטיקער און דורכזיכטיקער, הערט זיך דער געוואָי בעסער און קומט גיכער אָן צו אַן אַנדער וואָלף אָדער טיטשקע וועלף. אַזוי רעדן די וועלף זיך איבער, געפֿינענדיק זיך אויף אַ ווײַטן מהלך איינער פֿונעם אַנדערן.

אויך אין ירושלים, אַ לענגערע צײַט נאָכן עולה זײַן האָט דובֿ־בער אָפֿט געזען בײַ נאַכט דעם זעלבן חלום: ער בלאָנדזשעט איבער אומבאַקאַנטע געסלעך פֿון אַן אַלטער שטאָט (מעגלעך ירושלים), אַ פֿאַרלוירענער, אַ הילפֿלאָזער; די פֿיס טראָגן אים, אָבער ער אַליין הייבט נישט אָן צו פֿאַרשטיין, ווּהין ער גייט. ער וואָלט אפֿשר גע־פֿרעגט די מענטשן, וואָס טרעפֿן זיך אים אויפֿן וועג, ווייסט ער נישט וואָס צו פֿרעגן, ווײַל דאָס וואָס ער זוכט, איז נישט קיין הויז, נישט קיין דירה; עס האָט נישט קיין אַדרעס און פֿאַרנעמט נישט קיין פֿיזיש אָרט אויף דער ערד... עס איז זײַן היים, וואָס ער האָט שוין פֿאַרלוירן און האָט נאָך נישט געפֿונען קיין אַנדערע... און ס'האָט זיך פֿון האַרצן געריסן דער זעלבער משונהדיקער געוואָי, אָבער די ספּאַזמע אין גאָרגל האָט אים דערשטיקט, ווי אַ שלאַנג איר קרבן. דובֿ־בער פֿלעגט זיך אויפֿכאַפּן און שוין אַזוי ליגן מיט אָפֿענע אויגן, זיך אײַנהערנדיק אינעם אָטעם פֿון זײַן פֿרוי, וואָס האָט אין אים אײַנגעשטילט און אײַנגעוויגט דעם אומרו...

און אָט איצט, שוין צום סוף פֿון זײַן שליחות אין מאָסקווע, האָט זיך אין אים ווידער אויפֿגעוועקט יענער געוואָי־געפֿיל, און ער האָט פּלוצעם פֿאַרשטאַנען, אַז די אויפֿגערודערטע בענקשאַפֿט נאָך זײַן ירושלימער היים, איז דאָך דער בעסטער סימן דערפֿון, אַז ער האָט אַזאַ היים אין זײַן נשמה געפֿונען. דער גאַנצער מאָסקווער אַרום איז אים מיטאַמאָל אָפּגעפֿרעמדט געוואָרן, אַנגעהויבן אויסזען, ווי אַ פֿאַרוועלקט צווײַגל, פֿאַרקוועטשט צווישן די זײַטלעך פֿון זײַן לעבנסבוך; אַ צווײַגל, וואָס האָט קוים פֿאַרהיט דעם ריח פֿון אַן אויסגעדאַמפֿטער צײַט.

און עס איז אויפֿגעקומען נאָך גאָר אַ פֿרישע דערמאָנונג, אויך פֿאַרבונדן מיט מאָסקווע, ריכטיקער, מיט די אָנגעשטרענגטע אויגוסט־טעג 1991, ווען עס איז געשען דער אַזוי גערופֿענער „פּוטש" – אַ גרופּע הויכראַנגיקע מלוכה־פֿירער, נישט מסכּים מיט גאָרבאַטשאָווס ממשלה, האָבן פֿאַרכאַפּט די מאַכט.

די זומער־וואַקאַציעס האָבן שוין דעמאָלט געהאַלטן בײַם אויסגיין, און די ייִדישע קינדער פֿון גאַנץ מאָלדאַוויע, וועלכע האָבן פֿאַרבראַכט דעם זומער אינעם לאַגער אין אַ וועלדל לעבן קעשענעוו, אָרגאַניזירט בשותּפֿות פֿון סוכנות און דער ייִדישער קולטור־געזעלשאַפֿט, האָבן זיך געגרייט צום פֿײַערלעכן סיום־קאַרנאַוואַל. אַרויסצוהעלפֿן זיי אין דעם, איז געשיקט געוואָרן פֿון ישׂראל אַ חבֿרה, מיטגלידער פֿון דער באַוועגונג „בני־עקיבֿא". נאָך פֿריִער איז אָנגעקומען קיין קעשענעוו אַ לערער פֿון עבֿרית, איינער מיטן נאָמען אַריה. אַ געוועזענער ווילנער ייִד בײַ זײַנע פֿערציקער. זײַן אויפֿגאַבע איז געווען צו לערנען די שפּראַך מיט דערוואַקסענע אין די פֿאַרנאַכטן, און בײַ טאָג, דרײַ מאָל אין דער וואָך – מיט די עלטערע קינדער אינעם זומער־לאַגער.

אַ קליינוווקסיקער און פֿולבלעכער, מיט אַ קאָפּ שיטערע האָר, האָט אַריה פֿון אָנהייב אָן קיין גרויסע סימפּאַטיע נישט בײַ דובֿ־בערן און אַנדערע מיטגלידער פֿון דער פֿאַרוואַלטונג נישט אַרויסגערופֿן. ער האָט גערעדט אַ גוטן רוסיש, אָפֿט אַרײַנגעבראָקט אַ ייִדיש וואָרט, אַ ווערטל, אָבער זיך שטרענג געהאַלטן בײַם אַלגעמיינעם כּלל פֿון זײַן סוכנות־נאַטשאַלסטווע – „רק עבֿרית!". וואָס שייך זײַן שליחות גופֿא, האָבן אַלע זײַנע תּלמידים געהאַלטן פֿון אים אַ וועלט, הגם שטילערהייט אָפּגעשפּאָט.

עס האָט זיך גיך אַרויסגעוויזן, אַז אַריה איז אַ פֿאַרפֿאַלענער פּלאַפּ־לער און דערצו נאָך אַ שוויצער אויך. זײַנע מעשׂיות זײַנען מערסטנס געווען פֿאַרמישט אויפֿן ישׂראל־חומר, נאָר געטראָגן אַ פּערזענלעכן כאַראַקטער. מעגלעך, אַז אין תּוך זײַנען אַ טייל פֿון זיי באמת געשען אין זײַן לעבן, אָבער אײַנגעפּאַקעוועט אין אַריהס פּלאַפּלערײַ מיט אַ שוויצעריש קרענצל פֿון אויבן, האָבן זיי שוין אויסגעזען צו שיין, מע זאָל אין זיי געווען גלייבן. דערצו האָט פֿון זיי געשלאָגן אַ מין פּראָ־פּאַגאַנדיסטישער מוסר־השׂכּל, וואָס פֿלעגט זיך אָנטרעפֿן פּונקט אויף אַ היפּאָכדיקער רעאַקציע, מחמת די סאָוועטישע ייִדן האָבן געהאַט אַ שאַרפֿע שמיעה אויף אַזעלכע מינים זאַכן, אויסגעאַרבעט אין גאַנג פֿון נישט איין דור.

צבֿי קאַלמאַן, זײַן אָרטיקער באָס, פֿלעגט אים נישט איין מאָל אַרײַנזאָגן אויף זייער מלוכישער שפּראַך. צי האָט ער עס געטאָן, אַז די אַנדערע מיטאַרבעטער אין זײַן ביוראָ זאָלן עס נישט פֿאַרשטיין, צי זײַן אָפֿיציעלער סטאַטוס האָט אים מתחייבֿ געווען, אָבער די פּאָר רוסיש־

אָפּשטאַמיקע ניט־נאָרמאַטיווע ווערטער, וואָס זײַנען אַפּנים אַרײַן אין עבֿרית און אין זײַנע דיבורים אויסגעשאָסן, האָבן געגעבן צו פֿאַרשטיין, וועגן וואָס עס גייט דאָ די רייד.

די שענסטע מעשׂיות אַריהס זײַנען געווען פֿאַרבונדן מיט זײַן דינען אין דער ישׂראל־אַרמיי. לויט זײַנע ווערטער, איז ער געווען אַ טאַנקיסט און געדינט אין דער טאַנק־דיוויזיע פֿון גענעראַל אַריאל שרון. איינע אַזאַ מעשׂה, וואָס דובֿ־בער האָט געהאַט דאָס גליק צו הערן, איז פֿאַרלאָפֿן מיט אַריהן און זײַן טאַנק בעת דער יום־כּיפּור־מלחמה. ער איז דעמאָלט געווען אין לאַנד בלויז קנאַפּע צוויי יאָר, אָבער צו פֿאַרשטיין די קאָמאַנדעס פֿון זײַן קאָמאַנדיר, האָט אים זײַן עבֿרית געסטײַעט. בעת די אַטאַקעס האָט זײַן טאַנק זיך אַרויסגעריסן אַזוי ווײַט אויפֿן שטח פֿון עגיפּטן, אַז ווען נישט דער סועץ־קאַנאַל, וואָלטן זיי זיכער אַרײַנגעפֿאָרן אין קאַיִר...

– שטייען מיר אַזוי כּמעט בײַם וואַסער און וואַרטן ביז די איבע־ריקע טאַנקען וועלן צוקומען, – דערציילט אַריה פֿאַרכאַפּטערהייט, – די זון ברענט, אינעם טאַנק קאָן מען אָפּגעקאָכט ווערן. זאָג איך צו אונדזער קאָמאַנדיר: לאָמיך אַרויסקריכן און זיך אַרומקוקן. אויב קיינער איז נישטאָ, וועט מען קענען כאָטש די פֿיס אײַנטונקען אינעם סועץ־קאַנאַל. אַ קלייניקייט! דער קאָמאַנדיר איז נישט געווען קעגן. קריך איך שוין אַרויס דורך דעם אונטערשטן ליוק. שטיל, נאָר די וואַסער פּליוסקעט אינעם ברעג און רייצט מיט איר פֿרישקייט. און פּלוצעם הער איך, ווי פֿון יענער זײַט ברעג שרײַט מען אויף רוסיש: „היי, אַבראַם, שיס ניט!“ – כ'האָב זיך נאָך מער אַרײַנגעקוועטשט אין זאַמד. כ'האָב געמיינט, אַז ס'איז צוליב דער מסוכּנער היץ, אַ זונענשלאַק... אָבער מע שרײַט פּאָרט אויף רוסיש: „אויב דו וועסט ניט שיסט, וועלן מיר אויך ניט שיסן...“ קריך איך שוין צוריק אַרײַן אינעם טאַנק און דערצייל אַלץ מײַן קאָמאַנדיר. פֿאַרבינדט ער זיך באַלד מיט אַריק שרון און גיט אים איבער מײַנע רייד. האָט אים אַריק באַפֿוילן, מיר זאָלן זיך תּיכּף־ומיד אומקערן צו אונדזערע פּאָזיציעס!

אַריה ווערט אַנטשוויגן און איידער אויסשיסן דעם סוף, גיט ער זיך געשמאַק אַ קראַץ דעם פֿעטן נאַקן.

– אַ שאָד, ווען נישט דעם גענעראַלס באַפֿעל, וואָלט אונדזער שטאָלענער פּאַנצער געוויס אַרײַנגעפֿאָרן אין קאַיִר!

– ווער זשע האָט מיט דיר גערעדט רוסיש? – הערט זיך אַ קול צווישן די צוהערער.

– דער רוח ווייסט אים... אָדער אַ רוסישער אינסטרוקטאָר, אָדער אַן אַראַבער, וואָס האָט זיך געלערנט אין רוסלאַנד... כ'האָב אים אָבער צום סוף אַ זאָג געטאָן אויף עבֿרית גבֿוה – לך קיבענימאַט!..

און אָט קומט פֿון מאָסקווע אָן די גוטע בשׂורה וועגן דעם איבער־קערעניש. די רעגירונג פֿון מאָלדאַוויע, צי פֿאַר שרעק, צי פֿאַר חוצפּה – דערקלערט איר אומאָפּהענגיקייט פֿון מאָסקווע. אינעם ביוראָ פֿון סוכנות טוט זיך אויף טיש און אויף בענק. וואָס איז? בײַ נאַכט האָט זיך צו די שליחים פֿון „בני־עקיבֿא" דערקלונגען זייער מדריך חנן, וואָס געפֿינט זיך אין מאָסקווע, און געהייסן זיי תּיכּף־ומיד זיך אומקערן קיין ישׂראל. האָבן זיי גאַנץ קאַיאָר פֿאַרלאָזט דעם קינדער־לאַגער און געקומען אין ביוראָ, מע זאָל זיי קויפֿן בילעטן אויפֿן עראָפּלאַן קיין מאָסקווע, מחמת חנן האָט אַזוי געהייסן. צו אַלע גליקן איז צבֿי קאַלמאַן אַוועקגעפֿאָרן מיט אַ טאָג פֿריִער אין שטעטל יעדינעץ, אויף צפֿון מאָלדאַוויע, און אין זײַן ביוראָ איז געבליבן נאָר די סעקרעטאַרשע. האָט זי באַלד אָנגעקלונגען צו קרופּניקן: זי ווייסט, נעבעך, נישט וואָס צו טאָן, איר באָס דאַרף זיך אומקערן ערשט פֿאַר נאַכט, און די „קאָמסאָמאָלצעס", ווי מ'האָט גערופֿן צווישן זיך די בני־עקיבֿניקעס, רײַסן פֿון איר שטיקער – חנן האָט געהייסן!

צו דער צײַט, וואָס דובֿ־בער איז געקומען אינעם סוכנות־ביוראָ, איז שוין דאָרט אויך געווען אַריה. דערהערט די גוטע בשׂורה פֿון מאָסקווע, איז אויף אים אָנגעפֿאַלן אַזאַ פּחד, אַז ער האָט געמוזט אים שטילן מיט אַ טראָפּן משקה. זעט אויס, אַז מיט איין טראָפּן איז זיך דאָ נישט באַגאַנגען, ווײַל די צונג האָט זיך אים געפּלאָנטערט:

– איך מוז די מינוט אַוועקפֿליִען קיין ישׂראל, – האָט ער זיך צוגע־טשעפּעט צו דער סעקרעטאַרשע, – אָט איז מײַן דרקון און קיינער האָט נישט קיין רעכט מיך דאָ פֿאַרהאַלטן!

– טאַקע, ווײַל דו ביסט אַ בירגער פֿון אַן אַנדער לאַנד, – האָט דובֿ־בער געפּרוווט אים צו באַרויִקן, – האָסטו נישט וואָס מורא צו האָבן...

– אמת, איך בין אַ ישׂראלי! – האָט שטאָלץ אויסגעשריִען אַריה, – און דאָרט האָב איך פֿאַר קיינעם נישט מורא... כ'בין אַ טאַנקיסט און אין מײַן שטאָלענעם פּאַנצער בין איך גרייט צו פֿאַרגיסן בלוט פֿאַר מײַן היימלאַנד... נאָר נישט דאָ... אָן מײַן פּאַנציר פֿיל איך זיך ווידער אַ גלות־ייִד... – און ער האָט זיך צעוויינט.

זיך אַוועקגעזעצט אויפֿן דיל אין מיטן ביוראָ, האָט ער געבליפּעט און געוואָיעט: „אַ־היים! הביתה!.."

די פֿינעף בני־עקיבֿניקעס זײַנען מיטאַמאָל אויך אַנשטילט געוואָרן. זיך אויסגעזעצט אויף די בענקלעך בײַ דער וואַנט און זיך צווישן זיך איבערגעשושקעט. אין האַרצן בײַ קרופּניקן האָט אויפֿגעזאָטן אַ כּעס: ס'איז קלאָר, אַז קיינער ווייסט נישט, וויאַזוי ס'וועט זיך די גאַנצע מאָסקווער זאַווערושקע אויסלאָזן. מאָסקווע איז טאַקע ווײַט, נאָר אַ האַנט האָט זי אַ לאַנגע. אויפֿגעבראַכט האָט אים אָבער אַן אַנדער זאַך, ווי האָבן די געזונטע בראַווע יאַטן, קומענדיקע סאָלדאַטן פֿון צה״ל, געקאָנט אַנטלויפֿן און לאָזן דעם לאַגער מיט קינדער אויף הפֿקר?!

צבֿי קאַלמאַן האָט זיך אומגעקערט פֿון זײַן יאַזדע נאָך מיטאָג. אַרײַנגערופֿן אַלע זײַנע שליחים צו זיך אין קאַבינעט, האָט ער קיין לאַנגע דיבורים מיט זיי נישט געפֿירט. אינעם זעלבן טאָג, פֿאַר נאַכט צו, איז די גאַנצע חבֿרה, בתוכם מיטן „טאַנקיסט" אַריה, אָפּגעשיקט געוואָרן מיט דער באַן קיין בוקאַרעשט, און פֿון דאָרט – אין תּל־אָבֿיבֿ מיטן עראָפּלאַן. אַ דירעקטער פֿלי פֿון קעשענעוו קיין תּל־אָבֿיבֿ איז דערמעגלעכט געוואָרן גאָר אין גיכן. נאָך אַ היפּש ביסל צײַט האָט צבֿי זיך נישט געקאָנט באַרויִקן: „פּחדנים!.. אַ שאָד, וואָס כ'בין שוין אין דעמיסיע..."

נאָכן באַזוכן טבֿיה טאַץ, האָט ער געבעטן דעם שאָפֿער ניקיטאַ סערגעיעוויטש אים צופֿירן ביזן אָרט, וואָס איז באַקאַנט מיטן נאָמען „טשיסטיִיע פּרודי" – ריינע סאַזשלקעס. עס געפֿינט זיך ממש נישט ווײַט פֿון דער ייִדישער רעדאַקציע, און דובֿ־בער פֿלעגט אַהער אָפֿטלעך פֿאַרקערעווען, איידער זיך אַראָפּלאָזן און אײַנגעשלונגען ווערן אין דער מעטראָ־סטאַנציע. עס האָט אים אַהער געצויגן, צו דעם שטילן שיינעם ווינקעלע, וואָס האָט אים מיטאַמאָל צוגעדעקט מיט אַ ווייכער דעק פֿון רו. דאָ פֿלעגט די טאָגיקע האַוועניש אים אָפּלאָזן, ווי עס לאָזט אָפּ אַ ספּאַזמע, אַ קראַמף... ווער קאָן עס דען דערקלערן, הלמאַי קומט אַזוי פֿאָר, אַז אין אַ פֿרעמדער שטאָט געפֿינט זיך פּלוצעם אַ מין מקום־מנוחה, וווּ די נשמה אָטחידהט; מעגלעך, זי קומט דאָ אין באַריר מיטן קאָסמאָס... אָדער מיט אַזאַ קאָנדענסירטער גײַסטיקער ענערגיע, היסטאָריש פֿאַרבונדן מיטן ייִדישן עבֿר אין מאָסקווע?..

די מאָסקווער ייִדן האָבן אָפֿיציעל באַקומען „פּראַוואָ זשיטעלסטוואָ", דאָס רעכט זיך צו באַזעצן דאָ, בעת דער ממשלה פֿון אַלעקסאַנדער דעם צווייטן, אין מיט־19טן יאָרהונדערט. זייער צאָל איז גיך געוואַקסן און, צוזאַמען מיט דעם איז בײַם המון געשטיגן די שׂינאה קעגן זיי.

די גרעסטע גזירה איז געקומען אין די אָנהייב 1890ער יאָרן, ווען נאָכן באַפֿעל פֿונעם מאָסקווער גענעראַל־גובערנאַטאָר פֿירשט סערגיי אַלעקסאַנדראָוויטש זײַנען פֿון דער שטאָט, אָן רעכט זיך אומצוקערן, אַרויסגעטריבן געוואָרן בײַ די צוואַנציק טויזנט ייִדן.

די סאָוועטישע מאַכט אין איר אָנהייב האָט פֿאַר ייִדן ברייט געעפֿנט די מאָסקווער טויערן, בפֿרט פֿאַר דער יוגנט, וואָס האָט זיך געלאָזט אין דער הויפּטשטאָט אַרײַן נאָך וויסן. ביז דער צווייטער וועלט־מלחמה, אונטער דער פֿאָן פֿון „ברידערלעכער פֿרײַנדשאַפֿט פֿון אַלע סאָוועטישע פֿעלקער", האָבן די מאָסקווער ייִדן זיך דערשלאָגן צו הויכע שטעלעס אין פֿאַרשיידענע תּחומים פֿון לעבן. די פֿוילע אידעאָלאָגישע שטיק האָבן פֿון זיי אויסגעפֿאָרמעוועט אַ באַזונדערן טיפּ „האָמאָ סאָוועטיקוס", אין וועלכן ס'האָט זיך געפּאָרט די אָרטאָדאָקסישע געטרײַשאַפֿט צו דער קאָמוניסטישער אידעע מיט אַ טאָפּלטער נאַציאָנאַלער לאָיאַליטעט. דאָס מיינט חלילה נישט, אַז די ייִדן אין סאָוועטן־פֿאַרבאַנד האָבן געפֿירט אַ לעבן, ענלעך צו די שפּאַנישע מאַראַנען. פּונקט ווי ס'וואָלט געווען נאַריש צו טראַכטן, אַז אַלע סאָוועטישע ייִדן זײַנען געווען קאָמוניסטן. דער פּאַראַדאָקס פֿון דעם ייִדישן „האָמאָ סאָוועטיקוס", ווי אַ מין פּאַראַלגעמיינערטע געשטאַלט, באַשטייט אין דעם, אַז בײַ זײַן כּמעט גאַנצן רעליגיעזן און נאַציאָנאַל־קולטורעלן עם־הארצות, האָט ער געטראָגן טיף אין זיך דאָס אײַנגעפֿרוירענע „פּינטעלע ייִד". ס'איז גענוג געווען עס זאָל געשען אַ שטאַרקער נאַציאָנאַלער אויפֿברויז, ווי דאָס דאָזיקע „פּינטעלע ייִד" האָט באַלד זיך אָנגעהויבן צעשמעלצן און זיך צעגיסן, און „פֿאַרסמען" דעם גאַנצן גוף.

אין גיכן נאָך דער מלחמה איז אַזאַ „אויפֿברויז" געשען נאָכן שאַפֿן מדינת־ישׂראל און דאָס אָנערקענען די ייִדישע מלוכישקייט מצד סטאַלינס רעגירונג. זי, די מלוכה, האָט זיך אָבער גיך באַרעכנט און די ווײַטערדיקע רדיפֿות האָבן זיך נישט געלאָזט לאַנג וואַרטן. אַן אַנדער אַזאַ „אויפֿברויז", נאָר שוין אויפֿן שטח פֿון ייִדישער קולטור, זײַנען געווען די אויפֿטרעטן אין מאָסקווע פֿון די אַמעריקאַנער שוועסטער בערי. די פּלאַטן מיט זייערע לידער, קאָפּירט אין סאָוועטן־פֿאַרבאַנד אויף אַן אומלעגאַלן אַמאַטאָרישן אופֿן, האָבן זיך פֿאַרשפּרייט איבערן גאַנצן לאַנד, פּונקט ווי שפּעטער – די פֿאַרווערטע „סאַמאיזדאַט"־ליטעראַטור. נאָך די שרעקלעכע אַנטיסעמיטישע קאַמפּאַניעס: די אַרעסטן און טויט־לעכע אורטיילן פֿון 1952, די אָבלאַוועס אויף די קאָסמאָפּאָליטן און

„מערדער אין ווײַסע כאַלאַטן“, – האָבן די פּאָפּולערע ייִדישע לידער, געזונגען פֿון די שוועסטער בערי, געעפֿנט אַ קליין פֿענצטערל אין דער פֿרײַער וועלט אַרײַן.

דווקא פֿון דער מאָסקווער ייִדישער עדה זײַנען אַרויס די ערשטע דיסידענטן און „רעפֿוזניקעס“; און מיטן דערשײַנען פֿונעם זשורנאַל „סאָוועטיש געזעמלאַנד“ – די ערשטע שפּראָצלינגען פֿון אַ נײַעם דור ייִדישע שרײַבערס.

מיט 100 יאָר שפּעטער נאָך דער גזירה פֿונעם מאָסקווער גענעראַל־גובערנאַטאָר, אין דער קאַלעמוטנער צײַט פֿון גאָרבאַטשאָווס „איבער־בויונג“ האָבן פֿון דעם מאָסקווער בלאָטיקן דנאָ אויף דער אויבערפֿלאַך פֿון דער געזעלשאַפֿט אַרויפֿגעשווומען כּל־מיני עקסטרעמיסטישע רו־סישע באַוועגונגען. די גײַסטיקע יורשים פֿון די קעשענעווער העלדן – פּאַוואָלאַקי קרושעוואַן און באַראָן פֿאָן־לעווענדאַל, – האָבן אַרײַנ־געשריבן נײַע קאַפּיטלען אין די פֿאַרשלעפּטע „פּראָטאָקאָלן פֿון זיקני־ציון“. איבער מאָסקווע זײַנען זיך צעקראָכן סכּנותדיקע קלאַנגען, אַז הײַנט מאָרגן וועט דאָרט אויסברעכן אַ פּאָגראָם...

גראָד אין יענע טעג קלינגט אויפֿן טעלעפֿאָן אָן צו דובֿ־בערן אַהיים יעפֿים בערלינסקי. זינט דעם פֿאַרענדיקן די ליטעראַטור־קורסן, האָבן זיי זיך געזען אפֿשר אַ פּאָר מאָל אין מאָסקווע. איין מאָל האָט אים יעפֿים פֿאַרבעטן צו גאַסט, ווו דובֿ־בער האָט זיך באַקענט מיט זײַן פֿרוי און דרײַ קינדער. ס'האָט זיך דובֿ־בערן פֿאַרגעדענקט, ווי יעפֿים, צורופֿנדיק צו זיך דעם מיזיניק, וואָס האָט נאָך געפּויזעט אויפֿן דיל, געזאָגט אויף ייִדיש:

– זעסט אָט דעם שמענדריק, ער איז געבוירן געוואָרן, אַ דאַנק דעם סאָוועטישן מאָלדאַווישן קלאַסיקער, – און יעפֿים האָט אָנגערופֿן דעם נאָמען פֿון דעם פּאָעט. – איך האָב גראָד דעמאָלט פֿאַרענדיקט איבערצוזעצן זײַנע געזאַמלטע פּאָעמעס אויף רוסיש. מיר זײַנען געזעסן בײַ אים אין דעם האָטעל־צימער, געמאַכט אַ גוטן לחיים, און פּלוצעם האָט זיך פֿון מיר אַרויסגעריסן: איר ווייסט, זאָג איך אים, מײַן פֿרוי איז ווידער פֿאַרגאַנגען אין טראָגן, אָבער דאָס דירהלע, וואָס מיר דינגען איצט, איז אַזוי קליין און מײַנע חובֿות זײַנען אַזוי גרויס, אַז האָבן נאָך אַ קינד דאַרף מען זײַן פֿריש, געזונט און משוגע... דערבײַ זיצט מיט אונדז אין איינעם זײַן פֿרוי, אַ בעסאַראַבער ייִדענע און הערט זיך צו. און איך זאָג אים: פֿון אײַך וואַרט זיך איצט, אָדער איר העלפֿט מיר צו

באַקומען אַ דירה, אָדער מײַן פֿרוי גייט זיך מאַכן אַן אַבאָרט!.. כ'וואָלט עס אַוודאי נישט געזאָגט, ווען איך ווייס נישט, אַז ער, ווי אַ דעפּוטאַט פֿון מאָלדאַוויע בײַם אויבערראַט פֿון סאָוועטן־פֿאַרבאַנד, אַ העלד פֿון סאָציאַליסטישער מי קאָן עס נישט דורכפֿירן. ער גיט אַ קוק אויף זײַן ווײַב, און זי גיט אַ קוק אויף אים, און ער רופֿט זיך אָן: „כ'וועל פּראָבירן טאָן, וואָס איך קאָן...״ איצט איז דיר קלאָר, פֿאַר וואָס דער שמענדריק קריכט דאָ אַרום אין אונדזער נײַער דירה...

ווי עס האָט זיך אַרויסגעוויזן, איז בערלינסקי געקומען קיין קעשענעוו צו זײַנע עלטערן בלויז אויף עטלעכע טעג. איצט האָט שוין מײַע, ווען דובֿ־בער האָט איר אַ שעפּטשע געטאָן, ווער עס קלינגט, אים שטיל צו וויסן געגעבן, ער זאָל בערלינסקין פֿאַרבעטן צו זיי אויף שבת. קיין שבת, ווי עס פֿירט זיך בײַ פֿרומע ייִדן, האָבן די קרופּניקס נישט געהאַלטן, אָבער אַ געשמאַקן שבתדיקן אָנבײַסן האָט מײַע שטענדיק געהאַט צו דערלאַנגען צום טיש.

קיין קעשענעוו איז בערלינסקי געקומען נישט בלויז זיך צו זען מיט זײַנע באַיאָרטע טאַטע־מאַמע, וואָס האָבן געוווינט צוזאַמען מיט זײַן שוועסטערס משפּחה, נאָר זיך אויך מיט אַלעמען געזעגענען. ער מיט זײַן גאַנץ הויזגעזינד פֿאָרן אַרויס קיין ישׂראל. דובֿ־בער האָט נישט געגלייבט זײַנע אויערן. אַז מאָטל טשאָרני איז עולה געווען, האָט זיך עס געלייגט אויפֿן שׂכל; ס'האָבן זיך אין מאָטלס קאָפּ בשלום אײַנגעלעבט די צוויי ייִדישע ראָמאַנטישע חלומות – סאָוועטישער בירָאָבידזשאַן מיטן ציוניסטישן ארץ־ישׂראל, ייִדיש און עבֿרית, די אַרבעט אין „סאָוועטיש געזעמלאַנד״ מיט זײַן טעטיקייט אין די אומלעגאַלע ציוניסטישע קרײַזן. בערלינסקי האָט ווײַטער געצויגן די חיונה פֿון זײַן איבערזעצערישער אַרבעט. זײַן לײַבלעכע שפּראַך איז געווען און געבליבן רוסיש. דערצו נאָך זײַן רוסישע פֿרוי...

זיי ביידע, דובֿ־בער און יעפֿים, זײַנען נאָכן „שבתדיקן קוגל״, ווי מע זינגט, געזעסן אינעם אייבערשטן צימער; דער גאַסט – אינעם פֿאָטעל, אָנגעלענט און אַנטשפּאַנט נאָך די עטלעכע „לחיימס״, און דער גאַסטגעבער – בײַם טיש, וואָס איז אויך געווען זײַן אַרבעטס־אָרט, מיט זײַן „בייבי־הערמעס״ אין מיטן. יעפֿים האָט גערייכערט, האַלטנדיק דאָס אַש־בעכערל אין דער צווייטער האַנט. ער האָט גערעדט, בײַם אָנהייב רויִק, אָבער די אויסערלעכע אײַנגעהאַלטנקייט האָט גיך געפּלאַצט, אַרויסגעשטויסן געוואָרן פֿונעם אינערלעכן עמאָציאָנעלן דראַנג.

– זיי האָבן זיך צעגאַרטלט, די אינטעליגענטע גזלנים! זיך פֿאַרבענקט נאָכן קייסערס צײַטן... כ׳געדענק עס פֿון מײַן סטודענטשאַפֿט, אינעם ליטעראַטור־אינסטיטוט, זייערע שטענדיק פֿאַרשניאַשקעטע צורות און ווילדע קוויטשערײַען, אַז די זשידעס באַלעבאַטעווען אין דער רוסישער ליטעראַטור; אַז זיי דערשטיקן דאָס ציכטיקע אויפֿריכטיקע קול, וואָס רײַסט זיך פֿון דער רוסישער נשמה... ס׳איז הײַנט פּשוט אַ סכּנה צו בלײַבן אין מאָסקווע... מײַן גויה רײַסט פֿון מיר שטיקער, מיר זאָלן אַנט־לויפֿן קיין ישׂראל... זי האָט מורא פֿאַר די קינדער!..

ער האָט זיך טיף פֿאַרצויגן פֿונעם סיגאַרעט און צוזאַמען מיטן רויך אַרויסגעבראַכט:

– מײַנע פֿרײַנד, די מאָלדאַווישע שרײַבערס, זײַנען אויך נישט צופֿרידן, אָבער זיי טענהן וועגן אַ רוסישער אָקופּאַציע...

– יאָ, זיי זײַנען גרייט זיך בעסער אַרונטערלייגן אונטער די רומע־נער... – האָט דובֿ־בער ביטער באַמערקט, – שוין כּמעט נישטאָ, ווער זאָל זיי דערמאָנען, ווי זיס האָבן די פּויערים געלעבט דאָ אונטערן רומענישן יאָך...

– אָבער די אָרטיקע ייִדן האָבן דאָך אויפֿגעלעבט... בראָנסקי האָט מיר דערציילט, אַז איר אַרבעט דאָ מעשׂים!

– יאָ, די נאַציאָנאַלן באַציִען זיך דערווײַל צו די אָרטיקע מינאָ־ריטעטן, בתוכם ייִדן, טאָלעראַנט, אַבי מע זאָל זיך נישט אַרײַנמישן אין זייערע געשעפֿטן... פֿון דעסטוועגן, ווער עס האָט וווהין אַוועקצופֿאָרן, פֿאַרלאָזט דעם קאַנט... די ייִדן טענהן, אַז איידער צו לערנען רומעניש, איז שוין בעסער עבֿרית...

– מײַן אַלטער טאַטע זאָגט, אַז די ייִדן איז גוט דאָרט, ווו מע הערט פֿון זיי נישט קיין וואָרט.

– ס׳איז דען דאָ אַזאַ אָרט? – האָט צוגעגעבן דובֿ־בער צום גראַם.

– אויף דער וועלט, מיין איך, איז נישטאָ...

בערלינסקי האָט מיט אַ געניט אויג אַ קוק געטאָן אויפֿן טיש.

– כ׳זע, דו זיצט נישט ליידיק. – זײַן בליק האָט זיך פֿאַרהאַלטן אויף דעם זאַמלבוך פֿון דאָקומענטן וועגן די פּאָגראָמען אין רוסלאַנד. ער האָט זיך אַזש אונטערגעהויבן: – זייער אַ זעלטענע אויסגאַבע...

דובֿ־בער האָט דערלאַנגט דאָס בוך זײַן גאַסט און צוגעגעבן:

– אַ מתּנה פֿון אורי ראַלניק, עליו־השלום, דו געדענקסט אים?

– ווען איז ער געשטאָרבן?

– פֿאַראַיאָרן... דריטע האַרץ־אַטאַק. אייגנטלעך, איז עס געווען זײַן אײַנפֿאַל, כ'זאָל אָנשרײַבן אַ גרעסערע זאַך וועגן דעם קעשענעווער פּאָגראָם...

בערלינסקי, שוין פֿאַרכאַפּט מיטן בוך, האָט געבלעטערט די פֿאַרגעלטע זײַטלעך, האַלטנדיק עס אויף די קני.

– זייער אינטערעסאַנטע דאָקומענטן... האָסטו נאָך עפּעס געפֿונען?

דובֿ־בער איז לעבעדיקער געוואָרן. בערלינסקי איז פֿאָרט געווען אַ דערפֿאַרענער שרײַבער, און דובֿ־בער, אין די טעג, ווען בערלינסקי פֿלעגט בלײַבן נעכטיקן אין זײַן צימער אויף דאָבראָליובאָוואַ, האָט נישט אויסגעמיטן די געלעגנהייט עפּעס איבערלייענען אים און אויסהערן זײַן מיינונג. ס'האָט אים נישט געאַרט, אַז בערלינסקי האַלט זיך צו מאָל גרויסלעך מיט אים, און נישט זעלטן, מאַכט טורעס פֿון די „כּתריאַלעווקער קלאַסיקער", ווי ער האָט בשתיקה גערופֿן די ייִדישע שרײַבערס. דעריבער, האָבנדיק איצט אַזאַ גאַסט, האָט דובֿ־בער זיך אָנגעכאַפּט אין דער געלעגנהייט צו דערציילן בערלינסקין וועגן זײַן אַרבעט.

– דו ווייסט, צו מאָל האָב איך אַן אײַנדרוק, אַז ס'איז נישט קיין געשיכטע, נאָר אונדזער ווירקלעכקייט. ס'האָט זיך נאָר געביטן דער אַנטוראַזש. די הויפּט־העלדן – מלוכה, המון און ייִדן – דער גורלדיקער היסטאָרישער דרײַעק, איז פֿאַרבליבן!..

– יאָ, זייער אַן אַקטועלע טעמע...

בערלינסקי האָט עס געזאָגט, מעגלעך, ווי אַ באַשטעטיקונג פֿון זײַנע אייגענע געדאַנקען, בשעתן איבערקוקן די פּאַפּירן פֿון דער דיקער פּאַפּקע, וואָס דובֿ־בער האָט אים דערלאַנגט. אַ רגע האָט ער זיך אָפּגעריסן דערפֿון און געזאָגט צו דובֿ־בערן:

– אַ גרויסע אַרבעט דורכגעמאַכט...

– יאָ... שיִער נישט יעדעס פּאַפּירל איז אָנגעקומען מיט גרינע ווערעם.

– איבערמאָרגן פֿאָר איך צוריק אַהיים, קאָנסטו מיר עס געבן אויף איין נאַכט?..

דובֿ־בער האָט נישט דערוואַרט אַזאַ פֿראַגע. עפּעס אָנגעהויבן שטאַמלען, אַז ביז אַהער איז אים נאָך נישט אויסגעקומען די פּאַפּירן אַרויסטראָגן פֿון שטוב... און פּלוצעם מסכּים געווען:

– נו, גוט... אָבער... כ'דאַרף עס דיר נישט זאָגן, פֿאַרשטייסט אַליין, אַז...

– כ'פֿאַרשטיי, נישט קיין קינד... עקסקלוזיוו, ווי מ'האָט ליב הײַנט צו זאָגן...

אין גיכן האָט זיך דער גאַסט געזעגנט און אויפֿן אַנדערן טאָג, ווי אָפּגערעדט, האָבן זיי זיך געטראָפֿן בײַ דער ייִדישער ביבליאָטעק אויף איציק מאַנגערס נאָמען, וואָס יעפֿים האָט געוואָלט זי באַזוכן. בערלינסקי האָט אומגעקערט דובֿ־בערן דאָס פּעקל און אויף מאָרגן איז ער אַוועקגעפֿאָרן מיט דער באַן קיין מאָסקווע. געטראָפֿן האָבן זיי זיך ווידער אין אַ יאָר אַרום, אין אַ פּריוואַטן אין „לייוויק־הויז".

אָבער אין צווישן די צוויי טרעפֿונגען איז אינעם קעשענעווער חודשלעכן זשורנאַל, וואָס גייט אַרויס אויף רוסיש, פֿאַרעפֿנטלעכט געוואָרן יעפֿים בערלינסקיס גרויסע עסיי וועגן דעם קעשענעווער פּאָגראָם 1903, אָנגעשריבן אויפֿן סמך פֿון די דאָקומענטן, וואָס קרופּניק האָט זיי פֿאַרטרויט דעם מחבר אויף איין נאַכט.

אין „לייוויק־הויז", ווען יעפֿים און דובֿ־בער זײַנען אַרויסגעגאַנגען אויף דער וועראַנדע אויסרייכערן אַ סיגאַרעט, האָט דובֿ־בער זיך נישט אײַנגעהאַלטן און געפֿרעגט:

– האָסט מיך זייער פֿאַרחידושט... ווי אַזוי האָסטו באַוויזן פֿאַר איין נאַכט איבערצושרײַבן דאָקומענטן, וואָס כ'האָב זיי געזוכט נישט איין יאָר...

בערלינסקי האָט באַלד פֿאַרשטאַנען וועגן וואָס עס גייט דאָ די רייד און, ווי זײַן שטייגער איז, זיך צעלאַכט און אַ זאָג געטאָן:

– ס'איז דאָך נישט מער ווי אַן עסיי, אַן אַנדער זאַך – דײַן ראָמאַן...

דעם היסטאָרישן ראָמאַן „ווען דער גולם האָט פֿאַרמאַכט די אויגן" האָט קרופּניק געשריבן נישט איין יאָר. ער איז דערשינען אין ישׂראל. די טאָג־טעגלעכע געשעענישן, וואָס די ייִדן פֿון דער געפֿאַלענער סאָוועטישער אימפּעריע האָבן איבערגעלעבט, האָבן זיך אַנטוויקלט גיכער, איידער מ'האָט עס דערוואַרט, און האָבן אויך דעם מחבר נישט געגעבן גענוג צײַט, כּדי רויִק צו באַטראַכטן און באַשרײַבן די ווײַטע טעג פֿונעם ייִדישן נעכטן; אָבער דאָס ווערטל זאָגט דאָך: אַז מע געווינט צײַט, געווינט מען אַ סך. אַ שרײַבער מוז עס גערענקען.

די אַרבעט אין ירושלים איבער דעם עלעקטראָנישן קאַטאַלאָג האָט דערמעגלעכט קרופּניקן זיך ווידער אײַנטונקען אין יענע ווײַטע געשעענישן פֿון קעשענעווער פּאָגראָם, אָבער איצט האָט ער זיי דערזען אינעם שפּיגל פֿון דער ייִדישער פּרעסע, וואָס פֿריִער האָט ער אַזאַ

מעגלעכקייט נישט געהאַט. אַ נײַעס אין דער צײַטונג, ווי באַוווּסט, האָט אַ קורץ לעבן, ווי אַ נאַכט־שמעטערלינג. פֿאַרענדיקט מיטן קעשענעווער פּאָגראָם 1903, איז באַלד צוגעקומען די אַלרוסישע שחיטה פֿון 1905. דערנאָך האָט די ייִדישע פּרעסע געקאָכט און געזאָטן מיט בייליס־פּראָצעס... שפּעטער ווערן די ידיעות נאָך גערדיכטער און פֿינצטערער ביז עס ברעכט אויס די „קרישטאָלנאַכט"... און פּלוצעם צווישן דעם וויסטן חושך פֿון מענטשלעכער נידערטרעכטיקייט, וואָס גיסט זיך איבער פֿון איין דור צו אַן אַנדער דור, פֿון איין תּקופֿה אין אַן אַנדער תּקופֿה, גיט אַ בליץ אַ נײַעס, אַ סענסאַציע, וואָס האַלט אָן אַ רגע – ביז זי ווערט געדעקט מיט אַ צווייטער סענסאַציע.

אַזאַ סענסאַציע האָט קרופּניק אַנטפּלעקט אין דעם ניו־יאָרקער „פֿאָרווערטס" פֿאַרן 14טן יולי 1934: „אַ שוועסטער פֿון דעם צורר־ישׂראל קרושעוואַן וווינט איצט אין באַלטימאָר. זי אַז די פֿרוי פֿון חיים באָרענשטיין און זי היט אָפּ ייִדישקייט, ווײַל זי האָט זיך מגייר געווען, ווען זי האָט מיט אים חתונה געהאַט גלײַך נאָך די פּאָגראָמען, און זיי זײַנען ביידע אַנטלאָפֿן קיין אַמעריקע."

פֿון אַן אַנדערן אַרטיקל דערוויסט זיך קרופּניק, אַז דער עלטערער זון פֿונעם צווייטן פּאָגראָם־אָרגאַניזאַטאָר, באַראָן פֿאָן־לעווענדאַל, געאָרגי פֿאָן־לעוועדאַל, איז געוואָרן אַ באַקאַנטער טעאַטער־קינסטלער. ער האָט זיך געלערנט אין פּעטערבורג בײַם ייִדישן קינסטלער שואל זיידענבערג, וואָס אויך מאַרק שאַגאַל איז געווען זײַן שילער. אין דער צײַט, ווען געאָרגי האָט געוווינט אין בוקאַרעשט, האָט ער אַ סך מיט־געאַרבעט מיטן ייִדישן פּאָעט און טעאַטער־רעזשיסאָר יעקבֿ שטיינבערג, וואָס האָט אַ צײַט אָנגעפֿירט מיט דער „ווילנער טרופּע"...

גיי גלייב, נאָך אַלעמען, דעם ווערטל, אַז אַן עפּלע פֿאַלט נישט ווײַט פֿונעם עפּלבוים. און אפֿשר באַשטעטיקן טאַקע די געציילטע אויסנאַמען דעם אמתן שׂכל פֿון דער פֿאָלקס־חכמה.

17

דאָס ערשטע יאָר נאָכן עולה זײַן איז קרופּניקן דער קאָפּ צום שאַפֿן נישט געלעגן; נישט נאָר צוליב די אַלגעמיינע טאָג־טעגלעכע זאָרגן מיטן גאַנצן פּעקל פּראָבלעמען, וואָס פֿאַלט אויף יעדן אימיגראַנט אין אַ פֿרעמד לאַנד; די אויסגעוואָרצלטקייט האָט אים געלאָזט אויף הפֿקר, זיך אָפּרופֿנדיק מיט ווייטיק, און געווייטיקט האָט, קודם־כּל, דער זכּרון. די דורכגעלעבטע דאָרט יאָרן, האָבן ווי שטיקער באָדן, זיך געקלעפּט צו די אָפּגעהאַקטע וואָרצלען־שטריק און זיך נאָכגעשלעפּט אין זײַן נײַעם היינט נאָך. זײַן בליק האָט זיך עקשנותדיק געטשעפּעט פֿאַר כּל־מיני קלייניקייטן, וואָס האָבן אין אים געקאָנט אויפֿוועקן אַ דערמאָנונג פֿון יענעם לעבן. עס האָט געקאָנט זײַן אַן אַלטער טויער אויף יפֿה־גאַס, וואָס איז ווי אָפּגעריסן געוואָרן פֿון זייער בעלצער שכנס פּלויט און געבראַכט אַהער, ווי אַ קאָנטראַבאַנדע; פּונקט די זעלבע גראָב־געטעסעוועטע ברעטער, צונויפֿגעקלאַפּט און פֿאַרפֿעסטיקט פּאָפּערעק מיט אַ שמאָלן אײַזערנעם פּאַס. אָדער אַ פֿאַרקלאַפּט פֿענצטער אויף קינג דזשאָרדזש־גאַס, וואָס אין אַ הייסן טאָג האָט זיך אים אויסגעדאַכט, אַז דורך דער שויב קוקט אַרויס און באַגלייט אים מיט זײַן קרענקלעכן בליק אַ קליין יִינגעלע. דאָס העלדזול איז אים געווען איבערגעבונדן מיט אַ קאָמפּרעס, פּונקט ווי בײַ יענעם יִינגעלע מיטן נאָמען בערעלע. אָבער נישט בלויז די אויגן פֿלעגן דוב־בערן אומקערן אין זײַן נעכטן, נאָר אויך די נאָז. זי פֿלעגט אים ציִען צו די ריחות, וואָס האָבן זיך געטראָגן פֿון שוק „מחנה יהודה‟, נישט לאָזן זיך זעצן אינעם אויטאָבוס, כּדי צו פֿאָרן קיין מבֿשׂרת־ציון; און ער האָט זי געפֿאָלגט, זײַן נאָז, און איז באַלד אַרײַנגעשלעפּט געוואָרן אין דעם קאַרנאַוואַל פֿון אַלע זײַנע חושים... זײַן

באָבע, זאָל זיך מיִען, פֿלעגט אים מיטנעמען אין מאַרק אַרײַן, ער זאָל זיך דאָרט אָננעמען מיטן „אמתן קאָך פֿון לעבן". פֿאַר וואָס פֿלעגט זי אַזוי זאָגן, האָט ער פֿאַרשטאַנען אַ סך שפּעטער. ער האָט דעם ענטפֿער געפֿונען אין די קנייטשן פֿון די פֿאַרגרעבט־פֿאַרברענטע פּנימער בײַ די פּויערים אין פֿאַרשיידענע לענדער, ווו ס'איז אים אויסגעקומען צו זײַן, און אויף די טישלעך, וואָס האָבן זיך געבראָכן פֿון כּל־טובֿ – די פּירות פֿון זייער האָרעוואַניע.

שוק „מחנה יהודה" – אַ געדעקטער פּרוזדור, אַ לאַנגער און גלײַכער, ווי דער שׂכל־הישר; ער פֿירט צו אַלע פֿיר עקן פֿון ארץ־ישׂראל, און קערט אום צוריק פֿון אירע רחבֿותן – פֿון די פּרדסים, סעדער, ווײַנגערטנער, פֿעלדער, סאַזשלקעס, בוטשאַנעס די נאַטור־עשירות צו די סוחרים בני־סוחרים שוין נישט איין דור ירושלמים; זיי פֿאַרמעסטן זיך מיט זייערע גאָרגלדיקע געשרייען איינער מיטן צווייטן, לויבן די סחורה, אַז דער אייבערשטער זאָל דערהערן, אָבער די ווערטער, אָנשטויסנדיק זיך אינעם דורכזיכטיקן פּלאַסטיק־דאַך, פֿאַלן אויף די קעפּ פֿון די קונים און מאַכן זיי מבֿולבל. די פֿאַרבן פֿון די כּלערליי געווירצן – ווער קאָן דען פֿאַרגעדענקען ווי זיי הייסן – קריכן אין די אויגן אַרײַן, און די נאָז ווערט פֿאַרשטאָפּט פֿון די משונהדיקע ריחות. דאָס מויל פֿאַרגיסט זיך מיט סלינע פֿון די געזײַערטע אָליווען און מאַסלינעס, וואָס באָדן זיך אין זייער ראָסל אָדער אין איילבערט־אייל. לאַנגע שנורן, מיט אָנגעסיליעטע אויף זיי טריקענע פֿײַגן, טייטלען, באָקסערן און אַפּריקאָסן הענגען אַראָפּ, צוגעטשעפּעט צו צוועק, ווי אָפּגעשניטענע מיידלשע צעפּ; נו, און די זעק און זעקעלעך, מיט פֿאַרקאַטשעטע ראַנדן, באַרימען זיך מיט ניס און ניסלעך, באַזונגען אין צענדליקער ייִדישע און העברעיִשע לידער. דער מיזרח שרײַט אַרויס פֿון די טישלעך, פֿאַרשטעלט מיט קלעצלעך באַלווע, וואָס אַפֿילו אַ וותיק, שוין אָפּגערעדט פֿון אַ גרינעם עולה־חדש, האָט זיך אים נאָך קיינמאָל נישט אײַנגעגעבן צו פֿאַרזוכן פֿון יעדן סאָרט, כאָטש אַ ברעקל. און וויפֿל נאַשערײַען און זיסוואַרג, צעלייגט אין די קעסטעלעך און אָנגעפּילט אין סלויעס צוקערן זיך דאָ אין דער צעגליטער לופֿט פֿון מענטשלעכער פּרעסערײַ...

שוק „מחנה יהודה" איז אויך אַ מין אַבסאָרבציע־צענטער. ערשט דאָ קאָכט דאָס לעבן פֿון עמך. דאָ שפּרודלט עס מיט נאַטירלעכע פֿאַרבן און געפֿילן. דאָ זעט מען די מאַפּע פֿון פּנימער, אָן צוימען און גרענעצן. דאָ קלינגט דער לעבעדיקער געמיש פֿון שפּראַכן, אַרײַנגעבראַכט פֿון

דער גאַנצער וועלט, אַזוי אַז קיין שום „המלון־החדש“ איז נישט מסוגל די ווערטער איינשליסן אין זיינע אַקאַדעמישע דלת־אַמותן.

אין דער זעלבער צייט איז דער לאַנגער פּרוזדור פֿון דעם ירושלימער שוק „מחנה יהודה“ צו שמאָל, מע זאָל זיך קאָנען דאָ פֿאַרלירן אָדער נישט אָנטרעפֿן אויף אַ באַקאַנט פּנים און זיך מאַכן כּלא־ידע. גשר צר מאוד...

דווקא אין דעם דאָזיקן פּרוזדור פֿון שוק „מחנה יהודה“ האָבן זיי זיך געטראָפֿן, די צוויי ייִדישע שרייבערס פֿון איין דור, דובֿ־בער קרופּניק און דער פּאָעט אַלכּסנדר סאַמאַרין. עס איז געווען אַזוי אומדערוואַרט – סיי די טרעפֿונג און סיי דאָס אָרט, – אַז נישט אויסנוצן עס ווי אַ תּירוץ צו מאַכן אַ לחיים, וואָלט געווען נישט ריכטיק.

– איך ווייס דאָ אַ פּרעכטיק ערטעלע, – די גרויע אויגן ביי סאַמאַרינען זיינען אַזש בלוי געוואָרן פֿאַר פֿרייד, – דער באַלעבאָס איז אַ גרוזינער ייִד, אַ ירושלמי שוין אין זיבעטן דור. ער מאַכט אַליין אַזאַ משקה, וואָס די סאַמעראָדנע גרוזינער טשאַטשאַ־מאַכער, האָט זיך עס נישט געחלומט...

מיט אַלכּסנדר אָדער פּשוט, סאַשע, האָט דובֿ־בער זיך געהאַט באַקענט מיט אַ יאָר פֿינף צוריק, בשעת יענער איז געקומען קיין קעשענעוו. פֿאַרבעטן האָט אים צו גאַסט משה לעבטער, פּונקט אין אַ צייט, ווען איבער גאַנץ מאָלדאַוויע „שפּילט אין די פֿעסער דער יונגער ווייַן“. צו דעם ברייטהאַרציקן פּאָעטישן פֿאַרברענג זאַלבע־צוויי איז אין אַ טאָג צוגעשטאַנען אויך קרופּניק. אַוודאי, האָט דובֿ־בער געהערט וועגן דעם אויסטערלישן רוסישן יונגן־מאַן, וואָס האָט אַליין אויסגעלערנט העברעיִש און ייִדיש און אָנגעהויבן לידלען דווקא אין ייִדיש.

אַז אַ ייִדישער בחור הייבט אָן שרייבן לידער אויף רוסיש, איז עס נישט קיין חידוש. דובֿ־בער אַליין האָט עס דורכגעמאַכט, הגם דאָס וואָרט „מאַמע“, וואָס אויך אין רוסיש קלינגט עס מיטן זעלבן קלאַנג, איז פֿון זיין מויל צום ערשטן מאָל אַרויס בפּירוש מיט אַ ייִדישן „קוועטש“. ווי קומט אָט דער „קוועטש“ צו אַ רוסישן בחור, אויפֿגעוואַקסן אויפֿן טייַך וואָלגאַ, דעם סימבאָל פֿון רוסלאַנד? די פֿראַגע האָט דובֿ־בער זיך נישט איין מאָל געשטעלט, בשעתן לייענען סאַמאַרינס פּאָעטישע קרענץ אין „סאָוועטיש געזעמלאַנד“. איין מאָל אויף דער לעקציע מיט ליסן האָט דובֿ־בער אים געפֿרעגט, וואָס מיינט ער וועגן דעם פּאָעט סאַמאַרין? ליס האָט אַ ווייַלע זיך פֿאַרטראַכט, געמאַכט אַן אָנשטעל, אַז ער באַמיט זיך

צו דערמאָנען דעם נאָמען, גלײַך ווי יעדן דינסטיק און דאָנערשטיק קומט אים אויס דרוקן ייִדישע לידער פֿון רוסישע יונגע־לײַט.

– יאָ, סאַמאַרין, אַ טאַלאַנטירטער יאַט... מע דאַרף אָבער פֿון דעם נישט מאַכן קיין סענסאַציע, ווי מ'האָט פֿון דעם געמאַכט אין אויסלאַנד...

– און ווײַטער שוין איבערגעהיפּעט אין אַ זײַט, – ייִדיש איז פּונקט אַזאַ שפּראַך, ווי אַלע אַנדערע שפּראַכן, איז פֿאַר וואָס זשע זאָל זי נישט אַרויסרופֿן קיין אינטערעס בײַ נישט ייִדן...

ס'וואָלטן די ווערטער פֿונעם הויפּט־רעדאַקטאָר געקלונגען נאַטיר־לעך, ווען זייער אמת וואָלט נישט געשטאַנען די אויגן. זעט אויס, אַז סאַמאַרינס אמת איז געלעגן אין זײַנע זוכענישן פֿון יושר, וואָס האָט נישט קיין נאַציאָנאַליטעט; דערפֿאַר האָט ער זיך אַזוי לײַבלעך איבערגענומען מיט „די אייביקע ייִדישע צרות". דוב־בער האָט די אויפֿריכטיקייט גלײַך דערפֿילט אין סאַמאַרינס לידער, ווי ער האָט עס געפֿילט בײַם לייענען יעווטושענקאָס „באַבי יאַר". ליס, ווי דער הויפּט־פֿאַרוואַלטער פֿון ייִדיש אין סאָוועטן־פֿאַרבאַנד, האָט, אַ פּנים, דערזען אין סאַמאַרינס ייִדישע לידער עפּעס אַנדערש, וואָס ער האָט עס פֿאַרדעקט מיטן וואָרט „סענסאַציע".

קרופּניקן האָט מיט סאַמאַרינען געפֿילט אַ געוויסע אייגנשאַפֿט; דוב־בער איז געקומען צו ייִדיש, ווײַל ייִדיש איז געווען זײַן נאַטירלעכער ראַסל, אין וועלכן ער האָט זיך געזײַערט נאָך אין זײַן מאַמעס טראַכט. פֿאַר סאַמאַרינען איז ייִדיש געוואָרן די שפּראַך, צו וועלכער ער איז צוגעפֿאַלן, ווי צו אַ קוואַל פֿון מענטשלעכע ליידן, וועלכע האָבן אָנגעפֿילט זײַן שאַפֿערישע נשמה. אײַנגעטונקען געוואָרן אין דער ייִדישער פּאָעזיע, האָט סאַמאַרין מיט אירע זאַפֿטן און ריחות גענערט זײַנע אייגענע לידער; באַגלײַך מיט די אָריגינעלע טענער און ריטמען הערן זיך אין זיי בולט די מאָטיוון פֿון זײַנע באַליבטע לערערס: שמואל האַלקין, שיקע דריז, מאָטל גרוביאַן, משה טייף, יוסף קעסלער...

סאַמאַרינס לידער זײַנען פֿול מיט ספֿקות, זיי קלינגען אויף דער שאַרף פֿון אַ קלינגל. ער, ווי אַ רוס, האָט נישט געליטן פֿון „ייִדישע קאָמפּלעקסן", ווײַל „די ייִדישע צרות" האָבן זיך אים נישט איבערגעגעבן בירושה. ער האָט די ייִדישע צרות אויף זיך אָנגעטאָן. בײַ אייניקע האָט עס אַרויסגערופֿן התפּעלות, און בײַ אַנדערע אַ חשד און אַפֿילו גרינגשעצונג, ווי ער וואָלט זיך נאָכגעקרימט אַ ייִדן. אַזוי האָט זיך עס תּמיד געפֿירט, בפֿרט אין רוסלאַנד, ווו דער פּאָעט איז געווען אַ העלד אין די אויגן פֿון עמך, און אַ קרבן – אין די הענט פֿון דער מאַכט. זײַנע ספֿקות

האָט סאַמאַרין געלאָשן מיט בראָנפֿן, הגם נישט ווייניק ייִדישע פֿאָעטן, זײַנע פֿאָרגייער און מיטצײַטלער, האָבן אויך אינעם פֿלעשל געזוכט סײַ באַגײַסטערונג און סײַ טרייסט. אויף סאַמאַרינען האָט מען עס געזען; זײַן שיכּרות האָט מען אים נישט געקאָנט מוחל זײַן. בפֿרט אין ישׂראל.

אין יענעם קעשענעווער באַזוך האָט סאַשע געבעטן דובֿ־בערן ער זאָל אים ווײַזן די ערטער, פֿאַרבונדן מיטן קעשענעווער פּאָגראָם. אין זײַן בקשה האָט בפֿירוש ניט געשטעקט קיין אייבערפֿלעכלעכער טוריסטישער נײַגער; ווי אַ פּראַוואָסלאַוונער קריסט, האָט ער דערמיט געהאַלטן פֿאַר נייטיק אויספֿירן זײַן חובֿ. דעם וועג איבער דער אַלטער שטאָט האָבן זיי געטיילט מיט אַ בשותּפֿותדיקן שמועס. דובֿ־בער האָט געבראַכט סאַשען צום הויז נומער 13 אויף אַזיאַטסקע־ליק, וואָס ס'האָט באַוווּסט געמאַכט אויף גאַנץ רוסלאַנד דער רוסישער שרײַבער קאָראָלענקאָ מיט זײַן פּובליציסטישן עסיי „הויז נומ' 13". ניין, דער שרײַבער האָט נישט באַשולדיקט די מאַכט, ווי עמיל זאָלאַ האָט עס געטאָן אין זײַן פּאַמפֿלעט **J'accuse**; ער האָט פּרטימדיק באַשריבן די חיישע ווילדקייט פֿונעם שיכּורן המון, וואָס האָט פֿאַר די אויגן פֿון צוויי פּאָליציאַנטן זיך איזדיעקעוועט איבער אַכט ייִדישע פֿאַמיליעס, אַן ערך 45 דערוואַקסענע מענטשן מיט קינדער, אײַנוווינער פֿון דעם הויז. פֿינף פֿון זיי האָבן די מערדער דערהרגעט אויף אַן אַכזריותדיקן אופֿן.

– פֿאַר וואָס זײַנען די ייִדן אַלע מאָל געווען דער שׂעיר־לעזאָזל? – האָט סאַשע פֿאַרהאַלטן דעם גאַנג, גלײַך ווי דווקא דאָ, אויפֿן אָרט, ווו די ווענט פֿון די קליינווינקיקע אַלטע ליימענע שטיבלעך, אײַנגעוואַקסן אין באָדן, געדעקט מיט פֿאַרשׂרפֿטן שינדל, און פֿאַרגרינט פֿון מאָך, וואָלטן געטראָגן אין זיך דעם גורלדיקן ענטפֿער. נישט דערהערט אים, האָט ער זיך אַליין געפֿרעגט ווײַטער: – דערפֿאַר, ווײַל מ'איז זיי מקנא געווען, האָט מען זיי באַזונדערס שטאַרק געהאַסט? איך מיין, ווײַל אַזוי איז געווען באַקוועם צו פֿלאַנצן די קעגנזײַטיקע שׂינאה אינעם המון און דערמיט אָפּצוווענדן זייער אויפֿמערק פֿונעם עכטן צוועק: קאַמף פֿאַר זייערע מענטשלעכע רעכט... נישט רוסישע, מאָלדאַוואַנישע אָדער ייִדישע רעכט, נאָר פֿאַר מענטשלעכע רעכט...

דובֿ־בער האָט זיך צוגעהערט צו זײַנע רייד, אָבער זיך מער אײַנ־געהערט האָט ער אין סאַמאַרינס ייִדיש – אַ פֿיליגראַן־אויסגעטאָקטן, ווי ער וואָלט יעדן אות קאַליגראַפֿיש אַרײַנגעשריבן אין אַ פּירקאַנטיק פֿענצטערל. אַזאַ סטערילע שפּראַך־אויסגעהאַלטנקייט האָט אַ ביסל

געגרילצט אין אויער. בעת דער סעודה בײַ משה לעבטערן, איז אַוודאי נישט אויסגעמיטן געוואָרן די פֿראַגע פֿון סאַמאַרינס קומען צו ייִדיש. די פֿראַגע איז זיכער געלעגן בײַ יעדן אויף דער צונג, מיט וועמען ער זאָל נישט געווען קומען אין באַריר. סאַשען האָט עס נישט געקימערט און נישט געמאַכט אים צעמישט; ער האָט זי דערוואַרט צו הערן און שוין דאָס וויפֿלטע מאָל אויף איר ענטפֿערן. נאָך מער, ס'האָט אויסגעזען, אַז אים געפֿעלט גראָד וועגן דעם צו רעדן.

– מײַן ייִדיש האָט זיך בײַ מיר גענומען פֿון דער לופֿטן... שטעלט זיך פֿאָר, חבֿרים, אין דער רוסישער שטאָט קוױבישעוו איז געווען אַ שיל, און דער שמש פֿון דער שיל איז געווען אַ ייִד פֿון אַ גאַנץ יאָר מיטן נאָמען ר' דוד, עוליו־השלום. כ'בין געקומען צו אים, ער זאָל מיך לערנען לשון־קודש, אָבער זײַן פֿרוי און אַלע זייערע שכנים האָבן גערעדט צווישן זיך ייִדיש, מעגלעך, אַז דאָס מאָדנע שייגעצל זאָל זיי נישט פֿאַרשטיין. דערפֿאַר זאָג איך, אַז ייִדיש האָב איך געכאַפּט פֿון לופֿטן...

ער האָט אויפֿגעהויבן זײַן גלאָז ווײַן און פֿאַרגעלייגט צו דערמאָנען מיט אַ גוט וואָרט זײַן ערשטן מלמד, דוד איסאַקאָוויטש לאָקשין.

– דאָ וועל איך אַ ביסל איבערהיפּען און אָנרופֿן צוויי אַנדערע מײַנע וועגווײַזער אין ייִדיש – די זינגערין נחמה דימשיץ און איר אויף לאַנגע יאָר, דעם פּאָעט מאָטל גרוביאַן. זיי האָבן מיך דערמונטערט און דערוואַרעמט... זיי האָבן אין מיר פֿאַרפֿלאַנצט דעם גלויבן, אַז אויך אַ רוס קאָן ווערן אַ ייִדישער פּאָעט!

די לחיימס, געמישט מיט לידער פֿון בײדע פּאָעטן, האָבן זיך געהויבן ביז שפּעט אין דער נאַכט, ביז משהס פֿרוי האָט נישט געמאַכט צו דעם אַ סוף און אָפּגעשיקט דובֿ־בערן אויף אַ טאַקסי אַהיים. אויפֿן אַנדערן טאָג האָט דובֿ־בער זיך געטראָפֿן מיט סאַשען צו ווײַזן אים די היסטאָרישע ייִדישע ערטער פֿון קעשענעוו. ס'איז גראָד געווען אַ וואַרעמער אָסען־טאָג, אַ זונטיק. אין דער צײַט ווערט די שטאָט פֿאַרוואַנדלט אין אַ גרויסן יריד, ווו כּמעט אויף יעדן ראָג קאָן מען אָנטרעפֿן אויף אַ באַרג קאַווענעס אָדער קעפּלעך קרויט, גרויסע געפֿלאָכטענע קוישן מיט זיסע פּעפּערס, פּאַטלעזשאַנעס, עפּל און פֿלוימען; אונטער אימפּראָוויזירטע געצעלטן שטייען טישלעך מיט געבעקס, און אויף די אײַזערנע גראַטאַרן פּרעגלען זיך און שקוואָרטשען אין אייגענעם פֿעטס די געשמאַקע וורשטלעך־מיטיטיי, און דער רייצנדיקער געמיש פֿון ריחות טראָגט זיך איבער דער שטאָט...

סאַשעס פּנים האָט געשײַנט. פֿון דער מרה־שחורה מיט אַ ווײַלע צוריק איז קיין סימן נישט געבליבן.

– באמת, ווי אין קאָמוניסטישן פּסוק שטייט, – האָט סאַמאַרין עס אָפּגעשאַצט אויף זײַן אופֿן: – און דאָס דאַרף ווערט זיך צונויפֿגיסן מיט דער שטאָט!

זיי האָבן זיך אויפֿגעהויבן מיט דער בערגלדיקער בענדערסקע־גאַס אַרויף צו דער צענטראַלער לענין־גאַס, און פֿאַרקערעוועט צום ריזיקן, גרויען בנין, מיט מאַסיווע טרעפּ צו די ברייטע, דעמבענע אַרײַנגאַנג־טירן.

– דאָס איז דער בנין פֿון דער מאָלדאַווישער וויסנשאַפֿטלעכער אַקאַדעמיע, – האָט דובֿ־בער דערקלערט, – מיט אירע מאָנומענטאַלע אַמפּיר־פֿאָרמען פֿאַרשטעלט זי אַן אַנדער היסטאָרישן אַרכיטעקטור־אָביעקט, דעם טשופֿלינער קלויסטער.

קרופּניק האָט דערציילט: די געהיים־אַגענטן פֿון באַראָן פֿאָן־לע־וועגדאַל זײַנען זיך צעקראָכן איבער דער שטאָט און שכנישע מאַהאָלעס, ווי בייזע טאַראַקאַנען. באַזונדערס, ערבֿ דעם הייליקן יום־טובֿ פּאַסכאַ. אין די טראַקטירן האָבן זיי זיך געשושקעט בײַ די טישלעך, געלייענט זייערע אונטערהעצערישע פֿלוגבלעטלעך, וואָס האָבן פּראָסט און פּשוט גערופֿן אַרויסגיין אויף די גאַסן און „לכּבֿוד דעם אויסלייזער, לכּבֿוד דעם צאַר רוסישן אויסשרײַען: 'שלאָגט די פּאָדלע זשידעס, אויסוואָרפֿן און בלוטצאַפּערס!'"

סאַשע און דובֿ־בער זײַנען געשטאַנען אַ צען מעטער אַנטקעגן דעם אַרײַנגאַנג אין קלויסטער, שיִער נישט דעם איינציקן פֿונקציאָנירנדיקן פּראַוואָסלאַווער קלויסטער אין שטאָט. צוויי הויכע טירן זײַנען געווען אָפֿן און איינצלנע מענטשן האָבן זיך שטיל באַוועגט איןביידע ריכטונגען. דובֿ־בער האָט דערציילט ווײַטער:

– אָט דאָ, וווּ מיר שטייען איצט איז געווען אַ ברייטער פּלאַץ, וווּ איינער אַ ייִד האָט געהאַט אַ קאַרוסעל. האָבן פֿאָן־לעוועגדאַלס אַגענטן פֿאַרשפּרייט אַ קלאַנג, אַז דער באַלעבאָס פֿון דער קאַרוסעל האָט אויפֿגעהויבן די האַנט אויף אַ פּראַוואָסלאַווער פֿרוי, אַ מוטער מיט אַ קליין קינד אויף די הענט. ער האָט זי כּלומרשט אַזוי אַ שטופּ געטאָן, אַז דאָס קינד איז איר אַרויסגעפֿאַלן פֿון די הענט און געבליבן ליגן אויף דער שטיינערנער ברוק אַ פֿאַרבלוטיקטס... דאָס דאָזיקע בילבול איז אַפֿילו דערגאַנגען צום גובערנאַטאָר, וואָס האָט אַרויסגערופֿן דעם פּאָליצמײַסטער, איינער אַ כאַנזשענקאָוו. יענער האָט דעם גובערנאַטאָר

באַלד פֿאַרזיכערט און באַרויִקט, אַז נאָך לויט דעם פּאַראַיאַריקן באַפֿעל פֿון פּעטערבורג, „ווערן אויף אַלע קריסטלעכע חגאָות די אַמוזיר־ערטער פֿאַרמאַכט."

סאַמאַרין, ווידער איַינגעטונקען אין טרויער, האָט זיך אויסגעגליַיכט, זיך איבערגעצלמט דריַי מאָל און זיך געלאָזט צו די אָפֿענע טירן, אַראָפּגעלאָזט דעם קאָפּ...

פֿינף יאָר איז אַדורך. דאָס לעבנס־רעדל האָט זיך אַ דריי געטאָן און זיי ביידע געבראַכט קיין ישׂראל. פֿון מרדכי זשעטלמאַנען האָט דובֿ־בער געהערט, אַז סאַמאַרין מיט זײַן יִדישער פֿרוי און זון האָט זיך באַזעצט אין ירושלים אין דער נײַער געגנט מעלה־אַדומים. פֿון צײַט צו צײַט פֿאַרבעט ער אים אויפֿצוטרעטן אינעם ייִדיש־קלוב. זיי זײַנען געזעסן בײַ איינעם פֿון די דרײַ טישלעך, דובֿ־בער און סאַשע, אַרויסגעשטעלט גלײַך אויפֿן טראָטואַר, אין מיטן דעם מאַרק־רעש. דער מענטשלעכער שטראָם האָט זיך געטראָגן לעבן זיי, אָבער נישט פֿאַרטשעפּעט, ווי זיי וואָלטן בכלל דאָ נישט געווען. אויפֿן קײַלעכדיקן טיש זײַנען געשטאַנען עטלעכע טעלערלעך מיט כּל־מיני פֿאַרבײַסעכצן – כומוס און טחינה, געזײַערטע גרינסן, שטיקלעך פּיתה, גרינע אָליוועקעס, אָבער דער עיקר – די גרוזינישע טשאַטשאַ־משקה אין אַ קעראַמישער כּלי, וואָס סאַשע האָט שוין געהאַלטן בײַם צעגיסן אין קליינע גלעזלעך. די האַנט האָט אים עטוואָס געציטערט, נאָר ס'האָט אים נישט געשטערט.

פֿון דער נישע אין דער וואַנט, ווו הינטער זײַן סטויקע איז געשטאַנען דער באַלעבאָס, אַ שוואַרץ־חנעוודיקער פּאַרשוין מיט אַ קוטשעראַווע קאָפּ, פֿאַרדעקט מיט אַ בלויער יאַרמלקע, האָט זיך דערהערט:

– הכּל בסדר, סאַשאַ?

– מצוין, דודו! – האָט סאַשע צוריקגעשריגן, און ווײַטער שוין גערעדט צו דובֿ־בערן: – ס'האָט מיך מיט דודן באַקענט מיכאל בן־אַבֿרהם פֿון „קול־ישׂראל". ער קען אַלע גוטע ערטעלעך אין ירושלים, ווו מע קאָן געשמאַק פֿאַרברענגען מיט אַ לחיים. כ'האָב אים איין מאָל פֿאָרגעלייגט צו מאַכן אַ פּראָגראַם אויף דער ייִדישע אווידיציע, וואָס זאָל טאַקע אַזוי הייסן, „געשמאַקע ווינקעלעך אין ירושלים"...

סאַמאַרין איז געקומען קיין ישׂראל מיט צוויי יאָר פֿריִער. זײַן שטיק אימיגראַנטישן וועג האָט ער שוין געהאַט דורכגעמאַכט, און דובֿ־בער האָט וועגן דעם אויך געהערט פֿאַרשיידנס. אַוודאי, דאָס קענען פֿרײַ עבֿרית און נישט נאָר בעל־פּה, נאָר אויך אָנגעלייענט מיט

העברעיִשע מקורות און ליטעראַטור, האָט אים אַרויסגעהאָלפֿן, אָבער אויך געשטערט; אַרײַנפֿאַלנדיק אינעם טאָג־טעגלעכן עם־האָרצישן קאָכקעסל פֿון דער ישׂראלדיקער ווירקלעכקייט, האָט סאַמאַרין נישט תּמיד געקאָנט זיך אײַנהאַלטן און נישט אָפּענטפֿערן.

– אַז איך וויל בלײַבן אַליין מיט מײַנע אייגענע געדאַנקען, – האָט סאַשע גערעדט, שוין דערוואַרעמט מיט דער גרוזינישער משקה, – גיי איך אַהער. כ׳זוך נישט קיין שטיל ווינקעלע, ווי אַנדערע. פֿאַרקערט, אָט די מאַרק־האַוועניש באַרויִקט מיך. כ׳פֿיל זיך אַ לעבעדיקער צווישן לעבעדיקע...

אין „לייוויק־הויז״ האָט מען סאַמאַרינען אויפֿגענומען מיט אַ ברייטן ברוך־הבא; ער איז אויך געווען אַ נאַשבראַט אין דער ייִדישער אוידיציע אויף „קול־ישׂראל״. ער האָט אַלעמען פֿאַרחידושט מיט זײַן ברייטן וויסן, און אין דער זעלבער צײַט, איז ער סײַ דאָ און סײַ דאָרט געבליבן אַ פֿרעמדער. שוין אָפּגערעדט פֿון תּכלית, פֿון פּרנסה. איז ער אַוועק אויף דער רוסיש־רעדנדיקער גאַס, געשריבן פֿאַר די רוסישע צײַטונגען, וואָס האָבן אין ישׂראל זיך דעמאָלט געפּלאָדיעט, ווי האָזלעך. זיי האָבן כאָטש געצאָלט מער אָדער ווייניקער.

– דו ביסט נאָך דאָ גאָר אַ גרינער, – האָט ער הויך גערעדט, ווי געוואָלט זיך אַליין אין עפּעס איבערצײַגן, – כ׳דאַרף דיר אָבער זאָגן, אַז נאָך אַלעמען, קאָן מען דאָ לעבן! דאָרט זײַנען געווען גוטע און שלעכטע מענטשן, און דאָ – דאָס זעלבע! דאָרט האָט די מאַכט אָנגעבלאָזן די באַקן, און דאָ טוען די מלוכה־טשינאָווניקעס דאָס זעלבע, נאָר אויף אַ דעמאָקראַטישן אופֿן! פּוסטע גאווה איז דאָרט געווען גענוג, און דאָ פֿעלט זי אויך נישט אויס... – און פּלוצעם שוין גאָר שטיל, ווי געוואָלט אין דעם פּילפּאַרביקן מאַרק־הו־האַ אויסבאַהאַלטן אַ האַרצרײַסנדיקן געשריי, האָט סאַשע אָנגעהויבן שעפּטשען:

מײַן סליעד אין יענעם לאַנד
פֿאַרשאָטן איז מיט שנייען,
מײַן סליעד אין נײַעם לאַנד –
נישט קענטיק אויפֿן שטיין.
מײַן וואָרט אין נײַעם לאַנד
נאָך קאָרטשעט זיך אין ווייען,
מײַן וואָרט אין יענעם לאַנד

שוין קנאַפּ ווער קאָן פֿאַרשטיין.
צעבראָכן איז מײַן דודע.
אין מיטן דעם געזאַנג
ס'האָט אָטעם מיר פֿאַרפֿעלט
און כ'גיי אַרויס פֿאַר טאָג
אין מידבר פֿון יהודה
צו שווײַגן אויג אויף אויג
מיט גאָר דער גאַנצער וועלט.

18

די „געהיימע אַסיפֿה״ אין „בית ראשוני־פּועלי־ציון״ אויף ברענער 14 אין תּל־אָבֿיבֿ האָט צונויפֿגערופֿן דני גולני...

אינעם הויז האָט זיך געפֿונען אַ גרויסע ביבליאָטעק, וואָס ס'רובֿ אַלטע ביכער זײַנען געווען אויף ייִדיש, און דער „י. ל. פּרץ־פֿאַרלאַג״, ווו עס זײַנען דערשינען ביכער פֿון הײַנטיקע ייִדישע שרײַבערס. סײַ דאָס הויז פֿון די פּועלי־ציוניסטן און סײַ דאָס הויז פֿון די בונדיסטן אויף קאַלישער־גאַס, 48 האָבן אונטער זייער דאַך פֿאַראייניקט מיטגלידער פֿון פֿעסטע אידעאָלאָגישע פּרינציפּן, ווו ייִדיש האָט לכתּחילה פֿאַרנומען אַ וויכטיק און ממשותדיק אָרט. מיט דער צײַט זײַנען ביידע באַוועגונגען, געבוירן אין גלות, פֿאַרוואַנדלט געוואָרן אין מאַרגינאַלע אָרגאַניזאַציעס, אירע מיטגלידער, אַמאָל פֿאַרביסענע שונאים, האָבן זיך צעשמאָלצן אינעם ישׂראלדיקן מדינה־שמעלצטאָפּ, געוואָרן אַלט און קראַנק, און דאָס פֿאַרבליבענע ביסל נחת, וואָס ס'האָט זיי דערמאָנט זייער שטורמישע יוגנט, איז געבליבן ייִדיש.

און אויב אינעם הויז אויף קאַלישער־גאַס פֿלעגט נאָך פֿאָרקומען אַ ייִדישע אונטערנעמונג, איז דאָס הויז פֿון די פּועלי־ציוניסטן, וואָס האָט אויך פֿאַרמאָגט אַ גראַמען זאַל פֿאַר אַ היפּשן עולם, געשטאַנען פּוסט און פֿינצטער. די שורות בענקלעך האָבן שוין לאַנג קיין וואַרעם מענטשלעך געזעס אויף זיך ניט געטראָגן. דער לעבעדיקער הײַנט האָט געוואָרגן דעם נעכטן פֿון די געציילטע ייִדישע אינסטיטוציעס, וואָס זייער פֿאַרעלטערטע און אומבאַהאָלפֿענע פֿאַרוואַלטונג האָט שוין קוים געזשיפּעט, נאָר איבערצוגעבן די לייצעס אין די ייִנגערע הענט ניט געוואַגט.

זעט אויס, אַז דער מצבֿ אין „בית ראשוני־פּועלי־ציון" איז פֿאַר־לאָזט געוואָרן אַזוי ווײַט (אָדער דער פּערספּעקטיוועך קוק פֿון די פּועלי־ציוניסטן האָט זיך אַרויסגעוויזן מער ווײַטזיכטיקער), אַז מ'האָט באַשלאָסן צו נעמען אויף אַרבעט דעם ייִדישן שרײַבער און נעבטיקן עולה־חדש ראָמאַן באַרנבוים. אים איז בפּירוש פֿאַרטרויט געוואָרן „אויפֿצולעבן דאָס הויז" און „אַקטיוויזירן די טעטיקייט".

ראָמאַן באַרנבוים איז געווען קרופּניקס בן־עיר, אַן אויסגעהאָ־דעוועטער אויף דער בעסאַראַבער מאַמעליגע, טערפּקע גלאָז ווײַן און „טאַטע־מאַמע" ייִדיש. זײַנע ערשטע שרײַבערישע פּרוּוון האָט ראָמאַן אויך אָפּגעדרוקט אין „סאָוועטיש געזעמלאַנד", מיט זײַן אַרטיסטיש בילד פֿון אַ ראָמאַנטישן ליבע־העלד אויבנאָן. זײַן נטיה צו טעאַטער האָט אים געבראַכט צום שאַפֿן ווערק פֿאַר דער בינע. צו דער צײַט, וואָס דובֿ־בער האָט זיך מיט ראָמאַנען באַקענט, האָט יענער געשאַפֿן און אָנגעפֿירט אין בעלץ מיט אַן אַמאַטאָרישן ייִדישן טעאַטער. קרופּניק איז דעמאָלט געקומען אין זײַן היים־שטאָט, ווי דער פֿאָרזיצער פֿון דער רעפּובליקאַנער ייִדישער קולטור־געזעלשאַפֿט, זיך טרעפֿן מיט די אָרטיקע אַקטיוויסטן, אין שפּיץ מיט באַרנבוימען. נאָך דער טרעפֿונג איז פֿאָרגעקומען די פּרעמיערע פֿונעם טעאַטער, אַ סאָוועטישער סאַטירישער פּיעסע, וואָס ראָמאַן האָט באַאַרבעט און איבערגעזעצט אויף ייִדיש, צוגעבנדיק איר אַ ייִדישן טעם.

צו יענער צײַט איז באַרנבוים אַרײַנגעפֿאַלן אינעם ווירבל פֿון פּראָ־פֿעסאָר גערשוניס אַקטיווער טעטיקייט אין סאָוועטן־פֿאַרבאַנד אין די סוף 1980ער אָנהייב 1990ער יאָרן, וואָס האָט רעקרוטירט יונגע קאַדרען פֿאַר זײַן ייִדיש־קאַטעדרע אין בר אילן־אוניווערסיטעט. זיך אָפּגעלערנט דאָרט עטלעכע יאָר, האָט באַרנבוים אויף דעם אַקאַדעמישן פֿעלד פֿון ייִדיש קיין זוימען ניט פֿאַרזייט; דערפֿאַר אָבער איז זײַן שרײַבערישע גרעטעניש געוואַקסן בשפֿע אין אַלע זשאַנערס – פּאָעזיע, פּראָזע, דראַמאַטורגיע. ווי פֿלעגט מען אָבער זאָגן אויפֿן בעסאַראַבער ייִדיש: „אַז מע לעבט פֿון דער פּישקע, איז ליידיק די קישקע". באַרנבוימס ייִדישע שרײַבערישע „פּישקע" האָט, נעבעך, קיין קלאַנג פֿון אַ שקל ניט געהערט.

דאָס באַקומען דעם „תּפֿקיד" אין בית ראשוני־פּועלי־ציון איז געווען אַ האַלבע מיצווה. איצט, אַ דאַנק באַרנבוימס ברייטהאַרציקן „ברוך־הבא", איז דערמעגלעכט געוואָרן, אַז דני גולני זאָל צונויפֿנעמען זײַן „געהיימע אַסיפֿה" גראָד אויף ברענער, 14.

אין „לייוויק־הויז", צווישן די אַלטע שטאַמגעסט האָט דני געקראָגן דעם שם פֿון אַ מעגאַלאָמאַן. ער האָט געשריבן מאָדערניסטישע לידער, הגם געהאַט אַ מוזיקאַלישע דערציִונג און געשאַפֿן מוזיק אויך אין אַן אַוואַנגאַרד־שליסל. דובֿ־בער האָט זיך מיט אים באַקענט אין איינעם פֿון זײַנע באַזוכן אין ישׂראל, נאָך פֿאַר דער עליה. אַ געבוירענער אין אַרגענטינע, איז ייִדיש געווען די שפּראַך פֿון דניס היים און סבֿיבֿה אינעם לאַנד פֿון „פֿי און רינדער". זעט אויס, פֿאַרכאַפּט מיטן טרוים פֿון אַן אייגענער נאַציאָנאַלער מדינה און דער אַקטיווער פּראָפּאַגאַנדע מצד די ישׂראל־שליחים פֿון סוכנות, האָט אין די 1960ער יאָרן די ייִדישע אַרגענטינער יוגנט זיך אַ לאָז געטאָן קיין ארץ־ישׂראל. זיי האָבן „פֿאַרראָכטן" דעם היסטאָרישן פֿעלער, וואָס זייערע זיידעס און באָבעס, די ייִדן, געשטיצט פֿון באַראָן הירשס קאָלאָניזאַציע־געזעלשאַפֿט, האָבן דערלאָזט, קומענדיק אַהין כּמעט מיט הונדערט יאָר פֿריִער, צו אַקערן די רחבֿותן פֿון די אַרגענטינער סטעפּן־קאַמפּאָס.

בײַ זייער ערשטער טרעפֿונג אין אַ קאַפֿע אויף דיזענגאָף, ווּהין דני האָט אים פֿאַרבעטן, איז דובֿ־בער גלײַך פֿאַרכאַפּט געוואָרן מיט זײַנע באַגײַסטערנדיקע רייד וועגן דער ראָלע פֿון אַשכּנזישן ייִדנטום, וואָס האָט געטאָן מעשׂים אויפֿצושטעלן די מדינה, און אין דער זעלבער צײַט, האָבן אירע פֿירער זיך כּמעט אָפּגעזאָגט פֿון די נאַציאָנאַלע קולטור־אוצרות, געשאַפֿן אין אייראָפּע אויף ייִדיש. ווי צוויי מוזיקער און ליטעראַטן האָבן זיי, אַוודאי, געהאַט גענוג אַנדערע בשותּפֿותדיקע טעמעס, נאָר דני האָט גאַלאָפּירט אויף זײַן אַשכּנזישן פֿערד:

– מיר זײַנען אַ נײַער צווײַג פֿונעם אַלטן בוים, – האָבן זיך דורכגעשניטן אין זײַנע רייד פּאָעטישע אינטאָנאַציעס, – אונדזער קאַמף לטובֿת ייִדיש איז לעגיטים, הייליק און יושרדיק! מיר דאַרפֿן שאַפֿן אונדזער לאָבי אין כּנסת, ווײַל נאָר מיט פּאָליטישע אַקציעס קאָן מען זיך דערשלאָגן, אַז אונדזער ייִדישע קולטור זאָל אָנערקענט ווערן ווי אַ גלײַכבער טייל פֿון דער אַלגעמיינער ישׂראל־ווירקלעכקייט...

צו יענער צײַט איז דני געשטאַנען אין שפּיץ פֿון אַ ווייניק־באַקאַנטער אָרגאַניזאַציע מיטן נאָמען „אוהבֿי־ייִדיש", וואָס אירע מיטגלידער זײַנען מערסטן געווען אָפּשטאַמיקע פֿון אַרגענטינע. „אוהבֿי־ייִדיש" האָט אויך געהאַט איר פֿאָרשטייערשאַפֿט אין „וועלטראַט פֿאַר ייִדיש און ייִדישער קולטור". ווי אַן אַמביציעזער מענטש, פֿאַרסמט מיט זײַן „אַשכּנזישער אידעע", האָט גולניס קול געקלונגען ווי אַ קול־

קורא צווישן טויבע און מידע לײַט, אַן איבערבלײַב פֿון אומגעבראַכטע קעמפֿערישע מחנות. מעגלעך, אַז ערגעץ טיף אין זכרון האָבן זיך זייערע שוואַכע מעמבראַנעס נאָך אָפּגערופֿן אויף זײַן פֿלאַמיקן אויפֿרוף, אָבער באַלד פֿאַרשטומט געוואָרן. דער „וועלטראַט", אין תּוך גערעדט, איז לכתּחילה געשאַפֿן געוואָרן מצד די געוועזענע מלוכה־פֿונקציאָנערן, ניט אַזוי לטובֿת ייִדיש אינעם לאַנד גופֿא, ווי אַ מין ברייטער זשעסט פֿאַר די תּפֿוצות. איז אַוודאי ניט קיין חידוש, וואָס אויך דאָרט האָט מען אויף גולניס „פֿאַנטאַזיעס" געקוקט מיט חשד, און זיך געסטאַרעט אים צום עמוד נישט צולאָזן.

די ייִדיש־שאַפֿערישע „רוסים", געקומען מיט דער „גרויסער עליה", זײַנען געוואָרן אַ ממשותדיקער פֿאַרשטאַרק־כּוח אין זײַנע פּלענער. ער איז אַפֿילו געוואָרן אַקטיוו אין דער אויפֿגייענדיקער „רוסישער" פּאָליטישער באַוועגונג, אין שפּיץ מיט נתן שטשאַראַנסקין.

אויפֿן ערשטן גאָרן פֿונעם הויז אויף ברענער, 14, האָט דער נײַער פֿאַרוואַלטער געמאַכט אַ מין בופֿעט, ווו ס'האָט באַלעבאַטעוועט זײַן פֿרוי דינה. דאָרט איז פֿאָרגעקומען די זיצונג, צונויפֿגערופֿן פֿון דני גולני. פֿון די פֿינעף שרײַבערס, וואָס דני האָט פֿאַרבעטן, זײַנען פֿיר געווען נײַע עולים; דרײַ פֿון זיי – בערלינסקי, טשאָרני און קרופּניק – פֿונעם ייִדישן „פּינפּלינג" בײַ די העכסטע ליטעראַטור־קורסן; ווי אויך דער וותיק צבֿי דרור, דער עלטסטער צווישן די „יונגע". ווי עס פֿירט זיך בײַ אַזאַ „געהיימער אַסיפֿה", האָט קיינער פֿון די געקומענע נישט געוווּסט פֿון פֿריִער, וואָס איז געווען די סיבה פֿון דעם צונויפֿקומעניש; דאָס הייסט, בעת דער לעצטער טרעפֿונג אין „לייוויק־הויז" האָט דני מיט פֿאַרנעפּלטע רמזים פֿון אַ געניטן קאָנספּיראַטאָר געגעבן צו פֿאַרשטיין, אַז ער האָט עפּעס וויכטיקס צו דערקלערן, וואָס וועט זיכער יעדן פֿאַראינטערעסירן, אָבער מה־עיקר, איז געבליבן פֿאַרקלעמט אין די סוגריים. נאָך מער: ער האָט אַפֿילו צוגעזאָגט בערלינסקין דעקן די הוצאָות־הדרך, אַבי יענער זאָל בײַזײַן אויף דער טרעפֿונג.

בערלינסקי, נאָכן קומען קיין ישׂראל, זוכנדיק אַן אָרט, ווו פֿאַראַנקערן זײַן נײַ לעבן סײַ שטייגעריש און סײַ שאַפֿעריש, האָט זיך דערוויַל אַרײַנגעצויגן אין אַ געדונגענער דירה אין בת־ים, כּדי צו זײַן נענטער צו תּל־אָבֿיבֿ. ווי ער זאָל זיך נישט געווען ווילצלען, אַז אים איז אַלץ איינס אויף וואָסער שפּראַך צו שרײַבן לידער, האָט ער אין תּוך זיך געהאַלטן פֿאַר אַ רוסישן פּאָעט.

צו די אָנהייב 1990ער האָט דער רוסיש־שפּראַכיקער שרײַבער־פֿאַראיין אין ישׂראל זיך אָנגעהויבן צעוואַקסן און פֿאַרברייטערן. ווי ס'איז אָבער באַקאַנט, איז אויף אַן אָרעמאַנסקיע חתונה וואָס מער געסט, אַלץ קלענער זײַנען די פּאָרציעס. פֿונעם צעפּאַלענעם סאָוועטן־פֿאַרבאַנד, האָבן די שרײַבערס געבראַכט נישט בלויז זייער ליבע צום רוסישן וואָרט און פּייסאַזש, נאָר אויך די אַלטע אָבידעס און פֿאַרדראָסן, מאַנוסקריפּטן פֿון ניט דערשינענע ביכער, וואָס, ווי זיי האָבן געפּלאַנעוועט, וועלן אינעם פֿרײַען לאַנד פֿון זייערע אוראַלטע אָבֿות זיכער אַרויסגעגעבן און אויסגעכאַפּט ווערן ווי הייסע לאַטקעס. דערבײַ האָט ס'רובֿ פֿון זיי כּסדר געפּלאָנטערט, מיט וואָס און ווען האָט די ייִדישע באָבע זייערע קליינערהייט „אוגאָשטשאַיעוועט": מיט לאַטקעס אויף פּורים צי מיט המן־טאַשן אויף חנוכּה. קיין גרויסע פֿרייד פֿון די נײַ־צוגעקומענע פען־ברידער האָט נישט איבערגעלעבט אויך די קליינע מחנה שרײַבערס, געקומען אין לאַנד אַ סך פֿריִער און זיך שוין געהאַט אײַנגעוואָרעמט אין זייער נאָרקע צווישן דער מאַגיסטראַלער העברעיִשער ליטעראַטור.

צו שטופּן זיך אויף דער שרײַבערישער „חתונה", כּדי צו קריגן זײַן פּאָרציע שיריים, האָט בערלינסקין, אַפּנים, דערווידערט; אין דער זעלבער צײַט, האָט מען אים און סײַ די אַנדערע נײַ־געקומענע שרײַבערס אויפֿגענומען אויף דבֿ הוז, 14 מיט אַ ברייטן ברוכים־הבאָים. פֿון דעסטוועגן, האָבן ס'רובֿ שטאַמגעסט אין „לייוויק־הויז" אָפּגעשאַצט זײַנע שאַפֿונגען זייער פּאָרזיכטיק, באַגלייטנדיק עס מיט אַ קרום שמייכעלע. ווי עס זאָל ניט זײַן, האָט פּאַנין פֿון אים געהאַלטן און אונטערגעשטיצט; דערצו האָט בערלינסקי, אויסנוצנדיק זײַנע אַלטע פֿאַרבינדונגען מיט געוויסע „דיקע" מאָסקווער אויסגאַבעס, געדרוקט דאָרט זײַנע איבערזעצונגען פֿון אייניקע ישׂראלדיקע ייִדישע שרײַבערס.

מעגלעך, מער צוליב זײַן מאַטעריעלן מצבֿ, ווי אויך משפּחה־סיבֿות, האָט יעפֿים זיך באַזעצט אין עכּו, וואָס ווײַטער פֿונעם תּל־אָבֿי־בֿער זשום און רעש, אין זײַן „ישׂראלדיקן הינטערמאָסקווע", ווי ער האָט זיך געוויצלט.

אויך מאָטל טשאָרני האָט זיך דערווײַטערט פֿונעם גרויסשטאָטישן הו־האַ; נאָך מער, געפֿונען פֿאַר זײַן משפּחה אַ נעסט אויף די שטחים. ער האָט איצט געטראָגן אויפֿן קאָפּ אַ געשטריקט כּיפּהלע, ווי אַ סימן־מובֿהק פֿון אַ פֿאַרברענטן רעליגיעזן ציוניסט און געשריבן לידער אינעם

זעלבן גײַסט: „כ׳בין פֿאַרליבט אין דער הינדה, אין די בערג, אין די שקצים./איך פֿאַרריכט מײַן געווער אויפֿן רימען./ – מאַלע וואָס קען זיך טרעפֿן/ אויפֿן קרייצוועג דאָ, לעבן משכּן שילה...״ צו דער אַסיפֿה אין „בית ראשוני־פּועלי־ציון״ איז ער געקומען אָן זײַן געווער, אָבער מיט אַ קעמפֿערישן גלאַנץ אין די אויגן.

דני, אָפּשאַצנדיק זײַן פֿירערישע ראָלע, האָט קודם־כּל באַשטעלט בײַ דינהן אַ טאַץ סענדוויטשן מיט קעז און קאַווע אויפֿן חשבון פֿון „אוהבֿי־ייִדיש״.

– מע קען דאָ רייכערן? – האָט געפֿרעגט בערלינסקי און אַרויסגעשלעפּט פֿון דער קעשענע אַ פּעקל סיגאַרעטן.

– געוויס, – האָט ראָמאַן געענטפֿערט, ווי באַשטעטיקט דערמיט, אַז ער איז דאָ דער באַלעבאָס.

בשעת־מעשׂה האָט דני זיך אויפֿגעהויבן פֿון זײַן בענקל, אַרומגעכאַפּט אַלעמען מיט איין בליק. ס׳האָט אויסגעזען, אַז נאָר ער קאָן דערוויַיל אָפּשאַצן דעם היסטאָרישן מאָמענט פֿון אָט דער טרעפֿונג.

– ראשות־דבֿר, וויל איך אײַך באַדאַנקען, וואָס איר האָט געפֿונען צײַט און געקומען אויף מײַן פֿאַרבעטונג. – ער האָט אָנגעוויזן אויף אַן אומבאַקאַנטן מענטש, וואָס איז געזעסן לעבן אים און גערעדט ווײַטער: – איך און מײַן חבֿר פּסח גובניצקי שטעלן פֿאָר די ייִדישע אָרגאַניזאַציע „אוהבֿי־ייִדיש״... דעם אמת געזאָגט, לעב איך איצט איבער אַ ברייטע גאַמע פֿון געפֿילן. ווי איר ווייסט, בין איך אין לאַנד ניט קיין פּנים־חדשות און נאָך אַ לענגערן אַנאַליז בין איך געקומען צום אויספֿיר, אַז מיר ברענגען מיט זיך אידענטיטעט־פּראָבלעמען, וואָס האָבן פֿריִער נישט עקזיסטירט. אונדזער מדינה, בפֿרט נאָך דער לעצטער גרויסער עליה בײַט ממשותדיק איר אויסזען. די הײַנטיקע דילעמעס זײַנען אונדזער רוישטאָף און וועלן זיכער ווערן דער אינדיווידועלער קען־צייכן פֿון יעדן איינעם פֿון אונדז אַלעמען...

– דני, איך בעט דיך, רעד קלאָרע דיבורים, – האָט אים איבערגעשלאָגן צבֿי דרור, – רעד צו דער זאַך – צוליב וואָס זײַנען מיר געקומען אַהער?

– צבֿיקאַ, טײַערער, האָב אַ ביסל געדולדה, – האָט אים אײַנגעהאַלטן ראָמאַן, – זאָל דער מענטש זיך אַרויסזאָגן...

דני, זעט אויס, שוין געוווינט צו אַזעלכע „אומגעדולדיקע רעפֿליקעס״, האָט ממשיך געווען זײַן וואָרט אינעם זעלבן גײַסט:

– פֿאַר אַ ייִדישן שרײַבער מיינט עס, אַז זײַן שאַפֿונג דאַרף אָנער־קענט ווערן נישט נאָר ווי זײַן ליטעראַרישע טעטיקייט, נאָר ווי אַ טייל פֿון דעם אַלגעמיינעם אַשכנזישן קולטור־אוצר. צום באַדויערן, וויל ביז אַהער די ישׂראל־געזעלשאַפֿט דעם אוצר נישט וויסן און אים אויפֿנעמען ווי אַ לײַבלעכן עזבֿון...

איצט האָט שוין מאָטל, פֿאַרריכטנדיק זײַן געשטריקטע כּיפּה אויפֿן שפּיץ־קאָפּ, זיך נישט אײַנגעהאַלטן.

– די געזעלשאַפֿט איז פֿאַרסמט פֿון די לינקע, וואָס זײַנען גרייט אָפּצוגעבן גאַנצע שטיקער פֿון אונדזער הייליקער ערד...

– שוין... גענוג, – האָט צבֿי אָפּגערוקט דאָס בענקל און זיך גע־שטעלט אויף די פֿיס, – אומזיסט אָפּגעלייגט מײַן רעפּעטיציע און געקו־מען אַהער... דני, וואָס איז דער מער?..

צבֿי דרור איז געווען אַן אַרטיסט פֿון אַן אוראַלטן זשאַנער – פּאַנ־טאָמימע. אַ תּלמיד פֿונעם באַרימטן מאַרסיי מאַרסאָ. אַ קליינטשיקער און אַ דאַרער, אויפֿן קאָפּ אַ הוט מיט שמאָלע קאַנטן, אונטער וועלכער עס שטעקן אַרויס געדיכטע פֿאַטליעס טונקעלע האָר; תּמיד אָנגעטאָן עלעגאַנט מיט אַ זײַדענעם קאָליר־קראַוואַט אַרום דעם דינעם האַלדז, האָט זײַן פּנים, אַפֿילו אָן אַ שמיר גרים, יעדעס קנייטשעלע און די קײַ־לעכדיקע שוואַרץ־שרויפֿנדיקע אייגעלעך, ווי בײַ אַ נײַגעריק מאַלפּעלע, אויסגעגעבן אים מיט די ביינער ווער ער איז – אַ קינסטלער!

אַזוי האָט ער אויסגעזען פֿון דרויסן און זײַן אויסזען האָט געשטימט מיטן זשאַנער פֿון זײַן קונסט, וואָס האָט אָפּטלעך דערמאָנט אַ קלאָונאַדע. זײַן באַרוף איז געווען צו שאַפֿן אַ גוטע שטימונג בײַ קליין און גרויס, און ער האָט עס מײַסטעריש געטאָן אויף דער בינע. אמת, ווער ס'האָט מיט אויפֿמערק געזען זײַנע פּאַנטאָמימעס, האָט געקאָנט דערפֿילן, אַ חוץ פֿרייד און חידוש, – אַ טראָפּן ציטיקן אומעט אין זײַנע העוויות און קאָזשלקעס.

דער דאָזיקער אומעט, אַוועקגעטראָגן פֿון דער בינע, האָט זיך בײַ זײַן שרײַבטיש צעוואַקסן ביז אַ מענטשלעכער טראַגעדיע, וואָס ער אַליין, דער נעכטיקער הערשעלע, אַ דערוואַקסלינג פֿון אַ חסידישער משפּחה אין פּוילן האָט דורכגעמאַכט אין די געטאָס און אין דרײַ קאָנצענטראַציע־לאַגערן, בתוכם בוכנוואַלד. די שוואַרצאַפּלען פֿון זײַנע אויגן־בוראַווטשיקלעך האָבן אײַנגעזאַפּט בילדער פֿון אַכזריותדיקן מאָרד און גוואַלד. זײַנע דערציילונגען, קורצע און גרעסערע, האָבן דער־

מאָנט שטיקער פֿאַרקילט בלוט אויף אַ בוינע, דורך וועלכע עס האָבן זיך דורכגעשלאָגן לעבנסדורשטיקע גרינע שפּראָצלינגען...

– כ'בעט דיך, צבֿיקאַ, – האָט ראָמאַן אים ווידער אָפּגעהאַלטן, – אַז מיר זײַנען שוין דאָ...

– ריכטיק, אַז מיר זײַנען שוין דאָ, – האָט דיפּלאָמאַטיש אונטער־געכאַפּט פּסח גובניצקי, – לאָמיר אויסהערן דעם בעל־דרשן...

דני האָט זיך באַלד אַראָפּגעלאָזט אויף זײַן בענקל, ווי געוואָלט דער־מיט ווײַזן, אַז דעם וויכטיקן אַרײַנפֿיר פֿון זײַן „דרשה" האָט ער געמוזט אײַנשרומפּן, און ווײַטער וועט ער פּשוט איבערגעבן די ידיעה אַליין.

– אויף אונדזער לעצטער זיצונג פֿון „אוהבֿי־ייִדיש", – האָט ער אַ וווּנק געטאָן מיטן קאָפּ אויף פּסחן, ווי אויף אַן עדות דערפֿון, – איז באַשלאָסן געוואָרן זיך צו ווענדן צו אײַך, ווי צו אַ ייִנגערן דור ייִדישע שרײַבערס, צו גרינדן אונטער אונדזער דאַך אַ נײַע ליטעראַרישע אויסגאַבע אויף ייִדיש...

אַ קורצע ווײַלע האָט די ידיעה זיך אַרומגעדרייט איבערן טיש מיט די פֿאַרזאַמלטע, ווי אויסגעקוקט אַן אָרט, ווו צו פֿאַלן. צבֿי האָט זיך ווידער צוגעזעצט, אַראָפּגענומען די הוט פֿונעם קאָפּ, אַנטפּלעקנדיק זײַן ברייטן בלייכן פּליך.

– זינט כ'וווין אין דער מדינה, – האָט ער פֿאַרחידושט געזאָגט, – איז מיר אויסגעקומען צו זײַן אַן עדות, ווי ס'האָט זיך דאָ געשלאָסן נישט איין ייִדישע אינסטיטוציע, אַרײַנגערעכנט ייִדישע אויסגאַבעס...

– אמת־ויציבֿ! ס'וועט זײַן אַ סענסאַציע... – האָט דני שיִער נישט אויסגעשריִען, דערפֿילנדיק זיך ווידער אין די פֿעדערן, – אַוודאי, וועלן זיך באַלד געפֿינען סקעפּטיקער, וואָס וועלט טענהן, צו וואָס דאַרף מען אַ נײַע אויסגאַבע, ווען ס'איז קוים דאָ מיט וואָס אויסצופֿילן די אַלטע פּובליקאַציעס? אונדזער ענטפֿער וועט זײַן: יאָ, דווקא מיר זײַנען די יעניקע אין ישׂראל און אין אַנדערע לענדער, וואָס קומען און זאָגן זייער נײַ וואָרט: דאָס איז אונדזער בינע, מיר האָבן מיט וואָס אַרויסצוגייען צום ייִנגערן לייענער...

בערלינסקי האָט אָפּגעטרייסלט דאָס אַש פֿון זײַן סיגאַרעט אינעם טעלערל, ווו ס'זײַנען נאָך געבליבן עטלעכע ברעקלעך פֿון זײַן סענדוויטש און געפֿרעגט:

– איר מיינט, ס'זאָל זײַן אַ פּעריאָדישע אויסגאַבע, אָדער אַן אַל־מאַנאַך?

יעפֿימס פֿראַגע האָט אַ קער געטאָן די „סענסאַציע“ אין אַ פּראַק־טישער זײַט. געענטפֿערט האָט שוין פּסח:

– דערװײַל האָבן מיר געלט אַרױסצולאָזן אַן אַלמאַנאַך אײן מאָל אין יאָר. צום באַדױערן, װעלן מיר נישט קאָנען באַצאָלן די מחברים... מעגלעך, מיט דער צײַט...

אױף קײן האָנאָראַרן האָט יעדער בײַם טיש שױן לאַנג נישט אַרױסגעקוקט. פֿאַר ייִדישע װערטער צאָלט מען נישט קײן געלט. דער אײנציקער דיקער זשורנאַל אױף ייִדיש „די גאָלדענע קײט“ האָט נאָך געזשיפּעט, זײַן אַמאָליקער שם איז צוביסלעך אױסגעגאַנגען, צוזאַמען מיט די שטימען פֿון „יונג־ישׂראל“, װעלכע האָבן מיט יאָרן צוריק אונטער זײַנע טאָװולען געפֿונען אַן אמתן שאַפֿערישן מקום־מיקלט.

װי עס האָט זיך אַרױסגעװיזן, איז פּסח גוביניצקי געװען לױט דער פֿאַך אַ בחור־הזעצער, נאָר פֿון אַ מאָדערנעם טעכנישן שניט. ער האָט זיך אונטערגענומען אױסזעצן אַלע טעקסטן אינעם קאָמפּיוטער און זײ גראַפֿיש אױסשטעלן, צוגרײטנדיק די אױסגאַבע צום דרוק.

– מע דאַרף נאָר דעם אַלמאַנאַך געבן אַ פּאַסיקן נאָמען, – האָט ער תּכליתדיק פֿאַרענדיקט.

– איך האָב געטראַכט, אַז אפֿשר זאָל מען אים אָנרופֿן קורץ און שאַרף, „די פֿאָן“, – האָט דני געזאָגט מיט אַ באַזונדערן פּאַטאָס.

– שױן כּדאַי צוגעבן, „רױטע פֿאָן“, – האָט מאָטל סאַרקאַסטיש זיך אָפּגערופֿן, – די חבֿרה פֿון „מרץ“ װעלן זיך באַלד אַבאָנירן...

– אפֿשר אַ פּאָר טראָפּנס משקה, – האָט ראָמאַן פּלוצעם פֿאַר־געלײגט און אַ קוק געטאָן אױף זײַן װײַב. – נאָר צוליב אַקטיװיזירן דעם מוח... – האָט ער זיך פֿאַר איר װי פֿאַרענטפֿערט.

בערלינסקי איז לעבעדיקער געװאָרן:

– איך מײן אױך, אַז נאָך אַ „לחיים“ װעט גײן געשמירטער...

דעם מאַנס פֿאָרשלאָג האָט דינהן גליקלעך נישט געמאַכט, פֿון דעסטװעגן, האָט זי אַרײַנגעבראַכט פֿון אַ זײַטיק צימערל פּלאַסטיק־גלעזלעך און אַ פֿלעשל בראָנפֿן. האַלטנדיק די לײדיקע טאַץ אין דער האַנט, האָט זי שטיל געפֿרעגט בײַ דני: „אָנשנײַדן נאָך בוטערבראָדן?“

– יאָ, אַװדאי... פֿאַרשרײַב אױף מײַן חשבון, – און ער האָט אַ דרײ געטאָן מיטן פֿינגער אין דער לופֿטן, װי אונטערגעצױגן זײַנעם אַ סך־הכּל, – דער עיקר איז, צי מע גלײבט אין אונדז, צי נישט; צי מע װעט אונדז שטיצן, צי קעגנשטעלן זיך דעם פּראָצעס פֿון באַנײַונג...

– שאַ! – האָט צבֿי זיך ווידער געשטעלט אויף די פֿיס; זײַן פּנים האָט געשײַנט, – איך האָב אַ נאָמען – „דאָס נײַע וואָרט", – האָט ער אויסגעשאָסן און אויף זײַן פּנים איז געבליבן הענגען אַ ברייטער שמייכל, ווי געוואַרט אויף אַפּלאָדיסמענטן.

– אַ גוטער נאָמען, צו רייצן די גענדז, – האָט ראָמאַן באַמערקט. – איך הער שוין, ווי זיי שרײַען און שיפּען פֿון רחובֿ הוז און פֿון קאַלישער: „וואָס זשע, די אַלטע ווערטער זײַנען שוין פֿאַר זיי נישט גוט?!"

די משקה האָט דערוואַרעמט די אַסיפֿה, אַנטשפּאַנט די באַטייליקטע.

– איך מיין, – האָט דובֿ־בער געזאָגט, – אַז מיר דאַרפֿן זיך נישט פֿאַרשפּאַרן אין אונדזערע לאָקאַלע דלת אַמותן...

– יאָ, יאָ, – האָט דני אונטערגעכאַפּט, – כ'וועל אומבאַדינגט אָנשרײַבן אונדזערע פֿען־ברידער אין פּאַריז און אין ניו־יאָרק.

– און קיינעם אַרט נישט, וואָס די אויסגאַבע וועט אַרויסגיין אונטערן דאַך פֿון אַן אָרגאַניזאַציע, וואָס אין תּוך באַשטייט פֿון ליבהאָבערס? – האָט בערלינסקי אַרויסגעבראַכט אויף אַ קול די פֿראַגע, וואָס האָט אים, אַפּנים, יאָ געעקבערט.

דני און פּסח האָבן זיך איבערגעקוקט.

– וואָס זשע, – האָט פּסח געפֿרעגט מיט אַ לײַכטן שטאָך, – ס'וועט חלילה שאַטן דיר צו שרײַבן דײַנע פּאָעמעס?

– מיר פּערזענלעך, שטערט עס נישט, – האָט געענטפֿערט צבֿי. זײַן לאָדזשער ייִדיש האָט געשאַלט, ווי אַ שופֿר אין דעם אָנגערייכערטן צימער, – ווען כ'גיי אַרויס אויף דער בינע, טראַכט איך נישט, ווער סע זיצט דאָרטן אין זאַל, און וואָס איז זייער כּוונה... מײַן זאַך איז אַרויסווײַזן וואָס איך קען, אַנדערש וועלן זיי אַ צווייט מאָל נישט קומען!

בערלינסקי האָט זיך צעלאַכט און גוטמוטיק געזאָגט:

– דו האָסט מיך איבערצײַגט, צבֿי, איצט וועל איך שרײַבן נאָך בעסער מײַנע פּאָעמעס...

די פֿראַגע, ווער ס'וועט די אויסגאַבע רעדאַגירן, האָט זיך געוויס געדרייט אויף דער צונג בײַ יעדן אַרום טיש, נאָר שטעלן זי איז אויסגעקומען פּסחן. ראָמאַן איז שוין געווען גענוג בגילופֿינדיק, וואָס האָט באמת „אַקטיוויזירט" זײַן מוח בכלל און די צונג בפֿרט.

– פֿאַר מיר איז עס נישט קיין פֿראַגע, – האָט ער זיך געסטאַרעט צו רעדן פֿעסט, – דעם אַלמאַנאַך דאַרף רעדאַגירן קרופּניק...

דובֿ־בער האָט דערפֿילט ווי אויף זײַן פּנים גייט זיך צונויף אַ בינטל בליקן.

– אַ דאַנק פֿאַרן כּבֿוד... כ'בין אָבער זייער פֿאַרנומען אויף דער אַרבעט...

דני, ווי ס'איז געווען צו דערוואַרטן, האָט אויף דער פֿראַגע אויך געהאַט זײַן ענטפֿער; הגם זײַן „פֿאָן", ווי אַ נאָמען פֿון דער אויסגאַבע איז געפֿאַלן, האָט ער אַליין זיך נישט אײַנגעבויגן.

– איך מיין, אַז מיר דאַרפֿן זיך האַלטן בײַ אַ מער דעמאָקראַטישער שיטה, דאָס הייסט, אַז בראָש אונדזער אויסגאַבע דאַרף שטיין נישט דער רעדאַקטאָר, נאָר די רעדאַקציע־קאָלעגיע, וואָס מיר וועלן דאָ אויסקלײַבן...

ס'האָט גענומען עטלעכע מינוט, כּדי דניס פֿאָרשלאָג זאָל צעקײַט ווערן. ער אַליין האָט געהאַט אַ קנאַפּע דערפֿאַרונג אינעם רעדאַגירן; אָבער צו זײַן אַ מיטגליד פֿון דער רעדאַקציע־קאָלעגיע האָט געמיינט צו בלײַבן אינעווייניק און האָבן אַ דעה, בפֿרט, אַז ער שטייט אין שפּיץ פֿון דער אָרגאַניזאַציע, וואָס וועט דעם אַלמאַנאַך אַרויסגעבן. סוף־כּל־סוף, האָט מען אָנגענומען זײַן פֿאָרשלאָג, אַז דעם אַלמאַנאַך זאָל מען דערווײַל אַרויסלאָזן אויף אַזאַ „דעמאָקראַטישן אופֿן"; קיין רעדאַקטאָר וועט נישט זײַן, נאָר קרופּניק וועט דערווײַל דאַרפֿן רעדאַגירן די פּראָזע־ווערק פֿונעם ערשטן נומער און ווײַטער וועט מען שוין זען.

ס'האָט אָנגעהויבן טונקל צו ווערן, ווען דובֿ־בער איז אָפּגעפֿאָרן פֿון דער „תּחנה מרקזית" קיין ירושלים. ער האָט געפּרוּווט אײַנדרעמלען, ס'האָבן אָבער ווידער אַ שטאָך געטאָן די ווערטער, וואָס מאָטל האָט בייז אַ וואָרף געטאָן נאָך דעם, וואָס מ'האָט באַשלאָסן, אַז דני גולני, באַרנבוים און קרופּניק וועלן צוגרייטן דעם ערשטן נומער: „שוין ווידער די בעסאַראַבער אויבנאָן!". ראָמאַן האָט עס פֿאַרטײַטשט ווי אַ מין שפּאַס און מיט אַ שפּאַס געענטפֿערט: „וואָס געפֿעלן דיר נישט, מאָטל, די בעסאַראַבער? די בעסאַראַבער זײַנען בעסער פֿון אַראַבער!"

עס זײַנען אויפֿגעקומען דערמאָנונגען פֿון יענעם לעבן, וואָס האָבן זיך אַלץ מער אָפּגעזעצט אין זכּרון, נאָר בײַ אַן ערשטן סיגנאַל גרייט געווען אויפֿצווואַכן, צו וויסן געבן אין זיך – דער נעבטן לאָזט נישט אָפּ...

רחמיאל ראַשקאָוואַן האָט זיך דעמאָלט אומגעקערט פֿון מאָסקווע, פֿון דער רעדקאָלעגיע און באַלד אָנגעקלונגען דובֿ־בערן אַהיים, ער זאָל מאָרגן נאָך דער אַרבעט אַרײַנפֿאָרן צו אים.

– קום גלײַך... כ'האָב דיר וואָס צו זאָגן, – האָט זיך געהערט אינעם טרײַבל רחמיאלס הייזעריקלעך קול.
– ס'איז עפּעס ווידער געשען?
– קום... ס'איז נישט קיין טעלעפֿאָן־שמועס!
וואָס קאָן דאָס זײַן אַזאַ סוד, אַז מע טאָר וועגן דעם נישט רעדן טעלעפֿאָניש? צוריק געשמועסט, אַז מע גיט שוין פֿאַרשטיין, אַז דער שמועס איז נישט פֿאַר פֿרעמדע אויערן, איז עס דווקא אַ סיגנאַל פֿאַר די „זײַטיקע אויערן" חושד צו זײַן יענעם, וואָס זאָגט עס. רחמיאל איז בפֿירוש געווען צווישן די אָפּגעבריטע, אַזוי אַז צו זײַן „בלאָזן אויפֿן קאַלטן", איז קרופּניק שוין געווען צוגעוווינט.
אַוועקגעשטעלט דעם פֿוטליאַר מיטן פֿידל אין אַ ווינקל, איז דובֿ־בער צוגעקומען צו רחמיאלן, וואָס איז געזעסן בײַ זײַן שרײַבטיש. יענער האָט זיך מיט אַ קרעכץ געשטעלט אויף די פֿיס.
– אַזעלכע נסיעות זײַנען שוין שווערלעך פֿאַר מיר, – האָט ער דערלאַנגט קרופּניקן די האַנט און אים אַרומגענומען.
דובֿ־בער האָט זיך אַוועקגעזעצט אויפֿן דיוואַן אַנטקעגן. ער האָט אויסגעהאַלטן די פּויזע פֿון אַ פֿאַרבעטענעם גאַסט צו אַ שמועס, נישט אָפּפֿירנדיק פֿון רחמיאלן קיין אויג. רחמיאל איז אויך אַ ווײַלע געזעסן און געשוויגן, די זעקעלעך אונטער די אויגן אויפֿגעבלאָזן, די צוויי טעג נישט געגאָלטע באַקן – אײַנגעפֿאַלן, אַראָפּציִענדיק די אונטערשטע ליפּ צום בערדל. עס האָט אויסגעזען, אַז אָט־אָט וועט ער אײַנדרעמלען. נאָר מיטאַמאָל איז די שלעפֿערדיקע קאַלעמוטנעקייט אין די אויגן נעלם געוואָרן און אין זײַן בליק האָט אויפֿגעציטערט אַ פֿריידיקער פֿונק. זײַנע ווערטער האָבן די פֿרייד באַשטעטיקט:
– כ'האָב געבראַכט פֿון מאָסקווע א גוטע בשׂורה פֿאַר דיר...
– ?
– מע וועט דיר זיכער הײַנט, מאָרגן אָנקלינגען פֿון דער רעדאַקציע, אָבער איך האָב כּשר פֿאַרדינט צוטראָגן דיר די בשׂורה דער ערשטער...
– ?!
– עס קומט דיר אַ מזל־טובֿ, ביסט אײַנגעשלאָסן געוואָרן אין דער רעדאַקציע־קאָלעגיע, און איצט זײַנען מיר שוין גלײַכע מיטגלידער און פֿאָרשטייער פֿון מאָלדאַוויע... – און שוין הויך אויסגעשריִען: – מאַרינע, ביסט שוין פֿאַרטיק מיטן אָנבײַסן?

ראַשקאָוואַנס פֿרוי, מאַרינע, האָט אים געענטפֿערט פֿון דער קיך:

– גייט, וואַשט זיך די הענט און קומט אַרײַן!

זי איז געווען זײַן צווייטע פֿרוי, ייִנגער פֿון אים מיט גוטע עטלעכע און צוואַנציק יאָר. אַ סאַמעראָדנע רוסישע קאָזאַטשקע, איז מאַרינע געוואָרן אַ שם־דבֿר צווישן די מאָלדאַווישע שרײַבערס בכלל און די ייִדישע בפֿרט. זי האָט זיך אויסגעלערנט נישט בלויז קאָכן און פֿירן אַ ייִדיש־בעסאַראַבישע באַלעבאַטישקייט, נאָר רעדן אַ פֿליסיקן ייִדיש. „כ'בין אַ כּשרע גויה!" – פֿלעגט זי אַרײַנדרייען אין אַ שמועס אויף ייִדיש.

דובֿ־בער האָט געמאַכט אַ פּרוּוו זיך אָפּצוזאָגן, אָבער מער צוליב איידלקייט, אונטערן „לעפֿעלע" האָט טאַקע געזויגן דאָס הונגעריקע ווערעמל.

– מאַרינע, – האָט רחמיאל אָנגעוויזן מיט דער האַנט אויפֿן טיש,

– כ'זע נישט דעם עיקר... מע דאַרף דאָך מאַכן אַ שהחיינו!...

– טאַקע... אַ גוטער תּירוץ... – האָט זי זיך געכאַפּט און אַרויסגע־שטעלט אויפֿן טיש אַן אָנגעהויבן פֿלעשל קאָניאַק. – עס דרייט זיך שוין אַרום עטלעכע חדשים... ייִדישע שיכּורים!

– איצט וועלן מיר קאָנען פֿאָרן קיין מאָסקווע אין איינעם, – האָט רחמיאל באַמערקט.

דובֿ־בער האָט נאָך נישט געהאַט „איבערגעקײַט" די מאָסקווער ידיעה. צו אומדערוואַרט... ווו קומט ער, נאָך אַזאַ גרינער, זיצן בײַ איין טיש מיט די ייִדישע קלאַסיקער, קאָן מען זאָגן, אין שפּיץ מיט ליסן?!

– יאָ, שיִער נישט פֿאַרגעסן, – האָט רחמיאל זיך דערמאָנט, – וואָס האָסטו מיט מאָטל טשאָרני?

די פֿראַגע האָט קרופּניקן פֿאַרחידושט.

– גאָרנישט... מיר זײַנען גוטע פֿרײַנד, אָבער פֿאַר וואָס פֿרעגט איר עס?

רחמיאל האָט אויפֿגעהערט צו עסן, אָפּגעווישט מיט דער דלאָניע דאָס מויל און געזאָגט:

– צו דער לעצטער זיצונג האָט ליס אַרײַנגערופֿן אין זײַן קאַבינעט אַלע מיטאַרבעטער און צווישן אַנדערס געמאָלדן, אַז מיר האָבן אַ נײַעם מיטגליד פֿון דער רעדאַקציע־קאָלעגיע... מאָטל, דערהערט דײַן נאָמען, איז ממש אויפֿגעשפּרונגען... כ'האָב אַ קוק געטאָן אויף אים. זײַנע אויגן האָבן געברענט פֿאַר כּעס... נאָך דער זיצונג בין איך צו אים צוגעקומען

זיך געזועגענען. ער האָט מיר די האַנט נישט דערלאַנגט, עפּעס בייז אַ בורטש געטאָן און זיך אויסגעדרייט צו מיר מיט דער פּלייצע...

– עס זעט אויס מאָדנע, – האָט דוב־בער זיך אָנגערופֿן, – מיר האָבן זיך מיט אים קיין מאָל נישט געקריגט... כ'פֿאַרשטיי עס נישט...

– זעט אויס, ער האָט דערוואַרט, אַז מע זאָל אים איינשליסן, ער אַרבעט דאָך אין רעדאַקציע... – רחמיאל האָט אויסגעשטרעקט די האַנט צום פּלעשל קאָניאַק און צוגעגעבן: – קינאת־סופֿרים...

דאָס פֿינצטערניש פֿאַלט אויף ירושלים אַראָפּ גיך און גיריק, ווי דער אייבערשטער וואָלט זיך געאײַלט פֿאַרדעקן אויף בײַנאַכט אַלע זײַנע הייליקייטן פֿון אַן עין־הרע און די בני־ישׂראל – פֿונעם יצר־הרע...

19

אין איינעם אַ פֿרײַטיק אין „לייוויק־הויז", אַ פּאָר וואָכן פֿאַר זײַן נסיעה קיין מאָסקווע, איז צו קרופּניקן צוגעגאַנגען יצחק ברודער.

– כ'האָב צו אײַך אַ פֿראַגע, – האָט געפֿרעגט דער רעדאַקטאָר, – איר ווייסט, אַז אין „היכל התרבות" וועט די קומעדיקע וואָך פֿאָרקומען אַ קאָנצערט לכּבֿוד דער זינגערין נחמה דימשיץ?

– יאָ, כ'ווייס, כ'האָב זיך אַפֿילו באַוואָרנט מיט בילעטן – פֿאַר זיך און מײַן פֿרוי...

– האָט איר זיכער געטראַכט אָנצושרײַבן אַן אָפּרוף, – האָט געפֿירט זײַן ליניע דער רעדאַקטאָר, – „די פֿרישע ידיעות" איז עס גרייט אָפּצודרוקן...

דעם אמת געזאָגט, האָט קרופּניק וועגן דעם נישט געטראַכט. אין די 1960ער יאָרן איז אין סאָוועטן־פֿאַרבאַנד מסתּמא נישט געווען קיין ייִד, וועלכער זאָל נישט געווען הערן דעם נאָמען נחמה דימשיץ. דעמאָלט האָט דוב־בער זיך געלערנט אינעם מוזיק־טעכניקום און עמעצער פֿון זײַנע ייִדישע חבֿרים האָט אים געגעבן צו הערן אַ קליינע פּלאַטע, אַפֿילו נישט קיין פֿאַבריק־פּלאַטע, נאָר אַמאַטאָריש געמאַכטע אויף אַ רענטגען־פֿילם. בדרך־כּלל פֿלעגן אַזעלכע, מישטיינס געזאָגט, פּלאַטעס, פּראָדוצירט אויף אַ פּרימיטיוון קוסטאַרישן אופֿן, טראָגן אין די מאַסן האַלב־פֿאַרווערטע אָדער אין גאַנצן פֿאַרווערטע מוסטערן פֿון מערבֿדיקער ראָק־מוזיק. מ'האָט זיי געקאָנט שפּילן נאָר אויף איין זײַט, און נאָך: צוליב מאַנגל אין נײַע רענטגען־פֿילמען, פֿלעגט מען לאָזן אין גאַנג די אויסגעניצטע, האָט זיך אויף זיי בולט אָנגעזען דאָס רענטגען־בילד. דעריבער האָט מען בשעתן הערן דעם פּאָפּולערן

עלוויס פּרעסלי, למשל, געקאָנט אין איין צײַט באַטראַכטן אַ רענטגען־בילד פֿון אַ שאַרבן; אָדער זען די ביינער פֿון אַ צעבראָכענער האַנט, הערנדיק די ייִדישע לידער פֿון די אַמעריקאַנער בערי־שוועסטער... מיט אַזעלכע „סקעלעט־פּלאַטעס", ווי מ'האָט זיי גערופֿן, האָבן געהאַנדלט ספּעקולאַנטן פֿון מוזיק און מע פֿלעגט בײַ זיי אָט די סחורה ממש צעכאַפּן.

פֿון דער ייִדישער זינגערין איז קרופּניק דעמאָלט נישט געבליבן נתפּעל. לויט זײַן מיינונג, האָט איר הויכע שטים, שיִער נישט קיין קאָלאָראַטור־סאָפּראַנע, נישט געפּאַסט פֿאַר אַזאַ מין מוזיק. וואָס איז אים יאָ געפֿעלן געוואָרן, איז די דראַמאַטישע און עמאָציאָנעלע אָנגעזעטיקטקייט, מיט וועלכער די זינגערין האָט די פֿאָלקס־לידער געזונגען. מ'האָט אַפֿילו נישט געדאַרפֿט גוט קענען די שפּראַך, כּדי דאָס קול זאָל דיך דורכנעמען...

– האָבן מיר אָפּגערעדט מיט אײַך, – האָט יצחק ברודער שוין זאַכלעך אונטערגעצויגן אַ סך־הכּל צו זײַן פֿאָרשלאָג, – אָט נאַט אײַך נחמהס טעלעפֿאָן... זאָגט איר, אַז איך האָב אײַך געשיקט...

ציִען אויף צוריק האָט נישט געפּאַסט; און פֿאַר וואָס זאָל ער טאַקע נישט אָנשרײַבן וועגן דעם „ייִדישן זינגפֿויגל", ווי מ'האָט נחמה דימשיץ האַרציק גערופֿן אין יענע יאָרן. די מלוכה האָט זיך אַפֿילו נישט געקאָנט פֿאָרשטעלן, אַז, אַרויסלאָזנדיק דעם קליינעם „וואָראָבייטשיק" פֿון ליטע אויף די ברייטע פֿעלדער פֿון סאָוועטן־פֿאַרבאַנד, וועט ער זיך צעזינגען ווי דער שענסטער קאַנאַריק. דער „זינגפֿויגל" איז געקומען צו פֿליִען פּונקט צו דער צײַט, ווען די פֿאַרציטערטע און פֿאַרפֿרוירענע ייִדישע נשמה, האָט זיך גענייטיקט אין אַ מוטערלעכן וואַרעמען גלעט. נחמה, ווי איר נאָמען אַליין האָט עס אין זיך געטראָגן, האָט נישט נאָר געטרייסט; איר געזאַנג האָט געוועקט און נאָך זיך גערופֿן, בפֿרט נאָך דער זעקס־טאָגיקער מלחמה. אַזוינס האָט איר די מלוכה נישט געקאָנט מוחל זײַן...

דאָס אויג האָט זיך געפֿרייט, ווען דובֿ־בער, קומענדיק צום ערשטן מאָל אין דעם תּל־אָבֿיבֿער גרעסטן קאָנצערט־זאַל, האָט דערזען, אַז קיין שפּילקע איז דאָ נישטאָ ווו צו פֿאַלן – כּמעט דרײַ טויזנט מענטשן זײַנען געקומען אָפּגעבן כּבֿוד זייער „ייִדישן זינגפֿויגל". ערשט דאָ, נאָך לאַנגע יאָרן זינט קרופּניק האָט צום ערשטן מאָל דערהערט איר זינגען, האָט ער געקאָנט אָפּשאַצן דעם אמתן כּוח פֿון איר טאַלאַנט. כּדי עס

צו פֿאַרשטיין, האָט ער געדאַרפֿט דורכמאַכן זײַן אייגענעם ייִדישן וועג, אָנהייבנדיק פֿון זײַנע ערשטע ייִדישע קאָטשערעס מיט לאַפּעטעס, ביזן אָנשרײַבן זײַן ערשט ייִדיש בוך...

עס איז דאָך נישט נאָר אַ פּערזענלעכע שׂימחה, ס'איז אַ יום־טובֿ פֿאַר ייִדיש אין ישׂראל – האָט ער אַ טראַכט געטאָן בעת ס'האָט זיך פּאַמעלעך אויסגעלאָשן דאָס ליכט אין זאַל און ס'איז מיט אַלע לעמפּ באַלויכטן געוואָרן די בינע.

די ערשטע בראַווע קלאַנגען פֿונעם יוגנטלעכן מיליטערישן אַנ־סאַמבל האָבן געגעבן דעם טאָן פֿונעם גאַנצן קאָנצערט. יונגע סאָל־דאַטקעס און סאָלדאַטן האָבן ענטוזיאַסטיש געזונגען העברעיִשע פּאַר־טריאָטישע לידער; ווי האָבן דערמאָנט קרופּניקן זײַן אייגענע איין־יאָריקע מיליטער־דינסט אינעם בלאָז־אָרקעסטער פֿון בעלצער גאַרניזאָן נאָכן פֿאַרענדיקן די קאָנסערוואַטאָריע. דער אָרקעסטער פֿלעגט שפּילן נישט בלויז מאַרשן אויפֿן מאַרשיר־פּלאַץ, נאָר אויך „באַדינען" די סאָוועטישע חגאות אינעם אָפֿיציר־הויז און שטאָטישע אונטערנעמונגען, בתוכם די לוויות פֿון די מלחמה־וועטעראַנען.

די מוזיקאַלישע גרופּע האָבן אויף דער בינע פֿון „היכל התרבות" פֿאַרביטן טענצער פֿונעם טאַנץ־אַנסאַמבל „אנחנו כאן". געשאַפֿן האָבן אים די אָנטיילנעמער פֿונעם אַמאָליקן ווילנער אַנסאַמבל „פֿײַערלעך". קומענדיק קיין ישׂראל אין די 1970ער יאָרן, האָבן די נײַע אימיגראַנטן געשאַפֿן דאָ דעם נײַעם אַמאַטאָרישן אַנסאַמבל. די „פֿײַערלעך" זײַנען אויסגעלאָשן געוואָרן אין גלות, ווי חנוכּה־ליכטלעך. איצט האָבן אין דער ישׂראלדיקער מנורה געשײַנט פֿאַרברווינטע פנימער פֿון פֿרײַע ישׂראלים. איין ישׂראל־טאַנץ האָט זיך געביטן אויף אַן אַנדערן...

דער עולם האָט פֿאָרט געוואַרט צו הערן אַ ייִדיש ליד, אַ ייִדיש וואָרט, געוואַרט ביז אויף דער בינע וועט אַרויפֿגיין זייער נחמה גופֿא. די אַפּלאָדיסמענטן, וואָס זײַנען יעדעס מאָל געוואָרן אַלץ שיטערער און שטילער, האָבן פּלוצעם אויפֿגעריסן דעם זאַל. אויף דער בינע האָט זיך באַוויזן נחמה דימשיץ. נאָך דעם דונער פֿון מענטשלעכן געפּילדער־אויפֿברויז איז אין זאַל שטיין געבליבן אַ האַרציקע שטילקייט. נחמה האָט די שטילקייט אָנגעפּילט מיט איר אייגענעם אָטעם. איר בליק, פֿול מיט טרערן האָט אַרומגעכאַפּט דעם ריזיקן זאַל, דאַכט זיך, אַרײַנגעקוקט אין די אויגן פֿון יעדן גאַסט אירן, וואָס איז געקומען פֿון די ווײַטע זעכציקער יאָרן פּראַווען מיט איר די שׂימחה. און ס'האָט זיך אין דער

שטיל דערהערט דאָס באַקאַנטע קול פֿון דעם אַמאָליקן ייִדישן זינגפֿויגל: „תּודה רבה...” – און שוין!

עס זײַנען אַדורך עטלעכע טעג נאָכן קאָנצערט. קרופּניק האָט פֿאַרט געקווענקלט זיך, צי זאָל ער שרײַבן זײַן אָפּרוף, צי זיך אָפּזאָגן, פֿאַררופֿנדיק זיך אויף זײַן פֿאַרנומענקייט בײַ דער אַרבעט. עס האָט זיך אים נישט געלייגט אויפֿן שׂכל, ווי אַזוי האָט עס געקאָנט געשען, אַז אין אַ קאָנצערט־פּראָגראַם, געווידמעט אַ ייִדישער זינגערין, זאָל נישט געווען „דורכשמוגלען” קיין איין ייִדיש וואָרט, קיין איין ייִדיש ליד?.. ער האָט פֿאָרט אָנגעקלונגען אויפֿן טעלעפֿאָן, וואָס ייִצחק ברודער האָט אים געגעבן. אויפֿן צווייטן טאָג איז ער געפֿאָרן מיטן אויטאָבוס קיין תּל־אָבֿיבֿ. אין קאָפּ האָט זיך געבאָמבלט אַן איין און איינציקע פֿראַגע, ווי דעמאָלט בעת זײַן טרעפֿונג מיטן באַרימטן ישׂראל־שרײַבער אַהרון אַפּעלזאַפֿט...

שוין אין איר ערשטער קאָנצערט־פּראָגראַם האָט די יונגע זינגערין, ערשט פֿאַרענדיקט די ווילנער קאָנסערוואַטאָריע, צווישן פּאָפּולערע קלאַסישע ווערק אײַנגעשלאָסן אַ ייִדיש ליד. אַוודאי, האָט מען זי אָפּגעג־רעדט. זי איז דאָך אַ ליטוואַטשקע און קיין אײַנגעשפּאַרטקייט האָט איר קיין מאָל נישט אויסגעפֿעלט, האָט זי, שוין אויף צולהכעיס, געזונגען עטלעכע ייִדישע לידער. שפּעטער האָט דער דאָזיקער צולהכעיס געשאַפֿן אַ באַזונדערן „צולהכעיס־רעפּערטואַר”, ווהין עס זײַנען אַרײַן אויך העברעיִשע לידער און לידער אויף די ווערטער פֿון די אומגעבראַכטע ייִדישע סאָוועטישע פּאָעטן.

וואָס זשע איז דאָס פֿאַר אַ נעסט, ווו ס'האָט זיך אויסגעפּיקט און זיך אויסגעבאָוועט אַזאַ פֿויגל, וועלכער האָט מיט געזאַנג באַגײַסטערט טויזנטער און טויזנטער ייִדן אין אַ צײַט פֿון אַ פֿאַרביטערטן שווײַגן?

קאָוונע. 1930ער יאָרן. אַ שטאָט, ווו ס'איז שווער געווען צו זײַן נישט קיין ייִד. מיט ייִדיש האָט מען געאָטעמט אין דער שטוב פֿון איר טאַטן. דער ייִדישער ניגון, קרעבץ און שמייכל איז אין איר אַרײַן פֿון באָבעס און מאַמעס וויגליד, דעם טאַטנס פֿידל. פֿון די קינדער־יאָרן, הייבט זיך אַלץ אָן אין לעבן; זיי זײַנען דער תּמצית פֿון יעדן מענטשלעכן „איך”. ווײַטער וועט זי גיין אין אַ העברעיִשן קינדער־גאָרטן. זיך לערנען אין אַ העברעיִשער גימנאַזיע מיט די קריגערײַען אויף די הפּסקות: „רק עבֿרית!”. די לופֿט אָבער אַרום איר איז תּמיד געווען אָנגעזעטיקט מיט ייִדישע קלאַנגען, מיט ייִדישע אינטאָנאַציעס, מיטן ייִדישן „קוועטש”.

דער טאַטע האָט געחלומט, אַז די טאָכטער זאָל ווערן אַ פֿידלערין. נאָר דאָס פֿידעלע איז פֿאַרברענט געוואָרן אינעם מלחמה־פֿײַער. דער פּליטה־וועג פֿון קאָוונע האָט געפֿירט די משפּחה דורך מינסק, סמאָלענסק, מאָסקווע, קויבישעוו ווײַט קיין מיטל־אַזיע. דער מאַרשרוט האָט זיך טיף אײַנגעקריצט אין איר זכרון, זי האָט אים שפּעטער ווידער דורכגעמאַכט, נאָר שוין אויף איר גאַסטראָלן־מאַפּע. דעמאָלט האָט זיי דער עוואַקואַציע־וועג געבראַכט אין אַ אוזבעקיש דערפֿל־קישלאַק. דאָס איז אויך געווען אַ לעבנס־דערפֿאַרונג, אַן אויספּרוּוו מיט שווערע הונגעריקע נסיונות. נישט יעדער האָט דעם אויספּרוּוו אויסגעהאַלטן סײַ פֿיזיש און סײַ מאָראַליש.

אַהיים קיין קאָוונע האָט די משפּחה זיך אומגעקערט אין 1946. די הײַזער, די גאַסן און געסלעך, די ביימער אין פּאַרק – אַלץ האָט אויסגעזען ווי פֿריִער. די באָמבעס און האַרמאַטן האָבן געשאַנעוועט די שטאָט. אײן קלייניקייט – ס'האָבן זיך שוין מער נישט געהערט די זאַפֿטיקע ייִדישע קולות. די ייִדן פֿון קאָוונער געטאָ זײַנען געבליבן אויף אייביק אינעם 9טן פֿאָרט, אין די נאַצישע לאַגערן. בשעתן שאַפֿן איר ערשטע ייִדישע פּראָגראַם, האָט נחמה, קודם־כּל, אין זינען געהאַט איין זאַך: זינגען אין אָנדענק פֿון אירע אומגעבראַכטע בני־עיר – קרובֿים, לערערס, פֿרײַנד.

קאָוונע האָט צוביסלעך אָנגעהויבן אָטעמען, קומען צו זיך. ס'האָט זיך ווידער געהערט אַ ייִדיש וואָרט, אויף די היימישע קערמישלעך האָט מען געזונגען ייִדישע און העברעיִשע לידער, וואָס האָבן זיך פֿאַרגעדענקט פֿון די גימנאַזיע־יאָרן. דעמאָלט, באַלד נאָך דער מלחמה, האָט מען נאָך נישט געוווּסט, אַז מע דאַרף מורא האָבן, אַז עס קומט אַ מגפֿה. שפּעטער מיט יאָרן, ווען נחמה האָט עס פֿאַרשטאַנען, איז שוין געווען צו שפּעט.

אין 1951, נאָכן פֿאַרענדיקן די קאָנסערוואַטאָריע ווי אַ זינגערין, האָט נחמה אָנגעהויבן אַרבעטן אין דער מלוכה־פֿילהאַרמאָניע: אַרומגעפֿאָרן איבער די ליטווישע שטעט און דערפֿער מיט אַ פּראָגראַם פֿון קלאַסישע ווערק און ליטווישע פֿאָלקס־לידער. נאָך איינעם אַזאַ קאָנצערט – ס'איז שוין געווען נאָך סטאַלינס טויט – איז צו איר צוגעגאַנגען אַ געוועזענער ייִדישער אַקטיאָר און געפֿרעגט, צי זי קען ייִדיש און צי וואָלט זי געקענט זינגען ייִדיש? אויב יאָ, האָט ער איר געזאָגט, וואָלט אפֿשר כּדאַי געווען זי זאָל צוגרייטן אַ פּראָגראַם פֿון ייִדישע לידער.

דער ייִדישער אַקטיאָר האָט געטראָפֿן פּונקט אינעם „פּינטעלע ייִד". זי איז דאָך אַ קלאַסישע זינגערין, מיט אַ קאָנסערוואַטאָריע־דיפּלאָם, איז

אויב שוין נעמען צוגרייטן אַזאַ פּראָגראַם, דאַרף מען האָבן אַ פּאַסיקן רעפּערטואַר, וואָס זאָל זײַן אויף אַ הויכן פּראָפֿעסיאָנעלן ניוואָ. האָט איר דער גוטער ייִד געגעבן אַ פּאָר אַדרעסן אין מאָסקווע – פֿון די ייִדישע קאָמפּאָזיטאָרן פּולווער און סענדערעי.

זי האָט זיך געלאָזט אין וועג אַרײַן צו קלײַבן לידער פֿאַר דער נײַער פּראָגראַם, וואָס האָט דערווײַל אויסגעזען ווי אַ שיינער חלום...

דובֿ־בער האָט גיך געפֿונען דאָס הויז אין תּל־אָבֿיבֿ, עטלעכע קוואַרטאַלן פֿון דער רעשיקער דיזענגאָף־גאַס, אין אַ שטיל געסל. אין דעם „סאַלאָן”, וווּ נחמה האָט אויפֿגענומען דעם גאַסט האָט זיך געפֿילט נאָך טאַבאַק־רויך. די באַלעבאָסטע אַליין האָט געררייכערט – אַ פֿאַרשלעפּטע טבֿע, זינט זי האָט אויפֿגעהערט צו זינגען. איר דערציילן האָט נישט אויסגעזען אימפּראָוויזאַטאָריש; איר פֿאַרגאַנגענהייט האָט זיך אָפּגעשטעמפּלט אינעם זכּרון, ווי אַ שוואַרץ־ווײַסע פֿאָטאָגראַפֿיע, וווּ יעדער פּרט איז שוין נישט צו ענדערן – עפּעס האָט זיך צעשוווּנקט, פֿאַרלוירן די שאַרפֿקייט, אין גאַנצן פֿאַרשוווּנדן, עפּעס געוואָרן בולטער אָדער באַקומען מיט דער צײַט אַן אַנדער אָפּשאַצונג.

דובֿ־בער האָט, פֿאַרקערט, זיך מער פֿאַרלאָזט אויף די פּראַגעס, וועלכע זײַנען אויפֿגעקומען ווי אַ פּועל־יוצא פֿונעם שמועס. נישט ער, נאָר נחמה האָט אים געפֿירט איבער איר לעבן, ווי איבער אַ לעבעדיקן קאָרידאָר פֿון איין ריכטונג; עס האָבן געשווינדלט פּנימער, אויף וועלכע זי, ווי אַ געניטע וועגווײַזערין, האָט אויף אייניקע פֿון זיי פֿאַרהאַלטן זײַן אויפֿמערק, נאָר אויף אַ ווײַלע. מער וועלן זיי זיך נישט טרעפֿן...

– ווי אַזוי האָבן זיי אײַך באַגעגנט, די ייִדישע שרײַבערס און קאָמ־פּאָזיטאָרס, – האָט דובֿ־בער געפֿרעגט, ווי אין דעם שטראָם פֿון פּנימער, וואָלטן אַ שווינדל געטאָן עטלעכע באַקאַנטע סילועטן, – ס'רובֿ פֿון זיי האָבן זיך דאָך ערשט אומגעקערט פֿון די לאַגערן?

– זיי האָבן זיך געוווּנדערט, אַז אָט קומט אַ יונג מיידל, רעדט פֿרײַ ייִדיש, ווען אַפֿילו נאָך פֿאַר דער מלחמה און בפֿרט נאָך דער מלחמה, האָבן די סטודענטן אין מיכאָעלסעס טעאַטער־שטודיע קוים געקענט אַ ייִדיש וואָרט. ווען איך בין געקומען צו סאַמויל זאַלמאַנאָוויטש סענדערעי, האָט מען אים געהאַט ערשט באַפֿרײַט. ס'איז שווער געווען אויף אים צו קוקן – אַ קראַנקער, אַ צעבראָכענער מענטש... ער האָט געוווינט אין אַ קליין פֿינצטער צימערל. דעמאָלט האָט ער פֿאַר מיר אויסגעקליבן

18־20 פֿאָלקסלידער, וואָס זײַנען געוואָרן דער יסוד פֿון מײַן ייִדישער פּראָגראַם. צו הערן זיי פֿון מיר, האָט ער, נעבעך, נישט דערלעבט...

דער אײדעלער פֿאַרפֿײַניקטער פּראָפֿיל פֿונעם קאָמפּאָזיטאָר, ווי אַן אָפּשפּיגלונג פֿון זײַן צײַט, האָט זיך נאָך אַ רגע געהאַלטן אין לופֿטן און איז אַוועקגעטראָגן געוואָרן מיטן רויך פֿון נחמהס סיגאַרעט.

– דערנאָך בין איך געקומען צו לייב פּולווערן. כ'האָב דאָך געוואָלט זינגען די ייִדישע קלאַסיק. פּולווער האָט מיר פֿאָרגעלייגט לידער פֿון ספּעקטאַקלען, וואָס מ'האָט אויפֿגעפֿירט אין „גאָסעט". צוויי פֿון זיי זײַנען אַרײַן אין מײַן רעפּערטואַר: שלום־עליכמס „שיר־השירים" און האַלקינס „בר־כּוכבא"...

זיך אומגעקערט אַהיים פֿון מאָסקווע, האָט נחמה זיך גענומען צו דער אַרבעט. אויף איר מזל האָט זי געהאַט אַ לערערין, וואָס האָט איר נישט געגעבן קיין פֿרײַע מינוט צו רוען. זיי האָבן געאַרבעט איבער יעדער פֿראַזע און יעדן וואָרט, איבער יעדעס געשטאַלט.

נאָך אין 1947, ווען אין ווילנע איז אויפֿגעטראָטן דער מאָסקווער ייִדישער טעאַטער, איז איר אײַנגעפֿאַלן אַ געדאַנק צו פֿאָרן קיין מאָסקווע און זיך לערנען אין מיכאָעלסעס שטודיע. דער מלאך־המוות מיט סטאַלינס וואָנצעס האָט איר טרוים צעשטערט. איצט, אַרבעטנדיק איבער די ייִדישע לידער, האָט זי אין זיי געפֿונען די זעלבע בילדערישקייט, וואָס גיט די מעגלעכקייט צו שפּילן טעאַטער.

– כ'האָב יעדעס ליד געפֿילט, – ווערט לעבעדיקער איר קול, שוין גרייט עס צו דערווײַזן, – דאָס זײַנען געווען מײַנע פּאַרשוינען. כ'האָב זיי געזען פֿאַר זיך – שיינע, יונגע – בפֿירוש אַזעלכע מענטשן האָב איך געוואָלט ווײַזן. כ'מיין, ס'האָט זיך מיר דאָס אײַנגעגעבן...

די ערשטע ייִדישע קאָנצערטן פֿון נחמה דימשיץ זײַנען פֿאָרגעקומען אין איר געבוירן־שטאָט, אין קאָוונע און שפּעטער אין ווילנע, אין 1956. נישט נאָר די ייִדישע לידער, נאָר אַפֿילו די קלאַסישע אַריעס און ראָמאַנסן – אַלץ איז געווען אויף ייִדיש. מיט צוויי יאָר שפּעטער האָט זי באַקומען דעם ערשטן פּרײַז אויפֿן אַלפֿאַרבאַנדישן קאָנקורס פֿון עסטראַדע־אַרטיסטן. נחמה האָט זיך דערמאָנט ווײַטער:

– דער קאָנקורס אין מאָסקווע, ווו כ'האָב געזונגען דרײַ ייִדישע לידער, איז געווען פֿאַר מיר וויכטיק נישט אַזוי צוליב פֿאַרנעמען דאָרט אַן אָרט. כ'האָב געדאַרפֿט האָבן אַ צעטעלע, אַז כ'האָב אָנטייל גענומען אין אַ פֿאַרמעסט פֿון אַזאַ הויכער מדרגה מיט ייִדישע לידער. פֿאַר ליטע

וואָלט אַזאַ פֿאָרמעלע זאַך געגנוג געווען, כּדי כ'זאָל קאָנען אָפֿיציעל אויפֿטרעטן מיט אַ ייִדישער פּראָגראַם. מ'האָט מיר אין ליטע זייער געוואָלט העלפֿן...

אויף דער ייִדישער גאַס, וואָס האָט אין יענע יאָרן מער דערמאָנט אַ טויבן ווינקל, איז מיטאַמאָל געוואָרן לעבעדיקער. נחמה האָט זיך באַקענט מיט ייִדישע פּאָעטן, וואָס האָבן אָנגעהויבן שרײַבן ספּעציעל פֿאַר איר. שיקע דריז, למשל, האָט זי געבראַכט צו דער קאָמפּאָזיטאָרין רבֿקה באָיאַרסקאַיאַ, און אַזוי איז געבוירן געוואָרן דאָס באַרימטע ליד „וויגליד פֿון באַבי יאַר". יוסף קעסלערס שטוב איז תּמיד געווען פֿול מיט דיכטערס און דיכטונג. פֿון אים האָט זי באַקומען דאָס ליד „אַ גלעזעלע י"ש" און „דאָס פֿריילעכע שנײַדערל". די קאָמפּאָזיטאָרן לייב קאַגאַן, וועלוול שאַיִנסקי, אַטיליע ליכטענשטיין און אַנדערע האָבן געשריבן פֿאַר איר.

די נעמען פֿון באַקאַנטע ייִדישע מענטשן, וואָס אייניקע פֿון זיי האָט קרופּניק געקענט פּערזענלעך, האָבן זיך געאײַלט איבער דעם לעבנס־קאָרידאָר פֿון דער באַרימטער זינגערין, זיך געטראָגן פֿון איר נעכטן אין דער ווײַט אַרײַן, נאָכגעבנדיק זיך דעם באַוועג פֿון אירע דערמאָנונגען, ווי אַ בלעזערל דעם בלאָז פֿון אַ וואַרעם וועסנע־ווינטל...

– גראָד אין יענער צײַט האָב איך זיך פֿאַרחבֿרט מיט לייבו לע־ווין. ער האָט מיר געגעבן אַ סך לידער. ער האָט מיר געעפֿנט די טיר צו זעליג באַרדיטשעווערס געזאַנגען. אַ ליטווישער קאָמפּאָזיטאָר האָט פֿאַר מיר באַאַרבעט משה קולבאַקס לידער און אַ ליד פֿון רחל. אַזוי ביסלעכווײַז האָט זיך אָנגעקליבן בײַ מיר אַ גרויסער רעפּערטואַר... און ווי פֿאַרגעסט מען די אָוונטן און טעג בײַ מאָטל סאַקציִערן אין שטוב, אין קעשענעוו? אַלץ האָט אַזוי געווירקט אויף מיר, אַז כ'האָב געלעבט נאָר מיט דעם...

און אָט איז געשען אַ זאַך, וואָס האָט, קודם־כּל, איר אַליין געגעבן צו פֿאַרשטיין, אַז אירע ייִדישע קאָנצערטן זײַנען נישט בלויז קונסט, פֿאַרווײַלערישע אונטערנעמונגען; זיי טראָגן אין זיך אַ סך מער – רוח־החיים! און געשען איז עס אין קיִעוו. נאָך דעם ווי עס זײַנען אויסגעגאַנגען אין דער שטילקייט די לעצטע קלאַנגען פֿון דעם ליד „באַבי יאַר", האָט דער גאַנצער עולם אין זאַל זיך אויפֿגעהויבן און שטיין געבליבן נישט בכּוח צו אָטעמען...

דאָס, וואָס דעם ייִדישן עולם האָט אַזוי באַגײַסטערט אין אירע קאָנצערטן, האָט געצוווּנגען די שונאי־ישׂראל אָנשפּיצן די הינטישע

אויערן. די מבֿינים פֿון ייִדישן ליד אין „קאַגעבע" האָבן פֿאַרוועט דער זינגערין צו זינגען אויף אירע קאָנצערטן דאָס „וויגליד פֿון באַבי יאַר". ס'האָט אָבער זיי אויסגעזען נישט געגוג דער פֿאַרוועט און ס'איז קיין ווילנע אַוועקגעשיקט געוואָרן אַ באַפֿעל, אַז מחוץ ליטע טאָר נחמה דימשיץ מיט אירע ייִדישע קאָנצערטן נישט אַרויספֿאָרן.

– איך האָב געהאַט מיט זיי אַ גאַנצן פֿלירט, – האָט נחמה זיך ביטער צעשמייכלט, – אַ ראָמאַן! זיי האָבן בײַ מיר געזוכט אין שטוב, מ'האָט מיך געשלעפּט אויף פֿאַרהערן. די לעצטע צײַט פֿאַרן פֿאַרלאָזן סאָוועטן־פֿאַרבאַנד האָב איך איבערגעריסן די פֿאַרבינדונגען מיט מײַנע פֿרײַנד. כ'האָב פֿאַר זיי פּשוט מורא געהאַט. פֿרעגט נישט, כ'האָב געמוזט קעמפֿן מיט פֿרעמדע און מיט אייגענע...

– און מיט וועמען איז געווען שווערער צו קעמפֿן?

– שווער איז געווען מיטן זשורנאַל „סאָוועטיש געזעמלאַנד", ריכ־טיקער, מיט זײַן הויפּט־רעדאַקטאָר. גלײַך פֿון אָנהייב אָן איז ער געווען אויף מיר פֿײַער: „ס'איז אַ נאַציאָנאַליסטישע פּראָגראַם!.. זי קוועטשט אַרויס טרערן!" – סתּם געהאַקט אַ טשײַניק. אין דער אמתן האָט אים מער געאַרט, אַז מ'איז אים באַגאַנגען, נישט געפֿרעגט בײַ אים... מײַנע נאָענטע פֿרײַנד פֿלעגן מיך שטענדיק וואָרענען: „ער וועט דיך באַגראָבן!" ענדלעך, האָב איך זיך מיט אים באַגעגנט פּנים־אל־פּנים. כ'האָב אים געזאָגט: מיר זײַנען מיט אײַך אויסגעוואַקסן אין פֿאַרשיידענע פּלעצער און באַקומען פֿאַרשיידענע דערציִונג. איר זײַט דאָך נישט געווען אויף מײַנע קאָנצערטן. אָט דאַרף מאָרגן זײַן מײַן קאָנצערט, קומט צו גיין און הערט אַליין. אויב איר וועט נאָך דעם האָבן צו מיר וואָסערע נישט איז באַמערקונגען, וועט זײַן וועגן וואָס צו רעדן. בקיצור, נאָכן קאָנצערט האָט מען אים גלײַך ווי פֿאַרביטן. ער האָט זיך אַ ביסל באַרויִקט.

דער הויפּט־רעדאַקטאָר איז טאַקע רויִקער געוואָרן, און די זינגערין האָט אײַנגעשלאָסן אין איר רעפּערטואַר אַ ליד אויף זײַנע ווערטער. אומרויִק זײַנען אָבער פֿאַרבליבן די לײַט פֿון זיכערהייט־אָרגאַנען. דער נצחון פֿון ישׂראל אין דער זעקס־טאָגיקער מלחמה האָט נאָך מער אויפֿגערייצט די הינט, וואָס האָבן זיך געריסן פֿון דער קייט.

– אין ליטע זײַנען בפֿירוש געווען נישט וויניק לײַטישע ליטווינער, וואָס האָבן געראַטעוועט ייִדן, נישט נאָר זיי געהרגעט. אויך קאָמוניסטן, וואָס האָבן אַ מאָל געגלייבט אין שיינע אידעאַלן. ווען נישט אַזעלכע מענטשן, ווייס איך נישט, צי כ'וואָלט געקאָנט אויסהאַלטן אַזוי פֿיל

צײַט. ס׳איז נאָך אַ חידוש, וואָס קיינער האָט מיך נישט געמסרט; מע פֿלעגט דאָך מסרן אויף שריט און טריט. אין סאַמע אויבן, אין ליטווישן צענטראַל־קאָמיטעט פֿון דער פּאַרטיי, איז געלעגן די איבערזעצונג פֿון יעדעס ליד, וואָס כ׳האָב געזונגען. דער ערשטער סעקרעטאַר האָט מיר אַליין געזאָגט: „געגנוג! געגנוג בלוט אין ליטע!"... צוריק גערעדט, האָב איך נישט געמאַכט קיין סוד פֿון מײַנע טרעפֿונגען אין מאָסקווע מיט מענטשן פֿון דער ישׂראלדיקער אַמבאַסאַדע. די, וואָס האָבן עס געדאַרפֿט וויסן, האָבן עס סײַ ווי סײַ געוווּסט...

אַ ווײַלע האָט נחמה זיך פֿאַרטראַכט, ווי געבליבן שטיין, כּדי זיך אומצוקוקן און אָפּשאַצן דעם דורכגעמאַכטן וועג. אויסגעלאָשן די סיגאַרעט אינעם אַש־בעכערל, האָט זי געזאָגט:

– עס האָט מיר אָפּגעגליקט אין לעבן: כ׳בין אַרויס אַ גאַנצע פֿון היטלערן און פֿון סטאַלינען; און אַפֿילו פֿון כרושטשאָוון בין איך אויך אַרויס אַ גאַנצע און צו דער צײַט... זאָגן דעם אמת, ווייס איך נישט, וואָס ס׳וואָלט געשען, ווען זיי גיבן מיר אַ גוטן קלאַפּ. קיין גרויסער „יאַטעבעדאַם" בין איך קיין מאָל נישט געווען. וואָס יאָ, כ׳האָב שטענדיק געדענקט מײַן פֿאָטערס אָנזאָג: „רק קדימה, אין אַחורה!"

און אָט איז נחמה דימשיץ אין מערץ 1969 אָנגעקומען קיין ישׂראל. אַליין. די טאָכטער, די עלטערן און די שוועסטער זײַנען געבליבן אין ליטע. זיי האָט די מלוכה נישט אַרויסגעלאָזט. געלאָזט ווי ערבֿניקעס, הייסט עס, ווי ס׳האָבן געטאָן די נאַציס און לעצטנס – די פּאַלעסטינער טעראָריסטן. שוין אין אַ חודש אַרום וועט זי געבן צוויי קאָנצערטן אין די גרעסטע זאַלן. נחמה האָט זיך דערשלאָגן אירס; זי טרעט אויף אין ישׂראל, פֿאָרט אַרויס אויף גאַסטראָלן קיין אַמעריקע, אייראָפּע – דער ייִדישער „זינגפֿויגל" האָט זיך אַרויסגעריסן אויף דער פֿרײַ. און פּלוצעם...

– איר האָט פֿאַרלאָזט די בינע אַזוי אומדערוואַרט. – האָט קרופּ־ניקס פֿראַגע, ווי אונטערגעשניטן איר די פֿליגלען, – מע קאָן זאָגן, אין סאַמע הייך פֿון אײַער דערפֿאָלג. פֿאַר וואָס?

ס׳האָט נישט אויסגעזען, אַז די פֿראַגע זאָל פֿאַר נחמהן זײַן אומדער־וואַרט. געוויס, האָט זי שוין אויף איר נישט איין מאָל געענטפֿערט. און דאָך, איז דאָס אומקערן זיך צו דעם מאָמענט האָט איר פֿאַרשאַפֿט ווייטיק.

– כ׳בין אַוועק, ווײַל כ׳האָב מיטאַמאָל דערפֿילט, אַז כ׳האָב שוין מער נישט וואָס צו זאָגן. פֿריִער בין איך געווען זיכער אין דעם, וואָס כ׳האָב געזאָגט דאָרט און וואָס כ׳האָב בײַם אָנהייב געזאָגט דאָ. כ׳בין

צעטומלט געוואָרן – די כּסדרדיקע קריגערײַען צווישן די פּאַרטייען, די באַציִונג צו ייִדיש... ווער וויל דאָ הערן „באַבי יאַר"? אויף איינעם אַ קאָנצערט מײַנעם פֿאַר די צה"ל־סאָלדאַטן האָבן זיי אין מיטן מײַן זינגען גראָד אָט דאָס ליד אָנגעהויבן פּײַפֿן, הויך רעדן, זיך וויצלען און לאַכן... מײַן האַלדז איז ווי אַרומגעכאַפּט געוואָרן מיט אַ שטריק, וואָס פֿאַרציט זיך אַלץ שטאַרקער און שטאַרקער... כ'האָב געמוזט איבעררײַסן דעם קאָנצערט... דאָרט האָב איך געקעמפֿט פֿאַרן מענטשלעכן כּבֿוד, פֿאַר טאַטע־מאַמע, פֿאַר די אַלע, וואָס זײַנען אַוועק אין דער אייביקייט... מײַן שליחות האָב איך, זעט אויס, אויסגעפֿירט.

מער קיין פֿראַגעס האָט קרופּניק נחמה דימשיץ נישט געשטעלט. פּונקט ווי דעמאָלט, בשעתן שמועס מיט אַהרון אַפּעלזאַפּט, איז אַלץ קלאָר געווען – די אַלטע שׂינאה צו ייִדיש איז אין דער מדינה נעלם געוואָרן, ס'האָט זי פֿאַרביטן אַ קאַלטער פֿאַרגליווערטער גלײַכגילט.

אויפֿן וועג צוריק קיין ירושלים האָט דובֿ־בער זיך פּלוצעם דער־מאָנט אין יענעם אויגוסט־טאָג פֿונעם מאָסקווער פּוטש. ס'האָבן זיך גע־שטעלט פֿאַר די אויגן די פֿאַרלוירענע אָנגעשראָקענע פּנימער פֿון די אַנטלאָפֿענע סאַברעס־„בני־עקיבֿניקעס" און די בגילופֿינדיקע פֿאַרוויינטע צורה פֿונעם עבֿרית־לערער אַריה „טאַנקיסט"... זעט אויס, עס דאַרף באמת נעמען אַמווייניקסטן אַ דור, כּדי צו ווערן אײַנגעוואָרצלט אינעם לאַנד, אָבער ווי גיך קומט פֿאָר דער גילגול, ווען אַ סאַמעראָדנע סאַברע ווערט צוריק פֿאַרוואַנדלט אין אַ גלות־ייִד.

20

אין דעם מאָסקווער ווינקעלע „טשיסטיִיע פּרודי" האָט קרופּניקן געבראַכט נאָך איין זאַך – די טרעפֿונג מיט נאַטאַשען. דובֿ־בער האָט זיך מיט איר באַקענט בשעתן קומען קיין מאָסקווע אין שײַכות מיט זײַן רוסיש בוך, וואָס האָט זיך געגרייט צום דרוק אינעם פֿאַרלאַג „סאָוועטסקי פּיסאַטעל". ס'איז גראָד געשען גלײַך נאָך דעם ערד־ציטערניש אין 1986. קרופּניק געדענקט, ווי גייענדיק איבער דער שטאָט, האָט ער כּסדר געדרייט מיטן קאָפּ אין איין זײַט, אין אַן אַנדער זײַט און געטראַכט: וואָס וואָלט געשען מיט דעם בנין, צי וואָלטן אויסגעהאַלטן די ווענט פֿון אַן אַנדער בנין, אויב די כוואַליע פֿון דעם ערד־ציטערניש וואָלט דערגאַנגען ביז אַהער; ס'האָט אויסגעזען ווי אַ משוגעת וואָלט אים נאָכגעיאָגט פֿון קעשענעוו. ס'האָט געוואָלט נעמען אַ שטיקל צײַט, אַז די געפֿילן און געדאַנקען וועגן דעם געשעעניש אין יענער נאַכט זאָלן אים געוווען פֿאַרלאָזן.

דער שוידערלעכער געהילך, וועלכער האָט זיי אויפֿגעוועקט, האָט אים אין אַ סעקונדע באַהערשט, אַרויסרופֿנדיק אַ פּאַניק און שוידער אין איין צײַט. דער ערשטער געדאַנק, וואָס דער מוח האָט אַרויסגעוואָרפֿן, איז געווען: „מלחמה... נוקלעאַרע מלחמה!" דער טראַסק און זבענק פֿון צעבראָכענעם גלאָז האָט באַגלייט די ווערטער, געמאַכט זיי פֿילעוודיק בחוש, ווי די שאַרפֿע שפּליטערס וואָלטן זיך אײַנגעשניטן אין לײַב. שפּע־טער איז קלאָר געוואָרן, אַז די טירלעך פֿונעם סערוואַנט אין אייבערשטן צימער האָבן זיך אויפֿגעעפֿנט, די פּאָליצעס איבערגעקערט און דאָס גאַנצע געפֿעס האָט זיך אַ שיט געטאָן אויפֿן דיל... מײַנעס דורכדרינגלעך קול האָט אים אויפֿגעמונטערט: „נעם די קינדער און לאָז זיך אַראָפּ

אין דרויסן!" זיי האָבן געוווינט אויפֿן זעקסטן גאָרן פֿון אַ נײַן־גאָרנדיק הויז. מיטן ליפֿט זיך אַראָפּלאָזן איז געווען אַ סכּנה, אַז ער וועט בלײַבן שטעקן, האָט דובֿ־בער מיט זאָריקן אויף די הענט זיך אַראָפּגעלאָזט מיט די טרעפּ. אַרקאַדי, אַ שלעפּעריקער האָט זיך געשלעפּט נאָך אים. מײַע, אַרײַנגעוואָרפֿן אינעם קינדער־וועגעלע אַלץ, וואָס די הענט האָבן אָנגעטאַפּט פֿון קינדערס זאַכן, איז געגאַנגען הינטן. די שכנים, צו מאָל אין הוילע גאַטקעס אָדער אין אַ נאַכטהעמדה, האָבן זיך געטראָגן איבער די טרעפּ אַראָפּ, אָנגעשראָקענע מיט פֿאַרקרימטע פּנימער, קוים אײַנהאַלטנדיק דעם גוואַלד נישט צעקוויטשען זיך...

נאַטאַשע איז געווען די רעדאַקטאָרין פֿונעם בוך. קיין באַזונדערע פֿראַגעס מכּוח דעם טעקסט האָט זי, פֿון איר זײַט, נישט געהאַט, מער אויסגעפֿרעגט וועגן דעם ערד־ציטערניש, וואָס איז דעמאָלט בײַ יעדן געווען אויף דער צונג. ס'איז גראָד געקומען די צײַט פֿון עסן אָנבײַסן און דובֿ־בער האָט זי פֿאַרבעטן אין רעסטאָראַן. נאַטאַשע האָט אַ שאָקל געטאָן מיטן קאָפּ און אָנגערופֿן דאָס אָרט – דער רעסטאָראַן אינעם צענטראַלן ליטעראַטן־הויז. דובֿ־בערן איז דאָרט נישט איין מאָל אויסגעקומען צו זײַן, נישט אַזוי צוליב דעם רעסטאָראַן, ווי אויף כּלערליי אונטערנעמונגען, וועלכע פֿלעגן פֿאָרקומען אינעם גרויסן זאַל. דאָ פֿלעגט מען פֿאַר אייניקע שרײַבערס זינגען זמירות און די אַנדערע אַרײַנלייגן אין חרם – אַזוי, ווי מ'האָט געהייסן פֿון „אויבן", פֿון די הויכע פֿענצטער. דאָ האָט מען זיך געזעגנט מיט די פֿאַרדינסטפֿולע פֿאַרשטאָרבענע מאָסקווער שרײַבערס, און פֿון דאַנען זיי באַגלייטן אין זייער לעצטן וועג; אַהער זײַנען די שרײַבערס, וועלכע זײַנען געבליבן לעבן נאָכן „גולאַג" געקומען אַרײַנקוקן אין די אויגן די יעניקע, וואָס האָבן זיי געמסרט.

דאָס הויז פֿון די סאָוועטישע ליטעראַטן האָט אויך געהאַט אַן אייגענע שטיקל ייִדישע געשיכטע. דאָ האָט זיך קוואַרטירט די מאָסקווער סעקציע פֿון ייִדישע שרײַבערס, בראָש מיט פּרץ מאַרקישן. אויפֿן שילד פֿון די אומגעקומענע מאָסקווער שרײַבערס, וואָס זײַנען פֿרײַוויליק אַוועק אויפֿן פֿראָנט צו פֿאַרטיידיקן די קרוינשטאָט, זײַנען אויך אויסגעקריצט געווען די נעמען פֿון ייִדישע שרײַבערס – שמואל־ניסן גאָדינער, אַהרן גורשטיין, שמואל ראָסין און מאיר ווינער; דאָ האָט מען אין די אָנהייב 1970ער יאָרן „געשטעלט צום שאַנדסלופּ" די ייִדישע שרײַבערס, וואָס האָבן אײַנגעגעבן די פּאַפּירן אַרויסצופֿאָרן קיין ישׂראל. צווישן

די ערשטע איז געווען אויך זוסיע קאָלעסין און דאָבע וואָל. אין יענער צײַט איז איבערן ליטעראַטן־הויז אַרומגעגאַנגען אַ בייזע פּליאָטקע, אַז אינעם זעלבן טאָג, ווען אין דעם פּאַרטיי־ביוראָ האָט מען אויסגעשלאָסן פֿון דער פּאַרטיי דעם דיכטער זוסיע קאָלעסין, האָט מען אין רעסטאָראַן געטאַנצט אויף דער חתונה פֿון אַהרן ליס מיט זײַן צווייטער פֿרוי, די טאָכטער פֿונעם באַוווּסטן רוסישן שרײַבער וואַלענטין ק־וו.

דער ליטעראַטן־הויז האָט געהערט צו די פֿאַרמאַכטע אַנשטאַלטן און אַרײַנגיין אַהין האָט מען געקאָנט נאָר מיטן „רויטן שײַן" פֿון אַ מיטגלידער אינעם שרײַבער־פֿאַראיין. פֿאַר די צוהערער פֿון ייִדיש־גרופּע, וואָס זײַנען קיין מיטגלידער נישט געווען, אַ חוץ בראָנסקין, פֿלעגט מען מאַכן אַן אויסנאַם. איין מאָל האָט דובֿ־בערן און משה פּען, וואָס זײַנען ערשט אַרײַנגעגאַנגען אינעם ליטעראַטן־הויז, אָפּגעשטעלט אינעם גערצאַמען קאָרידאָר אַ באַיאָרטער מענטש. דער ייִדישער ייִחוס איז אים ממש אַרויסגעשפּרונגען פֿונעם פּנים. ווי ס'האָט זיך בײַ משהן און דובֿ־בערן געפֿירט, האָבן זיי גערעדט צווישן זיך ייִדיש. זעט אויס, אַז דווקא די שפּראַך האָט דעם ייִד צו זיי צוגעצויגן.

אַ ווײַלע האָט ער זיי באַטראַכט מיט אַן אויג פֿון אַ געניטן שנײַדער, וואָס מעסט אָפּ זײַן קליענט פֿון קאָפּ ביז די פֿיס.

– פֿון וואַנען קומען ייִדן? – האָט ער געפֿרעגט אויף ייִדיש.

מע קאָן נישט זאָגן, אַז משה און דובֿ־בער זײַנען געוואָרן איבער־געראַשט פֿון דער פֿראַגע, ס'האָט אָבער פֿאָרט אַ ביסל אויסגעזען אומדערוואַרט צו הערן דאָ אַ ייִדיש וואָרט פֿון עמעצן נאָך. דער אומ־באַקאַנטער האָט עס ווײַטער אַליין באַשטעטיקט, איבערגייענדיק אויף רוסיש:

– מײַן נאָמען איז מיכאַיִל איסאַקאָוויטש רודערמאַן... – דערזען, אַז קיין באַזונדערן אײַנדרוק האָט עס נישט געמאַכט, האָט ער געפֿרעגט: – און דאָס ליד „טאַטשאַנקאַ" האָט איר אַ מאָל געהערט?..

וואָס הייסט, געהערט, מ'האָט זיך דאָך דאָס ליד איבערגעגעבן אויף דעם רעפּראָדוקטאָר נישט זעלטענער ווי דאָס ליד „קאַטיושאַ". נישט באַלד האָט דער קליינער בערעלע פֿאַרשטאַנען דאָס וואָרט, „טאַטשאַנקאַ", ביז ער האָט נישט געזען דעם פּאָפּולערן קינאָפֿילם „טשאַפּאַיעוו". ווי עס האָט זיך אַרויסגעוויזן, איז עס געווען אַ פּשוטע בריטשקע אויף פֿיר רעדער, אין וועלכער עס זײַנען אײַנגעשפּאַנט געווען פֿיר פֿערד. דאָס וויכטיקסטע אין דער „טאַטשאַנקאַ" איז געווען דער

קוילנוואַרפֿער „מאַקסים“, צוגעפּעסטיקט צום הינטערשטן טייל פֿון דער בריטשקע. אינעם קינאָפֿילם האָט די „טאַטשאַנקאַ“ זיך געטראָגן איבערן שלאַכטפֿעלד און געקאָסיעט די ווײַסע קאַזאַקן אויף לינקס און אויף רעכטס...

מיכאַיִל איסאַקאָוויטש האָט בשעת־מעשׂה גערעדט ווײַטער:

– זאָלט איר וויסן, חבֿרים, אַז די ווערטער פֿון דעם ליד האָב איך אָנגעשריבן, – און די אײַנגעהויקערטע פּלייצע האָט זיך אים אַזש אויס־געגלײַכט.

ער האָט יעדן אַ דרוק געטאָן די האַנט און געזאָגט:

– איך האָב זייער גוט געקענט מאַרקישן. אַ שיינער מענטש געווען!

שוין געהאַט אָפּגעגאַנגען עטלעכע טריט צו דער אַרויסגאַנג־טיר, האָט דער רוסישער פּאָעט רודערמאַן זיך געכאַפּט און גיך אומגעקערט זיך צום ייִדיש־רעדנדיק פּאָרעלע.

– עס דרייען זיך דאָ אַרום גענוג באַנדיטן, – האָט ער בלחש ווידער אַ זאָג געטאָן אויף ייִדיש, – רעדט בעסער רוסיש.

קיין פּראָבלעם איז מיטן אַרײַנגיין אינעם ליטעראַטן־הויז נישט געווען; נאַטאַשען האָט מען דאָ געקענט, דערצו האָט איר שײַן פֿון אַ רעדאַקטאָרין אין „סאָוועטסקי פּיסאַטעל“ אויך אויסגענומען בײַם סטרוזש בײַ דער טיר. דובֿ־בער האָט זיך אַרומגעקוקט, מעגלעך, אַז ווי פֿריִער, בײַ זײַנע באַזוכן דאָס הויז מיט דרײַ, פֿיר יאָר צוריק האָט זײַן פּראָווינציעלער בליק געזוכט זיך אָנצוטרעפֿן אין אַ באַקאַנטער ליטעראַטור־פּערזענלעכקייט. ער וואָלט אַוודאי זיך נישט געוואָרפֿן אַנטקעגן נאָך אַן אויטאָגראַף, ס'איז נישט אין זײַן טבֿע, אָבער פֿאָרט – צו זען לעבעדיקערהייט אַ באַרימטן שרײַבער, איז נישט אָפּצומאַכן מיט דער האַנט.

נאַטאַשע איז געגאַנגען די ערשטע און מיט זיכערע טריט האָט זי געפֿירט דעם שרײַבער פֿון מאָלדאַוויע אין דעם אַזוי גערופֿענעם „דעמבענעם גאַסטצימער“, ווו דער רעסטאָראַן האָט זיך געפֿונען. אויך ווי דעם בנין פֿונעם ליטעראַטור־אינסטיטוט, האָט עס די מלוכה, נאָך דער רעוואָלוציע, אָפּגענומען בײַ די אמתע באַלעבאַטים; דאָס מאָל בײַ דער גראַפֿיניע אַלעקסאַנדראַ אָלסופֿיעוואַ, די אַלמנה פֿון גענעראַל אָלסופֿיעוו, וואָס איז גוט באַקאַנט געווען אין רוסלאַנד ווי אַ פֿילאָסאָף און קענער פֿון אוראַלטן רוים. איר האָט אָפּגעגליקט – מיטן גאַנצן הויזגעזינד האָט דער גראַפֿיניע זיך אײַנגעגעבן אַרויסצופֿאָרן קיין איטאַליע, ווו זי האָט זיך באַזעצט, און אָפּגעלעבט שוין ביזן טויט.

אינעם רעסטאָראַן זײַנען געווען געגנוג פֿרײַע טישלעך, האָבן נאַ־טאַשע און דובֿ־בער זיך צוגעזעצט צו אײנעם, בײַ דער וואַנט.

– קיין אַנשלאַג איז הײַנט נישטאָ, – האָט באַמערקט דובֿ־בער, ווי ער וואָלט דאָ געווען נעכטן און ס'האָט זיך געטאָן אויף טיש און אויף בענק.

ער האָט אַרײַנגעקוקט אין דעם מעניו, ווען צום טישל איז צוגע־קומען די אָפּיציאַנטקע, אַ פֿולבלעכע פֿרוי אין די מיטעלע יאָרן. זי האָט אַרויסגעשלעפּט פֿון ווײַסן פֿאַרטעכל אַ דין נאָטיץ־ביכעלע מיט אַ בלײַער, שוין גרייט צו פֿאַרשרײַבן די באַשטעלונגען. אַ רגע האָט זי געקוקט אויפֿן קאַוואַליר, וואָס האָט גענישטערט מיט די אויגן איבער די צוויי מאָגערע זײַטלעך.

– איר וועט עפּעס טרינקען?.. – האָט זי קורץ געפֿרעגט, און צוגע־געבן: – קאָניאַק איז ניטאָ, נאָר בראָנפֿן...

– ווײַן האָט איר, – איז נאַטאַשע געקומען צו הילף, – מאָלדאַ־ווישן ווײַן?

– יאָ, בעסער רויטע „קאַבערנע"? – האָט אונטערגעכאַפּט דובֿ־בער, אַרויסווײַזנדיק אין דעם מבֿינות.

די אָפּיציאַנטקע האָט זיך דערפֿון נישט איבערגענומען. זי האָט שוין נישט געוואַרט, נאָר אַליין פֿאָרגעלייגט:

– כ'וואָלט אײַך רעקאָמענדירט צו באַשטעלן זופּ־כאַרטשאָ, – זי האָט זיך אויסגעדרייט צו נאַטאַשען און שוין גערעדט צו איר, – ווי אַ צווייט געריכט – ביפֿשטעקס מיט אַ געפּרעגלט איי און קאַרטאָפֿל־פּורע... כ'האָב עס הײַנט אַליין געגעסן, – די לעצטע ווערטער אירע האָבן, אַ פּנים, געדאַרפֿט פֿאַרזיכערן די קליענטן, אַז זיי וועלן זיך נישט אָפּסמען.

זיי זײַנען פֿאַרבליבן פּנים־אל־פּנים, נאָר שוין נישט אַזוי ווי אין דער פֿרי, בשעת דער אַרבעט. דעמאָלט איז זייער פֿאַרמיטלער געווען קרופּניקס כתבֿ־יד, אַרום וועלכן ס'האָט זיך געדרייט דער גאַנצער שמועס. ער האָט געהאַלטן זייערע צווישנבאַציִונגען אין קאָנקרעטע ראַמען. איצט בײַם רעסטאָראַן־טישל האָט זייער זיצן איינער אַנטקעגן דעם אַנדערן אָנגעהויבן אויסזען אַנדערש. די „קאָנקרעטע ראַמען" זײַנען אָפּגעפֿאַלן; זיי האָבן אַרײַנגעקוקט איינער דעם אַנדערן אין די אויגן, ווי אַ פֿרוי און אַ מאַן.

זי איז געווען עלטער פֿון אים און די געדיכט־באַזעצטע קורצע קנייטש־שטריכעלעך אין די ווינקעלעך פֿון אירע גרויע אויגן, האָבן די עלטער באַטאָנט. זי וואָלט זיי געקאָנט באַהאַלטן מיט עפּעס אַ קאָס־

מעטיש מיטל, ווי עס טוען אַ סך פֿרויען אין אירע יאָרן, אָבער זי האָט עס נישט געטאָן. צוויי קליינע אַקוראַט אויסגעטאָקטע אויערן, די האָר, קורץ אונטערגעשוירן און איבערגעפֿאַרבט אין בלאָנד. די באַקן – עט־וואָס צוגעפּודערט. דינע, נאָר בולט אויסגעדריקטע ליפּן...

– כ׳האָב ביז דײַן בוך נישט געטראַכט, אַז אויף ייִדיש זײַנען דאָ שרײַבערס ייִנגער פֿון זיבעציק יאָר, – האָט נאַטאַשע, ווי אָנגעקניפּט דעם סוף פֿונעם פֿרימאָרגנדיקן שמועס מיטן אָנהייב פֿון איצטיקן.

– ביסטו אַנטוישט געבליבן?

– גאָט באַהיט, פֿאַרקערט... ס׳מיינט, אַז אָן אַרבעט וועלן מיר, רעדאַקטאָרן, נישט בלײַבן.

דובֿ־בער האָט אָפּגעשאַצט נאַטאַשעס וויץ.

– האָסט אָבער נישט געזאָגט, צי מײַן ביכל איז דיר געפֿעלן.

נאַטאַשע האָט אָפּגעטרונקען פֿונעם באָקאַל אַ ביסל ווײַן; זיך קאָמיש באַלעקט די ליפּן מיטן שפּיץ־צונג, האָט זי געזאָגט:

– דעם רעדאַקטאָר שטעלט מען נישט אַזעלכע פֿראַגעס. אַ גוטער רעדאַקטאָר, בשעת דער אַרבעט איבערן בוך, קלעמערט זיך אײַן נישט בלויז אינעם טעקסט, נאָר אינעם מחברס הויט, ווי אַ קליעשטש... און איך בין אַ גוטע רעדאַקטאָרין...

– דאָס הייסט אויך, אַ גוטער קליעשטש...

– יאָ... אָבער דיר האָט אָפּגעגליקט. דו האָסט אַ גוטן איבערזעצער.

– זי האָט אָפּגערוקט פֿון זיך דעם טעלער מיטן נישט־דערעסענעם ביפֿשטעקס, ווי געוואָלט דערמיט באַפֿרײַען דעם שטח אַרום זיך, – עס געפֿעלט מיר דײַן פּראָזע אין אַלגעמיין, הגם נישט אַלץ איז אויסגעהאַלטן אויף איין ניוואָ... ביסט אויפֿריכטיק, צו מאָל נאַיִוו, נאָר נישט איבעריק...

– אַ רגע זיך פֿאַרטראַכט, האָט זי געזאָגט: – ביסט דאָך אַ מוזיקער, נעמסטו דעם אַרום אויף מער מיטן אויער, כּמעט ווי אַ פֿרוי...

זיי האָבן זיך צעלאַכט. דובֿ־בער האָט פֿונעם פֿלעשל צוגעגאָסן דעם ווײַן אין נאַטאַשעס באָקאַל און געזאָגט:

– אַז דו ווייסט שוין אַזוי פֿיל וועגן מיר, דערצייל, כאָטש אַ ביסל, וועגן זיך אויך.

זי האָט אָפּגעזיפֿצט. אַ דריי געטאָן דאָס פֿינגערל אויפֿן רינגפֿינגער, האָט זי געפֿרעגט און אַליין געענטפֿערט:

– אויב דו ווילסט וויסן, צי כ׳האָב אַ מאַן, איז ער געשטאָרבן מיט צוויי יאָר צוריק. איך וווין מיטן זון. אַגבֿ, איז ער מיט עטלעכע יאָר

עלטער פֿון דײַן אַרקאַדי, אַזוי הייסט, דײַן עלטערער זון, כ'האָב גע־טראָפֿן?

דובֿ־בער האָט זיך צעשמייכלט און צוגעשאָקלט מיטן קאָפּ; דער־מאָנט זיך אין די צוויי קליינע קינדער־דערציילונגען, וואָס זײַנען אײַנגע־שלאָסן געוואָרן אינעם בוך. דער הויפּט־העלד הייסט דאָרט אַרקאַדי.

– ער איז געווען אַן איבערזעצער, מײַן מאַן, פֿון לעטיש און דײַטש, וואַלדיס פּעטערסאָן... – האָט דערציילט נאַטאַשע, – ער אַליין האָט געשטאַמט פֿון אַ לעטישער פֿאַמיליע, זײַן זיידע איז געווען אַן אַלטער באָלשעוויק פֿון די לעטישע שיסערס. אין זיבן און דרײַסיקסטן האָט מען אים אַרעסטירט – און דערשאָסן...

– און דײַן מאַן, פֿון וואָס איז ער געשטאָרבן?

– פֿון וואָס שטאַרבט אַ רוסישער שרײַבער, אויב ער איז אַפֿילו אַ לעט... פֿון טרינקען...

צום טישל איז צוגעגאַנגען די אָפּיציאַנטקע.

– שוין, אָפּגעגעסן? – האָט זי, נישט דערוואַרט זיך אויפֿן ענטפֿער, צוגענומען די טעלערס פֿון טיש. – דעסערט... טיי, קאַווע?

זיי האָבן באַשטעלט שוואַרצע קאַווע, כאָטש קאַווע האָט דאָס געטראַנק דערמאָנט נאָר מיטן קאָליר. שוין בײַם אַרויסגאַנג האָט דובֿ־בער באַמערקט:

– נאָך מיט עטלעכע יאָר צוריק, ווען כ'בין דאָ געווען דאָס לעצטע מאָל, האָט מען קיין קאַווע נישט פֿאָרגעלייגט, נאָר טיי, אָבער דאָס עסן אַליין איז געווען געשמאַקער.

נאַטאַשע האָט עס פֿאַרטײַטשט אויף איר אופֿן:

– דעמאָלט זײַנען מיר געווען יינגער און נישט איבערגעקליבן, – און אומדערוואַרט האָט זי פֿאָרגעלייגט: – איך פֿאַרבעט דיך אויף אַן אמתער קאַווע... מײַן זון איז אויף דער דאַטשע בײַ זײַן באָבען, און צו דער אַרבעט וועל איך שוין הײַנט מער נישט גיין...

ער איז געבליבן גענעכטיקט בײַ נאַטאַשען, און אויפֿן אַנדערן טאָג אַוועקגעפֿלויגן אַהיים קיין קעשענעוו. נאַטאַשע האָט אים דערציילט, אַז זי איז געבוירן געוואָרן אין מאָסקווע, אין אַ יידישער משפּחה. בײַ אירע פֿיר יאָר איז די מאַמע געשטאָרבן, אָבער דער טאַטע האָט ווידער חתונה געהאַט, שוין מיט אַ רוסישער פֿרוי, וואָס האָט נאַטאַשען אויסגעבאָוועט. זיי האָבן אַלע דרײַ געוווינט אין אַ קאָמונאַל דירהלע פֿון איין צימער, ווו ס'איז פֿאָרגעקומען אַלץ – דאָרט

האָט מען געגעסן, דאָרט האָט די קליינע נאַטאַשע זיך געשפּילט און שפּעטער – צוגעגרייט אירע לימודים, דאָרט האָבן פֿון דער בעט, ווו ס'זײַנען געשלאָפֿן די עלטערן, זי געוועקט אין די נעכט מאָדנע קרעכצן און דער סקריפּ פֿון פֿאַרזשאַווערטע בעט־ספּרוזשינעס... ווען נאַטאַשע איז געוואָרן עלטער, איז איר שענסטער חלום געווען זיך אַרויסרײַסן פֿון דער קאָמונאַלקע. מעגלעך, דאָס איז געווען די הויפּט־סיבה, הלמאַי זי, נאָך אַ סטודענטקע אין אוניווערסיטעט, האָט חתונה געהאַט מיט אַ מענטש, וואָס איז געווען עלטער פֿון איר אויף אַכצן יאָר. ס'איז נישט קיין פֿראַגע, צי זי איז מיט אים געווען גליקלעך. זי האָט געהאַט אַ שיינע וווינונג, אַ גוטע אַרבעט און אַ זון. זיי האָבן אָפּגעלעבט צוזאַמען אַן ערך פֿערצן יאָר. וואַלדיס איז געשטאָרבן אינעם זעלבן יאָר וואָס איר טאַטע. צו אַלע צרות האָט דער זון, איר אויג אין קאָפּ, זיך שטאַרק פֿאַרקילט און אַרײַן אין שפּיטאָל מיט נירן־אָנצינדונג. נאַטאַשע איז געבליבן אַליין אַ פֿאַרצווייפֿלטע, ווי אַן אומפֿאַרמײַדלעכע קללה וואָלט זי נאָכגעפֿאָלגט און קיין רעטונג דערפֿון האָט זי נישט געזען... אין אַ זונטיק האָט זי איר חבֿרטע, אויך אַ רעדאַקטאָרין אינעם פֿאַרלאַג, פֿאַרבעטן צו זיך אַהיים, אין אַ ייִשובֿ אונטער מאָסקווע. זיי זײַנען אַרויס אויף אַ שפּאַציר, און פֿאַרבײַגייענדיק דעם קלויסטער, האָט די חבֿרטע זי אָנגענומען פֿאַר דער האַנט און פֿאָרגעלייגט אין קלויסטער אַרײַנגיין.

– דו ווועסט נאָר שטיין בײַ דער זײַט... איך אַליין וועל שוין אָנוועק־שטעלן אַ ליכטל, אַז דײַן זון זאָל וואָס גיכער געזונט ווערן... ער איז דאָך פֿאָרט אַ האַלבער קריסט...

דער זון איז טאַקע גאָר אין גיכן געזונט געוואָרן. צי האָט דאָס שטעלן אַ ליכטל געהאָלפֿן? נאַטאַשע איז דעמאָלט גרייט געווען צו גלייבן אין דעם אויך. זי האָט זיך געניייטיקט אין אַן אָנשפּאַר, און אַזאַ אָנשפּאַר אין איר לעבן האָט זי געפֿונען אין קלויסטער...

פֿון צײַט צו צײַט פֿלעגן דובֿ־בער און נאַטאַשע זיך פֿאַרבינדן טע־לעפֿאָניש. דערנאָך האָט נאַטאַשע חתונה געהאַט, דווקא מיט אַ ייִד, אַ געלערנטער פֿיזיקער. פֿאַרן אַרויספֿאָרן קיין ישׂראל האָט דובֿ־בער איר אָנגעקלונגען זיך צו געזעגענען. זי האָט זיך ווי פֿאַרענטפֿערט, אַז איר מאַן וויל אין ערגעץ נישט פֿאָרן. ער האָט ליב מאָסקווע און די רוסישע קולטור. און אָט איצט, נאָך אַכט יאָר, זינט יענער איינציקער נאַכט פֿון זייער נאָענטשאַפֿט, האָבן זיי זיך צונויפֿגערעדט אויפֿן טעלעפֿאָן וועגן אַ

טרעפֿונג דאָ, אויף די „טשיסטיִיע פּרודי״, לעבן דענקמאָל פֿונעם רוסישן שרײַבער גריבאָיעדאָוו.

נאַטאַשע איז געקומען צו דער באַשטימטער שעה. זיי האָבן זיך אַרומגעכאַפּט.

– קוק נישט אַזוי אויף מיר, – האָט זי זיך צעשמייכלט, – כ'ווייס, וואָס דו ווילסט זאָגן, ס'וועט סײַ־ווי זײַן אַ ליגן.

ער האָט זי ווידער צו זיך צוגעדריקט.

– האָסט זיך טאַקע גאָר נישט געביטן. פּונקט אַזוי שאַרף אויף דער צונג, ווי פֿריִער. – ער האָט אַרויסגעשלעפּט פֿון דער קעשענע אַ פּושקעלע און עס דערלאַנגט נאַטאַשען, – אַ קליינער סוווועניר פֿון ישׂראל. מע זאָגט ס'באַשיצט פֿון אַ בייז אויג...

זי האָט עס בײַ אים גענומען און אויפֿגעעפֿנט.

– אַ דאַנק, טײַערער... כ'האָב אַזאַ זאַך געזען בײַ מײַנער אַ באַ־קאַנטער.

– ס'הייסט, „חמסה״, פֿון חמש אויף עבֿרית, פֿינעף... אַן אוראַלטער מיזרחדיקער אַמולעט... זעסט ס'איז מיט אַ קייטעלע, מע זאָל עס קאָנען טראָגן אויפֿן האַלדז...

– איצט, צוזאַמען מיטן צלמל, וועל איך שוין זײַן באַשיצט אַרום און אַרום...

און פּלוצעם האָט ער זיך דערמאָנט ווי נאַטאַשע, שטייענדיק אַ נאַקעטע בײַם געלעגער, האָט אַראָפּגענומען פֿונעם האַלדז דאָס קליינע זילבערנע צלמל אירס. די שוואַכע שײַן פֿון פֿענצטער האָט זיך צו דעם אויף אַ קורצער רגע צוגערירט...

– אפֿשר וועלן מיר אַרײַנגיין אין אַ קאַפֿע, – האָט דובֿ־בער פֿאָר־געלייגט, – דער וועטער הײַנט איז פֿאָרט אַ פֿאַסקודנער.

– מיט פֿאַרגעניגן, אַ צען מינוט פֿון דאַנען איז דאָ אַ סימפּאַטישע קאַפֿע.

דובֿ־בער האָט באַשטעלט צוויי שוואַרצע קאַוועס. מער האָט נאַ־טאַשע גאָרנישט געוואָלט.

– דערצייל, כ'גיי אויס פֿאַר נײַגער, – האָט זי זיך קוים אײַנגעהאַלטן.

שוין דאָס וויפֿלטע מאָל איז אים אויסגעקומען עס צו טאָן – קורץ על־רגל־אַחת, אויסצושיטן פֿונעם דורכגעמאַכטס פֿאַר די לעצטע עטלעכע יאָר, ווי מע שיט אָפּ פֿון דער זשמעניע אויף אַן אונטערגעשטעלטער דלאָניע אַ ביסל קערלעך צו קנאַקן.

– וואָס זשע האָט דיך געבראַכט קיין מאָסקווע, שוין זשע נאָר צו זען זיך מיט מיר?

– נישט נאָר מיט דיר, – האָט דובֿ־בער זיך נישט נאָכגעגעבן, – כ'בין, למשל, געווען אין דער רעדאַקציע פֿון „סאָוועטיש געזעמלאַנד"...

– יאָ, זיי האָבן, נעבעך, אויך אָפּגעסמאַליעט נאָכן פֿאַרמאַכן דעם פֿאַרלאַג, – האָט נאַטאַשע אַ זיפֿץ געטאָן, באַטאָנענדיק דעם „אויך". געמיינט האָט עס איר אייגענעם מצבֿ פֿון בלײַבן אָן אַרבעט. – כ'האָב אָבער געהערט, אַז דער הויפּט־רעדאַקטאָר איז פֿאָרט געבליבן אויפֿן וואַסער...

– אמת, ס'האָט זיך באַקומען לויט אָסטאַפּ בענדערס באַקאַנטן זאָג: „דער מערבֿ וועט אונדז אַרויסהעלפֿן!" – און טאַקע אַזוי איז עס געשען... דו דערציילסט גאָרנישט וועגן זיך... ווי לעבט זיך דיר הײַנט?

– מיט מײַן פֿיזיקער האָבן מיר זיך צעשיידט, – האָט זי שטיל גערעדט, האַלטנדיק אויפֿן פּנים אַ פֿאַרלוירענעם שמייכל, – אַ סך דערציילן און ווינציק הערן... מײַן זון איז אַוועק אויפֿן וועג פֿון זײַן טאַטן, זעצט איבער און שרײַבט אַליין מעשׂהלעך פֿאַר קינדער. עס גייט אים נישט שלעכט. ער וויל אַפֿילו שאַפֿן אַן אייגענעם פֿאַרלאַג. שלעפּט מיך אין זײַן ביזנעס...

– איז עס דאָך גוט...

– ס'וואָלט געווען גוט, ווען נישט דאָס הפֿקרות, די מאָראַלישע געפֿאַלנקייט פֿון דער געזעלשאַפֿט... באַנדיטיזם... – זי האָט זיך פֿאַרהאַקט און שוין רויִקער געזאָגט: – אַ קיצור, ווי דו ווייסט נישט, זאָל דיר נישט שאַטן... וואָס טוט דײַן עלטערער זון?

– אַרקאַדי איז אין דער אַרמיי, דינט, ווי עס פּאַסט פֿאַר אַ ישׂראל־בירגער אין זײַן עלטער...

– ס'איז דאָך בײַ אײַך אַ גרויסע סכּנה...

– אמת... זײַן מאַמע לעבט עס זייער איבער... אָבער מ'האָט געוווּסט, וווּהין מע פֿאָרט... דער קלענערער, זאָרי, גייט אין שול, און לערנט זײַנע עלטערן עבֿרית, ווי עס פֿירט זיך אין ישׂראל אין די אימיגראַנטישע משפּחות.

– באַווײַזט אויך שרײַבן דײַנע אייגענע זאַכן? – האָט נאַטאַשע פֿאָרזיכטיק געפֿרעגט, – ווי כ'פֿאַרשטיי, ביסטו זייער פֿאַרנומען בײַ דער אַרבעט.

– ס'איז אַזוי... אַ שטיק צײַט האָב איך אין גאַנצן נישט געקאָנט

זיך זעצן צום שרײַבטיש. צו פֿיל זאַכן האָבן זיך אַרויפֿגעוואַלגערט... דערצו איז דער קאָפּ געווען ליידיק פֿאַר שאַפֿן... אַלץ ווי אויסגעקערט געוואָרן... און דו ווייסט דאָך, אַז דווקא בײַם גראָבן זיך אינעם אייגענעם מיסט זוכט מען צומאָל אויס אַ פּערל. ס'האָט זיך נאָך, אַפּנים, אין מײַן נײַ לעבן נישט אָנגעזאַמלט גענוג מיסט, כ'זאָל קאָנען פֿון דאָרט עפּעס אויספּאָרפּלען...

דובֿ־בער האָט אויסגעטרונקען דאָס פֿאַרבליבענע קאַלט ביסל קאַווע, זיך פֿאַרקנייטשט און געזאָגט:

– ס'האָט געלוינט אַרויסצופֿאָרן קיין ישׂראל כאָטשבי צוליב דעם, כּדי צו פֿאַרזוכן דאָרט אַן אמתע טערקישע קאַווע...

פֿאַר נאַכט, זיך אומגעקערט אויף מישע ברײַס דירה, האָט דובֿ־בער געטראָפֿן דעם באַלעבאָס אין דער היים. ער איז בײַ טאָג געקומען צו פֿליִען פֿון איטאַליע; זײַן ביזנעס־יאַזדע האָט זיך אײַנגעגעבן, און, ווי עס פֿירט זיך, דאַרף מען אַזאַ וויכטיקע זאַך אָפּמערקן.

– ביסט געקומען פּונקט צו דער צײַט, – האָט געשמײַכלט מישע, – טו זיך אַפֿילו נישט אויס. מיר פֿאָרן באַלד אין רעסטאָראַן!

דובֿ־בער האָט זיך אָבער אײַנגעשפּאַרט:

– מישע, טײַערער, כ'בין זייער מיד... מאָרגן איז דער לעצטער טאָג פֿון מײַן קומען אַהער, כ'האָב מײַנע אייגענע פּלענער...

– קרופּניק... – האָט מישע געמאַכט דעם לעצטן פּרוּוו, – ווּעסט האָבן גענוג צײַט זיך אויסצושלאָפֿן... כ'וויל דיך באַקענען מיט מײַן מיידל... ס'איז בײַ אונדז ערנסט...

– איך שאַץ עס זייער אָפּ, אָבער לאָמיר עס טאָן, ווען דו וועסט קומען אויף אַ באַזוך אין ירושלים. קיין בעסער אָרט זיך צו טרעפֿן איז שווער צו געפֿינען...

21

צום הויז אויף קוטוזאָוו־פּראָספּעקט, זיך צו טרעפֿן מיטן שרײַבער שמואל דאָגנאַה, איז דובֿ־בער געקומען אַרום פֿינעף אַזייגער. ביז זײַן טרעפֿונג מיט דאָגנאַרן האָט ער זיך אַ פּאָר שעה אַרומגעדרייט איבער דער ריזיקער אוניווערסאַלער קראָם פֿאַר קינדער „קינדער־וועלט". עס זאָגט זיך נאָר אַזוי, „אַרומגעדרייט", שוין גיכער, זיך אַרומגעשטופּט, ווײַל מאָסקווע, ווי די מלוכה זאָל נישט געווען ענדערן אירע אויסערלעכע דעקאָראַציעס, איז אין תּוך פֿאַרבליבן דער זעלבער צענטראַלער אַדרעס אין אַלע הינזיכטן פֿון לעבן.

הגם מײַע האָט פֿאַר זײַן אַוועקפֿאָרן אָנגעזאָגט דעם מאַן, ער זאָל נישט פּטרן קיין צײַט און געלט אויף אײַנצוקויפֿן סווועניִרן, האָט דובֿ־בער פֿאָרט באַשלאָסן בײַ זיך, אַז זאַריקן מוז ער עפּעס קויפֿן. אַ קינד בלײַבט אַ קינד און קוקט שטענדיק אַרויס אויף אַ מתּנה. אין זײַנע אייגענע קינדער־יאָרן האָט דובֿ־בער געחלומט צו האָבן אַ מעטאַלענעם קאָנסטרוקטאָר, וואָס באַשטייט פֿון כּלערליי דעטאַלן – פּלאַכע, שמאָלע פּאַסיקלעך פֿון פֿאַרשיידענער לענג, רעדעלעך, שרײַפֿעלעך און מוטער־קעס, בלאָקן וכדומה, – וואָס מע קאָן פֿון דעם אַלעמען מאַכן אַן אויטאָ, מיל, בוי־קראַן, עראָפּלאַן, לאָקאָמאָטיוו און אַפֿילו אַ טאַנק... דובֿ־בער האָט אַזאַ קאָנסטרוקטאָר געזען בײַ זײַן חבֿר. דער טאַטע האָט עס אים געבראַכט פֿון מאָסקווע. דובֿ־בערס טאַטע איז קיין מאָסקווע נישט געפֿאָרן און זײַן זון האָט אַזאַ מזל נישט געהאַט. אין אַרקאַדיס צײַט, ווען דובֿ־בער האָט זיך געלערנט אין מאָסקווע, איז אויך אויף קינדער־שפּילעכלעך געווען אַן אויסכאַפּעניש, אַרקאַדי איז מער געוואַקסן מיט קינדער־ביכעלעך איידער מיט שפּילעכלעך. די קינדשאַפֿט פֿון זאַריקן

איז אויסגעפֿאַלן אויף די אימיגראַנטישע יאָרן; און אים קומט אויס אָפּצופּן זײַן אײגענעם מאָגערן חלק פֿונעם „אַבסאָרבציע־קוגל". זײַנע שפּילעכלעך זײַנען פֿאַרבונדן מיט די שפּילערײַען פֿון די ישׂראלדיקע קינדער – „פּאָגים", למשל, אָדער קאַרטלעך מיט כּלערליי בילדלעך, שפּעטער – „פּאָקעמאָן"... אַ מעטאַלענער קאָנסטרוקטאָר וואָלט געווען נישט בלויז אַ שפּילעכל, נאָר אַ מקוים געוואָרענער חלום, אויב נישט אין זײַן, דובֿ־בערס לעבן, איז אינעם לעבן פֿון זײַן זון. צי זײַן זון נייטיקט זיך אין אַזאַ אַלטמאָדישן קאָנסטרוקטאָר, האָט קרופּניקן ווייניק געאַרט.

ער האָט זיך אַדורכגעשטופּט דורך די הונדערטער פֿאַרשוויצטע און פֿאַריאָגטע פּנימער, געקומען אַהער פֿון אַלע עקן רוסלענדישער פּראָווינץ צו געפֿינען דאָ און עס אַוועקפֿירן צוריק אַהיים די מציאה, וואָס ס'וועט זיך פֿאַרגעדענקען דעם קינד אויפֿן גאַנצן לעבן, ווי אַ קניה, געבראַכט אַזש פֿון מאָסקווע. קוים דערגאַנגען צום דריטן גאָרן, ווו דער גאַנצער עטאַזש איז אָפּגעגעבן געוואָרן די שפּילעכלעך און שפּילערײַען, האָט דובֿ־בער געגנישטערט מיט די אויגן איבער די פּאָלי־צעס, אויסגעפֿרעגט די פֿאַרקויפֿערקעס, אָבער אַ חוץ כינעזישע מאַכאַ־רײַקעס, וואָס האָבן פֿאַרפֿלייצט דעם גאַנצן עטאַזש מיט טויזנטער מינים „לעגאָס", האָט ער קיין שרײַפֿעלע פֿון זײַן קינדער־טרוים נישט געפֿונען.

יאָ, אויך די וועלט פֿון קינדער ווערט „גלאָבאַליזירט" דורך „לעגאָליזאַציע"! ס'איז אים געפֿעלן געוואָרן דער קאַלאַמבור, וואָס האָט אַ ביסל דערהויבן די שטימונג. ערשט איצט האָט ער באַמערקט, אַז גאַנצע טיילן פֿון דער ריזיקער קראָם פֿאַר קינדער ווערן פֿאַרשטעלט מיט ווײַט נישט קיין קינדער־שפּילעכלעך. כּמעט אַ האַלבן עטאַזש, למשל, פֿאַרנעמט אַן אויטאָ־סאַלאָן. און כאָטש קרופּניק איז אַ קנאַפּער מבֿין אויף אויטאָס, איז גאָר נישט שווער געווען צו פֿאַרשטיין, אַז די מאָדעלן, וואָס נעמען אַרויס די אויגן מיט זייער פּראַכט און גלאַנץ, זײַנען ווײַט נישט פֿון די ביליקסטע. מעגלעך, מישע ברײַ איז גערעכט, אַז נישט נאָר „האַנדל־שיפֿלעך" פֿאַרפֿלייצן דעם צעבושעוועטן עקאָנאָמישן אָקעאַן פֿון דער רוסלענדישער עקאָנאָמיע; עס הייבן אָן אַרײַנשווימען אַהער די ערשטע „לוקסוס־יאַכטעס"...

אַרויסגעגאַנגען פֿון דער „קינדער־וועלט", האָט זיך גלײַך געוואָרפֿן אין די אויגן דער מאָנומענטאַלער קאַזיאָנע־געלער בנין פֿון „קאַגעבע", אָדער טרויעריק באַרימטער „לוביאַנקע", ווי מ'האָט עס גערופֿן אויף פּראָסט רוסיש. אין דער סאָוועטישער תּקופֿה האָט דער פּלאַץ גע־

טראָגן דעם נאָמען פֿון פֿעליקס דזערזשינסקי, וואָס האָט געלייגט דעם ווינקלשטיין פֿון דעם בלוטיקן „קאָמיטעט" פֿאַר מלוכישער זיכערהייט. דוב־בער געדענקט נאָך שטיין דאָ זײַן דענקמאָל אין מיטן דעם פּלאַץ, וועלכער איז פֿון דאַנען אַראָפּגעשלײַדערט געוואָרן במשך פֿון איין נאַכט. איצט האָט מען דעם אָרט אומגעקערט דעם היסטאָרישן נאָמען, „לוביאַנקע־פּלאַץ". די „מאָסקווער באַסטיליע" בלײַבט שטיין ווײַטער.

דאָס הויז אויף קוטוזאָוו־פּראָספּעקט איז באַרימט געווען אין מאָסקווע נישט נאָר צוליב דעם, וואָס דאָרט האָט אַ דירה דער ייִדישער שרײַבער שמואל דאַגנאַר; דאָ האָבן די הויכגעשטעלטע סאָוועטישע גדולים געוווינט מיט זייערע משפּחות; דאָ האָט געהאַט זײַנע אַפּאַרטאַמענטן דער גענעראַל־סעקרעטאַר פֿון דער פּאַרטיי לעאָניד ברעזשניעוו. די דירה אין דעם עליטאַרן הויז האָט פֿון דער מלוכה באַקומען נישט אַזוי דער ייִדישער שרײַבער פֿאַר זײַנע ליטעראַרישע פֿאַרדינסטן, ווי זײַן פֿרוי, יעווגעניע רעזניקאָוו, אַ באַקאַנטע דאָקטערין. צווישן אירע פּאַציענטן זײַנען געווען נישט ווייניק פֿון די פּאַרטיי־לײַט, וואָס האָבן געוווינט אין די הײַזער אויף קוטוזאָוו־פּראָספּעקט. די אַבלאַוועס אויף די „מערדער אין ווײַסע כאַלאַטן" האָבן זי אויך פֿאַרטשעפּעט. מ'האָט זי אַרעסטירט און באַשולדיקט אינעם פּרוּוון אומצוברענגען איר פּאַציענט, דעם חבֿר מאַלענקאָוו, וואָס איז אין יענער צײַט געווען דער צווייטער מענטש אין דער מלוכה, נאָך סטאַלינען...

אין דער רעדאַקציע פֿון „סאָוועטיש געזעמלאַנד", אין די טעג, ווען עס פֿלעגן זיך צונויפֿנעמען די מיטגלידער פֿון דער רעדאַקציע־קאָלעגיע, האָט שמואל דאַגנאַר נישט אויסגעמיטן, אַז עמעצער פֿון די שרײַבערס זאָל אים נישט געווען פֿרעגן: „נו, וואָס טוט עפּעס דײַן שכן?"

– דו לייענסט נישט די צײַטונגען? – האָט געמאַכט שמואל אַן אָנשטעל, אַז ער איז פֿאַרחידושט, – מע דאַרף אים נישט מקנא זײַן.

קרופּניק האָט געהאַט דאָס גליק צוויי מאָל זיך באַטייליקן אין מאַסן־אונטערנעמונגען לכּבֿוד דעם ערשטן מענטש אינעם לאַנד. צום ערשטן מאָל, זײַענדיק אַ סטודענט אין דער קעשענעווער קאָנסערוואַטאָריע, האָט מען אים, ווי אויך טויזנטער אַנדערע סטודענטן פֿון אַלע קעשענעווער הויכשולן און טעכניקומס, פֿאַרטרויט צו שטיין אין דער לעבעדיקער קייט, וואָס האָט זיך געצויגן אַרום דרײַצן קילאָמעטער פֿוןביידע זײַטן שאָסיי – פֿונעם פֿליפֿעלד אָן ביז דעם צענטראַל־פּלאַץ אויף לענינס נאָמען. אַלעמען האָט מען פֿריִער צעטיילט פֿרישע בלומען צו באַגריסן

דעם גרעסטן מאָסקווער גאַסט, וואָס איז געקומען צו דער פֿײַערונג פֿון 50 יאָר, זינט מאָלדאַוויע איז געוואָרן סאָוועטיש. דער ברייטער שוואַרצער אויטאָ, באַגלייט מיט נאָך אַ צענדליק אַנדערע אויטאָס האָט דורכגעיאָגט אַזוי גיך, אַז דובֿ־בער האָט נעבעך נישט באַוויזן אויפֿהייבן זײַנע בלומען און מיט זיי אַ טרייסל טאָן אין דער לופֿטן, ווי מ'האָט געהייסן. ווי עס זאָל נישט זײַן, האָט די שטאָט פֿון ברעזשניעווס וויזיט אַ סך געוואָסן, קודם־כּל דערמיט, וואָס מ'האָט אויפֿגעבויט אַ שפּאָגל־נײַעם מאָדערנעם עראָפּאָרט און אויסגעפּלאַסטערט אַ ברייטן שאָסיי, וועלכן ס'האָט פֿײַערלעך געעפֿנט דער גאַסט. בכלל האָבן די אָרטיקע מלוכישע יורשים פֿון „פּאַטיאָמקינס דערפֿער" איבערגענומען די דורותדיקע רו־סישע טראַדיציע פֿון פֿאַרשווינדלען די אויגן מיט אַלע פּיטשעווקעס.

דאָס צווייטע מאָל איז עס געשען שוין אין מאָסקווע, ווען קרופּניק האָט זיך דאָרט געלערנט. אויפֿן אַנדערן טאָג נאָך ברעזשניעווס טויט איז אין דער אַלגעמיינער אוידיטאָריע אַרײַנגעקומען זייער פּראָרעקטאָר ניקאָלײַ ג'וו און נאָכן אויסדריקן זײַן טיפֿן צער אויפֿן טויט פֿונעם גענעראַל־סעקרעטאַר, געמאָלדן, אַז די שרײַבערס פֿון די העכסטע ליטעראַטור־קורסן איז צוגעטיילט געוואָרן אַן אויסשליסלעכע מיסיע – זיך צו באַטייליקן אין דער טרויער־צערעמאָניע.

– יעדער פֿון אײַך וועט באַקומען אַ ספּעציעלן דורכלאָז־שײַן, וואָס וועט אים דערמעגלעכן צו קומען אַהער. – האָט הויך און לאַנגזאַם גערעדט דער פּראָרעקטאָר, ווי ער וואָלט דערקלערט דעם פּלאַן פֿון אַ מיליטערישער אָפּעראַציע, – אַנדערש וועט איר אין צענטער שטאָט נישט טרעפֿן. דאָ וועט איר שוין באַקומען די ווײַטערדיקע אינסטרוקציעס. אַלץ איז קלאָר?

אין יענעם אינדערפֿרי איז דער וועג קיין אינסטיטוט אָנגעקומען מיט בויכגרימעניש. יעדעס מאָל האָט דער שאָפֿער פֿונעם אויטאָבוס, אויף וועלכן דובֿ־בער איז געפֿאָרן מיט משה פּען, געמאָלדן, אַז ער מוז בײַטן דעם מאַרשרוט און פֿאָרן מיט אַן אַנדער וועג. די אויפֿגעבראַכטע פּאַסאַזשירן האָבן זיך קוים אײַנגעהאַלטן נישט אויפֿרײַסן זיך מיט אַ שאָק קללות אָן אַ קאָנקרעטן אַדרעס, אַבי אַרויסלאָזן די פּאַרע. משה האָט, נעבעך, זייער איבערגעלעבט. אויף אים, ווי אויף אַ קאָמוניסט, ליגט מער אַחריות, אויב זיי וועלן פֿאַרשפּעטיקן. אויף זייער גליק זײַנען אינעם זעלבן אויטאָבוס געפֿאָרן נאָך עטלעכע צוהערער פֿון די העכסטע קורסן, און דווקא זייער קאָמפּאַניע האָט משהן אַ ביסל באַרויִקט – „מיר זײַנען

פֿאַרט נישט די איינציקע." נאָך אַלעמען, זײַנען זיי געקומען צו דער צײַט. אַרומגעדרייט זיך אינעם הויף פֿונעם ליטעראַרטור־אינסטיטוט אַ האַלבן טאָג, האָט סטעפּאַנידאַ וואַלעריאַנאָוונאַ, אין נאָמען פֿונעם פּראָרעקטאָר אַלעמען באַדאַנקט און אָן אַ דערקלערונג אָפּגעלאָזט אויף אַלע פֿיר זײַטן...

און אָט שטייט ער, דובֿ־בער קרופּניק, בײַ דער טיר פֿונעם יִידישן שרײַבער, וואָס האָט במשך פֿון לאַנגע יאָרן געהאַט דעם זכות צו זען און אפֿשר אַפֿילו זאָגן „אַ גוט מאָרגן", נישט איין גדול־בסאָוועטן־פֿאַר־באַנד... ווו זײַנען זיי איצט, די גדולים, און ווו איז סאָוועטן־פֿאַרבאַנד?

פֿון יענער זײַט טיר האָט זיך געהערט ווי מע שפּילט פּיאַנע, אַ מין פּאָפּורי פֿון יִידישע לידער. אויב פֿריִער מיט אַ ווײַלע האָט דובֿ־בער נאָך געצווייפֿלט צי דער אַדרעס איז אַ ריכטיקער, איז ער שוין איצט געווען אין דעם זיכער אויף הונדערט פּראָצענט. ער האָט אָנגעקוועטשט אויפֿן קנעפּל פֿונעם עלעקטרישן גלעקל. די מוזיק האָט זיך איבערגעריסן. די טיר האָט געעפֿנט דער באַלעבאָס אַליין.

– קומט אַרײַן, טײַערע, – האָט ער מיט אַ ברייטן זשעסט אָנגעוויזן דעם וועג, – כ'האָב שוין אויף אײַך אַרויסגעקוקט.

אויסגעטאָן און איבערגעלאָזט זײַן מאַנטל אויפֿן הענגער, איז דובֿ־בער אַרײַנגעגאַנגען אינעם גראַמען אייבערשטן צימער, וואָס האָט מער דערמאָנט אַן עקספּאָזיציע־זאַל, אַרומגעשטעלט מיט באַגלאָזטע שאַפֿעס. כּל־מיני קונסט־ווערק, געמאַכט פֿונעם באַרימטן רוסישן גזשעל־פּאָרצעלײַ, האָבן מיט זייער ווײַס־בלויען גלאַנץ צוגעצויגן דעם בליק פֿונעם איבערגעראַשט געוואָרענעם גאַסט. ער האָט אַפֿילו פֿאַרגעסן אינעם בײַטל, געבראַכט מיט זיך, געהאַלטן עס צוגעדריקט צום פֿוס אויס מורא, אַז מע וועט עס בײַ אים צונעמען.

– ס'איז דאָך בײַ אײַך דאָ אַ גאַנצע אויסשטעלונג... – האָט קרופּניק געזאָגט פֿאַרחידושט.

– דאָס איז אַלץ מײַן זשעניעטשקע עליה־השלום, – איז דאָגנאַר געבליבן שטיין לעבן גאַסט, אָנשטעלנדיק דעם בליק אין אַ שאַפֿע, – זי איז דאָך בײַ מיר געווען אַ דאָקטערשע, און די פּאַציענטן האָבן שוין געוווּסט איר שוואַכקייט צו אַזעלכע זאַכן...

די פּאָרטעפּיאַנע איז געשטאַנען בײַ דער וואַנט אַנטקעגן. דאָס דעקל פֿון דער קלאַוויאַטור איז נאָך געווען אויפֿגעדעקט.

– עמעצער שפּילט בײַ אײַך, – האָט דובֿ־בער זיך אומגעקוקט, הגם ער האָט געוווּסט, אַז דאָגנאַר וווינט אַליין.

שמואל האָט זיך צעמישט.

– נישט פֿאַר אײַערע אויערן וועגן, האָב איך ליב צומאָל זיך צוזעצן צום אינסטרומענט. נאָך זשעניעטשקעס טויט טרעפֿט זיך עס זייער זעלטן... – ער האָט זיך געבאַפּט און פֿאַרבעטן דעם גאַסט אַרײַנגיין אין קיך אַרײַן. – כ'בין אַ שלעכטער קעכער, כ'לערן זיך בלויז, אָבער הונגעריק וועלן מיר נישט בלײַבן.

איצט האָט שוין דובֿ-בער זיך דערמאָנט אין זײַן בײַטל. ער האָט עס אויסגעשטרעקט צום באַלעבאָס מיט די ווערטער:

– זאָל עס זײַן מײַן באַשיידענער בײַשטײַער צו דער סעודה.

דאַגנאַר האָט זאַכלעך אַרויסגעשטעלט דעם פּאַפּירענעם בײַטל אויפֿן טיש און אָנגעהויבן אַרויסשלעפּן פֿון דאָרט די קניות, וואָס קרופּניק האָט געקויפֿט אין איינעם פֿון די קיאָסקן אויפֿן וועג אַהער.

– ממש דעליקאַטעסן! – האָט זיך צעשײַנט מיט קנייטשן אויפֿן פּנים דער אַלטער שרײַבער. האַלטנדיק דאָס פֿלעשל בראָנפֿן אין דער האַנט און אײַנקוקנדיק זיך אינעם פֿאַרביקן עטיקעטל, קורצזיכטיק צוגע-זשמורעט די אויגן, האָט ער זיך אָנגערופֿן: – לאָמיר בעסער דאָס פֿלעשל אָפּלייגן אין אַ זײַט און נעמען אַ שנאַפּסל פֿון מײַנע אַלטע סאָ-וועטישע זאַפּאַסן.

שוין אַרויסשלעפּנדיק פֿונעם קיך-בופֿעט אַ פֿלעשל אַרמענישן קאָניאַק, האָט ער דערקלערט:

– איר פֿאַרשטייט, דער מאַרק איז הײַנט פֿאַרפֿלייצט מיט אַ מין סוראָגאַט-בראָנפֿן, מע רופֿט עס דאָ „געסמאַליעטע וואָדקאַ". אַז מע ווייסט נישט, קאָן מען זיך, חלילה, אָפּסמען אויף טויט...

זיי האָבן זיך געזעצט צום טיש און דער באַלעבאָס האָט צעגאָסן אין די קעלישקעס דעם ערשטן לחיים...

בשעת זײַן אַרבעט אין ירושלים מיטן אײַנבונד פֿון „ליטעראַרישע בלעטער" פֿאַרן יאָר 1928, האָט דובֿ-בער זיך אָנגעטראָפֿן אויף עטלעכע מאָדערניסטישע לידער פֿון שמואל דאַגנאַר: „אַ יונגן קאָפּ איך שלעפּ אויף יונגע אַקסלען/ מיט הונדערט טויזנט האָר..." – קיין גרויסן רושם האָבן די פֿיר אָפּגעדרוקטע לידער אויף אים נישט געמאַכט, הגם דער ראַזמאַך פֿונעם יונגן פּאָעט האָט צוגעזאָגט אַן אָפּטימיסטישן דעביוט. ס'איז אָבער געשען אַלץ פּונקט פֿאַרקערט. אין דער געשיכטע פֿון סאָוועטן-פֿאַרבאַנד איז דאָס יאָר 1929 אָנגערופֿן געוואָרן ווי „דאָס יאָר פֿון גרויסן איבערבראָך". ס'איז געווען נישט סתּם אַן איבערבראָך, נאָר

אַן אָנהייב פֿון דעם קאַטאַסטראָפֿאַלן בראָך, וואָס האָט אַרײַנגעשלעפּט אין זײַן טײַטלעבן תּהום צענדליקער מיליאָנען מענטשלעכע לעבנס...

דער יונגער פּאָעט שמואל דאָגנאַר האָט אַוודאי נישט געקאָנט וויסן, אַז שיקנדיק זײַנע לידער אין דער וואַרשעווער ייִדישער אויסגאַבע, באַגייט ער דערמיט אַ גרויסן אידעאָלאָגישן חטא. זײַענדיק אַ סטודענט פֿון אַ פּרעסטיזשפֿולן מאָסקווער אוניווערסיטעט, אַ קאָמיוגיסט און אַ קינפֿטיקער סאָוועטישער שרײַבער, וואָלט זײַן חוש געזאָלט זײַן מער אויסקלײַבעריש מכּוח די מערבֿדיקע פּובליקאַציעס. אַגבֿ, האָבן דער רעדאַקטאָר פֿון „די ליטעראַרישע בלעטער" נחמן מײַזיל און דער פֿאַרלעגער, באָריס קלעצקין, זיך באַצויגן מיט סימפּאַטיע צום סאָוועטן־פֿאַרבאַנד; שוין אָפּגערעדט, אַז בײַם ווײַגעלע פֿון דער אויסגאַבע איז געשטאַנען פּרץ מאַרקיש גופֿא. צווישן די שטענדיקע מחברים איז געווען דוד בערגעלסאָן, וואָס אינעם זעלבן נומער, ווו עס זײַנען אָפּגעדרוקט געוואָרן דאָגנאַרס לידער, איז אויך דערשינען בערגעלסאָנס דערציילונג „צוויי רוצחים".

נישט דעם יונגן פּאָעט און נישט דעם געניטן פּראָזאַיִקער איז נאָך, זעט אויס, נישט אײַנגעפֿאַלן, אַז ס'איז געקומען אַ צײַט, ווען מע קאָן שאַפֿן אויף איין מאַמע־לשון, נאָר רעדן אויף פֿאַרשיידענע שפּראַכן.

שמואל דאָגנאַר איז געוואָרן דער ערשטער קרבן אויפֿן ייִדישן קולטור־פֿראָנט פֿון דעם אידעאָלאָגישן קריג, וואָס האָט ערשט אָנגעהויבן זיך צעפֿלאַקערן. מ'האָט אים אויסגעשלאָסן פֿונעם קאָמיוג און פֿונעם אוניווערסיטעט – אויס פּאָעטישע חלומות!

– ריכטיק, – האָט שווער אָפּגעזיפֿצט דאָגנאַר, – טאַקע אַזוי איז עס געשען... מײַן מזל איז, אַז דעמאָלט האָט מען פֿאַר אַזאַ זינד, מישטיינס געזאָגט, נאָך געקאָנט אַזוי גרינג אָפּקומען... אָבער שטעלט זיך פֿאָר, אַז אָנגענומען האָט זיך מײַן קריוודע נישט אַבי ווער, נאָר אַנדריי יאַנואַר־ריעוויטש ווישינסקי בכּבֿודו־ובֿעצמו... יאָ, יאָ, דער זעלבער ווישינסקי, וואָס האָט שפּעטער מיט עטלעכע יאָר, שוין ווי דער הויפּט־פּראָקוראָר פֿון סאָוועטן־פֿאַרבאַנד פֿאַראורטיילט טויזנטער אומשולדיקע צום טויט. אין יענעם יאָר, ווען מײַנע לידער זײַנען אָפּגעדרוקט געוואָרן, איז ער נאָך געווען דער רעקטאָר פֿונעם אוניווערסיטעט. כ'געדענק שוין נישט, ווער האָט עס מיר געעצהט, אָבער כ'האָב דווקא אים אָנגעשריבן און ער האָט מיך אויפֿגענומען...

שמואל האָט אַ ווײַלע געשוויגן. זיך קאַלופּעט מיטן גאָפּל אין זײַן טעלערל. דערנאָך האָט ער געטאָן די האַנט צום פֿלעשל מיט

קאָניאַק און בשעתן צעגיסן דעם „גאָלדענעם געטראַנק", ווי מ'האָט געראָפֿן קאָניאַק אין סאָוועטן־פֿאַרבאַנד – סײַ פֿאַרן קאָליר און סײַ פֿאַרן הויכן פּרײַז, – זיך אומגעקערט צום שמועס:

– די טרעפֿונג בײַ ווישינסקי אין קאַבינעט באַשרײַב איך אין מײַן לעצטן ראָמאַן „יזכור"... איר האָט אים געלייענט?

– נאָר די ערשטע עטלעכע קאַפּיטלען אינעם זשורנאַל, – האָט דובֿ־בער אײַליק געענטפֿערט, – כ'בין דאָך אין גיכן אַרויסגעפֿאָרן קיין ישׂראל...

– ליס האָט זיך אין מײַן ראָמאַן אָנגעכאַפּט מיטביידע הענט. ער האָט דאָך געדאַרפֿט אַרויסווײַזן דער וועלט דעם קער פֿון זײַן גענעראַל־ליניע... מיך האָט עס נישט געאַרט, כ'האָב דעם ראָמאַן געשריבן מיט בלוט...

דעם סטודענט שמואל דאָגנאַר האָט מען דערמעגלעכט צו פֿאַר־ענדיקן דעם אוניווערסיטעט; מ'האָט אים אַפֿילו אויפֿגעשטעלט אין קאָמיוג, וואָס איז אין יענער צײַט געווען אפֿשר וויכטיקער ווי באַקומען דעם דיפּלאָם. מער סימבאָליסטישע לידער פֿון אַן אויסגעחלומטער וועלט האָט ער נישט געשאַפֿן, אַריבער צו שרײַבן רעאַליסטישע פּראָזע. אין יענע „שטורמישע יאָרן" איז דער חובֿ פֿון יעדן קינסטלער געווען „אָפּשפּיגלען און פֿאַרקערפּערן" דעם ממשותדיקן גאַנג פֿון סאָוועטישן לעבן. דאָס קאָכעניש פֿונעם פֿאַרמלחמהדיקן ייִדישן קיום האָט אַרומגעכאַפּט קרים און ביראָבידזשאַן. דאָגנאַרס ווערק וועגן די ייִדישע קאָלאָניעס אין קרים און דער ייִדישער אויטאָנאָמער געגנט אויפֿן ווײַטן מיזרח ווײַזן אַרויס „אַ שאַרפֿע באַאָבאַכטונגס־קראַפֿט פֿון אַ קינסטלער", האָט באַטאָנט די דעמאָלטיקע ייִדישע ליטעראַטור־קריטיק.

דעם ווישינסקי־לימוד האָט דער יונגער שרײַבער פֿאַרגעדענקט אויפֿן גאַנצן לעבן. דאָס גורל־רעדל האָט זיך אָבער נאָך דער מלחמה איבערגעדרייט און ווישינסקיס רעפּרעסיווע־ראָד איז אויך איבערגעפֿאָרן שמואל דאָגנאַרן. די זיבן יאָר פֿאַרשיקונג אויף קאַטאָרזשנער אַרבעט אין ווײַטן צפֿון האָבן אים נאָך דער באַפֿרײַונג נישט אָפּגעלאָזט, אַרײַן אין זײַן מוח און קרענקלעך געטאָטשעט...

– און דעמאָלט האָט מיר מײַן זשעניעטשקע געזאָגט: „דו דאַרפֿסט זיך אומקערן אַהין..." – האָט שמואל זיך אײַנגעטונקען אין זײַנע דער־מאָנונגען, – כ'האָב זי נישט באַלד פֿאַרשטאַנען... „זיך אומקערן ווי אַ שרײַבער..." – זשעניעטשקע האָט מיך אַ שטויס געטאָן צום אָנהייבן

שרײַבן מײַן ראָמאַן „פֿרילינג״... אַוודאי, האָט אויך צוגעשפּילט די צײַט, די אַזוי גערופֿענע כרושטשאָווס „אָדליגע״, שוין אָפּגערעדט פֿון ערענבורגס גרעסערער דערציילונג מיטן זעלבן נאָמען... אַ קיצור, די אַרבעט איבער דעם ראָמאַן איז געוואָרן אַ מין גײַסטיקע טעראַפּיע...

– אויף אַזאַ אופֿן האָט דאָך געהיילט זײַן דעפּרעסיע דער שרײַבער זאָשטשענקאָ... – האָט דובֿ־בער צוגעגעבן.

– כ׳בין כּמעט זיכער, אַז איר האָט מײַן ראָמאַן „פֿרילינג״ נישט געלייענט, – האָט שמואל זיך ברייט צעשמייכלט, – איר זײַט נישט דער איינציקער פֿון אונדזערע שרײַבערס, וואָס האָט אים נישט געלייענט... דעם אמת געזאָגט, וואָלט איך אַליין נישט איין בוך פֿון מײַנע פּען־ברידער נישט געעפֿנט, ווען כ׳זאָל זיי נישט גאָרניט געדאַרפֿט רעצענזירן פֿאַרן פֿאַרלאַג...

צום שמייכל האָט ער צוגעגעבן אַ קורץ־קרייענדיקן געלעכטער. דער קאָניאַקשטאַנד אין פֿלעשל האָט זיך ביסלעכווײַז אַראָפּגעלאָזט צום דנאָ און געהעכערט דעם טאָנוס פֿון שמועס.

– מײַן הויפּט־העלד, אַליק, – האָט דאָגנאַר זיך אומגעקערט צו זײַן ראָמאַן, – האָט זיך אַזוי פֿאַרפּלאָנטערט אין זײַן פּערזענלעכן לעבן, אַז ער האָט באַשלאָסן צו פֿאַרלאָזן דאָס גרויסשטאָטישע מאָסקווער האַווענעיש און זיך לאָזן אַזש אויפֿן ווײַטן צפֿון, אין דער שטאָט אינטאַ; געפֿאָרן אַהין לויטן אייגענעם ווילן, אויסצופּרוּוון, הייסט עס, זיך אַליין...

דאָגנאַר האָט אָפּגערוקט דאָס בענקל, זיך אויפֿגעהויבן און צוגע־גאַנגען צו דער גאַזפּליטע.

– מיר וועלן טרינקען טיי... – האָט ער דערקלערט, – מײַן זון האָט מיר די וואָך געבראַכט אַ פּעקעלע ציילאָן־טיי...

אין דער אמתן, ווי אַ געניטער שרײַבער, האָט דאָגנאַר געדאַרפֿט אָפּציִען די אַנטוויקלונג פֿונעם סוזשעט, צוגעבנדיק אים אַ געוויסע גע־שפּאַנטקייט. געשטעלט אויפֿצוזידן וואַסער אינעם טשײַניק, האָט ער געזאָגט:

– כ׳ווייס, וואָס איר טראַכט אַצינד... דער גרויסער סטאַניסלאַווסקי פֿלעגט אין אַזעלכע פֿאַלן זאָגן זײַנע אַקטיאָרן: כ׳גלייב נישט!.. – דאָגנאַר האָט דערנענטערט זײַן פּנים צום גאַסט און שטיל געזאָגט: – כ׳האָב מײַן אַליקן אָפּגעשיקט קיין אינטאַ, ווײַל דאָרט, אין יענער געגנט, האָט זיך נאָך נישט לאַנג צוריק געפֿונען אַ גאַנצע נעץ פֿון לאַגערן, דער אַזוי גערופֿענער „אינטאַלאַג״... כ׳בין אים נאָכגעפֿאָרן, מײַן העלד, כ׳האָב געמוזט דאָרט ווידער זײַן. זען מיט מײַנע אָפֿענע אויגן דאָס פֿאַרשנייטע

פֿעלד, ווו אין דער שטענדיק פֿאַרפֿרוירענער ערד זײַנען געלעגן טויזנטער פֿון מײַנע באַראַק־שכנים, אָן אַ נאָמען, אָן אַ סימן, און ווו איך האָב אויך געקאָנט ליגן... גיסט אָן, טײַערע, די גלעזלעך... דער ביטערער טראָפּן וועט איצט זײַן נישט איבעריק...

ער האָט נישט געוויינט. ניין, קיין קלאַנג האָט זיך נישט געהערט. ס'האָבן אים פּשוט געטרערט די אויגן, ווי דאָרט אין לאַגער אויפֿן קאַלטן דורכדרינגלעכן ווינט, בעת די אַפּעלן אונטער דער בילערײַ פֿון הינט.

– זשעניעטשקע איז, ווי תּמיד, גערעכט געווען, די אַרבעט איבערן ראָמאַן און מײַן נסיעה קיין אינטאַ האָבן מיך אויסגעהיילט, קאָן מען זאָגן... כ'דערמאָן זיך, ווי איינער פֿון אונדזערע קריטיקער האָט געשריבן וועגן „פֿרילינג", אַז מע קאָן שטרײַטן, צי דער אופֿן פֿון אָפּשיקן דעם העלד אין אַזאַ ווײַטעניש גאַראַנטירט טאַקע, אַז די קאָמוניסטישע דערציִונג פֿון דער יוגנט איז דאָרט מער געזיכערט ווי אין מאָסקווע... כאַ־כאַ...

צווישן די פֿאַרבעטענע שרײַבערס אויף די העכסטע קורסן בײַם ליטעראַטור־אינסטיטוט איז אויך געווען שמואל דאָגנאַר. דובֿ־בער גע־דענקט נישט, אַז דער גאַסט זאָל דעמאָלט געווען מאַכן אַ באַזונדערן אײַנדרוק אויף דער ייִדיש־גרופּע. פּאָליאַקאָוו האָט די קונסט געקענט בעסער. דאָגנאַר האָט אויסגעזען אָנגעשטרענגט, הגם געהאַלטן זיך גרויסלעך. צי האָט ער בכלל געגלייבט, אַז פֿון דעם „פֿינפֿלינג" וועט ווערן אַ טאָלק? שוין גיכער זיך געהאַלטן בײַ דער מיינונג, אַז ליס דרייט דאָ זײַן פּאָליטיק... וועגן די אייגענע שאַפֿונגען האָט דאָגנאַר כּמעט נישט גערעדט, בלויז באַטאָנט, אַז אָן זײַנע רײַזע־פֿאַרצייכענונגען איבער די ייִדישע מקומות פֿאַר און נאָך דער מלחמה, וואָלט ער נישט געקאָנט אָנשרײַבן קיין איין ראָמאַן זײַנעם.

– פּובליציסטיק איז פֿאַרן שרײַבער ווי אַן אויסשפּיר־שלאַכט אויף דער מלחמה, – איז ער פּלוצעם אַרײַנגעפֿאָרן אין אַ מיליטערישן פֿעלד,

– דאָרט, אויף דער סאַמע פֿראָנט־ליניע, הערשט דער גרויסער אמת!

– און אויב דער שרײַבער איז אויף דער מלחמה נישט געווען,

– האָט בערלינסקי אָפּגעקילט דעם שרײַבערס ברען, – איז ער נישט מסוגל אָנצושרײַבן אַן אמתדיקע דערציילונג אָדער ראָמאַן, אָדער אַ פּאָעמע?..

– כ'האָב נישט דאָס געמיינט... – האָט פֿאַרירט דאָגנאַר, – די הײַנטיקע ליטעראַטור ווערט אַלץ מער אײַנגעשרומפּן. דער שרײַבער פֿאַרשפּאַרט זיך אין זײַן נאַציאָנאַלן בײַדל און פֿון דאָרט זעט ער נאָר

זײַן באַליבט טײַכל, טאָל, וועלדל און פֿעלדל... כ'וויל נישט דערמאָנען דאָ קיין נעמען, אָבער איך רוף זיי „אַלבאָמען־שרײַבערס"; זייערע ווערק זעען מיר אויס, ווי פֿאָטאָגראַפֿיעס אינעם משפּחה־אַלבאָם...

און אָט זיצן זיי איצט פּנים־אל־פּנים אין דער האַלב־טונקעלער קיך אין אַ הויז, וווּ במשך פֿון צענדליקער יאָרן האָבן זיך בשכנות אײַנגעלעבט תּליונים מיט זייערע קרבנות, ווײַל אויף אָט דעם יסוד האָט זיך געהאַלטן די גאַנצע מלוכישע שיטה. נישט דער קאָניאַק האָט דעם אַלטן שרײַבער אַנטשפּאַנט געמאַכט, נאָר זײַן ווידוי, וואָס ער האָט סוף־כּל־סוף, נאָך צענדליקער יאָרן פֿון אַרײַנטרײַבן דעם ווייטיק און צער אין די טיפֿסטע ווינקעלעך פֿונעם זכּרון, אַרויסגעבראַכט און אויסגעגאָסן אויף די זײַטלעך פֿון זײַן „יזכּור"־ראָמאַן. ער האָט זיך ווי פֿריִער געהאַלטן בײַ זײַן שרײַבערישן אַני־מאמין; דער ערשטער און אפֿשר דער איינציקער פֿון אַלע זײַנע אומגעקומענע און לעבעדיקע שלאַכט־ברידער זיך דורכגעשלאָגן צו דער סאַמע אייבערשטער פֿראָנט־ליניע, כּדי צו דערציילן דעם פֿאַרשוויגענעם גרויסן אמת.

– איר ווייסט, אַוודאי, דעם פּראָפֿעסאָר גערשוני פֿון ישׂראל, – האָט אין זײַן קול געפֿילט זיך אַן אויפֿגעלעבטע האָפֿענונג, – ס'האָט מיך מיט אים צונויפֿגעפֿירט דער יונגער־מאַן, וואָס האָט אַ שטיקל צײַט געאַרבעט אין רעדאַקציע... מיט רויטע בעקעלעך...

– דימע מאָשקאָווסקי...

– ריכטיק, מאָשקאָווסקי... האָב איך דעם פּראָפֿעסאָר איבערגעגעבן דעם כּתבֿ־יד פֿון מײַן „יזכּור". ער האָט מיר צוגעזאָגט אַרויסצולאָזן דעם בוך...

– אויף וויפֿל איך קען גערשוני, – האָט זיך אָפּגערופֿן קרופּניק, – איז ער אַ פֿאַרלאָזלעכער מענטש.

– מיט דער האָפֿענונג לעב איך... – און פּלוצעם זיך דערמאָנט, – אפֿשר איז אײַך אויסגעקומען זיך צו טרעפֿן אין ישׂראל מיט דער זינדעריין נחמה דימשיץ?

דובֿ־בער האָט ממש אויפֿגעציטערט; אַז די וועלט איז קליין, איז נישט קיין נאָווינע, בפֿרט ישׂראל, אָבער אַז דאָגנאַר וועט איצט אין מאָסקווע זיך דערמאָנען דווקא אין דעם לעגענדאַרן „זיגפֿויגל", מיט וועלכער דובֿ־בער האָט אַנומלט זיך געטראָפֿן און פֿאַרבראַכט אַ האַלבן טאָג, איז באמת געוועזן אַ חידוש. האָט ער שוין וועגן דער טרעפֿונג אין תּל־אָבֿיבֿ דערציילט בײַם טרינקען דעם גוט־פֿאַרקאָכטן צייילאָן־טיי.

– נחמהלע... – האָט אָנגעקוועלט דאָגנאַר, – זי פּלעגט דאָך שטענדיק בײַ איר קומען קיין מאָסקווע זיך אָפּשטעלן דאָ, בײַ אונדז אין שטוב. מיט מײַן זשעניעטשקען זײַנען זיי געווען ווי אייגענע שוועסטערס... ערשט נאָך אירע קאָנצערטן האָט זיך בײַ אונדז צונויפֿגענומען אַ היפּשער עולם און נחמהלע האָט ממשיך געווען די פּראָגראַם, אָבער שוין פֿון לידער, וואָס דאָרט, אויף דער בינע, איז זיי געוויס נישט מעגלעך געווען צו זינגען...

די אומדערוואַרט־אויפֿגעקומענע דערמאָנונגען האָבן בײַם באַלעבאָס ווידער אַרויסגעטריבן אַ שטילע טרער. ער האָט זי מיט די פֿינגער גיך אָפּגעטריבן, ווי ס׳וואָלט געווען אַ פֿליגעלע. ער האָט אַ קוק געטאָן קרופּניקן גלײַך אין די אויגן אַרײַן און שטיל געזאָגט, ווי ער וואָלט די ווערטער נישט איין מאָל אָנגעשריבן אויף פּאַפּיר און זיי גיך פֿאַרמעקט:

– כ׳וואָלט פֿאָרט געוואָלט נאָך קומען צו פֿליִען אין ישׂראל... אַ קוש טאָן די ערד, גלײַך אויפֿן פֿליפֿעלד און... זיך אומקערן צוריק קיין מאָסקווע, צו מײַן זשעניעטשקען...

אויפֿן אַנדערן טאָג, גאַנץ פֿרי, האָט ניקיטאַ סערגעיעוויטש אָפּגעפֿירט קרופּניקן אין שערעמעטיעוואָ פֿליפֿעלד. דערזעענדיק דורכן ברייטן טערמינאַל־פֿענצטער דעם ישׂראל־עראָפּלאַן מיט די צוויי בלויע פּאַסן, מגן־דוד און דעם אויפֿשריפֿט „אל־על“, האָט דובֿ־בער דערפֿילט ווי עס הייבט אים אָן גיך קלאַפּן דאָס האַרץ. דאָס קליינע ייִנגעלע בערעלע, וואָס האָט אים קיין מאָל נישט פֿאַרלאָזט במשך פֿונעם לעבן, האָט איצט געשריגן פֿון אים: „אַ־היים! אַ־היים... אין ירושלים!“

ברוקלין, ניו־יאָרק, 2020